本书为国家社科基金重大项目"莎士比亚戏剧本源系统整理与传承比较研究"(19ZDA294)阶段性成果

Shakespeare's
World

俗世一莎翁

莎士比亚的史剧世界 上

傅光明 著

天津出版传媒集团

天津人民出版社

图书在版编目(CIP)数据

俗世一莎翁：莎士比亚的史剧世界：上下 / 傅光明著. —— 天津：天津人民出版社，2021.5

ISBN 978-7-201-17204-0

Ⅰ.①俗… Ⅱ.①傅… Ⅲ.①莎士比亚(Shakespeare, William 1564-1616)-戏剧文学-文学研究 Ⅳ.①I561.073

中国版本图书馆 CIP 数据核字(2021)第 066584 号

俗世一莎翁：莎士比亚的喜剧世界 ：上下

SUSHI YI SHAWENG：SHASHIBIYA DE XIJU SHIJIE

出　　版	天津人民出版社
出 版 人	刘　庆
地　　址	天津市和平区西康路 35 号康岳大厦
邮政编码	300051
邮购电话	(022)23332469
电子信箱	reader@tjrmcbs.com

责任编辑	范　园
装帧设计	汤　磊

印　　刷	天津新华印务有限公司
经　　销	新华书店
开　　本	880 毫米×1230 毫米　1/32
印　　张	21.75
插　　页	2
字　　数	450 千字
版次印次	2021 年 5 月第 1 版　2021 年 5 月第 1 次印刷
定　　价	99.00 元(全二册)

序 还魂重生的莎翁
——从傅光明莎剧新译说起

王宏图

据传远古之初，有一度天下人都讲一样的语言，拥有相同的口音。不料先人狂妄自大，竟想建造一座直抵天堂的宏伟辉煌的巴别塔。此事惊动了上帝，便出手阻止这一计划，让散布在各地的人群说起不同的语言，相互沟通变得困难重重。如果没有当初一念之差，那么今天的地球便是书同文言同声的大同乐园了，翻译也就失去了存在的必要。然而，人类各族群语言间的差异固然增添了交流的不便，但繁富多样的语言种类也构成了全球文化多样性生态的一道亮丽景观。

翻译不易，文学翻译尤为艰辛，意大利早就有句戏谑性的谚语："翻译即背叛。"绿原先生在其所译的歌德《浮士德》的前言中曾说："因为任何文学作品的艺术性离不开它借以形成自身的文字，而对原著的艺术性的欣赏，老实说，除非事先学习原文，通过任何译文都未必能得到多少助益。"此话可谓深得其中三昧。平心而论，能原汁原味读原文固然好，但人生有涯，一个人纵有三头六臂，也无法穷尽天下所有的语言，因而翻译成了文化交流中不可或缺的媒介。像莎士比亚这样的西方经典作家，国人对其作品的译介已有百余年之久，朱生豪、梁实秋、方平、卞之琳、孙大雨、曹未风等先贤劳绩卓著，他们的译本不仅使莎翁的作品在中国得以广泛传播，而且对中国现当代文学语言的发展产生了深远的影响。莎剧的中文全译本已有好几个，在此情形下，重起炉灶，在汲取前人成果的基础上，系统地推出莎剧的新译，不能不说是一项极富挑战性的工作。梁实秋当年不无调侃地总结翻译莎剧全集的必备条件："一是其人不才气，有才气即从事创作，不屑为此。二是其人无学问，有学问即走上研究考证之路，亦不屑为此。三是其人必寿长，否则不得竣其全工。"此外，译者的自信心也必不可少。如果不觉得自己能比前人译得好，至少在某一点上力压群雄，又何必劳心费力地扛起这桩苦差事呢！傅光明兄此刻毅然决然投入莎剧全集新译这项浩大工程，着实让人感佩不已。

文学翻译虽是不同语言文本间的转换，但优秀的译作断然不是简单地依样画葫芦，而是在另一种语言环境中完美地展示原作的神韵，使其还魂重生。这一富于高度创造性的劳作，译者非殚精竭虑苦心孤诣而不能臻于完美之境。如果说原作有点像作曲家涂抹在纸页上密密匝匝的五线谱，翻译者则好似演奏家，通过各种乐器将奔腾回荡在作曲家心胸中曼妙绵长的乐音源源不断地传送到人们的耳畔。乐谱一旦落笔定形，后人无法随意更改，但演奏却可以有多种不同的版本，众多演奏者有自己各个不同的处理方式，这也造就了不同的演奏风格。它们各有所长，有时实难分出高下。文学翻译亦复如是，对原文的体悟，译者自身的生命体验，对母语的创造性运用与开拓，在字里行间融为一体。可以说是译者让莎士比亚披上了汉语的外衣，在汉语语境中还魂重生。

一个严肃的译者，在重译莎剧这样的经典作品时，必有自己的追求，在文本的含义、语言的表达方式和整体风格的酿造上或全面翻新，或取其一点、重点突破。从已问世的十三种傅译莎剧看，为了帮助读者领悟原文的精妙，译者添加了众多的注释，涉及西方众多的文学、历史、宗教典故，将疑难之处一一厘清。此外，书中所附的长篇导读也颇具特色，它们虽称不上是极富原创性的学术论文，但译者广征博引，深入浅出，将莎剧情节的源流、本事、版本、剧情、人物以及深层意蕴娓娓道来，为国人踏入莎剧的世界扫清障碍。

此外，对于莎士比亚剧本中丰富的"性味"的还原也是傅译的一大亮点。莎剧产生于十六、十七世纪之交文艺复兴时期的英格兰，它们本不是博学之士案头的高雅读物，而是在泰晤士河南岸环球剧院上演的大众化娱乐节目，台词中粗鄙的插科打诨随处可见，而难登大雅之堂的涉"性"字句也是俯拾即是，这在《一报还一报》《奥赛罗》《罗密欧与朱丽叶》等剧本中都有鲜明的体现。《罗密欧与朱丽叶》虽是一部充满浪漫气息的爱情悲剧，但全剧一开场桑普森、格里高利这两个仆人猥亵粗俗的对话一时间就让人大跌眼镜。在十九世纪维多利亚时期的英国，流行的莎剧版本将这些"下流"段落一一剪除，呈现给人们的是一个颇富清教气息的纯洁无瑕的莎士比亚。先前朱生豪、梁实秋的译本几乎可算是洁净本，这次傅译本悉心还原，让读者领略到一个原汁原味的莎士比亚。译者曾自述之所以翻译莎剧，不无幽默地说自己"坏"，也许正是在"坏"这一点上与莎翁"臭味相投"。

单就上述诸点，远未展示出傅译莎剧的特色。对于其翻译的理想目标，译者曾仔细比对过朱、梁二位的译本，力求在"译文的现代感和流畅性"上体现译笔的新。下面来看傅译如何处理哈姆雷特思考生死大限的那段脍炙人口的独白：

活着，还是死去，唉，问题在这儿：面对无边的苦难，是忍受强暴肆虐的命运的矢石、箭雨，还是拿起武器通过战斗将它们打败，在人的内心里哪种行为更高贵些？（傅光明译文）

生存还是毁灭，这是一个值得考虑的问题；默然忍受命运暴虐的毒箭，或是挺身反抗人世的无涯的苦难，通过斗争把它们扫清，这两种行为，哪一种更高贵？（朱生豪译文）

是存在还是消亡，问题的所在；/要不要衷心去挨受猖狂的命运/横施矢石，更显得心情高贵呢，/还是面向汹涌的困扰去搏斗，/用对抗把它们了结？（孙大雨译文）

从语言表达方式看，上面三段译文间的差异一目了然。朱、孙的译文问世于二十世纪三四十年代，与傅译相距有七八十年之遥，其间不仅体现出各个时代白话文的语体特征，而且它们的发展成熟程度也有不小的差距。哈姆雷特独白原文用无韵诗体写就，朱译和傅译采用的散文体，不刻意追求形式上的对应；而孙大雨先生因早年致力于探索中国新诗的格律化途径，在其莎剧翻译中就尝试运用自创的"音组"理论，以汉字的音组来对应莎剧中的音步。就莎剧原文中开头那句"to be, or not to be, I, there is the point"原文口语化色彩极强，而朱译与孙译使用了生存、毁灭、存在、消亡等书面语色彩浓厚的词汇，有将丹麦王子对个人生死之思抬升到哲学层面上去思考人类终极命运之嫌，可谓人为拔高了莎剧的风格层级。而傅译依照1603年（《哈姆雷特》上演后第二年）印行的"第一四开本"采用的是口语感十足的风格，流畅无碍，精准还原了莎剧当年的原汁原味。此剧中傅译的另一处更改也颇引人瞩目：哈姆雷特那句台词"人类是一件多么了不得的杰作"（朱译）闻名遐迩，莎剧原文为"What a piece of work is a man"，并没有杰作的意思，因而傅译本处理为"人类，是怎样一件作品！"虽然缺乏了先前译文的壮美华丽，但准确地传达出原意，神并没有要把人当成"杰作"来创造，他只不过是神的诸多作品之一，而朱先生等人的译文无疑增添了原作中没有的意蕴。

要在汉语译文中用诗体复现莎剧的神采，其难度可想而知。傅译本遵循的原则是"对莎士比亚原剧中的无韵戏文采用散文体，并努力使译文具有散文诗的文调韵致；而对韵诗戏文以及众多在人物独白、对话或结尾处出现的两联句韵诗，一律以中文诗体对应"。这是一种切合实际的翻译策略,既能在相当程度上得以复现其原貌,又不致钻进死胡同而难以自拔。

应该指出的是,由于莎剧中无韵体诗占了极大的比重,用散文体译成汉语固然能较为明晰地传达出原文的意蕴,但原作的形式特点也就无从体现了。对于翻译来说,这毕竟是个难以否认的缺憾。孙大雨、方平等先生在这方面做了不少探索,成败得失互见。平心而论,汉语和英语间的差异甚大,没有任何亲缘关系,语音、词汇、语法系统大相径庭。要在译文中既想保留原文的格律等形式特征,又顺畅地传达出原作的意蕴,其难度可想而知。田德望先生在翻译但丁《神曲》时,对采用诗体还是散文体翻译曾颇费斟酌。他觉得英语散文体译本由于摆脱了格律上的束缚,反而能忠实可靠地展现意大利原文的意蕴,因而他也用散文体将《神曲》译成汉语。而钱春绮先生在翻译歌德诗剧《浮士德》时不仅在意义上忠实于原著,而且在诗体上也力求亦步亦趋地移植德语原诗形式,因而在《浮士德》众多译本中显得卓尔不群。

在莎士比亚的全部创作中,历史剧占有相当引人瞩目的位置。他以英格兰中古历史为素材,总共创作了十部历史剧(包括与约翰·弗莱彻合写的《亨利八世》)。从时间轴上看,它们起始于约翰王登基的 1199 年,终结于亨利八世辞世的 1547 年,前后跨度近三个半世纪,而其重心聚焦在 1377 年至 1485 年这百余年间。由于中国读者普遍对英国中古史不甚了解,除了在《亨利四世》中频频逗人发笑的没落骑士福斯塔夫这一形象外,其他剧作在中国知晓度并不高。

有趣的是，中国是一个热衷于讲史述古的国度，国人对历史的热情经一代代传承而丝毫不减，借古讽今更是人们得心应手的思维和话语方式。《三国演义》便是这样一部脍炙人口的历史演义作品，其中的精彩情节（诸如桃园三结义、单刀赴会、初出茅庐、火烧赤壁、空城计、大意失荆州等）数百年来口口相传，成为人们日常文化生活不可分离的一部分。但如果将它们一一细加考稽，便不得不承认在很大程度上它们并不是对历史的忠实再现，而只是添油加醋式的戏说。曹操、刘备、孙权、诸葛亮、张飞、关公等人们耳熟能详的人物与历史上的真实面貌相去甚远，对曹操的丑化和对刘备、诸葛亮的美化可谓无所不用其极。因而，一部《三国演义》在很大程度上只是人们文学想象中的历史，大面积虚构的历史。

莎士比亚的历史剧也与此如出一辙。平心而论，莎翁不是经过严格训练的历史学家，而且他作为剧团的编剧，每年有创作的指标在头上压着，没有兴趣也不可能在动笔前对复杂的历史纠葛进行细致深入的研究，因而或多或少的戏说成为其创作的基本路径。按光明兄在"导读"中的爬梳，这在《理查二世》中表现得尤为明显。莎士比亚并没有刻意将他塑造成一个暴君，而是凸现其多愁善感的诗人情性。他面临败局时的那长段独白淋漓尽致地展示了这一点：

　　在哪儿都无所谓；——谁也别安慰我。让我们谈
谈坟墓、蛆虫，还有墓志铭；把尘埃做成纸，用如雨的
泪水在大地的胸怀书写悲伤；让我们选好遗嘱执行

人,谈谈遗嘱:大可不必——因为除了把这废黜的躯
体埋到土里,我还能留下什么? 我的国土,我的生命,
我的一切,都是布林布鲁克的,除了死亡和覆盖骸骨
的不毛之地上那一小抔泥土,没什么归我所有。(傅光
明译文)

读者从中可以聆听到哈姆雷特王子对"活着,还是死去"的
沉重思考的余音,因而理查二世这一形象成了一个洋溢着诗意
的君王,而且莎士比亚的历史剧从整体上而言也是对英格兰中
古历史富于诗意的戏说,借此彰显出英格兰独特的民族精神。也
因为这样,他拓展了历史剧这一题材的表现力,以不朽的福斯塔
夫而闻名的《亨利四世》两联剧,在有的学者眼里成了"将喜剧、
历史剧和悲剧融于一体的巅峰之作",而光明兄的译文则为人们
欣赏理解这些剧作提供了一种新的选择。

从某种意义上说,翻译是一门遗憾的艺术,一代代译者孜
孜不倦地力图复现原作的真容,但这只是一个理想目标,译文
永远无法与原作完全吻合,它总会在某一点上偏离乃至背叛原
作。优秀的译作随着岁月的流逝会不再那么光鲜,但它的价值
将融汇在母语中,在一代代作家的文本中生根发芽。两百年前
奥·施莱格尔将十七部莎剧译成德语,尽管后出的译作源源不
断,但他的译本对近代德语文学的贡献功不可没。和其他译者
一样,傅光明兄的莎剧新译也是向着在汉语中让莎翁完美地还
魂重生的一次冲刺,或许与将沉甸甸的岩石一次次推上山巅的
西西弗一样,会感到沮丧、失望,但他也会感到一种罕有的快

乐。正像加缪所说，"应当想象西西弗是幸福的"，那我们可以想象光明兄是幸福的。

2020 年 12 月于复旦大学

目　录

"无地王"约翰：一个并非不想成就伟业的倒霉国王

为了像狗一样抢食王权这根啃得精光的骨头，凶猛的战争竖起愤怒的颈毛，在温柔的和平面前嚎叫。现在，外来军队和国内心存不满之人齐心协力：一场巨大的灾难，等待着篡位的王权即将垮台，活像一只乌鸦等着啄食一头病倒的牲畜。

——（《约翰王》第四幕第三场）

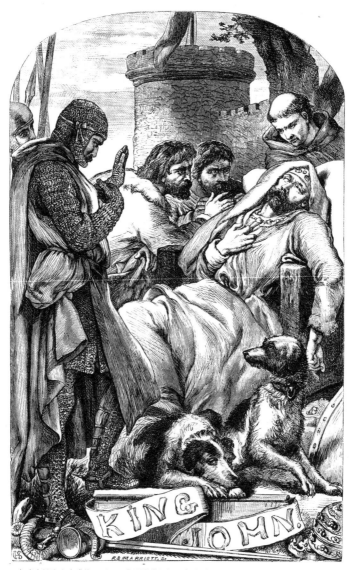

本书插图选自《莎士比亚戏剧集》（由查尔斯与玛丽·考登·克拉克编辑、注释，以喜剧、悲剧和历史剧三卷本形式，于 1868 年出版），插图画家为亨利·考特尼·塞卢斯，擅长描画历史服装、布景、武器和装饰，赋予莎剧一种强烈的即时性和在场感。

一、写作时间和剧作版本

1. 写作时间

现已公认,《约翰王》写于 16 世纪 90 年代中期的 1594—1597 年间,五大理由如下:

第一,1598 年 9 月 7 日,作家弗朗西斯·米尔斯(Francis Meres,1565—1647)牧师在伦敦的书业公会(Stationers' Company)登记印行的《智慧的宝库》(*Palladis Tamia*)一书中,提到《约翰王》。

第二,许多莎学家认为,从诗体风格来看,《约翰王》应与《理查二世》写于同一时段,再从后者戏剧结构的相对合理、剧中人物刻画的相对丰满,以及诗风抒情的相对强化来看,前者写作在前。诚然,拿作家写作这件事来说,并非晚作一定好于早作。牛津版《莎士比亚全集》的编者们,由剧中稀有词汇的发生率、诗体中的俗语运用、停顿模式、罕见的韵诗等几方面断定,《约翰王》

1596 年完稿，比写于 1597 年的《亨利四世》(上)早，比写于 1595 年的《理查二世》晚。不过，这个事实十分清楚，即在全部莎剧中只有两部是全诗体，一部是《约翰王》，另一部是《理查二世》。

第三，戏剧家托马斯·基德(Thomas Kyd，1558—1594)写于 1582—1592 年间的《西班牙的悲剧》(*The Spanish Tragedy*)对莎剧《约翰王》有直接影响。比如，《西班牙的悲剧》第一幕第一场的三行诗句——"他专擅狩猎死狮子，/ 剥下狮皮做衣裳，/ 好比兔子敢揪死狮子的胡子"，几乎被莎士比亚原封不动植入《约翰王》第二幕第一场私生子(福康布里奇)与布兰奇公主嘲弄奥地利大公的对话中，当私生子挖苦奥地利大公"你就是俗语里说的那只兔子，勇气大得敢扯死狮子的胡子"之后，布兰奇随声附和："啊，剥狮皮之人，身披狮皮最合体！"

《西班牙的悲剧》常被认为是伊丽莎白时代第一部成熟的剧作。除此之外，被认为八成出自基德之手、写于 1593 年的另一部剧作《索丽曼与珀西达》(*Soliman and Perseda*)，也对莎士比亚编写《约翰王》有影响。

第四，1591 年出版、可能出自戏剧家乔治·皮尔(George Peele，1556—1596)之手的《骚乱不断的英格兰约翰王朝》(*The Troublesome Reign of John，King of England*，以下简称《约翰王朝》)，是莎剧《约翰王》的重要素材来源，两剧剧情十分接近。

然而，英国当代莎学家恩斯特·霍尼格曼(Ernst Honigmann，1927—2011)在其为 1954 年阿登版《莎士比亚全集·约翰王》第二版所写序言，及其 1982 年出版的专著《莎士比亚对同时代人的影响》(*Shakespeare's Impact on His Contemporaries*)中，坚持认为，莎剧《约翰王》早于《约翰王朝》，因写作上并非前者借鉴后者，而是后者效仿前者。若此，《约翰王》的写作则要提早至1589年之前。霍尼格曼的学术前辈、著名莎学家多佛·威尔逊（Dover Wilson，1881—1969）持相同观点。不过对此，莎学家们多不赞同。

第五，一些文学史家认定，莎剧《约翰王》中康丝坦斯痛失亚瑟之伤悲绝望，分明是莎士比亚丧子之痛的真实写照。1596年8月11日，莎士比亚的独子哈姆尼特（Hamnet，1585—1596）因病夭折，莎士比亚痛不欲生。何处寄哀思？设计《约翰王》剧情时，莎士比亚安排康丝坦斯在第三幕第四场，以为儿子亚瑟已死，心烦意乱，披头散发，悲从中来，向宽慰她的法兰西国王腓力二世慨叹："若悲愁能填补我没了儿子的空缺：睡在他的床上，和我一起走来走去，装出他可爱的模样，重复他说过的话，令我想起他身上一切可爱之处，以他的形体把他空落落的衣裳填满；那我就有理由溺爱悲愁。……主啊！我的孩子，我的亚瑟，我的漂亮儿子，我的命根子，我的喜乐，我的食粮，我的整个世界！我孀居中的安慰，我悲愁里的良药！"

或许有理由相信，莎士比亚在借康丝坦斯哀悼亚瑟，来浇丧子后的胸中块垒！若此，《约翰王》的写作时间几乎可精确到1596年夏秋。

除了以上，另有莎学家认为，《约翰王》的写作早在1587年告竣，因为史学家拉斐尔·霍林斯赫德（Raphael Holinshed，1525—1580？）所著《英格兰、苏格兰和爱尔兰编年史》（*Chronicles of England, Scotland and Ireland*）第二版在这一年出版，该版

《编年史》第三卷是莎士比亚历史剧的主要素材来源之一。显然，这个理由不充分，虽说莎士比亚历史剧中有许多情节都是照霍林斯赫德《编年史》里的葫芦画的瓢，但并无任何证据表明，莎士比亚刚一看完新版《编年史》，便摇着鹅毛笔写起了《约翰王》。

另外，早在《约翰王朝》和莎剧《约翰王》之前，舞台上还上演过一部名为《约翰王》(*Kynge Johan*，约 1538 年)的"插剧"(the interlude)，作者是新教辩护士约翰·贝尔 (John Bale, 1495—1563)牧师，这部插剧是英国戏剧由旧道德剧向历史剧过渡的标志。但并无直接证据显示，它对莎剧《约翰王》有丝毫影响。

2. 剧作版本

莎剧《约翰王》不存在任何版本问题，1623 年出版的世间第一部莎士比亚作品集，即著名的"第一对开本"《威廉·莎士比亚先生的喜剧、历史剧和悲剧》(*Mr. William Shakespeare's Comedies, Histories, & Tragedies*)中的《约翰王》，是唯一的权威文本，剧名全称为《约翰王的生与死》(*The Life and Death of King John*)。不过，该本是否根据剧团的一份台词本(a prompt-book)或莎士比亚的编剧草稿(foul papers)印制而成，尚无定论。

二、原型故事

1. 莎剧《约翰王》的原型故事

现已认定，可能出自乔治·皮尔之手的旧戏《约翰王朝》是莎剧《约翰王》的重要原型故事。其实，关于《约翰王朝》到底出自谁手，一直存疑，有人认为作者不详，有人推测作者可能是剑桥、牛津出身的"大学才子派"作家克里斯托弗·马洛(Christopher Marlowe，1564—1593）、罗伯特·格林（Robert Greene，1558—1592）或托马斯·洛奇（Thomas Lodge，1558—1625）中的一位。

《约翰王朝》共两部，于1591年分开印行，第一部标题页如下：

> 骚乱不断的英格兰约翰王朝，及狮心王理查的私生子（俗称"私生子福康布里奇"）；另有约翰王在斯温斯特德修道院（Swinstead Abbey）之死。该剧曾由女王陛下剧团（于各种时间）在荣耀的伦敦城公演。由桑普森·克拉克（Sampson Clarke）出版，并在其位于伦敦交易所后身的书店出售。伦敦，1591年。

第二部标题页如下：

> 骚乱不断的英格兰约翰王朝，包括亚瑟·普朗塔热内之死，路易登陆，以及约翰王在斯温斯特德修道院中毒而亡。该剧曾由女王陛下剧团（于各种时间）在荣耀的伦敦城公演。由桑普森·克拉克出版，并在其位于伦敦交易所后身的书店出售。伦敦，1591年。

"普朗塔热内"（Plantagenet），即后人熟知的"金雀花（王朝）"（Plantagenet，1154—1485）之音译。

此后，这部篇幅比莎剧《约翰王》长约三百诗行的《约翰王朝》再版过两次：1611年，两部合二为一，由约翰·赫尔姆（John

Helme)出版,标题页印有"Written by W. Sh."字样,W. Sh.是威廉·莎士比亚的缩写;1622年第三版由托马斯·迪维斯(Thomas Dewes)出版,标题页印明"Written by W. Shakespeare."(W. 莎士比亚著)。不用说,出版商这么干,意在盗用莎士比亚之名大赚其钱。不过,这却曾一度造成有后代学者误以为这部《约翰王朝》真的出自莎士比亚之手。

关于《约翰王朝》对莎剧《约翰王》有何影响,或曰莎士比亚如何改编这部旧戏,梁实秋在其《约翰王》译本的序中说:"这部旧戏虽然不是什么天才之作,但是主要的故事穿插以及几个重要的人物都已具备,莎士比亚加以删汰改写,大体的面目都被保存,甚至旧戏中的错误,亦依样葫芦。不过,旧戏的重点在于反天主教,莎士比亚的重点在于人物描写。例如私生子那个角色,好像是为了某一个演员〔可能即是理查·博比奇(Richard Burbage)〕而特写的一般,大肆渲染,除第三幕外每幕结尾处均是私生子的台词。莎士比亚删掉了旧剧的四景,没有增加新景,比旧戏共少三百行,但是给予我们一个更充实有力的印象。这是研究莎士比亚如何改编旧戏之最好的一个实例。"[①]

由梁实秋所言,对两剧之异同稍作比对:

第一,两剧均以约翰王1199年加冕英格兰国王到1216年去世的统治时期为剧情背景,剧中涉及的人物、事件相同。

第二,莎剧《约翰王》第五幕第四场第四十二行台词与《约翰王朝》一模一样,即法国贵族梅伦临死前向索尔斯伯里伯爵透

---

① [英]威廉·莎士比亚:《莎士比亚全集》(第四集),梁实秋译,中国广播电视出版社,1995年,第7—8页。

露："他（休伯特）是我好友——另外还有一层考虑，因为我祖父是个英国人。"

第三，两剧均未涉及约翰王在叛乱男爵们的强大压力下，于1215 年 6 月 15 日在温莎（Windsor）附近的兰尼米德（Runnymede）签署的、以拉丁文书写的、有六十三项条款、旨在限制王权的《大宪章》（拉丁文为 *Magna Carta Libertatum*，简写为 *Magna Carta*；英文为 *Great Charter of Liberties*）。

在后人眼里，约翰王与《大宪章》密不可分。为何两剧均不提这件令约翰王受辱蒙羞之事？对旧戏《约翰王朝》或只能这样推测：女王伊丽莎白一世（Elizabeth Ⅰ，1533—1603）1558 年继位后，王权极不稳固，整个王国内忧外患：于内，贵族中一直有人阴谋废黜女王；于外，须不时提防信奉天主教的法兰西和西班牙两大强敌。尽管 1588 年女王的海军打败了西班牙无敌舰队，但1591 年便在《约翰王朝》中把贵族们逼迫约翰王签署旨在限制王权的《大宪章》情景再现，恐刺激女王。对莎剧《约翰王》来说，或可由其戏剧结构之混乱，这样推测：莎士比亚对该剧兴趣不大，只为赶紧照葫芦画瓢，把《约翰王朝》的爱国主义及反天主教宣传淡化掉，匆忙编一部"下锅之作"（a piece of hack work）[1]，把快钱挣到手。

第四，《约翰王朝》有强烈的反罗马天主教色彩，莎剧《约翰王》将其所有反天主教的剧情，包括一些对戏剧力有强化作用的细节全部"删汰"。比如，在《约翰王朝》中，意图毒死约翰王的那

---

[1] 参见"新剑桥版"《约翰王》导论，*King John*，Edited by L. A. Beaurline，Cambridge University Press，2012，p.1.

位斯温斯特德修道院修士,在一段独白中表明,自己之所以谋害国王,只因他洗劫修道院罪不容诛,要让他受到应有的惩罚。而且,剧中有修士投毒、约翰王饮酒一场戏,在戏里,约翰王从假扮宫中"试吃者"(taster)的修士手里接过酒杯,喝下毒酒。毒性发作,约翰王在极度痛苦中死去。

另外,《约翰王朝》中还有一处喜剧性桥段:当私生子彻查一座修道院时,竟搜出一位藏身于此的修女。莎士比亚将此抹去,只在第三幕第四场借潘杜尔夫主教之口一语带过:"私生子福康布里奇,此时正在英格兰洗劫教会,冒犯基督徒的爱心。"

说实话,被莎士比亚"删汰"的这几处,都不无戏剧表现力。

2. 历史上的"无地王"[①]与莎剧中的约翰王

约翰·普朗塔热内(John Plantagenet,1166—1216),即约翰·金雀花,简称约翰王,是英格兰王国"金雀花王朝"(House of Plantagenet)第三任国王(1199—1216),因在位期间将其父(亨利二世)、兄(理查一世)赢得的在欧洲大陆的诺曼底公国(Duchy of Normandy,1066—1204)及英格兰王权所属大部分领土,都输给了法兰西国王腓力二世(Phillip Ⅱ,1165—1223),导致安茹帝国(Angevin Empire,1154—1216)消亡,造成法兰西卡佩王朝(Capetian Dynasty)于13世纪崛起,使王国在欧洲大陆的领地丧失殆尽,赚得"无地王"之诨名。

安茹帝国指英格兰的安茹国王(Angevin Kings of England)12—13世纪时所拥有的英格兰和法兰西的领地,是早期复合君

---

① 下文中关于英国历史的论述,参见 Frank Barlow, *The Feudal Kingdom of England*, 1042—1216, Longmans, 1988.

主制（composite monarchy）的一个典型例子。第一位君主是诺曼底公爵亨利二世（Henry Ⅱ, 1133—1189），他从母亲那儿继承了英格兰王位和诺曼底公国，从父亲那儿继承了欧洲大陆的安茹伯爵领地，又因娶了法兰克国王（King of the Franks）路易七世（Louis Ⅶ, 1120—1180）的前妻"阿基坦的埃莉诺公爵夫人"（Duchess Eleanor of Aquitaine, 1122？—1204），遂又获得其在欧洲大陆的公国领地。第二任君主是狮心王理查一世（Richard Ⅰ, 1157—1199）。安茹帝国鼎盛时期，所拥有的布列塔尼（Brittany）、安茹（Anjou）、阿基坦（Aquitaine）和诺曼底（Normandy）领地的总面积，超过东面的法兰西王国（France）。到约翰王去世，这些领地全都被腓力二世收入囊中。遥想约翰少年时，亨利二世在尚未让他继承任何一块欧洲大陆领地时，曾开玩笑昵称他为"无地约翰"（John Lackland），竟一下子注定了约翰未来将"无地"的终极命运。

约翰是亨利二世与路易七世的前妻"阿基坦的埃莉诺"所生五个儿子中的幼子，最初并无继承大量土地之寄望。随着几个哥哥在1173—1174年间发动的叛乱失败，约翰独为父王宠信。1177年，被任命为爱尔兰勋爵（Lord of Ireland），拥有部分不列颠岛及在欧洲大陆的一些领地。

大哥威廉（William, 1153—1156）三岁夭折，二哥亨利（Henry, 1155—1183）、四哥杰弗里（Geoffrey, 1158—1186）都在年轻时过世。1186年，杰弗里在一次比武竞赛中死于非命，留下一个遗腹子"布列塔尼的亚瑟"（Arthur of Brittany, 1187—1203）。杰弗里之死使约翰离王位更近了一步。因此，当约翰唯一在世的三哥理查于 1189 年加冕国王时，身为小弟，他成了一个潜在的继承人。尽管约翰在哥哥理查参与第三次 "十字军东征"（1189—1192）被囚禁神圣罗马帝国期间，曾受腓力二世唆使，起兵谋反，试图夺取王权。但获释后返回英格兰重获王权的理查，宽恕了弟弟，并最终在临死前一年指定他为王位继承人。

1199 年 4 月 6 日，三哥理查亡故，随后，约翰与四哥杰弗里之子"布列塔尼的年轻亚瑟"（即莎剧《约翰王》中约翰王的侄子"年轻的亚瑟"）围绕安茹帝国王位继承权，爆发冲突。虽说理查生前指定约翰为英格兰王位继承人，却并未同时确认约翰继承安茹帝国王位。

在多数英国人和诺曼贵族的支持下，且依靠母后埃莉诺，1199 年 5 月 25 日，约翰在威斯敏斯特教堂由坎特伯雷大主教休伯特·沃尔特（Hubert Walter，1160—1205）加冕，成为国王约翰。

此时，亚瑟在布列塔尼、缅因（Maine）和安茹贵族的支持下起兵，沿卢瓦尔河谷向昂热（Angers）进兵，为配合亚瑟，腓力二世的军队沿河谷挥师图尔（Tours），金雀花王朝在欧洲大陆的领地面临一分为二的危险。加冕两周之后，约翰王前往欧洲大陆。此时，诺曼底公国战事吃紧，安茹、缅因、都兰（Touraine）都遭到法兰西和布列塔尼联军的进攻，诺曼底公国与阿基坦公国相连地区危在旦夕。后来，战局逆转，迫使亚瑟和母亲康丝坦斯向约翰王投降。但这对母子担心约翰王加害，趁着夜色投奔腓力二世。

1200 年，得到神圣罗马帝国皇帝奥托四世（Otto Ⅳ，1175—1218）和教皇英诺森三世（Innocent Ⅲ，1161—1216）支持的约翰王，与支持"布列塔尼的亚瑟"的腓力二世，达成《勒古莱条约》(*Treaty of Le Goulet*)。表面看，腓力二世承认约翰对欧洲大陆的安茹帝国领土、诺曼底公国和阿基坦公国拥有统治权，但条约明显对法兰西有利，因为它奠定了英格兰国王对法兰西国王的依附关系。除此之外，约翰王还将许多用来防御的城堡拱手相送。眼见英格兰向法兰西如此妥协，批评约翰王的人送他一个"软剑王"(King of soft sword)的绰号。

1202 年春，腓力二世集结大军，准备向约翰王开战。理由是依据《勒古莱条约》，约翰王作为法兰西国王的封臣，须交出其在欧洲大陆的领地。同时，腓力二世引荐与约翰王有夺亲之恨的骑士吕西尼昂(Lusignan)与亚瑟结盟。两年前，约翰王劫持了吕西尼昂十二岁的新娘，霸占为妻，激怒了吕西尼昂家族。为将约翰王赶出欧洲大陆，腓力二世封十六岁的亚瑟为骑士，将幼女玛丽(Marie)许配给他，承认他为布列塔尼公爵、阿基坦公爵、安茹伯爵和缅因伯爵，随后派亚瑟和吕西尼昂率军攻打安茹领地。7 月 29 日，亚瑟率二百五十多名骑士来到米雷博(Mirebeau)城堡城墙下，力图将七十八岁高龄、已从隐居修养中逃亡此地的祖母埃莉诺抓为人质，向叔叔约翰王挑战。此时，正在诺曼底布防的约翰王，接到母亲埃莉诺出逃途中写来的求援信，迅速在勒芒(Le Mans)集结一支部队，急行军于 7 月 31 日晚抵达米雷博。这便是莎剧《约翰王》第二幕第一场腓力国王在昂热城墙前所说的情形："没想到英军这次远征如此迅疾！"

约翰王的大军迟来一步，米雷博已落入亚瑟之手。8 月 1 日拂晓，约翰王的军队发起突袭，一举攻入城堡，不仅救出埃莉诺王后，并将亚瑟、吕西尼昂兄弟及二百余名高贵的骑士生擒。亚瑟被关进诺曼底法莱斯(Falaise)城堡监狱。身为囚徒，亚瑟并不惊慌，以为叔叔不敢把他怎么样。出乎约翰王意料的是，虽打了胜仗，但囚禁亚瑟令他很快失去几位重要盟友。他更没想到，这几位盟友居然合兵一处，联手反攻昂热。安茹危在旦夕。同时，阿基坦公国内部叛乱。迫于压力，1203 年春，约翰王释放了吕西尼昂兄弟。随即，重获自由的吕西尼昂兄弟再次向约翰王开战，加上腓力二世的大军，约翰王溃不成军，相继失去了布列塔尼、安茹、缅因、都兰和诺曼底的几乎全部领地。

值得一提的是，1203 年初，约翰王曾密令英格兰首席政法官休伯特·德·伯格(Hubert de Burgh，1170—1243)弄瞎亚瑟的双眼，并将他阉割。亚瑟苦苦哀求，休伯特不忍下手，但为了向国王复命交差，便放出话，说亚瑟已死，不想却惹怒了布列塔尼民众，民众发誓要为少主报仇。休伯特赶紧改口，透露消息说，亚瑟还活在人世。但民众的复仇怒火已成燎原之势。

此景此情，在莎剧《约翰王》第四幕第一场得到戏剧化的展现，莎士比亚把亚瑟向休伯特苦苦哀求的那两大段独白，写得催人泪下："你忍心？有一次你头疼，我把我的手帕系在你额头上，——那是我最好的手帕，一位公主为我绣的。——我没再往回要。夜里，我手捧你的头，像不眠的时钟，从分钟到小时，不停振作着缓慢移动的时间，不时问您：'想要什么？身上哪儿难受？'或是问：'怎么做才能表达我高贵的爱意？'多少穷人家的儿子情愿倒头安睡，绝不会有谁对您说一句体己的话。而您却有一位王子照顾病体。不，也许您把我的爱想成虚妄之爱，称它狡诈。——您愿怎么想,随便吧。倘若上天乐意见您作践我,您也非如此不可。——您要把我眼睛弄瞎?我这双眼睛从不曾对您皱过一次眉,今后也不会。"休伯特不依不饶,执意说:"我已立下誓言,必须用热烙铁烫瞎你双眼!"亚瑟继续动之以情:"啊,只有铁器时代[指古典时期(黄金时代、白银时代、青铜时代、铁器时代)最后一个,也是最邪恶、残忍的时代。]才干这样的事!就算那块铁烧得通红,一旦靠近这双眼,它也会啜饮我的泪水,在我无辜的泪水里把它炽热的愤怒熄灭。不,从今往后,只因它曾含着怒火要害我眼睛,它会生锈烂掉。你比锤炼过的铁还死硬吗?哪怕一位天使降临,告诉我休伯特要弄瞎我眼睛,我也不会信。——除非休伯特亲口说。"

眼见父兄以武力赢得、凭国力捍卫的安茹帝国在欧洲大陆的领地逐一沦丧,约翰王的情绪坏到极点。1203年复活节前的星期四晚上,退守鲁昂(Rouen)的约翰王喝醉了酒,也许是借着酒力,也许是欲除掉亚瑟而后快的心魔作祟,他晃悠着身子走向关押亚瑟的牢房。他一路溃败,却不忘把这个年轻的囚徒带在身边。亚瑟是他的心病!极有可能,是约翰王亲手杀了亚瑟,并将尸体绑上大石头,沉入塞纳河。后来尸体被一名渔夫打捞上来,由一位修女按基督徒仪式秘密下葬。

或许莎士比亚不想把约翰王写得太坏,或许他只想图省事儿,临摹那部旧戏《约翰王朝》,不想节外生枝,在他笔下,亚瑟并非死于约翰王之手,而是在第四幕第三场,从关押他的城堡出逃时,站在高高的城墙上,横下一条心,独白:"冒死逃生,在这儿等死,横竖都是死。"随后发出祈祷:"上帝佑我!这石头硬似我叔叔的灵魂:/ 愿上天带走我灵魂,英格兰收我尸骨!"

尽管在此之前,早已风传亚瑟已死,但直到1204年,腓力二世才接受这个事实。亚瑟是他手里的王牌!每当约翰王打算谈判议和,腓力二世便明确告知:"必先交出亚瑟,否则永无宁日。"12月初,约翰王横渡英吉利海峡,撤回英格兰。1204年3月,坚固的盖拉德(Gaillard)城堡失守。约翰王在欧洲大陆的领地,只剩下母亲留给他的阿基坦公国。之所以如此,全在于阿基坦的贵族们甘愿效忠他的母亲。4月1日,这位"阿基坦的埃莉诺"在丰特弗洛(Fontevraud)修道院过世,享年八十岁。她被安葬在丰特弗洛教堂,长眠在丈夫亨利二世和儿子"狮心王"理查的身边。

失去了母亲这座靠山,约翰王六神无主,英军对腓力二世的抵抗也越来越弱。阿基坦的贵族们担心被剥夺财产,开始与腓力二世修好。8月,腓力二世相继攻占诺曼底、安茹,随后进入普瓦图(Poitou)——阿基坦的统治中心。至此,安茹帝国(或曰金雀花王朝)失去了在欧洲大陆的最后一块基石。

约翰王不甘心失败。1205年夏,约翰王准备兵分两路进攻法兰西,收复失地。其中一支舰队的指挥官是约翰王的异母弟弟、索尔斯伯里伯爵三世威廉·朗格斯佩(William Longespee,1176—1226)。他是亨利二世的私生子,因其身材魁梧,手里使的剑超出常规尺寸,人称"长剑威廉"(long sword)。他应是莎剧《约翰王》中理查一世的私生子、约翰王的异母侄儿菲利普·福康布里奇的原型。

人算不如天算。约翰王虽集结起一支兵强马壮的大军,但政治格局已今非昔比,以前效忠他的大多数贵族,此时必须在他和腓力二世之间做出选择。有些领主做起了两面人，一面为保住公国的领地，表示效忠腓力二世；一面为保住在英格兰本岛的地产，又向约翰王称臣。结果，大部分贵族不愿为约翰王卖力，作战计划搁浅。1206 年 4 月，约翰王再次耗费大量钱财，组织起庞大的远征军，并亲临前线指挥。6 月，英军夺回了阿基坦公国的部分失地。随后，约翰王得到腓力二世备战的消息，因担心再次战败，选择退兵。10 月，约翰王与腓力二世签订议和条约。

此次出兵，约翰王并未讨得什么便宜。但为了长久对抗腓力二世，夺回父兄赢得的一切，约翰王必须募集足够的金钱，一方面维持军队，一方面还要贿赂欧洲大陆的盟友。唯一可行的办法是搜刮金钱，课以重税，连继承贵族头衔，也要向国王交钱。几年下来，约翰王拥有了比历任国王更多的财富，并将王室权力辐射到苏格兰、威尔士和爱尔兰。

在此期间，随着坎特伯雷大主教休伯特·沃尔特于 1205 年 7 月过世，围绕大主教继任人选，约翰王与罗马教皇英诺森三世的矛盾公开化了。约翰王相中了诺维奇主教约翰·德·格雷（John de Gray，？—1214），而教皇中意的是罗马天主教会的英国红衣主教斯蒂芬·兰顿（Stephen Langton，1150—1228）。1207 年 6 月，教皇在罗马将坎特伯雷大主教这一圣职授予兰顿。约翰王拒绝接受，致信教皇，发誓捍卫王权，并将禁止任何人从英国港口前往罗马。见教皇不予回复，约翰王遂将坎特伯雷所有修士驱逐出境，宣布兰顿为王室之敌，把整个坎特伯雷教区的财产霸为己有。

在莎剧《约翰王》第三幕第一场，莎士比亚借教皇使节潘杜尔夫主教之口，将约翰王拒绝兰顿一事，以一段独白表现出来：
"本人潘杜尔夫、美丽米兰城的红衣主教，奉教皇英诺森之命来
此，现以他的名义郑重向你质询：你为何如此固执，抗拒教廷，抗
拒圣母，并强行抵制当选的坎特伯雷大主教斯蒂芬·兰顿入主圣
座？对此，我以罗马教皇的名义，向你质询。"约翰王当场拒绝，强
硬表态："我偏要独自一人，孤身与教皇作对，并把他的朋友视为
我的敌人。"潘杜尔夫主教随即回应："以我的合法权力宣告，你
将受到诅咒，并被开除教籍。"

1208 年 3 月，教皇叫停英格兰一切圣事。1209 年 11 月，教
皇将约翰王开除教籍。

从 1208 年春直到 1213 年约翰王向罗马教廷做出让步为
止，英格兰王国全境陷入宗教沉默，人们的日常宗教生活，除了
婴儿洗礼、告解和临终涂油礼，一切都被禁止。教堂紧闭大门，教
士们无所事事，婚礼在门廊举行，神父不再主持葬礼，死者葬在
城镇的城墙之外或路边的壕沟里。

教皇英诺森三世本打算通过教会禁令使约翰王服软，不料
约翰王借此横征暴敛，他先以国王的名义没收教会全部财产，继
而动辄命教士们缴纳罚款，随后又把贪婪的手伸向犹太人。同
时，他开始算计那些势力强大、家财殷实的贵族世家，以偿还王
室债务的名义，命他们缴纳大笔金钱，否则罢官削爵，逼得一些
有头有脸的显赫贵族无奈之下逃亡避难。

为铲除异己，确立威权，约翰王不忘招募军队对外用兵。
1209 年，约翰王率军入侵苏格兰，迫使苏格兰国王"狮心威廉"
（William the Lion，1142—1214）签下屈辱的《诺勒姆条约》

(*Treaty of Norham*)。1210 年,约翰王的大军进入爱尔兰境内平叛,短短两个来月时间,所向披靡,将敌对势力消灭殆尽。约翰王不惜大动干戈,意在以武力重申:爱尔兰王国之统治须遵照英格兰法律,爱尔兰人须按英格兰风俗习惯生活行事。1211 年,约翰王率两支大军侵入威尔士,打击威尔士的心脏地带,取得军事上的胜利,令位于北威尔士的圭那特(Gwynedd)诸侯国的国王卢埃林(Llywelyn,1173—1240)不得不暂时俯首称臣。

尽管约翰王打不赢法兰西腓力二世,出兵苏格兰、爱尔兰和威尔士,却未尝败绩,取得了先王们不曾有过的荣耀——令爱尔兰、苏格兰和威尔士三国人民对英格兰国王臣服听命。

约翰王对教会、贵族、臣民横征暴敛之狠毒,对敌人、异己惩罚手段之残忍,日渐激起民怨。1212 年,约克(York)郡一位能未卜先知的隐士"韦克菲尔德的彼得"(Peter of Wakefield)的预言开始在民间流传。彼得说,基督两次在约克镇,一次在庞弗雷特(Pomfret)镇,化身孩童,由一位神父抱在怀中,向他显灵,嘴里念叨着"太平,太平,太平"。彼得预言,国王将在下一个加冕周年纪念日,即 1213 年 5 月耶稣升天节(庆祝耶稣升天的节日,在复活节四十天之后的星期四)那天退位,得更多上帝恩典之人将取而代之。约翰王闻听,先不以为然,随后细思极恐,立即命人将彼得逮捕,押至御前审问。约翰王命彼得解释,他是否会在那一天死去,或将如何失去王位。彼得回答:"毫无疑问,那天一到,你就不是国王。若到时证明我说谎,听凭发落。"国王命人把彼得押送科夫(Corfe)城堡,关进大牢,等候验明预言。然而,彼得的预言迅速传遍英格兰。

在莎剧《约翰王》中,莎士比亚将这个彼得写成"庞弗雷特的彼得"(Peter of Pomfret),并在第四幕第二场约翰王王宫一场戏中,以私生子福康布里奇向约翰王禀报时局的独白方式,道出预言之来由:"我一路走下来,发现百姓满脑子奇思怪想:听信谣言,充满愚蠢的幻梦,不知在怕什么,却满心惊恐。我从庞弗雷特街上带来一位先知,当时看,有好几百人都快踩到他脚后跟了。他给这些人吟唱粗俗刺耳的打油诗,预言陛下,将在下一个耶稣升天节当天正午之前,交出王冠。"约翰王当即质问彼得:"你这个痴人说梦的傻瓜,为何这样做?"彼得回复:"预知此事成真。"约翰王命休伯特"把他带走,关进大牢;到他说我将交出王冠的那天正午,绞死他。"

绝了内患,发了横财的约翰王,决定再次挑战腓力二世。约翰王一点不傻,为全力对付法兰西,他先与罗马教廷和解。签署条约之后,约翰王再次成为教皇的臣属,英格兰王国重新变成神权的领地。1213年5月30日,索尔斯伯里伯爵率一支由五百艘舰船组成的英格兰舰队,从海上突袭达默(Damme),将停泊在港口内的约一千七百艘法兰西战船一举摧毁。这支瞬间毁灭的法兰西舰队,原本是腓力二世打算执行教皇废黜约翰王的判决,为从海上入侵英格兰准备的,谁料约翰王已与罗马先行和解。

达默海战胜利后,7月20日,由教皇挑选委派的斯蒂芬·兰顿正式就任坎特伯雷大主教。约翰王答应向罗马教会缴纳巨额罚金,重新得到教皇的宠幸。入秋,约翰王准备兵分两路进攻腓力二世,夺回失地,一雪前耻,索尔斯伯里伯爵指挥一支军队,约翰王统领另一支军队。战役进展顺利,到1214年春,约翰王已相继夺回阿基坦的普瓦图、布列塔尼的南特（Nantes）和安茹的昂热。约翰王向世人展示，那个骁勇善战的金雀花勇士似乎又回来了。

然而，当决战即将在普瓦图和布列塔尼边界地区打响之际，腓力二世二十六岁的路易王太子率军杀到，加之普瓦图的贵族们拒绝与法兰西卡佩王朝为敌，约翰王功亏一篑，只好提前撤兵，等待下次战机。

7月27日，英法布汶战役（Battle of Bouvines）开始了。经过三个小时惨烈激战，由腓力二世指挥的、约由七千名将士组成的法军，击败了由神圣罗马帝国皇帝奥托四世和索尔斯伯里伯爵指挥的、约由九千名将士组成的联军，索尔斯伯里伯爵等几位英国贵族被俘，被押回巴黎。

这次败仗使约翰王陷入绝境，不仅他此前所有的战争投入血本无归，还要再与腓力二世签订停战协定，支付巨额战争赔款。而对于腓力二世，布汶战役标志着长达十二年的"金雀花-卡佩王朝"战争结束，法兰西王室赢得了布列塔尼公国和诺曼底公国，并巩固了其对安茹、缅因和都兰的主权。约翰王的好日子到头了！

在莎剧《约翰王》中，莎士比亚把历史做了极简化处理。第五幕第一场，约翰王先向罗马教皇的使节潘杜尔夫主教交出王冠，再由主教把王冠交回约翰王，象征从教皇那儿重新获得至尊王权。潘杜尔夫主教承诺："既然你已温顺皈依，我便用舌头使这场战争风暴安静下来，让你狂风暴雨的国土放晴转好。记好：耶稣升天节这天，你宣誓效忠教皇，我让法国人放下武器。"

事实上，约翰王并非没有头脑，在此之前，他的治国方略似乎颇有成效，他一面强化王权统治，一面向普通自由民灌输君权神授的思想，并给百姓带来实际好处，使百姓得以在法律的保护下捍卫个人财产。

然而，在反叛他的男爵们和教会眼里，他是一个暴君。当他发动的代价高昂、试图捍卫王国在法兰西领地的灾难性战争彻底失败后，为尽快筹钱恢复元气，他不顾一切地以税收及其他支付方式，向那些男爵和骑士们提出不公平和过分的要求，使他们的权力、利益受到极大削弱、侵害。同时，他干涉教会事务被视为进一步滥用王权。

终于，贵族们为私利讨回公道的机会来了。1215 年 5 月 5 日，从 1212 年起就密谋起兵的罗伯特·菲兹沃尔特（Robert Fitzwalter）挑头儿，联合一些贵族起兵造反，宣布与国王断绝关系，否认约翰王为英格兰国王，揭开国王与男爵们之间"第一次王爵之战"（First Baron's War）的序幕。

简言之，经过一个多月的交锋、争吵，男爵叛军终于迫使约翰王坐到温莎附近兰尼米德的谈判桌前。6 月 15 日之前，双方讨价还价，先签署了一份《男爵法案》(The Articles of the Barons)。6 月 18 日，国王极不情愿地同意了男爵们的要求，在双方达成的新协议上签字，此即著名的《大宪章》。次日，达到目的的贵族们宣誓效忠约翰王，他毕竟仍是合法国王。

《大宪章》签署后，抄写了约四十份副本，送至各地，由指定的王室成员及主教保存。

《大宪章》第六十一条对限制王权最为有力，规定由二十四名贵族和伦敦市长组成的"保障委员会"有权随时召开会议,其不仅具有否决王命之权力,还可使用武力占据国王的城堡及财产——换言之,假如国王违反宪章,贵族们有权向国王开战。可想而知,这对于约翰王不啻是一种侮辱。因此,当贵族们相继离开伦敦返回各自封地之后,约翰王立即宣布废除《大宪章》。很快,约翰王得到教皇支持,英诺森三世拒绝承认《大宪章》,痛斥其乃以武力威胁强加给国王的无耻条款,有损国王尊严。

实际上,《大宪章》的核心要旨在于保护特权精英的权利和财产不受侵犯。但它同时维护了教会自由,改进了司法体制,建立起君主统治须遵循的基本原则,即王权不能逾越法律,国王只是贵族"同等地位中的第一人",无更多权力,每个人(包括国王在内)一定要公平待人。

顺便一提,2017 年 9 月 21 日,笔者前往索尔斯伯里大教堂,目睹了用鹅毛笔书写在动物皮上的《大宪章》原件。世上现仅存四份《大宪章》原件,这里所藏最为完好,其他三份,一份藏于林肯(Lincoln)城堡,归林肯大教堂所有,另两份藏于大英图书馆。

《大宪章》的签署不仅未能终止英格兰内部的"王爵战争",而且法兰西的入侵已近在眼前。1215 年年底,腓力二世援引此前曾对约翰王做出的一次"审判",再次宣布他是害死"布列塔尼的亚瑟"的凶手,不再是英格兰国王。一旦受到英格兰叛乱贵族的邀请,腓力二世即可兴兵入侵,废黜暴君。

1216 年 5 月,由路易王太子统率的法兰西军队在肯特(Kent)郡海岸登陆。6 月 14 日,法军攻陷温切斯特(Winchester),随后进入伦敦。很快,英格兰王国一大半陷于敌手。7 月 19 日,法军开始围攻多佛(Dover)城堡。约翰王被迫四处流动作战,一面试图攻打被贵族叛军占领的城镇,一面尽力躲避与法军交战。10月14日,约翰王的部队在途经位于林肯郡和诺福克(Norfolk)郡之间的沃什(Wash)湾时,因对潮水判断失误,导致大部分人马渡过后,剩余装载辎重和宝物的车马被回涌的潮水卷走。至今,此处地名仍叫"国王角"(King's Corner),这亦引起后世传闻,称此处埋葬着约翰王的大笔宝藏。在莎剧《约翰王》中,莎士比亚移花接木,把这件发生在约翰王身上的历史真事,嫁接到剧中的私生子身上。第五幕第六场,私生子福康布里奇对休伯特说:"今晚过那片沙洲时,我有一半人马被潮水卷走了。——林肯郡的沃什湾吞食了他们。我多亏骑了一匹高头大马,才逃过一命。"

一路行军,约翰王染上痢疾,且病情渐重。10月18日,约翰王在诺丁汉(Nottingham)郡纽瓦克(Newark)城堡病逝,时年四十九岁,遗体葬于伍斯特(Worcester)大教堂圣沃尔夫斯坦(St. Wulfstan,1008—1096)的祭坛前。1232年,教堂为约翰王制作了一具新石棺,上面的雕像栩栩如生。

或是出于保全英格兰一代君王之情面,莎剧《约翰王》对法兰西路易王太子领兵入侵英格兰,只通过私生子之口轻描淡写:"肯特郡已全部投降。除了多佛城堡,无人坚守。伦敦接待法国王太子和他的军队,就像一位好客的主人。您的贵族们不愿听从您,一心投敌效忠;您的少数并不牢靠的朋友,一个个吓得心慌意乱,忐忑不安。"对英格兰内战——"第一次王爵战争",莎剧《约翰王》则只字未提。

第五幕第七场,全剧最后一场戏,临终前的约翰王在斯温斯特德修道院花园盼来了私生子，他满含凄凉地说："啊，侄儿！你是来叫我瞑目的。我心里的船索已崩裂、焚毁，维系我生命的所有缆绳已变成一根线，一根细细的头发丝；一根可怜的心弦撑着我的心，只为等你带来消息。然后，这一切在你眼前，顶多只是一块泥土，一具毁灭了的君王的模型。"私生子向他禀报战况："法国王太子正领兵前来，我们如何迎战，只有上帝知晓。因为我正想连夜调集精兵，赢得先机，不料在沃什湾，部队毫无防备，全被突如其来的汹涌狂潮吞噬了。"话音刚落，约翰王死去。

在历史上，约翰王并非死在斯温斯特德修道院花园。此处，剧中原文虽为"Swinstead"（斯温斯特德），实际应为林肯郡的"Swineshead"（斯韦恩斯赫）。抵达斯韦恩斯赫第二天，约翰王被人用担架抬到新斯莱福德（New Sleaford）城堡，10 月 16 日，前往纽瓦克。

可见，莎士比亚写历史剧并不尊重史实。

三、剧情梗概

第一幕

英格兰。约翰王王宫。约翰王召见法兰西王国使臣夏迪龙，夏迪龙奉腓力国王之命，向约翰王宣告："法兰西腓力国王代表已故令兄杰弗里之子亚瑟·普朗塔热内（金雀花），对这美丽的海岛及所属领地——对爱尔兰、普瓦捷、安茹、都兰、缅因——提出最合法的继承权，要你放弃假冒的统治各个领地的权力之剑，把它们交到年轻的亚瑟——你侄子、合法的君王手里。"约翰王强硬回复，将"以战还战，以血还血，以强制对强制"。母后埃莉诺提醒约翰王："眼下,两个王国的争端非得靠可怕的血战裁决了。"
约翰王并不担心,以为"强权在握,权力合法,对我有利"。但在埃
莉诺看来,"手握强权比权力合法更牢靠"。

一名郡治安官进宫,他从乡下带来一桩纠纷案,要请约翰王
裁决。原来,已故罗伯特·福康布里奇爵士的两个儿子:亲生的罗
伯特和私生子菲利普,为谁是父亲的继承人争得不可开交。罗伯
特说自己是家产的合法继承人,因为菲利普并非福康布里奇爵
士之子,而是约翰王的哥哥、狮心王理查的私生子。埃莉诺见身
材魁梧的菲利普跟儿子理查长得一模一样,接连问道:"你到底
想选哪个:像你弟弟一样,做福康布里奇家的人,享有你的土地,
还是做狮心王为人公认的儿子,只是自己的主人,寸土没有？"
"我很喜欢你,你愿放弃财富,把土地给他,跟随我吗？我是个军
人,马上要进兵法国。"为了荣誉,菲利普决定放弃土地,跟随王
太后去法兰西"撞大运"。约翰王十分兴奋,很喜欢这个侄子,因
他长相酷似哥哥理查,立刻授封他为理查爵士。

这时,福康布里奇夫人来到王宫,菲利普再请母亲证实:"我
的生父是谁？希望是位可敬之人:是谁,母亲？"母亲明确回答:
"狮心王理查是你的生父:禁不住他长期激烈求爱,我受了诱惑,
在我丈夫的床上给他腾出空来:愿上天别把我的罪算我头上!求
爱如此猛烈迫切,我抗拒不了,你就是我这珍爱之罪的产物。"菲
利普宽慰母亲毫无过错,他从心底"替我父亲,由衷感谢您"。他
以身为狮心王之子为荣,兴奋地对母亲说,"来,母亲,带您进宫
见亲眷,/ 他们会说,理查使我怀胎时,/ 您若一口回绝,那才是
罪恶:/ 说有罪的撒谎,我说您无过。"

第二幕

法兰西。昂热城墙前。腓力国王与奥地利大公统率的联军分两路兵临城下。亚瑟感谢杀死狮心王的奥地利大公前来助战。腓力国王向亚瑟表示，此次兴兵，全为亚瑟赢回英格兰王权而战。奥地利大公随即表态，若不能让英格兰王国及所属领地"向你致敬，让它们尊你为王，否则，我再不还家：不到那一刻，好孩子，我一心作战，绝不想家"。亚瑟的母亲康丝坦斯向腓力国王和奥地利大公献上"一位寡母的感谢"，同时表示先等使臣回禀，"以免轻率攻城，令刀剑染血"。

夏迪龙来到阵前，向腓力国王禀报，约翰王的"部队正向此城急行军，兵强马壮，士气昂扬。……从没一支天不怕地不怕的舰队，比眼下这批英国战船更威风地乘着涨潮的海浪，前来冒犯、危害信奉基督教的国家。（鼓声。）他们粗野的鼓声切断我详述军情。英国人近在眼前。因此，谈判，还是战斗，准备吧"。

约翰王率领的英军来到城下，与法奥联军对峙。腓力国王质问约翰王，英格兰王权当由杰弗里继承，而亚瑟正是杰弗里的继承人，"我以上帝的名义问你，他理应拥有被你夺去的王冠，而此时，他鲜活的血液正在他圣殿里流淌，你凭什么称王？"约翰王拒绝回答腓力国王的指控。随后，埃莉诺与康丝坦斯吵了起来。奥地利大公劝架，却遭到私生子菲利普的一顿挖苦，嘲笑他"是俗语里说的那只兔子，勇气大得敢扯死狮子的胡子"。

腓力国王以亚瑟的名义，向约翰王"索要英格兰、爱尔兰、安茹、都兰、缅因："你愿不愿交出它们，放下武器？"约翰王誓死不交："法兰西国王，我向你挑战。——布列塔尼的亚瑟，投降吧。

出于挚爱，我给予你的，一定比你从懦弱的法兰西国王那儿得到的更多。归顺我，孩子。"双方僵持不下，腓力国王提议："吹号，把昂热城民召到城墙上来。我问问他们，承认君权归谁，约翰、还是亚瑟？"

约翰王告知城民，法军已架好攻城的大炮，"这些法国人已准备好一切，你们的城市之眼，那紧闭的城门，面临血腥的围城和残忍的进攻"。他率军火速赶来，希望"受威胁的城市面颊免遭抓伤"并"恳望在城里安营驻扎"。腓力国王向城民表态，只要昂热"向这位年轻的王子效忠"，他立刻"带着祝福，安然撤兵，刀剑无损，盔不留痕，我们将把准备在这儿喷向你们城池的满腔热血带回家，让你们和你们的妻儿老小安享和平"。否则，便"下达愤怒的号令，踏着血泊占领该城"。城民的选择是："谁最终证明自己是国王，我们效忠谁；在此之前，城门堵的是全世界。"

英军与法奥联军交战。

法军传令官宣称法奥联军取胜："损伤很小的胜利，在法兰西招展的军旗上飘舞，他们近在眼前，要以凯旋的队列、以征服者的姿态进城，宣布布列塔尼的亚瑟为英格兰国王——你们的国王。"英军传令官随之宣告："尽情欢乐吧，昂热城民们，把钟敲响：约翰王，你们的国王、英格兰国王，就要来了，他是这场激烈鏖战的胜利者。"在塔楼观战的城民明确表态："眼下两军胜负未决，我们只好固守城池，既不单为哪一方，只是为双方。"私生子看出昂热城民分明在戏弄两位国王，"他们安然站在城垛上，像在剧场里，对你们独创的场景和决战表演，咧着嘴，品头论足"。他建议两位国王"像耶路撒冷两个对立教派一样，暂时讲和，两军联手,对这座城发起最凌厉的凶猛进攻",一举攻下昂热,双方再决一死战。

城民眼见昂热将陷入战火,提出和平良策,建议路易王太子娶随行而来的约翰王的外甥女布兰奇公主为妻,"这联姻比炮击对我们紧闭的城门更有效:因为,盼这门婚事,迫切心情比火药的威力能叫我们更快让路,我们将四门敞开,放你们进城。但若没了这婚事,我们便死守这座城。"约翰王同意联姻,当即表示把"福克森、都兰、缅因、普瓦捷和安茹这五个省",连同布兰奇一块儿送给王太子,另加三万马克英币"。腓力国王欣然接受,叫"年轻的王太子和公主:牵手!"

昂热躲过一场劫难,安享和平。

打算替父亲狮心王理查向腓力国王和奥地利大公报仇的私生子最不开心,他觉得这是"疯狂的世界,疯狂的国王,疯狂的妥协!约翰,为阻止亚瑟索要整个王国,情愿放弃一部分领地;法兰西国王,——良心为他扣紧盔甲,虔诚和慈悲把他作为上帝的战士带到战场,——可他竟听信那唆使之人的耳语改了主意。"

第三幕

法兰西。腓力国王营帐。康丝坦斯不相信路易王太子与布兰奇公主订婚之事,认为这是"欺诈的血液与欺诈的血液联姻"。她对索尔斯伯里说:"我有病在身,受不住惊吓,你这样吓我会受惩罚的。我受尽了委屈,一肚子担惊害怕:一个寡妇,没了丈夫,容易心里害怕。"康丝坦斯担心路易王太子若跟布兰奇结婚,将置亚瑟于何地——"英法一旦交好,我可怎么办?"亚瑟劝母亲千万别心急,康丝坦斯痛骂腓力国王背信弃义,"法兰西国王就是命运女神和约翰王的皮条客，命运女神那个妓女，那个篡位的约翰！"索尔斯伯里请康丝坦斯与他同去见两位国王，康丝坦斯拒绝，她一屁股坐在地上，以此为王座，"叫国王们来向它鞠躬"。

见到腓力国王，康丝坦斯怒不可遏，痛斥："你用一枚带国王像的假币骗了我，经过检验，证明一钱不值。你发了假誓，发了假誓。你举兵前来，为的是让我的敌人流血；但现在双方联姻，你的臂膀却增强了敌人的力量。……莫让这邪恶的一天在和平中耗尽；我只求，日落之前，叫这两个背弃誓言的国王兵戎相见！"在康丝坦斯脑子里，只有战争，没有和平，"对我来说，和平就是战争"。

这时，罗马教皇的使节米兰红衣主教潘杜尔夫前来，质询约翰王："为何如此固执，抗拒教廷，抗拒圣母，并强行抵制当选的坎特伯雷大主教斯蒂芬·兰顿入主圣座？"约翰王当场强硬表态："我偏要独自一人孤身与教皇作对，并把他的朋友视为我的敌人。"潘杜尔夫主教随即回应："以我的合法权力宣告，你将受到诅咒，并被开除教籍。谁反叛一个异教徒，谁得祝福。谁能以什么秘密行为夺走你可恶的性命，谁就是有功之人，将被封为圣徒、奉为圣人。"然后，潘杜尔夫主教撺掇腓力国王"同那个反叛教会的首领放手绝交，否则，你有遭诅咒的危险。你要唤起法兰西军队向他开战，除非他向罗马拱手投降"。见父王尚在犹豫，路易王太子却表示拿起武器，效忠教皇。伤心的布兰奇眼看做不成新娘，愿跪下乞求路易，"不要和我舅舅作战"。最后，腓力国王决定遗弃约翰王。康丝坦斯松了一口气，感叹"放逐的王权顺利回归"！埃莉诺则大骂："法国人反复无常，邪恶的反叛！"约翰王怒道："法兰西国王，不出一小时，你就要深感悲痛。"

昂热附近平原。英军与法奥联军交战。英军取胜，私生子杀死奥地利大公，约翰王俘虏亚瑟，命休伯特严加看管。

亚瑟是约翰王的心腹大患，活在世上一天，约翰王便感到王权受了威胁，他对休伯特交代：看一眼那边那个年轻的男孩，实不相瞒，我的朋友，他是我路上遇到的一条毒蛇，甭管我从哪儿迈出一步，他都拦在我前面。约翰王暗示休伯特，他要亚瑟死。

腓力国王营帐。失去儿子的康丝坦斯，心烦意乱，披头散发，拒绝一切劝告和宽慰，她拿死神自我调侃："啊，可爱的、亲密的死神！你这芳香的恶臭！健全的腐烂！最令好运憎恨、恐惧的死神，……来，咧嘴冲我笑，我要把你的龅牙当微笑，我要像你妻子似的吻你！悲苦的情人啊，到我这儿来！"腓力国王劝她安静，她偏要喊，"愿我的舌头长在雷霆之口！"潘杜尔夫主教指责她在说疯话，她反唇相讥："身为神父，你不该这样诋毁我。我没疯。扯的这头发，是我自己的。……我没疯，每一种灾难带来的不同的痛苦，我感受得太清楚，太清楚了。"一想到"可怜的孩子成了俘虏"，康丝坦斯便撕心裂肺："我的孩子，我的亚瑟，我的漂亮儿子，我的命根子，我的喜乐，我的食粮，我的整个世界！我孀居中的安慰，我悲愁里的良药！"

路易王太子心里难过，叹息"所有光荣、快乐、幸福的日子都没了"。潘杜尔夫主教开导路易："听我一句话，话里有一颗先知的灵魂。我话一出口，那气息，便将把你直通英格兰王座之路上的每一粒尘埃、每一根稻草、每一个小小的障碍，吹干净……约翰要想站稳，亚瑟必须倒下。"路易没听明白，问："年轻的亚瑟倒下,对我有什么好处？"潘杜尔夫主教出谋划策："你,可以凭你妻子布兰奇公主的权利,像亚瑟一样,索要全部权利。"潘杜尔夫主教向路易分析眼前形势,"约翰为你计划好了一切,时不我待",即使亚瑟现在还活着,只要约翰王听说路易进军英格兰,亚瑟必死无疑。到那时,英格兰势必民心反叛,整个王国陷入骚乱。何况此时,私生子福康布里奇正在英格兰洗劫教会,冒犯基督徒的爱心："眼下,英国人的灵魂里盈满敌意,他们的不满将造成怎样的局面,这足以令人惊奇。"听完这番话,路易表示愿率军进攻英格兰。

第四幕

英格兰。某城堡(监狱)一室。遵照约翰王的授意,休伯特准备用烙铁烫瞎亚瑟的双眼。面对天真的亚瑟,休伯特不忍下手,却又不敢违命,便让亚瑟看约翰王的手谕。亚瑟读完,问休伯特："你一定要用烧烫的烙铁烙瞎我双眼？"休伯特表示必须从命。亚瑟不甘失去双眼,用动情的话打动休伯特："你要把我眼睛弄瞎？我这双眼从不曾对你皱过一次眉,今后也不会。""哪怕一位天使降临,告诉我休伯特要弄瞎我眼睛,我也不会信。——除非休伯特亲口说。"休伯特心一狠,命令行刑者捆绑亚瑟,准备动手。亚瑟再次恳求休伯特："救救我! 见他们一脸凶相、面带杀气,我两眼已经瞎了。""用得着这么粗暴吗？我不挣扎,我会像石头似的一动不动。看在上帝分上,休伯特……只要把他们推开,无论你怎么折磨我,我都会原谅你。"休伯特最终决定冒险放走亚瑟："即便你叔叔把所有财宝都给我,我也不会弄瞎你眼睛。可我发过誓,孩子,的确想用这烧红的烙铁烫瞎你的眼睛。"他要用亚瑟已死的假消息糊弄约翰王的密探。

英格兰。约翰王王宫。约翰王第二次加冕，心情愉悦，表示乐意听取贵族们的要求。彭布罗克请求释放亚瑟："囚禁亚瑟，已使心怀不满之人，由抱怨的双唇透出这样危险的论调：假如你安享之和平，为你正当所得，那你何需恐惧。"约翰王答应让彭布罗克培养年轻的亚瑟。彭布罗克见休伯特前来见约翰王，他从休伯特诡秘的神情判断亚瑟已命丧休伯特之手。果然，约翰王当众宣布："尽管我的允诺还活着，但你们的请求丢了命。他告诉我，亚瑟昨夜死了。"彭布罗克明确表态："甭管在这儿，还是在哪儿，这笔账一定要算。"索尔斯伯里怒斥："这分明是谋杀，至尊之身竟公然干这种事，无耻之极。"两位贵族愤怒离开，去找亚瑟的墓。

这时，一信使来报，埃莉诺王后4月1日离世——"康丝坦斯夫人三天前因发疯而死"。路易王太子率领的入侵英格兰的法兰西军队已经登陆。

亚瑟之死引起民众惊恐。私生子向约翰王禀报"发现百姓满脑子奇思怪想：听信谣言，充满愚蠢的幻梦，不知在怕什么"。他还从庞弗雷特街上带来一位叫彼得的先知，私生子见到彼得时，彼得正给尾随他的数百民众"吟唱粗俗刺耳的打油诗，预言陛下，将在下一个耶稣升天节当天正午之前，交出王冠"。约翰王命把彼得关进大牢："到他说我将交出王冠的那天正午，绞死他。"私生子告知约翰王，路上遇见毕格特和索尔斯伯里两位大人，"他俩眼睛通红，像刚点燃的火，还有好多人，一起在找亚瑟的墓，他们都说，昨晚是您授意杀了他"。约翰王心里一慌，命私生子迅速追上他们，带他们回宫："我有办法赢回他们的爱戴。"

这时，休伯特告诉约翰王，昨晚有人看见天上有五个月亮，"四个不动，第五个围着那四个诡异地打转儿"。百姓们由这凶险的天象做着预测，人们交头接耳，不约而同地谈论着亚瑟之死。约翰王想赖账——"你一股脑告诉我这么多可怕的事，用意何在？你为什么三番五次跟我提年轻的亚瑟之死？是你亲手杀了他。我有迫切的理由希望他死，可你没理由杀他。"无奈之下，休伯特拿出约翰王一纸文书说："这是你签名、盖章的手谕，我是按令行事。"约翰王随即忏悔，表示这物证"将成为罚我下地狱的物证。……但一见你那张可憎的面孔，我发觉你适于血腥的罪恶，天性适于受雇行凶，便半心半意向你透出口风，要亚瑟死。可你，为讨一位国王欢心，竟丧尽天良毁灭了一个王子"。休伯特说出真相："年轻的亚瑟还活着：我这只手，……未染一丝血污。杀人的念头，……从没进入我内心；……我长相虽丑，却藏着一颗清白之心，才不愿当屠夫，杀一个无辜的孩子。"约翰王深感庆幸，又命休伯特"赶紧去见那些贵族"，用这消息浇灭他们的怒火，叫他们回心转意。

英格兰。一城堡（监狱）前。亚瑟站在高高的城墙上，决定一赌命运，"倘若跳下去，四肢没摔断，我就能找到一个万全之策，得以逃脱。/ 冒死逃生，在这儿等死，横竖都是死。"亚瑟摔死了。

私生子快马加鞭，追上彭布罗克、索尔斯伯里和毕格特三位贵族，告知国王请他们速回。三位贵族表示不再支持国王。当看见亚瑟的尸体，彭布罗克感慨："啊，死神，以纯洁的王子之美为荣吧！大地没有一处洞穴藏匿此事。"索尔斯伯里怒道："谋杀，好像恨自己干了坏事，非要把此事昭然于世，催人复仇。"毕格特叹惋："或者，当他（谋杀）注定要把这美王子葬入坟墓，却发觉王子之美太珍贵，不可入葬。"连私生子也指责"这是一桩该罚下地狱的血案：假如出自一只人手，那必是一只亵渎神灵的笨重之手所为"。索尔斯伯里认定："这件丢脸的事是休伯特亲手干的；国王密谋、主使。我不准我的灵魂再遵从他。"

说话间，休伯特赶来，告知亚瑟还活着，约翰王请贵族们回宫。索尔斯伯里认定休伯特是杀害亚瑟的凶手，拔出剑，要与他决斗。休伯特为自证清白，拔剑相还。没人相信休伯特。三位贵族打算去投奔路易王太子。

私生子警告："哪怕仁慈无边无际，只要你犯下这桩命案，休伯特，等着下地狱吧。"休伯特满心疑惑："我离开的时候，他一切安好。"此时，私生子深感"现在，外来军队和国内心存不满之人齐心协力：一场巨大的灾难，等待着篡位的王权即将垮台，活像一只乌鸦等着啄食一头病倒的牲畜"。他让休伯特抱起亚瑟的尸体，跟他一起去见国王。

第五幕

英格兰。约翰王王宫。约翰王把王冠交给教皇使节潘杜尔夫主教，再由他把王冠交回，以此表示约翰王从教皇那儿重新获得"至尊王权"。随后，约翰王请求潘杜尔夫主教遵守承诺，去劝法国人撤军。主教保证"耶稣升天节这天，你宣誓效忠教皇，我让法国人放下武器"。此时，私生子来报，"肯特郡已全部投降。除了多佛城堡，无人坚守。伦敦接待法国王太子和他的军队，就像一位好客的主人。您的贵族们不愿听从您，一心投敌效忠；您的少数并不牢靠的朋友,一个个吓得心慌意乱,忐忑不安。"私生子见约翰王满脸沮丧,鼓励他:"要因时而动,以火攻火,向威胁者发出威胁,……像战神(罗马神话中的战神马尔斯)有意亲临战场一样闪光,展示胆魄和昂扬的信心!"约翰王实情相告,已与罗马和解,私生子不以为然,他不愿"妥协让步,曲意讨好,谈判,不光彩地休战",他要:"陛下,让我们拿起武器:红衣主教未必能带来和平,即便他能,也至少让他们看到,我们有决心抵抗。"约翰王命私生子全权处理战局。

圣埃德蒙兹伯里附近平原。法军营地。索尔斯伯里、彭布罗克、毕格特与路易王太子达成协议,反叛约翰王。索尔斯伯里向路易表示自己不愿背叛国王,"但这个时代患了传染病,为挽回和救治我们的权利,我们不得不使用凶暴的非正义和灾难性的不公正手段"。路易激励"闻名遐迩的索尔斯伯里,扬起眉毛,凭一颗伟大的心灵清扫这场风暴"。

潘杜尔夫主教前来告知路易,约翰王已与教皇言归于和,请法军退兵。路易拒绝,表示决不收兵,"当我围攻城镇时,莫非我没听见这些岛民用法语高喊'国王万岁!'?在这场拿一顶王冠定输赢的牌局中,我不是手握王牌,能轻易取胜吗?难道此时要我放弃这手好牌"?

得知法国人不肯放下武器,私生子代表英王陛下,充满鄙夷地严词正告路易,约翰王准备好了:"对这次像猴子似的无礼进兵,对这场顶盔掼甲的假面舞会,对这一鲁莽的狂欢,对这支从未听闻的傲气、稚嫩的军队,国王淡然一笑;他充分备战,要把这场侏儒似的战争,把这支矮子军队,从他国土圈子里赶出去。"

圣埃德蒙兹伯里附近平原。两军交战。私生子独自苦撑战局。约翰王身患热病，离开战场。

战场另一部分。受了致命伤的法军将领梅伦伯爵与休伯特是好友，而且，梅伦的祖父是英国人，临死前，他向索尔斯伯里讲出实情："倘若路易赢了这一战，还能让你们眼见次日东方破晓，那他便发了假誓。倘若路易在你们支援下赢了这一仗，就在今夜，……他将不惜以一种阴险的手段，结束你们的性命，为你们遭人唾骂的背叛交罚金。"闻听此言，几位贵族决定重新追随约翰王。

圣埃德蒙兹伯里附近平原。战场另一部分。路易沉浸在法军胜利的喜悦里，信使来报："梅伦伯爵被杀。那些英国贵族经他劝说，又叛变了。您期盼已久的援军，在古德温暗沙失事沉没。"

英格兰。斯温斯特德修道院附近一空地。休伯特告诉私生子，一个修士为毒死国王，假扮"试吃者"，给国王下毒，自己的肠子已迸裂。反叛的贵族已回到国王身边，经亨利王子求情，国王赦他们无罪。

英格兰。斯温斯特德修道院花园。中了毒的约翰王，觉得"心里有一个炎炎夏日，整个内脏都要崩溃，变成灰尘。我是一份仓促起草的文件，一支鹅毛笔写在一张羊皮纸上，拿火一烤，我就缩了"。私生子见到气息奄奄的国王，立刻禀报："法国王太子正领兵前来，我们如何迎战，只有上帝知晓。因为我正想连夜调集精兵，赢得先机，不料在沃什湾，部队毫无防备，全被突如其来的汹涌狂潮吞噬了。"话音刚落，国王断了气。私生子招呼贵族们重返战场："把毁灭和永久的耻辱，推出灰心丧气的领土虚弱的国门。 立刻迎敌,否则,立刻被攻:法国王太子一路狂怒紧随而来。"私生子没想到,提前赶来的潘杜尔夫主教带来路易议和的消息。而且,路易"把许多枪械车辆都派到海边,并把自己关切之事和这场争端,全交给主教来处理"。

私生子松了一口气,他向亨利王子表示:"愿仁慈的殿下您,顺利登上合法继承之王位,加身国土之荣耀! 我以全部之恭敬,献上我永久真心之臣服,为您效忠。"同时,私生子掷地有声地发出誓言:"这英格兰过去从不曾、将来也永不会,倒在一个征服者骄狂的脚下,除非它先行动手自我伤害。眼下她这些贵族们重回家园,哪怕全世界武装起来四面来攻,我们也必将击退他们。"

四、约翰王:一个并非不想成就伟业的倒霉国王

1. 舞台上的约翰王

梁实秋在他所译《约翰王》的短序中说:"《约翰王》在舞台上演时是相当成功的,不过在近代舞台很少上演,其主要原因是此剧在大体上是一出近于时事问题剧(a topical play),还是莎士唯一的剧本触及当时的宗教问题以及英国君王与罗马教皇的冲突,在1590年至1610年间有时候对观众有很大的号召力,但是时过境迁,我们到如今不可能再有那样亲切的感受。此剧有急就之嫌,不能算是莎氏的精心之构。"①

接下来,论及《约翰王》的舞台历史时,梁实秋先说,这部戏

① [英]威廉·莎士比亚:《莎士比亚全集》(第四卷),梁实秋译,中国广播电视出版社,1995年,第5—9页。

观看比阅读有趣得多，因为戏里有三个可以饰演得出色的男角儿（即约翰王、私生子和潘杜尔夫）和一个女角儿（即康丝坦斯），"有富于戏剧性的场面，有炫示布景与服装的机会"①，然后再次强调，该剧很少在舞台上演，主要原因在于它牵涉英国一个最难处理的问题——宗教问题，而莎士比亚在戏里对英王与教皇之争的处理方法，一面暴露了教皇的高压手段，另一面也暴露出英王的丧权辱国，使该剧"在双方面都不便引为宣传之用。"②该剧在整个王政复辟时期（1660—1688 年）无上演记录。

不止如此，该剧的上演记录，在 1737 年 2 月 26 日于考文特花园（Covent Garden）剧场演出之前，一直是空白。1736 年，桂冠诗人科雷·西伯（Colley Cibber，1671—1757）将莎剧《约翰王》改编为《约翰王朝期间的教皇专制》（*Papal Tyranny in the Reign of King John*），但这个本子直到 1745 年 2 月 15 日才在考文特花园剧场首演。按梁实秋所言，这个改编本旨在攻击罗马教廷，可以说，它恢复了作为莎剧《约翰王》重要素材来源之一的那部《约翰王朝》（1591）的原有色彩："不仅情节改动很多，原有第一幕全部删除另写，全剧的文字也改动了，成为十足的政治剧。"③

尽管这不是莎士比亚的《约翰王》，但它在詹姆斯二世党人（The Jacobites）第二次叛乱前夕上演，正好迎合了新教民众敌视罗马教廷的情绪，颇受欢迎。顺便一提，在 1688—1746 年间，多信奉旧教（罗马天主教）、意在复辟斯图亚特王朝（House of Stu-

---

①②③ [英]威廉·莎士比亚：《莎士比亚全集》（第四卷），梁实秋译，中国广播电视出版社，1995 年，第 8 页。

art,1603—1714)的詹姆斯二世党人,曾策动五次叛乱。

不过,由此一来,改编本反倒刺激了莎剧原作的上演。在西伯的改编本上演五天之后,由那个时代莎剧著名演员大卫·加里克(David Garrick,1717—1779)主演的《约翰王》在伦敦居瑞巷(Drury Lane)剧院上演,加里克演约翰王,西伯夫人(Ms. Cibber)演康丝坦斯。资料显示,西伯夫人演的康丝坦斯因言语间透出一种"非比寻常的感伤的热情",成为该剧的主要看点,加里克演的约翰王则不大令人满意。

此后,随着莎剧《约翰王》不断上演,该剧的舞台地位得以确立。到 20 世纪 20 年代为止,有以下三场堪称经典的演出载入史册:

(1)1783 年 12 月 10 日,由约翰·菲利普·肯布尔(John Philip Kemble,1757—1823)主演的《约翰王》在居瑞巷剧院演出,剧中康丝坦斯夫人这一角色由被誉为 18 世纪最杰出女演员的萨拉·西登斯(Sarah Siddons,1755—1831)扮演。西登斯夫人演绎的康丝坦斯被视为其舞台生涯中塑造最好的一个人物形象,足以和她成功饰演的麦克白夫人相媲美。后世莎学家一提及《约翰王》便不禁对西登斯饰演的康丝坦斯赞誉有加,由此可知,这个舞台上的康丝坦斯夫人无疑是划时代的。

(2)《约翰王》舞台史上最著名场次的演出从 1823 年 11 月 24 日拉开帷幕,演出多场,其中由约翰·菲利普·肯布尔的弟弟查尔斯·菲利普·肯布尔(Charles Philip Kemble,1775—1854)饰演的私生子福康布里奇令人难忘,据 12 月 30 日《贝尔每周通讯》(*Bell's Weekly Messenger*)刊发的一篇观众的文章载:"查尔斯·肯布尔饰演的私生子福康布里奇十分出色,达到了他演艺生涯的巅峰,他的演出服装尤为美丽而突显形象。"这次演出,剧中所有演员的服装都按剧情发生年代量身定制。

(3)堪称《约翰王》艺术水准之高峰的演出,是 1852 年 2 月9 日查尔斯·基恩 (Charles Kean,1811—1868) 在公主剧院(Princess's Theatre)的演出。这次演出,不仅舞台布景和演员服装均按剧情发生年代的式样设计,而且进一步奠定了该戏的演出传统,即私生子须由明星演员扮演,亚瑟这个角色则由女演员扮演。

简言之,从《约翰王》最初时期的舞台演出不难发现,贯穿全剧的第一主角常在约翰王和私生子(福康布里奇)之间变换不定,同时,最吸引人的两个角色是私生子和康丝坦斯夫人。之所以如此,理由只有一个,莎士比亚写的是戏,剧团演的也是戏。在遥远的伊丽莎白时代,一个编剧(如莎士比亚)、一个剧团(莎士比亚先后所属的"内务大臣剧团"和"国王剧团"),写出观众爱看且又能挣钱的戏,便是最大的商业成功,所谓艺术成功在那个时候并不重要。因此,说莎士比亚为钱写戏,并非不敬的贬低之语。

2. 戏文里的约翰王

倘若一个读者对英国历史上的约翰王一无所知,他是幸运的。因为那个历史上真实的约翰王,远比莎剧里的这个约翰王更具有戏剧性。换言之,莎士比亚并没把戏里的约翰王写鲜活,仅就剧中人物的角色分量和出彩程度而论,私生子和康丝坦斯夫人这两个形象,均在约翰王之上。诚然,这在莎士比亚历史剧中属于常态,不足为怪,以他的"四大历史剧"为例,《理查二世》剧中最亮眼的形象是布林布鲁克（未来的亨利四世，Henry Ⅳ，1367—1413），《亨利四世》剧中最出彩的角色是哈尔王子（未来的亨利五世，Henry Ⅴ，1387—1422）和那个大胖子爵士福斯塔夫，只有《亨利五世》剧中的亨利五世才是同名剧里当仁不让的第一主人公。

俗话说，胜者王侯败者贼。就个人和历史机遇而言，比约翰王小二百二十岁的亨利五世是幸运的，他生逢其时，远征法兰西，赢得阿金库尔（Agincourt）大捷，成为中世纪英格兰伟大的国王战士；而约翰王这位老前辈国王，则实在不幸，活该倒霉，将父（亨利二世）、兄（理查一世）靠武力赢得的法兰西各公国丧失殆尽，成为货真价实的"无地王"，更被后世认为是英国历史上最糟糕、最武断、最贪婪、最昏庸的一位国王。

事实上，或许并非莎士比亚为给他戏文里的这位约翰王留情，才没把他写成一个上述盖棺论定的"四最"国王。莎士比亚似乎只想按可能出自乔治·皮尔之手的《约翰王朝》（1591）那部旧戏，照猫画虎，赶紧写完剧本交差，根本没打算把后人眼里令约翰王蒙羞丢脸被迫签署《大宪章》一事写进戏里。

在莎剧《约翰王》中，前三幕强势的约翰王和后两幕回天无力的约翰王，判若两人。而随着约翰王的王权日趋式微，私生子的权势日益走强，直到最后，私生子几乎在以一己之力独自苦撑着摇摇欲坠的英格兰王国。显然，这是莎士比亚有意为之，从整个戏剧结构和效果来看，全剧的核心便在于，随着约翰王一步步趋弱，私生子一点点趋强。第一幕第一场，约翰王对第一次进宫时还只是"一个绅士"的私生子说："你长得那么像他①，从此就用他的名字。你跪下是菲利普，起身之后更高贵。(授封菲利普为骑士)起来，理查爵士，普朗塔热内是你的姓氏。"在此之后，随着剧情发展，约翰王在剧中的耀眼戏份逐渐被这位"狮心王"理查一世的私生子夺了去。对比来看，私生子在剧终时说的最后一句台词是："只要英格兰对自己忠心不贰，/ 没任何东西让我们为之伤悲。"这显然是莎士比亚为私生子量身打造的。如此前后呼应，一方面为了写明私生子对英格兰王国和即将继位的亨利三世的绝对忠诚；另一方面，意在给那些将为亨利三世效命的贵族们确立必须遵循的准则，即以私生子为楷模，不能心存二心、分裂英格兰。在戏里，私生子最终捍卫了"普朗塔热内"(即"金雀花")这个姓氏的荣耀，在戏外，贵族们誓言对国王"忠心不贰"正是当朝女王伊丽莎白一世求之不得的。莎士比亚用心良苦。

或许可以这样替莎士比亚辩白，即从戏剧结构来看，他之所以把约翰王这个形象在前三幕写得头重，后两幕写得脚轻，为的是在后两幕把私生子的戏份加重，以此来达到结构的整体平衡。

又或许在这个前提下可以更进一步辩称，约翰王的形象塑造还是相对成功的。第一幕第一场，面对法兰西王国使臣夏迪龙代表腓力国王以亚瑟的名义向他索要英格兰王位继承权及王国领地，并发出威胁，若不答应，"那便是一场可怕的血战，用武力

---

① "他"，即理查一世。

强制夺回这些被武力夺走的权利"。约翰王断然回答："那我这儿便以战还战,以血还血①,以强制对强制:就这样回复法兰西国王。"不仅如此,他对夏迪龙说:"把我的挑战带给他(腓力国王),你平安地去吧:愿你在法兰西国王眼里犹如闪电,因为不等你回禀,我已到达,你们就会听见我大炮的轰鸣②:好了,去吧!去做我的愤怒的号角,做你们自己覆灭的沮丧的预兆。"果然,第二幕第一场,当腓力国王刚刚率法军兵临昂热,便接到快马赶来的夏迪龙禀告军情:"他(约翰王)的部队正向此城急行军,兵强马壮,士气昂扬。……从没一支天不怕地不怕的舰队,比眼下这批英国战船更威风地乘着涨潮的海浪, 前来冒犯、危害信奉基督教的国家。"腓力国王闻听,大惊失色。

这是一个多么能征善战的国王!

英军杀到昂热城下, 约翰王立刻向腓力国王亮明底线:"倘若法兰西国王和平地允许我合法继承世袭领地, 愿法兰西安享和平;如若不然,让法兰西流血,让和平升至上天。眼下,我乃上帝愤怒的代表,谁敢倨傲蔑视,把上帝的和平赶回天国,我就惩罚谁③。"腓力国王不甘示弱,手指亚瑟,痛斥约翰王为篡位之君:

---

① 参见《旧约·创世记》9:6:"凡流人血的,他的血也必被人所流。"《出埃及记》21:23—25:"若有别害,就要以命偿命,以眼还眼,以牙还牙,以手还手,以脚还脚,以烙还烙,以打还打。"《申命记》19:21:"你眼不可顾惜,要以命偿命,以眼还眼,以牙还牙,以手还手,以脚还脚。"《新约·马太福音》5:38:"你们曾听有这样的教训说:'以眼还眼,以牙还牙。'"

② 火炮第一次用于战争,是在 1346 年的英法克雷西之战(battle of Cressy)。

③ 参见《新约·罗马书》13:4:"因为他是上帝所用之人,他的工作对你有益。你如果作恶,你就得怕他,因为他的惩罚并非儿戏。他是上帝所用之人,要执行上帝对那些作恶之人的惩罚。"

腓力国王	……英格兰王权当由杰弗里继承，而他正是杰弗里的继承人：那么，我以上帝的名义问你，他理应拥有被你夺去的王冠，而此时，他鲜活的血液正在他圣殿①里流淌，你凭什么称王？
约翰王	法兰西国王，谁给了你这一伟大的担保，让我回答你的指控？
腓力国王	是天堂里那位审判者②，他在任何一个强权者心里激起善念，要他们调查对正义的玷污：那位审判者要我做这个孩子的监护人，授权我控告你的罪恶，而且，有他相助，我要对此进行严惩。
……	
腓力国王	女人和傻瓜，别吵嘴了。约翰国王，这是全部要求：我以亚瑟的名义，向你索要英格兰、爱尔兰、安茹、都兰、缅因，你愿不愿交出它们，放下武器？
约翰王	我誓死不交。——法兰西国王，我向你挑战。【2.1】③

---

① "圣殿"：指身体。此为对《圣经》的化用，参见《新约·约翰福音》2：21："其实，耶稣所说的圣殿是指他的身体。"

② 天堂里那位审判者(supernal judge)：即上帝。

③ 意为第二幕第一场。

这是一个多么叱咤风云的国王！

第三幕第一场，面对罗马教皇使节潘杜尔夫主教的严词质询，约翰王表现出硬汉的阳刚之气："尘间谁能以质询之名，考验一位神圣国王的自由表达？红衣主教，你可不能编一个像教皇那样的、如此微不足道、滑稽可笑的名义出来，命我回答质询。把这意思转告他，再加一句英格兰国王的亲口话，——凡意大利神父不得在我领土内征税①。天神之下，我至高无上，因此，我乃天神之下的最高权威，我统治之地，我一人做主，不用凡人插手。把我原话告诉教皇，我对教皇本人及其篡夺的权威毫无敬意。"

这是一个多么豪横强硬的国王！

面对腓力国王指责他对教皇不敬，他立即反击："尽管你和基督教王国的所有国王，任由这多管闲事儿的神父②如此愚弄操控，害怕那道交了钱就能免除的诅咒；尽管你们想凭着下贱的黄金、废渣、垃圾，从一凡人之手买走堕落的宽恕，其实那只是一个凡人把他自己的宽恕卖了③；尽管你和所有其他人甘受愚弄操控，以税收滋养这骗人的巫术，但我偏要独自一人，孤身与教皇作对，并把他的朋友视为我的敌人。"【3.1】

---

① 此处指取消教会征收"什一税"和一般税收的权力。

② 指罗马教皇。

③ 约翰王指人们购买的赎罪券，只来自凡夫俗子的神父之手，并非上帝宽恕。这似应是莎士比亚借约翰王之口指责腐败的罗马教廷。事实上，罗马教廷从1313年才开始兜售赎罪券，直到1562年天主教特伦托会议（The Council of Trent）决定停发。显然，莎士比亚把教会兜售赎罪券的历史年头提前到约翰王时代，意在挖苦天主教会。因为此时，他生活在新教的英格兰。

这是一个多么血性豪勇的国王！

然而，当昂热城民眼见英法双方接受私生子的提议，欲暂时休兵，联手攻打昂热，毁掉昂热之后再行决战的时候，为化解城池毁灭之危，急中生智，提亲让法国路易王太子与约翰王的外甥女布兰奇公主结婚。约翰王为兵不血刃便能保住王国在法兰西的领地，立刻表示赞同，向路易王太子和腓力国王开出结亲的条件："我把福克森、都兰、缅因、普瓦捷和安茹这五个省，连她一块儿送给你（路易王太子）；另加三万马克英币①。——法兰西的腓力，你若对此满意，命你儿子和儿媳牵手。"

这是一个私利之下变化无常、自相矛盾的国王！为求私利，他可以翻手为云，向法兰西开战；为保私利，他也不在乎覆手为雨，转瞬又同敌国议和。

及至第五幕第一场，当潘杜尔夫主教从约翰王手里接过王冠，然后，一边把王冠交回给约翰王，一边表示"从我手里拿回王冠，犹如从教皇那儿接过你的至尊王权②"时，他马上迫不及待地回应："现在遵守你神圣的诺言：去见那些法国人，以他③所享有的全部神力，在大火吞噬我们之前，阻止他们前进。我那些心怀不满的贵族们反了，我的臣民不愿服从，他们向外族人、向外国的君王发誓效忠，献上最深切的爱。这股愤怒的洪流，唯有靠你

① 三万马克英币：一马克币值十三先令四便士，三万马克约合两万英镑。

② 据霍林斯赫德《编年史》记载，约翰王在与罗马教皇长期对抗之后，于1213年同教皇和解，并按教皇的要求先交出王冠，再由教皇的代表为他重新加冕。这也是约翰王的第三次加冕。

③ 他：指罗马教皇。

来平息。那别再耽搁：当前形势危急，必须立刻下药救治，否则，无药可救，引发肌体崩溃①。"【5.1】

这是一个私利面前屈尊服软、自我打脸的国王！为王国免遭法兰西入侵，更怕失去手里的王权，曾几何时那个"对教皇本人及其篡夺的权威毫无敬意""偏要独自一人，孤身与教皇作对"的约翰王，转眼变成一个听命于教皇的顺王。

由此，莎士比亚早在第二幕结尾时为私生子定制的下面这段精彩台词，堪称全剧的结构之眼、精神之魂，以及私生子本人的性格之根：

私生子　　疯狂的世界，疯狂的国王，疯狂的妥协！约翰，为阻止亚瑟索要整个王国，情愿放弃一部分领地；法兰西国王，——良心为他扣紧盔甲，虔诚和慈悲把他作为上帝的战士②带到战场，——可他竟听信那个唆使之人的耳语改了主意③，那个狡猾的魔鬼，那个总撺掇人敲碎忠诚脑壳的媒人④，那个天天打破誓言的家伙；他能打赢所有人：无

---

① 指势必引起王国政治的崩盘。

② 参见《新约·以弗所书》6：11："你们要穿戴上帝所赐的全部军装，好使你们能站稳，抵御魔鬼的诡计。"《提摩太后书》2：3："作为基督耶稣的忠勇战士，你要分担困难。"

③ 句中原文"purpose-changer"直译为"使改变意图之人"。梁实秋译为"诱人变心"。

④ 此句原文为"That broker, that still breaks the pate of faith."梁实秋译为"那个永远破坏贞操的淫媒。"

论国王、乞丐，还是老人、青年、少女，——可怜的少女被他骗得输掉一切，除了"处女"这两个字，空无一物①；那个貌似可信的绅士，便是挠得人心发痒的"私利"。——"私利"是填在世界这个滚球中心的重物②；这世界原本滚得很均衡，路平，它笔直向前，等一有这个"私利"——这个引人邪恶的重物，这个动向的引导力，这个"私利"，就使它叛离了所有的平等公正，偏离了一切方向、计划、步骤、意图：正是这个重物，这个"私利"，这个老鸨，这个掮客，这个改变一切的词语，盯牢了变化无常的法兰西国王的球眼③，拉他背离了决心救援的初衷④，把一场坚决而荣耀的战争变成一场最卑贱的、以邪恶收场的和平。【2.1】

这段台词，使《约翰王》颇具当下的现代感。或正因为此，美国学者乔治·皮尔斯·巴克（George Pierce Baker，1866—1935）在其《莎士比亚作为戏剧家的贡献》（*The Development of Shake-*

---

① 物（thing）：或含性意味，指阴茎（penis）。此处暗指那个骗人的家伙有本事骗走"处女"（virgin）的贞操，却还能使"处女"在外人眼里守身如玉。

② 滚球中的重物（bias）：为使滚木球游戏中的滚球不偏不倚，须在滚球中填充重物，以保持均衡。

③ 球眼（outward eye, i.e. eyeball）：指滚木球游戏之滚球上控制抛球方向的三个圆孔。

④ 指最初帮亚瑟夺取英格兰王权的决心。

speare as a bramatist)一书中指出："莎士比亚《约翰王》的戏剧技巧是成功的,但仍有一些老毛病。约翰是个怯懦之人,引不起我们更深切的同情,他的死也不怎么打动人心。假如开头几场把他写成气质非凡之人,情况则远非如此。福康布里奇无疑是全剧核心。把莎剧《约翰王》同那部早期戏剧比较过的读者都知道,福康布里奇这个人物是莎士比亚从《约翰王朝》和霍林斯赫德《编年史》这些模糊不定的材料中提取的。但福康布里奇这个形象塑造得使人印象深刻,不单在于他有勇气、机智、随机应变,还在于他唤起了我们的同情和喜爱。该剧喜剧性因素的发展尤其值得注意。……《约翰王》不同,福康布里奇几乎出现在所有主要场景中,且都是作为主要人物,对他本人的描写也是喜剧性的。……从《约翰王》中亚瑟和休伯特那场戏还可见出莎士比亚的创作日趋成熟。"[1]

的确,从舞台表演角度,《约翰王》之所以好看,主要归功于私生子亦谐(前三幕)亦庄(后两幕)的喜剧性戏份。其实,私生子开场不久一亮相,便自带幽默滑稽的喜剧色彩。进入王宫,面对国王询问,私生子自报家门:

私生子　　我是您忠诚的臣民,一名绅士,北安普顿郡生
　　　　　人,照我想,是老罗伯特·福康布里奇的长子,他
　　　　　是一名战士,由狮心王[2]亲赏荣耀,在战场上受

---

① 参见张泗洋主编:《莎士比亚大辞典》,商务印书馆,2001年,第752页。
② 即理查一世。

封为骑士。

约翰王	(向罗伯特)你是干什么的？
罗伯特	我是那同一位福康布里奇的儿子和继承人。
约翰王	那个是长子，你是继承人？这么说，看来你俩不是一母所生。
私生子	一母所生，千真万确，高贵的国王，这谁都知道，而且，依我看，也是同一个父亲；不过，要弄清这事儿的真相，您得直接去问上天①，问我母亲：这事儿我觉得有蹊跷，谁家子女都会疑心。
埃莉诺	该诅咒的，你真粗鲁！你这样猜疑，羞辱了你的母亲，败坏了她的名誉。
私生子	我吗，夫人？不，我对此没理由猜疑。那是我弟弟的陈诉，不是我的。他若能证明这一点，就会夺去我至少每年足足五百镑的收入；愿上天守护我母亲的名誉和我的土地！【1.1】

埃莉诺王后难以抑制内心的兴奋，她从这位菲利普·福康布里奇的"神情""口音""身形"断定，他是"狮心王"的私生子，自己的亲孙子。于是，她急切发问："你到底想选哪个：像你弟弟一样，做福康布里奇家的人，享有你的土地，还是做狮心王为人公认的儿子，只是自己的主人，寸土没有？"私生子满不在乎地回答："夫人，若我弟弟长得像我，我长得像他，像他那样长得像罗伯特爵

---

① 此处上天或指上帝。

士;若我的两条腿细如马鞭,双臂像鳗鱼皮里塞满东西,脸瘦得不敢在耳根夹玫瑰花,怕到时有人说:'瞧,路上走着一枚三法寻的小钱儿!'①若单凭这副身形便可继承全部土地,我情愿放弃每一寸土地,留着自己这张脸,绝不离开这儿:说什么我也不做诺布爵士②。"【1.1】

毋庸讳言,莎士比亚从作为受雇演员演戏的那一天起,就懂得一部戏只有人物鲜活才能卖出好票房,而运用夸张的语言和搞笑的表演是保证票房的不二法门。因此,莎士比亚要刻意打造私生子这个角色,在整个第二幕,他已把私生子描绘成独领风骚的人物。

面对奥地利大公,私生子开口便发出揶揄奚落、尖刻挖苦的挑衅:"公爵,我是来跟你捣乱的,咱俩单打独斗,我准能把你和你的狮子皮③全逮住。你就是俗语里说的那只兔子,勇气大得敢扯死狮子的胡子④。别让我逮着你,逮着我就把你皮袍子打冒烟。小子,当心点儿:以信仰起誓,我会的,以信仰起誓。"【2.1】

面对英法两位国王约翰和腓力在昂热城民的挑动下,各率王军厮杀鏖战难分胜负,私生子看穿了昂热城民的把戏,故意以

---

① 三法寻(three-fathering):伊丽莎白时代铸造的一种小银币,币面很薄,上刻有女王侧面像,女王耳后饰有玫瑰花。另,当时男性亦有在耳根夹玫瑰花或丝缎制的玫瑰花的习惯。此处,私生子菲利普以币值三法寻的小银币比喻罗伯特身形单薄。

② 诺布爵士(Sir Nob):是罗伯特爵士的昵称,含"头"(head)和"一家之主"(head of the family)的双关意。

③ 按剧中所说,狮心王理查掏出了狮心,奥地利大公杀死了理查,把那张狮子皮当战利品披在身上,故而激怒了私生子。

④ 指一句拉丁文古谚:"兔子也敢从死狮子身上跳过去。"

玩世不恭的口吻规劝二位国王:"以上天起誓,二位国王,昂热的这些恶棍在耍你们。他们安然站在城垛上,像在剧场里,对你们独创的场景①和决战表演,咧着嘴,品头论足。不如二位国王听我劝:像耶路撒冷两个对立教派②一样,暂时讲和,两军联手,对这座城发起最凌厉的凶猛进攻。叫英法两军在东西两侧架起填满火药的大炮,直到那骇人的喧嚣,吵闹着轰毁这座傲慢城池坚硬的围墙:我要一刻不停地炮击这些贱货,一直打到墙塌城毁,叫他们像常见的空气一样裸露在外。攻下城池,你们再把联军分开,混合的军旗各归本部:掉转身,面对面,血腥的剑尖对剑尖,转瞬之间,命运女神就会选好一方做她幸运的恩宠,把胜利给她偏袒的一方,以一场辉煌的胜利亲吻他③。二位强大的君王,对我这放肆的提议④,以为如何? 它没点儿计谋的味道吗?"【2.1】

及至第三幕,在教皇使节潘杜尔夫主教的挑唆下,英法再度交战,英军大获全胜,私生子杀死奥地利大公,替生父狮心王复仇雪恨(这只是莎士比亚篡改历史的戏说)。腓力国王手里的王牌、拥有英格兰王位继承权的亚瑟被俘。剧情发展到第三场,约翰王授意休伯特杀死亚瑟,堪称他身为国王的命运拐点,也是整个戏剧冲突的转折点。

到了第四幕第二场,虽说约翰王"再度加冕",但面对索尔斯

---

① 独创的场景(industrious scenes):指两军惨烈厮杀的血腥场景。

② 耶路撒冷的对立教派(mutines of Jerusalem):公元 70 年,罗马大将提图斯(Titus,41—81)率军围攻耶路撒冷,城中两个对立犹太教派放下纷争,联合抵御罗马人进攻。

③ 他(him):指胜利一方的国王。

④ 不合规的提议(wild counsel, irregular counsel):亦可做"大胆的建议"(audacious counsel)。

伯里、彭布罗克等贵族因怀疑他谋杀了亚瑟而背叛；面对路易王太子来势汹汹入侵英格兰的法兰西大军；面对民间由亚瑟之死开始盛传他"将在下一个耶稣升天节①当天正午之前，交出王冠"的流言；面对休伯特为自证清白当面拿出他欲置亚瑟于死地的"签名、盖章的手谕"之时，他只剩下了一个国王的尊号："不，在这具血肉之躯、王国的缩影里②，在这王国之内，在这片有血、有呼吸的领土，我的良心在与我的侄儿之死交战，王权陷入内乱。"【4.1】恰在此情此景之下，私生子开始成为影子国王。

除了私生子这个角色，使《约翰王》这部戏还算差强人意，饱受冤屈、歇斯底里、拼命一搏的康丝坦斯夫人和老谋深算、左右逢源、挑拨离间的潘杜尔夫主教，这两个可圈可点的形象也功不可没。前者为能让儿子亚瑟继承英格兰王位，发疯一般，不惜"叫这两个背弃誓言的国王兵戎相见"；后者则为能使英格兰臣服于罗马教廷，竟怂恿路易王太子起兵进攻英格兰，"可以凭你妻子布兰奇公主的权利，像亚瑟一样，索要全部权利"。正如英国19世纪著名批评家威廉·哈兹里特（William Hazlitt, 1778—1830）在其《莎士比亚戏剧中的人物》(Characters of Shakespeare's Plays)③一书中的《约翰王》专章所分析的："约翰王的奸险，亚瑟的自杀，康丝坦斯的不幸，这些都是史实，它们像一个铅块似的压在我们

---

① 耶稣升天节（Ascension Day）：庆祝耶稣升天的节日，在复活节四十天之后的星期四。

② 此句原文为：in the body of this fleshly land，应指国王自己，约翰王以为自己的血肉之躯是整个英格兰王国的缩影。

③ 此处论述转引自[英]威廉·哈兹里特著：《莎士比亚戏剧中的人物》，顾钧译，华东师范大学出版社，2009年版。文字稍有润色，其中所引莎剧译文均为笔者新译。

心上，增加了我们的痛苦。有个声音悄悄告诉我们，我们没有权利嘲笑这类不幸事件，也不该将这些实际发生的事当成我们的玩偶。这样的看法也许有点儿怪，可我们还是认为，剧本情节中的史实越为人知，对悲剧之庄严和快感的产生越为不利。"

在哈兹里特眼里："《约翰王》语言优美，想象丰富，足以消解戏剧主题带给我们的痛苦。对约翰王性格的描绘只有淡淡几笔，且主要在背景中体现。他并未主动寻求犯罪，是形势和机遇强迫并诱使他犯下罪孽。剧中的约翰王被刻画成一个胆怯超过残忍，可鄙超过可憎的人。剧本只反映出他的部分经历，却足以比其他舞台角色引起人们更多厌恶。他没有一种崇高精神或坚强性格，可用来抵挡其行为所引起的愤怒，只能任凭人们对他进行最坏的设想和评价。不仅如此，亚瑟，作为他施加卑鄙、残忍的对象，又是一副弱者形象，那么美好、无助，加之失望的康丝坦斯撕心裂肺的恳求，使之在人们心目中的形象变得更糟糕。亚瑟之死让我们无法原谅他，因为在他收回成命，试图阻止不幸发生时，一切为时已晚，或因他对自己的罪恶企图表示后悔，反倒使我们的是非感大为增加，从而更痛恨他。他的话使我们深信，他的想法一定十分丑恶，连他本人也为此感到害怕。约翰王暗示休伯特去暗杀自己的侄子这场戏极富戏剧性，但比起亚瑟听到休伯特命人烫瞎他双眼的那场戏逊色许多。假如有什么作品能打动人心，里面交织着极大的恐惧和同情，那么震撼心灵，又那么抚慰人心，就是这场戏。"哈兹里特对休伯特要烫瞎亚瑟眼睛这场戏情有独钟，行文至此，竟禁不住把第四幕第一场做了整场引述。

在此之后，哈兹里特才继续分析："原本十分温柔的康丝坦斯,因朋友们反复无常和命运不公变得不顾一切,并在丧失各种意志力之后越发陷入绝境。康丝坦斯的精神状态在剧作中得到最佳展现。她对腓力国王义正词严的答复(她在拒绝腓力国王派来的使者一同前往去见议和双方的时候说:'让两位国王来见我,来见见伟大悲伤的样子。')她对奥地利大公的愤怒指责,她对'悲苦的情人'——死神——的召唤,虽说这些都精彩动人,但跟她对红衣主教说的那段话一比,都要逊色,在这段话中,她已把愤怒化作一股柔情:

康丝坦斯 ……红衣主教神父,我听你说过,我们将在天堂里见到并认出亲朋好友。倘若那是真的,我将再次见到我的孩子;因为自打第一个男孩该隐①落生,直到昨天才有了第一次呼吸的婴儿②,从不曾有哪个孩子如此充满神的恩典。但眼下,悲愁这条害虫要噬咬我的蓓蕾③,把他面颊上天生的俊秀赶走,使他看起来像一个空心儿的幽灵,面容苍白憔悴得像发了疟疾;他将那样死去,再这样升入天堂,等我在天庭遇见他时,就认不出他了。因此,永远、

---

①该隐(Cain):《圣经》中亚当、夏娃的长子,被视为人类第一个男孩,后因嫉妒杀了弟弟亚伯(Abel)。

②即"昨天才出生的婴儿"。

③我的蓓蕾(my bud):即"我的儿子"。

	永远，我再也见不到俊美的亚瑟。
潘杜尔夫主教	悲愁在你眼里过于可怕了。
康丝坦斯	没儿子的人，才跟我说这种话。
腓力国王	你像溺爱儿子一样溺爱悲愁。
康丝坦斯	若悲愁能填补我没了儿子的空缺：睡在他的床上，和我一起走来走去，装出他可爱的模样，重复他说过的话，令我想起他身上一切可爱之处，以他的形体把他空落落的衣裳填满；那我就有理由溺爱悲愁……【3.4】

在此，哈兹里特以莎士比亚另一部历史剧《亨利八世》中的凯瑟琳王后与康丝坦斯做比照："凯瑟琳王后面对亨利八世的不公正待遇时表现出的温和、顺从，与康丝坦斯为儿子失去王位时表现出的强烈和难以抑制的痛苦，形成鲜明对照，莎士比亚的描写则使这两个美好人物原本就有的差异变得更为凸显。"

显然，哈兹里特对私生子这个角色是《约翰王》最成功的形象并无异议："私生子菲利普这个滑稽角色的出现使原本剧烈的痛苦大为减弱，对于该剧主角约翰王既冷酷又胆怯的行为，也是一个很好的调剂。菲利普极具热情，富有创造力，伶牙俐齿，行为鲁莽。本·琼森（Ben Jonson，1572—1637）说莎士比亚总喜欢夸大其词，过分渲染。多亏本·琼森不是批准戏剧上演的官员，否则我们将为之遗憾。本·琼森艰涩、雕琢，莎士比亚则挥洒自如、大气磅礴，我们喜欢后者远超前者。本质上，私生子菲利普滑稽幽默的性格,与莎士比亚笔下其他滑稽人物的性格相比,并无二致,他们从不知疲倦,总不断搞出各种花样,他们不仅总爱冒险,且总能成功。他们富于机智,充满活力,说起话来随兴之所至。与其他人物不同,菲利普是一个军人,不仅口头勇敢,行动也很勇敢。他将机智带入行动,用口头上的玩笑增进行动的勇敢,这使得他的敌人必须同时应付他的锋利刀剑和尖酸嘲讽。他妙语连珠,其中最精彩之处莫过于他对自我的评价,对'挠得人心发痒的私利'的抨击,以及对杀死生父的奥地利大公的挖苦(开始闹着玩儿,后来当真)。他在昂热城的所作所为说明他的才能不只限于唇枪舌剑。在昂热,我们同样看到宫廷和利益集团的争斗,以及国王、贵族、神父和主教的权谋。"

最后,由哈兹里特所言,拿《约翰王》与《亨利五世》做个或许不恰当的比较,后者仅凭一个伟大的国王战士(亨利五世)独撑全剧,而前者只能靠一个英雄(狮心王)的私生子为一个倒霉的国王苦撑全局。换言之,从舞台表演来说,《亨利五世》是一个英雄国王的独角大戏,《约翰王》若无群角凑戏,尤其私生子和康丝坦斯夫人大放异彩,那约翰王这个历史上的"无地王"势必成为舞台上的"无戏王"。

3. 当代莎学家眼里的约翰王

英国莎学家乔纳森·贝特(Jonathan Bate,1958—　)所写"皇莎版"《莎士比亚全集·约翰王》导言①,可算当今英语世界最

---

① 下文中贝特的相关论述,皆引自[英]乔纳森·贝特、[美]埃里克·拉斯穆森编:《莎士比亚全集·约翰王》,外语教学与研究出版社,2008 年,导言。文字稍有修改,其中所引莎剧译文均为笔者新译。

新《约翰王》研究成果之一。他的写法很妙，以一则英国文坛轶事开篇，讲1811年4月间，英国著名小说家简·奥斯汀(Jane Austen，1775—1817)与哥哥亨利(Henry)一起住在伦敦，奥斯汀在一封写给家里的姐姐卡桑德拉(Cassandra)的信中抱怨："真倒霉，今晚的演出变了，——由《约翰王》换成《哈姆雷特》，——我们改周一去看《麦克白》。"贝特随即评述："两个世纪之后，我们很可能感到诧异，像简·奥斯汀这样眼光如此挑剔的女性，宁可看《约翰王》，也不愿看《哈姆雷特》或《麦克白》。然而，有个简单的解释：奥斯汀是萨拉·西登斯的资深崇拜者，西登斯是那个时代最伟大的女演员，她最为人称道的角色之一便是那个激情四溢的康丝坦斯王后——像莎士比亚全部英国历史剧中任何一个女性角色一样令人满意。"

可见，西登斯的出色表演使康丝坦斯这个舞台形象深入人心，历代不衰。贝特由此继而分析："《约翰王》在19世纪备受推崇，并不单因为这位受了委屈的母亲康丝坦斯。维多利亚时代(Victorian era，1837—1901)的人多愁善感，他们醉心于少年亚瑟哀婉动人地劝说休伯特别用热烙铁烫瞎他的双眼。但剧中戏份最重的角色，是那个私生子菲利普·福康布里奇，他的戏份比那个冠以剧名的优柔寡断的国王还重。这个人物令德国浪漫主义批评家奥古斯特·威廉·冯·施莱格尔 (August Wilhelm von Schlegel，1767—1845)为之动容：'他嘲笑隐秘的政治权谋，却并非不赞同，因为他承认，连他自己也要竭力凭借类似手段撞大运，唯愿成为骗人者，而非受骗之人，因为在他的世界观里，别无选择。'私生子——一个虚构的戏剧角色，并非真实的历史人物，是莎剧进展中一个自私唯我类型的关键角色，《奥赛罗》(Othel-lo)中的伊阿古(Iago)和《李尔王》(King Lear)中的埃德蒙(Ed-mund)使这一类型达到巅峰。但他是剧中最能引起人们共鸣的成年男性。他有心机，有智慧，渴望仕途。其他人只是政客。在对政客们的阴谋所做的灵妙剖析上，《约翰王》堪称莎士比亚最现代的戏剧之一。剧情设定在一个封建世界，那里的君主被视为上帝在人间的代理人，该剧把权力揭示为人们在饥饿中抢食的一件'商品'。"

贝特充分肯定私生子这个角色，认为："私生子是观众唯一信得过的角色，因为他信得过我们。那些提供他思考过程的独白和自我意识的剧场性，允许观众分享他的空间。他同时对两位国王说'不如二位国王听我劝'，使我们享受他的放肆，因为他使我们成为故事的一部分。他对在舞台围廊的'城垛'上观战的昂热城民讲的那几行台词，同样适用于买票看戏的观众：'他们安然站在城垛上，像在剧场里，对你们独创的场景(指两军惨烈厮杀的血腥场景——笔者注)和决战表演，咧着嘴，品头论足。'"

显然，贝特的历史和学术维度为非英语国家的学者所欠缺，这自然也是英国人研究莎士比亚的独特优势所在。显然，将贝特的长篇论述摘引如下，有助于领会和诠释《约翰王》的多重面向和意涵：

"当英吉利海峡两岸敌对的两支军队围攻昂热时，法兰西国王曾对昂热城民说：'说吧，城民们，为英格兰。'在莎士比亚全部历史剧中，《约翰王》是最明确追问为英格兰代言有何意味的一部戏。它探讨的关于合法性和继承性诸问题，关乎英格兰都铎王朝①每一户有产家庭，当一个年迈无子的女王高居王座之时，它对于君主政体的意义尤为重大。在更为人所知的《李尔王》一剧中，合法婚生的嫡子埃德加(Edgar)品行良善，非婚生的私生子埃德蒙(Edmund)是个恶棍。《约翰王》构想了一种更富挑战意味的可能性：假如一个伟大的国王死去，他最勇敢、最诚实、最聪明的儿子，是一个私生子。在这种情形下，以德为本选定合法继承人是不可能的：倘若王位由一个私生子继承，整个君主体制的合法性都会受质疑，父系政体、法律、教会和家族之前天衣无缝相互依存的关系势必开始瓦解。

"'狮心王'理查一世是一位可做楷模的国王，死时没留下亲生儿子；顺位继承人弟弟(杰弗里)也死了。谁来继位，是顺位的下一个弟弟(约翰)，还是头一个弟弟的儿子(亚瑟)？似乎还嫌不够乱，谁为英格兰代言的问题，又与其他关于合法性的争论搅在一起。何谓英格兰领土的地理疆域？——英格兰有保留统治部分法兰西领土的权利吗？而且，谁来代表英格兰宗教？这一棘手问题，焦点在于任命谁为新一任坎特伯雷大主教，领导英国教会？是教皇有权把他的人选强加于人，还是英国该为自己的教会事务发声？君主政体可否在某一点上合法拒绝教皇的意愿？这种对抗势必在都铎王朝的观众心里（这里尤指伊丽莎白时代的观众——笔者注），对亨利八世的离婚纠纷和 16 世纪 30 年代与罗马教廷决裂产生回响。

---

① 都铎王朝始于亨利七世加冕国王的 1485 年，历经亨利八世、爱德华六世、玛丽一世，止于伊丽莎白一世去世的 1603 年。

"在新教意识形态里,约翰王因其挺身反对教皇专制,成为一个英雄。他被视为前世的亨利八世。16世纪中叶,狂热的新教徒约翰·贝尔(John Bale)据此写过一部宫廷戏,那个时候,一部出自无名氏之手、很可能是莎剧文本主要素材来源的两联剧《约翰王朝》(1591年出版),里面正泛滥着半生不熟的反天主教宣传。莎士比亚这部戏常被当作他忠于新教的证据:18世纪30年代,因担心詹姆斯二世党人(Jacobite)起义,该剧经改编在伦敦上演,剧名毫不含糊地冠以《约翰王朝期间的教皇专制》(*Papal Tyranny in the Reign of King John*)。不过,莎士比亚的真正用意既深刻又含混。在约翰'凡意大利神父不得在我领土内征税'这句话里,反天主教意味明晰可见,剧中的教皇使节潘杜尔夫主教是一个诡计多端的政客,说话拐弯抹角、含糊其词('你发誓,只是为了背弃誓言,越发誓,越违背誓言'),也是明证。同时,约翰被贬称为'假冒的君王',而且他的模棱两可很难使他成为一个统治者的典范。

"回到第一场戏,当继承权与信仰、权力与所有权的一切难题毫无解决办法之时,一名郡治安官登场。他的亮相代表诸郡的司法权,'乡村'利益与'宫廷'利益两相对立。诸郡中的两兄弟谁将继承一小块地产,同狮心王理查的兄弟中约翰和杰弗里(通过亚瑟)谁将继承整个国家,两个问题平行对应。此外,对于16世纪90年代的观众来说,一桩设定在遥远13世纪的纠纷,可能回应着当下的争端,在他们自己所处的时代,无人不知。一名议员在平民院发言时,会说出人们指望本该出自女王之口的话:'我代表全英格兰。'在许多地方,人们秉持这样一种观念,认为'英格兰'并不等同于英国女王和她在伦敦及其周边的宫廷。尽管都铎王朝的君主们试图在各郡建立法定代理人的网络以便统一全国，但'乡村'绅士阶层以及北部和西部的封爵贵族仍强烈捍卫他们的自治权。

"私生子自称绅士，生在北安普顿郡；他'好一个直肠子'，换言之，他是一个说话爽直的英格兰乡民；后来，他向英格兰的守护神圣乔治求助。他嘴里说的，便是莎士比亚自己的出生地，即英格兰腹地中部地区的话。他有一个选择：要么继承福康布里奇的产业，要么去'撞大运'，虽说没继承权，却可以采用那个非婚生下他的国王父亲陛下的姓氏。

"英国绅士阶层的规范是长子继承土地，次子随处流动，可去伦敦找一份律师的差事，当牧师，从军，出任外交使节，甚至可能从事娱乐业。稳定的合法性与冒险家的生活对立起来。私生子接受了自己非婚生的庶子身份，宣布放弃其实可以享有的土地（由于他是母亲、而非父亲通奸所生，因此与《李尔王》里的埃德蒙情形不同，他的继承权不会被强行剥夺），步入家中次子常走的路。这和莎士比亚离开埃文河畔的斯特拉福德时的做法一样。

"福康布里奇夫人和詹姆斯·格尼的到来，进一步强调了私生子源出英格兰中部，他们俩一身骑马装，表示由乡间赶来宫廷。随后，私生子把他同母异父的弟弟描述成'巨人科尔布兰德'。科尔布兰德是一个丹麦入侵者，在一场单打独斗中被'沃里克的盖伊'（Guy of Warwick）击败——盖伊在通俗读物、民谣和戏剧里，是一位脍炙人口的传奇人物。假如罗伯特·福康布里奇乃科尔布兰德之象征，那私生子便象征着沃里克郡的民间英雄盖伊。假如北安普顿的郡治安官代表他在诺丁汉(Nottingham)的同事,他甚至可能是一个翻版的罗宾汉(Robin Hood)。罗宾汉,这位约翰王朝时期最著名的民间英雄,他不能亲口说自己的名字,因为一说名字,国王随即变成恶棍。莎士比亚不想在戏一开场就这样做,因为,一则,他希望将约翰和亚瑟声称的合法继承权问题保留开放性;二则,在他写作时代的编年史和戏剧传统里,约翰王因拒绝让教皇提名的斯蒂芬·兰顿出任坎特伯雷大主教,已成为一个新教英雄的原型。

"当教皇把英国国王逐出教会,并准许——其实是允诺——将任何一个谋杀他的人封为圣徒,人们不可能把伊丽莎白女王时代的英格兰与此对应之处忽略掉,教皇当时对女王下达了同样的判决。变幻无常的法兰西左右摇摆,此处与现实的对应并无二致(埃莉诺王后高喊:'啊,法国人反复无常,邪恶的反叛!'):16世纪,法兰西饱受因宗教引起的内战蹂躏,几乎没人猜得出,国家会终结在一个天主教徒手里,还是由一个新教徒登上王位。'战争的搏斗精神与横眉怒目'主宰了这部戏的剧情,正如在尼德兰、爱尔兰等地发生的宗教和统治权的战争,影响到莎剧观众们的生活那样。私生子像《特洛伊罗斯与克瑞西达》(*Troilus and Cressida*)里的忒耳西忒斯(Thersites)一样,——虽没那么凶残——剖析了联盟和分裂导致的混乱:'疯狂的世界,疯狂的国王,疯狂的妥协!'

"私生子代替'沃里克的盖伊',盖伊代替古英格兰的罗宾汉。当理查('那位力掏狮心、在巴勒斯坦进行"圣战"的理查')在中东投入'圣战'之际,是罗宾汉在国内捍卫着他作为一个好国王的价值。随着剧情发展，私生子的角色变为那位已故狮心王的替身。他以约翰的名义投入战斗，在某个时候，离升入王座仅一线之隔。他在剧终代表英格兰说的几行台词，那厌世的声音也是他的创作者的声音，这位创作者在其《亨利六世》(Henry Ⅵ)系列剧中，展示出英格兰自我背叛的血腥后果。"

4. 蒂利亚德心中的约翰王

英国著名批评家尤斯塔斯·曼德维尔·韦腾霍尔·蒂利亚德(Eustace Mandevile Wetenhall Tillyard, 1889—1962) 是 20 世纪西方历史主义莎评乃至整个历史主义文学批评的代表人物，在其学术名著《莎士比亚的历史剧》(Shakespeare's History Plays)①一书中以专章论及《约翰王》，他意味深长地指出，该剧最出彩的高潮戏的主题是"反叛何时被允许了"。以下是蒂利亚德的论述：

"这段剧情发生在第四幕第三场，亚瑟从城垛跳下摔死，反叛的贵族、私生子和休伯特先后发现尸体。贵族和私生子的反应形成明显对照。彭布罗克、索尔斯伯里和毕格特见亚瑟已死，便认定是被约翰所害，其过度的情感表达显出这一推断的轻率。"

索尔斯伯里	……这是谋杀之家盾徽上的顶饰②，顶饰的顶点，顶饰的高峰，顶饰上的顶饰：这是最血腥的耻辱，最野蛮的暴行，最卑劣的打

---

① 下文中蒂利亚德的相关论述，皆引自[英]蒂利亚德著：《莎士比亚的历史剧》，牟芳芳译，华夏出版社，2016 年。文字稍有修改，其中所引莎剧译文均为笔者新译。

② 顶饰(crest)：纹章术语，指家族盾徽顶部的装饰图案或标徽。在此取"顶饰的顶点，顶饰的高峰，顶饰上的顶饰"之双关意，强调谋杀亚瑟罪孽深重。

击,是怒目圆睁的狂怒、或拧眉立目的暴怒
造成的惨景,令人流下温情悲悯的泪水。

彭布罗克　与此相比,往日一切谋杀皆可宽恕。这件谋
杀,如此独一无二,如此难以匹敌,将把一
种神圣、一种纯洁,加在还没发生的罪恶
头上;还将证明,一场可怕的杀戮与这臭
名昭彰的先例相比,顶多算一出闹剧。

在此,私生子的克制和理性与贵族的肤浅情感截然不同,他
补充说:"这是一桩该罚下地狱的血案:假如出自一只人手,那必
是一只亵渎神灵的笨重之手①所为。"这里的"亵渎神灵"
(graceless)乃超出神恩范畴之意,与所有贵族的夸张之辞相比
是更为严厉的指控,但说话之人拒绝在真相大白之前便提出这
一指控。贵族们确信约翰有罪,因此反叛乃符合道德之举。休伯
特一露面,若非私生子介入,他们会把他当成约翰指派的凶手杀
死。贵族们离开后,私生子不再需要平衡他们的轻率之举,这时,
他脑子里的挣扎才真正开始,反叛的问题以最尖锐和最令人分
心的形式提出来。所有外在证据,无论对休伯特还是对其主人,
都极为不利。在强烈怀疑刺激之下,私生子道出一段充溢着真诚
激情的诗,与此前索尔斯伯里和彭布罗克过分矫饰的言辞形成
鲜明对比:

---

① 笨重之手(a heavy hand):亦可意译为"一只毒手"。

哪怕你只点头答应过这最残酷的行为，你也没指望了。如果缺绳子，从蜘蛛肚子里织出来的最细一根丝就能勒死你，一根芦苇便是一根把你吊上去的横梁；或者，你若想淹死自己，一把勺子，只往里倒一点儿水，它会变得像大海一样，足以呛死你这个罪犯。我确实非常怀疑你。

尽管休伯特声言无辜，私生子仍对他深表怀疑，这迫使他在反叛还是效忠一位篡位(至少名声不佳)的国王之间，做出可怕的选择。他用手指着亚瑟的尸体，对休伯特说：

去，把他抱起来。——我不知所措，觉得自己在这布满荆棘和危险的世界迷了路。①——你这么容易就举起整个英格兰②！生命，权利，以及这整个王国的真理，都从这一小块儿王者的尸身飞向天国；丢下英格兰，任人拉拽、抢夺，像贪食的动物一样，撕咬这个王权有争议的、胀满骄傲的国家。眼下，为了像狗一样抢食王权这根啃得精光的骨头，凶猛的战争竖起愤怒的颈毛③，在温柔的和平面前号叫。现在，外来军队和国内心存不满之人齐心协力：一场巨大的灾难，等待着篡位的王权即将垮台，活像一只乌鸦等

① 参见《新约·马太福音》13：22："那撒在荆棘中的种子，是指人听了道之后，生活的忧虑和财富的欲望窒息了道的生机，不能结出果实。"《路加福音》8：14："落在荆棘里的种子是指人听了道，可是生活上的忧虑，财富和享乐的诱惑，窒息了道的生机，不能结出成熟的果实。"

② 指抱起亚瑟的尸体。

③ 颈毛(crest)：狗颈上的毛。狗发怒时，会竖起颈毛。

着啄食一头病倒的牲畜。此刻,谁的斗篷、腰带能经受住这场暴风雨,谁就是幸运者。——抱着那孩子,赶快跟我走:我要去见国王。

有一千件事急待解决,

上天对这国土皱了眉。

这些怀疑折磨着一个执行力很强的人,十分触动人心。在此之前,私生子只需效忠主人,眼下,他不得不考虑亚瑟之死的整个情形。他承认亚瑟有权继承王位,怀疑约翰是害死亚瑟的主谋,清楚这片国土的信誉遭到严重破坏。他势必要在反叛之罪和效忠一个糟糕主人的屈辱两者间做出抉择。他将以超卓的力量和速度毅然做出抉择,从困惑迷茫中转向为国王的"一千件事"奔忙。

蒂利亚德认为"其实,是私生子想清楚了,虽说约翰不是一个好国王,但他并不是理查三世那样的暴君。私生子没想错,尽管约翰不是个好国王,但明智之举莫过于,默许他的统治,寄希望于上帝令他向善,明白反叛之罪只会叫上帝加重这个国家已在承受的惩罚。由于私生子的坚守,国家免遭法国人击垮,上帝通过不久之后亨利三世(Henry Ⅲ,1207—1272)统治下的联盟,昭示出神的宽恕。"

之后,在论及《亨利六世(中)》里君王类型的人物时,蒂利亚德指出"构成真正国王的性格,除了狮子和狐狸的特点,还要再加上另一种动物——鹈鹕——的特点,私生子兼具这三种动物的特点。他的掌控力不言而喻,前引他所说有关亚瑟尸体的话凸显出这一点。只有性格异常坚定之人，才能在由如此可怕迷局而感困扰时，仍能如此迅疾地做出决定。约翰在下一场戏里，软弱地将王冠交给潘杜尔夫，并非偶然。在此之后，约翰的决心便随着私生子的是否在场变得果决或游移。出手迅速与决心密切相关，私生子挺身为休伯特挡住索尔斯伯里的进攻只在一瞬之间。索尔斯伯里刚一拔剑，他马上说：'你的剑没用过，先生，收起来吧。'临近剧终，当他以为法国王太子还在追击国王的军队时，建议：'立刻迎敌，否则，立刻被攻。'"

在蒂利亚德看来："作为一只狐狸，私生子的狡猾大多是虚晃一枪，尽管结果相同，但他不像布林布鲁克（未来的亨利四世）那样，是一个严格意义上的马基雅维利式的人物。在圣埃德蒙兹伯里，他来到法国王太子和英国的反叛贵族面前，替约翰编出一段胸有成竹鄙视对方的话，而实际上，英国军队正深陷困境，远不足以支撑这番言论：

> 现在，听听英国国王怎么说，此时我代表英王陛下：他准备好了，理由充分本该这么做。对这次像猴子似的无礼进兵①，对这场顶盔掼甲的假面舞会，对这一鲁莽的狂欢，对这支从未听闻的傲气、稚嫩的军队，国王淡然一笑；他充分备战，要把这场侏儒似的战争，把这支矮子军队，从他国土圈子里赶出去。【5.2】

---

① "像猴子似的"（apish）：愚蠢（foolish）。"无礼的"（unmannerly）：与"怯懦的"（unmanly）具双关意。

"第一幕结尾前,私生子第一次独白,自认具备'上升精神'(mounting spirit),他要研究这个时代的口味,使自己在'升至伟大的步履中'少一些滑倒的'甜蜜的毒药'。但即便他在此处有意表现得只图私利,且也意在逢迎时代,但其目的不为骗人,而只求避免受骗上当:'我不想用这套本领去骗人,但为避免被人骗,我非得把它学会。'

"第二幕结尾处,他第二次独白,说到'私利',再次说自己十分糟糕,只因从未受过诱惑才没犯下贪腐之罪:

> 我干嘛痛骂这'私利'?只因他从没追过我:这并非因为,当他拿晃眼的天使币①向我手掌致敬时,我有收手攥拳的力量;而只因为,我的手还没受过诱惑,好比一个穷叫花子,张嘴便骂有钱人。那好,只要我是叫花子,就张嘴开骂,要我说,世间除了富贵,没有罪恶;
> 等我有了钱,自然有本事改口说,
> 世间除了那叫花子,没什么罪恶。
> 国王尚且为了一己私利背信弃义,
> 我便拿私利当君王,我来崇拜你!【2.1】

"事实上,私生子有一种英国人担心表现得过于严肃或正直的心理。如此宣称并不代表他真的腐化了,恰如他此后的插入语

---

① 天使币(angel):上面刻有天使图案的金币。

并不代表他缺乏宗教信仰："只要我还记得圣礼。'【3.3】

"在实际行动中，私生子既忠诚又自我克制，或至少有鹈鹕的责任之心。他对着约翰尸体所说的话绝无不真诚：'您就这样走了？我留存于世，只求为您效劳、替您报仇，然后我的灵魂陪护您升天，犹如尘世之中我始终是您的仆人。'"

蒂利亚德认为："莎士比亚在创造私生子这个形象时，充满激情，并赋予他一种坚不可摧的个性，使他身上所有的君王特点都富于生命力，然而，在剧中理应更出色的人物、真正的国王约翰身上，却缺乏这些特点。"

除了对私生子的剖析，蒂利亚德也像乔纳森·贝特一样，认为"康丝坦斯夫人是剧中第二重要的角色，而这主要归功于西登斯夫人的倾情表演。康丝坦斯夫人不像私生子那样令人惊异，但这个人物形象，标志着莎士比亚在把人物个性化、特征化过程中迈出一大步。

"我们理应认为她年轻、漂亮、聪慧，她的青春活力与魅力悲剧性地汇成一股悲伤过度的洪流。腓力国王提及'在她那丛美丽的长发里'时，暗示出她的美貌。聪敏的智慧使她在婆婆那儿每次都占了上风，比如，当她们在法兰西第一次见面时，她用了'will'的双关意涵——遗嘱/心愿。

埃莉诺	你这粗心的泼妇，我可以拿份遗嘱给你看，上面写明你儿子没有合法继承权。
康丝坦斯	是呀，谁还能怀疑不成？遗嘱！一份邪恶的遗嘱，一个女人的心愿，一个烂了心的祖母的

心愿！【2.1】

"再如,他模仿对幼儿说话的口吻:

埃莉诺　　　到祖母这儿来,孩子。

康丝坦斯　　去,孩子,找祖母去,孩子。把王国给祖母,祖
　　　　　　母会赏你一枚洋李,一颗樱桃,一个无花果:
　　　　　　那真是你的好祖母。

"哪怕处于最悲痛之际,她也不失机智,比如在痛斥誓言非
战斗到把亚瑟推上王位决不罢休的奥地利大公时, 她提到他身
上披的狮子皮:

啊,利摩日①,啊,奥地利大公,你叫那血淋淋的战利
品②蒙羞:你这奴才,你这坏蛋,你这懦夫! 你勇气不够,邪
恶有余! 你攀附强者,永远倚强凌弱! 你这替命运女神打仗
的战士,若没那位喜怒无常的夫人保你性命无忧,你绝不
出战! 你也是背弃誓言之辈,只会巴结权贵。你真是一个傻

---

　　①历史上,曾于1192年囚禁理查的奥地利大公早在约翰王继位前五年的1194
年坠马而死。理查则于1199年,在攻打利摩日子爵(Viscount of Limoges)艾马尔·博
索(Aimar V Boso,1135—1199)的城堡时,因中箭而亡。在此,莎士比亚将利奥波德五
世同利摩日子爵合二为一,"戏说"理查命丧奥地利大公之手。
　　②血淋淋的战利品(bloody spoil):指奥地利大公从理查手里夺取的那张狮
子皮。

瓜,一个张狂的傻瓜,竟吹牛、踩脚、发誓,声称支持我！你
这冷血的奴才,不是像雷鸣一般为我说过话吗？不是发誓
做我的战士,叫我依靠你的星宿①、你的命运、你的力量吗？
而今竟变节投敌？你居然披着那张狮子皮！脱喽,别丢脸,
给你那胆小的肢体披一张小牛皮吧②！【3.1】

"当痛苦快把她逼疯时,她话里透出的敏锐想象力,可与莎
士比亚后来塑造的比阿特丽斯［Beatrice,出自《无事生非》(*Much
Ado about Nothing*)］和罗莎琳德［Rosalina,出自《皆大欢喜》(*As
You Like It*)］身上所具有的女性光辉相媲美：

死神,死神——啊,可爱的、亲密的死神！你这芳香的
恶臭！健全的腐烂！最令好运憎恨、恐惧的死神③,从你永恒
之夜的眠床上起身,我愿吻你可憎的枯骨,把我的眼球放
入你空洞的面额,把你居所的蛆虫当戒指戴满我的手指,
用令人恶心的泥土堵住这呼吸的缺口④,变成一具像你一
样的枯骨怪物。来,咧嘴冲我笑,我要把你的龇牙当微笑,
我要像你妻子似的吻你！"

---

① 旧时人们相信星象决定命运。

② 小牛皮(calf'skin)：小牛的皮。旧时,贵族之家雇佣的小丑,亦称"傻瓜"
(fool),常身穿由小牛皮制成的上装,背后系扣儿,也是小丑身份的标志之一。康丝坦
斯夫人在此以叫奥地利大公"披一张小牛皮",讥讽他是懦夫、傻瓜。

③ 参见《旧约·德训篇》41：1："哦,死亡呀,对那些安享财富、没有横逆、万事亨
通,仍有精力享受口福之人而言,想到你,真是痛苦！"

④ 呼吸的缺口(gap of breath)：指开口说话的嘴(mouth)。

最后，论及《约翰王》的结构，蒂利亚德不无微词，认为："这部戏缺少整体性，前三幕确实线条清晰，写出了复杂的政治行动和追求私利的野心家变来变去的动机，康丝坦斯和私生子这两个最聪明的参与者给出的批评话语使其更具有活力。包括昂热城(Angiers)战前所有事情的第二幕，是莎士比亚笔下最大，同时也是最活泼、丰富、并具有娱乐性的战争戏之一。第三幕第四场，作为一场政治戏而非真正的战争场景，潘杜尔夫主教劝说法国王太子坚持入侵英国的计划时非常精彩。该剧开场约翰对法兰西使臣夏迪龙的蔑视也十分出彩，其表达都很迅捷，对昂热城之战前的事态广度均是一种完美铺垫。但在最后两幕，政治行动原有的广度、强度都丢了：要么压缩成更具个人化的处理，比如亚瑟受到威胁要被弄瞎眼睛和私生子面对亚瑟的尸体深感困惑两个场景；要么做了弱化或仓促处理，比如约翰把王冠交给潘杜尔夫及其在修道院死去两个场景。即便撇开最后两幕的剧情变化不谈，各场戏之间也缺乏有机联系。

"亚瑟尸体这件事本身的意义非比寻常，但它的能量和新的自由诗风与亚瑟恳求休伯特别弄瞎自己的眼睛，两部分差异很大。通常的看法，要么赞誉这一恳求极为动人，要么批评它十分做作，简直难以忍受。它的确有些做作，不过对于伊丽莎白时代的观众并非不能忍受。他们很可能以为它在展示修辞，而它确如莎士比亚许多别的戏一样，在修辞上精雕细琢，把词语游戏玩得优雅有余。可是，它同前几幕有过的语言上的过度表达不一致。事实上，后两幕戏很难自然融入整部戏中。反叛可能是后两幕的首要主题，且对该剧题材提供出某种连贯性，但它并非由前三幕的特有价值中自然生发，而是变为一种个人困境出现，它没能作为主导性动机来影响成千上万人的情感、命运，没能把后两幕同此前的重要场景连在一起。

"同时，在剧情背景中，也没有任何道德动机赋予该剧一种虽难以界说、却能感受到的统一性。被私生子拟人化了的'私利'，只是一处细节而已。很难说，英格兰或国家本身在这部戏里出现过。私生子在其所说关于亚瑟尸体的最后一段话，把英国比喻成像狗一样抢食的骨头，在该剧末尾他则表明了一种重要观念：只要英格兰内部团结便无坚不摧。但该剧其他部分并未强化这一观点。比如剧中很少展现社会的不同等级，很少有堪与《亨利六世（中）》里出现的相对应的卑微角色，他们代表了英国一个阶层的样貌。休伯特向约翰王所做普通民众散播听来的亚瑟之死消息的描述，似乎是个例外：

> 满大街老头儿、老太太，因这凶险的天象做预测：年轻的亚瑟之死是他们的共同话题。一谈起他，他们都摇着头，一个个交头接耳；说的人抓住听者的手腕，听的人做出受惊的手势，皱紧眉，点点头，滚一下眼珠。我见有个铁匠，手拿锤子，这么站着，只顾张嘴吞下裁缝的消息，连砧上烧的铁都凉了。那个裁缝手拿剪刀、量尺，穿着拖鞋，匆忙中还穿错了左右脚，他说有数千法军已在肯特①排好战斗队形、

①　肯特（Kent）：英格兰东南部的肯特郡。

严阵以待。正说着,一个脏兮兮的瘦小工匠打断他,又说起亚瑟之死。【4.2】

　　"但我们读这段话时,关注更多的是其描述性的韵文,它让我们欣喜地看到莎士比亚在营造大的政治动机之外的真正才能,这一才能在该剧中是崭新的。

　　"尽管这是一部出色的剧作,充满新的可能和活力,但缺乏整体上的确定性内涵。此后,莎士比亚将在接下来的创作中实现这一可能,并达到新的确定性。"

　　莎士比亚的历史剧写作果真如此,艺术上最成功的历史剧《亨利四世》和最能从戏剧精神上彰显英格兰爱国情怀的《亨利五世》,均在《约翰王》之后完成!

5.史学家笔下的约翰王

　　研究英国中世纪历史的史学家丹·琼斯(Dan Jones)在其所著《金雀花王朝:缔造英格兰的勇士国王及王后们》(*The Plantagenets: The Warrior Kings and Queens Who Made England*)①一书中,对约翰王做出这样的历史书写:"约翰身后落下恶名:英格兰历史上最糟糕的国王之一,魔鬼般的谋杀犯,给本国带来暴政和宪法危机。在其统治末期,最早版本的罗宾汉传奇开始流行,传奇讲述一位英雄好汉如何遭受国王手下贪官污吏的虐待,然后向敌人血腥复仇。这些故事的核心即权力如何被滥用。在漫长岁

---

　　①下文中琼斯的相关论述,皆引自[英]丹·琼斯著:《金雀花王朝:缔造英格兰的勇士国王及王后们》,陆大鹏译,社会科学文献出版社,2015年。文字稍有修改。

月中，约翰的名字和这些故事里最卑劣的邪恶之事紧密相连，他被人们斥为怪物、败贼、恶魔。然其所作所为，真比他那位饱受赞誉的王兄理查一世，或父王犯下的某些罪孽更邪恶吗？也许并非如此，但约翰的名声比他们差多了。

"在最同情约翰的人看来，他的最大过错是生不逢时，他偏偏在国运日衰、大势已去之际当了国王。他把其父兄身上那些最残忍的本能合二为一，却没有他们那份幸运。诺曼底失陷时，他回天无力，后来两次欲收复这个公国，都功亏一篑。他无法用个人魅力激励人民成就伟业，由此我们不禁会想，假如亨利二世、甚或理查一世处于约翰在 1204 年的位置，他们有没有办法夺回诺曼底？我们很容易理解，约翰在 1207—1211 年为何走出这样一条路，但除了他在迫害妄想狂驱动下镇压私敌之外，实在看不出其他任何一位身处其位的国王会采取什么不同的措施。曾有四个虚假繁荣的年头，约翰王不仅是一国之君，还主宰着英格兰教会、英格兰的凯尔特邻国及一部强力的司法和政府机器，即便王室可以残忍地利用这架机器满足私利，它也能在一定程度上保护平民免受贵族欺压。他没把男爵们当伙伴，而是以债主的身份虐待、鄙视他们。他没能及时认识到，这样做给自己造成多大麻烦。

"约翰给亲人留下的遗产就是一场灾难性的内战，外加法兰西的入侵。1215 年《大宪章》只是一份失败了的和平协议。约翰和与他谈判、协商宪章条款的贵族们都不可能知道，他的名字，以及在兰尼米德签订这份文件的神话，将与英格兰历史永不可分。长远来看，事实的确如此。在约翰死后的许多年里，《大宪章》

多次重新颁布,发生在 13 世纪和 14 世纪的每一场宪法斗争的核心,都是如何阐释这份限制王权的复杂文件。当亨利三世努力夺回父亲丢失的权利和领土之时,《大宪章》决定了国王与贵族们斗争的具体条件。1225 年,《大宪章》再次颁布,其抄本钉在英格兰各城镇教堂的大门上公开展出,获得了传奇地位。《大宪章》的精神代表着英格兰国王的义务,即在其自己制定的法律框架内实行统治。尽管《大宪章》的传承颇为奇特,但它是约翰的遗产。"

颇具反讽意味的是,时运不济的倒霉国王给后世留下一份伟大的遗产。

但显然,莎士比亚写他这部名叫《约翰王》的戏时,并没想把它作为遗产留给后世。恰如英国 18 世纪著名莎学家塞缪尔·约翰逊(Samuel Johnson,1709—1784)在为其所编《莎士比亚戏剧集》写的序言中说:"莎士比亚似乎并不认为自己的作品值得流传后世,他并不要求后世给他崇高名望,他希望得到的只是当世的名声和利益。他的戏一经演出,他的心愿便得到满足,不想从读者身上再追求额外赞誉。"①

总之,《约翰王》在莎士比亚的历史剧中绝非上乘之作。已故英国莎学家乔治·哈里森(George Harrison)在其写于 1930 年的《莎士比亚戏剧反映的时事》一文中,对《约翰王》的评价是中肯的,并始终适用:"莎士比亚也生在大战时期(当时处在伊丽莎白

---

① [英]塞缪尔·约翰逊:《莎士比亚戏剧集》序言,李赋宁、潘家洵译。此文载于杨周翰编选:《莎士比亚评论汇编(上)》,中国社会科学出版社,1979 年,第 68 页。

女王统治下的新教英格兰随时可能与信奉天主教的西班牙和法兰西爆发战事——笔者注），他也许在无意间为那些用心听戏的人记录下了战争的某些方面和心情。除三篇《亨利六世》外，至少还有七部莎剧——《约翰王》《亨利四世（上、下）》《亨利五世》《特洛伊罗斯与克瑞西达》《科里奥兰纳斯》《皆大欢喜》——分明是战事剧；至于《理查二世》《无事生非》《哈姆雷特》《麦克白》《安东尼与克莉奥佩特拉》也都以战争为背景。显然，《约翰王》在这些剧本中最具史实意义，却是最差的一部戏。"①

2019 年 6 月 8 日

---

① [英]乔治·哈里森著：《莎士比亚戏剧反映的时事》，殷宝书译。此文载于杨周翰编选：《莎士比亚评论汇编（下）》，中国社会科学出版社，1981 年，第 123 页。

《理查二世》：君王之罪谁人定

我损害了时间，现在时间来损害我；因为此刻，时间已把我变成它的时钟：我的思想是刻度上的每一分，用滴答滴答的叹息，向我的眼睛——那钟面，——报出每分钟的间隔，我的手指，则像上面的时针，一边不断计时，一边不住擦拭泪水。

——（《理查二世》第五幕第五场）

KING RICHARD

一、写作时间和剧作版本

1. 写作时间

《理查二世》写于 1595 年，证据有四：

第一，关于英国历史上的兰开斯特王朝（House of Lancaster, 1399—1461），莎士比亚原打算写三四部戏，《理查二世》是第一部。

1594 年的年中，莎士比亚加入重组成立的内务大臣剧团（the Chamberlain's Men），并与剧团签下一份合同，承诺以剧团十股东之一的身份，每年为剧团写两部戏（一部悲剧、一部喜剧）。历史剧《理查二世》《亨利四世》第一部、第二部或称《亨利四世（上、下）》，《亨利五世》加上《尤里乌斯·恺撒》，均写于 1595—1599 年之间。这意味着，莎士比亚兑现了他在 16 世纪最后五年每年写一部悲剧的承诺。此外，从《亨利四世》写于 1596—1597

年这个间接证据，可以把莎士比亚开始历史剧系列写作的时间基本锁定在 1595 年。

第二，显而易见，莎士比亚欠他同时代的诗人、历史学家塞缪尔·丹尼尔（Samuel Daniel, 1562—1619）一笔文债——他的《理查二世》从丹尼尔的史诗《约克和兰开斯特两个家族的内战》（*The Civil Wars Between the Houses of York and Lancaster*）中"借"来一些剧情。《内战》前四卷于 1594 年 10 月 11 日在伦敦书业公会注册出版。1595 年 11 月 3 日，朝臣、商人罗兰·怀特（Rowland Whyte）在给政治家罗伯特·西德尼爵士（Robert Sidney, 1563—1626）的信中提及，临近年中在伦敦出版的《内战》前四卷十分有趣。由此推断，《理查二世》应写于 1595 年年底之前。

假使真如议员、学者爱德华·霍比爵士（Sir Edward Hoby, 1560—1617）于 1595 年 12 月 7 日，写给罗伯特·塞西尔爵士（Robert Cecil, 1563—1612）的信中所提邀请他看的"国王理查的戏"，指的是莎剧《理查二世》，则可以确定，《理查二世》在 1595 年九十月间即已完稿，之后，剧团花一段时间进行排练。

第三，从诗剧文体看，同写于 1594 年的《罗密欧与朱丽叶》和写于 1596 年的《约翰王》风格十分相近，韵诗部分极多，约占全剧五分之一，不仅三处用了四行诗的形式（quatrains），还特别爱用"末尾带标点符号的诗行"（end-stopped lines）。也因此，《理查二世》常被视为唯一一部纯诗体莎剧。

第四，作家弗朗西斯·米尔斯（Francis Meres, 1565—1647）在其 1598 年出版的名著《智慧的宝库》（*Palladis Tamia*）中提及，《理查二世》写于 1595—1596 年。

2.剧作版本

1597 年 8 月 29 日，《理查二世》由伦敦著名出版商安德鲁·怀斯（Andrew Wise）在"书业公会登记簿"（Stationers's Rigister）上注册，剧名题的不是历史剧，而是《理查二世的悲剧》（*The tragedie of King Richard the second*）。年底前，印刷商瓦伦丁·西梅斯（Valentine Simmes，1585—1622）印行第一四开本，但标题页并未出现"莎士比亚"的名字。

一般认为，第一四开本根据一份手抄稿——也许是经莎士比亚的原稿或二手抄本改编整理。因伊丽莎白女王曾自比理查二世，印行第一四开本时，删除了第四幕第一场理查王被废黜一场戏，以便顺利通过剧场或宫廷娱乐审查官埃德蒙·泰尔尼（Edmund Tylney，1536—1610）的审查，以避免万一刺激女王，惹祸上身。

除了第一四开本，在 1623 年第一对开本《莎士比亚全集》中标题为《理查二世的生与死》（*The Life and Death of King Richard the Second*）的《理查二世》之前，还有四个四开本：1598 年，印行第二四开本和第三四开本；1608 年，印行第四四开本；1615 年，印行第五四开本。需要指出的是，在全部莎剧中，除了《泰尔亲王伯里克利斯》（*Pericles, Prince of Tyre*）（旧译《泰尔亲王配力克里斯》），《理查二世》既是唯一一部一年之中印行两版的莎剧，也是两年中连续印行三版的唯一莎剧，可见当初多么受欢迎。

关于五个四开本之异同，简述如下：

第一，第一四开本是个"好四开本"，但错误不少。

第二，第二四开本根据第一四开本印行，不仅旧错未改，而且添了百余处新错，但莎士比亚的名字首次出现在标题页上。

第三，第三四开本对第二四开本中的错误有所校正。

第四，据1603年6月25日"书业公会登记簿"显示，安德鲁·怀斯把《理查二世》《理查三世》和《亨利四世》(第一部)的出版权转让给印刷商马修·劳(Matthew Law)。此后不久，马修·劳根据第三四开本印行第四四开本，首次添上前三个四开本缺失的理查王被废黜那场戏。不过，对于这增补的一百六十五行台词是否依据莎士比亚原稿而来，只能单凭推测，不外两种可能：是莎士比亚的手笔，或由剧团演员靠记忆补写。

第五，第五四开本根据第四四开本印行，貌似版本价值不大，但假如这个说法属实，即第一对开本是根据一本改过的第五四开本印行，那它也并非可有可无。

第六，事实上，没人说得清1623年的第一对开本依据的到底是哪个四开本。

总之，第一对开本未将之前五个四开本中各自存在的错误全部改正，而且，不仅出了新错，还为了舞台表演的需要，刻意删掉五十一行，即便如此，它也堪称排印最好的版本。从理查王被废那场戏，从对场次的区分、对台词的分配、对脚本的阐释，以及增加的"舞台提示"来看，它或许最为接近(没准就是)莎士比亚所属内务大臣剧团的演出脚本。

二、原型故事

英国编年史家拉斐尔·霍林斯赫德 (Raphael Holinshed,

1529—1580)所著《英格兰、苏格兰及爱尔兰编年史》(以下简称《编年史》)(*The Chronicles of England, Scotland, and Ireland*)，无疑是莎剧《理查二世》"原型故事"的主要来源。这部著名的《编年史》于 1577 年初版，首印时为五卷本。十年后的 1587 年，出第二版时改成三卷本。1590 年，莎士比亚开始写戏。

第二版修订本《编年史》为莎士比亚编写历史剧提供了丰富的原材料，《理查二世》《亨利四世(上、下)》《麦克白》中的有些剧情，以及《李尔王》和《辛白林》中的部分桥段，均取材于此。

除了这部《编年史》，莎剧《理查二世》还从别处或多或少借用、化用了一些原型故事：劳德·伯纳斯(Lord Berners, 1467—1533)英译的法国中世纪作家、宫廷史学家让·弗鲁瓦塞尔(旧译傅华萨，Jean Froissart, 1337—1450)写于 14 世纪的《英格兰、法兰西、西班牙及邻国编年史》(*Chronicles of England, France, and Spain and the Adjoining Countries*)，这部《编年史》被视为描写英法百年战争前五十年及两个王国骑士文化("骑士的礼仪")的重要来源；1548 年出版的律师、议员、史学家爱德华·霍尔(Edward Halle, 1497—1547)的《编年史》(*Chronicles*)[全称《兰开斯特和约克两个贵族世家的联合》(*The Union of the Two Noble and Illustre Famelies of Lancastre & Yorke*)]；诗人、剧作家，只比莎士比亚年长三个月的克里斯托弗·马洛(Christopher Marlowe, 1564—1593)的剧作《爱德华二世》(*Edward the Second*)；塞缪尔·丹尼尔(Samuel Daniel, 1562—1619)的《兰开斯特和约克两个家族的内战》(*The Civil Wars Between the Two Houses of Lancaster and Yorke*, 1595，以下简称《内战》)；无名氏作者的一部旧戏《伍德斯托克的托马斯》(*Thomas of Woodstock*);律师、作家托马斯·弗瑞(*Thomas Phaer*, 1510—1560)的《官长的借镜》(*A Mirror for Magistrates*)(1559)。

另外,还有三本法文书值得一提:

第一本是让·克莱顿(Jean Creton, 1386—1420)所著《英格兰理查国王之历史》(*Histoire du Royd' Angleterre Richard*)。

作者克莱顿身份独特,14世纪末,他是法兰西国王查理四世(Charles Ⅳ, 1368—1422)的贴身男仆,1398年来到英格兰,1399年5月,随英王理查二世远征爱尔兰,两个月后,与索尔兹伯里伯爵(Earl Salisbury)一起被送回威尔士,在康威城堡(Conway Castle)等候理查王归来。他没想到,先后等来了诺森伯兰伯爵和布林布鲁克。诺森伯兰命克莱顿和理查王的主要侍从跟布林布鲁克的传令官离开城堡。克莱顿十分惊恐,担心性命难保,但当布林布鲁克听说他及其伙伴都是法国人,承诺保证他们人身安全。这使克莱顿得以目睹理查王在城堡前如何与布林布鲁克见面、被捕。同年,克莱顿回到法国,怀着对理查王的同情、悲伤,写下这本英格兰游记,其中详尽描述了理查王遭废黜的全过程。后来,这本游记由约翰·韦伯(John Webb)译成英文,题为《一个法国人眼里理查王被废黜的历史》(*Translation of a French History of the Deposition of King Richard*)。

第二本《叛乱和英格兰理查国王之死编年史》(*Chronique de la traison et Mort de Richard Deux Roy Dengleterre*)(1412)出自无名氏之手。这本"编年史"从1397年瓦卢瓦的伊莎贝尔(Isabella of Valois)嫁给理查王起始,写到理查王被废、被杀,伊莎贝尔回到法国结束。同情的文笔似乎透露出作者可能是伊莎贝尔的家人。

第三本是让·勒博(Jean Le Beau)的《理查二世的编年史》(*La Chronique de Richard II*)。

需要说明一点,在莎士比亚时代,前两本只有抄本行世。诚然,对于莎士比亚是否看过这三本书只能推测。不过,这三本书对理查王的同情笔调,或对莎士比亚塑造理查王形象产生了影响。从莎剧《理查二世》可明显看出,莎士比亚对理查王不无同情。

显然,莎士比亚是幸运的!对于不熟悉莎士比亚如何从各种原型故事里汲取"编"剧灵感的读者来说,他那些债主们的作品早已被遗忘。简言之,若不知莎士比亚如何写戏,根本无从知晓他都找谁"借"过东西。也就是说,在读者脑子里,莎士比亚是一个亘古未见的原创作家。实则非也!

今天的莎迷们极难想象莎士比亚是一个跟剧团签了合同、每年必须拿出一悲一喜两部戏,只图"写"戏尽快上演并能卖座的编剧。这样一来,他哪有那么多闲工夫像考古似的挖掘原型故事,而是怎么得心顺手怎么"编"。

关于这部戏的写作,莎学界早有一个说法,认为莎士比亚写之前,舞台上已有一部同名"旧戏"在演,莎剧《理查二世》只是对这部"旧戏"的改写。多佛·威尔逊(Dover Wilson,1881—1969)在其主编的《剑桥新莎士比亚·理查二世》(1921—1969)导言中说过这样一段耐人寻味的话:

　　他那些无名的前辈们对英国历史烂熟于心，早替他把各种编年史精读一遍，把各种关于理查覆灭的资料加以消化，写成一部戏，留待他修改。那时，剧场生意红火。他所属剧团于 1594 年新组重建，急于赚钱，一来可以赚回 1591—1594 年因瘟疫导致剧场关闭造成的损失，二来可与唱对台戏的海军大臣剧团（Admiral's Men）一比高下。莎士比亚是剧团的主要编剧，但在那段时间，他很可能是剧团的唯一编剧。另外，就我们所知与莎士比亚相关的一切而言，可否有理由假设，对于莎士比亚来说，哪条路最省力，他就走哪条路。没什么理由让我相信，为写《理查二世》，他会比写《约翰王》更加费事地去读霍林斯赫德或其他什么人的任何一部编年史。丹尼尔的史诗、一个演员对《伍德斯托克的托马斯》所知的一切，以及我们设想的由当初写《动荡不安的约翰王时代的统治》（*The Troublesome Reign of King John*）的作者所写的剧作，把这些加在一起，便足以解释清楚一切。

　　庆幸的是，对莎士比亚而言，这一说法仅仅是假设。否则，这意味着，莎士比亚只是一个用最省事儿的法子改写别人旧戏的二道贩子，倘若如此，他将退居二流、三流编剧的行列，甚至根本不入流。

　　总之，莎士比亚写《理查二世》"费事地"花了心思、下了功夫。按威尔逊所说，《理查二世》第一幕第一场以布林布鲁克和毛伯雷在理查王面前相互指控开场，跟爱德华·霍尔《编年史》的起笔十分相似。换言之，霍尔的《编年史》激发起莎士比亚搭建《理查二世》戏剧架构的灵感。威尔逊相信，像理查王在第三幕第三场那段精彩独白——"国王现在该做什么？要他投降吗？国王只能屈从。非要废了他？国王同意退位。他必须丢掉国王的尊号？啊，以上帝的名义，随它去吧！我愿拿珠宝去换一串念珠；拿辉煌的宫殿去换一处隐居之所；拿华美的穿戴去换一身受救济者的衣衫；拿雕花的酒杯去换一只木盘；拿王杖去换朝圣者的一根手杖；拿臣民去换一对儿圣徒的雕像；拿巨大的王国去换一座小小的坟茔，一座特小、特小的坟茔，一座无人知晓的坟茔；——不然，就把我埋在公路或哪条商贸干道下面，叫臣民的脚随时踩在君王的头上；因为当我活在世上，他们践踏我的心；一旦下葬，怎能不踩我脑袋？"都得益于霍尔。

接下来，对莎士比亚如何把从以上各处采集来的原型故事融入《理查二世》，做一个大致梳理：

第一，在霍林斯赫德《编年史》里的"兰开斯特公爵"（Duke of Lancaster）在丹尼尔的《内战》里，称呼变为"冈特的约翰"（John of Gaunt），莎士比亚顺手拿来，并把布林布鲁克名字的拼写"Bolingbroke"变为"Bullingbrook"，使其具有了内含"brook"（溪流）的双关意涵。

第二，莎士比亚把丹尼尔笔下伤感的王后形象做了深入刻画。伊莎贝尔嫁给理查二世时，年仅七岁，三年后，理查王被废、被杀时，也不过十岁。莎士比亚把她变为一位成年王后。

第三，莎剧《理查二世》第五幕第二场、第三场奥默尔参与要在牛津谋害布林布鲁克（亨利四世）的戏，可能直接源自霍尔的

《编年史》；第四幕第一场卡莱尔主教"这位骄傲的、刚被你们尊为国王的赫福德大人，是一个邪恶的叛徒；……英国人的血将作为肥料浇灌这片国土，……这片国土将化为尸骨遍布的各各他（骷髅地）"那一大段预言，第五幕第一场理查王"缓慢的冬夜，……他们在追悼一位遭废黜的合法国王"那一大段悲叹，取自丹尼尔的《内战》。

需要说明的是，丹尼尔笔下的布林布鲁克对财富的追逐始终大于政治野心；到了莎士比亚笔下，这位新国王也似乎更在乎物质利益。另外，莎士比亚省掉了《内战》中诺森伯兰在弗林特城堡前使诈诱捕理查王那段情节，之所以如此，意在凸显理查王的倾覆是咎由自取。

第四，莎剧《理查二世》第二幕第一场冈特严词谴责理查王的场景，取自《伍德斯托克的托马斯》第四幕第一场；在剧情处理上，莎士比亚把冈特摆在理查王身边那些马屁精的对立面，多少受到《伍德斯托克的托马斯》剧中格罗斯特公爵（伍德斯托克的托马斯）这一形象的影响。

第五，霍林斯赫德《编年史》对冈特死后理查王剥夺他的全部财产，描述十分简单："兰开斯特公爵在他位于伦敦霍尔本（Holborne）的伊利主教府邸（Elie's palace）去世后，葬于圣保罗大教堂主坛北面他第一任夫人布兰奇（Blanch）的墓旁。公爵之死给这个王国的臣民提供了更加痛恨国王的机会，因为他一手攫取了原属于公爵的所有财产，夺取了理应由赫福德公爵（布林布鲁克）合法继承的所有土地的租税，并把此前颁授给他的特许证书予以废除。"

莎剧《理查二世》对此进行了拓展：第一幕第四场，理查王在探望临终的冈特之前，已放出话来，要将冈特的财产充公，作为贴补远征爱尔兰的军饷。但莎士比亚处理剧情时颇为谨慎，给人的感觉似乎是，理查王决定没收冈特的所有财产，皆因冈特临死前对他严词斥责。冈特正告理查王，布希、巴格特、格林等几个马屁精会叫他看不清自己的病症，这话刺痛了理查王，最后，冈特刚一断气，恼羞成怒的理查王便当着这几个马屁精的面，宣布将冈特全部财产一律充公。

简言之，莎士比亚通过一连串细节使理查王顺理成章地犯下致命错误，恰如约克在第二幕第一场抗议所言，此乃以君王意志凌驾于法律之上。正是这一不可理喻的暴行，为理查王的覆灭埋下"引信"。

第六，莎士比亚对霍林斯赫德《编年史》最富戏剧性的情节拓展是叫诺森伯兰逼迫理查王高声朗读霍林斯赫德在《编年史》里详列的三十三条"指控状"，而历史上的理查王则是私下签署的退位书。另外，莎士比亚安排理查王通过讨要一面镜子避开对他不依不饶的诺森伯兰，并手拿镜子搞了一出自怨自怜的表演，最终迫使布林布鲁克并未逼他非读"指控状"不可。

显然，镜子这场戏在一定程度上深化了主题，尤其意在暗示：理查王一旦失去王位，便成为幽灵般的存在，使布林布鲁克刚登上王位便恨不得赶紧除掉他，为理查王之死设下伏笔。

综上所述，莎剧之所以被后世奉为经典，自然跟莎士比亚作为一名天才编剧，除了会采集原型故事，更会发明创造密不可分，《理查二世》中这样两场精彩的情景便属于莎士比亚的原创：

第一个情景发生在第三幕第四场，约克公爵府的园丁及其仆人以修剪草木比喻治国理政，讥讽理查王"没像我们修整花园似的治理国家"，把英格兰王国这座花园祸害得不像样子："眼下，咱这以海为墙的花园，一整个国土，长满野草，最美的花儿都憋死了，果树没人修剪，树篱毁了，花坛乱七八糟，对身体有好处的药草上挤满了毛毛虫。"

第二个情景发生在第四幕第一场，威斯敏斯特宫大厅，理查王面对布林布鲁克手持镜子暗自神伤："皱纹还没变深吗？悲痛屡屡打我脸上，却没造成更深的创伤！——啊，谄媚的镜子，你在骗我，跟我得势时的那些追随者们一样！这还是那张脸吗？每天在它屋檐下要养活上万人。这就是像太阳一样刺得人直眨眼的那张脸？这就是曾直面那么多恶行，终遭布林布鲁克蔑视的那张脸？易碎的荣耀照着这张脸，这张脸正如荣耀一样易碎。"说完，将镜子摔在地上："瞧它在这儿，碎成了一百片。"

除了以上两处，第一幕第二场冈特与格罗斯特公爵夫人和第五幕第三场约克与这位公爵夫人的戏，还有像冈特临死前的情景以及诺森伯兰、珀西父子俩参与支持布林布鲁克取代理查王的篡位行动，都是莎士比亚的专利。

三、剧情梗概

第一幕

伦敦。理查二世王宫。理查王询问兰开斯特公爵冈特的约翰，是否问过公爵的儿子亨利·赫福德公爵（即布林布鲁克）指控诺福克公爵托马斯·毛伯雷，到底是出于往日积怨，还是出于忠

心，发觉毛伯雷确有谋逆之心？冈特据实回禀，认为毛伯雷图谋
不轨。说话间，彼此互相指控谋逆叛国的布林布鲁克与毛伯雷同
时进宫。布林布鲁克向理查王表示"愿上天为我的指控作证！"指
控毛伯雷是"一个反贼，一个邪恶之徒"。"若蒙陛下恩准，我愿离
开之前，/ 以我的正义之剑证明我的言词。"毛伯雷不甘示弱，骂
布林布鲁克"是一个诽谤的懦夫、恶棍"，并为证明布林布鲁克
"扯下来弥天大谎"，不惜一战。布林布鲁克以骑士决斗的礼仪，
把手套扔在地上，向毛伯雷发起挑战："我要跟你决斗，刀剑相
对，证明我的话句句属实，而你图谋不轨。"毛伯雷捡起手套，以
示接受挑战。

　　布林布鲁克指控毛伯雷不仅长年肆意挥霍军饷，"十八年
来，在这块土地上谋划、策动的所有叛乱，细究起来，祸首、罪源
都在这个奸诈的毛伯雷身上"。而且，"是他谋害了格罗斯特公
爵"。毛伯雷指斥布林布鲁克"是上帝和好人们多么憎恶的一个
如此说谎的恶人"。他否认一切指控，认为这"全出于一个恶人，
一个怯懦的、最堕落之奸贼的仇恨；而对这一指控，我要亲自出
手，奋勇抗辩；有来不能无往，我把手套扔在这个傲慢的叛徒脚
下"，"最衷心恳请 / 陛下为我们指定决斗之日"。

　　理查王打算平息二人暴怒的肝火，但俩人谁也不领情，拒绝
收回手套。毛伯雷表示："您(国王)能命令我的生命，不能命令我
的耻辱。/ ……我遭人指控，公开受辱，名誉扫地，/ 诽谤的毒矛
刺穿了我的灵魂，/ 除非从他心脏迸射出的毒血，/ 什么药也医
治不了我的创伤。……我既为名誉生，也愿为名誉去死。"理查王
力劝布林布鲁克扔掉手套，不承想自己这位堂弟死活不肯："啊，

愿上帝佑我灵魂莫犯如此邪恶之罪！"劝解无效，理查王下令："圣兰伯特节(每年9月17日)那天，在考文垂，到时拿你们的命一决生死。"

兰开斯特公爵府中，被害的格罗斯特公爵的夫人希望冈特的约翰看在同根手足的情分上，别再一味隐忍："啊，冈特，他的血就是你的血！造成他人的那寝床、那胎宫、那性情、那同一个模具，也造了你。……他是你父亲生命的影像，眼见可怜的弟弟死去，竟无动于衷，无异于害死父亲的同谋！……为我的格罗斯特之死复仇，才是保你命的最好方法。"在冈特看来，格罗斯特的死只能由上帝裁决，因为他的死由国王一手造成，而国王是上帝的代表，"倘若他死有冤情，让上天复仇吧，我绝不能扬起愤怒的手臂，对上帝的使者下手"。公爵夫人无奈之下，只能寄望于在考文垂决斗场，"愿我丈夫的冤屈注入赫福德的矛枪，刺入屠夫毛伯雷的胸膛！……再见，老冈特！你亡弟的遗孀 / 必与忧伤相伴，耗尽生命时光"。

考文垂附近的戈斯福德，划出一片草地做决斗场，宫廷典礼官主持决斗礼仪，毛伯雷"以上帝的恩典和这只手臂起誓，我要捍卫自己，证明他对上帝、对国王、还有我，都是一个叛徒：我正当决斗，愿上天保佑！"布林布鲁克"以上帝的恩典和我的勇猛起誓，准备在竞技场证明，诺福克公爵托马斯·毛伯雷对天上的上帝、对理查王、还有我，都是一个可耻、危险的叛徒：我正当决斗，愿上天保佑！"

号角响起，双方骑在马上，手持矛枪，正准备冲向对方一决高下，不料理查王突然"扔了权杖"，示意决斗停止。他将两位公爵召到面前,宣布了放逐令:放逐布林布鲁克十年,期间不得返国,一经发现,立即处死;对毛伯雷的判决则是"绝望的四个字:'永不重返',否则以死论处"。不仅如此,他要二人立下誓言:"流放期间永不彼此和好;永不会面;永不书信往来、互相致意;对在国内酿成的阴郁吓人的仇恨风暴,永不和解;永不心怀不轨蓄意谋面,阴谋策动、筹划、合谋针对我、我的王位、我的臣民或国土的一切恶行。"

理查王见冈特眼里透出忧伤,随即改判,将布林布鲁克的放逐时限减为六年。冈特觉得这对自己毫无益处,因为等儿子流放归来,"未见我儿,死神已蒙双眼"。同时,与儿子分别在即,冈特以人生经验叮嘱布林布鲁克:"对于一个智者,凡上天目力所及之地,都是港湾和快乐的避难所。要学会这样谈论自己的危难:危难乃世间第一美德。别想着是国王放逐了你,而要想是你放逐了国王。"

伦敦。王宫一室。理查王对约克公爵之子奥默尔公爵给布林布鲁克送行心有不满,故意问他"流了多少离别的泪水?"奥默尔一味搪塞,除了一滴泪,便是嘴里一连串"再见"。事实上,理查王是有意将布林布鲁克放逐,因为他懂得"如何取悦于民""他以一副谦恭、亲和有礼的模样,活像潜入了他们内心;他甚至不惜向奴隶抛去敬意,以暗藏心机的微笑和对命运的耐心忍受,讨好那些穷工匠们,好像要把他们对他的深情一起带到流放地去"。此时,理查王的亲信格林提醒他,"眼下倒该关注爱尔兰的叛乱问题"。理查王决定御驾亲征。考虑到国库空虚,为解燃眉之急,理查王想出高招,征战期间,命人以"空白捐金书"的手段迫使有钱的贵族捐出大量黄金。

此时，传来消息，冈特的老约翰病重，恭请国王前去探望。理查王巴不得他赶紧死掉，这样，"正好拿他金库里的库存，为我征战爱尔兰的士兵制备战袍、盔甲"。

第二幕

伦敦。伊利府邸。冈特恭候理查王前来探病，他对约克公爵说，"人生一世，临死之言才受听"，因而他打算死前再向理查王提出忠告："即使理查对我生之忠告置若罔闻，我临死的苦诉或还能打动他耳朵。"约克公爵劝他切莫"自寻烦恼，也别白费力气，一切忠告对他耳朵都是徒劳"。因为"他耳朵里塞满了奉承话"。约克实言相告："你行将就木，勿再饶舌多言，/ 他别无选择，劝也徒费无益。"冈特仿若得到神灵感应一般，对未来做出预言："那个一向征服别人的英格兰，这回耻辱地征服了它自己。啊，愿这羞耻随我的生命一起消失，那随之而来的死亡该是何等幸事！"

理查王前来探病，冈特毫不客气，直言进谏："你那王冠没比脑袋大多少，可里面却坐了一千个马屁精；然而，他们虽被关在这么一个小圈里，惹的祸却一点不比你国土小。……你顶多算英格兰的地主，不是什么国王；你现在的法律地位只不过是法律的奴隶。"这番话把理查王气得脸色发白："以至高无上的王位起誓，你若不是伟大爱德华之子的弟弟，你口腔里这条口无遮拦的舌头，就会叫你的脑袋跟你狂妄无礼的两个肩膀分家。"冈特并不领情："你用不着因我是他父亲爱德华的儿子就饶恕我。……叫你的无情之举像个驼背老头儿，把一株凋零已久的花立刻剪断。苟活于辱,耻辱永不随你而死,/ 从今往后,这句话永远折磨你!"

冈特刚去世,理查王便下令将其"所有的金银餐具、金银钱币、家财资产,一律充公",为远征爱尔兰补充军需。这样做,等于剥夺了布林布鲁克对父亲爵位和权利的继承权。约克伤心欲绝,不再隐忍,他赞誉理查王的父亲威尔士亲王:"他的花销都是他用自己的尊贵之手赢来的;而从他辉煌的父亲之手赢来的钱,他一分也不花。他的手没犯下叫亲族流血之罪,手上染的都是亲族之敌的血。"希望借此劝理查王收回成命。理查王不为所动:"随你怎么想,要把他的金银器,/ 他的钱财,他的土地,一抓在手。"

出征爱尔兰之前,理查王任命约克公爵为总理大臣。

诺森伯兰见尊贵的布林布鲁克及其他王室尊亲遭受冤情,感到耻辱:"国王变了一个人,任由那些下贱的马屁精摆布;只要他们出于嫉恨,向国王告发我们中的任何一个,国王都会严厉追究,我们、我们的性命、我们的子女、我们的继承人,无不堪忧。"而且,诺森伯兰从罗斯和威洛比的嘴里得知,理查王"对普通百姓课以重税,民心尽失;贵族们要为宿仇积怨交纳罚款,也早对他起了二心"。"他每天都弄出敛财的新花样,——什么空白捐金书,强制借贷,名目繁多,不知有多少。"诺森伯兰预感到"耻辱和瓦解"已降临在理查王的头上,他决定率部队去雷文斯堡,与即将在那里登陆的布林布鲁克的军队会合,要"把被玷污的王冠从典当商手里赎回来,把包住黄金权杖的尘垢擦掉,恢复至尊威严的王权"。

宫中。王后正为理查王离别伤心落泪,格林前来禀报,"希望国王驶向爱尔兰的船还没起航"。原来,不仅"一支强大的军队已在我国国土登陆:遭放逐的布林布鲁克把自己从流放中召回,挥舞着武器安全抵到雷文斯堡"。而且,"诺森伯兰勋爵,他儿子、年轻的亨利·珀西,还有罗斯、博蒙德、威洛比等几位大人,全都带着他们有权势的朋友"加入到布林布鲁克的队伍,就连伍斯特伯爵,也辞去宫廷总管,"宫中全部仆从都跟他一起逃向布林布鲁克"。对理查王忠心耿耿的约克,只能无奈地表示:"你丈夫,为保护王权远赴爱尔兰,家里却被别人乘虚而入。他留我在这儿支撑局面,可我年老体衰,连自己都快撑不住。现在,他暴饮暴食带来的作呕时刻已经来临,该他那些马屁精朋友一试身手了。"

约克公爵面临两难选择,因为理查王和布林布鲁克"俩人都是我血亲——一个是我的君王,誓言和责任都叫我保卫他;另一个是我的家人,国王冤枉了他,良心和手足之情又都叫我替他伸张正义"。

格洛斯特郡荒野。诺森伯兰与布林布鲁克合兵一处,与约克公爵所率临时拼凑起来的王家军队相遇。见到老约克,布林布鲁克向他行跪拜之礼,称呼他"高贵的叔叔""仁慈的叔叔",老约克反唇质问:"为何你这遭放逐、禁止入境的两条腿,胆敢再次触碰英格兰国土的尘埃? ……你的性质最恶劣,——聚众谋反,犯下伤天害理的叛国罪:你被放逐了,却在期满之前回到此地,以武力反抗你的君主。"布林布鲁克据理力争:"身为一个臣民,我要求得到合法权益:不准我请律师,那我只能亲自前来,继承本该合法继承的遗产。" 尽管约克对侄儿布林布鲁克的冤情深有所感,也曾尽全力为他伸张正义,但他不能接受"以这种方式前来,动用武力,兴兵自救,靠非法之举寻求正当权益"。他甚至对支持布林布鲁克的贵族们说:"你们煽动他采取这一行动,等于支持叛乱,全都成了叛逆。"诺森伯兰表示:"这位高贵的公爵发了誓,他回国只为得到合法权益;而且,我们都已郑重起誓,伸出援手,帮他取得权益。谁背弃誓约,将永无宁日!"

威尔士兵营。因一直得不到理查王的消息,好不容易"聚拢起来"的乡民已逃散,"他们都认定理查王死了"。

第三幕

布里斯托。布林布鲁克兵营。布林布鲁克下令,将被抓获的理查王的两个亲信布希、格林处死,请诺森伯兰监督行刑。

威尔士海岸。再次踏足威尔士,理查王高兴得"一边挥泪一边微笑",祈愿"我可爱的国土,别喂养你君王的仇敌,也别以美味安抚他贪婪的肠胃;让吸满你毒液的蜘蛛和步态拙笨的蟾蜍,遍布在他们的必经之路,只要他们用篡权的脚步践踏你,你就把他们叛逆的双脚来伤害:为我的敌人长出刺痛的荨麻!……只要她合法的国王,还没在邪恶的叛逆武力下摇摇欲坠,这块土地就会有知觉,这些石头也会都变成武装的士兵"。他骂布林布鲁克是"窃贼""叛逆",认定自己是涂了膏油的上帝选定的代表,"凡夫俗子的指责废黜不了""布林布鲁克每强征一个入伍的士兵,向我的金冠举起锋利的刀剑,上帝便会天赐一个荣耀的天使来报偿"。

理查王闻听聚拢起来的一万两千名威尔士人"都四散而逃,投奔布林布鲁克",面如死灰。约克之子奥默尔安慰理查王贵为国君,不要轻易灰心丧气。理查王强打精神,指望约克叔叔的兵马可以前来救援。正在这时,斯克鲁普禀报:"布林布鲁克的愤怒汹涌得越过极限,用刚硬雪亮的刀剑和比刀剑更硬的心,漫过您惊恐的国土。……全国男女老少齐叛变,/情形比我说的更糟糕。"见大势已去,理查王不禁感叹:"我的国土,我的生命,我的一切,都是布林布鲁克的,除了死亡和覆盖骸骨的不毛之地上那一小抔泥土,没什么归我所有。"他和奥默尔坐在地上,讲起"国王们如何惨死的故事"。最后,斯克鲁普向理查王道出实情:"您叔叔约克已和布林布鲁克合兵一处,您北方的所有城堡都向他投降,您南方所有武装起来的贵族也都归顺他了。"理查王决定与奥默尔去弗林特城堡暂避一时。

布林布鲁克与约克、诺森伯兰等几路大军来到弗林特城堡外。布林布鲁克请诺森伯兰到城墙下与理查王谈判:"这样宣布:亨利·布林布鲁克愿双膝跪地,亲吻理查王的手,向他最尊贵的国王表达忠诚和虔敬之心;只要他撤销我的放逐令,无偿归还我的土地,我情愿跪在他脚下,放下武器,解散军队。否则,我将以武力的优势,用从被杀英国人的伤口里喷涌的血雨,荡平夏日的尘埃。对此,我虔诚一跪足以表明,布林布鲁克绝无此心,要用猩红的瓢泼血雨浇透理查王翠绿的沃土。"

理查王站在城堡的堞墙上,对倨傲的诺森伯兰说:"我的主人,全能的上帝,正端坐云头为我征召一支瘟疫之军;你们胆敢举起不臣之手,威胁我头上宝冠的荣耀,瘟疫必将毁了你们的后世子孙。……他(布林布鲁克)在我国土上踏出的每一步,都是恶毒的叛逆。"诺森伯兰向理查王保证:"他此次前来别无他意,只为得到世袭的王室特权,并跪求立即结束流放恢复自由,一经陛下允准,他就会任由闪亮的武器去生锈,把披好护甲的战马关回马厩，真心效忠陛下。身为王子，他的誓言说话算数。作为一个贵族，我相信他。"

理查王走出城堡，来到下面的庭院，与布林布鲁克见面。布林布鲁克向理查王行跪拜礼，理查王用手指向戴着头上的王冠，比画着说："起来，兄弟，起来！尽管你膝盖跪得低，/ 但我深知你心高，恐怕少说也有这么高。……你想要什么，我都给，心甘情愿；/ 一旦面对强力所逼，不给也不行。"理查王成了布林布鲁克的阶下囚。

约克公爵府中花园。王后得不到丈夫理查王的音讯，心里无尽悲愁，见一园丁和二仆人前来，便躲到树荫处。王后跟侍女打赌，"他们准会谈论国事"。园丁叫两个仆人修枝剪草，仆人甲把花园比作国土，说："一整个国土，长满野草，她最美的花儿都憋死了，果树没人修剪，树篱毁了，花坛乱七八糟，对身体有好处的药草上挤满了毛毛虫。"这番话引来园丁的长篇大论："那个人干瞅着这杂乱的春天放手不管，现在自己也到了深秋；在他宽大叶子下遮阴的那些杂草，看似扶着他，实则侵蚀他，……布林布鲁克把那个败家国王拘起来了。——啊！怪可怜的，他没像我们修整花园似的治理国家。"园丁估计，布林布鲁克会把理查王废黜。听到这话，心里憋闷的王后上前，训斥园丁"怎敢不修饰园子，竟在这儿粗舌烂嘴胡说恼人的消息？"老园丁又拿天平打比方，回应说："理查王，已在强大的布林布鲁克掌控之中；把他俩命运放天平上称一称：您夫君这边不算他自己，啥也没有，那几个轻浮的亲信，只能叫他分量更轻；但在强势的布林布鲁克这边，除了他自己，还有所有的英国贵族，凭借这个优势，他的分量就把理查王压倒了。"

得知真相的王后，决定立刻赶往伦敦。

第四幕

伦敦。威斯敏斯特宫大厅。布林布鲁克质问理查王的亲信巴格特："尊贵的格罗斯特怎么死的，是谁操纵国王犯下这一血案，又是谁下毒手送了他的命？"巴格特称要同奥默尔对质，指控他不仅害死了格罗斯特公爵，还声称"宁可不要十万金币，也不愿布林布鲁克回到英格兰"。奥默尔为捍卫自己的名誉，扔小手套，要与巴格特决斗："你撒谎，我要用你的心头血证明你说了假话，哪怕你的血如此下贱，根本不配沾污我的骑士宝剑。"布林布鲁克叫巴格特"忍住，别捡他的手套"。结果，菲兹华特勋爵站出来表示接受挑战，并作证说，亲耳听奥默尔得意地炫耀，是他弄死了格罗斯特："就算你否认二十遍，还是在说谎；你的心捏造了谎言，我要用我的剑尖，把谎言送回你的心底。"两人僵持不下，亨利·珀西明确表态："奥默尔，你说谎；他这一指控像他的荣誉一样牢靠，而你，没一句实话。"边说便扔下手套，向奥默尔提出挑战："你若有胆量，就捡起来。"奥默尔刚捡起手套，又有一贵族扔下手套，也向他挑战："有胆量就捡起来，与我决斗。"奥默尔一律应战："还有谁挑战？以上天起誓，我全部应战：在我心间有一千颗灵魂，像你们这样的，两万人我也能对付。"说话间，萨里公爵指控菲兹华特说谎，他对菲兹华特和奥默尔俩人谈话的内容一清二楚。萨里为证明自己所言不虚，向菲兹华特提出挑战："直到你这个撒谎者连同你的谎言一起躺在地下，像你父亲的骷髅一样安静。……若有胆量，就接受挑战。"菲兹华特强烈表示："我既然打算在这新天下里顺风顺水，就得如实指控奥默尔所犯罪行：而且，我还听遭放逐的诺福克说，你，奥默尔，派手下两个人去加来，把高贵的公爵弄死了。"奥默尔说诺福克撒谎，若他被召回，为证明自己清白，宁愿与他决斗。

布林布鲁克刚宣布要将诺福克公爵召回与奥默尔决斗，卡莱尔主教接过话茬："遭放逐的诺福克在光荣的基督徒的征战中为耶稣基督而战，……最后把骸骨埋在威尼斯这块怡人的国土。"布林布鲁克决定："诸位提出指控的大人们，把你们的挑战全搁下，等我定下决斗的日子再说。"

约克公爵给布林布鲁克带来理查王的口信："伟大的兰开斯特公爵，……他情愿由您做继承人，把他至尊的权杖交给您高贵的手来执掌。您已是继承人，登上王座吧；亨利万岁，亨利四世万岁！"布林布鲁克欣然接受："以上帝的名义，我登上国王的宝座。"卡莱尔主教坚决反对，他一面替理查王辩护，认为没有人可以缺席审判这位"涂过圣油、加过冕、掌权多年的一国之君"，一面预言："这位骄傲的、刚被你们尊为国王的赫福德大人（布林布鲁克），是一个邪恶的叛徒；你们若给他加冕，……英国人的血将作为肥料浇灌这片国土，后世子孙将因他的邪恶罪行而呻吟；……这片和平之所将发生战乱，同胞相杀，手足相残；骚乱、恐怖、畏惧、叛变，将在此栖居，这片国土将化为尸骨遍布的各各他（骷髅地）。"卡莱尔话音刚落，诺森伯兰下令以叛逆罪将他逮捕。

理查王将王冠交给布林布鲁克，说："王冠归你了。拿着，弟弟，这边是我的手，那边是你的手。现在，这顶金冠像一口深井，井里两只水桶，一上一下在打水，总有一只空桶半空摇晃，另一只下沉,没人看见下沉的桶,里面装满了水;那只下沉的桶,是盈满泪的我,/ 正啜饮悲痛;你却已升到高处。"布林布鲁克问:"你甘愿放弃王冠吗?"理查王无奈:"亦愿;又不愿;我既一无所有:/ 不能说'不愿';因王位已归你。"然后,理查王又将权杖交给布林布鲁克:"我摈弃一切盛典仪仗和君王的尊严;我的领地、租金、税收,全都放弃;我的法令、律令、条令,一律废止。"

这时,诺森伯兰递过一纸文书,上面罗列着理查王及其追随者"所犯背叛国家、谋取利益的严重罪行",命他当众宣读。到了这一步,理查王慨叹:"我在这儿情愿剥去一个国王身上的辉煌;把荣耀变成卑贱,把君主变成一个奴隶,把骄傲的至尊变成一个臣民,把威严变成一个村夫。……假如我说话在英格兰还管用,那我下令,马上拿一面镜子来,让我看看这张脸在威严破产之后能变成什么样子。"

布林布鲁克命侍从取来一面镜子。诺森伯兰不依不饶,逼迫理查王:"趁这会儿拿镜子,把这份指控读一遍。"理查王不无挖苦地说:"魔鬼,我还没下地狱,你就往死里折磨我!"

对着镜子,理查王自言自语:"啊,谄媚的镜子,你在骗我,跟我得势时的那些追随者们一样!这还是那张脸吗?每天在它屋檐下要养活上万人。这就是像太阳一样刺得人直眨眼的那张脸?这就是曾直面那么多恶行,终遭布林布鲁克蔑视的那张脸?易碎的荣耀照着这张脸:这张脸正如荣耀一样易碎。"说到这儿,理查王把镜子摔在地上,继续说:"瞧它在这儿,碎成了一百片。——留心,沉默的国王,摔这一下的用意是:悲伤那么快就毁了我这张脸。"

布林布鲁克下令把理查王送至伦敦塔关押起来，并郑重宣布，"定于下周三举行加冕典礼"。

奥默尔打算与威斯敏斯特修道院院长商议，要除掉布林布鲁克"这个毁灭性的污点"。

第五幕

伦敦。通往伦敦塔的一条街。王后在等待被判了罪的丈夫理查王从这里经过。由卫兵押解的理查见到王后，宽慰她"莫与悲伤携起手，叫我死得太突然，别这样。仁慈的灵魂，要学会把我们的过往想成一场美梦；大梦初醒，我们的实际情形也不过如此。亲爱的，我已发誓，与糟糕的厄运结为兄弟，……你速去法国，找一处修女院藏身。我那在亵渎生活中垮掉的王冠，/ 非得在天国神圣的生活里赢回。"王后嗔怪丈夫身心俱变，连才智也被废黜了："难道你，一头狮子，一只百兽之王，却像学童似的，乖顺地受惩罚，吻着藤条，以下贱的谦恭逢迎人家的暴怒。"理查怅然道："若他们不是兽类，我至今还是一个快乐的人中君王。昔日高贵的王后，准备离开这儿，去法国，就当我死了；把这儿当成我弥留之际的床榻，跟我生死诀别吧。"

这时，诺森伯兰前来，宣布布林布鲁克改了主意，要把理查押往庞弗雷特城堡，王后"必须立刻动身，去法国"。理查警告诺森伯兰："你这布林布鲁克借以爬上我王座的梯子，用不了多久，邪恶的罪孽"终会遭报应。

理查与王后依依惜别。王后恳求诺森伯兰，"把我俩一齐放逐，叫国王跟我一起走"。诺森伯兰回答："这不失恩爱之举，却不算明智。"理查再次宽慰王后："你在法国为我哭泣，我在这里为你洒泪;/ 既然再近无法相聚,不如索性各自远离。/ 走吧,你用叹息、我用呻吟,计算路程。"俩人在悲吟的诉说中吻别。

伦敦。约克公爵府。约克向夫人描述民众迎候新王布林布鲁克和废王理查时的情形:"伟大的布林布鲁克公爵,——骑着一匹性如烈火的战马,这匹马踏着缓慢、庄严的步伐,——似乎知道背上驮着一位雄心勃勃的骑手,这时,所有人齐声高呼'上帝保佑你,布林布鲁克!'……人们对理查满脸怒容;没人喊'上帝保佑他!'也没有喜庆的言辞欢迎他回来;反倒是,泥土投在他神圣的头上。"

见儿子奥默尔前来,夫人很高兴,约克提醒说:"他不再是奥默尔;他因是理查的朋友,已失去这个名号,夫人,现在,你得叫他拉特兰。我已在议会为他的忠诚作保,保证他永远效忠新国王。"

约克发现奥默尔胸前吊着一小条盖了印章的羊皮纸,便要看他藏在衣服里的文书写了什么。奥默尔执意不肯,约克随手一把从他怀里扯出文书,读完之后,大骂奥默尔是"十恶不赦的叛逆"! 并吩咐仆人立刻备马,他要去见新王亨利四世:"以我的荣誉、我的生命、我的忠诚起誓,我要告发这个歹人。"夫人追问,约克道出实情:"这份文书上有他们十几个人的签名,文书人手一份,他们盟约立誓",要在牛津举行比武和庆典活动时"害死国王"。

夫人心疼自己饱受"分娩之痛所生"的儿子,试图阻止约克去告发,约克责怪她是"没规矩的女人"! 为救儿子一命,夫人叫奥默尔"抢先一步,你骑他的马;刺马飞奔,赶在他告发之前,先见国王，乞求宽恕。我随后就到。别看我上了岁数，管保骑得不比约克慢。布林布鲁克若不恕你无罪，我就跪在地上不起来"。

温莎城堡。奥默尔赶在父亲约克之前觐见布林布鲁克，布林布鲁克见他"两眼发直，神情如此惊恐"便问"出什么事了？"奥默尔"恳请陛下，准许我与您单独谈一会儿"。布林布鲁克吩咐众人退下后，奥默尔双膝跪地，说："除非在我起身或开口之前，您恕我无罪，不然，我愿双膝永远跪地，舌头在嘴巴上腭粘一辈子。"布林布鲁克表明态度："是打算犯罪，还是已经有罪？若属前者，甭管多大罪过，为赢得你日后的忠诚，我都会宽恕。"奥默尔提出锁上宫门，布林布鲁克应允。正在这时，约克赶来，在门外高喊："主上，当心！留神您眼前站着一个叛徒。"

见约克向国王呈上文书，奥默尔说："读的时候，别忘您刚才许下的诺言：我真的很后悔；别读我的签名，签的时候，我心手不一。"约克断然道："恶棍，你落笔之前，分明心手合一。——国王，它是我从这反贼胸口扯出来的。他表示悔过，是心里怕，并非出于爱；千万别怜悯他，否则，你的怜悯会变成一条刺入你心里的毒蛇。"读罢文书，国王深感这是一起"凶恶、公然、大胆的阴谋"，但他决定看在"一个逆子的忠诚父亲！"的情分上，赦免奥默尔"这一致命的罪恶"。约克却坚决要处死奥默尔："让他活着，等于杀我；若给他生机，/饶叛徒一命，无异于叫忠臣去赴死。"这时，公爵夫人赶到，跪地哀求国王赦免奥默尔。奥默尔"听母亲如此哀求，我也双膝跪下"。最后，约克也跪下："我屈下忠诚双膝，反对母子求情。/倘若你赐以恩典，必将贻害无穷！"

布林布鲁克"真心实意宽恕"了奥默尔，公爵夫人赞美布林布鲁克:"您真是人间的天神。"

温莎城堡。埃克斯顿的皮尔斯爵士把自己视为国王的朋友,他注意到,当国王说"没有朋友替我除掉这个死对头吗?"时,国王看了他一眼,他心领神会,感觉国王"好像在说:'真愿你就是替我除掉心头恐怖的那个人'"。

庞弗雷特城堡。地牢。沦为囚徒的理查王"一直琢磨如何把我住的这监牢比成一个世界。……我一个囚犯,可以扮演许多角色,却没一个叫我顺心。有时我是国王,可叛逆的想法又使我希望自己是个乞丐,于是我成了乞丐。然后,贫穷压得我自我劝解,还是当个国王更舒坦,于是我又变成国王。很快,一想到布林布鲁克已废了我的王位,我立刻变得谁也不是。——但甭管我是谁,不论我,还是随便谁,但凡世间人,没什么能满足他,直到死去,一切化为乌有。"

理查王昔日宫廷马厩里"一个小小的马夫"顺路来探监,向他描述布林布鲁克加冕典礼那天,在伦敦街道上见布林布鲁克"骑着那匹巴巴里枣红马哒哒哒从眼前走过,甭提心里有多难受!——这匹马那会儿您常骑,那可是我精心侍弄过的宝马!"并说那匹马因背上驮着新国王而"傲气十足"。理查王随即慨叹:"马呀,……你生来,不就是任人驾驭、由人骑乘的吗?我生来不是一匹马,可我却像驴一样驮着重物,由着那策马腾跃的布林布鲁克踢刺、磨损,弄得筋疲力尽。"

埃克斯顿带着一众随从,手持武器来到地牢。理查王夺过一件兵器,杀死一个随从后,被埃克斯顿击倒,临死前诅咒埃克斯顿:"击倒我的那只手,将在浇不灭的火里燃烧。——埃克斯顿,你那只凶残的手，/ 用国王的血玷污国王的土地。"

温莎城堡。诺森伯兰、菲兹华特禀告亨利四世，反叛已平息，叛徒的人头被送往伦敦；反叛主谋威斯敏斯特修道院院长"抑郁成疾，已入殓下葬"，并已抓获卡莱尔主教。布林布鲁克尽管把卡莱尔视为仇敌，但敬重他"高贵的荣誉"，判他"选一隐秘之地，择一清修之所，/ 在更值得敬畏之处，安享余生"。

埃克斯顿偕侍从抬着理查王的棺椁，来到布林布鲁克面前："伟大的国王，呈上这口棺材，里面是您被埋葬的恐惧，您最大的死敌中最有势力的，/ 波尔多的理查，我带到此处；/ 他躺在里面，全无半点声息。"布林布鲁克无法对埃克斯顿表示感谢："因为你：/ 用致命的手造了一件招诽谤的事，/ 毁谤落我头，国体上下皆负恶名。"布林布鲁克对他的"酬劳"，是叫他"良心负罪"，并要他"无论白与昼，永远不要抛头露面"。

布林布鲁克的灵魂充满痛楚，感觉只有"把血浇在身上，才能使我成长"。他要出征远航，前往圣地耶路撒冷，向异教徒开战，以便"把这血污从罪恶之手上清洗"。

四、君王之罪谁人定？

1. 莎士比亚历史剧的前后关联

莎士比亚一生共写下十部历史剧，按约定俗成的写作时间排序，先后为"第一个四部曲"：《亨利六世（上、中、下）》（1590—1591）和《理查三世》（1593）；然后是"第二个四部曲"：《理查二世》（1595）、《亨利四世（上、下）》（1597）、《亨利五世》（1598）；另外两部是《约翰王》（1596）和与约翰·弗莱彻（John Fletcher，

1579—1625）合写的《亨利八世》(1612)。

顺便一提，弗莱彻是詹姆斯一世（King James Ⅰ,1566—1625）时代的剧作家，也是莎士比亚所属"国王剧团"(King's Men)的同事，除了《亨利八世》，他还与莎士比亚合写过两部悲喜剧：《两个贵族亲戚》(*The Two Noble Kinsmen*) 和《卡丹纽》(*Cardenio*)（又名《将错就错》，后来失传）。两剧均写于1613年，这之后，莎士比亚从伦敦告老还乡，回到埃文河畔的斯特拉福德，三年后去世。

若按莎剧中塑造的这些国王们历史上的在位时序排位，这十部戏的先后次序应为：《约翰王》，"第一四部曲"：(《理查二世》《亨利四世(上、下)》《亨利五世》)，"第二四部曲"：《亨利六世(上、中、下)》《理查三世》和《亨利八世》。

简言之，这十部戏以舞台剧形式折射出英格兰王国从约翰王(King John,1166—1216)1199年登上国王宝座，到1547年亨利八世(Henry Ⅷ,1491—1547)去世近三个半世纪"莎士比亚的英国史"，其中尤以两个相联的四部曲，集中展现了从1377年继位的理查二世(Richard Ⅱ,1367—1400)到1485年覆灭的理查三世(Richard Ⅲ,1452—1485)"莎士比亚的百年英国史"。

诚然，在约翰王到理查二世之间，有亨利三世(Henry Ⅲ,1207—1272)、爱德华一世(Edward Ⅰ,1239—1307)、爱德华二世(Edward Ⅱ,1284—1327)和爱德华三世(Edward Ⅲ,1312—1377)四位国王；在亨利六世(Henry Ⅵ,1421—1471)和理查三世之间，有爱德华四世(Edward Ⅳ,1442—1483)和爱德华五世(Edward Ⅴ,1470—1483)两位国王；在亨利八世之前，还有一个亨利七世(Henry Ⅶ,1457—1509),这七位国王莎剧中没写。

纵观这十部历史剧,撇开远在 13 世纪的约翰王和最后一个亨利八世,两个四部曲几乎全景呈现了从 1399 年篡位登基的亨利四世(Henry Ⅳ,1367—1413)开始,历经亨利五世(Henry Ⅴ,1397—1422),直到亨利六世结束整个六十多年的兰开斯特王朝(House of Lancaster)的历史变迁。生于 1564 年、卒于 1616 年的莎士比亚生活的时代,则横跨了都铎王朝(House of Tudor)亨利八世之女伊丽莎白一世(Elizabeth Ⅰ,1533—1603)和斯图亚特王朝(House of Stuart)的开朝之君詹姆斯一世两个时代。

虽说莎剧中的英国历史并非真实的英国历史,莎剧也只为写人物,不为写历史,但莎士比亚塑造的这些国王们,有一点是严格按史实而来的:约翰王、亨利四世、理查三世是篡位者,理查二世、亨利五世、亨利六世、亨利八世都是合法继承王位。莎剧《理查二世》正是截取理查二世执政的最后两年,艺术再现亨利·布林布鲁克废黜理查王,成为新王亨利四世的历史。

单从写作时间看,写于 1590 年的《亨利六世(中)》,1594 年在伦敦书业公会以《约克和兰开斯特两家望族的争斗》(*Contention of the Two Famous House of York and Lancaster*) 登记在册,是莎士比亚的第一部历史剧;写于同年的《亨利六世(下)》,即《约克的理查公爵的真实悲剧》(*True Tragedy of Richard Duke of York*),是其第二部历史剧;写于 1591 年的《亨利六世(上)》是其第三部历史剧。

不过,由《亨利六世(中、下)》两剧中的两段台词或可推定,莎士比亚在动笔之初,不仅心里已有写国王系列剧的打算,而且在艺术上有了大致构想，即围绕王位继承权这一核心主题，戏剧性地挖掘这些国王们什么前因招致什么后果的历史命运。毋庸讳言，这一构想应直接源于霍尔《编年史》前言中的这句断语——国王亨利四世乃大混乱、大分裂的源头、祸根。

先看《亨利六世(中)》第二幕第二场，约克公爵向索尔斯伯里和沃里克讲述自己享有王位继承权，追溯到爱德华三世及其七个王子，(七在当时幸运数字)并将七个王子逐一列举，随后，以理查二世之死梳理了一下历史脉络：

> 爱德华黑王子在他父亲生前已过世，留下独子理查，爱德华三世死后，理查继承王位，直到冈特的约翰的长子、继承人兰开斯特公爵亨利·布林布鲁克加冕成为亨利四世，他夺取王国，废黜合法国王，把理查可怜的王后送回法国娘家，把理查送到庞弗雷特：就在那儿，如你们所知，他用奸计害死了无辜的理查。

再看《亨利六世(上)》第二幕第五场，关在伦敦塔中的埃德蒙·莫蒂默伯爵，对他侄子理查·金雀花(Richard Plantagenet, 1469—1550)——未来的约克公爵、法兰西摄政王说：

> 亨利四世，当今这位国王的祖父，把他堂兄——爱德华三世的长子，爱德华国王的合法继承人、第三代嫡亲，给废了。他在位期间，北方的珀西父子对他非法篡位心怀抱怨，竭力拥戴我继承王位。

接着看《理查三世》第三幕第三场,关在庞弗雷特城堡将被处死的里弗斯勋爵,想起理查二世死在这里,不由悲从中来:

> 啊,庞弗雷特,庞弗雷特! 啊,你这血腥的牢狱! 贵族们的不祥之地,死亡之所! 在你罪恶的围墙里,在这儿,理查二世被砍死了。而且,为让你这惨淡之地更遭诽谤,我们把无辜的鲜血供你啜饮。

在此,回首看一下《亨利五世》第四幕第一场结尾处,决定生死的阿金库尔战役即将打响,亨利五世祈祷上帝:

> 别在今天,啊! 上帝,啊! 别在今天,想起我父王图谋王位的罪孽! 理查的骸骨,我已重新埋葬;我为他洒下痛悔的泪水,比他遇害时流的血还多。

总之,布林布鲁克是英格兰王国有史第一位谋朝篡位的国王,攫取理查二世的王冠,成了他当上亨利四世之后不时忏悔的君王之罪,并不断招致贵族、主教们兴兵反叛,因此,早在他登基之初(《理查二世》剧终落幕之前),便立誓要以远征耶路撒冷来赎罪:“我要做一次远航,前往圣地,/ 把这血污从罪恶之手上清洗。”

也许理查王到死都没想明白:他像先辈国王们一样,自认为在国王加冕典礼上涂了圣油,就是上帝在尘间的代理人,如第三幕第二场卡莱尔主教安慰从爱尔兰回到威尔士的理查王所言：
"既然上帝以神力使你为王，他就有力量不顾一切让你保有王位。"何以被废？

千真万确,理查二世是合法的国王。但他是治国有方的合格君王吗？

君王之罪谁人定？如第四幕第一场，当布林布鲁克在威斯敏斯特宫大厅刚向议会宣布"以上帝的名义,我登上国王的宝座"之时，卡莱尔主教随即发出天问："以圣母马利亚起誓，上帝不准！……哪个臣民能给国王定罪？在座的谁不是理查的臣民？对罪恶昭彰的盗贼尚不能缺席审判;何况对上帝威严的象征,他的统帅、他的管家、他选定的代理人,涂过圣油、加冕过、掌权多年的一国之君？"

难道莎士比亚只管写戏,不管解答？

也许答案在《亨利五世》里。

2. 理查二世的真实历史

1376 年 6 月 8 日,还有一周将满四十六岁的"黑太子"爱德华(Edward the Black Prince,1330—1376)病逝。

在爱德华三世(Edward Ⅲ,1312—1377)统治下的英格兰,这位深得国民拥戴的黑太子,是英法战争中为英格兰赢得 1346 年克雷西战役 (Battle of Crecy)、1356 年普瓦捷战役 (Battle of Poitiers)、1367 年纳赫拉战役 (Battle of Najera)、1370 年血洗叛城利摩日(Limoges)而威震法兰西的伟大英雄。他的死对爱德华三世是致命一击,也使国民对未来的希望破灭了。

黑太子病故,他年仅九岁的长子、波尔多的理查(Richard of

Bordeaux）成为王位第一顺位继承人。

1377年6月21日，爱德华国王辞世。7月16日，加冕典礼在威斯敏斯特大教堂举行，英格兰迎来上帝赐予的新国王，也是金雀花王朝（House of Plantagenet）最后一位国王。

十岁的理查二世庄严宣誓：维护祖先法律和旧有习俗，保卫教会，为所有人主持公道，遵守国民公正合理选择的法律。新王接受涂油礼，成为上帝膏立的国王，随后接过象征王权的权杖、宝剑和戒指，最后，由坎特伯雷大主教西蒙·萨德伯里（Simon Sudbury，1316—1381）加冕。

庄严盛大的加冕典礼，万民的欢呼，烙印在十岁理查的脑海。由此联想一下莎剧《理查二世》第五幕第五场，马夫前来探望关在庞弗雷特城堡地牢里的理查王，对他说，加冕典礼那天，布林布鲁克骑着"我精心侍弄过的宝马"，走过伦敦街头，接受万民欢呼，"甭提心里有多难受"！

此处显出莎士比亚的匠心，他让理查王问马夫："告诉我，高贵的朋友，那马驮着他走起来什么样儿？"这句再平常不过的话，已把理查王的心扎出了血。因为此时，对理查王而言，只有马夫这位"朋友"是真正"高贵的"。曾几何时，这位合法国王被那些"高贵的"马屁精们害惨了。马夫回答，那匹马"傲气十足，似乎没把地面放眼里"。理查王不由骂了两句，随即反问："它没要把那个篡位上马的高傲家伙的脖子摔断吗？马呀，宽恕我！我为何要辱骂你，你生来不就是任人驾驭、由人骑乘的吗？我生来不是一匹马，可我却像驴一样驮着重物，由着那策马腾跃的布林布鲁克踢刺、磨损，弄得筋疲力尽。"从这样的描写可以明显感到，莎士比亚对理查王心生悲悯之情。

理查王 1377 年继位,1399 年遭布林布鲁克废黜,1400 年被杀,前后历时二十三年,而莎剧《理查二世》只写了他最后两年。简言之,前二十年的因,造成后两年的果。为便于深入解读剧情,在此将可与剧情建立关联的史实做一简要梳理:

1379 年,黑死病席卷英格兰,一下持续四年。

1380 年,为凑足军饷,抵御法国,议会宣布向全国征收人头税,导致 1381 年爆发由瓦特·泰勒(Wat Tyler)领导的英格兰历史上第一次大规模农民起义(暴动)。泰勒的起义军攻陷伦敦城,大肆劫掠、四处放火,许多贵族、大臣、商人被杀,连躲在伦敦塔里、给理查二世加冕的萨德伯里大主教也未能幸免,被冲进来的暴民杀死;布林布鲁克多亏被一名士兵藏进壁橱,才逃过一劫,否则,便没有后来的亨利四世。据 1422 去世的编年史家托马斯·沃尔辛厄姆(Thomas Walsingham)描述,暴民的吵嚷喧哗不像人类发出来的声音,堪比地狱居民的鬼哭狼嚎。

伦敦陷入混乱,英格兰前途未卜。在暴乱持续的危急关头,年方十四岁的理查二世将瓦特·泰勒约到伦敦郊外的史密斯菲尔德(Smithfield)演武场会面谈判。泰勒不知是计,身边只带了不多的随从。谈判中,双方发生混战,伦敦市长威廉·沃尔沃思爵士(Sir William Walworth)抽出匕首,给了泰勒致命一击。身负重伤的泰勒挣扎着骑马逃回本部,嘴里喊着国王背信弃义,落马而死。起义军正欲弯弓搭箭,却看到国王催马前来,高声断喝:"我是你们的国王,你们理应服从我。"暴民们瞬间被震慑住,纷纷放下武器,向国王鞠躬。等国王的援军赶到,遂将暴民逐出伦敦,避免了一场流血的暴力冲突。

可见,若不熟悉中古英格兰历史,单从莎剧《理查二世》读不出这位最后惨遭废黜的国王,曾多么富有少年英主的超凡胆略。是的,谈判时,泰勒向他提出要求"……英格兰应只有一名主教,……英格兰不应再有奴仆、农奴或佃农,人人应享有自由、平等"。他假意应承,全部答应。平息暴乱以后,他开始残忍复仇,对那些讨要权利的起义者说:"你们是农奴,并将永世为奴;你们永远是奴才,……蒙上帝恩典,我统治这个王国,我将……永远奴役你们,让你们当牛做马,以警后人!"

1381 年,理查王迎娶波西米亚的安妮(Anne of Bohemia,1366—1394)为英格兰王后。

随着年龄增长,为强化王权统治,理查王开始培育像剧中布希、巴格特、格林那样的亲信马屁精;与年纪稍长的贵族,尤其自己的三个叔叔,冈特的约翰兰开斯特公爵、兰利的埃德蒙剑桥伯爵和伍德斯托克的托马斯白金汉伯爵,渐行渐远,招致一些贵族和主教的强烈不满。

1384 年,在索尔斯伯里(Salisbury)召开议会,阿伦德尔伯爵(Earl Arundel)直言批评理查王败坏朝纲,理查王气得脸发白,怒斥道:"你竟敢说败坏朝纲全是我的错!胡扯!滚去见魔鬼吧!"

1385 年,理查王又与坎特伯雷大主教威廉·考尼特(William Courtenay,1342—1396)发生争吵,考尼特批评理查王治国无方,激怒了理查王,他当场拔剑要把这位主教砍了。

读过《理查二世》,自然不会对贵族和主教敢于批评国王感到陌生,在剧中,无论临死前的冈特的约翰,还是约克公爵、卡莱尔主教,都对理查二世有过直言犯上的强烈批评和指斥。

随着时间推移,理查王统治下的英格兰王国开始陷入内外交困之中。外部,北伐苏格兰的英军无功而返,法兰西国王查理六世(Charles Ⅵ,1368—1422)建起一支准备入侵英格兰的史上最强舰队;内部,理查王先授予亲信好友罗伯特·德·维尔(Robert de Vere,1362—1392)都柏林侯爵(Marquess of Dublin),使其地位与有王室血统的公爵们不相上下,不久再次擢升其为爱尔兰公爵(Duke of Ireland),又使其将爱尔兰军政大权收入掌中,完全与理查王的三个叔叔平起平坐。

与此同时,理查王与议会的矛盾日益激化,他的神经质偏执越来越厉害。在 1386 年 10 月的议会上,面对贵族、议员们的劝诫,理查王大发脾气:"我早知道,我的臣民和平民议员有不臣之心,图谋不轨,……面对这样的威胁,我觉得最好的办法是寻求我的亲戚——法兰西国王的支持,帮我镇压敌人。我宁可向他称臣,也不向臣民屈服。"

无奈之下,格罗斯特公爵(伍德斯托克的托马斯)和阿伦德尔伯爵向这位不可理喻的年轻国王委婉提及之前爱德华二世(Edward Ⅱ,1284—1327)被废黜之事,才使理查平息肝火,并不得已答应改革,撤掉了萨福克伯爵迈克尔·德·拉·波尔(Michael de la Pole,Earl of Suffolk,1330—1389)等一批心腹宠臣。因此,以格罗斯特公爵和阿伦德尔伯爵为首的"上诉派贵族"(Lords Appellant)赢得了这次议会,史称"美妙议会"("Wonderful Parliament")——它要求每年定期召开议会,而且国王必须参加,同时还指定组建一个为期一年的改革委员会。如此一来,理查的王权成了摆设。

1387 年 2 月,不甘失去王权的理查王离开伦敦,打算借巡游之机聚集王党,成立忠于自己的御前会议。与此同时,在伦敦的"上诉贵族们"提出动议,要求清洗内廷,罢免包括德·拉·波尔和德·维尔等五位国王宠臣。

理查王试图招募一支军队,却得不到各郡支持,他只能指望德·维尔。德·维尔率军向伦敦进发,他的对手十分强大,除了"上诉派贵族"代表格罗斯特公爵、沃里克伯爵 (Earl of Warwick,1338—1401)和阿伦德尔伯爵,还有冈特的约翰之子、当时头衔是德比伯爵(Earl of Derby)的布林布鲁克和诺丁汉伯爵(Earl of Nottingham)托莫斯·毛伯雷新晋加盟。双方交战,德·维尔兵败,纵马跳入泰晤士河,得以逃生。

1388 年 2 月,"残忍议会"("Merciless Parliament")开幕。贵族和平民代表齐聚威斯敏斯特宫。五位身穿金线华服的上诉贵族,趾高气昂,手牵手一同步入大厅,瞪了一眼国王,然后屈膝行礼。理查王列席了持续近四个月的议会,目睹自己所有的宠臣、亲信、盟友,一个个有的被缺席审判定为叛国罪,有的遭受绞刑、开膛、斩首。他恳求饶过一位老臣的性命,被格罗斯特公爵断然拒绝,二人大吵,险些动手。

这次"残忍议会"对二十一岁的理查王堪称奇耻大辱!

此后,理查王为重新拥有王权,先与刚从西班牙卡斯蒂利亚(Castilla)回国的王叔冈特的约翰兰开斯特公爵修复关系,在他帮助下,王权势力逐步恢复。1389 年 5 月,理查在议会发表亲政宣言。1390 年 3 月,在冈特的约翰协调下,御前会议达成一项协定:所有财政意向须得到国王的三个叔叔(兰开斯特公爵、格罗斯特公爵、约克公爵)一致批准。表面妥协的国王得以与"上诉贵族们"合作,朝政也开始良性运转起来。

但随后不久发生的两件事透露出,这分明是一个有人格缺陷或心理障碍的国王:第一件事,1394年6月7日,安妮王后去世,7月29日在伦敦举行葬礼,理查王招呼所有贵族参加。阿伦德尔伯爵迟到,面见国王时,竟被理查王猛击面部,满脸是血倒在地上;第二件事,1395年11月,理查王的昔日宠臣爱尔兰公爵德·维尔的遗体送回英格兰下葬:他当年兵败流亡法兰西后,于1392年去世,死后尸体做了防腐处理。许多贵族拒绝参加德·维尔的葬礼,尽管如此,理查王依然下令打开棺材,给这位昔日好友僵冷的手指戴上一枚金戒指,对着他的面庞凝视良久。

而几乎同一时期发生的另两件事,又使这样一个国王赢得了国民的信任:第一件事,1394—1395年,理查王为期八个月远征爱尔兰取得胜利,结束了爱尔兰的混乱局面,取得了自亨利二世(Henry Ⅱ,1133—1189)以来的最大成就;第二件事,1396年3月,与法兰西瓦卢瓦王朝缔结为期二十八年的停战协定,并将迎娶查理六世(Charles Ⅵ,1380—1422)年仅七岁的女儿伊莎贝尔为新王后。

一切似乎预示着英格兰将沐浴在和平里,但理查王越来越从心底钦佩曾给王国带来分裂、暴力、腐败和流血,最后死于谋杀的爱德华二世(Edward Ⅱ,1284—1327)。显然,这对英格兰不是一个好兆头!

1397年,理查王三十岁,早已成年,但他始终对自己的王权统治缺乏安全感。对此，同样可以通过两件事看出来：第一件事发生在十年前的 1386 年，当时，理查王曾向格罗斯特公爵和阿伦德尔伯爵吼道，如有必要，他会为保住王位，邀请法国人入侵英格兰；第二件事，正是第一件事的前因导致的后果，在不久前与法国谈判签署停战协定的过程中，理查王希望在条约中加上一条：如有必要，查理六世有义务出兵，帮英格兰国王镇压反叛。虽说这一条最终未能加入条约，却足以引起"上诉派贵族"的惊恐。

7 月，理查王开始复仇，他突然下令逮捕了"上诉派贵族"中的三位——与自己对抗了十年之久的格罗斯特公爵、阿伦德尔伯爵和沃里克伯爵。这可以说是一起由国王亲自发动的宫廷政变。三个人的最终命运是：阿伦德尔伯爵被以冈特的约翰主持的议会定为犯下叛国罪，用剑斩首；沃里克伯爵在议会上痛悔不已，哀求饶过老命，理查王判处他流放英格兰与爱尔兰之间的马恩岛 (Isle of Man)，终身监禁。格罗斯特公爵先被押往加来 (Calais) 的监狱，后诺丁汉伯爵托马斯·毛伯雷受理查王之命将其害死，恰如莎剧《理查二世》开场不久，布林布鲁克向理查王指控毛伯雷那样："是他谋害了格罗斯特公爵：他先诱惑格罗斯特轻信了自己的敌人，然后再像个险恶的懦夫似的，让公爵无辜的灵魂在血泊中流走。"不过，莎剧中并未写明，国王正是害死格罗斯特公爵的幕后黑手。

9 月底，理查二世肃清了所有政敌，终将王权牢牢攥在手里。此后，为进一步巩固王权，他恩威并重，一面把从政敌那里没收来的土地赏赐给勤王有功的忠臣，一面下令叫所有参与过"残忍议会"的贵族花钱赎罪。除此，他还专门颁布了一条惩治贵族欺君罔上的法令。至此,理查二世已成为英格兰历史上第一个专制、苛政、暴虐之君。

然而在这次理查王的复仇之战中,他不仅暂时放过了"上诉派贵族"中的三位:冈特的约翰(兰开斯特公爵)、布林布鲁克(德比伯爵)和托马斯·毛伯雷(诺丁汉伯爵),还把布林布鲁克擢升为赫福德公爵 (Duke of Herford),把毛伯雷擢升为诺福克公爵(Duke of Norfolk)。理由很简单:年迈的老冈特为金雀花王朝效力不少,对理查王夺回王权起了作用;堂弟布林布鲁克似乎还值得信任;毛伯雷帮自己除掉了最大的政敌之一格罗斯特公爵。

但没过多久,理查王向这两位年轻贵族下手了。在莎剧《理查二世》中,两位公爵向理查王"互相指控谋逆叛国",最后,国王让俩人以决斗来解决争执:"既然我不能叫你们和好,准备吧,圣兰伯特节(9月17日)那天,在考文垂,到时拿你们的命一决生死。"

真实的历史情形比剧情要复杂:二人的矛盾源于布林布鲁克在1398年一次议会上,告知国王和与会贵族,毛伯雷对国王向"上诉派贵族"复仇惊恐万状,深感自己和布林布鲁克很快会完蛋。布林布鲁克说,毛伯雷告诉他,他们得到的赦免令一钱不值,国王正密谋铲除兰开斯特家族。也就是说,国王要将老冈特和他儿子布林布鲁克从王朝继承顺位排序中彻底排除,并把其家族丰厚的全部财产据为己有。后来,理查王确实这样做了,《理查二世》第二幕第一场是这样写的:老冈特死后,理查王马上宣布,为补充远征爱尔兰的军事需要,"我决定将我叔叔冈特所有的金银餐具、金银钱币、家财资产,一律充公。"约克公爵为此反驳:"莫非您想把遭放逐的赫福德所享有的国王授予的权利和其他权利，都一把抓来攥手里？"

　　莎士比亚既不照搬历史，便没必要交待布林布鲁克和毛伯雷这两位昔日同为"上诉派贵族"的盟友何以反目为仇。因为，若从历史实际情形来看，倒有可能是毛伯雷意欲借国王之手除掉兰开斯特家族这个政治对手。而对国王来说，这两位曾反对过自己的盟友如今已变成相互指控的仇人，不如趁机把俩人一起铲除。于是理查王同意他们俩在考文垂演武场以决斗来证明对国王的忠诚。

　　1398 年 9 月 16 日（莎剧中是 17 日），星期一，来自各地的骑士、贵族、主教及到访的外国权贵云集考文垂演武场。上午九点，赫福德公爵布林布鲁克与诺福克公爵托马斯·毛伯雷将在国王面前一决生死。真实情形与莎剧第一幕第三场相差不多，简言之，当一切按照骑士决斗礼仪就绪以后，决斗双方正欲手持矛枪骑马冲向对方，理查王突然起身，高喊"停下！停下！"所有人不知发生了什么，两个小时之后，布希带来了国王的命令：决斗取消，放逐布林布鲁克十年（后减为六年），毛伯雷终身流放。在剧中，则由主持决斗的典礼官说："停！国王扔了权杖。"随后，国王向两位公爵宣布："我把你们放逐出境；——你，赫福德老弟，在第十年田野夏收之前，只许在流放的异地踏足，在美丽的领土一经发现，处以死罪。……诺福克，给你的判决更重一些，……我对你的判决是绝望的四个字：'永不重返'，否则以死论处。"

　　这之后的情形，历史与剧情比较相近，简单说就是：1399 年 7 月，流放在外的布林布鲁克趁理查王出兵远征爱尔兰，国内空虚，从雷文斯堡登陆回到英格兰。尽管他的随行者不过百人，但登陆之后,一大批贵族、骑士赶来投奔,其中包括诺森伯兰之子亨利·珀西。没过多久,布林布鲁克的军队已达十万人,由约克公爵临时组建起来的王军无力阻挡。理查二世坐在康威城堡(Conway castle)——在剧中变为弗林特城堡(Flint castle)——祷告上帝和圣母马利亚,希望得到法兰西国王的支援。很快,不仅国民们全都拥戴布林布鲁克,最初还想抵抗的贵族们也开始向布林布鲁克的军队投降,甚至理查王过去的几位重要盟友也投靠了布林布鲁克。到8月初,布林布鲁克已成为英格兰的主宰。

诚然,莎剧中的历史都是戏剧化的英格兰史,比如历史上的布林布鲁克与理查王在弗林特城堡会面时,向国王鞠躬行礼,国王称他"亲爱的兰开斯特堂弟",然后,布林布鲁克告知国王:"在您召唤之前,我已回到英格兰,……这二十二年来,您败坏朝纲……因此,我得到国民认可,将辅佐您治国理政。"在莎剧第三幕第三场,布林布鲁克先让诺森伯兰带话给躲在弗林特城堡里的理查王:"他(布林布鲁克)此次前来别无他意,只为得到世袭的王室特权,并跪求立即结束流放恢复自由:一经陛下允准,他就会任由闪亮的武器去生锈,把披好护甲的战马关回马厩,真心效忠陛下。"等国王走出城堡,向他投降,他还不失礼节地说:"最令人尊崇的陛下,到目前我之所得,是因我的效忠理应得到您的恩宠。"

再比如历史上被囚禁伦敦塔的理查王,在和前来探视的沃里克伯爵的弟弟威廉·比彻姆爵士(Sir William Beauchamp)等几位客人用晚餐时悲叹道:"有这么多国王,这么多统治者,这么多伟人垮台、丧命。国家时刻处于勾心斗角、四分五裂之中,人们相互残杀、彼此仇恨。"然后讲起英格兰历史上那些被推翻的国王们。在莎剧第三幕第二场，在威尔士海边的巴克洛利城堡，刚从爱尔兰回来的理查王对奥默尔说了这么一段话："……我的国土，我的生命，我的一切，都是布林布鲁克的，除了死亡和覆盖骸骨的不毛之地上那一小抔泥土，没什么归我所有。看在上帝分上，让我们坐地上，说说国王们如何惨死的故事：有些被废黜；有些死于战争；有些被遭他们废黜的幽灵缠住折腾死；有些被他们的妻子毒死；还有些在睡梦中被杀；全是被谋杀的——因为死神把一顶空心王冠套在一个国王头上……"

又比如历史上的理查王在他缺席的情形下，被议会以列举出的三十三条罪状废黜，并得到贵族和平民代表的一致拥护。然后，布林布鲁克从议会席位起立，手画十字，当众宣布："以圣父、圣子、圣灵的名义，我，兰开斯特的亨利，在此宣布，因我拥有仁慈的亨利三世国王的正当血统，英格兰王国、王位及其所有权利和附属物，均归我所有。……上帝赐我恩典，让我在亲朋援助下，收复王位。"登上国王宝座后，威斯敏斯特宫大厅响起臣民的欢呼和掌声。布林布鲁克由此成为兰开斯特王朝的第一位国王。在莎剧第四幕第一场(第四幕只有这一场)，威斯敏斯特宫大厅，布林布鲁克当众宣布："以上帝的名义，我登上国王的宝座。"结果，卡莱尔主教不仅站出来极力反对，还对英格兰的未来做出预言："……英国人的血将作为肥料浇灌这片国土，后世子孙将因他(布林布鲁克)的邪恶罪行而呻吟……"接着，布林布鲁克命人把理查王带来，"叫他当众宣布退位，免得有人起疑心"。理查王到来以后，把王冠、王杖交给布林布鲁克，表示："我摈弃一切盛典仪仗和君王的尊严;我的领地、租金、税收,全都放弃;我的法令、律令、条令,一律废止。"这之后,诺森伯兰逼迫理查王当众宣读"指控状"(未说明多少条罪状)。谁也没想到,这个时候,理查王会讨要一面镜子,然后,对着取来的镜子说了一大段富于哲理的独白。最后,布林布鲁克没让理查王读"指控状",只是命人把他送往伦敦,随即"我郑重宣布,定于下周三举行加冕典礼。"

事实上,从莎剧对英格兰历史的改写不难觉出,莎士比亚不喜欢这位靠篡位成为亨利四世的布林布鲁克,或也因此,他才会在《亨利四世(上、下)》中,把哈尔王子(未来的亨利五世)和福斯塔夫塑造得更出彩。当然,从《理查二世》对理查王的刻画也不难看出,莎士比亚对这位最后沦为孤家寡人的"暴君"多少有些同情。他值得吗?

3. 理查与布林布鲁克:"井里两只水桶,一上一下在打水"

说实话,《理查二世》是一部结构简单、剧情单一、人物性格单薄的历史剧。诚然, 单从莎士比亚的初衷就是要铆足了劲以"诗篇"塑造理查性格这一点来看,该剧成功了。因为从理查感到将失去王位的那一刻起,他就开始由一个乾纲独断、蛮横无理的国王,变成一个激愤的诗人、一个忧郁的哲人。

对此,该如何解释?

散文集、批评家沃尔特·佩特(Walter Horatio Pater, 1839—1894)在其 1889 年出版的《欣赏:散论风格》(*Appreciation, with an Essay on Style*)一书中,如此论及莎剧中的英国国王:"也许没有哪部戏剧充满如此丰富、新鲜、绚丽的辞藻,富于色彩的语言和比喻与其所修饰的词组并非简单连在一起,而是全然融入其中。莎士比亚不由自主地把这些绚丽的辞藻用在他的人物身上，……理查把无韵诗运用得那么优美、娴熟，是音乐的变音，是真正的无韵诗。……莎士比亚为理查精心考虑好，他'高贵的血液'如何随情感的骤变上升或下降……"

但诗人理查和国王理查是同一人吗？

好在抛出问题便能从智者那里寻得答案，诗人、批评家塞缪尔·柯勒律治（Samuel Coleridge，1772—1834）在其一篇莎剧演讲中，这样评论理查的人物性格："他不失决断之心，在遭谋杀时表现出这一点；也不缺思维能力，全剧都表现出谋略在胸。可他依然十分软弱，反复无常，女人气，多愁善感，鬼使神差，总之，与国王身份不符。处于顺境，他专横粗鲁，处于逆境，（假如我们信约翰逊的话）他虔诚仁慈。对后者我不敢苟同，因为在我眼里，理查的人物性格一以贯之，开始什么样儿，最后还什么样儿，只是他会见机行事。所以，他在开场和结尾时表现出的性格并非两样……从剧情起始到落幕，他不断显出独特的思维能力。他追求新希望，寻找新朋友，他失望、绝望，终把退位变成一个荣誉。他把精力分散在大量想象里，最后又竭力用模糊的思想回避这些萦绕脑际的想象。透过他的整个生涯，人们会注意到一些迅疾的变化：从希望到失望，从无限之爱到极端之恨，从虚假的退位再到最犀利的指责。所有这些，都由大量最丰富的思想活动衔接过渡，若有演员能演好理查这个角色，那他一定比莎剧中任何一个国王更招人喜爱，也许李尔王除外。"

显然，在柯勒律治眼里，理查这种骨子里的性格"一以贯之"，从未分裂。若按这个逻辑，便只剩下一个问题：莎剧是如何塑造理查的？

答案其实很简单：莎士比亚手舞鹅毛笔，仅用几大段精彩的独白、对白，便完成了对理查性格的塑造。换言之，在刻画理查这个舞台形象时，莎士比亚只留心理查从国王变成忧郁诗人是否符合戏剧逻辑就够了，不必在意他笔下的理查与历史上的理查是否同为一个人。

著名古典学者蒂利亚德(E. M. W. Tillyard, 1889—1965)在其《莎士比亚的历史剧》(*Shakespeare's History Plays*)一书中指出："理查具有中世纪国王的全部神圣性，作为最后一位这样的国王，他充满了悲剧色彩。莎士比亚很可能意识到了，甭管都铎家族(The House of Tudor)多么强大，并对英国教会拥有无可争议的控制权，他们都不具备像中世纪国王那样的神圣性。因此，他愿向某些反兰开斯特家族(The House of Lancaster)的法国作品学习，把理查塑造成一个殉道者、一个耶稣式的人物，谴责他的人则变成把他交给伦敦暴民的彼拉多们。"

没错，理查直言痛斥那些参与逼他退位的群臣："不，所有你们这些驻足旁观之人，当我遭受不幸的折磨，——即使你们中有人像彼拉多一样想以洗手表露怜悯，但我终归被你们这些彼拉多送上痛苦的十字架，水洗不掉你们的罪孽。"【4.1】显然，此处是对《圣经》典故的化用。彼拉多(Pilates)是罗马帝国派驻犹太(Judaea)行省的总督，在耶稣被不满的群众带走钉十字架之前，为逃避良心的谴责，当众以水洗手，以显示自己清白。《新约·马太福音》27:24载："彼拉多看那情形，知道再说也没有用，反而可能激起暴动，就拿水在群众面前洗手，说：'流这个人的血，罪不在我，你们自己承担吧。'"另外，关于以水洗去罪孽，《新约·使徒行传》22:16 载："你还耽搁什么呢？起来，呼求他的名，领受洗礼，好洁净你的罪！"

如此，便能理解，第四幕理查被废这场大戏，莎士比亚为何这样写了！要知道，历史上的理查是私下签署的退位书，根本没有公开受辱这档子事！

第四幕第一场，仅剩一个国王空头衔的理查被带到威斯敏斯特宫大厅，亲手将王冠交给布林布鲁克。这时，他心有不甘、满怀酸楚地说出那句著名的寓言式诗意比喻的话："王冠归你了：拿着，弟弟，这边是我的手，那边是你的手。现在，这顶金冠像一口深井，井里两只水桶，一上一下在打水，总有一只空桶半空摇晃，另一只下沉，没人看见下沉的桶里装满了水：那只下沉的桶，是盈满泪的我，/ 正啜饮悲痛；你却已升到高处。"

紧接着，便是理查和布林布鲁克这对堂兄弟关于王位易手、王权交替的精彩对白，当然，这一"历史时刻"只属于莎剧舞台：

布林布鲁克	我以为你甘愿放弃王位。
理查王	王冠送你；只把悲痛留给自己。
	你，可以废黜我的荣耀与威严，
	废不掉悲痛；我仍是悲痛之王。
布林布鲁克	随同王冠，你给了我不少烦恼。
理查王	你添的烦恼并未扯掉我的烦恼。
	我的烦恼皆因未尽到君王之责；
	你的烦恼在于赢得了新的王权。

虽说烦恼已给你，可我仍烦恼；

烦恼与王冠相随，却还把我扰。

布林布鲁克　你甘愿放弃王冠吗？

理查王　亦愿；又不愿；我既一无所有：

不能说"不愿"；因王位已归你。

现在，听好，我将如何把自己化为乌有：——

我把这重物从头上取下（布林布鲁克接受王

冠），把这笨重的权杖从手里交出（布林布鲁

克接受权杖），把君王的骄傲从心底除掉；用

自己的泪水冲走我的圣油，用自己的双手

交出我的王冠，用自己的舌头否认我神圣

的王座，用自己的话语豁免所有臣民向我

发下的誓言：我摈弃一切盛典仪仗和君王

的尊严；我的领地、租金、税收，全都放弃；

我的法令、律令、条令，一律废止：

愿上帝宽恕所有对我背誓之人！

愿上帝护佑一切对你发誓之人！

我已一无所有，愿我不再伤悲，

你已得到王位，愿你称心如意！

真愿你能长久占据理查的王座，

早日叫理查在一个深坑里躺卧！

退位的理查说："上帝保佑亨利王"，

"祝愿他年年岁岁，阳光普照！"——

【4.1】

　　随后，诺森伯兰递给理查一纸文书，逼他照着宣读自己的罪状，他软中带硬地回应："非这样吗？我非得亲自把编织好的罪恶解开吗？仁慈的诺森伯兰，若把你的罪过都记下来，叫你当着一群如此高贵的听众读一遍，你不觉得丢脸吗？若你愿意读，你会从中发现一项十恶不赦的罪状，——包括废黜国王，违背誓约的强力保证，——天堂名册给谁标上这个污点，谁就会受诅咒下地狱。"在理查脑子里，废黜国王是有罪的。

　　接着，理查避开诺森伯兰步步紧逼的锋芒，提出要一面镜子，这便又有了持镜的理查面对镜子说出的那段同样溢满酸楚的自省独白："皱纹还没变深吗？悲痛屡屡打我脸上，却没造成更深的创伤！——啊，谄媚的镜子，你在骗我，跟我得势时的那些追随者们一样！这还是那张脸吗？每天在它屋檐下要养活上万人。这就是像太阳一样刺得人直眨眼的那张脸？这就是曾直面那么多恶行，终遭布林布鲁克蔑视的那张脸？易碎的荣耀照着这张脸，这张脸正如荣耀一样易碎；(把镜子摔在地上)瞧它在这儿，碎成了一百片。——留心，沉默的国王，摔这一下的用意是：悲伤那么快就毁了我这张脸。"【4.1】

　　需要指出的是，此处"脸"的意象应是对《圣经》的化用，《旧约·出埃及记》34:35 载："他们(以色列人)总看见摩西脸上发光，过后，他再用帕子蒙上脸。"《新约·马太福音》17:2 载："在他们面前，耶稣的形象变了：他的面貌像太阳一样明亮。"《启示录》1:13—16 载："灯台中间有一位像人子的，……他的脸像正午的阳光。"

第四幕只有这一场戏，一场便是一整幕，这在莎剧中也属罕见。它是全剧的高潮点，是整部戏的精华，专属于莎剧舞台的理查在这场戏里塑造完成。借理查"这顶金冠像一口深井，井里两只水桶，一上一下在打水"这句比喻来说，莎士比亚一方面通过理查从国王到囚徒的"一上一下"，把历史中的理查和戏中的理查强扭在一起，另一方面通过布林布鲁克从遭放逐到谋朝篡位的"一下一上"的陪衬对比，凸显理查的性格。

当代莎学家乔纳森·贝特(Jonathan Bate)在其"皇莎版"《莎士比亚全集·亨利二世》导言开篇即说："我们如何估量统治者的价值? 凭其声称拥有权力的正义，还是执掌政权的能力? 理查二世挥霍过公募款项，并深受自私的马屁精们的影响。他一手安排谋杀了他的叔叔伍德斯托克的托马斯——一位放言无忌、抵制其苛政的老臣。可是，他是一个由上帝膏立的合法君王。在莎剧的中心场景中，国王被迫参加了一个放弃王位的仪式。"

事实上，莎士比亚为理查王留足了情面，剧中的理查仿佛只为解决爱尔兰战事才横征暴敛，甚至"用兵之事，非同小可，少不了花销，为补充军需，我决定将我叔叔冈特所有的金银餐具、金银钱币、家财资产，一律充公"。【2.1】这样一来，仿佛理查最后遭废黜，仅只因他劳师远征爱尔兰。戏剧结构也是这样设计的，简单、干脆，不生枝蔓。全剧五幕共十九场戏，从第六场(第二幕第二场)便开始进入废黜理查的戏。在这场戏里，格林告知王后："我们希望他从爱尔兰撤军，赶紧把敌人的希望变绝望，一支强大的军队已在我国土登陆：遭放逐的布林布鲁克把自己从流放中召回，挥舞着武器安全抵到雷文斯堡。"【2.2】剧情由此反转。

实际上,在此之前,第一幕第四场,出征前的理查已露出败象:"这一战我将亲自出马。由于宫廷花销巨大①,赏赐太过慷慨,国库日渐不支。没办法,我只好把王室领地租给别人②,这笔税收可解目前燃眉之急。若还不够用,我再叫留在国内的国事代理人用空白捐金书③;到时发现谁家有钱,便命他们捐出大量黄金,给我送来,供我所用;因为我马上要亲征爱尔兰。"【1.4】

因此,顺理成章,到了第三幕第二场,理查便只剩下寄望于上帝的保佑:"狂暴的大海倾尽怒涛也冲不掉国王身上圣油的芳香④;凡夫俗子的指责废黜不了上帝选定的代表。布林布鲁克每强征一个入伍的士兵,向我的金冠举起锋利的刀剑,上帝便会赐一个荣耀的天使来报偿;那便是,那便是,天使助战,凡人溃散;/因为上天始终保卫正义的一方。"⑤【3.2】

能指望上帝吗?

---

① 王室雇佣人员上万,御厨即占百余人。据载,1397—1398 年,英格兰全国收入十三万七千九百镑,理查王一人用掉四万镑。

② 据霍林斯赫德《编年史》载:国王将王室领地租给四位亲信:威廉·斯克鲁普爵士、约翰·布希爵士、威廉·巴格特爵士、亨利·格林爵士,四人预交等额租税之后,再承租出去,收取暴利。

③ 空白捐金书:类似空白支票,金额处空置留白,政府官员强迫富人签名或盖章之后,随意填上金额,再勒令照付。这一强制勒索富人钱财的做法是理查二世的虐政之一,招致怨声载道。

④ 指国王加冕典礼时涂在身上的圣油,以此代表国王为上帝选定的尘间代表,神圣不可侵犯。

⑤ 此处,应又在化用《圣经》,《旧约·诗篇》34:7 载:"上主的天使保护敬畏他的人,/ 救他们脱离危险。"91:11 载:"上帝要差派天使看顾你,/ 在你行走的路上保护你。"《新约·马太福音》18:10:"你们要小心,不可轻看任何一个微不足道的人。我告诉你们,在天上,他们的天使常常侍立在我天父的面前。"26:53 载:"难道你不知道,我可以向天父求援,他会立刻调来十二营多的天使吗?"

当理查一听说布希、格林、威尔特希尔伯爵这几个亲信都已在布里斯托"丢了脑袋",便知毫无指望,他对奥默尔说:"让我们谈谈坟墓、蛆虫,还有墓志铭……因为除了把这废黜的躯体埋到土里,我还能留下什么?我的国土,我的生命,我的一切,都是布林布鲁克的,除了死亡和覆盖骸骨的不毛之地上那一小抔泥土,没什么归我所有。看在上帝分上,让我们坐地上,说说国王们如何惨死的故事:有些被废黜;有些死于战争;有些被遭他们废黜的幽灵缠住折腾死;有些被他们的妻子毒死;还有些在睡梦中被杀;全是被谋杀的:——因为死神把一顶空心王冠(the hollow crown)套在一个国王头上,在里面设立宫廷,一个奇形怪状的小丑坐在那儿,鄙夷他的王位,嘲笑他的威严;死神给他喘口气的那么点时间,给他一个小场面,让他扮演君王,令人生畏,拿脸色杀人,使他妄自尊大,产生虚幻的想象,——好像这具生命的肉身,是坚不可摧的铜墙①;死神就这样纵容他,直到最后一刻,死神拿一枚小针把他的城堡围墙扎透,——再见啦,国王!你们把帽子戴上,不要以庄严的敬畏嘲弄一个血肉之躯②;丢掉恭敬、惯例、形式和礼仪,因为一直以来,你们全把我看错了:我跟你们一

---

① 铜墙应是对《圣经》的化用,《旧约·约伯记》6:12载:"难道我的力量是石头的力量,我的肉身是铜造的?"

② 此处或是对《圣经》的化用,参见《新约·马太福音》16:17:"因为这真理不是血肉之躯传授给你的,而是我天父启示的。"《哥林多前书》15:50:"血肉之躯不能承受上帝的国,那会朽坏的本能承受不朽坏的。"《以弗所书》6:12:"因为我们不是对抗血肉之躯,而是对天界的邪灵,就是这黑暗世代的执政者、掌权者,跟宇宙间邪恶的势力作战。"《希伯来书》2:14:"既然这些儿女都是血肉之躯,耶稣本身也同样有了人性。这样,由于他的死,他能毁灭那掌握死亡权势的魔鬼"。

样,靠吃面包活着,也一样心有念想,品尝悲伤,需要朋友。凡此种种,你们怎能对我说,我是一个国王?"【3.2】

蒂利亚德认为,这段话是理查最著名的一段话。詹姆斯·贝特对此分析说:"独白和修辞上的精心是戏剧化的自我表现形式。理查通过'让我们谈谈坟墓……'这段漂亮的言语支撑自我;通过一句'他必须丢掉国王的尊号吗?'把自己变成主观沉思的对象。他留心自己正在失去握在手里的统治:'亦愿,又不愿;我既一无所有:/ 不能说不愿;因王位已归你。'而且他越来越明白,活着也是演戏,所有人都是演员:'如此这般,我一个囚犯①,可以扮演许多角色,却没一个叫我顺心。'他以一个'富于魅力的演员'的姿态离开舞台。"

顺便一提,现在一般把"the hollow crown"译为"空王冠"(意即空的王冠),"空王冠"在汉语中给人的感觉是"一项里面什么也没有的王冠",这里实则指一项"空心"或""中空"的王冠。

在蒂利亚德看来,"莎士比亚知道理查的罪行从未达到暴政的程度,因此,直接谋反便是有罪。他在剧中既没说明伍德斯托克是谁杀的,也没明说理查本人要担责。国王的叔叔们表明的观点都很正确:冈特拒绝了格罗斯特公爵夫人要他复仇的要求,认为此事应由上帝裁决;即便他在临死前,痛悼王国境况,直指理查顶多算英格兰的地主,而不是什么国王时,也没撺掇谁谋反。……约克表达出来的也是正统情感,他和儿子(奥默尔)

---

① "第一对开本"此处的"囚犯"(one prison)是对之前"四开本"此处"一人"(one person)的有趣变体——"囚犯"既很好地暗示出理查身处囚禁之所,也暗示出这样的传统观念:身体乃灵魂的囚徒,只能在永恒的死亡中得到释放。

一样主张支持现有政体。尽管后来他的效忠对象有了变化，但他从不支持谋反。……连园丁也反对废黜理查。"

这当然也是造成理查悲剧的一个关键点，比如在弗林特城堡堞墙上，他对在城堡外替布林布鲁克前来逼降的诺森伯兰说："我若不是国王，那就拿出上帝废黜我王权的凭据；我很清楚，除了犯罪、窃取，或篡夺，任何血肉之手都休想握紧这神圣的王杖。尽管你以为，所有人都跟你一样坏了灵魂背叛我，觉得我落得孤家寡人、众叛亲离，但你要明白，我的主人，全能的上帝，正端坐云头为我征召一支瘟疫之军；你们胆敢举起不臣之手，威胁我头上宝冠的荣耀，瘟疫必将毁了你们的后世子孙。"【3.3】

这是死抱君权神授不放的理查！

其实，对于中世纪基督教王国虔诚的臣民们来说，上帝膏立的国王神圣不可侵犯，是天经地义的。第一幕第二场，格罗斯特公爵夫人与冈特的对话便清晰折射出这一点，当时，格罗斯特公爵夫人力劝冈特替兄复仇："难道血缘同宗不能给你更锐利的刺激？手足之情不能在你老迈的血里燃起火焰？爱德华有七个儿子，你是其中一个，真好比七只小瓶装着他的圣血，又好比同根生出的七根俊秀枝条：有几个小瓶已自然干涸，有几根枝条也被命运之神剪断。啊，冈特，他的血就是你的血！造他成人的那寝床、那胎宫、那性情、那同一个模具，也造了你①。尽管你还活着、有呼吸，但他一死，也等于被人杀了：他是你父亲生命的影像，眼

---

① 此处应是对《圣经》的化用，《旧约·约伯记》31：15载："那位创造我的上帝不也造了他吗？/创造我们的不是同一位上帝吗？"33：6载："我们在上帝面前都一样；/你我都是用尘土造成。"

见可怜的弟弟死去,竟无动于衷,无异于害死父亲的同谋!……为我的格罗斯特之死复仇,才是保你命的最好方法。"

可以说,这段话在晓之以理、动之以情外,最要命之处在于击中了冈特的要害。因为,冈特心里很清楚,理查指使人害死了格罗斯特公爵。但他固执己见:"这争执得由上帝裁决;因为他的死是由上帝的代表一手造成;这个代表是在上帝面前接受的涂油礼:倘若他死有冤情,让上天复仇吧,我绝不能扬起愤怒的手臂,对上帝的使者下手。"【1.2】

整个剧中,冈特、约克,还有坚决反对废黜理查的卡莱尔主教,他们都认定,即使君王有罪,也只能由上帝裁决。

然而,理查一点不糊涂,现实如此残酷,他的命运只能由布林布鲁克来裁决!所以,他见机行事,第三幕第三场,在弗林特城堡,他低声下气地请前来谈判的诺森伯兰带话给布林布鲁克:"对他高贵的弟弟前来深表欢迎;对他所提一切合理要求无条件执行:用你所有谦恭的话语,代我向他高贵的耳畔传达亲切问候。"随后,他唯恐遭奥默尔鄙视,赶紧找补一句:"老弟,我低声下气,说得如此谦卑,是不是有失身份?要不我叫诺森伯兰回来,向这个叛徒发出挑战,一决生死?"

不用说,理查的内心痛苦至极,他祈祷上帝:"上帝啊,上帝啊!当初我曾亲口对那个傲慢之人发出可怕的放逐令,而今又用安抚的话把它撕掉!啊,愿我像我的悲痛一样伟大,或干脆让我比国王的尊号更渺小!要么让我忘掉过去,要么别叫我记住现在!"

这样一个国王,莎士比亚却把他写成一个诗人!当理查见诺森伯兰从布林布鲁克那儿复命返回,马上预感到自己的命运,随即向奥默尔发出一连串诗人的悲叹:"国王现在该做什么?要他投降吗?国王只能屈从。非要废了他?国王同意退位。他必须丢掉国王的尊号?啊,以上帝的名义,随它去吧!我愿拿珠宝去换一串念珠;拿辉煌的宫殿去换一处隐居之所;拿华美的穿戴去换一身受救济者的衣衫;拿雕花的酒杯去换一只木盘;拿王杖去换朝圣者的一根手杖;拿臣民去换一对儿圣徒的雕像;拿巨大的王国去换一座小小的坟茔,一座特小、特小的坟茔,一座无人知晓的坟茔;——不然,就把我埋在公路或哪条商贸干道下面,叫臣民的脚随时踩在君王的头上:因为当我活在世上,他们践踏我的心;一旦下葬,怎能不踩我脑袋?——奥默尔,你哭了,——我心地善良的弟弟!——我们能用遭人鄙夷的眼泪把天气变糟,我们的叹息加上泪水,必将毁掉夏天的谷物,给这叛变的国土制造一场饥荒。再不然,我们玩一回比赛流泪的游戏,以苦取乐?像这样;——眼泪老往一个地儿掉,直到在土里侵蚀出一对儿墓穴;咱俩就埋在里面,——"【3.3】

　　此情此景,对英格兰历史一无所知的读者/观众,或已对这位国王预支出深切的悲悯和同情,或会在心底祈愿,希望他结局别太惨。及至第五幕第五场,关在庞弗雷特地牢里的理查在被杀前不久,拿自鸣钟里的金属小人自喻,在大段诗人的独白中结束了自己的哲人之旅:"在这儿,我耳朵灵敏,哪怕一根弦失音,也听得出来;但曾几何时,从国家和时代的和谐里,我的耳朵却听不出一丝走调。我损害了时间,现在时间来损害我;因为此刻,时间已把我变成它的时钟:我的思想是刻度上每一分,用滴答滴答的叹息，向我的眼睛——那钟面，——报出每分钟的间隔；我的手指，则像上面的时针，一边不断计时，一边不住擦拭泪水。现在，先生，这报时的滴答声便是吵闹的呻吟，打在我心上，那声音就是钟鸣；因此，叹息、泪水和呻吟，分别表示每分、每刻、每时；——我的一生匆匆流逝，布林布鲁克却踌躇满志，此时，我傻站在这儿，成了他自鸣钟里的小人儿①。这音乐叫我抓狂，别出声啦！(音乐止)尽管它能帮疯子恢复神志，可对于我，却能使智者癫狂。不过，那把音乐带给我的人，我祝福他的心！因为这表示一种爱意，毕竟在这充满仇恨的人世，对理查的爱是一件稀世珍宝。"【5.5】

或源于此，蒂利亚德指出，这部戏的"戏剧结构符合传统的悲剧故事观念：一个大人物由世俗的繁盛跌落，灵魂的伟大却在跌落中上升。同情理查的悲剧情绪在最后的场景中占了主导。约翰逊(Samuel Johnson，1709—1784)博士写道：'诗人似乎这样设计，让理查在王权跌落中赢得尊重的提升，并使其因此获取读者的好感。'注意这儿用的是'读者'，不是'观众'——说明这部戏更适于阅读欣赏，而非舞台表演。约翰逊接着又说：'他只被动表现出一种刚毅和一个忏悔者的美德，而没把自己表现为一个国王。在他繁盛时，我们看到他专横、压制；一旦落魄，他却变得睿智、隐忍和虔诚。'"

纵观全剧，理查与布林布鲁克像深井里打水的两只水桶似的"一上一下""一下一上"的对比无处不在。单看两人的命运转

---

① 旧时自鸣钟里金属制的小人儿，有的身披盔甲，手持小槌，一刻钟敲击一下。

换，约克公爵府里那位同样够诗人资格的园丁，向王后说出的那个"天平比喻"更为贴切："理查王，已在强大的布林布鲁克掌控之中；把他俩命运放天平上称一称：您夫君这边不算他自己，啥也没有，那几个轻浮的亲信，只能叫他分量更轻；但在强势的布林布鲁克这边，除了他自己，还有所有的英国贵族，凭借这个优势，他的分量就把理查王压倒了。"【3.4】

然而，不知此时已对理查心生同情的读者/观众是否忘了，在布林布鲁克压倒理查之前，曾几何时，理查绝不是一个被诗意冲昏头脑的国王。那是一个刚愎自用、反复无常的理查，话一出口，便裁定布林布鲁克和毛伯雷以决斗定生死；那是一个君无戏言、令行禁止的理查，比武场上，把权杖一扔，瞬间叫停决斗；那是一个独断朝纲、不可一世的理查，命令一下，立刻判布林布鲁克放逐十年，毛伯雷终生流放；那又是一个并非不懂帝王之术的理查，他怕布林布鲁克和毛伯雷在流放期间联手结盟，命他俩立下誓言再走："把你们遭放逐的手放在我的国王宝剑上，……遵守我钦定的誓约：……流放期间永不彼此和好；永不会面；永不书信往来、互相致意；对在国内酿成的阴郁吓人的仇恨风暴，永不和解；永不心怀不轨蓄意谋面，阴谋策动、筹划、合谋针对我、我的王位、我的臣民或国土的一切恶行。"【1.3】

由此，把理查和布林布鲁克这对堂兄弟权谋、心计的砝码放天平上称一称，应该分不出"一上一下"。理查下令放逐布林布鲁克和毛伯雷，貌似对两人各打五十大板（显然，打在毛伯雷屁股上的板子更重，因为对他的判决是终身放逐，最后毛伯雷客死威尼斯）。实际上，理查早对布林布鲁克"取悦于民"心怀忌惮："他以一副谦恭、亲和有礼的模样，活像潜入了他们内心；他甚至不惜向奴隶抛去敬意，以暗藏心机的微笑和对命运的耐心忍受，讨好那些穷工匠们，好像要把他们对他的深情一起带到流放地去。他摘下软帽向一个卖牡蛎的姑娘致敬；有两个马车夫对他说了一声'上帝保佑'，他立刻膝盖打弯，像进贡似的致谢，还加上一句'同胞们，亲爱的朋友们，多谢'，好像一下子成了万民期待的王位继承人，只要我一死，英格兰就归他了。"【1.4】而毛伯雷策划谋杀了格罗斯特公爵（剧中没明确交待谋杀为理查指使）。因此，借布林布鲁克和毛伯雷相互指控之天赐良机，同时将两人放逐，可免除后患。没隔多久，冈特因儿子遭放逐，抑郁成疾，发病而亡，理查又趁机将冈特的全部财产没收，作为贴补远征爱尔兰的军饷。

真是一箭双雕！但理查没想到，算错一步，满盘皆输——正是没收冈特全部财产、剥夺布林布鲁克合法继承权这把双刃剑，最终不仅害他断送王朝，还丢了性命。

与不惜用好多段精彩独白、对白塑造理查性格比起来，莎士比亚对布林布鲁克吝啬许多。从他后来专写布林布鲁克的《亨利四世（上、下）》更容易看出，他不喜欢这位擅以虚情假意取悦民心、以空头承诺笼络贵族的篡位之君。或因为此，布林布鲁克在《理查二世》中虽戏份不少，但没那么出彩。显然，以人物性格塑造来论，理查压倒了布林布鲁克。

第二幕第三场，在格洛斯特郡荒野，布林布鲁克与诺森伯兰之子亨利·珀西（即《亨利四世》中的"暴脾气"霍茨波）第一次见面，布林布鲁克寒暄得十分客气："谢谢你，高贵的珀西；相信我，我有一颗铭记好友的灵魂,没什么比这更让我感到幸运。一旦我的运气随你的爱戴成熟起来,它终会报答你的忠诚。我的心立下这个契约,以我的手为凭作证(与珀西握手)。"不久,布林布鲁克又对前来投奔他的罗斯和威洛比勋爵表示:"欢迎,二位大人。我深知,你们以友情追随一个遭放逐的叛徒;眼下我的所有财富只是一句空口白牙的感谢,待我富足之后,对你们的忠心和劳苦,一定酬谢回报。"【2.3】

最终的结果是,当布林布鲁克成为亨利四世以后,对所有许下的承诺丝毫不兑现,导致贵族们纷纷起兵谋反。

第三幕第三场,布林布鲁克授命诺森伯兰前去跟躲在弗林特城堡里的理查谈判:"到那古堡凹凸不平的墙下,用黄铜军号,把谈判的气息吹进残破的墙洞。这样宣布:亨利·布林布鲁克愿双膝跪地,亲吻理查王的手,向他最尊贵的国王表达忠诚和虔敬之心;只要他撤销我的放逐令,无偿归还我的土地,我情愿跪在他脚下,放下武器,解散军队;否则,我将以武力的优势,用从被杀英国人的伤口里喷涌的血雨,荡平夏日的尘埃。对此,我虔诚一跪足以表明,布林布鲁克绝无此心,要用猩红的瓢泼的血雨浇透理查王翠绿的沃土。……我觉得,我与理查王今日一见,其可怕绝不亚于暴雨雷电交加,发出一声霹雳,便把苍天阴云密布的双颊撕裂。"【3.3】

多么虚情假意!此时此刻,野心勃勃、兵临城下的布林布鲁克,要的是不战而胜,夺取理查的王权、王位、王冠,成为一代新王。

也许莎士比亚想透过塑造布林布鲁克的形象表明,高明的政治家都是出色的演员。布林布鲁克堪称演技高超，当理查走出城堡向他投降，他命令部队站开，向理查行礼，并"屈尊下跪"。理查手指王冠，不无揶揄地说："起来，兄弟，起来！尽管你膝盖跪得低，/ 但我深知你心高，恐怕少说也有这么高。"布林布鲁克显出十分谦恭的样子，客气地宣称："仁慈的陛下，我此来只为我分内所得。"这时，已先自我废黜的理查无奈地表示："你分内的是你的，我也是你的，一切都是。"布林布鲁克继续不失礼仪地说："最令人尊崇的陛下，到目前我之所得，是因我的效忠理应得到您的恩宠。"

至此，兄弟俩"一上一下"的地位完成了乾坤逆转。到了第四幕，在威斯敏斯特宫大厅，布林布鲁克向议会宣布"以上帝的名义，我登上国王的宝座。"他命人把理查带来，叫他宣布退位。

然而，退位的理查始终是布林布鲁克的心病。最终，布林布鲁克的马屁精埃克斯顿从他加重语气说了两遍的 "没有朋友替我除掉这个死对头吗？"【5.4】这句话，瞅准圣意，决心替新王除掉旧王"这个仇敌"。第五幕第五场，埃克斯顿亲自带人前往庞弗雷特城堡地牢，杀了理查。待他把装着理查尸体的棺材带到温莎城堡，放在布林布鲁克面前邀功请赏："您最大的死敌中最有势力的，/ 波尔多的理查，我带到此处；/ 他躺在里面，全无半点声息。"谁知这个时候，新王不仅不感谢帮他铲除后患的心腹，反而怪罪他："用致命的手造了一件招诽谤的事，/ 毁谤落我头，国体上下皆负恶名。"剧终前的最后一段韵体独白，道出了布林布鲁克的心声："我也不爱你，尽管我真心愿他死，/ 见他被杀我开心，但我痛恨凶手。/ 叫你的良心负罪，算对你的酬劳，/ 我的赞

誉和恩典,哪个也得不到。/ 与该隐作伴,在夜的阴影里游荡,/
无论白与昼,永远不要抛头露面。/ ……我要做一次远航,前往
圣地(耶路撒冷),/ 把这血污从罪恶之手上清洗。"【5.6】

此处应是化用了《圣经》。该隐(Cain),《圣经》人物,参见《旧
约·创世记》4:1—16"该隐杀弟":该隐因嫉妒杀死弟弟亚伯,被
认为犯下人类第一桩血案,被视为人类第一个凶手。该隐杀弟之
后,遭到上帝惩罚:"你要成为流浪者,在地上到处流荡。"该隐抱
怨惩罚太重,到处流浪,会被人杀死。上帝回答:"不,杀你的,要
赔上七条命。"因此,上帝在该隐额上做了记号,警告遇见他的人
不可杀他。于是,该隐离开上主,来到伊甸园东边名叫"诺德"(流
荡之意)的地方居住。

从此,埃克斯顿永远消失在黑暗里。布林布鲁克没把他杀
掉,已算仁慈。

在以上对比之外,乔纳森·贝特还颇具说服力地分析出一种
"语言"上体现出来的对比。第一幕一开场,布林布鲁克和毛伯雷
两位公爵互相指控谋逆叛国,都把自己说成真正的爱国者。当理
查宣布将毛伯雷判处终生流放,永不得返国,毛伯雷肝肠寸断,
痛楚万分。莎士比亚用诗意的形象比喻让毛伯雷由慨叹再也不
能说母语,从心底发出对故土的挚爱真情:"四十年来所学语言,
我的母语英语,现在必须放弃;……您用我的双唇和牙齿当双重
铁闸门,把我的舌头囚禁在我嘴里;迟钝、麻木、愚蠢、无知,成了
看守我的狱卒。……您的判决,给我的语言定了死罪,/ 岂不是
把我的舌头从母语中抢走?"【1.3】

由此反观历史上真实的理查,这位"波尔多的理查",不光母

语是法语，王后还是法国人，宫廷里的装饰随处透出法兰西风情。理查被指控挥霍耗尽国库财产,他一直受身边马屁精们的欺骗,耗资巨大的爱尔兰战争迫使他把国土"出租"。在此,乔纳森·贝特分析，一定是鉴于爱尔兰问题致使伊丽莎白女王的金库严重透支,莎士比亚根本没打算把理查王远征爱尔兰的详情写到戏里,这既符合剧情需要,也符合现实考虑。因此,剧中只通过病中老冈特指斥理查"顶多算英格兰的地主"那段台词,将理查"出租国土"一语带过:"唉,侄儿,即便你是世界霸主,把他的国土(爱德华的国土)租给别人,也是一种耻辱;何况这片国土是你仅能享有的整个世界,如此使它蒙羞,还有比这更大的耻辱吗?你顶多算英格兰的地主,不是什么国王;你现在的法律地位只不过是法律的奴隶。"【2.1】

综上所述,由整个剧情来看,莎士比亚无意对理查二世的暴君形象做过多渲染,从他发明创造的几处有违史实的剧情,不难发现他就是要描绘一个具有多愁善感诗人气质、不属于历史、而独属于戏剧舞台的理查。一方面,意在以一个怯懦、无能国王遭废黜的故事，呈现英格兰皇家历史上的确曾有过这样一个极不光彩、并令人震惊的时刻,即由上帝膏立、君权神授的合法国王,被精通权谋、善于取悦人心的高明政治家布林布鲁克篡夺王位;另一方面,通过挖掘理查治国之昏庸、理政之暴虐、用兵之草率、性情之无常、行为之乖张,揭示他最后招致众叛亲离、王位被废的命运,完全是咎由自取。

这又何尝不是对君权神授的一种反讽?全剧的悲剧性和戏剧性也在于此。不过,莎士比亚显然对这位昏聩无能的合法国王或多或少寄予了同情。或许，他有意留下一个疑问：亨利四世(布林布鲁克)指使亲信埃克斯顿害死被废之君，这一罪孽，比当年理查二世授意托马斯·毛伯雷害死格罗斯特公爵，更不可饶恕吗？无论君权神授的理查二世，还是谋逆篡位的亨利四世，两位国王犯下的君王之罪是一样的！

于是，读者/观众只要稍动脑子，便能理解乔纳森·贝特疑问式的诠释："假如作为上帝膏立在人间的这位神赐代理人是一个糟糕的统治者，那即便以英格兰和'真正骑士精神'的名义，取而代之是否准许？假如国王等同于法律，那么法律反对国王又自相矛盾，确如卡莱尔主教所言：'哪个臣民能给国王定罪？'君主在传统上被想象成具有两个身体：一个政治身体，国王是国家的化身；一个自然身体，国王是跟任何人意义一样的肉体凡胎。这便是'国王死了，国王万岁'这句悖论成为可能的原因所在。舞台上的理查退位时，把在加冕仪式上说过的话颠倒过来，打碎一面镜子，放弃了两个躯体中的一个。

"公众形象一旦剥离，个体自我还剩下什么？按好争吵的公爵们所说，没了'名誉''人不过镀金的黏土，彩绘的泥塑。'但若没了王冠，没了名义，没了尊号，国王会是什么？一旦理查把镜子打破，他便把其王者镜像变成了内在自我。然而，君主政体靠的是外部显示，其内在性质则需通过词语媒介来探究。在莎剧塑造的所有国王中，理查二世最为内向。通过关注理查的个体意识，并从心理层面为其命运着想，莎士比亚灵巧地回避了当一个臣子对一位国王做出判决时会出现的令人担忧的政治失衡。'我真把自己忘了：我不是国王吗？'在这一提问中，理查揭出的答案是

'不':既然国王有两个躯体,他有称孤道寡('we')的权利,但在此处,他和自称'我'('I')的凡人没什么两样。提到自己时,他忽而以'我'('I')自称,忽而又以'孤'('we')和'他'('he')自称('国王现在该做什么?要他投降吗?')。人称代词不一致是他自我失衡的最明显迹象。"

在此顺便一提,考虑到让英格兰国王以中国皇帝自称的"朕"来称谓自己颇显怪异,故译文中一律用"我",不作区分。

到底该如何看待理查及其在莎剧中的历史,爱尔兰诗人威廉·巴特勒·叶芝(William Butler Yeats, 1865—1939)在其1903年出版的《善恶观》(*Ideas of Good and Evil*)一书中,说得十分精到:"我认为莎士比亚是以同情的眼光看待他笔下的理查二世,而非别的什么。他真能理解在历史的某个时刻,理查是多么不适合做一个国王,但他可爱,充满反复无常的幻想,……是一个'狂热的家伙'。在塑造这个形象时,莎士比亚模仿了霍林斯赫德笔下的理查二世,……我认为莎士比亚在理查二世身上,的确看到失败在等着所有人,甭管他是艺术家还是圣人。……中世纪虔诚仁慈的理想不复存在,现代实用主义的思想笼罩苍穹;可爱的英格兰已不存在,然而,尽管人们有这样那样的作为,诗人并未完全失望,因为他还能平静地、以同情的眼光看世界变化的过程。这便是悲剧性讽刺的实质。"

4. 冈特、约克、诺森伯兰及其他

梁实秋在其《理查二世》译序中指出,莎士比亚为凸显理查二世的性格,在把布林布鲁克作为戏剧陪衬之外,为追求戏剧效果,不惜歪曲史实。以理查的叔叔、兰开斯特公爵冈特的约翰为

例,历史上的冈特并非一个爱国者,他不仅早有不臣之心,且治国理政和军事指挥才能均十分平庸,对激起瓦特·泰勒领导的农民暴动负有巨大的政治责任。但在剧中,莎士比亚为反衬理查王的专横跋扈,刻意把老冈特理想化为一位具有拳拳爱国之心且性情耿介、敢直言进谏的忠臣。

莎士比亚见证过 1588 年英格兰海军击败强大的西班牙无敌舰队之后伦敦民众的狂热,并深切体会到,这持续不衰的爱国情,仿佛给伊丽莎白女王统治下的英格兰王国注射了一针强心剂。他对农民暴动毫无兴趣,《理查二世》对瓦特·泰勒只字未提。

其实, 这正是莎士比亚写历史剧的初衷——通过舞台演绎剧情,再次激起、呼应民众的爱国情怀。从为剧团和自己挣钱的角度,说到家,观众喜欢什么戏,他写什么戏。比如,观众醉心于爱国情怀,第二幕第一场,他就借"垂死"的老冈特之口"造"出一篇著名的爱国宣言:"这一历代国王的宝座, 这一君王权杖下的海岛,这片适于君王的国土,这处马尔斯①的居所,这另一座伊甸园——地上的天堂;……这神圣的福地,这疆域,这王国,这英格兰,这乳母,这孕育君王的胎宫,曾因其血统强大令人敬畏,又因其业绩威名远扬,……这片拥有如此可爱灵魂的国土,这片可亲可贵的国土,这片誉满天下的国土,……"【2.1】而在此之前,遭放逐的布林布鲁克离别故土,与父亲冈特告别时,也由衷表达出对母国不舍的爱恋:"英格兰的土地,再见;芳香的故土,再见;这

---

① 罗马神话中的战神。

故土仍是承载我的生母和奶娘!不管流落何方,这一点我张口夸耀:/尽管遭了放逐,我乃地道的英国人。"【1.3】

毋庸讳言,从整个剧情看,莎士比亚为凸显理查二世的性格,把所有人物都当成陪衬,诚然,每个角色的陪衬作用各有侧重。拿理查的两位公爵叔叔冈特和约克来说,一刚一柔,恰从两个侧面反衬理查的昏聩、暴虐。冈特对理查从不顾及脸面:"我看不清我的病,却看得清你的病。你临死的病床并不比你国土小,你卧病在床,名誉病入膏肓。……你现在的法律地位只不过是法律的奴隶。"【2.1】这话自然会激怒理查。

与性情刚烈的冈特形成对比,约克不仅待人宽厚,对理查甚至堪称愚忠,并尽力维护。当重病在身的冈特表示要在临死前对理查提出"忠告",约克明确告知:"别自寻烦恼,也别白费力气,一切忠告对他耳朵都是徒劳。"换言之,约克早对理查被一群马屁精包围十分不满,但他深知国王"耳朵里塞满了奉承话,比如,对他至尊王权的赞美;……世上刚一推出什么时髦玩意儿,——只要是新的,甭管多拙劣,——不都很快钻他耳朵里嗡嗡响吗?欲望向来反叛理性的思考,此时进谏,太迟了。"【2.1】

但同时,约克始终在试图化解君臣间的矛盾,见理查王前来探病,他善意地叮嘱冈特:"对他(理查王)这样的年轻人,态度要温和;烈性小马驹一旦被惹怒,脾气更大。"可冈特禀性难移,一见国王,劈头盖脸一顿指责,约克赶紧反过来劝国王:"他年事已高,又身患顽疾,出言不逊,恳求陛下不要怪罪;他爱您,我以生命担保,他十分珍视您。"等冈特一死,暴怒的理查立即决定,将其"所有的金银餐具、金银钱币、家财资产,一律充公"。这时,约克终不再忍:"我得忍多久?……但他①只向法国、而从不向自己的朋友凝眉冷对:他的花销都是他用自己的尊贵之手赢来的,而从他辉煌的父亲之手赢来的钱,他一分也不花。他的手没犯下叫亲族流血之罪,手上染的都是亲族之敌的血。啊,理查!约克伤心极了,否则绝不拿你跟他比。"不仅如此,约克还向理查提出预言式的警告:"倘若您不公正地夺取赫福德②的权利,废除他可通过律师申请继承权的权利特许书③,拒绝他的效忠声明④,那您就会把千种危险引到自己头上,失掉一千颗仁慈向善之心,还会把我柔顺的耐心刺出一些荣誉与忠诚难以想象的念头。"

理查无动于衷:"随你怎么想:我要把他的金银器,/ 他的钱财,他的土地,一抓在手。"无奈之下,约克告辞,临走之时,再次正告:"后果将如何,无人能预料;/ 只要干坏事,无人不知晓,/ 恶行遭恶报,不会结好果。"【2.1】约克的话一语成谶,理查的悲剧命运从没收冈特的全部财产这一刻,注定了!

有意思的,不论约克怎么发脾气,理查王对这位叔叔的忠心深信不疑,在他挥师远征爱尔兰之前,特命约克担任总理国内事务的大臣。但约克心里明镜一样,当流放中的布林布鲁克趁机重返英格兰,试图夺取王位之时,选择站在"正义"一边:"两个人都是我血亲——一个是我的君王,誓言和责任都叫我保卫他;另一

---

① 指理查的父亲黑王子。
② 布林布鲁克。
③ 指国王颁发给贵族的一份有国王签字的文件或凭证,贵族死后,其合法继承人可凭此向国王申请继承土地及贵族头衔。
④ 指继承人继承土地权利时须向国王公开声明,宣布效忠。

个是我的家人,国王冤枉了他,良心和手足之情又都叫我替他伸张正义。"【2.2】

不过,莎士比亚刻画人物十分节制,他并未让约克一下子和"正义"站在一起,而是安排约克率领临时拼凑起来的王军,在格洛斯特郡荒野,面对布林布鲁克和诺森伯兰合兵一处的叛军时,先声夺人,义正词严地训斥犯上作乱、称呼他"仁慈的叔叔"的侄儿布林布鲁克:"哼,哼!别跟我提仁慈,也别叫我叔叔。我不是叛徒的叔叔;……你是因涂了圣油的国王①不在才回来的吗?唉,蠢材,国王还在,他的权力就在我忠诚的心底。"他甚至不无豪勇地表示:"假如我现在还是个血性青年,……我这条遭瘫痪囚禁的胳膊,将多么迅疾地惩罚你,纠正你的罪过!"一方面,约克深知布林布鲁克蒙受冤屈,被理查剥夺一切财产和爵位,但另一方面,他坚决反对兴兵作乱,因为理查是上帝膏立的国王,神圣不可侵犯!

因而,当布林布鲁克反问约克:"仁慈的叔叔,让我知道何罪之有:我触犯了哪条法律,还是品行不端?"约克的回应毫不容情:"你的性质最恶劣,——聚众谋反,犯下伤天害理的叛国罪;你被放逐了,却在期满之前回到此地,以武力反抗你的君主。"

可是,审时度势的约克心里清楚,两军一旦交兵,自己所率王军根本不是对手,必惨败无疑,他不得不颇识时务地表白:"我因兵力薄弱,装备不足,无力回天,但如果可能,我愿以赐我生命的他(上帝)起誓,我要把你们全都逮捕,叫你们跪在仁慈的君主

---

① 指得到上帝护佑的国王神圣不可侵犯。

脚下求饶;既已无能为力,我便告知你们,我保持中立。"即便在理查退位、布林布鲁克成为亨利四世之后,约克依然在废君与新王之间"保持中立"。不过,在布林布鲁克成为亨利四世之后,约克又对新王表现出十足的愚忠,他甚至不惜出卖亲生儿子奥默尔,告发他参与谋害国王,并恳请国王对奥默尔绝不容情,处以极刑。若非约克公爵夫人及时赶到王宫,豁出命为儿子求情,奥默尔恐性命难保。

诺森伯兰这个角色,由霍林斯赫德《编年史》中的一些细节拓展而来,莎士比亚写他与布林布鲁克联手,鼎力帮他登上王位,并唯其马首是瞻,似乎只为诺森伯兰在《亨利四世》剧中的角色作用预设伏笔。最典型的一个场景发生在第四幕第一场,威斯敏斯特宫大厅,当理查已将王冠、权杖拱手交给布林布鲁克,诺森伯兰递过一纸文书,非逼理查当众宣读:"你本人和你的追随者所犯背叛国家、谋取利益的严重罪行都在上面;只有你承认了,国人才会从心底认为,你理应被废。"理查试图躲开他威逼的锋芒,提出要一面镜子。就在布林布鲁克命人取镜子的时候,诺森伯兰再次紧逼理查:"趁这会儿拿镜子,把这份指控读一遍。"理查不无挖苦地说:"魔鬼,我还没下地狱,你就往死里折磨我!"见此情景,连布林布鲁克也心有不忍,急忙打圆场:"诺森伯兰大人,别再逼他。"

第五幕第一场,被卫兵押往伦敦塔的理查与守在街头等候为他送别的王后相遇。王后见到蔫头耷脑的丈夫,悲从中来,不由反问:"连垂死的狮子在被制服时,为发泄愤怒,如果抓不着别的,都要用爪子抓伤地面。难道你,一头狮子,一只百兽之王,却像学童似的，乖顺地受惩罚，吻着藤条，以下贱的谦恭逢迎人家的暴怒？"夫妻二人悲情话别，诺森伯兰带人赶到，宣布布林布鲁克改了主意，要把理查押往庞弗雷特城堡，并命王后立刻动身去法国。

此时，这位已遭废黜的国王终于发出狮吼："诺森伯兰，你这布林布鲁克借以爬上我王座的梯子，用不了多久，邪恶的罪孽，就会结成脓头，脓液①横流：你会想，你帮他得到一切，即使他把一半王国分给你，那也太少；而他会想，你既然懂得如何拥立一位非法国王，稍不称心，便会想办法再把他从篡夺的王位上倒栽葱拽下来。邪恶的友情化为恐惧；恐惧化为仇恨，仇恨会使一方或双方陷入应得、应受的危险和死亡。"

理查的这段预言，完全是诺森伯兰在《亨利四世》中的命运写照。在《理查二世》中与布林布鲁克一起谋反理查二世的诺森伯兰，在《亨利四世》中再次起兵谋反亨利四世，最后抑郁而亡。诺森伯兰之所以谋反布林布鲁克，皆因布林布鲁克一旦王权在握，便将之前对珀西家族所做一切报恩的承诺忘到脑后。在诺森伯兰眼里，布林布鲁克是一个忘恩负义的国王；而在亨利四世看来，诺森伯兰之所以造反，皆因珀西家族居功自傲，欲早除之而后快。

尽管剧中发生在冈特、约克和诺森伯兰身上的剧情多为莎士比亚编造，但这三个角色都实有其人、史上留名，而王后、园丁和马夫这三个角色及其剧情，则完全是莎士比亚编造的。第三幕

_____

① 代指篡位的国王及其同谋。

第四场,约克公爵府中花园,园丁吩咐两个仆人修枝剪草,仆人甲把花园比作国土,发了一番议论:"一整个国土,长满野草,她最美的花儿都憋死了,果树没人修剪,树篱毁了,花坛乱七八糟,对身体有好处的药草上挤满了毛毛虫。"接着,园丁长篇大论:"那个人(指理查二世)干瞅着这杂乱的春天放手不管,现在自己也到了深秋;在他宽大叶子下遮阴的那些杂草,看似扶着他,实则侵蚀他……他没像我们修整花园似的治理国家。"显然,莎士比亚意在通过一个普通园丁之口,反衬理查在治国理政上是一个昏聩无能的国王。

第五幕第一场,莎士比亚以充满同情的笔,把理查与王后在伦敦通往伦敦塔一条街上的生死诀别写得酸楚不已,令人唏嘘:

理查王　　　若俩人在一起,二人同哭,悲痛也能合二为一。
　　　　　　你在法国为我哭泣,我在这里为你洒泪;
　　　　　　既然再近无法相聚,不如索性各自远离。
　　　　　　走吧,你用叹息、我用呻吟,计算路程。

王后　　　　谁的路最远,谁的悲吟最长。
理查王　　　我一步两叹,我走的路程短,
　　　　　　沉重的心情,把我的路拉长。
　　　　　　来,来,简短向悲伤来求爱,
　　　　　　可一旦成婚,悲痛绵绵无期。
　　　　　　用一吻来堵嘴,默然两分离;(二人亲吻)
　　　　　　给你我的心,你把我心带走。

王后	还我我的心；若安守你的心，
	悲痛会杀它，这不是好法子。(二人再吻)
	好了，我已收回我心，走吧，
	我会尽力用一声悲吟杀死它。
理查王	纵有哀痛骄纵，如此两相依：
	再次告别；其他让悲伤诉说。(同下)

谁会将此时这个已从神授的君权宝座上遭废黜、正与夫人悲悲切切、深情吻别的凡夫俗子，同昔日那个"我天生不求人，只知下命令"【1.1】、飞扬跋扈、颐指气使的国王联系起来吗？

其实，这正是莎士比亚赋予王后在剧中发挥的角色作用：即以其成年形象凸显作为丈夫理查有其通人性、近人情的一面。试想，此处若照史实来写，年仅十岁的伊莎贝尔王后和理查之间怎能有如此绵绵不舍的深情厚爱？另外，第五幕第五场中马夫的角色作用情同此理，莎士比亚并未依据史实写关在伦敦塔中的理查与威廉·比彻姆爵士等几位客人共用晚餐，而只安排马夫前来庞弗雷特地牢探监，让马夫成为理查在世间唯一仅存的"高贵的朋友"。这也是莎士比亚写悲剧屡试不爽的妙笔所在。

除此之外，布希、格林这两个理查的马屁精在剧中的陪衬作用也值得一提，这两个小人物戏份不多，第三幕第一场就被布林布鲁克在布里斯托军营下令处死。但莎士比亚颇具匠心地让他俩在死前，为理查和布林布鲁克的对比发挥出非同一般的戏剧效果。在下令将布希、格林这两个理查的心腹亲信处死之前，出于法律原因，布林布鲁克历数他俩的罪行："你俩把一位王子、一位尊贵的国王引入歧途,一个血统高贵、相貌威仪的幸运儿,被你俩陷入不幸、彻底损毁:你们用罪恶的时刻①离间国王和王后,打破了他俩愉悦的床第之欢,你们的恶行叫美貌的王后以泪洗面,玷污了她秀媚的双颊。我,——生在王室贵胄之家,本与国王是血缘近亲,手足情深,直到你们叫他对我心生误解,——在你们的伤害下缩起脖子,跑到异乡的迷雾里吐出我英国人的叹息,啃着放逐中的苦涩面包;而这时,你们却侵吞我的财产,开放我的猎场②,砍伐我的树林,扯下我窗户上的家族盾徽,把我的家族纹章捣毁,弄得我除了人们对我的口碑和我的一腔热血,再无任何标记向世人证明我是一个贵族。"【3.1】

理查是个矛盾体。莎士比亚是个矛盾体。谁人不是矛盾体?

5. 女王自比理查二世

1601 年 2 月 7 日下午,埃塞克斯伯爵(Earl of Essex,1565—1601)的叛乱同谋杰利·梅瑞克爵士(Sir Gelli Meyrick,1556—1601),付给莎士比亚及其所属内务大臣剧团的演员们四十先令,请他们在环球剧场上演《理查二世》,并非要把早先在审查中删去的理查二世被废那场戏加上不可。其实,正因废黜国王的话题在伊丽莎白女王统治后期过于敏感,该剧的前三个四开本才将这场戏删掉。由此可见,埃塞克斯伯爵此举意在刺激女王。然而,撇开看戏的观众多是埃塞克斯伯爵的追随者不说,想靠上演一场《理查二世》以期鼓动伦敦民众反抗女王,实属异想天开。

---

① 暗指两人带着国王往四处淫荡。
② 王室贵族专有围起来供消遣娱乐的狩猎场。

据乔纳森·贝特分析，埃塞克斯同党付钱给剧团特意安排这场演出，并非因该剧的实际内容，而更多源于亨利·布林布鲁克的崛起与魅力超凡的埃塞克斯伯爵的经历之间具有广泛联系。再说，谁也不能肯定，演出时到底是否真把废黜理查王这场戏加上了。

透过乔纳森·贝特的解释得知，在埃塞克斯谋反女王之前两年的 1599 年，与莎士比亚同龄的史学家约翰·海沃德爵士(Sir John Hayward, 1564—1627)曾出版《亨利四世国王的生平及其统治（第一部）》(*The First Part of the Life and Rainge of King Henrie Ⅰ*)一书，而且，他把这本书题献给"埃塞克斯二世伯爵罗伯特·德弗罗(Robert Devereux, 2nd Earl of Essex)"。由于书中详尽描述了理查王被废，曾引起极大争议。贝特认为："尽管如此，该剧对埃塞克斯及其追随者极具吸引力，不仅在于它对采取行动反抗优柔寡断的无能君主似乎给出了充分理由，还在于它对英格兰骑士制度的衰退发出哀叹。埃塞克斯伯爵在 16 世纪 90 年代崛起于宫廷的主要策略之一，便是把自己描绘成已逝去的贵族时代的英雄。他激活了'名誉'的代码，在'登基日比武'(Accession Day titles)中，朝臣们会像昔日骑士一样骑马持矛进行比武表演，他便借这种表演把自己变成骑士的同义词。"

顺便一提，"登基日比武"兴起于伊丽莎白时代宫廷，专指为庆祝女王登基而精心设计的一系列活动，每年 11 月 17 日举行。"登基日"亦称"女王节"(Queen's Day)。

或许，正因为此，莎剧《理查二世》一开场，布林布鲁克和毛伯雷在理查王面前互扔手套，誓以比武决生死，便足以唤起埃塞克斯伯爵对中世纪"骑士礼节"的向往。恰如毛伯雷所言:"人在凡尘最纯之珍宝,/ 是那毫无瑕疵的名誉:一旦失去,/ 人不过镀金的黏土,彩绘的泥塑。/ ……名誉即我命;两者合而为一:/ 夺走我的名誉,我命可休矣。/ 那亲爱的陛下,让我为名誉而战,/ 我既为名誉生,也愿为名誉去死。"【1.1】这既是中世纪忠于国王的骑士宣言,也是两人为名誉而战的誓言。

或也正因为此,当星室法庭(Star Chamber)审理《理查二世》演出一案时,梅瑞克爵士作为安排这次演出的主谋,被判处死刑;埃塞克斯的好友、莎士比亚的赞助人南安普顿伯爵(Earl of Southampton)因参与谋反,被收监入狱,关进伦敦塔,1603 年詹姆斯一世(James Ⅰ,1566—1625)继位之后,才重获自由。

1601 年 8 月 19 日,古文物收藏家、负责管理伦敦塔记录(keeper of the Records in the Tower)的大臣威廉·伦巴第(William Lambarde,1536—1601)去世。在他死前不久,伊丽莎白女王曾对他说:"我就是理查二世,你不知道吗?……他们演这出戏,只因他们把我比作理查二世,准备废黜我,而且,谁知道他们还会对我做什么。"从这句话似乎又可推断,剧团收了梅瑞克爵士的钱,演出时的确把理查二世被废这场戏加进去了。若果真如此,星室法庭最后裁定,内务大臣剧团演出只为捞取外快,与谋反毫无关联,是得到了女王庇佑也未可知。

总之,莎士比亚躲过一劫!

《亨利四世》：
一部彰显英格兰民族精神的历史剧

　　荣誉是什么？一个词。'荣誉'这个词是什么？空气。好一笔算得精准的账！——谁得了荣誉？礼拜三死的那个人。他能感觉到荣誉？不能。能听见荣誉？不能。这么说，荣誉是感觉不到的？没错，对死人是这样。但对活人，荣誉就不死吗？不。为什么？诽谤受不了荣誉活着。所以，我什么荣誉也不要。荣誉不过一件装点丧礼的纹章盾。

——（《亨利四世（上）》·第五幕第一场）

HENRY THE
IV
PART I.

一、写作时间和剧作版本

1. 写作时间

第一，从演出时间上，此剧或与《威尼斯商人》(1596—1597)有重叠；但肯定早于《无事生非》(1598)、《尤里乌斯·恺撒》(1599)和《哈姆雷特》(1600—1601)。此外，屈于现实政治和戏剧环境的压力，莎士比亚对这期间的戏文处理特别灵活。基于此，莎学家们把《亨利四世》(上)的第一次演出时间暂定在 1597 年最初几个月。

第二，1598 年 2 月 25 日，1603 年去世的文具商安杜鲁·赖斯，在伦敦书业公会登记簿(Stationers' Register)上注册印行《亨利四世》。不过，登记时并无"上篇"或"第一部"的字样，由此可见，莎士比亚最初并没打算把《亨利四世》写成上下篇两联剧。

第三，1598 年 9 月 7 日，作家弗朗西斯·米尔斯(Francis

Meres, 1565—1647)牧师所著《智慧的宝库》(*Palladis Tamia*)在书业公会登记印行,书中描述:"普劳图斯(Plautus)和塞内加(Seneca)是公认的拉丁文作家中最好的喜剧家和悲剧家。而在英国作家中,莎士比亚悲喜两种剧都写得最好。他的喜剧,例如……,他的悲剧,例《理查二世》《理查三世》《亨利四世》……"米尔斯不仅把该剧算作悲剧,还从剧中摘引了一些词句。

第四,剧中人物约翰·福斯塔夫爵士原名奥尔德卡斯尔(Oldcastle),其字义为"老城堡",英国历史中确有其人,即约翰·奥尔德卡斯尔爵士(Sir John Oldcastle),曾是有"最伟大的英王"之誉的亨利五世(Henry V, 1386—1422)的好友,身宽体胖。他是 15 世纪早期英格兰罗拉德派(Lollare,即信奉威克里夫派)的领袖,1417 年,因异端思想和叛国罪被绞死后焚尸。顺便一提,约翰·威克里夫(John Wycliffe, 1320—1385)被誉为英国宗教改革的晨星,是最早将拉丁文《圣经》译为英文的译者。

奥尔德卡尔斯的后人,科巴姆男爵十世(10th Baron Cobham)、威廉·布鲁克爵士(Sir William Brooke, 1527—1597),在宫廷观看了《亨利四世》表演后,深感剧中的这个"奥尔德卡斯尔"讥讽先人,属大不敬,遂向女王表达不满。莎士比亚迫于政治压力,不得不将其改为"福斯塔夫"。科巴姆男爵于 1597 年 3 月 5 日去世,因此,可断定这次宫廷演出应在 1596 年圣诞狂欢节期间。

其实,除了"奥尔德卡尔斯",还有"洛希尔"(Rossill)和"哈维"(Harvey)这两个名字惹恼了两个权贵家族,莎士比亚迫不得已,把他俩的名字分别改为"巴道夫"(Bardolph)和"皮托"(Peto)。

第五,1596 年底至 1597 年 1 月的某一天,《亨利四世(下)》

在宫廷演出，由红极一时的丑角演员威廉·坎普(William Kempe,？—1603)饰演的福斯塔夫，令伊丽莎白女王(Elizabeth Ⅰ,1533—1603)兴奋不已，她跟陪她看戏的表弟亨斯顿勋爵(Lord Hunsdon)乔治·卡里(George Carey,1547—1603)说，很乐意在一部新戏里看这个"老坏蛋"如何谈情说爱。

1597年3月17日，亨斯顿勋爵被女王任命为内务大臣，成为"内务大臣剧团"新的庇护人。换言之，莎士比亚于1594年加入的这个剧团，如今成了"亨斯顿剧团"。因女王将在4月23日向亨斯顿勋爵颁发嘉德骑士勋章，这位勋爵表弟为讨女王表姐的欢心，命剧团编剧莎士比亚三周之内写一部福斯塔夫"谈情说爱"的新戏。

三个礼拜之后，莎士比亚的奉命之作——欢快的五幕喜剧《温莎的快乐夫人们》(The Merry Wives of Windsor)完稿交差，剧团迅速排练。4月23日，该剧在女王行宫温莎堡(The Winsor Castle)举行首演。

综上所述，《亨利四世(上)》的写作时间应在1596年下半年，或许九十月间已完稿。

由此，不难对《亨利四世(下)》的写作得出两点判断：

第一，《亨利四世》的成功，特别是"奥尔德卡尔斯"这个"肥大胖子"深受欢迎，使莎士比亚手心发痒，不由分说挥起鹅毛笔，为两个最重要的剧中人物 "亨利王子"(即后来的亨利五世)和"福斯塔夫"续写"下篇"。写的时候，他当然不会想到，"福斯塔夫"会那么讨女王欢心。

第二，《亨利四世(下)》的写作可能在1596年岁末便已告竣。

显而易见,《亨利四世》这部上、下可单独成篇的两联剧,编剧速度非常快,整个时间可能不超过半年。

2. 剧作版本

1623 年"第一对开本"(the First Folio)《莎士比亚戏剧集》出版之前,《亨利四世(上)》共单有七个"四开本"印行:1598 年两个;1599 年、1604 年、1608 年、1613 年、1622 年,前后五次重印。此后,又有 1632 年和 1639 年两个新"四开本"印行。直到 1700 年的"四开本",《亨利四世(上)》"四开本"总计达到十个。

先看版本情形。

1598 年印了两版"四开本",其中之一后世仅存八页残稿,现藏美国华盛顿 "福尔杰莎士比亚图书馆"(Folger Shakespeare Library)。它可能印于年初,是最早的"四开本",却因其只是残本,版本考证几无意义,因此,约定俗成所说的"第一四开本"是指印行稍晚的另一版。换言之,可供研究的《亨利四世(上)》"四开本"共有九个,最早的残本不算数。

从"第一四开本"尚未删除调侃"奥尔德卡斯尔"的台词推测,此版可能依据莎士比亚的原稿付印,且印制十分仔细。而从"第一对开本"以 1613 年的"第五四开本"为底本修订编印可知,"第五四开本"的版本十分重要。另外,"第九四开本"的底本是著名莎剧演员托马斯·贝特顿(Thomas Betterton,1635—1710)的"舞台本"。

再观版本优劣。

莎学界一般把《亨利四世(上)》"第一四开本"视为标准版本。诚然,也有莎评家,如美国学者理查德·G. 怀特(Richard G.

White，1821—1885)认为"第一对开本"优于"第一四开本"。

《亨利四世(下)》则由书商安德鲁·怀斯(Andrew Wise)和威廉·阿斯普雷(William Aspley)于 1600 年 8 月 23 日在书业公会登记后，很快付印，出了一个四开本。同年再版一次，把初版漏掉的三幕一场国王重病在身难以成眠的剧情补齐。有学者认为，这场戏是莎士比亚后加的。

无论如何，此版排印精良，一般认为是根据莎士比亚手写的"草稿"排印。

《亨利四世(下)》版本貌似简单，除了这唯一的四开本，便是"第一对开本"。但后者比前者多出八段，或由此可推测，"第一对开本"《亨利四世(下)》不是根据莎士比亚的"草稿"，而是根据另外的手稿抄本排印。如此一来，这个抄本源自舞台提词本，还是依据提词本抄写，便成了疑问。

内容上，"第一对开本"比四开本多出的重要段落有以下六段：

(1)莫顿对诺森伯兰说的一段台词(一幕一场 163—180 行)

(2)巴道夫爵士谈起兵反叛的一段台词(一幕三场 36—56 行)

(3)大主教谈下层民众善变的一段台词(一幕三场 86—108 行)

(4)珀西夫人回忆亡夫霍茨波的一段台词(二幕三场 23—45 行)

(5)大主教向威斯特摩兰伯爵"一吐满腹冤屈"的一段台词(四幕一场 55—79 行)

(6)毛伯雷勋爵与威斯特摩兰伯爵的一段对话(四幕一场 103—139 行)

当然，也有一种可能，即出版"第一对开本"时把四开本删去的内容补上了。

为什么会删除呢？或许原因只有一个：

英格兰王国在伊丽莎白时代，宫廷斗争十分激烈，编写历史剧稍有不慎，便有影射政治之嫌，没有剧作家愿以编剧写戏获罪。1600 年 8 月，埃塞克斯伯爵（Earl of Essex，1565—1601）已失宠于女王，但同情者还大有人在。试想，假如哪个别有用心之人拿剧中的"暴脾气"（霍茨波）与埃塞克斯伯爵对号入座，大做文章；或断章取义，专门摘出约克大主教一吐冤屈的台词，把它当成替埃塞克斯伯爵申冤，那罪名可大啦！除此之外，剧中还有多处谈及理查二世被废黜之事，而女王常把自己比为理查二世。

因此，不管出于官方审查，还是书商主动，涉及上述内容的段落均从四开本中删除。莎士比亚或许有理由为此感到既庆幸又后怕，因为四开本出版不久，转过年，1601 年 2 月 19 日，埃塞克斯伯爵发动叛乱，迅速失败，2 月 25 日，在"绿塔"（Tower Green）被砍头。

另外，"第一对开本"和四开本还有一些细节不同，原因应该也只有一个：

1606 年，议会通过一项《限制演员滥用词语法案》（*Act to restrain Abuses of Players*）。法案规定，舞台上禁用"上帝""耶稣""圣灵""三位一体"等赌咒发誓，违者每次处以 10 镑罚款。因此，福斯塔夫及其狐朋狗友常挂嘴边，带有对神灵明显亵渎不敬的赌咒字眼儿都得删除。这样一来，只好把四开本中"上帝""上帝保佑""上帝作证"之类的誓语，一律改成"第一对开本"中"上天""说真格的"和"绝无戏言"之类的字眼儿。

对今天的读者，早已轻而易举便可以分享《亨利四世（下）》的最佳版本——四开本同"第一对开本"的增补内容合二为一。

二、原型故事

英国编年史家拉斐尔·霍林斯赫德（Raphael Holinshed，1529—1580）所著《英格兰、苏格兰及爱尔兰编年史》（以下简称《编年史》）（*The Chronicles of England, Scotland, and Ireland*），几乎是莎剧《亨利四世（上）》和《亨利四世（下）》两篇唯一的"原型故事"来源。这部著名的《编年史》于1577年初版，首印时为五卷本。十年后的1587年，出第二版时改成三卷本。莎士比亚摆在桌案上不时参阅的是经过修订的第二版。这部《编年史》为莎士比亚编写历史剧提供了丰富原材料，除此之外，《麦克白》中些剧情，以及《李尔王》和《辛白林》中的部分桥段，均由此取材。

然而，莎士比亚编的是史剧，并非写史，他只拿《编年史》中第四百九十八页至五百四十三页的一段史实描写，即从"理查二世"之后直到1403年7月21日的什鲁斯伯里之战，为其所用，用来移花接木。他对舞台上演的史剧能否反映史实不感兴趣，否则，也写不出福斯塔夫。

正因为此，许多把莎翁历史剧当真历史来看的读者、观众，都上了他"瞎编"历史的当。多年前，英国广播公司（BBC），拍摄了系列电视片《糟糕历史》（*Horrible Histories*），以喜剧的视角、甚至嬉闹的方式，通过演员情景再现，剧透出历史上令人发窘的真实一页。我看过其中讲述"理查三世"的一集，由饰演理查三世的那位演员现身说法，责怪莎翁为讨好伊丽莎白一世女王，在历史剧《理查三世》中,不顾史实,肆意歪曲,使自己成为一个"糟糕"的国王,长期蒙受不白之冤。

这是莎翁历史剧之大幸,他编的是戏,只追求(舞台)戏剧效果;却是英国历史之大不幸,哪段历史,哪位国王或王公贵族,一旦被他"糟改",恐只能沉冤九泉,期待未来"糟糕的历史"昭雪的那一天。

《亨利四世(上)》剧情与《编年史》中的史实,有以下几处不同:

1. 在剧中,继位一年后的亨利四世刚一出场,便宣布要"誓师远征",进行"十字架东征",杀向圣城耶路撒冷。在《编年史》里,这事发生在亨利四世死前一年(1412),准备航海去"圣地",把耶路撒冷从异教徒手中夺过来。相同点在于,剧中和史中的两位国王,都因篡了理查二世的王位,心怀负罪感。

莎士比亚无意让观众、读者重温理查二世或亨利王朝的史实描写。因此,他在剧情处理上只是借助人物台词,把必要的历史信息一语带过:一开场,亨利四世说"一千四百年前,为了我们的福祉,基督被钉在十字架上受难。"提示观众剧情的"历史"时间是 1400 年。此时,英格兰与威尔士和苏格兰的边境战事陷入困境,在威尔士,王军被格兰道尔打败;在北部,霍茨波率领的王军正与苏格兰军队在霍尔梅敦血战;"下周三",国王将在温莎宫召开枢密院会议。

假如观众回想起《理查二世》,他们可由此推断,这位篡位的国王掌权已有一年;而且,《理查二世》以他的一条誓言落幕,他发誓为行刺理查王的过失赎罪,要"航海去圣地"【5.6】。在《亨利四世》一开场,他准备兑现诺言,"这计划一年前我已有打算"【1.1】。
这也是《亨利四世(上)》对《理查二世》的剧情衔接。

2. 在剧中,放浪不羁、成天跟福斯塔夫混在一起的亨利(哈里)王子,有一个少年老成、智勇双全、会领兵打仗的弟弟,兰开斯特的约翰亲王。在《编年史》中,这位少亲王,作为亨利四世活下来的第三儿子,生于 1389 年 6 月 20 日,而什鲁斯伯里之战发生在 1403 年 7 月 21 日。单从年龄来看,时年刚满十四岁的小约翰亲王,不可能参战。

3. 在剧中,第二幕第三场,霍茨波当晚要"率军出发",向妻子珀西夫人告别,可他并未说明要与国王开战。珀西夫人心里忐忑不安,因为她头天夜里听见丈夫梦里"说的全是一场血腥的厮杀。你心底想着战争,睡眠中激动不已,额头沁出汗珠,犹如一条刚受惊扰的溪流泛起的泡沫;你脸上的神情十分怪异,活像有人突然接到到什么重大命令,一下子屏住了呼吸"。接下来,两人还有一段透出夫妻情浓意切的对话。

第三幕第一场后半段,莫蒂默勋爵向妻子莫蒂默夫人告别。莫蒂默夫人是格兰道尔的女儿,只会讲威尔士语,不会说英语,丈夫完全听不懂,但他懂妻子的神情:"从你盈盈泪眼的天泉涌出来的动听话语,我再明白不过,但碍于脸面,我不能与你泪眼相对。——(夫人在用威尔士语说话。)我懂你的亲吻,你懂我的亲吻:这是一种心心相印的情感交流。"

在《编年史》中,没有两位夫人出现。可见,莎士比亚把女性柔情和大战前夫妻难舍的话别插入剧情,既从女性视角凸显了两位叛军将领不失儿女情长的豪勇血性,更从人性层面书写了战争的冷酷无情。

4. 在剧中,霍尔梅敦之战(Battle of Holmedon)发生在莫蒂默勋爵在威尔士与格兰道尔的叛军作战失利之后。在《编年史》中,莫蒂默在威尔士被叛军打败发生在 1402 年 6 月 22 日,而英格兰和苏格兰两军之间的霍尔梅敦之战发生在 1402 年 9 月 14 日。

剧中出现此误, 可能是莎士比亚把另一场英、苏两军 6 月 22 日发生在特威德河(River Treed)北部边境的内斯比特荒野之战(Battle of Nisbet Moor),同霍尔梅敦之战弄混了。

在剧中,第三幕第二场,国王亨利四世与亨利王子(威尔士亲王)于伦敦王宫会面,父子俩坦诚相见,父王希望儿子别再放浪形骸,要对得起高贵的王室血统,因其"结交低俗的市井下三烂,已失去王子的尊严。"王子信誓旦旦,表示今后说话做事,"一定更符合王子身份",并决心以打败霍茨波为自己赢得荣誉,"清洗满脸血污之时,便是我刷掉耻辱之日。"

在《编年史》中,父子相会的情景比剧中晚好几年。

5. 在剧中,出于剧情需要并凸显戏剧效果,莎士比亚把《编年史》中关于亨利(哈里)王子和霍茨波两个最重要人物的年龄和史实都改了, 他把整个剧情时间浓缩在开场的 1400 到 1403 年什鲁斯伯里之战三年间。若按真实年龄算,1400 年,1386 年 8 月 9 日出生的王子才十四岁。而生于 1364 年的霍茨波,比生于 1367 年的亨利王还大三岁。因此,还必须大幅降低霍茨波的真实年龄。否则,便不会有什鲁斯伯里王子与霍茨波决战的双雄会。

剧情除了把王子和霍茨波俩人的年龄拉平, 还让他俩名字的昵称有一种相似对应,一个是哈里·珀西(霍茨波),一个是哈里·蒙茅斯(亨利王子)，两个"哈里"(Harry)。剧情最后，什鲁斯伯里之战，前一个哈里被消灭，后一个哈里成为英格兰之"星"。恰如霍茨波开战前所言："哈里对哈里，烈马对烈马，不拼杀到两人有一具尸首掉下马来，决不罢休。"【4.1】

在《编年史》中，王子虽以十七岁之年参加了什鲁斯伯里之战，且非常卖力，却不是主将。

6. 在剧中，什鲁斯伯里之战开始前，霍茨波大喊："啊，若格兰道尔来就更棒了！"【4.1】然后，约克大主教透露，格兰道尔"兵马未到，他有一支可以倚重的生力军，却因受了不祥预测的影响，按兵不动。"【4.4】

《编年史》中，珀西(霍茨波)在什鲁斯伯里之战中得到了威尔士的"生力军"支援。

很明显，莎士比亚没兴趣尊重史实，他戏编剧情只为刻画人物。透过他的剧情做假设分析，若霍茨波等来格兰道尔的援军，什鲁斯伯里之战便可以稳操胜算。然而，不论战斗有无胜算，霍茨波的悲剧感随即消失。凡剧中的这些地方，都能显出莎士比亚的编剧才华。

因此，若拿莎剧中的英国史同《编年史》中的描述做对比，难免会冒两个风险：一个，容易把焦点过分集中于莎士比亚到底淹没、调整、变换了《编年史》中的哪些细节；另一个，人们对莎士比亚由《编年史》激发出来的想象力会消失。所以，观众、读者千万别在意"莎士比亚的霍林斯赫德"——那些引自《编年史》的段落。

7. 尽管此剧名为"亨利四世"，但在剧中，亨利王子(哈尔亲王)的角色作用显然在国王之上,最重彩的一笔当然是第五幕第四场写他在什鲁斯伯里之战亲手杀死霍茨波,奠定胜局。而且,在此之前,王子刚把正同道格拉斯交手、已身处险境的国王救出。

在《编年史》中,王军什鲁斯伯里之战的胜利完全归功国王,《编年史》赞扬他什鲁斯伯里一战亲手杀死三十六个叛军。这样豪勇的国王用不着十七岁的王子出手相救。显然,剧情如此编排,只为让未来的英格兰之"星"闪耀光芒。

除了从霍林斯赫德的《编年史》取材,莎士比亚或还看过或受到其他"原型故事"的影响,源于:律师、史学家爱德华·霍尔(Edward Hall,1497—1547)的《兰开斯特和约克两个卓越贵族之家的结盟》(*The Union of the two noble and illustre families of Lancastre and Yorke*,1548);史学家、古文物学者约翰·斯托(John Stow,1524—1605)收集的《编年史》(*Chronicles*,1580)及斯托本人的《编年纪事》(*Annals*,1592);律师、作家托马斯·弗瑞(Thomas Phaer,1510—1560)《官长的借镜》(*A Mirror for Magistrates*,1559)中对"欧文·格兰道尔"的刻画;诗人、史学家塞缪尔·丹尼尔的史诗《兰开斯特和约克两个家族的内战》(*The Civil Wars Between the Two Houses of Lancaster and Yorke*,1595,以下简称《内战》)。

诚然,莎士比亚对哈尔亲王的性格刻画,灵感源自神话和流行的戏剧传统中的细节描写,再进行改编。例如,霍尔和霍林斯赫德均提到他在进攻威尔士的军中服役,而剧中则写他在伦敦东市街的酒馆畅饮。再者,莎士比亚可能注意到约翰·斯托《编年史》采集的几个关于"野蛮王子"的传说。例如,斯托描述王子及其仆人会化装伏击款待王子的人，劫走他们的钱财。之后，当他们向王子抱怨遭劫时，王子再把钱财奉还，为给他们压惊，还额外犒赏。这个特别的故事可能更为可信，因为它取自王子同时代人奥尔蒙蒂伯爵(Earl of Ormonde)的回忆，奥尔蒙蒂伯爵在阿金库尔战役之前不久被亨利五世(即以前的哈尔亲王)授予骑士爵位。这个故事为剧中哈尔亲王和波恩斯化装成劫匪，劫了福斯塔夫劫来的钱财，提供了现成的素材。

另外，像格兰道尔的历史原型，霍林斯赫德写他在英格兰学习法律，后为理查二世效命。但1422年去世的年代史编者托马斯·沃尔辛厄姆(Thomas Walsingham)所记与此相反，说他为亨利·布林布鲁克(即后来的亨利四世)效命。霍林斯赫德还模糊提到 "格兰道尔出生时的异象"(他可能把格兰道尔和那个莫蒂默的出生弄混了)，并着重强调引用的是霍尔对威尔士愚蠢先知的描写。托马斯·弗瑞在《官长的借镜》中，则以风趣的笔触描写"欧文·格兰道尔"如何因这次愚蠢的反叛暴尸威尔士荒山。此处不难发现，莎士比亚呼应霍林斯赫德，又把弗瑞的情绪借到剧中，写国王对莫蒂默的背叛大发雷霆："让他在荒山饿死吧。"【1.3】不过，莎士比亚把格兰道尔的戏剧性人生延长了，格兰道尔的叛军在《亨利四世(下)》被击败。

综观来看，剧情安排王子与霍茨波对决这一灵感，似应来自塞缪尔·丹尼尔《内战》中的英雄诗体(指英诗中抑扬格五音步诗体)：

狂暴的、血气方刚的霍茨波，

将遇到跟他一样凶猛的对手。

除此,剧中还有几处情节或也源自《内战》:亨利王子从道格拉斯手中救出父王；霍茨波与王子年龄相当；什鲁斯伯里之战前,格兰道尔未派威尔士援军助战;亨利王把自己陷于一些贵族的围攻以及王子生活放荡,视为篡位招致的天谴报应。可是,丹尼尔虽赞颂王子把国王从道格拉斯手中救出,却没写他杀死了霍茨波。另外,丹尼尔责怪霍茨波情绪狂躁、暴烈、不听人劝,莎士比亚则多少有点可怜霍茨波之死。

还有三点需要指出:第一,在霍林斯赫德和丹尼尔笔下,诺森伯兰的发病时间早,在剧中,莎士比亚必须把他称病变成不出兵驰援的最后一个借口。第二,莎士比亚按霍林斯赫德所写,强调了伍斯特的角色作用,他通过歪曲国王最后提出的和平条款,向霍茨波隐瞒实情。换言之,他反对议和,只能激励霍茨波向国王开战。于是,便有了什鲁斯伯里王子与霍茨波的决战。第三,在丹尼尔笔下,国王在什鲁斯伯里之战胜利后便一病不起,良心发现,对儿子万般叮嘱。《亨利四世(下)》则拉长了从此战胜利到国王之死的剧情。

最后,非要提及一部著者不详、名为《亨利五世大获全胜》(*The Famous Victories of Henry the fifth*)的旧戏,于 16 世纪 80 年代后期或 16 世纪 90 年代早期上演,并于 1594 年 5 月在伦敦书业公会登记。

莎学家们普遍认为,这出旧戏对《亨利四世》影响不大,因为戏中的王子与国王,父子关系从未因珀西叛乱变复杂,显然,《亨利四世(上)》第三幕第一场，亨利王用抱怨促使王子与珀西为敌，应是莎士比亚的发明。而《亨利四世(下)》国王临死前父子和解的场景，霍林斯赫德和斯托都有详细描写。

但这部旧戏中的这样一个细节，对莎士比亚的戏剧性改编非同小可，即亨利王子从父王的病榻取试王冠。这是《亨利四世(下)》第四幕第五场的重头戏，它对戏剧结构的支撑作用非常大。

按霍林斯赫德所写，亨利四世统治末期，亨利国王担心王子可能计划"夺取王冠"，他从仆人嘴里听到一些"说法"，说王子不仅"计划邪恶"，追随者还很多。此后，王子公开发誓忠于国王，父子和好如初。不过，霍林斯赫德并未提供任何证据，显示亨利国王对儿子的忠诚起了疑心。

在剧中，莎士比亚把由梦中醒来的病弱的父王，对刚从枕头上取试王冠的儿子的误会，以及儿子一通真挚表白，最终父子和解，写得跌宕起伏。面对父王质疑，儿子坦诚解释："上帝为我作证，我刚一进来，见陛下没了呼吸，我的心一下子冰冷透底！我若弄虚作假，啊，让我干脆在眼前的放浪中死去，不必再活着……"接着，父王被儿子的忠诚、爱心打动："我的儿子，上帝给你把它拿走的想法，是为了让你通过如此机智的巧辩，赢得更多父爱！过来，哈里，坐我床边，听我可能是这辈子的最后一次忠告：……这王冠我是怎么弄到手的，啊，上帝，宽恕我；愿它让你安享真正的和平！"{4.5}显而易见，至少这一处史实的戏剧性远比不上莎剧。

不过，英国作家伯纳德·沃德（Bernard M. Ward，1893—

1945)认为,这部旧戏对莎士比亚编写《亨利四世》具有实际影响。经过精心研究,他写成论文《〈亨利五世大获全胜〉在伊丽莎白时代戏剧文学中的地位》(*The Famous Victories of Henry* V: *Its Place in Elizabethan Dramatic Literature*),刊于 1928 年《英语研究评论》(*Review of English Studies*)第四卷,从三方面做出分析:

第一,两戏均为历史与喜剧混搭。在莎士比亚全部历史剧中,只有三部将历史和喜剧混搭一起、且剧情分配均匀,便是《亨利四世(上、下)》两篇和《亨利五世》,亦可称之为"三部曲"。这正好是旧戏的结构特点,二十二场中有一、二、四、五、六、八、十二、十八、二十一等九场喜剧,布局相当匀称。

第二,重叠的剧情发生时代。旧戏剧情从盖德山拦路抢劫开始,到亨利五世迎娶法兰西公主结束。这也正好是"三部曲"的整个剧情。关于抢劫,上述各种编年史均未记载,是莎士比亚按着旧戏照猫画虎。

第三,雷同的剧中人物。旧戏中有四个史无记载的虚构人物,莎士比亚对其姓名及角色安排丝毫不改:旧戏主角是"奥尔德卡尔斯"(Oldcastle),莎士比亚最初也用此名,后不得已改为"福斯塔夫";旧戏中的"内德"(Ned),莎士比亚照搬过来,即"内德·波恩斯"(Ned Poins);旧戏中劫匪绰号 "盖德希尔"(Gad-shill),莎士比亚沿用它做盗贼的名字;旧戏中有一名为"罗宾·皮尤特罗"(Robin Pewterer)的匠人("皮尤特罗"的字义即为锡匠,亦可称之"锡匠罗宾"),莎士比亚把他传化为挑夫甲,挑夫乙喊他"马格斯兄弟"或"街坊马格斯"(Neighbour Mugs)。

　　第四，王子常去的酒店。旧戏中王子常去伦敦东市街
(Eastcheap)一家老字号酒店畅饮，莎士比亚照拿过来，使之成为
老板娘桂克丽开的酒店。"第一对开本"并未给酒店名字，"牛津
版"则干脆起了名字，叫"野猪头"(The Boar's-Head)。

　　至此，只剩下一个问题：如何塑造哈尔王子和福斯塔夫？

　　事实上，莎士比亚并不是第一个把哈尔写成浪子形象的人。
从 1422 年亨利五世(即"蒙茅斯的哈尔)死后不久，关于哈尔的
故事便开始流传，以至于 15 世纪的史学家们几乎众口一词地传
说，哈尔年轻时荒唐放荡，当上国王以后发生突变。1512 年去世
的罗伯特·费边 (Robert Fabyan) 在 1516 年出版的《编年史》
(*Fabyan's Chronicle*)中，记有如下一段关于亨利五世的描写：

　　　　此人在其父去世前，积习恶劣，行为不检，招揽无数胡
　　闹之狂徒；继承王位以后，突变新人。原先只见其狂暴，而
　　今变得清新、锐敏；以前不断作恶，而今为人良善。而且，为
　　坚定其美德，不再受昔日伙伴影响，他赏给他们一些银钱，
　　并告诫他们，不许走近他的住处若干英里，在限定时间内
　　如有谁违反，立即处死。

　　由此来看《亨利四世(下)》落幕前的最后一场戏，加冕典礼
之后，已成新王的亨利五世严正警告对他充满期待的福斯塔夫：

　　　　我已把从前的自己打发掉，同样要将从前陪伴左右的
　　那些人赶走。等你一听说，我又回到往日，只管来找我，你

还可以跟从前一样，当我放荡行为的导师和食客。在那之前，我放逐你，像放逐其他把我引入歧途的人一样，不准你在距我方圆十里的地方出现，如有违反，立即处死。至于生活费，我会给足你，不至于逼得你因缺钱而作恶。【下 5.5】

显而易见，亨利五世的浪子形象其来有自。莎士比亚非常清楚，《圣经》中"浪子回头的故事"对于英格兰的国教信徒们丝毫不陌生，他只要在《亨利四世》中把已是王位继承人的哈尔王子写成一个回头浪子，便足以吸住观众的眼球。有了哈尔这个浪子，再搭配一个浑圆肥胖、笑料不断的约翰·福斯塔夫爵士，这部戏就大功告成了。恰如著名莎学家约翰·多佛·威尔逊(John Dover Wilson, 1881—1969) 在其《福斯塔夫的命运》(The Fortunes of Falstaff)一书中所说："15 世纪和 16 世纪早期，只是诗歌的寓言时代，也是戏剧的道德时代。人们需要一个浪荡王子，凡关切时事的人(任何一位当代政治家无不这样关切!)都想找到一个王子如此神奇转变的范例，用来教育青年贵族和王子。对这样的青年而言，忏悔产生了多么丰硕的好结果?! 有谁能堪比这位阿金库尔的英雄，百多年来英国王权的典范，亨利五世的战功和政绩吗? 莎士比亚在其神秘剧《理查二世》中颂扬了一位传统的国王殉难;在这部《亨利四世》里，便要颂扬一个传统的浪荡王子回头。

"正如音乐家选民间小调作合奏曲的主题，莎士比亚把传说改成了自己的故事。他把原先的传说变得活色生香，复杂细致! ……哈尔亲王是浪荡王子，对他的忏悔，观众不只要严肃对待，更要敬佩颂扬。此外，尽管戏中的浪子故事世俗化和现代化了，所采取的戏剧进程却跟过去一样，也同样包括三个主要人物：诱惑者，青年人，以及富有遗产和教诲儿子的父亲。……莎剧观众连续欣赏了两联剧中哈尔亲王的'白胡子撒旦'，这一人物也许在全世界的舞台上都不曾有过这样的欣赏。但观众从一开始就知道，这位吸引人的胡闹爵士终要倒台，等痛改前非的那一刻来临，这位浪荡王子便会将福斯塔夫一脚踢开。"

综上所述，尽管福斯塔夫并非没有"原型"，但只要稍微替莎士比亚打个折扣，还是可以把《亨利四世(上、下)》中为"诱惑者"福斯塔夫这个"白胡子撒旦"及其狐朋狗友安排的场景，算作他的原创。至于《亨利四世(下)》中沙洛和沙伦斯这样的乡村治安官形象，莎士比亚不必费劲从别处取材，他自己的乡村体验足以应付。透过戏剧这面现实的镜子，让两位治安官折射他那个时代英格兰乡村的实景，原本就是他最拿手的。

三、剧情梗概

（上）

第一幕

伦敦。王宫。为救赎篡夺王位、谋杀堂兄理查二世的罪恶，让"如此动荡，满目疮痍"的王国局面安定下来，国内不再"手足相残"，亨利四世打算立刻征召一支大军，"誓师远征，杀向基督的坟墓"——耶路撒冷，驱逐那些异教徒。这时，威斯特摩兰带来威尔士传来的消息，马奇伯爵莫蒂默所率英军被"野蛮的格兰道尔叛军"打败，成了俘虏。而此前，布伦特爵士刚给国王带来霍尔梅敦激战的最新消息：英勇的"暴脾气"、年轻的哈里·珀西(霍茨波)战胜了道格拉斯的苏格兰军队，并将其长子擒获法伊夫伯爵莫达克。但他派人给国王捎话，除了莫达克，其余战俘"他全要留下"。国王一面不由"犯下嫉妒之罪"，嫉妒诺森伯兰生的儿子霍茨波"受人赞誉"，自己的儿子哈里"眉宇间却玷污了放荡和不名誉"，恨不得当初襁褓之时把两个婴儿"调包儿"；另一面，对霍茨波居功自傲，冒犯君王之尊，心生不满。

这时，亨利王子(哈尔)在和刚灌下一肚子萨克老酒的约翰·福斯塔夫爵士耍贫斗嘴。波恩斯来报，明天清早有一群香客和富商经盖德山前往坎特伯雷，正好拦路抢劫，发笔横财。福斯塔夫劝哈尔一起干，讽刺他如果不去，就是"又没血性，还不够朋友，身上没半点儿皇家血统"。哈尔决定待在家里。波恩斯私下给哈尔支了个奇招，提议他俩化好装，提前设伏，等福斯塔夫一伙儿赃物到手之后，"再把东西抢过来"。哈尔想看福斯塔夫如何丢丑出洋相，满口答应。哈尔把这些人看得很透，并不喜欢这种"无聊的撒野胡闹"。他独自一人时，便表示"要仿效太阳：暂时允许恶浊的乌云，向世人遮住它的壮美"。等时机一到，"便冲出要把它窒息的邪恶、丑陋的云雾，再现辉煌，令久违了的人们更为惊叹"。

王宫里，霍茨波的叔叔伍斯特伯爵提醒国王，"我们家族不应受到如此严厉的对待；何况当初，因为我们出手相助，陛下才享有今天的威严"。国王从他眼里"看到了险恶与不忠"。诺森伯兰为儿子拒不上交俘虏辩解，霍茨波直接表示，国王若不把莫蒂默花钱赎回来，绝不交俘虏。国王认定莫蒂默已成反贼，严厉警告霍茨波不交战俘，后果自负。

国王走后，霍茨波异常愤怒，嚷着"哪怕魔鬼亲自出马，咆哮着要我交出战俘，我也一个都不给"。诺森伯兰和伍斯特告诉霍茨波，国王之所以一听莫蒂默的名字就发抖，因为莫蒂默才是理查二世的合法继承人。霍茨波豁然大悟，要"向这个傲慢国王的嘲弄和蔑视进行报复"。伍斯特建议释放所有苏格兰战俘，与格兰道尔、道格拉斯、莫蒂默和约克大主教斯克鲁普联合起来，组织一支军队，"用自己强有力的双臂，支撑起眼下难以确定的命运"。

第二幕

凌晨。一旅店内，掌柜的告诉劫匪盖德希尔，有一位身揣三百马克黄金的小地主，还有一位带着"一堆行李"的客人已经上路。盖德希尔非常开心，向掌柜的炫耀："我这帮哥们儿可不是平地抢劫的毛脚贼，也不是为六便士打闷棍的主儿，更不是一脸大胡子的酒鬼；他们是生活安逸的贵族、市镇官员，全都来头不小。"

福斯塔夫和巴道夫、皮斯托、盖德希尔等众劫匪埋伏在盖德山。哈尔和波恩斯在附近躲藏。当福斯塔夫一伙儿劫完钱财，正准备分赃，哈尔与波恩斯头戴面具发起突袭，吓得众劫匪四散奔逃。福斯塔夫略作招架，留下劫财，逃之夭夭。

霍茨波对即将展开的军事行动充满信心，当晚出发前，与夫人话别。夫人替丈夫担心，因为在睡梦中，他"嘴里不停念叨着前进、撤退、战壕、营帐，还有防御工事、外堡、胸墙、大炮、重炮、长炮，以及战俘的赎金、被杀的士兵等等，说的全是一场血腥的厮杀"。霍茨波见到自己的战马，兴奋起来。夫人怪丈夫不爱她了，不肯说实话，霍茨波表示"等我翻身上了马，就发誓爱你，永生永世爱你"。然后跟夫人做出最后安排："我去的那地方,你也去。我今天出发,你明天动身。"

伦敦东市街野猪头酒店。王子在和店伙计弗朗西斯逗闷子。这时福斯塔夫一伙儿回到酒店,王子再逗逗他们。福斯塔夫喝了一口萨克酒,便开始吹牛："我要是没手持短剑,一人对十二个,近身肉搏两个小时,我就是无赖。能捡条命,真是奇迹。我的紧身衣被刺穿八次,裤子被刺穿四次,小圆盾被捅透,我的剑也砍得成了手锯,豁边卷刃。"哈尔随即揭破他的谎言:"是我们俩袭击了你们四个,一句话,你们吓得扔下赃物扭头就跑,赃物落在我们手里。……自己把剑砍成锯齿,却硬说打仗打的!"福斯塔夫脑子一转,又开始耍赖,说他其实一眼就认出了哈尔,可他不能杀死王位继承人,只好假戏真做,略作招架,佯装败逃。哈尔索性让他表演怎么逃跑的。这时,宫里送信的人到了门外,哈尔派福斯塔夫出去款待。福斯塔夫走后,皮托道出实情:福斯塔夫"用短剑把长剑砍豁,说只要你(哈尔)相信剑的豁口是拼杀出来的,他宁愿昧着良心发誓将真理赶出英格兰,还劝我们也这样弄"。福斯塔夫回来说,布雷西爵士受国王之命,要哈尔"明天务必进宫",并问哈尔,听到"魔鬼道格拉斯、魔精珀西、魔怪格兰道尔这样的三个敌人"将联手起兵谋反的消息,是不是担惊受怕、吓得发抖、血变得发冷?哈尔从容面对。福斯塔夫出主意,建议他和哈尔事先排练一下明天见国王的情形。然后,俩人拉开架势,在酒店里玩起假扮的国王与王子的游戏,你一言我一语耍贫胡闹了一番。

第三幕

格兰道尔城堡。霍茨波、伍斯特、莫蒂默、格兰道尔一起商议结盟起兵之事。霍茨波脾气火爆，说话咄咄逼人，顶撞了格兰道尔。然后，准备结盟的三方为谋反成功后如何划分土地发生分歧。霍茨波对格兰道尔说："凡够交情的朋友，三倍多的土地，我可以双手奉送。但要谈交易，你听好，一根头发的九分之一，我也非争不可。"格兰道尔走后，莫蒂默和伍斯特都责怪霍茨波"太固执、太任性，理应受到责备"。伍斯特更进一步坦诚批评他"粗暴易怒，不讲礼数，没自制力，自高自大，傲慢无礼，固执己见，待人轻蔑。一个高贵之人，哪怕只沾染一点儿这种毛病，便会失掉人心，使他的一切美德受到玷污，使他应得的赞美丧失殆尽"。

伦敦。王宫。众臣退下后，国王直接谴责王子："你生来就是要猛烈报复我，做上天的鞭子，惩罚我的罪孽。否则，告诉我，像这种放纵、下贱的欲望，这种可怜、卑鄙、低俗、恶劣的行为，这种无聊的娱乐、粗鲁的伙伴，所有这一切，配得上你伟大的血统吗？与王室高贵的心灵相称吗？"王子一面为自己辩解，希望父亲不要轻信谣言，一面"愿坦白承认，由于年纪尚轻，误入歧途，确实做了一些错事，请宽恕"。国王用亲身经历开导王子如何赢得民心，并教训王子"因结交低俗的市井下三烂，已失去王子的尊严：你的丑行恶态谁都看烦了，没人理你"。然后，国王称赞珀西（霍茨波）很有自己当年的风采，"比起你这个影子似的王位继承人，他更有荣耀的资格登上王位"。王子深知父王一片苦心，发誓"要用珀西的人头赎回我的罪孽。……那一刻终将来临，我要叫这北方青年用他的光荣业绩换走我的耻辱"。国王听了，倍感欣慰，称"这一誓言可消灭十万叛军"！

野猪头酒店。福斯塔夫、巴道夫在一起斗贫、打趣。见老板娘桂克丽来了,福斯塔夫说自己被掏兜,酒店成了藏贼的淫窝,老板娘则要他还欠酒店的饭钱、酒钱。王子从王宫回到酒店后,桂克丽向他告状,说福斯塔夫声称王子欠他一千镑。王子一问,福斯塔夫赶紧改口说:"一百万镑,你的爱值一百万镑。"王子趁机用粗话教训他:"你这婊子养的、恬不知耻、浑身肿胀的无赖,即便你兜里真有什么,也只能是酒店账单、妓院单据。"然后,王子告诉福斯塔夫,抢来的钱财已经归还,并为他谋了一个军职,统领一队步兵,等候领军饷和添置装备的命令。

第四幕

什鲁斯伯里附近叛军营地。霍茨波得到父亲诺森伯兰伯爵送来的信,说他重病在身,不能参战。霍茨波认为父亲不来,并不会影响战局,而且,假如万一战况不利,还可以"有个藏身之处,避难之所"。伍斯特表示担心,认为"这次起兵的特性和本质决定了,不许有任何分裂:有些不明底细的人,可能会觉得,伯爵不来这儿,是出于谋略和效忠国王,并不赞同我们的行动"。霍茨波觉得不必多虑,"他不来,更为我们的伟大事业增添光彩,壮大声威,彰显勇气"。弗农爵士来报,威斯特摩兰与约翰亲王所率七千人大军和国王本人亲率"装备精良、战力强悍的军队"正分别向这里挺进。同时,弗农爵士告知,格兰道尔两周内无法集结军队。即便如此,霍茨波仍有信心一战:"我父亲和格兰道尔均未领兵前来,/ 我们的军队足以投入这惨烈激战。/ 来吧,让我们赶紧点名集合部队:/ 末日审判临近;死也要死个痛快!"

福斯塔夫"滥用国王的征兵权,拿一百五十个士兵换了三百多镑"。因此,他招的兵就是一群衣衫褴褛的奴才,"活像画布上被财主家的狗舔疮的拉撒路①"。"整个部队只有一件半衬衫"。难怪在王子眼里，福斯塔夫带的兵简直是一群"可怜分分的流氓无赖"。福斯塔夫认为自己的兵不过是"炮灰，炮灰的命。死了填坑，跟好人没区别。咳！伙计，人总有一死，没有不死"。王子和威斯特摩兰都催促他加快进兵速度。

国王的军队到了什鲁斯伯里，霍茨波恨不能当晚决战。伍斯特发现国王兵马数量占优，劝霍茨波"等一切就绪再说"。这时，国王派布伦特爵士前来议和，开出的条件十分优厚："他承认你们立下许多功劳——他吩咐你们具体说出抱怨的缘由，他会尽快满足你们的愿望，并外加恩赏，而且，对你们和那些因受煽动误入歧途的人，一律无条件赦免。"霍茨波认为国王出尔反尔，毫无诚意，自己的父亲当初出于悲悯，对他"立誓相助"。结果，他"趁国王(理查二世)亲征爱尔兰之机，把国王留下来代理朝政的所有宠臣，一个不剩全都砍了头"。没过多久，废黜国王，又把他害死，并开始打压、迫害珀西家族。"他毁了一个又一个誓言，干下一件又一件坏事，最终逼得我们没办法，这才起兵自卫。还要追究他的王权，我们觉得他获得王位的手段太不地道，不能任其这样下去。"

约克大主教得知什鲁斯伯里的军情之后，感到"珀西(霍茨波)的军队势单力孤，恐怕一时无法与国王交战"。国王那里却

---

① 此处是对《圣经》的化用，参见《新约·路加福音》16：19—21："从前有一个财主，每天衣着华丽，过着穷奢极欲的生活。同时有一个乞丐拉撒路，浑身生疮，常被带到财主家门口，希望捡些财主桌上掉下来的东西充饥，连狗也来舔他的疮。""画布上的拉撒路"，指画布上描绘的财主的狗舔拉撒路疮这一图景。

"汇聚了全国的精英将才",而且,国王已获知他与叛军结盟。为预防霍茨波一旦战败,发生最糟的情况,大主教认为"加强防卫,抗击国王,才是明智之举"。他给朋友们写信求援。

第五幕

伍斯特和弗农去国王的营帐会谈。伍斯特提醒国王,当初整个珀西家族是国王"最早、最诚挚的朋友"。"你是我们养壮的,……我们之所以反对你,全是你自己这些因造成的果:你冷酷无情,一脸凶相,违背了我们对你的所有信任和你在起事之初向我们立下的完整誓言。"亨利王子自称"游手好闲的骑士",但为了避免双方流血,他"愿经受命运的考验",与霍茨波"单打独斗"。国王应允,并告知伍斯特,只要叛军答应和平条件,他便宽恕他们,"每一个人都可以与我重新成为彼此的朋友"。

对于战斗给人带来荣誉,福斯塔夫有自己的一笔账。在他眼里,荣誉好比空气,打起仗来往前冲,人一死,荣誉跟着消失;非但对死人,荣誉对活人一样没用,因为"诽谤受不了荣誉活着。所以,我什么荣誉也不要。荣誉不过是一件装点丧礼的纹章盾"。

伍斯特认为国王不可能遵守承诺善待他们,决定不让霍茨波知道国王提出的条件。回到军营,伍斯特直接告诉霍茨波"国王要立刻与你交战"。霍茨波生怕伍斯特在国王面前乞求了宽恕。伍斯特更进一步刺激霍茨波,"他骂我们反贼、叛徒,要用士气高昂的大军鞭打我们这个可恨的家族"。霍茨波准备应战,并要与威尔士亲王(亨利王子)一决输赢:"愿这场争斗只在我们俩人之间,只有我和蒙茅斯的哈里生死一战,再没有人在这场战斗中死于非命!"霍波茨激励将士们:"死,也死得光荣,与王公贵族同归于尽！……既然为正义而战，武器就是我们的正义。""每个人拼尽全力。我拔出这把剑，要在今天凶险的时刻冒死一战，用最高贵的鲜血染透剑锋。"

两军在什鲁斯伯里平原交战。道格拉斯杀死了假扮国王的布伦特爵士，误以为杀了国王，"大战结束，胜局已定"。原来，国王为迷惑叛军，"命许多手下穿了跟他一样的罩袍"。

福斯塔夫见到布伦特的尸体，悲叹自己带上战场的一百五十个"叫花子兵"几乎全死了。"我不喜欢沃尔特爵士得到的这种面目狰狞僵死的荣誉。我要活命：能保命，就保；保不了命，荣誉不找自来，死了拉倒。"

亨利王子负伤，坚决不肯撤下，他看到"战场上满身血污的贵族倒下横遭践踏，叛军却正在屠杀中取得胜利！"

道格拉斯与国王交战，国王身处险境。幸亏王子及时出手相救，道格拉斯败逃。

王子与霍茨波狭路相逢。霍茨波声言："哈里，你我一决生死的时刻到了；愿上帝保佑你在军中像我一样赫赫有名！"王子反唇相讥："我要把你盔顶所有含苞待放的荣誉都割下来，编成一只花环戴我头上。"

两人交手。福斯塔夫吓得赶紧装死。霍波茨重伤倒地，嘴里念叨着"哈里，你夺去了我的青春！……你赢走我的荣誉却伤透我的心"。死去。王子用带有骑士标志的饰物遮住霍茨波的脸，算是给"勇敢的珀西""一番柔情、体面的仪式"。"再见，把对你的赞美带到天国去吧！不把你的耻辱刻进墓志铭，愿它在墓穴里长眠！"

王子见福斯塔夫已死,调侃道:"这么大一堆肉还保不了一条小命吗?可怜的杰克,再见!死一个比你更好的人,我都不会这么难过。啊,假如我真那么喜欢浮华,我对你会有一种沉重的想念。"

福斯塔夫认为自己会随机应变,是"凭着大勇"装死保命,"一个人装死,而得以不死,便不是装死,这恰是货真价实完美的生命形象"。他担心霍茨波比他更会装死,拿剑刺霍茨波,然后背起尸体去找王子讨赏。王子一见,难以置信,向福斯塔夫惊呼:"我亲手杀了珀西,亲眼见你死了。"福斯塔夫不慌不忙,说霍茨波活过来以后,俩人"又激战了足足一个钟头。……就算快死了我也发誓说,他大腿上的伤是我刺的;要是他活过来矢口否认,以上帝的伤口起誓,叫他再吃我一剑"。

国王的军队大获全胜。国王下令处死伍斯特和弗农。王子请求国王由他处置被俘的道格拉斯。王子敬佩道格拉斯作战勇敢,把他放了,"不要赎金,还他自由"。

国王宣布新的平叛作战计划:约翰亲王和威斯特摩兰以最快速度赶往约克,迎战诺森伯兰和斯克鲁普大主教;国王和王子前往威尔士,迎战格兰道尔和马奇伯爵(莫蒂默)。

(下)

第一幕

诺森伯兰城堡前。诺森伯兰不断接到战报,先是巴道夫爵士带来确切消息:"你儿子运气真好,干脆利索杀了哈里王子;两个布伦特都死在道格拉斯之手;年轻的约翰亲王、威斯特摩兰、斯塔福德，全都溃败逃离。哈里·蒙茅斯手下那只肥猪，大块头约翰爵士，成了你儿子的阶下囚。"紧接着又有人来报，叛军遭到厄运，霍茨波已死。这时，从什鲁斯伯里逃回来的莫顿，向诺森伯兰讲述他如何亲眼见到王子杀死了霍茨波，道格拉斯杀死三个假扮国王的人后被活捉，"总之，国王赢了，我的爵爷，他已派年轻的兰开斯特和威斯特摩兰率领一支部队急行军，要与您一战。这就是全部消息"。诺森伯兰扔下"柔弱的拐杖"，甩掉"病态的睡帽"，鼓起勇气，要"叫每一颗心都起杀机"。莫顿一面劝诺森伯兰息怒，一面告知，"出身名门的约克大主教已经起兵，部队装备精良"。大主教以他的影响力，已"把叛乱变成了宗教"。而且，大主教还从理查二世遇害的城堡墙上，"把英俊的理查王的血迹刮下一些；这样一来，他起兵反叛就顺乎天意了：他正告那些追随者，他在保卫一个流血的国家，这个国家在伟大的布林布鲁克（亨利四世）统治下，透不过气来。所以，人们不分高低贵贱，都去追随他"。诺森伯兰决定与大主教结盟，合兵一处，对抗国王。

伦敦。一街道。福斯塔夫与曾"囚禁过亲王"的大法官不期而遇。大法官本想在什鲁斯伯里大战之前，就追究福斯塔夫盖德山拦路抢劫的罪责，因为有人控告他犯了死罪。但福斯塔夫以自己效命军旅，不予理会。大法官讥讽福斯塔夫："你白天在什鲁斯伯里的战功，为你夜间在盖德希尔山的恶行镀了点儿金。你得感谢这不平静的世道，把你的罪过平静遮掩了过去。"福斯塔夫跟大法官耍贫嘴，声称自己是"青春年华的年轻人"，遭到大法官一通奚落。大法官知道福斯塔夫将与"兰开斯特的约翰勋爵一起，去征讨大主教和诺森伯兰伯爵"，劝他今后"行为要检点，要检点，上帝保佑你征战圆满！"福斯塔夫一心只想赚钱,趁机以"弄点儿装备"为由,向大法官借一千镑。大法官严词拒绝:"一便士也没有,一便士也不给。"

约克大主教府中。海斯汀勋爵分析军情,认为只要有诺森伯兰助战,便足以与强大的国王军队开战。巴道夫勋爵出于担忧,提出在诺森伯兰援军未到之前,不可贸然进兵。"像这样一场血战,对尚未确定的后援,任何推测、期待、预想都不能算数。"大主教表示认可。但海斯汀又进一步分析,"眼下战事四起,国王已兵分三路:一路征讨法国人,一路进攻格兰道尔,第三路准来对付我们。因此,这个优柔寡断的国王只能分兵三路,再说,国库已耗空,穷得叮当乱响"。约克大主教最终决定起兵行动。

第二幕

伦敦。一街道。野猪头酒店老板娘桂克丽吵着要治安官"狼牙"把福斯塔夫抓走,因为他欠账不还。看见大法官来了,桂克丽又喊冤叫屈。大法官质问福斯塔夫:"一个好端端的人,谁受得了这种暴风雨般的喊叫?你逼得一个穷寡妇用如此撒野的方式来讨债。"福斯塔夫抵赖狡辩,大法官义正词严:"约翰爵士,你弄虚作假的这一套,我太熟了。你一副若无其事的神情,你一大串粗鲁无耻的言辞,改变不了我的公正判断。依我看,你骗了这个生性慷慨的女人,叫她把钱袋儿和身子都拿来供你享用。"见情形有点儿不妙,福斯塔夫把桂克丽拉到一边,连哄带骗。最后,桂克丽不仅不催账了,又借给福斯塔夫一笔钱。

伦敦。另一街道。王子听说父亲病了,心情不好。他把波恩斯当朋友,向他袒露:"以我这只手起誓,你以为,我跟你和福斯塔夫一样，因胡作非为、不思悔改，早在魔鬼簿上挂了号：判断一个人，结果说了算。但我告诉你，我父亲有病在身，我心底在流血；只是跟你们这些下人混在一起，总不能让你们看出我的悲伤。"波恩斯当然不明白，王子成天跟他们混在一起，只是消遣解闷。王子打算再捉弄一次福斯塔夫，既能看到他的"真面目，又不被发现"。波恩斯出了个好主意："套上皮坎肩，系上围裙，像跑堂儿的，到桌边去侍候他。"

诺森伯兰城堡前。诺森伯兰决定起兵，助战约克大主教，"我若不去，一切无法挽回"。霍茨波之妻珀西夫人强烈反对，她翻出什鲁斯伯里之战的旧账："我心爱的哈里，多次放眼北望，盼着父亲的援军；却盼来了一场空。……你撇下了他，他孤身一人，没有你的支持——那一场激战，他身处劣势，你却让他面对恐怖的战神。"她认为大主教和典礼官毛伯雷兵强马壮，实力远在当时霍茨波之上。见诺森伯兰仍想去"历险"，诺森伯兰夫人干脆建议丈夫："逃往苏格兰吧，等那些贵族和武装起来的平民试过身手，看情况再说。"婆媳俩终于说服了诺森伯兰："我很愿加入大主教的阵营，但几千条理由阻止了我。我决定去苏格兰，在那儿静观，时机一到，我再乘势出手。"

野猪头酒店。福斯塔夫、桂克丽、道尔·蒂尔西特、皮斯托、巴道夫，凑在一起，插科打诨，喝酒胡闹。结果，福斯塔夫和皮斯托拔出剑来大打出手，吓得桂克丽心惊肉跳。巴道夫把皮斯托赶走后，王子和波恩斯扮成店伙计进来侍候。福斯塔夫跟道尔一边调情一边打趣，说王子是"一个浅薄的好小伙儿"，波恩斯"还不如一根棒槌有脑子"。逗得道尔开心地说："我爱你，胜过我爱过的所有下流臭小子。"等王子露出真面目,并要治福斯塔夫诽谤王子之罪,福斯塔夫马上改口:"我没诽谤,哈尔,以我的名誉起誓,没诽谤。"福斯塔夫又胡扯臭贫半天,国王的信差到了,要福斯塔夫立刻进宫,随军平叛。

第三幕

威斯敏斯特宫。国王生病,睡不着觉,感叹命运在睡眠上对待王者和贱民如此不公:"那么,幸福的贱民,睡吧! / 头戴王冠者,却难以入眠。"国王不禁回想当年,诺森伯兰曾与理查二世交情深厚,两年之后,他俩兵戎相见;八年前,诺森伯兰还与自己最为亲近,甚至当面顶撞理查王,如今,友情破裂。沃里克伯爵安慰国王:"每个人生命中都有一本史书,重述着过往的岁月留痕;透过这本书,可以准确推测、预见尚未发生的事情的可能结果。"国王听说大主教和诺森伯兰兵合一处,共有五万大军,十分担心。沃里克以灵魂担保,国王派去的军队将轻松取胜,班师回朝。同时,为让国王安心静养,告知格兰道尔已死。

格洛斯特郡沙洛治安官家中院内。沙洛和助手沙伦斯在等福斯塔夫来招募新兵。征兵对福斯塔夫来说,是赚钱的大好时机。福斯塔夫照着征兵花名册点名,身体强壮的,只要给他钱,就能免除兵役。好容易征到"霉头""阴影""疣子""病秧子""牛犊子"几个兵,巴道夫告诉福斯塔夫,他私下收了"霉头"和"牛犊子"的钱。福斯塔夫发话,马上把他俩的兵役免除。

第四幕

约克郡。高尔特里森林。大主教告知毛伯雷和海斯汀,收到诺森伯兰的来信,大意说:"他本打算亲率一支与他身份相称的大军，前来此地；结果未能招募到这样一支军队，因此，只好先撤到苏格兰，等时来运转了再说。他在信尾真心祝福我们，挺过危险，在与敌人的恶战中获胜。"

威斯特摩兰伯爵受主帅约翰亲王委派前来谈判，他质问大主教："为何要变书本为腿甲，变墨水为鲜血？为何非要把笔变成矛枪，把神圣的舌头变成响亮的军号和战争的腔调？"大主教陈述冤情，称起兵纯属迫不得已，"眼下，每一分钟发生的事例，都迫使我们穿戴这些不合身份的盔甲。我们并非要破坏和平，哪怕只是一小部分和平；相反，我们要建立真正的和平，名正言顺的和平"。威斯特摩兰表示，自己前来，"是为了解你们的苦衷；并告诉你们，亲王殿下愿意恭听详情。倘若提出的要求是公正的，他一定满足你们，——把一切抛开，他绝不把你们当作敌人"。毛伯雷认为亲王惧怕叛军实力，这个提议是逼出来的。威斯特摩兰反驳："我军个个身披坚甲；我军师出有名，不在话下，因此，士气高昂，理所当然。断不能说我方的提议是逼出来的。"毛伯雷打定主意，"不许跟敌人谈判"。海斯汀有意谈判。大主教拿出一个单子交给威斯特摩兰，提出上面"所列每一条款必须解决；我方所有人员，在这儿和不在这儿的，凡参与这次行动者，一律依法赦免；全部满足我方提出的相关要求和意愿"，便于"我方军力拥戴和平"。威斯特摩兰走后，毛伯雷觉得国王不可信任："就算我们甘愿为国王尽忠效命，死不足惜，国王对我们也会像狂风中扬谷，看我们这些谷粒轻如糠皮，好坏难分。"一心祈愿和平的大主教安慰他："只要我们好好和解，我们的和平，就像重接的一只断臂，会变得更有力量。"

森林中另一部分。约翰亲王与大主教、毛伯雷、海斯汀谈判。亲王指责大主教起兵造反，危害和平。大主教据理力争，声言"是混乱的时局，催逼和挤压我们采取非常这一举措，以求自保"。并拿出十足诚意："只要你答应我们最为公正、合理的要求，我们便真心臣服，使这一疯狂得到救治，驯顺地拜服在陛下御前。"亲王表示"全都同意，全都答应"："你若对此满意，马上解散军队，所有兵将各自回乡；我们也照此办理。让我们在两军阵前，共饮友情之酒，互相拥抱；让双方兵将把我们重归友善的见证带回家。"大主教下令遣散叛军，双方在阵前饮酒言欢，遣散的士兵们欢呼和平。亲王不仅未遣散军队，反而下令以叛国罪将大主教、毛伯雷、海斯汀逮捕。

福斯塔夫在追击遣散的叛军时，再立军功。他将在溃逃中疲惫不堪、倒地不起的叛军将领科尔维尔俘虏，然后向约翰亲王请功："我骑瘸了一百八十多匹驿马，一路风尘，才到了这儿，又凭我毫无瑕疵的勇敢，活捉了山谷镇的约翰·科尔维尔爵士，他可是一个最凶暴的骑士、一个威猛的敌人。"并请求"仁慈的殿下，请你回了宫，多夸我两句"。亲王表示："我以主帅的名义担保，一定把你夸得比应得的更好。"福斯塔夫心里清楚，这个亲王不喜欢自己。

威斯敏斯特宫。耶路撒冷厅。国王嘱咐儿子克拉伦斯公爵托马斯一定要和亨利王子处好关系："所有兄弟中，他对你最重情义。要珍视这份情义，我的孩子，等我死了，你得在他的威权和其他兄弟们之间，发挥高贵的调解作用。"

威斯特摩兰向国王禀报：毛伯雷、大主教、海斯汀及所有反叛，"都已受您法律惩罚。现已再无反叛之剑出鞘，和平之神四处插满橄榄枝"。紧接着，又有消息："诺森伯兰伯爵和巴道夫勋爵所率由英格兰人和苏格兰人组成的大军，已被约克郡郡长击溃。"但胜利的消息却使国王感到身体不适。

耶路撒冷厅另一室。国王自感心力交瘁，命人把王冠放枕头上，在隔壁房间的奏乐声中睡觉了。王子来看父王，见熟睡的父王"口鼻间有根轻柔的绒毛，丝毫不动：哪怕轻微呼吸，这轻飘的茸毛一定会动"。他以为父王已死，悲叹"仁慈的陛下！我的父亲！——这真是酣睡；这酣睡使多少英国国王与这顶王冠永诀。"王子感到理应从父王"那儿得到这顶王冠，论地位和血统，我乃直接继任者，它应传给我"，便把王冠戴在头上。

国王醒来，发现王冠不见了。当听说王冠被王子拿走，他愤而表示，这是王子"简直在催我死"。王子进来后，国王痛斥王子："啊，愚蠢的青年！你死命追求威权，威权迟早把你压垮。……你偷的那个东西，再过几个小时，将合理合法地属于你；可你却在我临死之际，又印证了我对你的担心。"听完父王一通责骂的陈词，王子请求父王宽恕，他跪下来，诚恳地说："假如我对这王冠的欲望，胜过爱您的荣耀，爱您的名望，就让我这样长跪不起，……刚才进来看您，以为您死了，——想到您死了，陛下，我也差点没命；——我对着王冠说话，把它当成活物，这样训斥它……我边指责它，边把它戴在头上，与它争辩，好比有个敌人要当我面害死父亲，我作为真正的王位继承人，非同他格斗不可。……假如我有任何谋逆，或自命不凡的虚妄算计，哪怕对接受这威权的象征，有一丁点儿心向往之，——就让上帝永远别把它戴我头上，……"国王为王子的真情和忠诚打动，把他叫到床前，说出这辈子的最后一次忠告："我以不光彩、不正当的手段把这顶王冠搞到手；我心里也十分清楚，它戴我头上，惹来多少麻烦；戴你头上，它会得到更多的安宁、更好的民意和更大的认同。"国王给王子出主意，避免再次燃起内战的最好办法是对外作战："叫不安分的人忙于对外作战；在外用兵打仗，可以消除他们对往日的记忆。"王子誓言："我一定要以超出常人的努力，/向所有人正当确保我的王权。"

第五幕

威斯敏斯特宫。王宫。国王(亨利四世)去世，新王(亨利五世)继位。大臣们和新王的几个弟弟都在为自己的前途担忧。新王年轻时十分放荡，曾因掌掴大法官，遭大法官囚禁。为此，大法官心里忐忑不安。但他严肃地告诉诸位亲王："我所做的，都出于荣誉，由我公正的灵魂引导；你们永远看不到，我会可怜巴巴的去乞求不值一提、必定遭拒的宽恕。若诚实、正直都不能让我无罪，我情愿到已故的先王那儿，告诉他是谁逼我来的。"

新王先打消了弟弟们的顾虑，表示他的继位"只是哈里继承哈里"："我以上天起誓，并向你们保证，……只让我得到你们的爱，我便承担你们的烦忧。还是为死去的哈里哭泣吧，我也一同洒泪；但活着的哈里，会把每一滴泪珠都变成幸福的时刻。"然后，新王试探大法官："像我这样有远大前程的王子，怎能忘你加给我的莫大耻辱？怎么！申斥、谴责英格兰王位直接继承人，粗暴地把他送进大牢！这能宽大吗？这能在忘川里洗一下就忘掉吗？"大法官面无惧色，从容应对："那时您父王把权力赋予我，我代他用权,执行他的法律。……在这番冷静思考后,判决我吧;您已身为国王,那就以国王的身份告诉我,我到底做了什么,与我的职权和身份不符,或有违陛下的王权。"新王听后,不仅不怪罪,反而宣布:"您仍要执掌法律的天平和正义之剑!"新王握住大法官的手,真诚表示:"我年纪尚轻,愿待您如父,……愿将我的意图屈躬在您睿智的指导下。——诸位亲王,我恳求你们相信我,——父王把他的桀骜不驯带进了坟墓,我的恣意放纵也随之埋葬,我愿伴着他的精神严肃生活,藐视世人对我的料想,挫败他们的预言,把他们仅凭我外在品行写下的恶名抹干净。……现在,我要召集议会。让我们选贤任能,使我们伟大的国家,与世上治国最有方的国家平起平坐。"

格洛斯特郡沙洛家中花园。福斯塔夫、巴道夫正与沙洛、沙伦斯等一起饮酒,皮斯托来道喜:"您现在是王国上下顶顶伟大的人物啦!……我马不停蹄匆忙赶到这儿,给您带了消息,带了幸运喜乐和金子般的好日子,带了值大钱的消息来。"一通贫嘴之后,皮斯托郑重地说:"约翰爵士,您乖顺的小羊当了国王。他现在是哈里五世。"福斯塔夫自认好运临头,当即吩咐"快去套马鞍子",向沙洛许愿:"国内的官儿你随便挑一个,挑了就是你的。——皮斯托,我给你双倍的荣耀。"他自信满满地表示:"我知道年轻的国王盼着我呢。甭管什么人的马我们随便骑。英格兰法律我说了算。凡我的朋友,这下有福了;那位大法官活该遭殃!"

威斯敏斯特宫附近一广场。福斯塔夫站在显眼的位置,在等加冕典礼一完,新王由此经过,必会招呼自己。他得意地对皮斯托说:"等他经过这儿,我冷眼看着他,你只管瞧他看我的眼神。"

见国王率众过来，福斯塔夫大声喊："上帝保佑陛下，哈尔国王！我尊贵的哈尔！"新王冷冷地对他说："老头子，我不认识你，跪下祷告吧；满头白发，还是一个傻瓜、小丑，成何体统！好久我都梦见这样一个人，如此贪吃滥饮、弄得浑身肿胀，又如此苍老，如此粗俗；醒来后，我便鄙视这个梦。从今往后，你要减少肥肉，增添美德，别再贪吃……"并宣布将他放逐："像放逐其他把我引入歧途的人一样，不准你在距我方圆十里的地方出现，如有违反，立即处死。至于生活费，我会给足你，不至于逼得你因缺钱而作恶。等我听说你已痛改前非，我会根据你的才能提拔你。"然后，命大法官督办此事。

沙洛要福斯塔夫马上归还欠他的一千镑，先还五百也行。福斯塔夫安慰沙洛别心急："你刚听到的那些，都是他装的。"

约翰亲王命人把福斯塔夫带到监狱去，然后称赞新王，并踌躇满志地说："我敢打赌，到不了年底，/ 内战之火将烧向法兰西；/ 我听见一只鸟如此鸣唱，/ 定会唱得国王心里舒爽。"

四、为舞台而写的"历史"人物

1. 莎剧中的"历史"是莎士比亚的历史

从《亨利四世》素材来源的"原型故事"得知，尽管剧中有些许真实的英格兰历史，但它展现的主要是莎士比亚取自多部编年史的"杂烩"的"历史"，即莎士比亚的历史。这也是莎士比亚写史剧的惯用技法。随着莎剧逐步成为文学经典，舞台上的"莎史"越来越把史书里的"英史"覆盖和屏蔽掉，致使有些出彩的剧情变成后人难以甄别的"糟糕历史"。

由此，今天的读者切不可把莎士比亚历史剧混同于英格兰历史，更不能以之替代，因为剧中那些"历史"人物，莎士比亚纯为舞台演出而写，且初衷并非要通过舞台讲述历史，而只是拿历史来表演。或许，莎士比亚只为过一段时间便把攒在手里的几张好牌自信地甩到舞台上，既满足观众，还能挣到钱。诚然，有的牌十分精彩，在舞台一亮相便在观众脑子里刻下深深印记，以《亨利四世》为例，无论身上彰显着英格兰民族精神的亨利王子，还是他的对手——"暴脾气"霍茨波，尤其那个"吹牛的军人"大胖子福斯塔夫，戏剧生命力至今不衰！不用说，作为一部戏，《亨利四世》之所以好看，皆因有福斯塔夫这个"幽默"的"老头子"！

从戏剧结构看，亨利王子与福斯塔夫两个人的联手戏，是贯穿并撑起整个上下篇的重要支点。比较而言，剧名虽题为《亨利四世》，但国王亨利四世在剧中倒似乎是配角。莎士比亚这样写福斯塔夫，今天的观众（也许主要是读者了），可能会觉得纯属天才匠心的神来之笔，除了叹为观止，无话可说。这样想，自然跟后人距离那个时代太过遥远，对产生其剧情关系的历史背景不甚了解有关。

对此，约翰·多佛·威尔逊早在其《福斯塔夫的命运》(*The Fortunes of Falstaff*)一书中便做了清晰交代："莎士比亚的《亨利四世》是都铎时代的改编本，这一题材已在英国舞台世代流行很久，直到 16 世纪上半叶才变成世俗剧。此前，它不过人类得救这一个主题，表现方法有两个：1.叙事的方式，即以奇迹剧的方式表现从创世纪到末日审判的整个救世主题。2.寓言的方式，即以道德剧的方式表现个人灵魂受到世间阴谋和恶魔毒计的残害，徘徊于生死之间,并最终得救。这两种方式在舞台上充分展现邪恶,并昭示人类得救的最高主题:黑暗势力终被光明使者打败。随着时代发展,到了中世纪,宗教剧又添了许多花样,剧情延长并变得复杂,但发展下去则物极必反。人文主义时代一经来临,都铎王朝初期的道德剧愈发显得冗长、乏味、令人生厌。于是,更短、更轻松的道德插剧取而代之。道德插剧不再把人类总体生活作为描写对象,它重在表现青年人及其常犯的丑行恶习……所有这些……都为莎士比亚提供了写《亨利四世》的模式。哈尔称福斯塔夫为'恶魔'(奇迹剧中的角色)、'罪恶'(道德剧中的角色)和'放荡'(插剧中的角色)……一句话,在福斯塔夫与哈尔的剧情关系里,含着一个历经几个世纪的混合神话。这对于伊丽莎白时代意义深远,后人则无法领会。这也是此剧被误解的原因所在。"

顺便一提,宗教剧乃奇迹剧、神秘剧和道德剧的统称。无论如何,由此不难判定,莎士比亚写福斯塔夫也有一个现成的、拿来即用的"原型模式"。

如今,该怎样赏读《亨利四世》呢?当代莎学家乔纳森·贝特(Jonathan Bate)在为"皇莎版"《莎士比亚全集》里的《亨利四世(上、下)》两联剧所写导言中,开篇即说:"《亨利四世》两联剧是莎士比亚将喜剧、历史剧和悲剧融于一体的巅峰之作。作为历史剧,它描画了一幅英格兰全景图,其社会广度胜过以往任何一部历史剧;剧情从宫廷到酒馆,从议事厅到战场,从城市到乡村,从大主教、大法官到妓女、盗贼,应有尽有。作为喜剧,它讲了一个年轻浪子走向成熟改邪归正的故事,还讲了一个老无赖(福斯塔夫)的生存术,他有一整套开玩笑、说大话,不仅有靠自己脑子,还有能叫'别人的脑子也是因我才有的'的本事。作为悲剧，它展示出一个无法逃避过去的国王缓慢的衰败；一个性急如火的年轻勇士(霍茨波)的突然死亡，这位勇士集荣耀和徒劳无益的英雄主义于一身；还有一位替身父亲(福斯塔夫)，他把生父所不能给予的温暖关爱给了王子，最后却被令人心碎地打发掉。"

对于莎士比亚的历史，剧情如何表现呢？乔纳森·贝特指出："《亨利四世》是一部双重戏，满场都是成对的人物。剧中有两对父子——亨利四世和亨利王子；诺森伯兰和霍茨波。还有一对年轻男主角的替身父亲——约翰·福斯塔夫爵士和大法官。还有多对手足兄弟，包括哈里亲王和约翰亲王、诺森伯兰和伍斯特、霍茨波和他内弟莫蒂默、沾亲带故的老哥俩儿沙洛和沙伦斯，以及打趣逗乐的江湖兄弟①。"

事实上，在剧中设置成对人物，是莎士比亚一成不变的戏剧手法，其中最重要(或可说唯一)的原因，绝不在莎士比亚想在艺术上有所突破，而实在是由于舞台狭小。单以1599年落成的环球剧场为例，台上可供表演的空间十分有限。因此，在剧中设计一场又一场成对人物的联手戏或对手戏(甭管他们是否父子，或兄弟，或仇敌)，成为常态。换言之，无论在大一点、长一点，还是小一点、短一点的场景，总有两个人或"联手"或"对手"的戏走马灯似的上演，以此推进剧情，并牢牢吸住观众眼球，吊足观众胃口。说穿了，莎剧秘籍只有一条：为舞台而写。

诚然，让人物在舞台上成对出现，只是莎剧之妙的外在形

①哈尔在酒店结识的那帮以内德·波恩斯为带头大哥的盟兄弟。

式,驾轻就熟地运用各种显性、隐性对比塑造和刻画人物,才是其内在之堂奥。拿《亨利四世(上)》来说,国王与王子、哈尔与福斯塔夫这两对人物的联手戏,同亨利王子和霍茨波这对人物的对手戏,构成了三足鼎立的戏剧结构。此外,纵观上下篇,类似的联手戏很多,对剧情和结构起到不可或缺的转承启合和烘托作用,包括哈尔与波恩斯、伍斯特与弗农、约克大主教与毛伯雷、福斯塔夫与巴道夫、福斯塔夫与老板娘桂克丽、桂克丽与妓女道尔、福斯塔夫与道尔、福斯塔夫与侍童,等等,不一而足。两相比较,下篇对手戏少一些。尽管下篇有两个对手戏:约翰亲王(及威斯特摩兰)与约克大主教、福斯塔夫与大法官,但从整个结构来看,下篇显得比上篇略弱,剧情似也不如上篇精彩。但下篇的戏谑、甚至胡闹场景多过上篇,尤其福斯塔夫一出场就少不了插科打诨,再加上与桂克丽斗嘴、与道尔调情、招募新兵等桥段,使下篇的喜剧效果明显超过上篇。或者说,福斯塔夫在下篇里比上篇更放荡、更贪色、更无赖,也更逗乐、更有趣,同时也使他最后遭弃显得更悲凉。

2. 两个"亨利":亨利四世与亨利王子

"整个王国如此动荡,满目疮痍。"这是《亨利四世(上)》一开场,国王(亨利四世)说的第一句话。为结束内战,不忍再看手足相残,国王决定"立刻征召一支大军",远征圣地耶路撒冷,"把那些异教徒驱逐"。恰在这时,传来莫蒂默和霍茨波各自所率王军在威尔士和苏格兰边境激战的军情,前者落败被俘,后者刚结束厮杀,胜局已定。远征计划只得取消。

然而,国王始终不忘对外作战这项基本国策,临终前,他一再叮嘱儿子："我的哈里，你的策略是叫不安分的人忙于对外作战；在外用兵打仗，可以消除他们对往日的记忆。……这王冠我是怎么弄到手的，啊，上帝，宽恕我；愿它让你安享真正的和平！"可见，国王心里非常清楚，是他不择手段攫取王冠导致了国内叛乱四起。他希望通过儿子合法继承他的王位，使他的攫取变得合法，以实现王国"真正的和平"。说完，当他问明旁边的寝宫是"耶路撒冷厅"，便瞬间宿命地感觉，此处应是他寿终正寝之地："赞美上帝！——想必我会在这儿结束此生。许多年前曾有预言，说我只要人不在耶路撒冷，就不会死，我还异想天开以为指圣地。——抬我去那间屋，我要死在那儿。/ 哈里死也要死在那间耶路撒冷。"【下 4.5】

亨利四世自称"哈里"，他对儿子（威尔士亲王）昵称"哈里"。故此，《亨利四世（下）》第五幕第二场，当国王去世，哈里王子继位，成为亨利五世之后，跟包括约翰亲王在内的三个弟弟见面，说的第一句话是："弟弟们，你们在哀伤中混杂了些恐惧，这是英国宫廷，不是土耳其宫廷；不是阿木拉继承另一个阿木拉，而只是哈里继承哈里。"为打消弟弟们心底的恐惧，新王特意拿"阿木拉"举例。阿木拉（Amurah）即土耳其苏丹穆罕默德三世（1566—1603），于 1574 年继位之后，把十六个弟弟全都绞死。其后，他的继任者如法炮制，也将所有兄弟处死。因此，对内心充满疑虑、甚至恐惧的弟弟们来说，"只是哈里继承哈里"这句话如同一颗定心丸。①

---

① 从时间即可判断，这句台词是莎士比亚说的，因为生于 1387 年的亨利五世比阿木拉年长一百七十九岁。

接着，新王又以慈父般的兄长口吻，安慰尚沉浸在丧父之痛中的三个弟弟："既如此，那就哀伤吧；但好兄弟们，别悲伤过头，所有的痛苦我们共担。对于我，我以上天起誓，并向你们保证，我愿是你们的父亲，也是你们的兄长；只要让我得到你们的爱，我便承担你们的烦忧，还是为死去的哈里哭泣吧，我也一同洒泪；但活着的哈里，会把每一滴泪珠都变成幸福的时刻。"【下 5.2】

昔日那个放荡浪子，真变成一代人君英主了吗？

至少约翰亲王心存疑问，直到新王正式宣布，仍由大法官"执掌法律的天平和正义之剑"，并宣布放逐福斯塔夫，他才心安："国王这样处理，我很满意。他本打算把他往日那些手下的生活安顿好，这下把他们都放逐了，直到他们的品行在世人眼里变得明智、谦逊再说。"【下 5.5】

要知道，曾几何时，这位放荡王子曾在枢密院当众掌掴大法官，被大法官判处囚禁，事后还遭到父王严训："你因行为过激，已失去枢密院的职位，由你弟弟补缺；你在整个宫廷和王室贵族的心里，几乎形同路人。"【上 3.2】而今，新王竟不计前嫌，——"您确实监禁过我，为这个，我也要把您一直用的、从未玷污过的佩剑，再交给您；记住这一点，——您要像当初对我那样，大胆、公正，以不偏不倚的精神使用它。"——并把大法官认作义父，"愿将我的意图屈躬在您睿智的指导下"。【下 5.2】

要知道，福斯塔夫才是众人眼里新王最该报答的义父，可眼下，新王竟下令把他放逐了！

到这个时候，约翰亲王才真的相信这位新国王的允诺："诸位亲王，我恳求你们相信我，——父王把他的桀骜不驯带进了坟墓，我的恣意放纵也随之埋葬，我愿伴着他的精神严肃生活，藐视世人对我的料想，挫败他们的预言，把他们仅凭我外在品行写下的恶名抹干净。"【下 5.2】

在此，必须先提一下，这位直到上篇第五幕第四场什鲁斯伯里两军阵前才露脸，台词没说几句，角色作用更无足轻重的约翰亲王，在下篇变得举足轻重了。莎士比亚这样做，无非拿这个少年老成，在福斯塔夫眼里从来不苟言笑的约翰亲王，跟放浪王子形成鲜明对比。兄弟俩的直接对比，来自两场决定性的战役。可以说，上篇的重头戏，什鲁斯伯里之战的胜利，是亨利王子以一己之神勇，击败道格拉斯、救下父王、杀了霍茨波，出生入死赢得的；下篇的重头戏，约克郡高尔特里森林之战的胜利，则是约翰亲王靠公然背信弃义，撕毁与约克大主教所率叛军商定的和平协议，不费吹灰之力赚得的。

诚然，可以替老谋深算的约克大主教美其名曰，是他对和平的渴望蒙住了军事谋略的双眼，他竟然愚蠢到盲信一纸协议，立刻下令解散军队。而年轻的约翰亲王深谙兵不厌诈，签下协议，兵马未动，转瞬之间，不仅将约克大主教、毛伯雷擒获，并下令追击叛军。

乔纳森·贝特认为，约翰亲王在此用了"马基雅维利的策略"，并由此反问："莫非这意味着哈里亲王成了马基雅维利的忠实信徒？"因为主张为政治目的不择手段的马基雅维利认为，一个有为的君王可以指使别人为自己干下卑鄙勾当。

从文本来看，贝特的反问显然不成立。首先，1422 年亨利五世去世时，马基雅维利(Machiavelli, 1469—1527)还没出生。因此，即便约翰亲王巧施这个"策略"，也是莎士比亚"指使"他干的。其次，倒能从中觉出，莎士比亚似有意将这位"属于未来"的哈里亲王，塑造成不耍奸弄诈的信义之君。因为他那始终无法"逃避过去"的父王，正是用这样的"策略"，不仅篡了王位，还指使人谋杀了理查二世，直到临终还饱受罪孽的煎熬："上帝知晓，我的儿子，我以不光彩、不正当的手段把这顶王冠搞到手；我心里也十分清楚，它戴我头上，惹来多少麻烦；戴你头上，它会得到更多的安宁、更好的民意和更大的认同。因为攫取王冠的所有污点将随我一起入土埋葬。"【下 4.5】除了"攫取王冠"，从什鲁斯伯里之战同样可见国王乃使诈高手：他为迷惑叛军，命许多将领穿上国王的罩袍。

有了以上铺垫，可以更进一步对比两个"亨利"，其中有两重对比清晰可见：一、篡位国王与放荡王子的对比；二、国王对在取得王位过程中力挺、襄助过自己的贵族，尤其珀西家族，可谓忘恩负义，背信弃义，而王子"忘恩""背弃"的只是成天跟自己鬼混的福斯塔夫。

尽管国王与王子同时出场的联手戏不多，只上篇、下篇各有一场在王宫的戏，但其在结构上的作用十分重要。

上篇第三幕第二场，痛斥王子之前，国王先自责一番："我不知这是否是上帝的安排，还是我所作所为(指自己犯下的篡位并谋杀理查二世的罪孽)冒犯了上帝，因此，上帝才暗中审判，给我养出这样的后代，报复我，惩罚我；而你的人生经历又使我相信，你生来就是要猛烈报复我，做上天的鞭子，惩罚我的罪孽。否则，告诉我，像这种放纵、下贱的欲望，这种可怜、卑鄙、低俗、恶劣的行为，这种无聊的娱乐、粗鲁的伙伴，所有这一切，配得上你伟大的血统吗？与王室高贵的心灵相称吗？"王子很诚恳："我愿坦白承认，由于年纪尚轻，误入歧途，确实做了一些错事，请宽恕。"

之后，国王向王子传授故作低调的为人之道、权谋之术："由于我很少抛头露面，一旦像彗星一样出现，便引起轰动，……我用取自上天的所有礼貌，摆出一出谦恭姿态，赢得了民众内心的效忠，他们甚至当着国王的面，向我发出欢呼致敬。就这样，我让自己的形象保持新鲜，每一次露面，便像教皇的袍服，不引起惊叹，绝不出现。我的威仪也这样，极其罕见，却极尽奢华，……而那位轻浮的国王，……糟蹋了自己的尊严，跟喋喋不休的傻瓜（指弄臣、小丑）瞎混，任凭他们的讥笑亵渎他伟大的名字；……他与市井小人结伴为伍，为讨好百姓，他恨不得把自己卖喽。……你就是这类人，哈里，这正是你的处境，你因结交低俗的市井下三烂，已失去王子的尊严；你的丑行恶态谁都看烦了，没人理你。只有我，还惦记多看你两眼。"王子再次诚恳表示："最仁慈的父王，从今往后，我说话做事，一定更符合王子身份。"

然后，国王道出他最担心、害怕的："无论哪个方面，这时的你都正如当年的理查，那时我刚从法国回来，在雷文斯堡登陆；而当年的我又恰似眼前的珀西。现在，以我的权杖，再加上我的灵魂起誓，比起你这个影子似的王位继承人，他更有荣耀的资格登上王位。他没有正当权利，连正当权利的借口都找不着，可他的铁骑却在王国各处驰骋，挥师向武装到牙齿的狮子挑战。他年纪不比你大，却能带领卓有声望的贵族和令人尊敬的主教，挑起血腥的厮杀和毁灭性的战争。"

国王为何如此担心珀西(霍茨波)呢？对此,他在上篇第一幕第一场便从霍茨波桀骜不驯、敢于拒交俘虏有了切身感受:"我已失掉君王应有的尊严,而骄傲者从来只向骄傲者致敬。"并从伍斯特的眼睛里"看到了险恶与不忠。啊,先生,你在我眼前一站,那架势有多么骄狂、专横;君王决不容忍臣仆的眉宇间,露出凶险的神情。"

珀西家族又为何敢于犯上谋反呢？上篇第四幕第一场,先是终于了解内情的霍茨波,慷慨陈词,对这位篡位的国王十分鄙夷:"我父亲、我叔叔和我,把他现在享有的至尊王权给了他;那时候,他身边不过二十六个随从,饱受冷遇,可怜巴巴;一个贫穷、遭漠视的放逐之人①偷偷回来,我父亲迎他上岸。他亲耳听见他对上帝发誓,说回国只为继承兰开斯特公爵之位,恳求恢复名下的土地和封号,与国王寻求和解;他流着无辜的眼泪,言辞恳切,诚心可鉴,——我父亲一时心软,顿生悲悯,立誓相助,并付诸行动……很快,——大人物就明白自己何其尊贵,……野心越来越大;……单凭这副貌似正义的面目,他赢得了想要谋取的人心。他继而着手下一步行动:——趁国王(理查二世)亲征爱尔兰之机,把国王留下来代理朝政的所有宠臣,一个不剩全都砍了头。"对这血腥的一幕,国王自己从没忘过,在下篇第四幕第五场,他在临死前对王子直言:"最初,我靠他们的凶猛厮杀登上王位,所以,我有理由心藏恐惧,怕他们再次以武力手段把我取代。

---

① 理查二世放逐了亨利·布林布鲁克,亨利父亲死后,亨利回国,但应由他继承的土地和封号已被理查二世剥夺。

为避免这种情况发生,我把他们砍了。"

由此,又完全可以理解,为何伍斯特对国王一直怀有不臣之心,并终于在什鲁斯伯里决战前夕去国王营帐谈判时,对国王毫不留情,严词指斥:"可我必须提醒你,陛下,我们是你最早、最诚挚的朋友。为你,理查当朝时,我弄断权杖①,纵马星夜飞奔,半路迎你,吻你的手;那时,你的地位、身价远不及我的牢固、幸运。是我,我哥哥和他儿子,大胆藐视当时种种危险,护送你回家。你向我们发誓,……绝无半点威胁王国的图谋,……为你这一要求,我们发誓出手相助。但很快,幸运像雨点一样掉在你头上,……你是我们养壮的,可对我们却像布谷鸟对麻雀一样残忍②,——硬占了我们的巢穴;你在我们喂养下长成一个庞然大物,却弄得我们中爱你的那些人,甚至不敢走进你的视线,怕被你一口吃掉。为了自身安全,我们展开敏捷的翅膀,被迫飞出你的视线,集结起现在这支军队;我们之所以反对你,全是你自己这些因造成的果:你冷酷无情,一脸凶相,违背了我们对你的所有信任和你在起事之初向我们立下的完整誓言。"从此也可见出莎士比亚戏剧结构上的精妙。

对珀西家族所做的一切,国王心知肚明。但王位在手,他已不在乎这些,只在乎如何保住王位。因此,他要激起王子的豪勇血性。

激将法起了作用,王子当即掷下誓言:"我要用珀西的人头

———————

① 伍斯特伯爵原为理查二世的宫廷总管,后辞官不做,效忠布林布鲁克。

② 布谷鸟把蛋产在麻雀之类别的鸟的巢穴,待幼鸟长得身强力壮,将麻雀挤走,把巢穴占为己有。

赎回我的罪孽,总有那么一次,打了胜仗之后,我身穿血染的征袍,脸上涂着一副血面具,向您放胆直言——我是您的儿子。清洗满脸血污之时,便是我刷掉耻辱之日。……陛下,珀西只是我的代理人,他不过以我的名义积攒起光荣的业绩;我得跟他算清这笔账,要他放弃所有辉煌,……以上帝的名义,我在此承诺,一定说到做到。假如事成之后,我命犹在,恳求陛下可以治愈我那放纵养成的长年创伤;假如功败垂成,生命的终结便将所有欠债一笔勾销。我宁愿死十万次,也不愿丝毫违背这一誓言。"国王要的就是这一句,他欣慰地说:"这一誓言可消灭十万叛军——我非常信任你,有重任相交。"

然而,接下来,剧情又安排王子没事人似的回到野猪头酒店,继续过逍遥自在的浪子生活,父王的训斥仿佛耳旁风一般,直到第五幕第一场,在什鲁斯伯里的国王营帐,浪子摇身一变,成了一位威风凛凛的勇士,让前来谈判的伍斯特带话给霍茨波,要与他"单打独斗"。再之后,便是在第五幕第四场,王子负伤,不仅不撤出战斗,反而愈战愈勇,危急关头杀退道格拉斯,救了国王一命。这时,国王的一句心里话:"你已挽回失去的名誉,这次你救了我的命,表明你对我还有几分关心。"给了王子洗白自己的最好时机:"啊,上帝!他们把我害惨了,说我巴不得你死。如果真这样,我完全可以任由道格拉斯对你痛下杀手;那会像世上所有毒药一样迅速要你命,省得你儿子背信弃义。"

什鲁斯伯里之战,使两个"亨利"结成一条心。

两个"亨利"第二场、也是最激烈而精彩的联手戏,发生在下篇第四幕第五场。

在此之前，国王的身体每况愈下，经常彻夜难眠。他甚至诅咒睡眠为何要与国王结仇："你为何情愿倒在烟熏火燎的茅屋里，躺在不舒服的草垫上伸展四肢，任由夜蝇嗡嗡着催你安然入梦，却不肯来伟人熏香的寝室，躺在富丽的床帐里，伴着最甜美的乐音入眠？"

第四幕第四场，当威斯特摩兰向国王禀报高尔特里森林平叛之战的胜利："约翰亲王，您儿子，命我向您吻手致敬。毛伯雷、主教斯克鲁普、海斯汀及所有反叛，都已受您法律惩罚。现已再无反叛之剑出鞘，和平之神四处插满橄榄枝。"他并未显得多么喜悦。紧接着，又传来捷报："诺森伯兰伯爵和巴道夫勋爵所率由英格兰人和苏格兰人组成的大军，已被约克郡郡长击溃。"可这些令人振奋的好消息，却让国王感觉身体不适："莫非命运女神永不双手同时捧满厚礼，而只会用最污秽的字母写下最美丽的词句？……此时听到这样的好消息，我该高兴才对，可我觉得头晕目眩。——天哪！靠近我，我难受死了。"

第四幕第五场，国王自知来日无多，命人立召王子进宫，并叫人取来王冠，放在枕头上。然后，众人退去。身心俱疲的国王安然入梦。恰在此时，王子进来，见王冠置于枕上，而父王竟然没了呼吸，他一边慨叹："仁慈的陛下！我的父亲！——这真是酣睡；这酣睡使多少英国国王与这顶王冠永诀。您应从我这儿得到泪水和身心沉痛的伤悲，这些本是我的天性、真爱和孝心，应丰饶付给您的，啊，亲爱的父亲！"一边取了王冠，戴在头上离开。

国王尚未断气，王子却偷取王冠，致使波澜突起，父子一下成为对头。在此，不能不惊叹，莎士比亚总有本事在剧情的自然推进中,一次又一次制造出乎意料的冲突,并于不经意间把冲突制造得扣人心弦,然后在冲突的峰顶,再让冲突安全降落。

以两个"亨利"的这场联手戏为例。国王醒来,不由分说责骂王子:"哈里,你心随所愿了。我活得太久,叫你等得心烦。你如此渴望我空出的王座,不等时机成熟,先把王冠戴上,是这样吗?啊,愚蠢的青年!你死命追求威权,威权迟早把你压垮。……你偷的那个东西,再过几个小时,将合理合法的属于你;可你却在我临死之际,又印证了我对你的担心。……你思想里深藏一千把短剑,在你铁石的心上磨砺,刺向我只剩半个小时的残生。怎么?连半个小时都不能忍吗?……现在,嘲弄一切成规的时刻就在眼前——亨利五世加冕王!……游手好闲的傻瓜们,都从各地向英国宫廷聚集吧!现在,邻国总算可以清除人渣了。赌咒、酗酒、跳舞、夜里狂欢、拦路抢劫、谋财害命,用最新的手段犯下最旧的罪恶,这样的恶棍,你们有吗?欢笑吧,……因为哈里五世把阻止野狗咬人的口套扯了下来,那狗牙会咬进每个无辜者的肉里。啊,我可怜的王国,内战使你病倒!当我心力所及,尚不能抑制暴乱;一旦你孤身面对暴乱,该如何是好?啊,你又将变成一片荒野,百姓将和狼群,你的老住户,比邻而居!"在国王看来,这个"死命追求威权"的未来国王,将把英格兰引向暴乱、毁灭。

王子袒露心扉,为自己辩解:"上帝为我作证,我刚一进来,见陛下没了呼吸,我的心一下子冰冷透底!……刚才进来看您,以为您死了,——想到您死了,陛下,我也差点没命;——我对着王冠说话,把它当成活物,这样训斥它'与你共生的焦虑毁了父亲的身体;因此,你,是最纯的黄金,也是最劣的黄金;别的金子,倒因不如你纯，可以入药保命，比你更金贵，而你，最精纯，最荣耀，最显赫，却会把戴上你的人吃掉'。就这样，尊贵的陛下，我边指责它，边把它戴在头上，与它争辩，好比有个敌人要当我面害死父亲，我作为真正的王位继承人，非同他格斗不可……"

国王转瞬顿悟："啊，我的儿子，上帝给你把它拿走的想法，是为了让你通过如此机智的巧辩，赢得更多父爱！过来，哈里，坐我床边，听我可能是这辈子的最后一次忠告。(亨利王子起身)……王冠对于我，似乎是一只不守规矩的手硬抢来的尊荣，很多活着的人骂我靠他们出手相助才得到它；这些责骂每天都在滋长争斗和流血，伤害了应有的和平。你亲眼看见，我对这些可怕的祸根，冒着危险一个一个击退，我的整个统治只不过演了一出情景剧。现在，我的死把这出戏的基调变了。本不该由我继承的东西落在你身上，就公正多了。所以，你戴王冠名正言顺。可是，尽管你比我当初站得稳，却还不够牢靠，因为冤情尚未治愈；我的所有敌人，我刚拔掉他们的利刺尖牙，你必须把他们都变成自己的朋友；……眼下，我打算把许多人派往圣地，免得他们闲来生事，惦记我这近在咫尺的王位。"

至此，从上篇开始引出的整个这部两联剧的所有冲突，水落石出了。这时，正好解答国王眼里那个"影子似的王位继承人"——浪子，与"属于未来"的那个国王——亨利五世，是同一个人！

原来，这一切都是王子在自我进行着"内我"(王子)与"外我"(浪子)的对比，或可以说，《亨利四世》的核心就是莎士比亚让王子自导自演一出浪子当国王的戏。这也是王子迥异于国王的地方,其实,早在上篇第一幕第二场,王子便设计好了自己的未来之路:"我要仿效太阳。暂时允许恶浊的乌云,向世人遮住它的壮美。但当它来了兴致,只要它愿意,它便冲出要把它窒息的邪恶、丑陋的云雾,再现辉煌,令久违了的人们更为惊叹。倘若人们一年到头休假玩耍,游乐便像工作一样冗长乏味;人们期盼假期,只因以稀为贵;也只有稀罕事,能叫人兴致满怀。因此,我一旦抛弃放浪形骸,还清从未承诺要还清的欠债,我一定远比允诺过的做得更好,从此破除世人对我的偏见。像暗底衬托发亮的金属,我要让自新在过错上闪光;只有错误陪衬下的改过,更显精进、更引人注目。"

王子的这一为人处世之道,又与国王当初在理查二世面前故作姿态的低调,形成一种对比,构成一种暗合。

如此,王子在下篇第四幕第五场,第一眼见到枕头上的王冠时所说的话,便是自己许给未来的誓愿:"亲爱的父亲!我应从您那儿得到这顶王冠,论地位和血统,我乃直接继任者,它应传给我。(取王冠置于头上。)瞧,王冠戴头上了,——上帝要保护它;哪怕全世界的力量都集于一只巨大的手臂,它也休想从我头上把这继承的荣耀夺走。您把这顶王冠传给我,我会照样把它传给下一代。"

尽管这时尚未正式加冕,但这个时候,王子完全不在意,他试戴在头上的这顶王冠,是父亲从别人(理查二世)头上攫取来的。

关于加冕,约翰·多佛·威尔逊特别提到《亨利四世》中有两次加冕典礼:一次是上篇第二幕第四场,在野猪头酒店,给英国的罗马酒神巴克斯（福斯塔夫）加冕，福斯塔夫随便拉把椅子当王座，头上顶个垫子当王冠；另一次是下篇第五幕第五场，哈里王子加冕为亨利五世。

虽然第一次加冕不过是哈里王子同福斯塔夫喜剧式的逢场作戏，逗趣开心，第二次才是他在重新任命大法官之后真正加冕，并随后立刻放逐了福斯塔夫，但威尔逊想由此表达的是："英国民族精神起飞向来需要两个翅膀——自由和秩序。在所有莎剧中，《亨利四世》表现英国民族精神最明显，也最完全……对莎士比亚而言，他体现的是贵族义务、恢宏气度、高尚行为、尊重法律，及对责任忘我的献身精神，这些都是历来人们理想中一个公仆所必备的美德。"莫非莎士比亚一开始就想好了，要把浪子回头的亨利五世塑造成具备所有这些美德的一代明君圣主？

今天回首再看《亨利四世（上、下）》两联剧和《亨利五世》这一完整的史剧"三部曲"，不言自明，《亨利四世（上、下）》是《亨利五世》的前奏。毕竟，在当时英国人眼里，只在位九年的亨利五世乃雄才大略之君王，阿金库尔一战击败法兰西，这是中世纪任何一位英格兰国王从未取得过的辉煌战绩。

或许，莎士比亚最初写《亨利四世（上）》时，根本没想过这些。有什么关系呢，因为一代又一代后人所说的莎士比亚，早已超出了莎士比亚自身。

3. 两个"哈里"：亨利王子与霍茨波

出于塑造人物的需要，剧情除了把王子和霍茨波两人年龄拉平，还让他俩的昵称有一种对应，一个是哈里·珀西（霍茨波），一个是哈里·蒙茅斯（亨利王子），两个"哈里"（Harry）。最后什鲁斯伯里决战,前一个反叛的哈里被消灭,后一个哈里成为英格兰之"星",实现了霍茨波开战前所说:"哈里对哈里,烈马对烈马,不拼杀到两人有一具尸首掉下马来,决不罢休。"【4.1】

"霍茨波"(Hotspur)是音译,有脾气暴躁、心急如火之意,恰是哈里·珀西的性情写照,他赢得这个绰号可谓实至名归。估计梁实秋在译这个绰号时,一下联想起《水浒传》中的秦明,遂给哈里·珀西起名叫"霹雳火"。从字义来看,似乎"暴脾气"更妥帖。

另外,"霍茨波"的拼法由"热(Hot)"和"马刺(spur)"两词相加而成。由此,在下篇第一幕第一场,特拉弗斯向诺森伯兰禀告什鲁斯伯里之战的军情时,说的是"叛军厄运临头,血气方刚的哈里·珀西马刺已冷"。他用"马刺已冷"表明霍茨波已战死疆场。这个比喻很妙,因为人活在世,骑在马上纵横驰骋,须不断踢马刺,策马飞奔,直踢到马刺发热,疆场之血腥残酷可见一斑;骑手一死,马没人骑了,马刺自然变冷,故而诺森伯兰反问道:"'热刺'变'冷刺'了?叛军遭了厄运?"。这样的用词之妙,中文翻译完全可以体现出来。

两个"哈里"在什鲁斯伯里决战前,从未在剧中谋面。他俩的对比,都是经别人之口。而此之前的所有对比,似乎都预示着一旦战场相遇,哈里王子绝非霍茨波的对手。只有王子自己不这样想。莎士比亚为将《亨利四世》中的放荡王子,最终在《亨利五世》里变成一位远征法兰西的英勇国王,得颇具匠心地让他在两个"哈里"的对比中后来居上。

一开始,霍茨波在两个"哈里"的对比中明显占上风。上篇第一幕第一场,亨利四世慨叹:"一万名英勇的苏格兰人和二十二名骑士,陈尸在霍尔梅敦原野他们自己的血泊里……擒获的俘虏中,有败军之将道格拉斯的长子法伊夫伯爵莫达克",还有几位伯爵。这"值得君王骄傲的战绩"是神勇的霍茨波赢得的。由此,国王立刻嫉妒起诺森伯兰,因为他儿子霍茨波:"是众口称颂的焦点,是林海最挺拔的秀木,是命运女神的宠儿、骄子。"转念一想,"再看我儿子,年轻的哈里,眉宇间却玷污了放荡和不名誉。"

显然,在国王眼里,两个"哈里",一个英雄,一个浪子,完全不具可比性。因此,国王郁闷之极:"啊!但愿能证明,有哪个夜游的小精灵把这两个孩子在襁褓中调了包儿,我儿子叫'珀西',他儿子叫'普朗塔热内'①。这样,他的哈里归我,我儿子归他。"

但在击败苏格兰猛将,取得霍尔梅敦之战的胜利后,霍茨波开始向国王派来的娘气十足的大臣叫板,以至亨利四世得到回信,感到"小珀西如此骄横",竟敢把擒获的俘虏全都留下。霍茨波班师回朝,面见国王,试图解释:"瞧他衣着光鲜,香气扑鼻,像大户人家侍女似的,谈着枪炮、战鼓和伤口,我都气疯了……陛下,他喋喋不休,说了一堆废话,我的应答,如我所言,又心不在焉。恳求陛下,别让他对我的指控,损害我对陛下的忠心。"【1.3】

这时,围绕俘虏,剧情转折点出现了:因霍茨波的内弟莫蒂默进攻威尔士被俘,霍茨波上交俘虏的前提条件是,国王必须答应把莫蒂默赎回。而对国王来说,这是不可逾越的底线:"以我的灵魂起誓,这家伙率军与大魔法师、该下地狱的格兰道尔作战,故意将手下全部出卖。我听说,马奇伯爵最近娶了格兰道尔的女

---

① 普朗塔热内(Plantagenet),亨利王朝的王室姓氏。亨利王朝亦称"金雀花王朝"(1154—1485),也称"安茹王朝"。

儿。难道要花光国库的钱,去赎回一个叛徒?他们打了败仗,丢人现眼,难道要我跟这种可怕的人签约,花钱买叛徒?不,让他在荒山饿死吧!谁若摇唇鼓舌,要我花一便士把反贼莫蒂默赎回来,他永远不是我朋友。"霍茨波试图为莫蒂默开脱,国王震怒:"你为他谎报军情,珀西,你在替他撒谎。他根本没和格兰道尔交手激战。我告诉你,他敢独自与魔鬼相会,也不敢以欧文·格兰道尔为敌。你不觉得丢脸吗?够了,小子,以后别再跟我提莫蒂默。尽快把战俘交给我。"【1.3】

起初,霍茨波只是背着国王大发脾气,向父亲诺森伯兰、叔叔伍斯特连声抱怨:"哪怕魔鬼亲自出马,咆哮着要我交出战俘,我也一个都不给。""别提莫蒂默?以上帝的伤口起誓,我非提不可。我若不跟他联手,就叫我遭诅咒下地狱。""他非要我交出全部俘虏;当我再次向他提及赎回我内弟,他一下子气得脸发白,盯住我的脸,那眼神吓死人;好像一听到莫蒂默的名字,他就发抖。"

至此,伍斯特一句"难怪他这样:死去的理查王不是公开宣布,他是最近的血亲吗?"霍茨波闻听,忽觉大梦初醒。原来,莫蒂默是理查二世王位的合法继承人,而理查王按诺森伯兰所说"正在远征爱尔兰的路上,中途遇拦截,王位遭废黜,不久,又被人谋杀。"霍茨波向父亲求证:"理查王当时真的宣布过,我内弟莫蒂默为王位继承人吗?"诺森伯兰回答:"千真万确,我亲耳听见的。"

这下好了,既然国王不仁在先,谋杀了理查王,又拒绝赎回被俘的莫蒂默,便休怪霍茨波不义在后,他义正词严地对诺森伯兰和伍斯特说："你俩都有份儿，愿上帝宽恕！——折掉理查这朵芬芳可爱的玫瑰，种下布林布鲁克这一棵荆棘、这一株野玫瑰。——难道你们想忍受更多屈辱，继续为他背负骂名，最后被他愚弄、遗弃、丢掉吗？不！你们还有时间，来得及挽救失去的名誉，从世人眼里重新赢回好名声。向这个傲慢国王的嘲弄和蔑视进行报复吧！他日思夜想要以你们血腥的死亡，偿还对你们的所有欠债。"

于是，霍茨波决定释放苏格兰战俘，在苏格兰招募军队，把所有反对篡位的国王——"这个邪恶的阴谋家布林布鲁克"——的人，包括诺森伯兰、格兰道尔、莫蒂默、道格拉斯、约克大主教联合起来，组成一支强大的叛军，向亨利四世"进行报复"。不过，他始终没说，要为莫蒂默赢得王位而战。

这样一来，昨日为国而战的英雄，转瞬之间变成今天反叛国王的死敌！

霍茨波体现着典型的旧式骑士精神，视荣誉高于一切。他活着只为通过打仗赢得荣誉，对儿女情长毫无兴致，什鲁斯伯里决战前他夫人的话便是明证："我半梦半醒，耳闻你在浅浅的梦境，喃喃自语铁血的战争，用操控的口令，吆喝你跳跃的战马'拿出勇气！冲向战场！'——你嘴里不停念叨着前进、撤退、战壕、营帐，还有防御工事、外堡、胸墙、大炮、重炮、长炮，以及战俘的赎金、被杀的士兵，等等，说的全是一场血腥的厮杀。你心底想着战争，睡眠中激动不已，额头沁出汗珠，犹如一条刚受惊扰的溪流泛起的泡沫；你脸上的神情十分怪异，活像有人突然接到什么重大命令，一下子屏住了呼吸。"【2.3】

不过,对这位令人畏惧的哈里,另一个哈里从没怕过。在哈里王子眼里,这个勇冠三军的哈里没什么了不起,他在野猪头酒店第一次提及霍茨波时,不无揶揄地说:"我现在跟珀西,就是北方的那个'暴脾气',想法还不一样;吃早饭时,他杀了七八十苏格兰人,然后洗洗手,对老婆说:'呸,该诅咒的无聊日子!我要做事儿!''啊,我亲爱的哈里,'他老婆说,'你今天杀了多少人?''给我的枣红马灌点药,'说完这句再回答:'大约十四个吧,'过了一小时,又说:——'小意思,小意思。'"【2.4】

正因为此,当福斯塔夫被强大的叛军吓得心惊肉跳,一连串追问"哈尔,你不担惊受怕吗?身为王位继承人,世上还能给你挑出像魔鬼道格拉斯、魔精珀西、魔怪格兰道尔这样的三个敌人吗?你不吓得发抖吗?听到这消息,你的血没变冷吗?"的时候,哈里王子神闲气定地表示:"以信仰起誓,一点也不。"【2.4】

为进一步制造戏剧冲突,也为更加凸显霍茨波有勇无谋的性格和格兰道尔盲目自大的性情,第三幕第一场中间穿插了一场霍茨波与格兰道尔两人貌似联手、实际为对手的精彩好戏。这场戏是上篇剧情的一个拐点。先是两人不失诚意地互相吹捧,格兰道尔寒暄:"好贤侄,兰开斯特(称王前的亨利四世)一听人提起你这个绰号,就脸色煞白,连声叹息,巴不得你升天堂。"霍茨波回敬:"他一听人提及欧文·格兰道尔,便恨不能你下地狱。"紧接着,俩人便开始话语交锋:

格兰道尔　　这不怪他:我出生时,天穹布满火红的形体和燃烧的火炬。在我落生那一刻,大地的框架

　　　　　　　　和基础像懦夫一样瑟瑟发抖。

霍茨波　　　　咳，即使你没落生，你母亲的猫生小猫，那季
　　　　　　　　节也是这种天象。

格兰道尔　　　我是说，我出生时，大地在震颤。

霍茨波　　　　若你觉得它是被你吓得发抖，那我要说，我跟
　　　　　　　　它想法不一样。

格兰道尔　　　漫天流火，大地颤抖。

霍茨波　　　　啊！大地因漫天流火而颤抖，并不是怕你降临
　　　　　　　　人世。患病的自然时常突发怪异的天象；丰
　　　　　　　　饶的大地常受一种疢病之痛的困扰，那是因
　　　　　　　　为不守规矩的风，被囚禁在大地的胎宫里，
　　　　　　　　这风使劲儿扩张，震动了老态龙钟的大地祖
　　　　　　　　母，弄塌了尖塔和蔓生苔藓的古堡。你降生
　　　　　　　　时，正赶上大地老祖母犯这个病，疼痛难忍，
　　　　　　　　浑身颤抖。

格兰道尔　　　贤侄，好多人这么顶撞我，我都忍不了。我再
　　　　　　　　跟你说一遍：我出生时，天穹布满火红的形
　　　　　　　　体，山羊飞奔下山，畜群在充满恐惧的旷野
　　　　　　　　发出怪叫。这些征兆无一不显示，我乃非凡
　　　　　　　　之人；我平生所经历的一切都表明，我绝非
　　　　　　　　等闲之辈。——在拍岸的大海环绕的英格
　　　　　　　　兰、苏格兰和威尔士全境，——有谁可对我
　　　　　　　　施教，堪为我师？又有哪个女人生的儿子，能
　　　　　　　　在繁复的学识上追随我，能在精湛的魔法上

与我比肩？

霍茨波	我看你的威尔士话(胡言乱语之意)说得比谁都溜。——我要去吃饭了。
莫蒂默	别说了，珀西贤弟，你会把他逼疯的。
格兰道尔	我能从巨大的深渊里召唤精灵。
霍茨波	嘿，我也能，随便谁都能。可到你真召唤的时候，他们来吗？
格兰道尔	哈，贤侄，我可以教你怎么指使魔鬼。
霍波茨	老伯，我可以教你如何用真话羞辱魔鬼：说真话叫魔鬼蒙羞。——你若有能力把他从深渊召到这儿来，我发誓，我就有力量叫他蒙羞而去。啊，只要你活着，就要说真话，叫魔鬼蒙羞！【3.1】

霍茨波与格兰道尔能够精诚合作吗？莫蒂默不无担心，他奉劝说："我该告诉你吗？他对你的性情十分敬重，你顶撞他时，他极力克制自己的烈性子，——以信仰起誓，他做到了：我敢担保，这世上还没谁像你这样，顶撞了他，却毫发无损，还不受谴责。不过，我恳求你，别老这样。"

伍斯特并非不担心，他忠告侄儿："这毛病你一定得改：虽然它有时证明着你的伟大、勇敢和血性，——这是你最值得称道的长处，——但也时常代表着你的缺点：粗暴易怒，不讲礼数，没自制力，自高自大，傲慢无礼，固执己见，待人轻蔑。一个高贵之人，哪怕只沾染一点儿这种毛病，便会失掉人心，使他的一切美德受到玷污,使他应得的赞美丧失殆尽。"

的确,"粗暴易怒,不讲礼数,没自制力,自高自大,傲慢无礼,固执己见,待人轻蔑",这些都是致命缺点。但霍茨波从来都自信爆棚,仗还没打,便开始盘算战后的应得利益,他用手在地图上一边比画,一边以胜利者的口吻说:"我觉得,分我的这块波顿以北的土地,比你们的那两块都小。看这条河这么弯进来,把我最好的一片土地,半月形,好大的一个角,全切走了。我要在这儿把水截住,给舒缓流淌、泛着银光的特伦托河,改一条笔直的新河道;不能让它拐这么深的大弯角,把我这么一大片丰饶的河谷夺走。"面对这位"暴脾气",格兰道尔气势先输:"不拐弯?它是弯的,肯定弯进去。你看,弯进去的。"争来辩去,格兰道尔不得不假意认尿:"好吧,随你给特伦托河改道。"这时,霍茨波又高姿态起来:"其实我不在乎。凡够交情的朋友,三倍多的土地,我可以双手奉送。但要谈交易,你听好,一根头发的九分之一,我也非争不可。"

事实上,这场好戏直接导致格兰道尔后来在什鲁斯伯里之战中按兵不动,绝不驰援,再加上亲生父亲诺森伯兰临时变卦、托病不出,注定了霍茨波的失败。

除了严重的性格缺陷,霍茨波是怎样一个军事将领呢?第三幕第一场,霍茨波去格兰道尔城堡参加军事会议,到了之后,竟发现"遭天瘟的,我忘带地图了"。这不是一个有谋略的军事家犯的错。

什鲁斯伯里大战一触即发,缺了事先说好的诺森伯兰和格兰道尔两支援军,霍茨波仍盲目自信:"他(诺森伯兰)不来,更为我们的伟大事业增添光彩,壮大声威,彰显勇气。人们必然这么想,伯爵没出手,我们就集结起一支军队,一旦有他相助,我们定将推翻王国,把它弄个底朝天。""我父亲和格兰道尔均未领兵前来,/ 我们的军队足以投入这惨烈激战。/ 来吧, 让我们赶紧点名集合部队:/ 末日审判临近;死也要死个痛快!"【4.1】

是的,霍茨波从不缺必死的决心,他只想战死! 当弗农如实告知:"算了,算了,今晚不行。我很纳闷,像二位(霍茨波和道格拉斯)这等有伟大将才的人物,竟预见不到阻止我们快速行动的障碍……他们现在人困马乏,无精打采,一路劳顿使勇气蔫头耷脑,一个骑兵的战力都不及平常四分之一。"这该是兵家大忌。但霍茨波自有道理:"敌军骑兵也一样,鞍马劳顿,士气低落。而我军大部已修整完毕。"伍斯特不得不再劝一句:"国王的兵马超过我们:看在上帝分上,贤侄,等一切就绪再说。"【4.3】

霍茨波的叔叔伍斯特在剧中有十分重要的角色作用, 这自然是莎士比亚刻意为之。若非如此, 霍茨波似乎不至于非死不可。第五幕第一场,伍斯特和弗农去国王营帐谈判议和,国王命他带话给霍茨波:"若他们愿接受我的宽恕,他和他们,还有你,对,每一个人都可以与我重新成为彼此的朋友。就这样告诉你侄子,他作何打算,再回话给我。"然而,伍斯特有自己的心机算盘,他坚决恳请弗农千万别把实情告知霍波茨:"是我们把他引入歧途,他的罪过出自我们教唆;作为一切罪过之源,一切罪责由我们偿还。因此,好兄弟,无论如何,不要让哈里知道国王提出的条件。"回归本部,伍斯特抛向霍茨波一句冷如剑锋的话:"国王要立刻与你交战""他骂我们反贼、叛徒,要用士气高昂的大军鞭打我们这个可恨的家族。"

国王的军队正飞速开来，霍茨波没有退路，他以必死的决心鼓舞士气："每个人拼尽全力。我拔出这把剑，要在今天凶险的时刻冒死一战，用最高贵的鲜血染透剑锋。"【5.2】

可惜，什鲁斯伯里不是霍尔梅敦；霍茨波的对手不再是苏格兰猛将，而是哈里王子。

比起咄咄逼人，锋芒外露的霍茨波，浪荡王子哈里自始至终都显出十足的韬光养晦，锋芒内敛。这完全出于莎士比亚要塑造一代雄主的良苦用心，他明白，无需把哈里王子写得多么披坚执锐，他只需打败两个人就足够了。

这是怎样的两个人呢？一个道格拉斯，一个霍茨波。

在第三幕第二场，国王与王子的联手戏中，强大的叛军已令国王寝食难安，倍感忧虑。他深知霍茨波骁勇彪悍："他战胜著名的道格拉斯，赢得了何等不死的荣耀！道格拉斯作战凶猛，功勋卓著，威名远扬，在所有信耶稣的基督教王国，真乃杰出将才！可那霍茨波，一位襁褓中的马尔斯，一位婴儿勇士，作战中一连三次击败伟大的道格拉斯：生擒一次，又放了，跟他成为朋友，为的是壮大叛军的声势，撼动我王位的和平与安全。"而今，"作战凶猛"的道格拉斯，竟与像罗马神话中的战神马尔斯一样的霍茨波携起手来，"签约结盟，兴兵谋反"。再看王子，成天与出身市井的狐朋狗友鬼混，根本指望不上。

就在这时，哈里王子第一次正面表现出一种从未有过的超卓自信："我要用珀西的人头赎回我的罪孽……那一天，不管它何时来临，都将是这位集荣耀、威名于一身的骄子，英勇的霍茨

波,众口赞誉的骑士,与您不被人看好的哈里对决。"【3.2】

战场上的哈里王子是怎样的呢?莎士比亚通过叛将弗农之口来刻画,第四幕第一场,弗农向霍波茨描述王子:"我看见年轻的哈里,——佩戴头盔,双腿护甲,戎装英姿,好像生出双翅的墨丘利①,从地上轻身一跃,跳上马鞍;——又像云端降临一个天使,把烈马珀伽索斯②的马头掉来掉去,叫世人为他高超的骑术着魔入迷。"从如此英武的王子身上,已看不出半点浪子痕迹。弗农的话,已为霍茨波之死埋下伏笔。霍茨波急于一战:"来,让战马载着我,疾如闪电,直奔威尔士亲王的心窝。"

莎士比亚有足够的耐心,把两个哈里正式交手前的戏剧氛围营造充分。第五幕,剧情为王子设计了一场挑战霍茨波的戏,他向前来国王营帐谈判的伍斯特掷地有声地下了战书:"我认为,当今世上,没有一个绅士比他更出色、更勇敢、更刚猛、更无畏或更大胆、更能以高贵的业绩为这个时代增添荣耀。就我而言,说来惭愧,我是一个游手好闲的骑士;听说他也这样看我。但我当着父王陛下的面说过这话——我很满意他在威名和声望上所占的优势,为避免任何一方流血,我愿经受命运的考验,与他单打独斗。"【5.1】

王子这个挑战,一连用了六个"更"字,那么高调地赞誉对手,并自贬不过"一个游手好闲的骑士"。他貌似低调,骨子里却透出必胜的信心。比起那个哈里"必死"的信心,这个哈里已经

---

① 罗马神话中主神的信使,形象通称描绘为头戴插着双翅的帽子,足蹬生出双翼的便鞋,行走如飞。

② 希腊神话中生有双翼的神马,马蹄踩过的地方有泉水涌出。

"胜"了。难怪霍茨波这样问回营复命的弗农："啊！愿这场争斗只在我们俩人之间，只有我和蒙茅斯的哈里生死一战，再没有人在这场战斗中死于非命！告诉我，告诉我，他怎么挑战的？口气里带着轻蔑吗？"

弗农的答复意味深长，他竟然像王子赞誉霍茨波一样赞誉王子："他给了你一个男人应得的所有尊重，以王子的口吻对你赞不绝口，谈起你的功劳像说一部编年史，因为你的功劳远超他的赞美，任何赞美都贬低了你的功劳。他的确像个王子，谈到自己不无羞愧，以一种平静的语气责骂自己年少荒唐，好像他同时拥有了两个自己，既是老师，又是学生。他就说到这儿。但我要昭告世人：——倘若他活过今天这场恶战，哪怕他的放荡那么遭人误解，英格兰从未有过如此甜美的一个希望。"【5.2】

一进入决战时刻，剧情便发展很快。国王为迷惑叛军，命许多将领穿上他的罩袍。道格拉斯杀了假扮他的布伦特，以为杀死了国王，当知道国王活着，发狠道："以这把剑起誓，我要把所有穿他罩袍的人杀光。"【5.3】

第五幕第四场两军营地间的平原。王子负伤，却不肯撤出战斗。此时，他已成为一个绝不输于霍茨波的勇士："上帝不允许一道浅浅的擦伤就把威尔士亲王逐出战场，此刻，战场上满身血污的贵族倒下横遭践踏，叛军却正在屠杀中取得胜利！"【5.4】

眼见国王与道格拉斯交战，身处险境，王子纵马上前，高喊："卑贱的苏格兰人，抬起头来；否则，再也抬不起头！……把勇气注满我双臂；来索你命的是威尔士亲王，他从不许愿，只管清账。"王子救下国王，杀退道格拉斯。【5.4】

然后,是全剧的高潮,两个"哈里"终于见面,是第一次,也是最后一次。

亨利王子　　哈,那我眼前便是叫这名字的勇敢的反贼。我是威尔士亲王。珀西,休想再跟我争抢荣誉;一条天轨容不下两颗行星,一个英格兰也不能容忍珀西和威尔士亲王的双重统治。

霍茨波　　　不会的,哈里,因为你我一决生死的时刻到了;愿上帝保佑你在军中像我一样赫赫有名!

亨利王子　　与你分手之前,我会更具威名。我要把你盔顶所有含苞待放的荣誉都割下来,编成一只花环戴我头上。

霍茨波　　　我再不能容忍你这些空洞的大话。(二人交战。)

此时此景,莎士比亚的戏笔干净利落,他让身负重伤的霍茨波念念不忘荣誉,用尽生命最后一丝气力,对哈里王子说:"你夺去了我的青春!比起你赢走我那些高贵的荣誉,我更愿忍受失去脆弱的生命。你的剑伤了我的肉体,你赢走我的荣誉却伤透我的心。"

杀死霍茨波本身即证明,王子是比霍茨波更为出色的骑士!但他不甘于只做一名骑士,他记挂着整个王国。面对霍茨波的尸体,他先慨叹:"再见吧,伟大的心灵!——粗劣的野心,你萎缩得多厉害!"继而又让敌人安享了死后的荣誉:"让我用纪念物盖上你血肉模糊的脸；甚至我要以你的名义，感谢我这一番柔情、体面的仪式。"此处的纪念物，专指骑士头盔上长羽毛或丝带之类的装饰物，也是骑士荣誉的象征。

离开战场前，哈里·蒙茅斯用带有骑士标志的饰物遮住哈里·珀西的脸，说："再见，把对你的赞美带到天国去吧！不把你的耻辱刻进墓志铭，愿它在墓穴里长眠！"【5.4】

五、"幽默"的约翰·福斯塔夫爵士

1. 与哈尔的联手戏

《亨利四世(上)》"第一四开本"标题页印有下面一段话：

> 亨利四世的历史；内有国王与亨利·珀西勋爵(来自北部绰号亨利·霍茨波)之间的什鲁斯伯里之战，以及福斯塔夫的幽默。

这段广告语透露出，《亨利四世(上)》核心剧情有二："什鲁斯伯里之战"和"福斯塔夫的幽默"。换言之，尽管剧名的正标题是"亨利四世"，什鲁斯伯里之战堪称危及英格兰王国存亡的生死战，但其中最引人入胜的情节是"福斯塔夫的幽默"。

《亨利四世(下)》四开本的标题页印有下面一段话：

> 此乃《亨利四世》第二部，内有亨利四世过世，亨利五世加冕。有幽默的约翰·福斯塔夫爵士和喜欢吹牛的皮斯托。

可见,《亨利四世》这部两联剧的最大看点是福斯塔夫。有意思的是,他在全剧中多数时间是个军人,参加过两次战役:第一次是上篇霍茨波战死疆场为结局的什鲁斯伯里之战,另一次是下篇约翰亲王抗击约克大主教并最终平叛的高尔特里森林之战。这两次战役中的福斯塔夫,对戏剧起到了不可或缺的勾连作用。这个时候的他显露出,他既是英国文学中最滑稽的军人,又是古罗马喜剧作家普劳图斯(Plautus,前 254—前 184)《吹牛的军人》这一古老主题的新花样。莎士比亚如此巧意编排,道理很简单,因为只有这样,才能让他贯穿始终。

然而,从整个剧情来看,上和下的人物、结构设计变化很大,对此,梁实秋早在为其所译《亨利四世(上、下)》各写的两篇导言中做过精辟论述。在此梳理如下:

首先,中国读者历来不大关注莎士比亚历史剧,因为读者极易产生误解,认为莎士比亚历史剧既以英国历史为题材,若不熟悉英国历史,自然没兴趣。实则不然。"他的历史剧,固然用英国历史里的故事及人物作为骨干,但是他用的是戏剧的方法,他从英国历史里撷取若干精彩的情节,若干性格突出的人物,以最经济、最艺术的手腕加以穿插编排。是以动作及对话,不是以叙述及描写,来表达一段历史。我们不需要多少有关英国历史的知识,即可充分领略一出历史剧。至少一出英国历史剧不比英国的任何悲剧或喜剧更令我们发生陌生之感。"

其次,《亨利四世》,尤其上篇,之所以大受欢迎,主要原因有二:一是福斯塔夫这个幽默人物的创作,二是这出戏所包含的政治寓意。

"福斯塔夫不是一个简单的丑角。他的复杂性几乎可以和悲剧的哈姆雷特相提并论。他在《亨利四世》里所占的重要性远超出寻常丑角的比例。上篇一共十九场，福斯塔夫出现了八场，第二、五、七、十、十二、十五、十七、十八各场都有他的戏。在没有露面之前，他在帷幔后面鼾声雷动，已引起了观众的大笑。他的颟顸，他的天真，他的妙语连珠，他的饮食男女的大欲，使得他成为一个又好玩又可爱又可恶的东西。这样，莎士比亚破坏了一出戏之应有的'单一性'，使得历史剧变了质。但是哪一个观众或读者能舍得不要这一个特殊的角色呢？"

两篇相较，下篇结构松散，剧中许多人物与观念都是上篇的扩展和延长。例如：酒店老板娘在上篇只是走一过场，下篇发展为桂克丽夫人；福斯塔夫对如何通过招募新兵赚钱，上篇只在第四幕第二场嘴头说说，下篇扩展为整个第三幕第二场。上篇，福斯塔夫只是给哈尔捧场的次要人物，下篇则变成主要角色。

从什鲁斯伯里战后直到国王去世，本无太多可写，因此可以说，下篇完全成了这中间的填充物。霍茨波已死，格兰道尔没再出场，剩下的敌人只有诺森伯兰的叛军和约克大主教。莎士比亚煞费苦心，为延展剧情，只能把作为全剧高潮的国王之死尽力往后推，主要办法便是大量穿插幽默、胡闹的剧情，除了为福斯塔夫配上一个皮斯托，还外加了两个愚蠢的乡村治安官沙洛和沙伦斯。上篇有一千五百零一行描述历史，一千五百三十九行是幽默穿插；下篇有一千三百七十行描述历史，福斯塔夫的戏占了一千九百九十一行。上篇的历史故事是一个连贯整体，下篇的则只含在九个场景里，且其中三场给了珀西家人，三场给了垂死的国王,两场给了诺森伯兰,一场给了新王加冕后昭告天下。亨利四世在全剧中分量不多。与其说该剧是"亨利四世的悲剧",倒不如说它是"福斯塔夫的喜剧"。

喜剧性穿插过多,导致其在整个结构中喧宾夺主,但从另一方面看,福斯塔夫这个角色充分成长,成为莎士比亚笔下幽默人物最成功的代表,恰是一大收获。

除了福斯塔夫这个人物,关于这出戏的政治寓意,梁实秋所说最为关键:"历史上的亨利五世(即此剧的哈里王子)在伊丽莎白时代的英国人心目中,是英国最伟大的英雄,最英武的国王,因为他统一全国扬威域外。他是万民拥戴的偶像。莎士比亚无疑也抱着同样的一份爱国的心情。所以他在两篇《亨利四世》和一篇《亨利五世》里,一心一意地要形容这一位英主,其他人物均是陪衬。"

由此便能理解,莎士比亚在剧情中对福斯塔夫与哈尔联手戏的编排其实不多,能算上正戏的只有三场:上篇盖德山抢劫之前的第一幕第二场,野猪头酒店的第二幕第四场;下篇野猪头酒店的第二幕第四场。除了这三场,其他两人同时出场的戏,都只算过场戏。而这三场中,又只有上篇第二幕第四场堪称唯一的联手大戏。

先来看上篇第一幕第二场,福斯塔夫死说活说要拉哈尔去抢劫,哈尔惊叹:"谁?我,去抢劫?做贼?以我的信仰起誓,不干这事儿。"福斯塔夫马上反讽:"你要是连十先令的胆子也没有,那你既不守信,又没血性,还不够朋友,身上没半点儿皇家血统。"最终,是波恩斯捉弄福斯塔夫,"叫他出丑"的主意让哈尔动心。也就是说，王子没参与抢劫客商的匪盗行为，他只与波恩斯一起劫了福斯塔夫的劫财。而且，最后，他把抢来的钱财都物归原主。

但有能吹牛的福斯塔夫参与本身，就足以让盗匪盖德希尔产生这样的错觉："其他几条好汉，你做梦也想不到，他们劫道儿只为寻开心，给干这行的添光彩；一旦事情闹大，真有人来查，他们也会顾忌脸面，把一切摆平。我这帮哥们儿可不是平地抢劫的毛脚贼，也不是为六便士打闷棍的主儿，更不是一脸大胡子的酒鬼；他们是生活安逸的贵族、市镇官员，全都来头不小。"【上 2.1】这是戏剧构思的需要，因为盖德希尔怎么可能预知哈尔同波恩斯商量好，要劫他们。

再来看下篇第二幕第四场，这一场几乎是囊括了福斯塔夫、巴道夫、桂克丽、道尔、侍童、皮托等一大群人的闹戏，其中穿插哈尔和波恩斯假扮店伙计再次捉弄福斯塔夫的情节。哈尔以福斯塔夫背后诽谤他为由，佯装要处置他，福斯塔夫赶紧抵赖："没诽谤，内德，天地良心，诚实的内德，一点儿没诽谤。我在歹人面前说他不好，是防着坏人爱上他。——我这样做，算尽到了贴心朋友和忠诚臣子的一份心，你父亲该感谢我才对。不是诽谤，哈尔。——没一点儿诽谤，内德，一点儿没有。——没诽谤，真的，孩子们，没诽谤。"在这一场景，哈尔与福斯塔夫斗嘴的联手戏没占多少戏份，而剧中像这样耍贫逗趣的对话不胜枚举，这些都是为使剧情具有闹剧色彩，吸引观众设计的。莎士比亚写戏之初可能没想到这样写会使闹戏喧宾夺主，当然，也有可能为使闹戏吸引观众故意为之。

　　为何如此设定？可明显看出，是莎士比亚出于维护哈尔形象的周全考虑，他不能总让哈尔跟福斯塔夫在一起毫无止境地胡闹，既不让他参与盖德山抢劫，也不让他与妓女鬼混，更不让他有任何福斯塔夫那样贪赃枉法、坑蒙拐骗的做法，而只让他拿福斯塔夫开涮、取笑、逗乐、打趣、调侃、讥讽。这从他俩戏谑的彼此互称便可见出：福斯塔夫登台亮相开口第一句台词，是在第一幕第二场从酣梦中醒来对王子所说："喂，哈尔，孩子，这会儿啥时候了？"整个剧中，只有福斯塔夫和波恩斯称呼王子"哈尔"。在福斯塔夫眼里，哈尔永远是他的"乖孩子""亲爱的调皮鬼""一个最会打比方，调皮捣蛋，——又十分可爱的亲王。"调侃的称呼里不失恭敬。反过来看哈尔，他不仅给福斯塔夫起了好多绰号，每一个绰号里都藏着鄙夷的差评："婊子养的肥肉球""肥佬""无赖""大酒桶""大皮囊""罪恶""邪恶""恶棍"①"白胡子老撒旦""肿胀的杰克""肥肥的肉垫""婊子养的点蜡的肥油"，还有一连串说出口的"蠢胖子，榆木疙瘩，婊子养的，下流的，腻乎乎的，肥得流油的"，等等。

　　可以说，哈尔从没信任过福斯塔夫："约翰爵士说话算数，——魔鬼也会依约行事，因为'该归魔鬼的都归魔鬼'，他对这句谚语从没食过言。"在哈尔眼里，福斯塔夫只拿忏悔耍嘴皮子，根本不信上帝，连波恩斯都拿福斯塔夫打趣，叫他"悔过先生"。哈尔更是当面表示不屑："你真会悔改！——祷告一完，就去抢钱。"因此，哈尔早把"这帮人看透了"，他盘算好要学太阳，

----

① 中世纪道德剧中的角色。

暂时跟"恶浊的乌云"凑一块儿，只为将来"冲出要把它窒息的邪恶、丑陋的云雾"的时刻"再现辉煌""我一旦抛弃放浪形骸""要让自新在过错上闪光"。【上 1.2】

饱食终日、过一天算一天的福斯塔夫，怎能知晓哈尔深谋远虑的宏伟志向！他把一切都挂在哈尔身上，他自作聪明地以为："人呀，用黏土捏成的蠢东西，脑子里造不出什么像样儿的笑料，不是我造的，就是造出来用在我身上。我不仅自己长脑子，别人的脑子也是因我才有的。"【下 1.2】因此，他甘当哈尔的笑料，只为有朝一日位高权重、威风八面。他常对哈尔把"等你当了国王"挂嘴边，因为他最担心哈尔当了国王之后变心。他在酒店吃喝玩乐一切开销，都是哈尔买单。这令他无比感动："你是继承人，这儿的人谁都知道，——可是，请问，亲爱的调皮鬼，等你当了国王，英格兰还有绞架吗？盗贼的勇气还照样受挫，叫法律这个老丑角儿用生锈的嚼子勒住吗？等你当了国王，一个贼也别吊死。"同时，他又反过来怪哈尔："你把我害惨了，哈尔，——上帝宽恕你！认识你之前，哈尔，我啥都不懂。如今，说句掏心窝子的话，我没比一个坏蛋好多少。我一定要放弃这种生活，一定得放弃。不然，我就是一恶棍。我才不会为基督世界里一个国王的儿子下地狱。"【上 1.1】

有了这一层，福斯塔夫才似乎对哈尔更加深信不疑，否则，他也不至于在闻听哈尔成为亨利五世之后，本能的第一反应是"英格兰法律我说了算"。【下 5.3】可对此，哈尔早想好了，一旦"当了国王"，便立刻用太阳(太阳是王室的象征)把"恶浊的乌云"(福斯塔夫及其同伙儿)驱逐。

可以说,福斯塔夫被福斯塔夫式的本能害了!对上篇第二幕第四场福斯塔夫与哈尔之间唯一的联手大戏稍做分析,便可领会何为福斯塔夫式的本能。或许莎士比亚事先已想好,这场戏对全剧十分重要,它的篇幅在全剧中最长,达到四百零五行。

这场发生在野猪头酒店戏份最足的闹戏,分为三个段落:

第一个段落,福斯塔夫从盖德山逃回酒店,一见哈尔,先说哈尔和波恩斯是懦夫,然后便开始凭本能吹牛,声称他们几个在盖德山同"一百来号"劫匪厮杀。当哈尔戳穿他的牛皮谎:"是我们俩袭击了你们四个,一句话,你们吓得扔下赃物扭头就跑,赃物落在我们手里。没错,赃物在屋里,你们可以看。"福斯塔夫又马上凭本能改口:"主在上,我像造你们的他老人家(上帝)一样,一眼就把你们认出来了。不信?听我说,诸位,我能把王位继承人杀了吗?我能对当朝太子下手吗?嘿,你们心里最清楚,我像赫拉克勒斯一样勇敢。但得当心本能冲动。即便狮子认出太子,也不会伤他一根毫毛。本能非同小可!本能让我当了懦夫。因此,我这辈子对自己,还有你,都要高看一眼:我是一头勇敢的狮子,而你是当朝太子。"弄得哈尔只好佯装无奈:"先生们,听好。——圣母在上,你们都打得好;——皮托,打得挺好;——巴道夫,也打得很好。你们都是狮子,出于本能才逃跑。你们不愿加害当朝王子;呸!活见鬼!"

第二个段落,国王派人送信,要哈尔次日进宫。当福斯塔夫将霍茨波与道格拉斯、格兰道尔结盟起兵造反的最新军情告知哈尔,又凭本能问哈尔:"你不吓得发抖吗? 听到这消息,你的血没变冷吗?"哈尔坦然回答:"以信仰起誓,一点也不,我缺你那种本能。"

第三个段落,便是福斯塔夫与哈尔互为假扮国王,预演第二天哈尔进宫觐见国王的情形。先由福斯塔夫扮国王,他拉过一把椅子当王座,用手里的剑当权杖,头上顶个垫子当王冠,问哈尔:"为什么你当了我的儿子,就要被人说长道短?难道天上受祝福的太阳①,真是一个成天嘴里嚼着乌梅的混子?这个问题无须问。难道英格兰的王子,真是一个偷人钱袋的窃贼?这个问题必须问。"最后本能让他把话题转到自己身上:"我常听人提起,你有一位品行端正的朋友,只是不知他叫什么。"哈尔明知故问:"恭请陛下告知,这是一个什么样的人?"

福斯塔夫不加思考,凭着本能一个劲儿吹嘘:"一个胖出了尊严的人,以信仰起誓,一个体态壮硕的人,他长得慈眉善目,和颜悦色,气度非凡。依我看,年龄五十开外,圣母在上,也可能年近六旬。我一下想起来了,他叫福斯塔夫。倘若他品行恶劣,就算我看走了眼;因为,哈里,一眼便见出他神情里的美德。假如由果可知树,恰如由树可知果,那我敢断言,福斯塔夫一定美德在身。只跟他交朋友,把别人都赶走。"

哈尔推开福斯塔夫:"国王像你这样说话吗?还是你扮我,我扮我父亲。"福斯塔夫只好耍赖:"废黜我?假如你的言谈、气度,能有我庄重、威严的那股劲儿的一半,你就把我脚丫子冲上倒吊起来,就像把一只还没断奶的兔崽子,或家禽店里的野兔倒吊起来一样。"

---

① 此处"太阳"(sun)与"儿子"(son)的双关。

　　哈尔假扮父亲，一张嘴就对假扮自己的福斯塔夫严词痛斥一番："没教养的孩子，谁要你起誓？从今往后，别再来见我。你被人引到了邪路上，情况很糟。有个胖老头儿模样的魔鬼缠住了你；——你那朋友就是一只大酒桶。为什么你要结交这个脾气古怪的箱子，这个盛满淫邪的容器，这个水肿的大鼓包，这个装满萨克酒的大皮囊，这个塞满内脏的大衣袋，这个一肚子布丁的曼宁特里①烤牛，这个值得尊敬的'罪恶'，这个头发灰白的'邪恶'，这个年老的'恶棍'，这个上了岁数的'虚妄'？除了尝萨克酒、喝萨克酒，有什么本事？除了切阉鸡、吃阉鸡，有什么能耐？除了精于算计，有什么真知灼见？除了专干坏事儿，有什么一技之长？他所干的，哪一样不是在作恶？他所做的，又有哪一件值得称道？"

　　福斯塔夫佯装糊涂："恳望陛下明示，陛下所指何人？"

　　哈尔，这个福斯塔夫的"乖孩子"，不折不扣地回答："就是那个邪恶的、令人讨厌的、误导年轻人的福斯塔夫，那个白胡子老撒旦。"

　　福斯塔夫凭本能装傻充愣："一个淫邪之人，我决不认账。假如喝点儿加糖的萨克酒也算犯错，愿上帝救助恶人！假如老人找点儿乐子也算罪过，那我认识的好多酒店老板都得遭诅咒下地狱；假如胖子也该遭人恨，那法老的瘦牛就该惹人爱。不，我的好主子，赶走皮托，赶走巴道夫，赶走波恩斯，可是，却不能把可爱的杰克·福斯塔夫、善良的杰克·福斯塔夫、诚实的杰克·福斯塔夫、英勇的杰克·福斯塔夫赶走；别看杰克·福斯塔夫上了岁数，

---

　　① 埃塞克斯郡一城镇，当地集市的烤全牛声名远扬。

他是老而弥坚。千万别把他从哈里身边赶走，千万叫他陪着哈里。赶走肥溜圆的胖杰克，就是赶走了整个世界。"

此时，哈尔可能已在心里见到未来太阳放光的那一刻："我偏要赶他，一定把他赶走。"

是的，到下篇第五幕第五场，也是全剧最后一场，亨利五世真把福斯塔夫"赶走"了："老头子，我不认识你。跪下祷告吧；满头白发，还是一个傻瓜、小丑，成何体统！……别拿一个天生小丑的俏皮话回答我。不要认定，我还是从前的那个人；因为上帝知晓，——想必世人也有所察觉，——我已把从前的自己打发掉，同样要将从前陪伴左右的那些人赶走。"

凭本能，福斯塔夫不相信眼前发生的一切。他像没事人似的跟沙洛说："他会私下召见我。瞧见了吧，他非得在世人面前装成这样。不必担心升迁。我一定能把你变成大人物。"沙洛也有本能，他不再信这个吹牛的军人："我弄不清你怎么把我变大，——除非把你的紧身夹克给我穿，里面塞满稻草。求你了，仁慈的约翰爵士，那一千镑先还我五百镑。"福斯塔夫依然嘴硬："先生，我绝对说话算数。你刚听到的那些，都是他装的。"直到约翰亲王宣布将福斯塔夫押往弗利特监狱，福斯塔夫才明白，自己本能的一切结束了。

事实上，剧终幕落之时，只要观众、读者仅凭观看演出或阅读文本时的本能思维，稍微替福斯塔夫回想一下，便能立刻明白，这场联手戏注定了福斯塔夫的命运。

约翰·多佛·威尔逊在其《福斯塔夫的命运》一书中说："福斯塔夫可能是《亨利四世》中最显著，至少是最迷人的人物。即便如此，我相信所有评论家都认为，本剧的设计中心是那位瘦亲王，而不是这位胖爵士。哈尔把下贱和高贵的生活，把东市街和威斯敏斯特宫的景象，把酒店和战场都联系起来。他的行动主要给《亨利四世(上、下)》两篇提供素材，而且，他也是未来，因为他就是亨利五世，即《亨利五世》中那位理想的国王。还有最后一点，如我所说，剧情的推动力是亲王要在瞎胡闹和治国理政两者间做出选择。所谓治国，按都铎王朝的一般含义，包括战场上的骑士风和英雄气(这是上篇的主题)及正义(这是下篇的主题)。莎士比亚还把这些抽象术语，或其某些方面，鲜活地体现在其他一些主要人物身上，他们像幽灵侍者似的围在亲王左右：福斯塔夫代表着各种形式的瞎胡闹，霍茨波代表着古老过时的骑士风，王家大法官则代表着法治或忠于王国的新理想……简言之，福斯塔夫和哈尔这一情节，体现着经几个世代编选起来的神话，这种神话对伊丽莎白时代的人来说大有意义。这意义如今均已消逝，也是造成我们对该剧产生严重误解的一个原因。"

无论是否误解，比起那个在剧中篡位谋权、言而无信、忘恩负义，却道貌岸然、用堂而皇之的大道理教训儿子的亨利四世，观众、读者更不会忘掉这个无法无天混不吝的福斯塔夫；即便拿来跟属于未来的"理想的国王"亨利五世比，人们也还是更喜欢这个一身流氓气的牛皮匠福斯塔夫。

是莎士比亚的价值观在剧中出现了混乱，还是他写戏时内心充满了矛盾？单从剧中似乎看不出莎士比亚的立场，这或许只能理解为，他清楚自己是女王治下的臣民，对于本民族的王国历史，不能或不敢轻易显露立场。

2. 与大法官的对手戏

英国著名莎学家 A.C.布拉德雷（A.C.Bradley, 1851—1935）
在其《牛津诗歌讲演集》(*Oxford Lectures on Poetry*)中，对福斯塔
夫如此评说："福斯塔夫之精髓即在于从幽默中获得最开心之自
由。凡打扰他快活的事物，他一律讨厌。他讨厌合乎道德的高贵
事物，因为这些强加给我们各种约束和责任，把我们变成法律、
法令、身份、良知、名誉，以及各式各样令人厌烦的事物的奴隶。
说他讨厌这些东西的意思是，他领教过它们的力量，并认为它们
很荒唐。这些东西一经在他眼里变成虚无，便可以随便拿来开心
了。这就是福斯塔夫对他生活中严肃事物的做法。一讲到严肃的
事儿，他便假模假样，真理在他嘴里都变得荒唐起来。他说荣誉
治不好一条腿，人无论活着还是死去，都不能拥有它。他会避开
法律最高代表(大法官)的攻击。他的爱国主义表现在收受贿赂，
把身强力壮的兵员放走，留下没有战斗力的人去为国打仗。他的
责任是展示拦路抢劫的本领。他的勇气是装死，外加讥笑俘虏。
王子在战场上向他借剑，他递的却是酒瓶子。至于宗教，他会闲
得没事儿时拿忏悔取乐。他会悠然地坐在酒馆里胡吹自己有多
'勇敢'。这些都是他的表演绝活儿。他没有愤世嫉俗者的不满，
有的是儿童般的开心。因此我们赞美他。他只冒犯正人君子，不
认为生活是真实的，把我们从梦魇的压抑中释放出来，送入绝对
自由的时空……在某种程度上说，福斯塔夫的心灵自由是虚幻
的，而他的幽默并不能将生活现实驱除——这是我们从莎士比
亚取之不竭的天才中领会到的。"

由此即可认定，剧中代表着法律严肃力量、并体现出道德高

贵的大法官，是福斯塔夫最恨、也是最大的天敌！没错，亨利五世任命大法官继续执掌正义之剑后不久，便宣布放逐福斯塔夫，并严令大法官督办。福斯塔夫终于成为他自己最"厌烦的事物的奴隶"。

剧中设定的福斯塔夫与大法官的对手戏不多，只有两场，且都在下篇，却耐人寻味。

第一幕第二场，眼里不揉沙子的大法官在伦敦街头远远看见福斯塔夫，问仆人"是被指控拦路抢劫的那个人？"仆人回答："是他，大人。可他后来在什鲁斯伯里一战立了战功；我还听说，他马上要去兰开斯特的约翰勋爵军中指挥什么部队。"

大法官自然无从知晓，福斯塔夫的战功是靠在霍茨波的尸体上捅几剑骗来的，他就事论事，委婉提及盖德山拦路抢劫一案："我派人找你，来跟我谈，是有人控告你犯了死罪。"福斯塔夫面无惧色，从容应答："当时我听了精通军法的顾问的劝告。"这句话柔中带硬，言外之意，身为军人，对民事指控可置之不理。

无奈之下，大法官直言相告："说实话，约翰爵士，你日子过得不大体面。"并指责道："你把年轻的亲王带上邪路。"福斯塔夫耍赖说："年轻的亲王把我带上邪路。我就是那个大肚皮的家伙，他是我的狗。"

"他是我的狗"比较令人费解。在此顺便一提，莎剧中类似令人费解的地方很多，因此，对今天的读者来说，阅读莎译注释本十分必要。按注释理解，这句话可能是福斯塔夫以此指当时的一则笑话，讲一个大胖子(代指自己)由他的狗(代指王子)领着走路；也可能以此暗指一种民俗，认为在圆圆的满月中住着一个男人(代指自己)和一条狗(代指王子)。

面对如此无赖的福斯塔夫，大法官话中带刺地提醒说："你白天在什鲁斯伯里的战功，为你夜间在盖德希尔山的恶行镀了点儿金。你得感谢这不平静的世道，把你的罪过平静遮掩了过去。"并警告："你脸上的每根白须都该显出自尊""你跟着年轻的亲王跑前跑后，像他的邪恶天使一般。"

不想此言一出，福斯塔夫索性以年轻人自居，不无挑衅地说："大人，尽管尚在青春华年，但毕竟上了把年纪，有那么点岁月不饶人的老态。我最谦恭地恳请大人，务必善待身体……你们这些老人，不去想我们年轻人有什么能力；总拿你们苦涩的胆汁来衡量我们肝脏的热度；我得承认，我们这些青春华年的年轻人，也都是些捣蛋鬼。"

大法官感到恶心，反唇相讥："你以为自己的名字还登在青年的册子里？你身上已写满老年人的印记。你没有一双泪湿眼吗？手不干涩？脸不焦黄？胡子没白？腿没缩细？没长大肚子？嗓音不嘶哑？喘气不急促？脑子不糊涂？身上的每一个零件没随着年龄枯萎？还自称年轻人？呸，呸，呸，约翰爵士。"

论耍贫嘴的功夫，十个大法官也顶不上福斯塔夫。福斯塔夫见大法官无计可施，他灵机一动，向大法官提出借钱："大人可否借我一千镑，给我弄点儿装备？"大法官表示："一便士也没有，一便士也不给。"临走之前，大法官正告福斯塔夫："行为要检点，要检点。上帝保佑你征战圆满！"

在第一场对手戏中，大法官没占上风，未能让福斯塔夫就范。

第二场对手戏发生在第二幕第一场。福斯塔夫欠野猪头酒店女老板桂克丽一百马克久拖不还,桂克丽将他告官,领着治安官"狼牙"来抓他。福斯塔夫根本不把治安官放眼里,拔剑耍横,正要跟治安官动手,又让大法官撞上。

桂克丽请大法官评理:"不光一点钱的事儿,老爷,是全部,——我所有的钱。他把我整个家底都吃没了,把我全部财产都装他大肥肚子里了。"

福斯塔夫耍无赖的本领简直无人能及,他脑子反应奇快,瞎话张嘴就来:"大人,这个可怜的疯婆子,满大街嚷嚷她大儿子长得像你。"

大法官不吃这套:"约翰爵士,约翰爵士,你弄虚作假的这一套,我太熟了。你一副若无其事的神情,你一大串粗鲁无耻的言辞,改变不了我的公正判断。依我看,你骗了这个生性慷慨的女人,叫她把钱袋儿和身子都拿来供你享用。"

最后,大法官明确告知:"欠她的债,你得还;对她干下的坏事儿,也得补偿。还债,用实打实的钱;补偿,用真心忏悔。"大法官深知福斯塔夫的为人品性,担心他事后糊弄桂克丽,特意说明要用"实打实的钱(英镑)"还账。

福斯塔夫依然不服软,他以"王命在身",要跟随约翰亲王去约克郡平叛为由,叫大法官发话,命官差放了他。大法官再次警告他:"听这口气,好像你有干坏事儿的特权,但为了你自称的名誉,你得补偿这个可怜的女人,满足她的要求。"

至此,福斯塔夫与大法官的第二场对手戏结束,从表面看,大法官把福斯塔夫训教一顿,明显占了上风。但接下来,福斯塔夫把桂克丽拉到一边,凭着一套风月本领,哄得桂克丽不仅答应撤诉，继续借钱给他，还要把妓女道尔约来陪他一起吃晚饭。对于福斯塔夫来说，此举毋宁用女人打败了法律。

福斯塔夫恨死了大法官！或许，他在哈尔面前，常把"等你当了国王"挂在嘴边，至少其中有一句潜台词是：到那个时候，一定要你好看！因此，第五幕第三场，当皮斯托向正在乡下沙洛家的福斯塔夫报喜"您乖顺的小羊当了国王。他现在是哈里五世"的时候，福斯塔夫的第一反应是："罗伯特·沙洛先生，国内的官儿你随便挑一个，挑了就是你的。"接着强调："沙洛先生，我的沙洛大人，我是命运之神的管家，你想当什么官都行。……我知道年轻的国王盼着我呢。甭管什么人的马我们随便骑。英格兰法律我说了算。凡我的朋友，这下有福了；那位大法官活该遭殃！"

此时的福斯塔夫绝没想到，在他接到这个喜讯之前，他的"乖孩子"哈尔已同他最恨的大法官演完了一出联手戏。

第五幕第二场，刚继承王位的亨利五世试探大法官："像我这样有远大前程的王子，怎能忘记你加给我的莫大耻辱？怎么！申斥、谴责英格兰王位直接继承人，粗暴地把他送进大牢！这能宽大吗？这能在忘川里洗一下就忘掉吗？"

面对国王，大法官慷慨陈词："那时您父王把权力赋予我，我代他用权，执行他的法律；在我忙国事之时，殿下却把我的职权、法律的威严和公正的力量，以及我乃国王权力的象征，忘到脑后，竟在审判席上动手打我；为此，我斗胆用我的威权，把您作为冒犯您父亲的人，监禁起来。假如这么做有罪，您现在戴上了王冠，试想您若有个儿子要把您的法令化为乌有，您能满意吗？能由着他把执法者从令人敬畏的审判席拽下来？能由着他弄翻法律程序,把保护您自身和平、安全的剑变钝? 不,更有甚者,他还蔑视您至尊的象征①,对您代理人的工作加以嘲弄。请您设身处地想一下。您现在就是这个父亲,想象有这么个儿子,听到您的尊严被如此轻蔑,看到您使人敬畏的法律遭漫不经心的怠慢,眼睁睁着自己受这个儿子的鄙视;然后您再换位替我想一下,我以您的权力对您儿子轻施惩戒:——在这番冷静思考后,判决我吧;您已身为国王,那就以国王的身份告诉我,我到底做了什么,与我的职权和身份不符,或有违陛下的王权。"

结果可想而知,大法官不仅没遭报复,反而受命继续执掌王国的"法律天平和正义之剑",并被新国王待如义父。

到这个时候,不必讳言,整个剧里最了解福斯塔夫的只有这个"乖孩子"和这个大法官两个人。早在上篇第二幕第四场,哈尔与福斯塔夫在野猪头酒店演的那出互扮国王与王子的"闹剧"中,哈尔便以貌似玩笑的话,道出了他对福斯塔夫的真实看法。

3. 贪酒好色活力无限

酒与色构成福斯塔夫的全部世界,这并非他的错,是时代使然。他按照时代的节奏生活着:"我像任何一个绅士似的天性善良,可善良了,很少赌咒;一星期掷骰子不到七次;逛窑子——不过一刻钟一回;借别人钱——四次还三次是有的;日子过得舒坦,很有节制。现在全乱套了,毫无节制。"【上 3.3】与其说福斯塔夫自认这是一个可使他"毫无节制"的坏时代,不如说在他眼里这根本就是一个能使他"舒坦"地过不道德生活的好时代,而只

---

① 此为大法官自己是当时亨利四世"至尊的象征"。

需偶尔装出一个表示改过自新的样子："我要忏悔，戒掉萨克酒，像贵族似的活得干干净净。"【上5.4】

福斯塔夫的存在本身，便是对他所处时代的解构，时至今日，人们仍可透过他的形象解构自己所处的时代。从这个意义上说，福斯塔夫远远超出了时代。下篇第一幕第二场，福斯塔夫在伦敦街头与代表法律和正义的大法官不期而遇，他公然宣称："在这个货郎沿街叫卖的时代，美德如此不受待见，真正的勇士变成斗熊场的看门人，脑筋转得快的去当酒保，把聪明劲儿全浪费在客栈账单里。其他一切凡属于人的天赋，——在这恶意的时代眼里，——连一枚醋栗都不值。"

福斯塔夫看透了，这是一个唯利是图("货郎沿街叫卖")的时代。利字当头，荣誉算什么！因此，霍茨波视为至高无上的荣誉，在福斯塔夫眼里一钱不值。上篇第五幕第一场，什鲁斯伯里大战在即，福斯塔夫盘算的是："当我向前冲的时候，荣誉把我一笔勾掉了怎么办？那如何是好？荣誉能治好一条断腿吗？不能。能治好一只断臂？不能。能解除伤痛？不能。那么，荣誉有外科手术的本事？没有。荣誉是什么？一个词儿。'荣誉'这个词儿是什么？空气。好一笔算得精准的账！——谁得了荣誉？礼拜三死的那个人。他能感觉到荣誉？不能。能听见荣誉？不能。这么说，荣誉是感觉不到的？没错，对死人是这样。但对活人，荣誉就不死吗？不。为什么？诽谤受不了荣誉活着。所以，我什么荣誉也不要。荣誉不过一件装点丧礼的纹章盾①。我的教理问答到此结束。"

---

① 带有家族纹章的盾，常用在丧礼上，死者埋葬后，悬挂在教堂墙上。

　　有了这样的荣誉观，见到被道格拉斯杀死的沃尔特爵士的尸体，他由衷表示："我不喜欢沃尔特爵士得到的这种面目狰狞僵死的荣誉。我要活命：能保命，就保；保不了命，荣誉不找自来，死了拉倒。"【上 5.3】

　　有了这样的荣誉观，他在战场上甘当懦夫，刚与道格拉斯交手便倒地装死。他不仅不觉得这是军人的耻辱，反以为此乃随机应变之"大勇"："开膛破腹！要是今天挖出我五脏，明天就得让你撒上盐吃喽。以上帝的血起誓，多亏我刚才装死，否则那个暴烈野蛮的苏格兰人非把我清算了不可。装死？我说了谎，我没装死；死了，才是假装，因为死人没了活的生命，还假装是个活人。但一个人装死，而得以不死，便不是装死，这恰是货真价实完美的生命形象。随机应变是大勇，我凭着大勇保住了命。"

　　这不算完，他居然厚颜无耻——他肯定自认脑瓜好使——到要借霍茨波的尸体邀功请赏："虽然这个火爆脾气的珀西死了，我还是怕他。万一他也装死，一家伙站起来，怎么办？我是怕他比我更会装死。所以，我得在他身上确认一下；对，我要发誓，是我杀了他。他为啥不能像我一样站起来？只有亲眼看见的人才能反驳我，没人看见我。因此，小子，(用剑刺)带着你大腿上的这道新伤，跟我走吧(背起霍茨波)。"【上 5.4】

　　果真，什鲁斯伯里一战，他凭着在霍茨波尸体上刺的几剑，立了战功。而在此之前不久，当王子急火火地找他借剑，要与霍茨波斯杀时，他却不急不慢："不，上帝保佑！哈尔，如果珀西活着，你更不能把我剑拿走；如果你要，我把手枪给你。"哈尔问手枪在哪儿？福斯塔夫居然开玩笑说，手枪在枪套里："还热乎呢，

热乎呢,可以毁了一座城市。"哈尔来不及弄明白福斯塔夫的双
关语:"热乎"(hot),既指手枪因频繁射击叛军,导致枪管发烫,
变得"热乎";又指他枪套里的"萨克酒"度数高,喝到肚子里"热
乎"。"毁了"一词,福斯塔夫故意用"sack",既指"萨克酒",又有
"洗劫""摧毁"(destroy)之意。

哈尔以为福斯塔夫的枪套里真有手枪,一掏,抽出一瓶萨克
酒。哈尔无奈,也只能嗔怪:"怎么,现在是开玩笑、瞎胡闹的时
候?"然后,把酒瓶往福斯塔夫面前一扔,去与霍茨波血战。

福斯塔夫是一个酒鬼!他嗜酒如命,活着为喝酒,喝酒为活
着,没有酒,毋宁死。他认为约翰亲王一脸严肃、不苟言笑,滴酒
不沾,将来肯定没出息。人若不靠喝酒激活自己,都得活成"傻瓜
加懦夫"的样子。他有一大套自圆其说的酒哲学:"上品的雪利萨
克酒有双重功效。它升到脑子里,把所有缠在脑子里的蠢笨、迟
钝、浓浊的湿毒之气烘干,把人变得悟性强、脑瓜快、懂创造,充
满通灵的、炽烈的、诱人的意象,再把这些意象传到舌尖儿,说话
成音,那便是绝妙的智慧。这上好的雪利酒的第二个性能,是给
血加温;喝酒之前,血冷而凝滞,致使肝色苍白,这正是怯懦胆小
的标记。但雪利酒能把血变热,由内向外,流遍四肢。它把脸照
亮,犹如一座灯塔,向人体这个小小王国的其他国土发出警告,
拿起武器;随后,全身所有生命的灵力便聚集在心脏——它们的
统领周围,有了这样的部众,心脏才能强悍,得意扬扬,任何需
要胆量的事都敢干;这股猛劲儿全都仗着雪利酒。所以,纵有一
身武艺,不饮萨克酒,也是白搭;喝酒使人神勇。学问若无酒,不
过一堆魔鬼看守的金子;学问喝了酒,才能变得既有效来又有

用。……我若有一千个儿子,教他们做人的头一条准则就是,别喝淡饮料,要把萨克酒喝上瘾。"【下4.2】

福斯塔夫是一个牛皮匠! 全剧有四处极其典型的福斯塔夫式吹牛。上篇盖德山抢劫一场戏,先是福斯塔夫、巴道夫、皮托、盖德希尔等四人劫了过往富商,然后,头戴面具的哈尔和波恩斯又来抢他们,福斯塔夫吓得屁滚尿流,逃之夭夭。

可一回到酒店,他竟牛气冲天地夸口说:"我要是没手持短剑,一人对十二个,近身肉搏两个小时,我就是无赖。能捡条命,真是奇迹。我的紧身衣被刺穿八次,裤子刺穿四次,小圆盾被捅透,我的剑也砍得成了手锯,豁边卷刃。"他边说边比画:"这四个家伙并着排,一齐挥剑,朝我凶猛刺来;非出手不可了,我轻挥盾牌,便把七个剑尖都挡住了,像这样。"直到哈尔不留情面,连奚落带挖苦地戳穿他:"福斯塔夫,你挺着个大肚子跑起来倒挺快,那么敏捷、灵巧,而且一边跑一边吼,吼着求上帝发慈悲,吼得活像一头公牛犊。真是一个下贱的笨蛋! 自己把剑砍成锯齿,却硬说打仗打的! 现在,看你还能用什么花招、什么手段、什么藏身的洞窟,把你这明摆着的耻辱遮住?"【上2.4】

什鲁斯伯里之战结束后,他背着霍茨波的尸体去邀功请赏,面对哈尔,从容不迫:"我承认,我倒在地上,喘不过气来;他也一样。可是后来,我们俩同时从地上爬起来,按什鲁斯伯里的时钟算,又激战了足足一个钟头。要信我说的,就信;要不信,就让论功行赏的人把罪过压自己脑袋上。就算快死了我也发誓说,他大腿上的伤是我刺的;要是他活过来矢口否认,以上帝的伤口起誓,叫他再吃我一剑。"【上5.4】

有这样吹破天的本领，他才能带着挑衅的口吻觍着脸向大法官吹牛："祈祷上帝，愿敌人听了我的名字没觉得那么恐怖！我宁愿闲得生锈死掉，也不愿叫没完没了的行动腐蚀干净。"【下1.2】

下篇，高尔特里森林之战，追击约克大主教按和平协议遣散的叛军，福斯塔夫不费吹灰之力，俘虏了累瘫在地、不想再逃、束手就擒的科尔维尔之后，便转脸向约翰亲王海吹起来："我卯足浑身上下的力气火速赶到这儿。我骑瘸了一百八十多匹驿马，一路风尘，才到了这儿，又凭我毫无瑕疵的勇敢，活捉了山谷镇的约翰·科尔维尔爵士，他可是一个最凶暴的骑士、一个威猛的敌人。但又管什么用呢？他一见我，就投降了，这下我倒真可以像那位长着鹰钩鼻子的罗马人（恺撒大帝）一样，说——'我来了，我看见，我征服。'"【下4.3】

福斯塔夫是一个劫匪！上篇的盖德山拦路抢劫便是最好明证，但福斯塔夫竟恬不知耻地把这不法勾当称为天命使然。抢劫之前，他一面对哈尔狡辩："一个人为天命劳神，不算犯罪……人的灵魂若靠行善才能得救，地狱里可有灼热到煎熬他的火洞？"一面对巴道夫称赞参与抢劫、并替他们踩点儿的强盗盖德希尔："这家伙是恶棍里的人尖儿，最会对老实人大叫一声：'给我站住，拿钱来！'"。【上1.2】这何尝不是福斯塔夫的自画像，他就是一个专门欺负老实人的"恶棍里的人尖儿"。

福斯塔夫是一个财迷！他为捞钱财，不择手段，竟敢在危及王国存亡的什鲁斯伯里之战前，"滥用国王的征兵权，拿一百五十个士兵换了三百多镑。征兵，我只挑有钱人家的子弟，或小地主的儿子……我征兵专拣这类尿包，他们心在肚子里，比针尖还小，宁可出钱，不愿参军。如今，我的队伍里净是些扛旗的老兵、伍长、副官、没正式军衔的文职兵，这群奴才衣衫褴褛，活像画布上被财主家的狗舔疮的拉撒路。……他们中有好多人是我从大牢里弄出来的。"当哈尔表示"从未见过这么可怜兮兮的流氓无赖"。他满不在乎地说："能供人钉在枪尖上，够好了；炮灰，炮灰的命。死了填坑，跟好人没区别。咳！伙计，人总有一死，没有不死。"【上4.2】果然没出他所料，战事结束："我把那帮叫花子兵带上战场，全死了。一百五十人，没三个活的。"【上5.3】

下篇，高尔特里森林之战在即，福斯塔夫再次利用征兵良机，和巴道夫一起合伙收受贿赂。谁给他钱，他免谁兵役。他的捞笔哲学就是再简单不过的"大鱼吃小鱼"："既然拿小鲦鱼给老梭鱼当钓饵天经地义，照这条自然法则，我没理由不狠咬他一口。"乡村治安官沙洛向他推荐身强力壮的"霉头"和"牛犊子"，他一个也不要。沙洛特意提醒："约翰爵士，约翰爵士，可别弄错喽。属他俩最能干，我给你挑的都是好兵啊。"福斯塔夫理直气壮地回应："沙洛先生，你要教我怎么选人吗？难道我选人，只在意胳膊腿儿、筋肉、个子、块头儿、体格身量这样的外在条件？沙洛先生，我要的是精气神。"结果，他把从绰号就能看出"精气神"的"病秧子"和"阴影"招为兵丁，还振振有词地显摆："瞧这个干巴瘦的家伙，阴影，——把这人给我。他在敌人眼前晃悠都当不了靶子，敌人想打中他，跟瞄准小刀的刀刃一样难。还有，撤退的时候，——这个病秧子，这个女装裁缝，得跑多快呀！啊，我要小瘦子，不要大块头。"【下3.2】

福斯塔夫的每一个毛孔都绝好体现着莎士比亚的喜剧才

华，威廉·哈兹里特(William Hazlitt, 1778—1830)在其《莎士比亚戏剧人物论》(Characters of Shakespeare's Play)把福斯塔夫的一切都归于"智慧"："福斯塔夫的智慧是从他强壮身体喷出来的精华；是从他的好脾气、好性格里散出的气息；是从他嬉皮笑脸、广交朋友里溢出的暖流；释放之后，他神清气爽，是对人对己都过于满意的结果。假如福斯塔夫不这么胖，反倒与其性格相矛盾了。他之所以有如此天马行空的想象力，全在于他贪吃好喝。他用笑话培育思想，恰如用糖和酒给身体补充营养。他讲笑话感觉活像吃了阉鸡和鹿肉一样享受，吃完再来一盘，还得浇上馋人的卤汁。……他既是一个说谎家、牛皮匠，又是一个懦夫、酒色之徒。可他并不招我们反感，还令我们愉悦。他这种人自娱自乐，也叫别人快乐。……福斯塔夫戏谑之秘钥在于他遇事高度沉着，有一种排除任何干扰的绝对心境。他巧舌如簧，这既是他自珍自爱的自然流露，也是一种规避，把那些搅扰他快活和自满的事物规避掉。他的大块头在欺骗的大海中漂游，……他天生反感使人不快的想法或处境，答起话来总那么肆无忌惮。他只知凭空捏造，捏造得越离谱儿，说起来越带劲儿。"

这样的"带劲儿"又特别体现在福斯塔夫的淫欲之上，他是一个色鬼！下篇第一幕第二场，他见大法官转身离开，马上对侍童说："没谁能把老人和贪婪分开，也没谁能把青春的肉体和淫欲隔离。"此前，他刚挑衅性地告知大法官："我不想进一步证明自己有多年轻。事实是，我只在辨别力和理解力上有点显老。"

然而，必须明确的是，福斯塔夫的一切都源于福斯塔夫式的本能，与智慧无关。这应是莎士比亚如此塑造这个人物的初衷，他深谙人们，即便教养良好的，骨子里也有喜欢轻松幽默、插科打诨甚至低级庸俗的倾向。而这正是莎剧取胜，至今仍有活力的重要原因之一，即他不光写了人的严肃一面，更在于他把特别适应人庸俗那面的东西深挖出来。拿福斯塔夫来说，当人们看到舞台上有这样一个滚刀肉、一个混子、一个人渣，时常口舌如簧地对正统价值观进行嘲弄、颠覆，会觉多么有趣。仔细想来，福斯塔夫有许多以反讽口吻说出的花言巧语、甚至打情骂俏，都道出了残酷的人生真相。福斯塔夫实在是一个成功的戏剧人物！

再说他的色，他凭借"本能"，把"贪婪"和"淫欲"合二为一。对酒店女老板桂克丽，他不仅长期借了钱，赖账不还，还经常享用她的肉体；对妓女道尔，他不仅有本事占够她的便宜，还能叫她对自己痴迷得发嗲："啊，你这可爱的小坏蛋，你呀！哎呀，可怜的猴子，瞅你这一身汗！来，我给你擦擦脸。来呀，你这张婊子养的大胖脸。——啊，坏种！说真的，我爱你。你像特洛伊的赫克托一样神勇，抵得过五个阿伽门农，比那九大名人还要棒十倍。啊，坏蛋！"【下 2.4】

从道尔的这段台词来看，一般读者、观众对赫克托（Hector）不陌生，他希腊神话中的特洛伊王子，帕里斯的哥哥，特洛伊第一勇士，特洛伊之战中特洛伊的军队首领，后被希腊军中第一勇士阿喀琉斯所杀；对阿伽门农（Agamemnon）也算熟悉，他是希腊迈锡尼国王，被视为希腊诸王之王，征讨特洛伊的希腊联军统帅。但对于"九大名人"（Nine Worthies）具体指谁，不见得一下便知，它指的是体现理想骑士精神的九位历史人物。三个犹太人：

约书亚(Joshua)、大卫(David)和犹大·马加比(Judas Maccabaeus)；
三个异教徒：特洛伊的赫克托(Hector)、亚历山大大帝(Alexander the Great)和尤里乌斯·恺撒(Julius Caesar)；三个基督徒：亚瑟王(Arthur)、查理大帝(Charlemagne)和布永的戈弗雷(Godfrey of Bouillon)。

在此，欣赏和解读莎剧中的一个问题，即注释的不可或缺，需要直接和正式提出来。

以桂克丽和道尔这两个底层女性人物举例来说，她俩文化程度都不高，桂克丽说话经常语无伦次、颠三倒四，妓女道尔嘴里还常冒出情色场里的下流话。从全剧来看，二人的角色作用都不算重要，只为跟福斯塔夫一起插科打诨、嬉戏调情、制造喜剧、甚至闹剧气氛。最后，她俩因涉嫌一桩命案，在福斯塔夫入狱之前，被教区执事抓捕关押。

这部两联剧之所以热闹，不仅因为有福斯塔夫，还因为有桂克丽、以及在下篇加入的道尔。只要他们仨凑一块儿，就打情骂俏、嬉笑怒骂，好戏连连。但这好戏几乎全在于福斯塔夫的时代语境，而他本人，加上粗鲁的皮斯托，俩人又都是擅说双关语、特别是性双关的高手。以下从上下篇各摘选一段，剧情都发生在东市街的野猪头酒店。想必读者不难判定，若没有注释，其中的戏剧滋味将大打折扣。

上篇第三幕第三场：

亨利王子　　你有什么说的，杰克？

福斯塔夫　　那天晚上，我在这儿的挂毯后面睡着了，被人掏了兜①。这家酒店成了淫窝：居然掏人兜②。

亨利王子	你丢了什么，杰克？
福斯塔夫	哈尔，我说出来你信吗？丢了三四份契约，每张值四十磅，还有一枚祖父传给我的印章戒指。
亨利王子	那玩意儿不值钱，顶多不过八便士。
老板娘	殿下，我就是这么跟他说的。我说我是听殿下这么说的。再有，殿下，他说起你来，不干不净的，满嘴脏字，还说要拿棍子揍您一顿。
亨利王子	什么？他不会这么说吧？
老板娘	他若没这么说，我就是一个没信仰、不说实话、不守妇道的女人。
福斯塔夫	你的信仰比不过一颗煮梅子③，你的实话还没被追逐的狐狸④多。要说守妇道，玛丽安姑娘⑤跟你一比，简直可以当这儿的副区长太太。一边去，你个什么也不是的东西⑥，走开。
老板娘	什么东西，说啊？什么东西？

---

① "被人掏了兜"，暗含性意味，指"被人夺了贞操"。

② 福斯塔夫暗含的意思是：这家酒店是一处专门夺人贞操的淫窝。

③ "煮梅子"（stewed prune）：当时妓院里常吃的食物，转义指妓女。福斯塔夫讥讽老板娘的信仰不如一个妓女。

④ 狐狸是一种狡猾的动物，被其他猎物追逐时，常以装死求生。福斯塔夫讥讽老板娘的实话都是骗人的。

⑤ 玛丽安姑娘（Maid Marian）：当时流行的莫里斯舞（morris dance）和五朔节（May）游戏中，一个女扮男装、名声不好的放浪角色。

⑥ "第一对开本"此处作"你个什么也不是的东西"。"牛津版"此处作"你这个东西"。"东西"在此暗指"阴道"。

福斯塔夫　什么东西!哎呀,一个要感谢上帝的东西①。

老板娘　　我才不是什么要感谢上帝的东西,这点你得明白:我是本分人家的太太;你不顾自己的骑士身份,这样骂我,简直一个无赖。

福斯塔夫　你不顾妇道,否认自己是个东西,简直一头野兽。

老板娘　　什么野兽?说出来,你个无赖,无赖。

福斯塔夫　什么野兽?嗯,一只水獭。

老板娘　　一只水獭,约翰爵士!为啥是水獭?

福斯塔夫　为啥?她既不是鱼,又不是肉,男人不知到哪儿去找②她。

老板娘　　你这话不地道:不论你,还是别的男人,都知道在哪儿找我,你这无赖,无赖!

亨利王子　你说得对,老板娘,他对你的诽谤太不像话。

老板娘　　殿下,他连你也诽谤,那天他说,你欠了他一千镑。

亨利王子　你这家伙,我欠你一千磅?

福斯塔夫　一千镑,哈尔?一百万镑:你的爱值一百万镑;你最欠我的,是你的爱。

老板娘　　不,殿下,他骂你混混儿,还说要拿棍子揍你一顿。

福斯塔夫　巴道夫,这话我说过吗?

---

① "东西":在此暗指"妓女"或"阴道"。
② 此处福斯塔夫的这个"找"暗含"弄""搞""干"之性意味。

巴道夫	真的，约翰爵士，你是这么说的。
福斯塔夫	没错，——假如他说我那枚戒指是铜的。
亨利王子	我说它是铜的，现在你敢照你说的做吗？
福斯塔夫	哎呀，哈尔，你最清楚不过，假如你只是凡夫俗子，我当然敢。可你是个王子，我怕你怕得就像听小狮子吼①。
亨利王子	为什么不怕听大狮子吼？
福斯塔夫	怕国王本人才是怕大狮子吼②：你以为我怕你，像怕你父亲一样？不，那样的话，我央求上帝把我腰带弄断③。

下篇第二幕第四场：

皮斯托	上帝保佑你，约翰爵士！
福斯塔夫	欢迎，旗手皮斯托。来，皮斯托，我给你枪里装一杯萨克酒，你去向我们的老板娘开火④。
皮斯托	约翰爵士，我要射她两杯子弹。

---

① "幼狮""小狮子"是《圣经》中对年少无畏的年轻人的比喻。参见《旧约·创世记》49：9："犹大像少壮的狮子，扑取猎物，回到洞穴；它伸直身子躺卧，谁都不能惊动他。"

② "国王如狮"是《圣经》中的比喻。参见《旧约·箴言》19：12："君主震怒像狮子吼叫。"20：2："要畏惧王的愤怒，像惧怕咆哮的狮子；/激怒君王等于自杀。"

③ 按民间说法，腰带断乃不祥之兆。古谚云："没腰带的不受祝福"（ungirt, un-blessed.）。

④ "皮斯托"（Pistol）：pistol本义为"手枪"，故福斯塔夫在此又玩起了双关：1. 我给你倒杯萨克酒，你去敬老板娘一杯；2. 用你的子弹，去射老板娘一下。（"开火"含性意味，指"射精"。）

福斯塔夫　她能防弹，先生，你射不透她①。

桂克丽　　嗨②，管你什么防弹、射弹，我一概不喝③。对我没好处的东西我不喝，我这个人，喝酒不是为了讨男人快活。

皮斯托　　那射你，多萝西④夫人，我射你一杯。

道尔　　　射我？下流东西，我瞧不上你！怎么？你这穷兮兮、卑贱的、无赖的、骗人的、衣着寒酸的家伙！滚，你这发霉的流氓，滚！我是你主人嘴里的肉⑤，你高攀不起。

皮斯托　　多萝西夫人，我对你一清二楚⑥。

道尔　　　滚，你这扒窃的恶棍，你这脏臭的偷包贼，滚！以这杯酒起誓，你若敢对我动手动脚⑦，我就把刀子插你这张臭脸上。滚，你这卑劣的恶棍，腰里挂把老掉牙的破剑⑧咋咋呼呼的骗子，你！——请问，先生，冒充军人多久了？上帝之光，肩头还系了两根带子⑨。真够威风的！

---

① 福斯塔夫或暗讽皮斯托勃起不硬。

② "嗨"（Come）：或有性高潮之意涵。

③ "喝"（drink）：或有性交之意涵。

④ "多萝西"（Dorothy）："道尔"（"Doll"），应是其名字的简称。

⑤ "肉"（meat）：与"伴儿"（mate）双关，暗指"妓女"。意思是：我是你主人的性伴侣。

⑥ 或含性意味，意思是：你的性本领我一清二楚。

⑦ "动手动脚"：原指窃贼用刀把系人腰带上固定钱袋的带子割断。道尔言下之意：你若敢在我身上放肆。

⑧ "剑"（basket-hilt）：指剑柄带条编形护手的老式长剑。

⑨ "带子"（point）：军人系在肩头固定护胸甲的带子。

皮斯托　　　　上帝别让我活了，看我不撕了①你的大皱领②！

福斯塔夫　　　别再闹了，皮斯托。我不准你在这儿开枪走火③。
　　　　　　　这杯酒你就射给自己吧，皮斯托。

桂克丽　　　　别这样，好心的皮斯托队长④。别在这儿撒野，
　　　　　　　亲爱的队长。

　　多佛·威尔逊在《福斯塔夫的命运》中指出："尽管福斯塔夫
这个人物形象由中世纪的魔鬼脱胎而来，但他已变成当代人神话
里的一尊神。在人们想象中，他犹如古人生活中的罗马酒神巴克
斯，原因在于，他把一切传统、法律、道德束缚一股脑全抛开，叫
作为人类社会成员的我们不再受这些约束，感到特别兴奋、提神
儿。福斯塔夫不知廉耻，毫无原则，连最起码的体面也不顾，却能
赢得赞赏，全因为他富于机智，蔑视道德，脑子灵活，活力无限。"

　　连带注释读完以上两段，再回味威尔逊所说，能否感到，福
斯塔夫这个人物像创造他的莎士比亚一样，是说不完的？

4. 与诺福克公爵的关联

　　在下篇第三幕第二场乡村治安官沙洛开口揭穿福斯塔夫老
底儿之前，没人知道福斯塔夫年轻时的风流事及其身世："找遍
伦敦所有律师学院，也见不着四个如此瞎胡闹的流氓。这么跟你

---

　　① "撕"（murder）：暗指性攻击。

　　② "皱领"（ruff）：16—17世纪流行的一种高而硬的轮状皱领。因妓女惯于穿大
皱领，故"大皱领"也指称"妓女"。

　　③ "开枪走火"：含性意味。

　　④ 桂克丽搞不懂军中官衔，误把"旗手"当"队长"。

说吧,哪儿有漂亮鸡(妓女),我们门儿清;其中几个最漂亮的,我们招手就来。那个杰克·福斯塔夫,现在得叫约翰爵士,当时还是个孩子,给诺福克公爵托马斯·毛伯雷当侍童。"

按乔纳森·贝特所说,福斯塔夫小时候曾给诺福克公爵当过侍童,这本身并无事实根据,似乎是莎士比亚杜撰的。

这凭空一笔从何、又为何而来? 依据贝特的分析,莎士比亚如此写, 是为将福斯塔夫同以亨利四世和他儿子为代表的兰开斯特王朝的反对派建立关联:"在理查二世当朝之初, 亨利四世还叫布林布鲁克的时候,这位毛伯雷跟他已是对头。有其父必有其子:正像布林布鲁克谴责毛伯雷参与叛国将其驱逐出境一样,哈尔也把福斯塔夫从身边放逐。离开时,毛伯雷深情地向故土和母语告别, 动情的话语暗示出他对英国土地和语言的爱胜过朝代更迭。而从自私的布林布鲁克嘴里,我们听不到类似动听的爱国话语。他对父亲、冈特的约翰(沙洛还记得他的名字和他的英格兰)临终遗言要恢复的理想化的古老英格兰,毫无作为。

"在莎士比亚的时代,那些因思想差异而遭放逐、但仍宣称忠于英格兰的人,大多是天主教徒。这揭示出把福斯塔夫和诺福克公爵连在一起的另一层指向。对一个伊丽莎白时代的观众来说,作为国土之上唯一幸存的公国,诺福克的名字与公开的或被疑为天主教的同情者成了同义词。在亨利八世与罗马教廷决裂、正式改教之后很长时间,旧的天主教习俗仍在持续。天主教的礼拜仪式和农业历法以及人的生物周期间的整体关系, 不可能一夜之间被打碎。因此,福斯塔夫在英格兰腹地旅行,也是深入莎士比亚的父亲和外祖父的古老宗教之旅。在把从旧戏《亨利五世大获全胜》中王子的酒肉朋友具象化的过程中，莎士比亚保留、并使用了大量自己亲生父亲"约翰"的名字，这是否巧合，令人好奇。讽刺的是，不得不把福斯塔夫的原名"奥尔德卡斯尔"改掉，因为这个角色被视为对原始新教'罗拉德派'一位同名殉教者的侮辱：下篇收场白说'奥尔德卡斯尔死于殉道，这出戏演的并非此人。'

"确实不是这个人，因为福斯塔夫正是在宗教改革名义下被压制的那些古老天主教节奏的化身。戏文里还留有奥尔德卡斯尔的痕迹：'福斯塔夫吓得浑身淌汗'【上 2.2】，暗示一个在篝火上被烧的殉教者，而'我若不能像别人似的叫因车看着顺眼'【上 2.4】"可能指一个宗教异见者在去受火刑的路上，以及一个罪犯被押上绞架。新教徒，尤其极端的清教徒，传统上的形象清瘦，胖修士则是天主教腐败的象征。莎士比亚通过将约翰爵士写成一个胖子，而且不管他叫奥尔斯卡斯尔，意在举起天主教的幽灵与新教殉教者形成对照。福斯塔夫是马伏里奥的对手：他代表蛋糕、麦芽酒和节庆，他代表的一切都是清教徒诅咒的。在《亨利五世》开头，坎特伯雷大主教证实，哈里亲王的改革因抛弃福斯塔夫得以完成：'从未见洗心革面似一股洪流，如此强劲，把一切错误都冲走。'【1.1】假如戏里有一位原始新教徒或萌芽中的清教徒，那便是亨利五世，他刚洗刷掉过去，抛弃了老伙伴，将原来的英格兰拒之门外。

"就算福斯塔夫想利用哈尔为自己升迁，但比起那个永远冷漠、老谋深算的亨利四世，他更像一个父亲。福斯塔夫与浪荡王子模仿表演觐见国王的场景倾情投入；到王子实际觐见父王时，国王却很阴冷，两相对照，再清晰不过地说明了这一点。下篇结尾处的复杂和痛苦，源于正在回家继承政治遗产的浪子哈尔撕碎了老英格兰的心。按霍林斯赫德《编年史》所写，亨利五世对友情无以回报。但莎剧历史不这么说。'沙洛先生，我还欠你一千镑。'【下 5.5】福斯塔夫遭他的'乖孩子'公开谴责之后，立刻这么说，他想改变话题，这是人们觉得自己被出卖或不知所措时常有的做法。此时此刻，用心看过这部两联剧的观众，可能还记得哈尔和福斯塔夫两人间的早先那段对话，哈尔问：'你这家伙，我欠你一千镑？'福斯塔夫回答：'一千镑，哈尔？一百万镑。你的爱值一百万镑；你最欠我的，是你的爱。'"【上 3.3】

5. 懦夫，还是勇士？

能想象世上有福斯塔夫这样的勇士吗？不知除了 18 世纪莎学家莫里斯·摩根（Maurice Morgann，1726—1802）之外，还有谁这样认为。1777 年，摩根在他那本著名的《论约翰·福斯塔夫爵士的戏剧性格》(*An Essay on the Dramatic Character of Sir John Falstaff*)一书中，开宗明义指出："我对约翰·福斯塔夫爵士这个戏剧人物的勇气和军人性格所抱的看法，与我目力所及的世上的流行看法完全不同……我并不认为莎士比亚原打算把怯懦作为福斯塔夫的主要天性。"

摩根丝毫不否认，福斯塔夫最亲密的伙伴亲热地叫他懦夫；他在盖德山抢劫时，一见乔装前来趁火打劫的哈尔亲王和波恩斯便逃之夭夭；在战场上，刚跟道格拉斯交手就倒地装死。凡此种种，所有人都"否认他具有任何一种优良或值得尊敬的品质"。

然而，摩根认定，"这里有某种非凡的东西存在：想必莎士比亚有种不可思议的艺术，才使我们喜欢这样一个讨厌的家伙并对他怀有好意。人们会说，他富于机智，有一种极具特征和蛊惑人的爽快、幽默。难道光这些就够了吗？难道对邪恶的幽默和愉快竟如此蛊惑人吗？难道那种充分显出卑鄙和每一种恶劣品性的机智，能如此抓住人心并赢得喜爱吗？或者，这种明显的幽默和突出的机智，由于更强烈揭示了性格缺陷，难道不会更有效激起我们对这个人的憎恨和蔑视吗？但我们对福斯塔夫性格的感觉并非如此。当他不再令我们开心时，我们并未觉得有什么厌恶；我们简直不能宽恕威尔士亲王即位后表现新王美德时的那种忘恩负义，我们还诅咒那种严苛无情的惩恶扬善，因为它把我们这位好脾气、讨人喜欢的老伙伴交给典狱官，遭受在弗利特监狱囚禁的羞辱。"

总之，摩根认为福斯塔夫是有勇气的，绝不是"天生的懦夫"。在摩根眼里，福斯塔夫"性格的主要品质——其他所有品质均从这里获得色彩——就是一种高度的机智和幽默，兼备充沛的精力和敏捷的头脑……他发现自己尽管满身缺点，人们照样尊敬和喜欢他；毋宁说，人们这样对他恰恰因为他有缺点，这缺点和他的幽默密不可分，而缺点大部分还是从幽默中产生的……他继续在社交场合生活，不，甚至住在酒店，过着花天酒地、淫欲放荡的生活，还得到别人的纵容；他酗酒、嫖妓、贪吃，总十分快活……他永远能从自己的机智里找到可用的手段，他向人借钱，故意隐瞒，欺骗别人，甚至拦路抢劫，从不以为耻。他奢靡淫欲所得到的对待是笑声和赞许……最后，他把青春和老年、冒险和肥胖、机智和愚蠢、贫穷和奢侈、爵位和滑稽、想法单纯和做法恶劣混在一起……作为一个笑料和一个机智的人，一个幽默家和一个滑稽者，一个试金石和一个笑柄，一个小丑和一个遭嘲弄的对象，约翰·福斯塔夫爵士，就其一生中我们所见到这个时期来讲，或已成为一个从未展示过的最完美的喜剧性格。"

至此，可以获知摩根所说"福斯塔夫具备基于天性和体质的勇气"指的是什么了。原来，不论福斯塔夫敢于在什鲁斯伯里之战中面前强敌倒地装死，把保全生命视为一个诙谐问题，还是他可以靠借债度日不觉有损荣誉，都是"勇气"的表现："勇气是构成福斯塔夫性格的一部分，属于他的天性，并在他一生的行为和实践中表现十分突出……假如把威尔士亲王和波恩斯对他的戏弄，以及约翰·兰开斯特公爵对他的谴责放一边，无法从剧中任何一个人物嘴里听出对其勇气的怀疑。……假如莎士比亚原本想把福斯塔夫写成一个'吹牛皮的军人'类型的性格，那他的行为就该，从而一定会受到别人评头论足……莎士比亚写他的性格全由各种矛盾构成：既是一个青年，又是一个老头儿；既敢于冒险，又游手好闲；既容易受骗上当，又富于机智；既没心眼儿，又胡作非为；原则上软弱，本性上果断；表明上怯懦，实际上勇敢；虽是一个无赖，却并无恶意；虽喜欢撒谎，并不欺诈；虽是一个骑士、一个绅士、一个军人，但一点也不尊严、不庄重、不体面……在莎士比亚写戏那个时代以前，舞台上的弄臣、小丑，都是最廉价、粗糙的材料塑造的。换言之，只要运用某种主要的愚蠢行为，再掺上少量的无赖和公子哥儿习气，目的就达到了。但莎士比亚喜欢刻画难以塑造的角色，他决定提供一种更丰盛的菜肴，使一个出色的丑角富有机智、幽默、高贵、尊严和勇敢，韵味十足。"

顺着摩根的思路,似乎颇有自圆其说的道理。但显而易见,摩根之所以不能"宽恕"亨利五世最后"忘恩负义"放逐、"羞辱"福斯塔夫,只因他过于溺爱福斯塔夫,才把亨利五世的这种做法与亨利四世对珀西家族的"忘恩负义"等同起来。可这根本是两码事!

事实上,在这儿引述摩根对福斯塔夫的评述,只为把莎研史上有过的"福斯塔夫勇气说"立此存照,聊备一格。

不过,有个问题值得思考:人们为何如此喜欢这个懦夫?或许因为在很多时候,人们都会在福斯塔夫式的本能驱使下,自然变成懦夫!

6. 福斯塔夫何以消失?

《亨利四世(下)》以"致辞者"一大段收场白落幕结束,其中说道:"请允许我再啰唆一句。假如众位对肥肉没吃太腻,浅陋的作者会继续讲述这个故事,里边有福斯塔夫,还有法国美丽的凯瑟琳叫你们开心。据我所知,福斯塔夫将在这出戏里因流汗而死;除非你们已用不利言辞杀了他。奥尔德卡斯尔死于殉道,这出戏演的并非此人。"【5.5】

显而易见,此时,莎士比亚至少已想好将在《亨利五世》中如何安排福斯塔夫:让他第三次参战——阿金库尔战役(Battle of Agincourt),前两次是什鲁斯伯里之战(上)和高尔特里森林之战(下);最后让他"因流汗而死"。换言之,莎士比亚把福斯塔夫的死法都想好了。顾名思义,"流汗而死",应指因强体力活动、瘟疫或感染性病引起的阵发性出汗导致的死亡。也就是说,莎士比亚很可能让福斯塔夫死在跟老板娘桂克丽或妓女道尔的性事上,成为风流鬼。恰如多佛·威尔逊在《福斯塔夫的命运》中所说:"莎士比亚既然把自己的意图这样公开说出来，等于提前许愿、广而告之，观众很快将再有一番享受。按当时记载，福斯塔夫极受欢迎。假如属实，观众的胃口便不仅觉不到吃腻了这块肥肉，看完这两部戏后，反而更想吃了。"

既然这样，福斯塔夫何以在《亨利五世》中消失不见？名字只出现过一次：还是第二幕第三场，在伦敦某处街头，皮斯托对老婆桂克丽顺嘴那么一说"福斯塔夫死了"。

对此，18 世纪著名批评家塞缪尔·约翰逊（Samuel Johnson，1709—1784）认为，莎士比亚感到无法以戏剧手法把福斯塔夫写下去，只好放弃。不过，多佛·威尔逊不这样看，他推断，并非莎士比亚在《亨利五世》中再也塑造不出福斯塔夫，而是因为他所属的内务大臣剧团内部，人员有了变动。简言之，是红极一时的剧团台柱子喜剧演员、主要股东之一威廉·坎普的离开，导致了福斯塔夫的消失。威尔逊认为，福斯塔夫这个角色八成是为坎普写的，也可以说，这个角色是坎普在舞台上创造出来的。威尔逊的分析，或可以给出一个令人信服的答案：

此剧下篇四开本第二幕第四场的舞台提示，印有"威廉上"字样，对比《罗密欧与朱丽叶》第二四开本里的"威廉·坎普上"一看，这个"威廉"无疑是指坎普。假如把坎普最早扮演《亨利四世》中福斯塔夫的时间定在 1597—1598 年之间，那莎士比亚为何不兑现许愿，便一下子有了令人满意的答案。《亨利五世》第五幕序曲提到女王的将军（埃塞克斯伯爵）从爱尔兰凯旋回朝，由此断定，此剧上演必在

1599 年至 3 月 27 日至 9 月 28 日之间，这是埃塞克斯离英、返英的日子。此剧第一幕序曲提到"木头圆圈"，不知指的是环球剧场还是帷幕剧场。不过，环球剧场于 1599 年初开始兴建，夏季落成，这个不会错。同样可以肯定的是，剧场场址的租约于 2 月 21 日到期，当时签字立约人有坎普，但在"建的过程中或建成后不久"，他退出了。另有证据显示，他脱离剧团正是那一年。简言之，我的猜测是，当莎士比亚在《亨利四世（下）》收场白里许愿，让福斯塔夫在《亨利五世》里重新亮相之时，已想好继续由坎普扮演。但坎普一离开剧团，原计划也只好改变。既然福斯塔夫不能重新登台，剧情得交代一个合理解释，唯一圆满的答案就是说他死了。这便是从《亨利五世》看到的福斯塔夫的结局，既令人心生悲悯又不失幽默，莎士比亚最擅此道，他用尽招数使观者在失望之余，给予谅解。

自从福斯塔夫落生在莎剧《亨利四世》那一刻起便注定了，他永远不会消失！

> 篡谋王位背信弃义的亨利四世，
> 洗心革面浪子回头的哈尔亲王，
> 血性豪勇的"暴脾气"霍茨波，
> 幽默的白胡子老撒旦福斯塔夫。

2018 年 2 月 28 日

亨利五世:英格兰一代圣君英主

    当战争的狂风吹过耳际,我们就要模仿老虎的动作;绷紧肌肉,激起热血,用丑陋的狂暴掩盖美好的天性:然后目露凶光;让眼睛像铜炮似的,透过头上的观察孔向外窥探;让悬在眼睛上的眉毛,令人恐惧得像一块受过磨损的巉岩,孤悬着凸伸出去,俯视被狂野的、毁灭性的海洋冲蚀的荒废山脚。

——(《亨利五世》第三幕第一场)

HENRY THE FIFTH

一、写作时间和剧作版本

1. 写作时间

《亨利五世》初稿应写于 1599 年初夏,理由有五:

第一,《亨利四世(上)》1596 年下半年(九十月间)完稿,《亨利四世(下)》或于同年岁末、至迟 1597 年初完稿,作为其续篇的《亨利五世》,自然在此之后动笔。

第二,1598 年 9 月 7 日,作家弗朗西斯·米尔斯(Francis Meres,1565—1647)牧师在伦敦书业公会(Stationers Company)登记印行的《智慧的宝库》(*Palladis Tamia*)一书,未提及《亨利五世》。

第三,1600 年 8 月 14 日,书商托马斯·帕维尔(Thomas Pavier)在伦敦书业公会的"登记簿"(Register)上注册登记《亨利五世编年史》(*The Chronicle History of Henry the fifth*),且附按语"保留印刷"(to be staied)。

第四,《亨利五世》第五幕开场诗(Chorus)中说到"伦敦市民倾巢而出""迎接胜利的恺撒"亨利五世时,顺便提及"倘若我们仁慈女王的那位将军从爱尔兰归来,——没准儿就在眼前,——用剑尖儿挑着叛贼的脑袋,得有多少人出城,把他迎进安宁的城里!"一般认为,此处之"将军"(general),指女王伊丽莎白一世(Elizabeth Ⅰ,1533—1603)的宠臣埃塞克斯伯爵(Earl of Essex,1567—1601),他受女王之命,于1599年3月27日率英军远征爱尔兰,镇压蒂龙(Tyrone)的叛乱,后无功而返,并于同年9月28日失宠。按理,这几行台词应写于3月27日至9月28日之间。事实上,进入6月份,英国人已不指望埃塞克斯伯爵这次远征得胜还朝。换言之,莎士比亚写这几行台词时,绝想不到这次远征将以落败收场。

不过,对此另有两种看法:一、"新剑桥版"注释,此处指埃塞克斯伯爵于1596年率英军洗劫西班牙加迪斯港(Cadiz),回国时受到盛大欢迎;二、"将军"指的是从1600年2月起担任英国军械总管(Master-General of the Ordnance)兼爱尔兰总督的蒙特乔伊勋爵(Lord Mountjoy,1563—1606)。从时间上看,前者过早,后者又稍晚,均与实情不符。

第五,剧情说明人在《亨利五世》开场诗中说:"我们能把连阿金库尔的空气都闻风丧胆的盔甲,全塞在这个木头圆圈儿里吗?"这个"木头圆圈儿",指用木头搭建的圆形环状剧场,或许暗示《亨利五世》原为新建成的莎士比亚所属"内务大臣剧团"的"环球剧场"(the Globe Theatre)而写,但此剧首演可能在圆形的"帷幕剧场"(the Curtain Theatre),而非"环球","环球"的开张时间在 1599 年 2 到 9 月之间。

2. 剧作版本

尽管书商托马斯·帕维尔为防止盗印，在书业公会注册登记时特意注明"保留印刷"，盗印的"第一四开本"还是于同年(1600)出版，标题页印着："亨利五世编年史，有其法兰西阿金库尔之战。另有旗官皮斯托之事。陛下之内务大臣仆从剧团多次上演。伦敦。由托马斯·克里德(Thomas Creede)，为托马斯·米林顿(Thomas Millington)和约翰·巴斯比(John Busby)印刷。"

毋庸讳言，这是一个糟糕的四开本，即"坏四开本"(Bad quarto)，或凭对剧团巡演时的脚本记录而来，记录者可能是饰演高尔和埃克塞特的演员。1602 年，帕维尔将此本重印，即"第二四开本"。1619 年，"第三四开本"印行，但其出版时间标为"1608 年"。何以如此假托，要把出版时间前推 11 年？只为逃避禁令：未经允许，不得盗印"国王剧团"之剧作。

说穿了，这三个四开本乃同一"坏四开本"。明摆着，《亨利五世》只有两个版本，一个"坏四开本"，另一个是 1623 年"第一对开本"(the First Folio)《莎士比亚戏剧集》中的版本，不妨称之"好对开本"或"足本"。两相比较，在篇幅上，"四开本"比"对开本"少 1700 行(足本 3380 行)，而且字句错乱繁多，不堪卒读。除此，"四开本"不仅缺少所有幕次的"开场诗"和"收场白"，漏掉三场戏：第一幕第一场、第三幕第一场和第四幕第二场，还在以阿金库尔为场景的戏里，法方出场阵容里，用波旁公爵 (Duke of Bourbon)替代了王太子(the dauphin)。

由此可见，"四开本"是凭演员记录(或记忆还原)胡乱拼凑的本子,"对开本"则极有可能据莎士比亚或草稿(foul papers),或手稿(manuscript),或抄本(scribal)印制,堪称唯一的足本。

然而,"四开本"并非一无是处,可取有二:一、接近舞台原味儿;二、可为"对开本"提供参照。

二、原型故事与亨利五世的真实历史

1. 莎剧《亨利五世》的原型故事

《亨利五世》是莎士比亚所写英国国王系列剧的最后一部,作为其原型故事的素材来源,主要有四:

第一, 英国编年史家拉斐尔·霍林斯赫德 (Raphael Holinshed,1529—1580)所著 1587 年第二版修订本《英格兰、苏格兰及爱尔兰编年史》(以下简称 《编年史》)(*The Chronicles of England,Scotland,and Ireland*),是《亨利五世》最重要的素材来源。

第二,由于律师、史学家爱德华·霍尔(Edward Hall,1497—1547)1548 年第二版的 《兰开斯特和约克两个卓越贵族之家的结盟》(*The Union of the two noble and illustre families of Lancastre and Yorke*),是霍林斯赫德《编年史》的主要来源,显而易见,霍尔这部《编年史》自然算《亨利五世》的一个素材源头。

第三,那部著者不详、名为《亨利五世大获全胜》(*The Famous Victories of Henry the fifth*)的旧戏,于 16 世纪 80 年代后期或 16 世纪 90 年代早期上演,并于 1594 年 5 月 14 日在伦敦书业公会登记。不难发现,莎士比亚构思《亨利五世》至少有四处灵感源出于此:

(1)第一幕第二场,英国王宫接见厅,坎特伯雷大主教以法国人制定的《萨利克法典》(*Salic Law*)为依据,力证亨利五世有权继承法兰西王位。

(2)第一幕第二场,法国王太子派使臣给亨利五世送来一箱网球,讥讽他不敢同法兰西开战。

(3)第四幕第四场,阿金库尔战场,一法军士兵向皮斯托求饶那场富于喜剧色彩的戏。

(4)第五幕第二场,法兰西王宫,亨利五世向凯瑟琳求婚那场戏。

第四,比莎士比亚年长十四岁、并与莎士比亚同年去世的菲利普·亨斯洛(Philip Henslowe,1550—1616),是伊丽莎白时代炙手可热的剧场主兼剧院经理,与他合作的"海军大臣剧团"(Admiral's Men)和"玫瑰剧场"(Rose Theatre),是莎士比亚所属"内务大臣剧团"(Lord Chamberlain's Men)及其"环球剧场"(Globe Theater)的主要竞争对手。"玫瑰""环球"均位于泰晤士河南岸的南华克区(Southwark),相距不远。

亨斯洛在他那本颇具史料价值、记录当时伦敦戏剧情形的"亨斯洛日记"(*Henslowe's Diary*)中记载,在《亨利五世大获全胜》之前,女王剧团(Queen's Men)曾演过一部名为"亨利五世"的戏。遗憾的是,这部戏失传了。不过,这对于莎士比亚无疑是幸运的,因为他如何把这部失传的"亨利五世"当成"原型故事",从它那儿"借"了什么、怎么"借"的,我们一无所知。如此一来,莎剧《亨利五世》的"原创性"得以上升。事实上,后人眼里莎士比亚戏剧的原创性,都是这么来的!

把莎剧《亨利五世》同霍林斯赫德的《编年史》简单对比一

下，会发现几处异同：

(1)莎剧《亨利五世》将《编年史》中对亨利五世在阿金库尔之战(Battle of Agincourt)以前的所有描述一概略去，从率军远征法国开场。

(2)《亨利五世》第二幕，从《编年史》汲取零星"史实"，用观众熟悉的《亨利四世》中的喜剧角色尼姆、皮斯托、桂克丽和福斯塔夫的侍童之间的插科打诨，制造喜剧氛围，把观众引向戏剧高潮的阿金库尔战场。这幕一共四场戏，第一场、第三场均为逗乐搞笑。

(3)第三幕照方抓药，七场戏中，正戏勉强占四场，且戏份并不充足：第一场极短，只是亨利五世一大段独白的独角戏，他在哈弗勒尔城下激励英军攻城，冲向突破口；第三场稍长，仅是攻城的亨利五世和守城的法国总督俩人间的对话，随后，法军投降，英军进城；第五场法国王宫和第六场英军军营两场戏，可算正戏，分从法、英双方视角展望大战在即的阿金库尔之战。但第六场前半场，分明是尼姆、皮斯托、弗艾伦和高尔在耍贫斗嘴；后半场，亨利五世分别与英军弗艾伦上尉、与法国使臣蒙乔的对话，显然为搞笑而设计，这原本是莎士比亚最拿手的戏剧手段！

毋庸讳言，第二场哈弗勒尔城下一场大戏，由两场"闹戏"构成，上半场由尼姆、巴道夫、侍童、弗艾伦登场，下半场由来自四个地方的四名英军上尉联合亮相：英格兰人高尔、威尔士人弗艾伦、苏格兰人杰米、爱尔兰人麦克莫里斯。莎士比亚如此设计，绝非为展现亨利五世时代的民族融合，仅仅为了剧情热闹、好看。至于第四场，一句话，法兰西公主凯瑟琳让侍女爱丽丝教她学英语，两人的对白由英语、法语双语混杂，纯粹为博观众笑场。第七场，法军军营里，法兰西大元帅、朗布尔勋爵、奥尔良公爵与王太子之间，你一言我一语，比起尼姆、皮斯托、桂克丽和侍童之间的来言去语，顶多算言语不那么下流、粗俗的贵族式搞笑。

(4)全剧高潮的第四幕，共八场。第一场，阿金库尔英军营地，全剧最长的一场重头戏，其原创之功可算在莎士比亚头上，因为霍林斯赫德并未在《编年史》里让亨利五世身穿士兵军服同皮斯托斗嘴、跟威廉姆斯打赌。毕竟《编年史》以文字叙述战争和在舞台上以角色表演打仗不一样。

(5)霍林斯赫德《编年史》花在亨利五世身上的笔墨有三分之二落在阿金库尔战役之后，而莎剧《亨利五世》对亨利五世由法兰西得胜还朝、凯旋伦敦，"伦敦市民倾巢而出""迎接胜利的恺撒"的盛大场景，恰如剧情说明人在第五幕开场诗中所说："直到哈里再次返回法国，此前发生的任何事，一律忽略不表。我们得把他带到法国；这中间的事情，我向您各位一语带过。"随后，正戏开场，亨利五世再次身临法国，直接迫使法国国王接受和平协议，签署《特鲁瓦条约》(Treaty of Troyes)。换言之，在莎剧《亨利五世》中，对《编年史》里亨利五世再次征战法兰西只字未提。

为吊观众胃口，第五幕第一场，莎士比亚让皮斯托、弗艾伦、高尔在法国的英军营地，上演了一场既动口又动手的"打闹"戏，以此为下一场英法两国的议和大戏预热，等真到了第二场，即落幕前最后一场戏，最大的戏份却是亨利五世向英语说得磕磕绊绊的凯瑟琳公主求婚。如前所言，"求婚"并非源于《编年史》，取自《亨利五世大获全胜》。

综上所述，莎士比亚在《亨利五世》中的原创，占到四或五成。

2. 亨利五世的真实历史

1386 年 9 月 16 日，亨利生于威尔士蒙茅斯城堡的高塔之上，故也被称作"蒙茅斯的亨利"(Henry of Monmouth)，1413 年 3 月 20 日，继任国王，加冕为英国兰开斯特王朝(House of Lancaster)第二位君主。

亨利只当了九年国王，却赢得英法"百年战争"最辉煌的一次军事胜利，1415 年阿金库尔一战，击败法国，使英格兰成为欧洲军力最强大的国家之一。莎士比亚紧抓这一点，在《亨利五世》中把他塑造成中世纪英格兰最伟大的国王战士之一，以戏剧使之不朽。

亨利四世统治期间，两场大战为年轻的亨利积累了战争经验：与威尔士的欧文·格兰道尔作战；什鲁斯伯里之战，击败诺森伯兰强大的亨利·珀西家族。随着父王身体每况愈下，亨利开始获得朝中权力，但父子之间因政治歧见产生龃龉。父王死后，亨利接过王权，并宣称有权继承法国王位。

1415 年，亨利五世准备进攻法国，决心将"百年战争"(1337—1453)进行下去。随着阿金库尔战役大获全胜，亨利五世征服法国近在眼前。他利用法国内部的政治纷争，征服了法兰西王国大部分国土，第一次将诺曼底纳入英国版图，长达 200 年。经过数月谈判，1420 年，亨利五世以法兰西摄政兼法定王位继承人的身份，与法兰西查理六世(Charles Ⅵ，1368—1422)国王签订《特鲁瓦条约》，并与查理六世之女、瓦卢瓦的凯瑟琳

(Catherine of Valois)结婚。凯瑟琳的姐姐,是理查二世的遗孀、瓦卢瓦的伊莎贝拉(Isabella of Valois)。但两年之后亨利五世突然去世,英法结盟一切向好的势头中断了。随后,亨利五世与凯瑟琳唯一的幼子继位,加冕为英格兰亨利六世(Henry Ⅵ,1422—1471)。

亨利五世是亨利·布林布鲁克(Henry of Bolingbroke)和玛丽·德·波恩(Mary de Bohun,1368—1394)之子,祖父是大名鼎鼎的"冈特的约翰"(John of Gaunt),曾祖是英王爱德华三世(Edward Ⅲ,1312—1377)。母亲在父亲成为亨利四世(Henry Ⅳ,1367—1413)之前过世,从未当过王后。亨利出生时,正值理查二世在位(Richard Ⅱ,1367—1400),"冈特的约翰"是国王的监护人。由于亨利并非王位直系继承人,连生日都没有官方记录。关于他生于1386年还是1387年,争论了好多年。只因记录显示,他弟弟托马斯(克拉伦斯公爵)生于1387年秋,且他父母是1386年而非1387年身在蒙茅斯,由此认定,他的生日是1386年9月16日。

1398年亨利的父亲流放期间,理查王收养了亨利,对他善待有加。之后,少年亨利陪同理查王一起去爱尔兰,造访米斯郡(County Meath)特里姆城堡(Trim Castle)的爱尔兰议会旧址。1399年,亨利的祖父"冈特的约翰"去世,同年,理查王被推翻,布林布鲁克登上王位,亨利从爱尔兰回国,成为王位继承人。在父亲的加冕典礼上,亨利成为威尔士亲王(Prince of Wales),并于11月10日,成为第三位享有兰开斯特公爵(Duke of Lancaster)尊号之人,他还有其他尊号:康沃尔公爵(Duke of Cornwall)、切斯特伯爵（Earl of Chester）和阿基坦公爵（Duke of Aquitaine）。据一份当时的记录显示，1399年，亨利在叔叔、牛津大学校长亨利·博福特（Henry Beaufort，1375—1447）照顾下，于王后学院（Queen's College）度过。从1400到1404年，亨利在康沃尔郡长的职位上履行职责。

不出三年，亨利有了自己的军队。他挥师威尔士，与欧文·格兰道尔（Owain Glyndwr）的军队作战，1403年，与父王合兵一处，在什鲁斯伯里击败亨利·"霍茨波"·珀西（Henry 'Hotspur' Percy）。什鲁斯伯里一战，这位十六岁的少亲王脸部中箭，险些丧命。若换成普通士兵，受此箭伤，必死无疑。他先得到最精心照料，几天后，御医约翰·布拉达莫（John Bradmore）为他实施手术，用蜂蜜和酒精处理伤口，把断在脸里的箭杆取出，但脸部留下的永久疤痕，成了他经受战争洗礼的标记。

亨利四世身体不佳，从1410年1月起，在两位叔叔亨利·博福特和托马斯·博福特（Thomas Beaufort）的帮助下，亨利改组政府，掌控了整个国家，开始推行自己的治国方略。1411年11月，亨利四世重新掌权，围绕内政外交，父子间发生争吵。最终，父王废除了亲王的所有政策，并将他逐出枢密院。亨利四世如此震怒，除了父子间的政治歧见，很可能因亨利四世听到密报，说博福特兄弟私下商讨叫他退位。不难推断，亨利的政敌没少诋毁他。

显然，莎士比亚在《亨利四世》中把亨利王子塑造成一个放荡青年，可部分归于父子间的这种政治敌意。事实上，关于亨利卷入战争和政治的历史记录，并不支持这一说法。像最有名的亨利与大法官的争吵(即莎剧《亨利四世》中亨利掌掴大法官)事件,直到1531年才经外交官托马斯·埃利奥特爵士(Sir Thomas Elyot,1490—1546)之口第一次说出来。

福斯塔夫的原型是亨利五世早期结交的朋友、罗拉德派(Lollards)领袖约翰·奥尔德卡斯尔爵士(Sir John Oldcastle)。在莎剧《亨利四世》中,莎士比亚紧随其素材来源《亨利五世大获全胜》,最初给福斯塔夫起的名字就叫"奥尔德卡斯尔"("Oldcastle"),即"老城堡"之意,因其后人反对,为避名讳,才改为"福斯塔夫"(Falstaff)。事实上,福斯塔夫是由好几个真实人物构成的一个复合形象,其中包括参加过"百年战争"的约翰·福斯多夫爵士(Sir John Fastolf,1380—1459)。单从"福斯塔夫"来自"福斯多夫"亦可见出,莎士比亚真是改编圣手。当时,坎特伯雷大主教托马斯·阿伦德尔(Thomas Arundel,1353—1414)直言不讳反对罗拉德派,而亲王与奥尔德卡斯尔的友谊,可能给了罗拉德派希望。倘若如此,他们的失望可从死于1422年的教会编年史家托马斯·沃尔辛厄姆(Thomas Walsingham)的描述中找到答案:亨利当上国王,突然变成一个新人;恰如在《亨利四世(下)》结尾,以前那个放荡的哈里王子突然变成一个"新人"——亨利五世,随即将福斯塔夫丢弃。

1413年3月20日,亨利四世去世,4月9日,亨利在威斯敏斯特教堂加冕为英格兰国王。一场可怕的暴风雪为加冕典礼烙下印记,但平民百姓搞不清这种天象预示着怎样的吉凶祸福。亨利的形象被描绘成"身材高大(六英尺三英寸)、修长,黑发在耳朵上方剪成一个圆圈,胡须剃净"。他肤色红润,鼻子尖尖,情绪之变化取决于眼神里透出"鸽子的温和还是狮子的智慧"。

继位之后,亨利明确一点,推行所有政策都是为建立统一的英格兰。一方面,他既往不咎,体面地将堂叔理查二世的骸骨重新安葬,奉于威斯敏斯特教堂;对有权继承理查二世王位的五世马奇伯爵埃德蒙·莫蒂默(Edmund Mortimer, 5th Earl of March, 1391—1425)加以恩宠;把那些在亨利四世统治时期倒霉的贵族后人的爵位和财产逐步恢复。另一方面,亨利看到国内危机的风险,1414年,坚决而无情地取缔了反对教会的罗拉德派,1417年,为免除后患,将他的老朋友约翰·奥尔德卡尔斯爵士判处绞刑、并焚尸。

国内日趋平稳。亨利在位九年,唯一的时局动荡来自1415年的"南安普顿阴谋"。这年7月,正当亨利厉兵秣马,准备从南安普顿起兵进攻法兰西,马萨姆的三世斯克鲁普男爵亨利·斯克鲁普(Henry Scrope, 3rd Baron Scrope of Masham, 1370—1415),与三世剑桥伯爵康尼斯堡的理查(Richard of Conisbough, 3rd Earl of Cambridge, 1385—1415)合伙密谋,打算把莫蒂默推上王位,取代亨利。莫蒂默是爱德华三世(Edward Ⅲ, 1312—1377)次子、一世克拉伦斯公爵安特卫普的莱昂内尔(Lionel of Antwerp, 1st Duke of Clarence, 1338—1368)的曾孙,是理查二世王位的合法继承人。但莫蒂默本人对亨利十分忠诚,不仅未卷入这一阴谋,还向亨利把两位密谋者告发了。一场走过场的审判之后,斯克鲁男爵和剑桥伯爵被处决。这位掉了脑袋的剑桥伯爵,是未来曾两度执政的英格兰国王爱德华四世(Edward Ⅳ, 1442—1483)的祖父。

对于历史上真实存在的"南安普顿阴谋"，《亨利五世》第二幕第二场做了戏剧性的专场处理，先由剧情说明人在第二幕正戏开场前交代，设置冲突悬念："三个贪腐之人：——第一个，剑桥的理查伯爵；第二个，马萨姆的亨利·斯克鲁普男爵；第三个，诺森伯兰的骑士托马斯·格雷爵士，——为了法兰西的金子——真犯罪啊！——他们与担惊受怕的法兰西密谋，要在这位国王中的翘楚（即亨利五世），去南安普顿登船驶往法国之前动手，假如地狱和背叛信守诺言，国王必死无疑。"然后，在第二场正戏中，由国王揭穿阴谋，当众宣布判决："你们勾结敌国，谋反本王，收受贿金，欲置我于死地；你们要出卖、杀戮你们的国王，将他的亲王、贵族卖身为奴，叫他的臣民遭屈受辱，把他的整个王国败光毁灭。对于我本人，并不谋求报复。但王国的安全，我必须格外珍重；你们却要毁了它，我只得把你们交付国法。因此，去吧，你们这些卑贱的可怜虫，去受死吧。"

从 1417 年 8 月起，亨利五世开始推广使用英语，他的统治标志之一，便是"衡平标准英语"（Chancery Standard English），即中古英语（middle English），正式出现。亨利五世是诺曼人在 350 年前征服英格兰之后，第一位在私人通信中使用英语的国王。

国内平安无事，亨利把注意力转向国外。后世有位作家曾断言，亨利在教会政治家的鼓励下，把进攻法兰西作为避免国内乱局的手段。但这一说法毫无根据，显然，旧的商业纠纷和法国一贯支持欧文·格兰道尔，加之法国国内失序，和平难以为继，才是战争诱因。看法国，法兰西查理六世（Charles Ⅵ, 1368—1422）身患精神病，他有时会把自己想成是玻璃做的，而且，从他在世的长子路易(Louis,1397—1415)身上看不到希望。同时,再看英国,从国王爱德华三世起,英格兰王朝开始追讨法兰西王位继承权,并自认有正当理由向法兰西开战。

阿金库尔战役之后,后来成为神圣罗马帝国皇帝(1433—1437 在位)的匈牙利国王、卢森堡的西吉斯蒙德(Sigismund of Luxembourg,1368—1437)到访英格兰,他此行的目的,是出于为英法间的和平着想,劝说亨利修改对法国人的权利要求。亨利盛情款待西吉斯蒙德,授予他嘉德勋章(Order of the Garter)。西吉斯蒙德投桃报李,把亨利召入由他在 1408 年创立的"龙骑士团"(Order of the Dragon)。为将英法王权合二为一,亨利打算对法国发动"十字架东征",但死神使他的所有计划落空。西吉斯蒙德在英格兰待了好几个月,临行前的 1416 年 8 月 15 日,与亨利签署《坎特伯雷条约》(Treaty of Canterbury),承认英国对法国拥有主权,而且,这份条约为结束西方教会分裂铺平了道路。

阿金库尔之战是英国对法国外交胜利的关键之战,堪称亨利辉煌生涯的顶点。

1415 年 8 月 12 日,亨利率军横渡英吉利海峡,围攻哈弗勒尔(Harfleur)要塞,9 月 22 日,夺取哈弗勒尔。之后,他不顾枢密院的警告,决定部队穿越乡村挺进加来(Calais)。10 月 25 日,在临近阿金库尔村的平原,一支法军拦住了英军去路。一路劳顿使英军疲惫不堪,营养不良,但亨利率军果断出击,以少胜多,彻底击败法军,英军伤亡很少。惯常的说法是,决战前夜,暴雨将法军士兵浑身浇透。次日,全副武装的法军身陷泥泞,一下成了侧面英格兰和威尔士弓箭手的箭靶。事实上,两军交战,当一方士兵深陷泥泞，极易遭对方骑兵砍杀。大部分法军士兵都是这么死的。

无疑，阿金库尔之战是亨利的最辉煌胜利，也是英国在"百年战争"史上取得的可比肩"克雷西之战"（1346）和"普瓦捷之战"（1356）的最伟大胜利。从英国人的观点来看，阿金库尔之战只是英国以战争手段收回被法国占领、本该归属英国王权的领土的第一步。正是阿金库尔的胜利使亨利意识到，他可以得到法国王位。

将法国的盟国热那亚驱离英吉利海峡，使英国的制海权有了保障。正当亨利忙于 1416 年和平谈判之时，一支法国和热那亚联合舰队包围了英军驻防的哈弗勒尔，另有一支法军地面部队包围了城镇。为解哈弗勒尔之围，亨利命弟弟兰开斯特的约翰、一世贝德福德公爵（John of Lancaster, 1st Duke of Bedford, 1389—1435），率一支舰队于 8 月 14 日从比奇角（Beachy Head）起航。次日，经过 7 小时激战，"法热舰队"落败，哈弗勒尔解围。

击败了两个潜在敌人，在阿金库尔之战胜利两年之后的 1417 年，经过精心准备，亨利再次远征法国。英军很快攻克下诺曼底（Lower Normandy），围困鲁昂（Rouen）。这次围城给亨利的国王声誉，投下比在阿金库尔下令杀掉战俘更大的阴影。成群的妇孺被从鲁昂城强迫驱离，他们饥饿无助，本以为亨利会让他们穿过军营，放他们一条生路。但亨利不许！最后，这些可怜的妇孺都饿死在环城的壕沟里。

勃艮第派（Burgundian）和阿马尼亚克派（Armagnacs）之间的争执使法国陷于瘫痪，亨利熟练地将两派玩于股掌之间，用一方反对另一方。

1419 年 1 月,英军攻陷鲁昂,那些抗击英军的诺曼法国人(Norman French)受到严厉惩处:将英军俘虏吊在鲁昂城墙上的弓弩手指挥官阿兰·布兰卡德(Alain Blanchard)被立刻处死;把亨利国王开除教籍的鲁昂大教堂教区牧师罗伯特·德·利维特(Robert de Livet)被押往英格兰,监禁五年。

8 月,英军兵临巴黎城外。交战,还是议和,法国人自乱阵脚。9 月 10 日,"无畏的约翰"勃艮第公爵 (John the Fearless, Duke of Burgundy)在蒙特罗(Montereau)桥头,被"王太子派"的人暗杀。有"好人菲利普"(Phillip the Good, 1396—1467)之称的新勃艮第公爵,即勃艮第公国普利普三世(Phillip, 1419—1467在位),取代被暗杀的父亲,与法国宫廷一起前往英军营帐。经过六个月谈判,英法签署令法国丧权辱国的《特鲁瓦条约》,法国承认亨利为法兰西摄政王和查理六世死后的法兰西王位继承人。1420 年 6 月 2 日,亨利在特鲁瓦大教堂与法兰西公主、查理六世之女 "瓦卢瓦的凯瑟琳"(Catherine of Valois, 1401—1437)结婚。1421 年 12 月 6 日,俩人唯一的儿子在温莎城堡出生。

1420 年六七月间,英军攻占巴黎城外蒙特罗-佛尔特-伊庸(Montereau-Fault-Yonne)的军事堡垒要塞。11 月,英军攻占位于巴黎东南四十多千米的默伦(Melun),此后不久,亨利返回英格兰。直到亨利死后七年的 1428 年,被称为"胜利者"(the Victorious)的法国瓦卢瓦王朝第五任国王、也是"百年战争"终结者的查理七世(Charles Ⅶ, 1403—1461),才重新夺回蒙特罗-佛尔特-伊庸。但很快,这些堡垒要塞再次落入英军之手。最后,1437年10月 10 日,查理七世收复蒙特罗-佛尔特-伊庸。

亨利回英格兰,在法国的英军归克拉伦斯公爵托马斯指挥。1421年3月22日,英军在与法国和苏格兰联军对阵的"波日之战"(Battle of Bauge)中损失惨重,托马斯公爵不幸阵亡。6月10日,为扭转战局,亨利重返法兰西,进行生平最后一场战役。从7月打到8月,英军攻占杜勒克斯(Dreux),为沙特尔(Chartres)的盟军解围。10月6日,英军围困莫城(Meaux),1422年5月11日,攻陷莫城。8月31日,亨利突然死于巴黎郊外的万塞纳城堡(Chateau of Vincennes),年仅三十六岁。据说,可能在围攻莫城时身染痢疾。

亨利五世死前不久,任命弟弟兰开斯特的约翰、一世贝德福德公爵(John of Lancaster, 1st Duke of Bedford, 1389—1435),以他儿子、刚几个月大的亨利六世(Henry Ⅵ, 1421—1471)之名,为法兰西摄政王。亨利五世原本期待签署《特鲁瓦条约》后,能很快头戴法兰西王冠,但那位疾病缠身的查理六世,还比他这位王位继承人多活了不到两个月,于10月21日病逝。亨利的遗体由他的战友们和一世达德利男爵约翰·萨顿(John Sutton, 1st Baron of Dudley, 1400—1487)护送回国,11月7日,在威斯敏斯特教堂安葬。

综上所述,总结三点:

第一,莎士比亚对再现亨利五世王朝复杂的真实历史毫无兴趣,他深知,一座小舞台搁不下这么多宫廷秘史,更无法、也没必要多次呈现"百年战争"的疆场厮杀。因此,他只截取亨利五世最彪炳英格兰史册的辉煌业绩——阿金库尔之战,即"亨利五世大获全胜",让伊丽莎白一世时代的英格兰人重温先祖战胜法兰西的最大荣耀。或许,时至今日,英国人(不知是否包括苏格兰人和北爱尔兰人)仍把亨利五世视为英国史上最伟大的国王战士。

第二,出于剧情急需,即让亨利五世娶凯瑟琳为妻,以便赶紧剧终落幕,莎剧《亨利五世》第五幕最后一场,把历史上持续谈判六个月之久才签署的《特鲁瓦条约》,安排在小半天时间之内尘埃落定。而且,亨利五世在等待谈判结果期间,向凯瑟琳求婚成功。这实在是莎士比亚擅长的"皆大欢喜"式的喜剧性结尾。何况,这是一个可以借祖宗荣耀令英国人喜上眉梢、叫法国人愁眉苦脸的结局。

第三,大胆推测,或许莎士比亚只惦记尽速从霍林斯赫德的《编年史》里取材,写戏挣快钱,对比他年长一百七十八岁的亨利五世的真历史,并不怎么熟悉。因为真实历史显示,1403年什鲁斯伯里之战,箭伤在亨利脸部留下永久的疤痕。而莎士比亚在其《亨利五世》第五幕第二场,写到亨利五世向凯瑟琳求爱时,只是说:"唉,真该诅咒我父亲的野心!在我坐胎之时,他一心想着内战:所以我生来一副粗硬外表,脸色如铁,一开口向姑娘们求爱,吓不跑才怪。可是,说真的,凯特,等我上了岁数,会显得好看点儿。我的安慰是,把皱纹存满容颜的老年,也没办法再糟蹋我这张脸。"

试想,假如莎士比亚熟知历史,让亨利五世在这儿适度吹嘘一下自己脸上这道由什鲁斯伯里之战留下的荣耀伤疤,不正是剧情需要的嘛!除此之外,为使剧情衔接简单利索,别节外生枝,莎剧《亨利五世》对法国的勃艮第派和阿马尼亚克派两派内斗,以及勃艮第公爵被暗杀只字未提。

简言之,莎士比亚意不在剧中如何写出真历史,只在乎于舞台之上如何"戏说"历史的那些事儿。作为一名天才编剧,他的确善于在"史剧"中把"那些事儿"张冠李戴,仅举以上这段台词为例,此处所谓"在我坐胎之时,他一心想着内战"之"内战",在剧中指的是史剧《亨利四世》里,布林布鲁克(即后来的亨利四世)夺取理查二世王位的内战。但真实历史是,亨利五世于1386年出生时,当时的赫福德公爵(即后来的亨利四世)同理查王之间,尚未发生任何冲突。

一句话,莎剧中的"戏"历史并非英格兰的真历史!

三、剧情梗概

第一幕

伦敦。王宫一前厅。坎特伯雷大主教和伊利主教在谈论国王没收天主教会财产的事,他俩希望国王反对这项议案,假如通过这项议案,"我们将失去一多半财产。因为虔诚教友捐赠的所有非属教会的土地,都将从我们手里夺走"。他们深知,国王已从一个昔日的放荡青年"突然变成一个学者;从没见改过自新像一股洪水,如此急流奔涌,冲掉一切罪过;没有谁像这位国王似的,倏忽间,一下子就叫九头蛇的任性丢了王座"。他们从心里敬佩这位年轻的国王精辟神学、洞悉国情,能用清辞丽句"把一场可怕的战事当音乐尽情演奏"。坎特伯雷大主教十分惊讶,"因为当时,他的嗜好就是游手好闲。他那些同伴都是大字不识的粗鲁、肤浅之徒;放荡、筵席、游乐填满了他的时间;从没谁见他远离公共场所、三教九流,去躲清静,抽出时间闭门学习"。大主教说,他打算以"灵体会"的名义,向国王捐一笔巨款,资助其对法国开战,因为国王不仅对好几个法兰西公国的头衔有无可争议的继承权,还有权继承法兰西王位。

王宫接见厅。国王请坎特伯雷大主教把法国的《萨利克法典》"清晰而虔诚地解释一下"。"因为上帝知晓,为尊驾您激励我所做之事,将有多少七尺男儿倾洒鲜血。所以,您得小心,您要让我做的事,将如何唤醒沉睡的刀剑。"为保住教会财产,大主教希望国王以《萨利克法典》为依据,向法兰西开战,于是,他详细讲述了《萨利克法典》的由来,强调"萨利克法典不是为法兰西王国拟定的。何况法国人直到法拉蒙国王死后,又过了四百二十一年,才将萨利克领土据为己有"。最后,国王确信自己有权从曾祖爱德华三世那儿,继承法兰西王位,"法兰西本该属于我,我要叫它臣服于我,如若不然,便把它整个击碎"。

接着,国王召见法国王太子派来的使臣。使臣捎来王太子的口信:"您过于年轻气盛,并提出警告,在法国没什么东西凭一场轻盈的欢快舞蹈便唾手可得;——单靠狂欢进不了那的公爵领地。所以,为更迎合您的脾气,他送您这一箱宝物(呈上一箱子),希望您别再要求什么公爵领地,就算您回敬这箱宝物了。"

王太子送给亨利五世一箱网球。亨利五世大怒,叫使臣"告诉那位快乐王子,他的这一嘲弄,已把网球变成炮弹;他的灵魂将在随炮弹飞来的毁灭性的复仇中,忍受痛苦的煎熬"。国王决心以上帝的名义远征法兰西,"尽力为自己复仇","把这一充满荣耀的远征,拉开序幕"。

第二幕

伦敦。东市街。全英格兰的青年燃起斗志,决心参军,"追随所有基督教国王的典范(即亨利五世)",远征法国。巴道夫中尉打算请尼姆下士吃早餐,叫他与皮斯托和好,三人结为兄弟,一起去法国。桂克丽原与尼姆相好、订婚,后来却嫁给了皮斯托。尼姆恨皮斯托,一见皮斯托和桂克丽夫妻俩前来,便拔出剑,要与皮斯托决斗。巴道夫竭力劝架。福斯塔夫的侍童跑来,说福斯塔夫"病得太厉害了"。桂克丽跟着侍童去探病。在巴道夫的调解下,尼姆、皮斯托俩人和好。这时,桂克丽又跑回来,叫他们"快去看一眼约翰爵士",他"烧得浑身发抖,瞧着太可怜了。"

南安普顿。一议事厅。国王从南安普顿登船出征之前,发现了剑桥的理查伯爵、马萨姆的亨利·斯克鲁普男爵和诺森伯兰的托马斯·格雷骑士三个人的阴谋,他们收了法国人的钱,发誓要杀死国王。国王给他们每人一纸罪状文书, 三个人吓得面如死灰。国王命埃克塞特公爵以叛国罪"逮捕他们,依法追责"。三人见阴谋败露,认罪伏法,恳求国王宽恕。国王做出判决,将三人立即处死。祸患铲除,国王对远征法兰西心怀必胜之心,认为"这将是一场光荣、成功之战,因为上帝如此荣耀,揭露了潜伏在路上,阻碍我们进军的这一凶险叛逆⋯⋯让我们把军队交给上帝之手,立即行动"。

伦敦。东市街一酒店前。皮斯托、桂克丽夫妇,尼姆、巴道夫、侍童,为福斯塔夫之死悲伤不已。巴道夫说"甭管他在哪儿,天堂还是地狱,我愿与他相伴"。桂克丽说:"他不在地狱,他在亚瑟怀里(即亚伯拉罕的怀里),⋯⋯没人死得比他更好了,像一个还没出满月的婴儿。"尼姆记得福斯塔夫死前骂了萨克酒,侍童确认还骂了"女人是魔鬼的化身"。

法国王宫。面对英格兰的进攻,法国国王要法军务必加强防御,"我们曾被致命低估了的英国人,在我们的战场,留下战败的先例"。王太子不以为然,认为"英格兰由一个如此不中用的国王统治,由一个虚荣、善变、浅薄、任性的年轻人如此异想天开地执掌王权,毫不足惧"。法军大元帅不敢掉以轻心,特意提醒王太子"他以前干那些荒唐事,只是罗马人布鲁图斯①的外貌,拿一件愚笨的外衣遮住睿智;真好比园丁用粪便藏起的那些根茎,必先萌发最娇嫩的蓓蕾"。国王回首往事,提及"当年克雷西之战惨败",便心有余悸。

这时,埃克塞特公爵作为英格兰使臣觐见法国国王,转达亨利五世"以万能的上帝之名"发出的意愿,要他放弃"非法夺去"的法兰西"王冠与王国"。国王反问:"否则,怎么?"埃克塞特直言威胁:"刀光剑影;哪怕你把王冠藏心里,他也要去那儿把它耙出来。"国王答应考虑。王太子不满父王软弱,表明态度:"除了与英格兰国王冲突,我别无所愿:为了这个目的,我才送他一箱巴黎网球,正与他的青春、虚荣相配。"埃克塞特再次撂下狠话,发出战争威胁:"他要叫你们的巴黎卢浮宫,强大欧洲首屈一指的宫廷,为这一箱网球震颤。"

第三幕

法兰西。哈弗勒尔城下。战斗警号。英军把云梯架上哈弗勒

---

① 即缔造罗马共和国、并担任第一任执政官的布鲁图斯。

尔城墙。守军抵抗十分顽强。亨利五世激励英军士兵："再冲一次那个突破口，亲爱的朋友们，再冲一次；否则，英国人只能用尸体把这城墙围困……冲啊，冲啊，最高贵的英国人！你们的热血是久经疆场考验的父辈传下来的！"

英军勇猛攻城，巴道夫、尼姆、皮斯托被炮声吓破了胆。弗艾伦用剑驱赶他们"冲上突破口"。在侍童眼里，"这仨小丑没一个够得上爷们儿"。威尔士人弗艾伦上尉向英格兰人高尔上尉抱怨，爱尔兰人麦克莫里斯上尉打仗只懂"罗马战法"，简直是一头蠢驴，却对苏格兰人杰米上尉十分赞赏，认为他"是个特别勇敢的绅士"。弗艾伦和麦克莫里斯俩人一见面，便发生口角，争执不下之时，哈弗勒尔城里"吹响谈判的号角"。

哈弗勒尔城门前。亨利五世向哈弗勒尔总督发出最后通牒："这是我允准的最后一次停火谈判……一旦我再次发起炮击，若不把这攻下一半的哈弗勒尔城埋入灰烬，决不收兵。仁慈的大门将全部关闭……你们说吧，投降，避免这祸患？还是拼死抵抗，招致城毁人亡？"守城的总督曾向王太子求助，王太子竟然回复："他的军队尚未备战，对如此强大的攻城无能为力。"因此，总督决定向亨利五世投降，哈弗勒尔不再设防："伟大的国王，这座城和城中的生命，都献给您悲悯的仁慈。"

鲁昂。法国王宫。一间室内，凯瑟琳公主让侍女爱丽丝教她学说英语；另一间室内，国王召集大臣讨论军情。英军已渡过索姆河，正向加来挺进。法军大元帅、王太子、波旁公爵一致主战。国王决心一战，命传令官蒙乔"把我们的锋利挑战告知英格兰"。同时，叫贵族们振作起来，"以比剑锋更锐利的荣誉之心，奔赴战场……阻击英王哈里,他正挥舞染上哈弗勒尔血迹的旗帜,席卷我国。冲向他的军队……抓他俘虏,关进囚车,押送鲁昂"。大元帅认为英军人数很少,不足为虑,"行军中,士兵们又病又饿,我敢说,等他一见我们的军队,勇气就会吓得掉在粪坑里,只求拿赎金换取荣誉"。国王传令"火速派蒙乔去,让他问英格兰,愿付多少赎金"。

皮卡第英军军营。高尔和弗艾伦聊着旗官皮斯托"战法精妙,顶顶勇敢地守住了那座桥"。说话间,皮斯托来请弗艾伦出面,去找埃克塞特公爵为巴道夫讲情,因为他抢劫教堂,"偷了一个圣像牌①",被公爵判处绞刑。弗艾伦拒绝,认为"军律应该执行"。皮斯托做出侮辱性的手势,骂他:"死了下地狱去吧!你这交情算什么玩意儿!"见到国王,弗艾伦禀报此事,亨利五世赞同:"违反军令者,格杀勿论——我已下令,部队在法国行军途中,所经乡村,任何东西不得强取,凡有所需,务必清账;对法国人,不得以轻蔑语言随意呵斥或辱骂;因为当悲悯和残忍拿一个王国打赌时,高贵的悲悯必先打赢。"

蒙乔带来法国国王的口信,要亨利五世认清英军劣势,考虑缴纳赎金,以免遭受重创。亨利五世要蒙乔转告法国国王:"我的赎金就是这不足道的虚弱身躯;我的军队也只是体弱多病的卫兵。可是,上帝助我……叫你的主人想明白:若能通行,我军便通行;一旦受阻,我军必以你们的鲜血染红你们黄褐色的土地。"

---

① 13 世纪时天主教会经常用的一种上面刻有耶稣和圣母像的小木牌,领圣餐时神父与教徒轮流吻圣牌。

阿金库尔附近法军军营。大元帅、朗布尔勋爵、奥尔良公爵、王太子在聊天。大元帅自信"有世上最棒的盔甲",他急盼天亮,好与英军一战。王太子夸自己的战马"真是一匹宝马良驹"。"它是坐骑之王;它的嘶鸣犹如君王下令,它的外观叫人顿生敬意。"他急等披挂上阵,"明天我要骑马跑一英里,一路铺满英国人的脸"。

信差来报,英军扎营,两军相距"不到一千五百步"。

第四幕

阿金库尔英军营地。亨利五世深感英军处境危险,势必拿出更大的勇气。为激活士气,国王披上欧平汉爵士的斗篷,独自巡视军营,遇见一个叫威廉姆斯的士兵。国王自称欧平汉爵士的下属,与士兵交谈:"我想,死在哪儿,也不如与国王同生共死令人欣慰;——他的事业是正义的,他为荣耀而战。"但在威廉姆斯眼里,假如开战的"理由不光彩,那国王自己的欠债就厉害了,这次战役中所有被砍掉的胳膊腿儿和脑袋,将在末日审判那一天,合起伙儿来,高喊'我们死在这么一个地方'"。国王强调:"每个臣民的灵魂属于自己。因此,战场上的每一个士兵都该像卧床的病人,洗去良心上的每一粒微尘,这样死去,死得有益。"威廉姆斯表示赞同:"每个在罪孽中死去的人,罪孽落他自己头上,国王概不负责。" 微服的国王故意说:"我亲耳听国王说,他不愿交赎金。"威廉姆斯不信,说:"等我们的喉咙一被割断,他八成就被赎回来了。"国王说:"随便给我一件抵押品,我把它戴帽子上;到时候,只要你敢指认,我便拿它当挑战。"俩人交换手套,威廉姆斯说:"我也把这只戴帽子上。等过了明天,如果你来跟我说'这是我的手套',以这只手起誓,我就搧你一耳光。"

士兵们走了,国王独自慨叹:"平民百姓能享受无限的内心平静,国王偏就不能!……奴隶,分享国家之太平,且安享太平;但他愚钝的脑子并不知晓,在平民百姓最得好处之时,国王为维护和平,睡得多不安稳。"

阿金库尔附近法军营地。天亮了,法军的"战马,嘶鸣着恨不得立即交战"。信差来报,英军已列好战阵。大元帅自信满满:"法兰西勇士们的出鞘之剑,将因玩儿不尽兴而收剑入鞘……吹响进军号角,/让军号催促将士上马/我们的阵势将把英王/吓瘫在地、俯首称臣。"

英军营地。法军"足有六万兵力",对英军形成"五比一"的优势。威斯特摩兰感慨:"只愿今天在英格兰无事可做的闲人,来此补充一万兵力!"国王骑着马观察敌阵,归营闻听此言,放出豪言:"不,我可敬的老弟,倘若我们注定死去,这损失足以让英格兰痛惋;假如我们命不该绝,人越少,分享的荣誉越大。听凭上帝的旨意!恳请你,不要希望再增一兵一卒。……谁今日与我一同流血,谁就是我的兄弟;……眼下,在英格兰呼呼大睡的绅士们将因其身不在此而自认倒霉;而且,无论谁开口提及,在圣克里斯品节这天与我们并肩战斗,他们都会觉得英雄气短。"

英军士气高昂。法军传令官蒙乔受大元帅之命再次前来,问亨利五世"在必遭灭顶之前,现在是否愿以赎金求和"。国王誓言决死一战:"别再为赎金劳神,除了我这把骨头,我发誓,他们什么也得不到;即便我这副骨架落他们手里,也没什么用。"

阿金库尔战场。两军交战。法军大败,全线崩溃,四散奔逃。

奥尔良公爵不甘心失败，试图组织反击："战场上我军幸存的兵力足够，只要想出怎么部署，哪怕我们挤在一起，也能把英国人闷死。"波旁公爵甘愿拼死一战："叫部署见鬼去！我要冲进敌阵；/让我把命缩短，否则耻辱更长。"

亨利五世盛赞"神勇的同胞们，打得漂亮。战斗尚未结束，战场上还有法军残余"。国王对约克公爵和萨福克伯爵浴血疆场、死得壮烈，悲伤不已。战斗警号再次响起，国王以为"四散的法军有了援兵"，立即下令："每个士兵把手里战俘统统杀掉！"

决斗结束，法军伤亡惨重，蒙乔来见亨利五世，恳求恩准："伟大的国王，请准许我们，平安地查看战场，处理阵亡者的尸体！"

亨利五世打算开个玩笑，把威廉姆斯的手套给了弗艾伦，让他把手套插帽子上，并告诉他，谁向他挑战，谁就是国王的敌人。随即派格罗斯特公爵尾随，以免闹出人命。结果，俩人还是动手打了起来。最后，国王不仅没责备威廉姆斯，还请叔叔埃克塞特公爵把手套装满金币，送给了威廉姆斯。

阿金库尔战役英军大获全胜。"有一万名法国人被杀死在战场，其中阵亡的亲王和佩戴家徽的贵族一百二十六名。"亨利五世由衷赞叹："谁见过，不用计谋，两军交锋，战场上硬碰硬，一方伤亡如此惨重，一方损失微乎其微？——接受它，上帝，因为它只属于您。"国王把一切荣耀归于上帝，并下令"昭告全军：凡有夸耀此战，或窃取唯上帝可享受之赞美者，一律处死"。

第五幕

法兰西。从阿金库尔之战得胜回到英格兰的亨利五世，为签署条约，再次率军来到法国。英军营帐外，弗艾伦与皮斯托相遇，冤家路窄。头戴韭菜是威尔士的一个古老传统，是一种对荣耀的崇敬，也是对英勇死者的难忘纪念。但皮斯托多次"羞辱、嘲笑"头戴韭菜的弗艾伦，声称"闻见韭菜味儿就恶心"，把弗艾伦惹急了，用棍子打他，非逼他吞吃一把韭菜不可。皮斯托只好把韭菜吃掉。吃完韭菜，皮斯托得知老婆内尔（桂克丽）死于性病。他溜回英格兰，一边拉皮条，一边偷东西，还要找绷带把弗艾伦打的一身棍伤包扎好，逢人便说这全是在高卢（法兰西）战场受的伤。

法兰西王宫。经勃艮第公爵调解，亨利五世与法国国王见面。亨利五世将条约内容逐条列出，并指派几位大臣，与法国国王谈判："对我要求之内或之外的任何条款，你们全权批准、增加或修改，只要你们的慧眼认准对我的威严有利，我都签署。"同时，要求法方"把凯瑟琳公主留这儿陪我。她是我提出的主要要求，位列我方第一项条款"。

一边，英法双方和谈，另一边，亨利五世向只懂一点儿英语的凯瑟琳公主求爱："我求爱，不懂那套矫情话，只会直接说'我爱您。'"凯瑟琳难以接受，反问："我爱一个法兰西的敌人，可能吗？"亨利五世想用尽简单的英语，让凯瑟琳明白："不，您不可能爱法兰西的敌人，凯特；可您爱我，就是爱法兰西的朋友，因为我如此钟情法兰西，随便一个村庄，都无法割舍。我要它全归我所有。到那时，凯特，法兰西是我的，我是您的，而法兰西是您的，您是我的。"随后，他用笨拙的法语特别强调："这么说吧，法兰西是您的，您是我的。"见凯瑟琳依然没太听懂，亨利五世更动情地表述："告诉我，最美丽的凯瑟琳，您愿得到我吗？丢掉您处女的羞涩，以王后的神情承认您的心思，拉起我的手，说'英格兰的哈里，我属于您！'我的耳朵一听到这句祝福，我就大声告诉您，——'英格兰属于您，爱尔兰属于您，法兰西属于您，亨利·普朗塔热内(金雀花王朝)属于您。'"凯瑟琳用英法双语混着表态："这要看父王是否高兴。"亨利五世保证："他一定很高兴。"凯瑟琳表示满意。最后，亨利五世亲吻凯瑟琳，说："您双唇上有股魔力，凯特。在您唇上甜蜜一碰，比法兰西枢密院里的七嘴八舌更富于雄辩；您的双唇能比一封君王联名的请愿书，更快说服英格兰的哈里。"

谈判结束。法国国王接受所有和谈条款，并最终同意："今后凡遇赐封官爵或土地，书写诏书之时"，必须尊称亨利五世："法文是'我至亲的亨利女婿，英格兰国王，法兰西继承人。'拉丁文是'我至爱的亨利女婿，英格兰国王，法兰西继承人。'"

最后，法国国王向亨利五世表示："停止仇恨吧，愿这次代价巨大的联姻，在两国心中种下基督徒般的友谊，战争之神永不向英格兰和美丽的法兰西举起血腥的刀剑。"王后伊莎贝尔祈愿："英格兰人、法兰西人，彼此一家亲，/ 愿上帝对彼此亲如一家说声'阿门'！"

亨利五世传令准备婚礼。

四、戏中的史诗：中世纪英格兰伟大的国王战士

英国当代莎学家乔纳森·贝特(Jonathan Bate)在其"皇莎版"《莎士比亚全集·亨利五世》导言中开篇即说："《亨利五世》已成为英国人爱国主义的同义词。一个冲劲十足的年轻国王纯以

言辞之力,激活军中将士之神勇,克服重重困难,赢得一场辉煌的军事胜利。这些言辞早已变成传奇:'再冲一次那个突破口,亲爱的朋友们,再冲一次。''上帝保佑哈里、英格兰与圣乔治!''我们这几个人,我们这几个幸运之人,我们这群兄弟。'莎士比亚写于16世纪90年代的其他历史剧,描绘的是一个四分五裂、为王位合法继承权焦虑不安的英格兰,该剧中的英格兰则似乎是统一的、所向披靡的王国。或许莎士比亚没有哪出戏情节如此简单:哈里国王宣称有权继承法兰西王位,挫败一个小阴谋,扬帆起航,攻陷哈弗勒尔,取得阿金库尔大捷,与战败的国王之女结婚。演员阵容几乎全由对他忠诚的将士及法兰西敌人组成,尤其法国王太子是对'暴脾气'(Hotspur)那类可怜人的戏仿。然而,像莎剧中常见的情形一样,在此'几乎'之中有不少预留。《亨利四世(下)》剧终收场白允诺后续故事中'里边有约翰爵士':胖爵士缺席为国王凯旋蒙上一层阴影。"

"情节如此简单",如何谱写、颂扬这位伟大的"国王战士"的辉煌业绩?问题在于,他不单是一个国王,更是一个战士!

答案十分简单,或者说,莎士比亚以最简单(当然并不简单)的戏剧手法,为《亨利五世》制造出了较为理想的戏剧效果,当然,这样的效果远不如《理查二世》,尤其《亨利四世(上、下)》那么理想。具体讲,这位"中世纪英格兰伟大的国王战士"后世之所以成为"英国人爱国主义的同义词",还得归功于莎士比亚颇费心思地在剧中运用四种戏剧方式为国王"颂圣":

1. 第一种:开场诗的直白"颂圣"

莎士比亚在每一幕正戏开场前,都安排了"剧情说明人"出场,这在莎剧中十分少见。五幕戏,"剧情说明人"的五首开场诗,以富有想象力的诗体语言、以简笔直白的方式,整体勾勒每幕剧情,直接描摹亨利五世这位罗马神话中战神一样的"国王勇士",赞美他为英格兰赢得古罗马恺撒大帝一样的胜利。

第一幕正戏开场前,剧情说明人登台亮相,他说的全剧开场诗(也是第一幕开场诗)的头一句是:"啊!愿火热的缪斯女神,引我们上升,到达最光明的灵感天国,——以王国作舞台,亲王们来演戏,宏伟的场景由君王来观看!然后,威武的哈里,一位国王勇士,以马尔斯①的姿态亮相。"点明国王在这一幕戏里的亮相姿态。

第二幕开场诗的头一句是:"眼下,全英格兰青年燃斗志,华美服装卧衣箱;现在,造盔甲的生意红火,荣誉思想主宰每个人的心胸;此时他们卖掉牧场去买马,像一群英格兰的墨丘利②,脚跟生双翅,去追随所有基督教国王的典范③。"点明全英格兰的爱国青年决心追随这位"所有基督教国王的典范"征战法兰西。

第三幕开场诗,剧情说明人仍然一开口就说:"凭着想象的翅膀,飞速转换场景,移动之快一点儿不比思想慢。想象您已目睹顶盔掼甲的国王在汉普顿④码头登船;他勇敢的舰队的华贵战旗,迎着福玻斯炽热的面容⑤猎猎飘扬。"点明头戴战盔身穿铠甲

---

① 马尔斯(Mars):罗马神话中的战神。

② 墨丘利(Mercury),罗马神话中主神朱庇特的使者,鞋、帽皆有双翅,行走如飞。

③ 指亨利五世是所有基督教国王的典范。

④ 在"第一对开本"中,此处为"多佛码头"(Dover pier),显然有误,因前边提到国王将于南安普顿(即汉普顿)登船。由此可看出当时莎士比亚写戏及剧团排演之仓促。

⑤ "福玻斯炽热的面容"(youth Phoebus),意即初升的朝阳。福玻斯(Phoebus),即希腊神话中的太阳神阿波罗(Apollo)。

的国王将统率英格兰舰队迎着初升的太阳起航。

第四幕开场诗中的这段话——"啊！此时，若有谁看到这支注定毁灭之师的君王主帅，一处一处岗哨、一个一个营帐地走，让他①高喊：'愿赞美和荣耀降临在他②头上！'因为他巡访整支部队，面带微笑，向所有士兵道早安，称呼他们兄弟、朋友、同胞。面对强敌围困，他一脸威严、毫无惧色；整宿巡夜警戒，毫无倦容；只见他神情饱满，以愉快的面容和亲切的尊严战胜疲劳的迹象；每一个苦命人，身体虚弱、面色苍白，一见到他，便从他的神情里摘取了安慰。他那无拘无束的眼神，像普照宇宙的太阳，惠及每个人③，把冰冷的惊恐消融。"已可算"颂圣"的"赞美诗"，——意在让观众反向去想，由这样坚毅、神勇、乐观、亲和、视士兵为手足兄弟的"君王主帅"统率的军队，怎么可能"注定毁灭"?！一个甘与士兵同命运的国王形象兀然而立。

这是阿金库尔大战前临危不惧的勇敢国王。

第五幕开场诗中的这一段——"想象的步伐如此迅疾，甚至眼下，您不妨想象他已来到布莱克希思④。在那儿，朝臣们希望把他凹痕的战盔和卷刃儿的宝剑，举在前面，穿街过市。可他不容许；他毫无虚荣心，毫不自骄自傲；所有胜利的标志、象征和炫耀，他一概不要，他把一切归于上帝。但现在瞧吧，在激活了想象的熔炉和作坊里，伦敦市民倾巢而出。市长，同他的所有议员，身

---

① "他"，指假设的发现亨利五世巡视军营之人。

② "他"，即亨利五世。

③ 参见《新约·马太福音》5：45："因为，天父使太阳照好人，也照坏人。"

④ 布莱克希思（Blackheath），位于伦敦南部的大片空地，属于肯特郡一地区。其他中译本多通译为"黑荒原"。

着华服⑤，像古罗马元老们一样，身后跟着成群的市民，前来迎接
胜利的恺撒。"——分明是"颂圣"的英雄史诗，意在把亨利五世定
格为这样一种双重形象：虔诚的"基督教国王"和"胜利的恺撒"。

这正是英国人心目中那个赢得阿金库尔大捷、荣耀升至顶
点的国王。

2. 第二种：本国的集体"颂圣"

这集中体现在第一幕两场戏里。第一场一开场，由坎特伯雷
大主教和伊利主教的交谈，把一个完全摒弃了哈尔王子身上放
荡之气"改过自新"的亨利五世形塑出来，先是伊利主教说，国王
"对神圣的教会真心挚爱"。坎特伯雷马上回应："他年少时的品
行没透出这种预示。他父亲刚断气儿，他便自己杀了野性，好像
也跟着死了①；是的，就在那一刻，冥思，像一位天使，来了，把他
体内的原罪用鞭子赶走②，留身躯作一处清纯之地③，包藏和容纳

---

① 或指装饰华美的长袍。

② 参见《新约·罗马书》8：13—14："你们若服从本性，一定死亡；你们若依靠圣
灵治死罪行，一定存活。凡被上帝的灵导引的人都是上帝的儿子。"《歌罗西书》3：
5："所以，你们必须治死在你们身上作祟的那些俗尘欲望，如淫乱、污秽、邪情、恶欲
和贪婪（贪婪是一种偶像崇拜）。"

③ 典出《旧约·创世记》中亚当、夏娃违反上帝意旨，在伊甸园里偷吃禁果，犯下
原罪，被逐出伊甸园。参见《新约·罗马书》6：5—6："如果我们跟基督合而为一，经历
了他的死，也必同样经历他的活。我们知道，我们的旧已经跟基督同钉十字架，为的
是要摧毁我们的罪，使我们不再做罪的奴隶。"《哥林多后书》5：17："无论谁，一旦
有了基督的生命便是新造之人；旧的已过去，新的已来临。"《以弗所书》4：22—24：
"你们要挣脱那使你们生活在腐败中的'旧我'；那旧我是由于私欲的诱惑腐化的。你
们的心思意念要更新，要穿上'新我'：这新我是照着上帝的形象造的，表现在真理所
产生的正义和圣洁上。"《歌罗西书》3：9—10："不可彼此欺骗，因为你们已经脱掉
旧我和旧习惯，换上新我。这新我，由造物主上帝按自己的形象不断加以更新。"

③ 清纯之地，指像亚当、夏娃犯下原罪之前的伊甸园那样清纯的地方。

天堂的精灵。没有谁像他一样突然变成一个学者;从没见改过自新像一股洪水,如此急流奔涌,冲掉一切罪过;没有谁像这位国王似的,倏忽间,一下子就叫九头蛇①的任性丢了王座。"

这不算完,心里打定以"颂圣"保住教会资产的坎特伯雷大主教极尽赞美之词:"只要听他辩神学,你便打心里敬佩,唯愿国王担任大主教;听他论国事,你会说他精于研究,洞悉国情;听他讲战争,你会听到他把一场可怕的战事当音乐尽情演奏。甭管向他提什么政治问题,他都会像解袜带一样,熟练地解开戈耳狄俄斯之结②;——当他一开口,连空气,这享有特权的自由的精灵,都静止了,无声的惊异藏在人们的耳朵里,想偷走他美妙的清辞丽句;由此可见,一定是生活的艺术和实际经验,教会他如何论辩推理。真是个奇迹,陛下是怎么学的呢?因为当时,他的嗜好就是游手好闲,他那些同伴都是大字不识的粗鲁、肤浅之徒;放荡、筵席、游乐填满了他的时间;从没谁见他远离公共场所、三教九流,去躲清静,抽出时间闭门学习。"

两位主教一唱一和, 为第二场正式亮相的无所不能的国王做足了铺垫。

第二场开场,国王要坎特伯雷大主教一定要"清晰而虔诚"地解释清楚《萨利克法典》:"我亲爱的、忠诚的主教大人,上帝不准您蓄意曲解,或按您内心的理解巧立名目,对我要求的权利,

①九头蛇,希腊神话中生有九头的蛇怪,每被砍掉一个头,便立刻生出两个头。

②戈耳狄俄斯之结(Gordian knot):希腊传说中,弗里吉亚(Phrygia)国王戈尔狄俄斯(Gordius)为感激宙斯之恩,打算将给他带来好运的牛车献给宙斯,为防止有人把车偷走,他用绳子把车捆住,打了一个难解的结,并留下预言,解开此结者将统治亚洲。后来,亚历山大大大帝(Alexander the Great)用剑劈开此结。

做出与真理不匹配的虚假解释；因为上帝知晓，为尊驾您激励我所做之事，将有多少七尺男儿倾洒鲜血。"这里，表面上意在彰显国王的美德，即他必须在确定自己有权继承法兰西王位之后才率军征战法国，为继承权而战；实则称赞国王远大的政治谋略，同时，他对战争将给两国带来什么一清二楚："因为这两大王国交战，非流太多血不可；每一滴无辜的血便是一件惨祸，一声悲号，抗议那个把积怨付于刀剑，如此草菅人命之人。在这样的恳求下，说吧，主教大人，因为我愿听，会留心听，并从心底相信，您所说的话都经过良心的洗涤，清纯如经洗礼洗净的罪孽①。"之后不久的阿金库尔战役的确是一场血战。

坎特伯雷大主教掰开揉碎把《萨利克法典》详细解释一番，归结一点："法兰西历代国王承传至今，可他们还一厢情愿，要以这个萨利克继承法，阻止陛下您拥有母系继承权；他们宁愿网里藏身，也不愿把从您和您先人那儿夺来的虚假的王位继承权，公然昭示出来。"此时，亨利五世并不急于决断，只是明知故问："我可以名正言顺、凭着良心要求这一继承权吗？"莎士比亚如此设计台词，匠心在于，他要让这位满腹韬晦的国王等那些主战的主教和贵族们内心燃起征战的烈焰之后，再顺手往火里添一把柴。

于是，主教和贵族们的集体"颂圣"开始了。先由坎特伯雷大

---

① 参见《新约·使徒行传》2：38："彼得告诉他们：'你们每个人都要离弃罪恶，并奉耶稣基督的名受洗，好使你们的罪得到赦免，以领受上帝所赐的圣灵。'"22：16："你还耽误呢？起来，吁求他的名，领受洗礼，好洁净你的罪。"《希伯来书》10：22："我们应该用诚实的心和坚定的信心，用已经蒙洁净、无亏的良心和清水洗过的身体，亲近上帝。"

主教发出赞美:"罪责恶名算我头上,威严的君王!因为圣经《民数记》里这样写着:——人死后,遗产由女儿继承。仁慈的陛下,捍卫自己的权利;展开血红的旗帜;回顾您伟大的先王们。去吧,威严的陛下,拜谒您曾祖(爱德华三世)的陵墓,您的权利由他那儿继承(爱德华三世是法国国王菲利普四世母系的后裔传人);向他勇武的精神求助,还要向您的叔祖黑王子爱德华求助,他在法国的土地演过一出悲剧(1346 年 8 月 26 日克雷西之战),叫法军全军覆灭;那时,他最伟大的父亲站在一座小山上,含着笑看自己的幼狮贪婪地捕食血泊中的法国贵族。啊,高贵的英国人!你们以一半兵力,足与法军全部精锐交战,让另一半发着笑驻足旁观,无事可做,闲得浑身发冷!"

伊利主教见坎特伯雷大主教抬出爱德华三世和"黑王子"征战法兰西的荣耀,不甘落于其后,立刻响应,祈愿国王:"唤醒对这些神勇死者(指亨利五世的先祖)的回忆,用您强有力的臂膀再展他们的功勋。作为他们的继承人,您坐在他们的王座上,令他们扬威的鲜血和勇敢在您的血管里流淌;而且,我神勇无比的陛下年方青春的五月之晨(亨利五世时年二十七岁),正值建功立业的最好时机。"

紧随两位主教之后,两位善于领兵打仗的贵族将军先后表态,国王的叔叔埃克塞特公爵说:"当世兄弟国家的君王们,无一不盼着您,像您狮子①般的先王们那样振奋起来。"威斯特摩兰伯爵接着说:"他们都知道陛下您名义、财力、兵马样样俱全;陛下

①狮子是王权的象征,出现在王室盾徽上。

您的确无一不备。从没哪个英格兰国王有过更殷实的贵族、更忠诚的臣民，他们身在英格兰，心却早已躺在法兰西战场的营帐里。"坎特伯雷大主教火上浇油:"啊，让他们的身体随心同往，亲爱的陛下，用血、用剑、用火，去赢得您的权利。为援助陛下，我们教会愿捐您一笔巨款，数额比以前教会捐给先王们的任何一次都多。"

这正是国王需要的，开战的钱财和将军们的征战之心一应俱全!亨利五世随即传令，面见法国王太子(1349至1830年间法国对王储的称呼)派来的使臣。同时，他对主教和贵族们表示，决心对法兰西开战:"凭上帝神助，有你们相帮，你们是我军中的高贵支柱，法兰西本该属于我，我要叫它臣服于我，如若不然，便把它整个击碎。要么，我在那儿端坐王位，统治广阔富足的法兰西帝国，及其所有高贵的公爵的领地;要么，就把我的骸骨埋在一只不值钱的瓮里，没有坟墓，上面也没有任何纪念物;要么，未来的史书极力称颂我的业绩;要么，就让我的坟墓像一个土耳其奴隶，空有一张无舌之口，连一行蜡刻的祭奠碑文也没有。"

闻听此言，坎特伯雷大主教立刻"颂圣"赞美:"进军法兰西吧，陛下。把您幸运的英格兰一分为四;您只率四分之一挥师法国，便足以威震整个高卢(法国)。倘若我们不能以四分之三的国内兵力，将这条狗拒之门外，那就让我们在狗嘴里战栗，将勇武之族、谋略之国的美名丧失殆尽。"

这是莎士比亚写人物刻意讲究的地方，他透过戏剧对白刻画出坎特伯雷大主教复杂的微妙心理，他急于开战的初衷与贵族将军们不同,后者为国王和英格兰的荣誉而战,对于他,当时迫在眉睫的形势是,只有国王远征法国,才能保证他统领下的英格兰教会的资产。至于国王,有钱开战,去赢得法兰西的王位继承权乃第一要务,至于教会资产,一句话搞定。

一番苦心得到回报,两位主教的戏剧作用完成,从第二幕到剧终没再出场,毕竟远征法兰西是军人们的事儿。

3. 第三种:敌国的反向"颂圣"

这类"颂圣"集中体现在第二幕第四场,王宫,法兰西国王查理六世正与法军大元帅和贵族们商讨,如何面对英格兰"犹如激流吸进一个漩涡"的"凶猛"进攻。国王提出必须"立即行动,火速发兵,用精兵良将和防御物资,加强、新修我方战备城镇的防御设施"。但王太子认为,"万不可惊慌失色""英格兰由一个如此不中用的国王统治,由一个虚荣、善变、浅薄、任性的年轻人如此异想天开地执掌王权,毫不足惧。"

这时,敌国的反向"颂圣"正式开场,先由法军大元帅由衷赞叹:"啊,别说了,王太子殿下!您把这位国王看错了。殿下,问一下您最近派去的使臣,——他在听取他们的使命时, 是何等威严;他身边有多少高贵的忠臣,他们提出异议时有多么委婉;还有,他坚定的决心有多么令人恐惧,——您就会发觉,他以前干那些荒唐事,只是罗马人布鲁图斯的外貌①,拿一件愚笨的外衣

---

① 此处指公元前六世纪的古罗马贵族卢修斯·朱尼厄斯·布鲁图斯(Lucius Junius Brutus),他为替父兄报仇,装疯卖傻,于公元前 509 年,将罗马王国(Roman Kingdom)第七任国王"骄傲的塔克文"卢修斯·塔克文·苏佩布(Lucius Tarquinius Superbus,? —495)推翻、驱逐,缔造罗马共和国,并担任第一任执政官。此处"布鲁图斯的外貌",即指布鲁图斯装疯卖傻的愚笨样子。

遮住睿智；真好比园丁用粪便藏起的那些根茎①，必先萌发最娇嫩的蓓蕾。"然而，在此给大元帅预留下一个自我反讽，第三幕第七场，阿金库尔决战在即，大元帅仿佛换了一个人，他根本没把英军放眼里，信心爆棚地说："今天，法兰西勇士们的出鞘之剑，将因玩儿不尽兴而收剑入鞘。只要冲他们吹口气②，我们的豪勇之气就能把他们掀翻在地。"或曰，这是莎士比亚因写戏仓促留下的戏剧破绽？

　　法国国王则不敢掉以轻心，他郑重其事地表示："让我们把哈里国王视为强敌，诸位王公贵族，要确保以强大的军力对付他。他的亲族曾尝了血腥的滋味追猎③我们，他就是在我们自家熟悉的路上，那追逐我们的嗜血家族养大的。当年克雷西之战④惨败，我方所有王公贵族，都成了那个恶名叫威尔士的黑王子爱德华⑤的俘虏，这是永记不忘的奇耻大辱；那时，他那位体壮如山的父亲⑥，站在一座小山上，高居半空，金色阳光照在头顶，——看他英雄的儿子，微笑着，看他残害生灵，损毁上帝和法兰西父老历时二十年打造的典范⑦。这个国王便是那胜利的树干的一根

---

　　① 指用粪便给花草施肥。

　　② 参见《旧约·以赛亚书》40：24："他们像幼小的植物，/刚抽芽长根。/上主只一吹，便都干枯；/旋风一起，他们就像麦秸被吹散了。"

　　③ 此为狩猎用语，指猎人用血腥的肉喂食猎狗，以激发猎狗追逐。

　　④ 即1346年8月26日的"克雷西之战"，英王爱德华三世大胜法军。

　　⑤ "黑王子"爱德华的绰号源于他作战时惯穿一身黑色盔甲，并非因其皮肤黝黑。据记载，"黑王子"面色白皙，一双蓝眼睛，头发淡色。

　　⑥ 爱德华三世身材魁梧，像一座小山。此处或暗指爱德华三世出生在多山的威尔士。

　　⑦ 指历时二十年造就的法兰西一代精英。

树枝①;对他天生的勇武和命运②,我们要当心。"

为颂扬亨利五世,莎士比亚颇费心思,他替法国国王设计的"颂圣"方式是曲笔赞美,没让法国国王直接夸赞亨利五世,而是极力称颂亨利五世两位伟大的祖先——爱德华三世和黑王子爱德华,他们给法兰西历史留下"永记不忘的奇耻大辱"。然而,在此又给法国国王预留下一个自我反讽,第五幕第二场,剧终幕落之前,查理六世必须吞下更大的"奇耻大辱":签署丧权辱国的和平条约(即《特鲁瓦条约》),按英格兰国王的要求,"今后凡遇赐封官爵或土地,书写诏书之时,必须以这种尊号称呼陛下,法文是'我至亲的亨利女婿,英格兰国王,法兰西继承人。'拉丁文是'我至爱的亨利女婿,英格兰国王,法兰西继承人'。③"对,没错,和平条约的"第一条款"就是逼迫法国国王把女儿凯瑟琳嫁给英格兰国王。真是赔了女儿又折兵!

4. 第四种:史诗的自我"颂圣"

这种史诗般的自我"颂圣",从第一幕第二场后半段亨利五世召见法国使臣就开始了。法国使臣奉王太子之命觐见亨利五世,开门见山转述王太子的口信:"陛下最近派人去法国,以您伟大的先王爱德华三世的权利为依据,要求拥有几处公爵领地。为回应这一要求,我主太子殿下说,您过于年轻气盛,并提出警告,在法国没什么东西凭一场轻盈的欢快舞蹈便唾手可得;——单

---

① 意即亨利五世与爱德华三世血脉同宗,是其血统的一个支脉。
② 命运,指命中注定的要完成的功业。
③ 此处条款分别用法文、拉丁文书写,意思一样。按"新剑桥版"注释,对亨利五世在称呼上有法文"我至亲的"和拉丁文"我最爱的"的区别。

靠狂欢进不了那儿的公爵领地。所以,为更迎合您的脾气,他送您这一箱宝物(呈上一箱子),希望您别再要求什么公爵领地,就算您回敬这箱宝物了。"

国王听完,只轻描淡写问埃克塞特公爵一句:"什么宝物,叔叔?"埃克塞特查看箱内装着网球,回复说:"网球,陛下。"面对如此嘲弄,亨利五世丝毫不动怒,而是表现出一代圣君才有的从容大度,他对使臣说:"很高兴王太子拿我如此打趣;感谢他的礼物和你们的辛劳,等我给这些球配好网球拍,我愿去法国,凭着上帝的恩典,跟他打一局,一定把他父亲的王冠打进球洞。①告诉他,跟他对局的,是个喜欢找碴儿的对手,法国的所有球场都将因回球弹地两次②变得骚乱不安③。我很懂他的心思,他拿我过去的荒唐日子嘲弄,却对我怎样利用了那段日子,一点判断也没有。我从不看重英格兰这可怜的王位,所以,远离宫廷逍遥,放纵自己的野性,像人们一旦离家便会找乐子一样稀松平常。但告诉王太子,我会占据王位,我一旦振作起来登上法兰西王位,就会

①亨利五世在此表达的是双关意,"配好网球拍"指为进军法国做好准备。"球洞",指网球场两头墙上的豁口,将球打进豁口者,得分;其双关意指"危险","把他的父亲的王冠打进豁口",意为:到时他父亲就有王冠被打掉的危险。此处的网球指古式网球,最早源于12—13世纪法国传教士在教堂回廊用手掌击球的游戏,后成为法国宫廷的一种游乐消遣,14世纪中叶传入英国,为爱德华三世所喜爱。得分方式与现代网球不同。现代网球源于19世纪70年代早期英国的草地网球。

②弹地两次(chaces),古式宫廷网球术语,指球被对方击中墙上球洞后,弹地两次不过网,失分。在此的双关意指,等英法一旦交战,法军将连吃败仗。"chace"有"狩猎"(hunt)、"追赶"(pursuit)之意,亨利五世意在表明,一旦英法对决,他将像追逐猎物一样击败法国。

③亨利五世在此以球场将变得骚乱不安,意指两国一旦交兵,法国全境将不得安宁。

像国王一样，扬帆展示伟大的君威王权。因为我曾把威严丢一边，像普通人一样成天东跑西颠；但我将满怀一种荣耀在法兰西崛起，以至于所有法国人都会望之目眩，是的，王太子看了我，就会刺瞎眼睛。告诉那位快乐王子，他的这一嘲弄，已把网球变成炮弹；他的灵魂将在随炮弹飞来的毁灭性的复仇中，忍受痛苦的煎熬。因为他这番嘲弄，将造成一千多失去亲爱丈夫的寡妇；母亲因嘲弄失去儿子，城堡因嘲弄而坍塌；还有好些在腹中尚未成胎、尚未落生的孩子，都将有理由诅咒王太子的这一嘲弄。但这一切全听凭上帝意旨，我会向上帝申诉；告诉王太子，我会以上帝的名义前来，尽力为自己复仇，并在一件神圣的事业中生出我正义之手。"这不怒自威的豪言，是亨利五世在剧中的第一篇自我"颂圣"，昭示出一代雄主舍我其谁的霸气。

这是向敌国传递发动战争的信号：亨利五世对英格兰王位兴趣不大，他要在法兰西崛起君威王权的伟大荣耀。最后，亨利五世叫使臣转告王太子："他的玩笑只是耍小聪明的逗趣，有人发笑，却更有千万人哭泣。"

全剧中，几乎每篇亨利五世的大段独白都是一首英雄颂歌，颂歌的主人公是国王自己。第二幕第二场，南安普顿，出兵之前，亨利五世不动声色，事先搜集好确凿证据，然后当众揭穿斯克鲁普男爵、剑桥伯爵、格雷爵士三位贵族的阴谋。

在此，亨利五世有两大段独白，第一段义正词严地逐一指责这三个"反咬"君王"仁慈之心"的叛国者："我本有一颗鲜活的仁慈之心，却被你们的秘密击败、杀死；你们若知羞耻，必不敢谈什么仁慈，因为就像群狗反咬主人，你们的心胸被自己的论调①撕咬。——我的亲王、贵族们，看吧，——这些英格兰的怪物！……背叛与谋杀，向来合二为一，像两个共负一轭②誓言互助的魔鬼，为同一个目标如此公然合作，对邪灵孽妖来说十分自然，不必大惊小怪。而你，却违背一切常理，竟使背叛和谋杀变成奇迹；如此不合人情蛊惑你，不管这个狡猾的恶魔是谁，都足以当选地狱精英。别的恶魔诱人叛变，还假装拿发光的虔诚当幌子，用计谋、外表和外在品行，把该受诅咒下地狱的罪恶，笨手笨脚掩饰一下；但诱惑你、叫你谋反的这个恶魔，除了授你一个叛徒的名义，并未给你之所以谋反的动机。倘若这样要弄你的那个魔鬼，像狮子似的在人世走一圈③，回到广阔的塔尔塔罗斯④，没准会对群鬼说：'我赢得一个人的灵魂，从未像赢得一个英国人的灵魂那样容易。'啊，你用怀疑玷污了信任的美德！人会显出恭顺的样子？咦，你就这样。他们似乎一本正经、学识渊博？咦，你就这样。他们出身名门贵吧？咦，你就这样。他们好像是敬畏上帝的？咦，你就这样。或者说，他们饮食节俭；避免过喜、过悲之情；性格坚定；不一时冲动；衣着得体、谦逊儒雅；凡事非亲眼所见、亲耳所闻，绝不轻信妄断，是这样吧？你好像就是这样一个细筛⑤出来

---

① 论调，指这三位贵族叛臣在密谋杀死国王时提出不露半点仁慈。

② 共负一轭，指两个魔鬼被一个牛轭套住，彼此只能为了同一个目标，公然合作。

③ 参见《新约·彼得前书》5：8："要警醒戒备！你们的仇敌——魔鬼正像一头咆哮的狮子走来走去，寻找可吞食之人。"

④ 塔尔塔罗斯(Tartar)，古典神话中地狱里暗无天日的深渊，亦指地狱。

⑤ 细筛(bolted)，指像面粉一样细筛。亨利五世在此意在反讽斯克鲁普是一个精选出来的优雅十足之人。

的人。既如此，你的堕落留下一种污点，使溢满美德和天赋超凡之人，也叫人怀疑了。我会为你哭泣；因为在我眼里，你这次背叛就像人类又一次堕落[1]。——（向埃克塞特）这三个人罪行昭彰，逮捕他们，依法追责；——愿上帝赦免他们的罪恶阴谋！"

这是一篇作为上帝代表的国王的宣言，面对如此"仁慈"之君，三位叛臣俯首认罪，恳请宽恕。接着，是亨利五世的第二段长篇独白："愿仁慈的上帝宽恕你们！听着，这是判决——你们勾结敌国，谋反本王，收受贿金，欲置我于死地；你们要出卖、杀戮你们的国王，将他的亲王、贵族卖身为奴，叫他的臣民遭屈受辱，把他的整个王国败光毁灭。对于我本人，并不谋求报复。但王国的安全，我必须格外珍重；你们却要毁了它，我只得把你们交付国法。因此，去吧，你们这些卑贱的可怜虫，去受死吧！愿仁慈的上帝给你们耐性，经受死神的考验，真心忏悔一切可怕的罪行！——把他们带走！（剑桥，斯克鲁普，与格雷被押下。）——现在，诸位，向法兰西进军。这场战事对你们、对我同样荣耀。我毫不怀疑，这将是一场光荣、成功之战，因为上帝如此荣耀，揭露了潜伏在路上，阻碍我们进军的这一凶险叛逆。我现在毫不怀疑，前进路上的一切障碍都已铺平。那么，亲爱的同胞们，出发吧！让我们把军队交给上帝之手[2]，立即行动。"

至此，已不难发现，莎士比亚为亨利五世的每篇自我"颂

---

① 在基督教信仰中，人类第一次堕落指人类始祖亚当、夏娃偷食禁果，并因此被上帝逐出伊甸园。

② 参见《旧约·诗篇》31：14—15："上帝啊，我依然依靠你，我终身之事在你手中，求你救我脱离仇敌和迫害我的人。"

圣",都委以不同的戏剧作用,这番独白作用有二:以仁慈的上帝的名义对叛臣进行宣判;以国王的名义发布英格兰王国团结一心征战法兰西的战前誓言。莎士比亚擅于运用戏剧人物长篇独白的语言张力,在这段对白最后,他让紧张的语境一下松弛下来,以一首两联句韵诗,把亨利五世铲除叛徒后内心轻松、振奋精神状态显露出来:"开心去海上,高举起战旗。若不称法王,誓不做英王[①]。"

戏剧舞台空间十分窄小,无法像电影全景镜头那样表现宏大的战争场景。莎士比亚不必操心在他死后三百多年产生电影之后电影导演操心的那些事儿,而只需透过舞台表现出戏剧人物和情景的戏剧力便足矣。

第三幕第一场,英军兵临哈弗勒尔城下,莎士比亚只安排国王发表一篇最典范的英雄史诗作为攻城动员令,英军便突破了哈弗勒尔的防守:"再冲一次那个突破口,亲爱的朋友们,再冲一次;否则,英国人只能用尸体把这城墙围困!和平时期,人之为人,莫过于适度静默和谦恭,但当战争的狂风吹过耳际,我们就要模仿老虎的动作;绷紧肌肉,激起热血,用丑陋的狂暴掩盖美好的天性,然后目露凶光;让眼睛像铜炮似的,透过头上的观察孔向外窥探;让悬在眼睛上的眉毛,令人恐惧得像一块受过磨损的巉岩,孤悬着凸伸出去,俯视被狂野的、毁灭性的海洋冲蚀的荒废山脚。现在,咬紧牙,张大鼻孔,深憋一口气,绷紧全身每一分勇气!——冲啊,冲啊,最高贵的英国人!你们的热血是久经

---

① 直译为:若不在法兰西称王,也不做英格兰国王。

疆场考验的父辈传下来的！——父辈们曾像亚历山大①一样，在这一带血战，从早杀到晚，直到把敌人杀得一个不剩，才刀剑入鞘。——莫让你们的母亲蒙羞②：现在证明，确实是你们喊做父亲的那些人生了你们。现在，给那些出身低微之人做个榜样，教他们如何打仗！——你们，好样的自耕农③，你们的四肢是英格兰造的，在这儿向我显出你们土生土长的特性吧；我发誓你们配得上生养你们的土地，我对此毫不怀疑；因为你们没一个低贱之辈，没一双眼睛不闪烁高贵。我看你们站在这儿，活像被皮带勒紧的猎犬，随时准备出击。猎物在移动。由着你们的血性，炮响一声，高喊：'上帝保佑哈里、英格兰与圣乔治④！'"

这恰是《亨利五世》最迷人、最成功的地方，既然莎士比亚要以戏的方式为国王写史诗，那最简单、最直接、最有效的方式，便是在国王一个人身上做足文章，让国王以一篇又一篇爱国主义演说把自己彰显到最大化。因此，在剧中，观众一次又一次看到演说中的国王。他修辞力量之巨大，足以攻陷敌方城池。但显然，国王的演说常有空洞的自我吹嘘之嫌，内容高大上，手法单调，缺少戏剧性。这一来，国王的演说又变成《亨利五世》艺术上的短

---

① 即亚历山大大大帝(Alexander the Great，前356—前323)，古希腊马其顿王国的国王，被誉为欧洲历史上最伟大的四大军事统帅之首(亚历山大、汉尼拔、恺撒、拿破仑)，一生征战，统一希腊全境，占领埃及，荡平波斯，大军挺进到印度河流域，征服面积约达五百万平方千米，曾感叹世界再无可征服之地。

② 亨利五世意在激励士兵，暗示：假如你们拿不出勇气，便证明你们的母亲跟别的男人私通，你们不是你们勇敢的父亲所生。

③ 自耕农(yeoman)，或自由民，拥有土地，身份低于绅士。

④ 圣乔治(Saint George)，英格兰的守护神。

板。诚然，莎士比亚从开始动笔就为《亨利五世》选定了这样的戏剧方式，即让"戏中的史诗"远远大于"史诗中的戏"。

第三幕第三场，亨利五世再次以长篇演说的方式，对哈弗勒尔总督发出最后通牒："城里的总督还没决定^①？这是我允准的最后一次停火谈判。所以，接受我最大的仁慈，否则，就像那些毁于自傲之人，把能使的手段都使出来^②，拼死抵抗。因为，作为一名军人，——在我心里，这个称谓最适合我，——一旦我再次发起炮击，若不把这攻下一半的哈弗勒尔城埋入灰烬，决不收兵。仁慈的大门将全部关闭^③，能征惯战的士兵，——良知犹如敞开的地狱，满怀粗暴之心，——伸出血腥的手肆意屠戮；把你们姣好的处女和茂盛的婴儿，像割草一样杀光除净。假如罪恶的战争，像队列整齐浑身冒火的魔鬼^④，露着被硝烟熏黑的脸^⑤，干下使一切荒废与凄凉的残忍暴行，那与我何干？假如你们的清纯处女，落入淫欲和残暴之手，那是你们自己作孽，与我何干？当有人向山下猛冲，什么缰绳^⑥能勒住放荡的邪恶？让我下令被激怒的士

①可有另一译法：城里的总督还那么死硬？

②此为一种用来挑战的习惯性用语。梁实秋译为：顽抗到底，尝尝我的厉害。

③参见《旧约·诗篇》77：9："难道上帝已忘记开恩？/难道愤怒已取代他的怜悯？"

④亨利五世意在表明，英军士兵在哈弗勒尔城门下严阵以待，随时发起魔鬼般毁灭性的进攻。

⑤按传统说法，魔鬼面黑如矿工。参见《新约·马太福音》9：34："可是，法利赛人说：'他是仗着鬼王来赶鬼的。'"12：24："法利赛人听见这话就说：'他会赶鬼，无非是依仗鬼王别西卜罢了。'"

⑥缰绳（rein），与"统治"（reign）具双关意。

兵不要劫掠,活像给利维坦①传令叫它上岸一样无效。因此,哈弗勒尔的将士们,趁我的士兵还听从我的命令,要怜悯这座城池和城中百姓;趁此时,清凉、温和的仁慈之风,还能吹散暴力、凶杀、劫掠、恶行的污浊毒雾。如若不然,哼,转瞬之间,你们就将看到,不顾一切、嗜血成性的士兵,用邪恶的手,把你们发出刺耳尖叫的女儿们的秀发②弄脏;你们父亲们的银须被揪住,他们最为可敬的头颅猛撞在墙上;你们赤裸的婴儿被刺穿挑在枪尖上,与此同时,疯狂母亲们撕心裂肺的哭嚎冲破云霄,就像犹太③的女人们面对希律王手下血腥猎杀的刽子手④。"

　　然而,毋庸置疑,这种"颂圣"方式为后人眼里的国王留下了名誉的污点,即这一段充满血腥的诗意文字,刻画出的这位"国王战士"恰是"国王"与"战士"的组合:一个无坚不摧的国王,一个"嗜血成性"战士。只是对此,无法断定莎士比亚是有意,还是无意为之。或许这里透露莎士比亚这样的反讽:一个怀有"仁慈之心"的基督教国王,对另一个信奉上帝的基督教王国,可以"伸出血腥的手肆意屠戮"? 不得而知!

---

　　① 利维坦(liviathan),《圣经》中象征邪恶的巨大海怪,也有的译为巨鲸。参见《旧约·约伯记》41:1:"你能用鱼钩钓上海怪,或用绳子绑住它的舌头吗?"《诗篇》74:14:"你打碎了海怪的头。把它的肉分给旷野的野兽吃。"104:26:"船只往来航行,你所造的海兽游戏其中。"《以赛亚书》27:1:"那一天,上主要用刚硬锐利的剑惩罚利维坦,就是那扭曲善变的蛇,并杀死那海中的龙。"

　　② 秀发(lacks),有"守护着的贞洁"之意涵。

　　③ 犹太(Jewry),古罗马统治的巴勒斯坦南部地区,今位于以色列境内。

　　④ 希律王(King Herod),公元前37年至公元前4年间罗马帝国犹太行省(加利利和犹太地区)的统治者,为杀死圣婴耶稣,下令将伯利恒(Bethlehem)及周边地区所有两岁以下男婴全部诛杀。事见《新约·马太福音》2:16—18。

剧情发展到第三幕第六场，阿金库尔决战前夕，亨利五世向奉命前来讨要赎金的法军传令官蒙乔，故意示弱："你很好履行了使命。回去，告诉你的国王，——眼下我还不会追击他，只想毫无阻碍挺进加来。因为，老实说，——向一个狡猾和有军事优势的敌人透露这么多，一点不明智。——我的兵力因疾病削弱很多，人员减少，现有兵力不见得强于法军；可我告诉你，传令官，身康体健时，一双英国军人的腿，抵得上三个法国兵。——不过，宽恕我吧，上帝，我竟然如此自夸！——你们法国的空气吹胀了我这一恶习。我必须自责。——所以，去吧，告诉你的主人，我在这儿；我的赎金就是这不足道的虚弱身躯；我的军队也只是体弱多病的卫兵。可是，上帝助我，告诉他，哪怕法国国王本人，再加一个和他一样的邻国国王挡在路上，我也要向前冲。辛苦了，蒙乔，这是酬劳。（递一钱袋）去吧，叫你的主人想明白，若能通行，我军便通行；一旦受阻，我军必以你们的鲜血染红你们黄褐色的土地：那再见吧，蒙乔。我的整个答复归为一句话——照目前的情形，我不会挑起战斗；可是，照目前的情形，我要说，我也不避战。就这么告诉你的主人。"

这是一个无比自信、勇往直前的国王！

第四幕第一场，亨利五世乔装打扮，微服巡营。在此，莎士比亚把国王自我"颂圣"的口吻，变成对一个普通人的内心书写。考特、贝茨和威廉姆斯三个普通士兵，谁也不知道跟他们交谈的正是国王本人，他们自然流露出临战之际的胆怯。自称"一个朋友"、在欧平汉手下当兵听差的亨利五世毫不避讳地透露英军的处境："真好比遭受海难的一群人困在沙洲上，只等下一次潮汐将他们冲走。"然后,他这样描述"自己":"这么跟你说吧,我觉得国王,不过是一个人,跟我一样。紫罗兰的味道,他闻、我闻一样香;头顶这片天,对他、对我都一样;他所有的感官跟常人的特性没两样,把他的国王威仪撇一边,赤身露体,只是一个人而已;虽说他的情感比我们的更为崇高、复杂,但当他向下猛扑①之时,也扑得跟我们没两样。因此,当他发现恐惧的由头儿,毫无疑问,他也担惊受怕,跟我们尝到的恐惧一模一样。不过,按理说,没谁能使他露出哪怕一丝一毫的恐惧,不然,他一旦畏惧,军队就会丧失勇气。"可士兵们仍然心有疑惑,他们担心一旦开战,国王为保命,便会向法军缴纳赎金。对此,这位极不普通的"普通士兵"以普通一兵的身份激励他们:"我想,死在哪儿,也不如与国王同生共死令人欣慰;——他的事业是正义的,他为荣耀而战。"

这是一个临危不惧、视死如归的国王!

士兵们走了,亨利五世独自一人。这时,莎士比亚再次不惜笔墨,以长篇独白让国王敞开心扉:"责任都算国王头上!——让我们把生命、把灵魂、把债务、把揪心的妻子、把子女、把罪过,都加在国王身上!我必须承受一切。困境啊,与伟大同时落生,要遭受每一个傻瓜的指摘,而那傻瓜,除了他自己各式各样的病痛,什么也感受不到! 平民百姓能享受无限的内心平静,国王偏就不能! 除了威仪,——除了公开的威仪,国王还有什么,是百姓没有的?而没用的威仪,你算什么东西?你是哪路大神,要比你的

---

① 猛扑(stoop),放鹰捕猎术语。

崇拜者遭受更多人间苦楚？你有多少税金？你有多少收益？威仪啊，让我看看你值几个钱！你的灵魂叫人崇拜，凭什么呀？除了地位、等级、威仪，叫人敬畏、害怕，你还有什么？正因为你叫人害怕，你比怕你的人更不开心。除了奉承的毒液，替代崇敬的蜜汁，你还能常喝什么？啊，伟大的权力，生一场病，叫你的威仪给你治！你以为单凭奉承吹出来的头衔，就能使你降温退烧？一有人冲你屈膝打躬，病就没了？你有权叫一个乞丐给你下跪，可你能对健康下命令吗？不，你这骄傲的梦想，竟如此狡诈地要弄了一个国王的安宁。我这个国王看透了你的本性，我知道，不论圣油①，王笏，金球②，宝剑，权杖，帝国王冠，镶金嵌宝的王袍，国王名字前一长串矫饰的尊号，端坐在上的王座，还是拍打这尘世高高海岸的浮华的潮汐，——不，这一切都没用，哪怕把所有炫目华贵的威仪都堆在君王的床榻上，也不能让他像贱奴似的酣然入眠。贱奴的身子，填满凭力气挣来的面包，脑子空空，倒头就睡；他永远见不到可怕的黑夜③，地狱之子；他像个仆人似的，从日出到日落，在福玻斯④眼皮底下流汗，整夜在伊利西姆⑤睡觉；第二天，黎明破晓，他与太阳同起，帮亥伯龙⑥套马；他如此追随岁月流光，辛劳一生，走进坟墓。除了威仪，这样一个可怜虫，白天干苦力，

---

　　① 圣油(balm)，国王加冕典礼时涂在头上的膏油。

　　② 金球(ball)，君主的圆球，象征国王作为上帝代理人在地球上的权力。

　　③ 指贱奴辛苦一天，疲乏劳累，天黑以前便呼呼大睡。

　　④ 福玻斯(Phoebus)，即希腊神话中的太阳神阿波罗。

　　⑤ 伊利西姆(Elysium)，希腊神话中贤人死后的居所，代指极乐世界，或乐园。

　　⑥ 亥伯龙(Hyperion)，古典神话中的泰坦巨神之一；有时指太阳之父；有时指太阳自身。

夜里睡大觉，比一个国王占便宜。奴隶，分享国家之太平，且安享太平；但他愚钝的脑子并不知晓，在平民百姓最得好处之时，国王为维护和平，睡得多不安稳。"

这是一个勇于担责、洞悉世相的国王！

第四幕第三场，终于到了阿金库尔战场。双方军力对比"众寡太悬殊了"，法军对英军占据"五比一"的优势。身处劣势，连能征惯战的威斯特摩兰将军都不由感叹："啊，只愿今天在英格兰无事可做的闲人，来此补充一万兵力！"谁曾想，亨利五世竟会反唇相讥："谁有如此愿望？是威斯特摩兰老弟？——不，我可敬的老弟，倘若我们注定死去，这损失足以让英格兰痛惋；假如我们命不该绝，人越少，分享的荣誉越大。听凭上帝的旨意！恳请你，不要希望再增一兵一卒。周甫①在上，我非贪财之人，不在乎有谁吃我喝我；谁穿了我的衣服，我也不心疼，这些身外物全不在我心上。但假如贪求荣誉也算一宗罪过，我便是世上最有罪的那一个。不，说实话，老弟，别希望英格兰再添一兵一卒：愿上帝保佑！为我最美好的心愿，我不愿因多加一人，使这样伟大的荣誉受损，不愿再有人分享这荣誉。啊，不要希望再多添一人！干脆告知全军，威斯特摩兰，凡无意参加这次战斗者，让他离开②，给他签发通行证③，把旅费放进他钱袋。我不愿与那贪生怕死之人同生共死。"说到这儿，国王转向众人："今天这个日子被称作圣克里

---

① 周甫(Jove)，即罗马神话中的主神朱庇特(Jupiter).

② 参见《旧约·申命记》20：8："官长要对手下说：'你们中有谁胆怯、惊惶，可以回去。否则，他会影响全军士气。'"

③ 通行证(passport)，指获准通行法国、登船返乡的证件。

斯品节①。凡活过今天、安然回乡之人，每当忆起这一天，都会心绪高昂，都会因克里斯品的名义而振奋；凡活过今天、安详终老之人，每年都会在节前头一天傍晚，宴请街坊邻里，并说'明天就是圣克里斯品节！'然后，卷起袖子，露出伤疤，说'这些全是我在圣克里斯品节受的伤。'人老健忘；但哪怕忘掉所有往事，他仍会不无夸饰地记得，他在那一天立下怎样的战功。然后，像聊家常一样，顺嘴说出我们的名字，——哈里国王，贝德福德和埃克塞特，沃里克和塔尔伯特，索尔斯伯里和格罗斯特，——举杯祝酒之时，清晰记起旧时往事。老人家会把这故事讲给儿子；从今天直到世界末日，圣克里斯品节将不再虚度，只因它记住了我们的名字，——我们这几个人，我们这几个幸运之人，我们这群兄弟；因为谁今日与我一同流血，谁就是我的兄弟；甭管他地位多么低下，这一天将使他身份变得高贵；眼下，在英格兰呼呼大睡的绅士们将因其身不在此而自认倒霉；而且，无论谁开口提及，在圣克里斯品节这天与我们并肩战斗，他们都会觉得英雄气短。"

置之死地而后生，兵力越少，荣耀越大，这是身先士卒、神勇豪迈的国王！

在剧中，此前发生的一切都是为了阿金库尔，阿金库尔战后发生的一切又都源于阿金库尔。胜者为王，阿金库尔成就王者。

终于，莎士比亚为国王设计的一连串自我"颂圣"接近顶点——阿金库尔之战一触即发。法军大元帅派蒙乔前往英军营

---

① 圣克里斯品节(the feast of Crispin, i.e. Saint Crispin's day)，10月25日，为耶稣基督殉道的克里斯品孪生兄弟设立的纪念日。公元285(或286)年10月25日，克里斯品兄弟在罗马皇帝戴克里先(Diocletian, 244—311)统治期间(284—305)被砍头。

帐，再次觐见亨利五世，像英格兰国王威胁哈弗勒尔总督那样，发出最后通牒："哈里国王，我再次前来，想获知，你在必遭灭顶之前，现在是否愿以赎金求和：因为你的确身临漩涡，势必被吞没。"

亨利五世回答："请你把我原来的答复带回去，叫他们先赢①了我，然后卖我的骸骨。仁慈的上帝！他们为何如此嘲弄可怜人？狮子还活着，有人先卖狮子皮，结果猎狮丢命②。毫无疑问，我们大多数人将葬于故土③，我相信，坟茔之上还将以黄铜纪念碑永远见证这一天的功绩。那些把骸骨留在法兰西的勇士，死得壮烈，哪怕埋在你们的粪堆里，势必名垂青史；因为在那儿，太阳向他们致敬，会把他们的英烈之气④带入天堂，留下他们的尸骸窒息法兰西的空气，那气味必将滋生一场瘟疫。到那时，看我们英国人的豪气，人虽死，却像子弹的跳射，当他们尸体腐烂时，还能以致命的弹射再度杀敌。让我骄傲地说：——告诉大元帅，我们是打仗的勇士，不是来度假的；我们耀眼的戎装和镀金的佩饰，全在艰苦地形的冒雨行军中褪色。全军将士的头盔上已不剩一片羽毛⑤，——我希望，这恰好证明，我们无法飞逃，——时间把

---

① 赢(achieve)，战胜；也可解作"擒获"，即"叫他们先擒获我"。

② 此句源自谚语："熊(狮子)还没逮先卖熊(狮子)皮"，'to sell the bear's (lion's) skin, before the beast is caught.'指愚蠢、危险之举。

③ 亨利五世对打赢阿金库尔之战充满信心，指参战的大多数英军将在战斗中活下来。

④ 呼吸(reeking, i.e. breathing)，亦可解作"气息"(smelling)，或指在战斗中留下的血污之气。

⑤ 指装饰头盔的羽毛。

我们磨损得凌乱不堪。但我以弥撒起誓，我们的心都已精心打扮①。我可怜的士兵们对我说，天黑前，他们要穿上光鲜的袍子；要不，就把法国士兵艳丽的新衣服，从头顶生剥硬拽下来，把他们遣散②。倘若他们这么干——如蒙上帝恩准，他们会的——那我的赎金很快就筹齐了。使者，省点儿力气；高贵的使者，别再为赎金劳神；除了我这把骨头，我发誓，他们什么也得不到；即便我这副骨架落他们手里，也没什么用③，告诉大元帅吧。"

这是豪气冲天、宁死不降的勇士！

舞台不是战场，表现战争之惨烈简单至极，在舞台上，几个演员走个过场，双方鏖战立见分晓；阅读中，舞台提示："战斗警号。舞台过场两军交战。"已宣告两军正在厮杀；戏文里，法军奥尔良公爵一句"今日一战，满盘皆输"，王太子一句"谩骂和永久的耻辱坐在戴羽毛的头盔上嘲笑我们"便昭示法军惨败。难怪奥尔良公爵反问："这就是那位我们派人去要赎金的国王吗？"

对，正是这位国王，在第四幕第八场，手拿法军阵亡名单喜不自胜："这份清单告诉我，有一万名法国人被杀死在战场，其中阵亡的亲王和佩戴家徽的贵族一百二十六名；加上骑士、乡绅④、

① 转义指：我们都已做好备战。

② 此句稍有费解，意思应是把解雇仆人的做法——仆人遭东家解雇，离开之前，要将东家给的衣服脱下来。——用在法军身上，即再次凸显亨利五世自信满满：法国士兵最好别等英军动手，就把光鲜的袍子拱手送给英军穿上，如若不然，英军在打赢这一仗之后，就要把法军的新衣服生剥硬拽下来。

③ 亨利五世言下之意，自己会拼死血战，即便战败，尸体落在法军手里，也只剩一副骨架。

④ 乡绅（esquires），等级位于骑士和绅士之间，低于骑士，高于绅士。

英勇的绅士，共计阵亡八千四百人，其中的五百名骑士是昨天授封的。所以，在他们损失的一万人中，只有一千六百名雇佣兵，其余全是亲王、男爵、勋爵、骑士、乡绅，以及门第显贵的绅士。"反观英军阵亡人数呢？除了约克的爱德华公爵，萨福克伯爵，理查·柯特利爵士，乡绅大卫·加姆，"再没有身份高的了，把所有阵亡者加起来，不过二十五人①。"国王随即把自我"颂圣"改为颂扬上帝："啊，上帝，全凭您的力量！我们丝毫不敢贪功，只因有您神助！谁见过，不用计谋，两军交锋，战场上硬碰硬，一方伤亡如此惨重，一方损失微乎其微？——接受它，上帝，因为它只属于您②。"

这是炫耀荣耀、名垂青史的国王！

从剧情发展来说，阿金库尔一战不仅注定了英法两国胜者王侯败者寇的主从地位，还给国王自我"颂圣"的方式和文风带来改变。这当然是莎士比亚有意为之。第五幕第二场，亨利五世的自我"颂圣"，在向凯瑟琳的求爱里自然透出征服者难以掩饰的霸气："以圣母马利亚起誓，凯特，如果您叫我为您写情诗或跳个舞，那就把我毁了，要说写情诗，既没话可说，又无韵可押；跳舞嘛，别看我一身力气，但跳起来步子缓慢。如果玩儿跳背游戏，或身穿战甲跃上马鞍，就能赢得一位小姐，我

---

① 历史中的阿金库尔之战，法军阵亡约七千人，英军阵亡近五百人（另一说近一千二百人）。此处说法不实，是莎士比亚为赞美英军之威武和亨利五世之神勇。

② 此处体现基督徒一切荣耀归于主的信念。参见《旧约·诗篇》44：3："你的子民不是倚靠刀剑征服那片土地，/ 也不是靠自己的力量取胜；/ 是靠你的臂膀，你的力量，你的同在，/ 因为你喜爱他们。"98：1："要向上主唱新歌；/ 因他行了奇伟之事！/ 他以右手和圣臂取得胜利。"115：1："上主啊，荣耀只归于你；/ 不归我们，只属于你！/ 因为你有信实不变的爱。"

能很快赢回①一个老婆,我若吹牛就罚我。再不然,如果为我爱的人跟谁搏斗,或为讨她欢心飞身上马,那我能像屠夫似的猛力一击②,还能像一只猴子似的稳坐马背,绝不掉下来。可是,在上帝面前,凯特,我不能像一个毫无经验的小情人似的,要么喘着气吐露爱意,要么花言巧语发誓爱你。我只有直白的誓言,任谁怂恿,从不发誓;一旦发誓,谁劝也绝不背誓。如果您能爱一个这种性情的人,凯特,他的脸已如此难看,太阳不能把它晒得更丑③,他从不照镜子,怎么照也看不出哪儿好,——那就让这道菜④给您的眼睛开胃吧⑤。我对您说的,是一个军人的大实话:如果您能因此爱我,就接受我的求爱;如若不能,听我说,我就去死,这是真话。但为了爱您,主在上,我不会死。可我还是爱您。在您有生之年,亲爱的凯特,接受一个坦率、诚实、毫无杂质的人吧,他一定会真心对您,因为他没本事在别的地方求爱。那些能说会道的家伙,能把韵诗写进姑娘的芳心⑥,却总有理由再变心。哼!谁会说话谁唠叨,韵文都是顺口溜儿。好看的腿会变瘦,挺直的腰会变弯,黑胡子会变白,卷发的头顶会变秃,漂亮脸蛋儿会枯萎,透亮的眼睛会凹陷,但一颗仁慈之心,凯特,是太阳,是月

---

① "赢回"(leap into, i.e. gain),有"跳入""进入"之义,或含性意味,暗指性交。

② "猛力一击"(lay on, i.e. strike vigorously),或含性意味,暗指在性交中"猛力一击"。

③ 伊丽莎白时代,人的肤色以白为美。此处为亨利五世的谦辞,表达自己因常年征战,风吹日晒,皮肤被太阳晒得很黑,已不能再丑。

④ "这道菜",即"他(亨利五世)的脸"。

⑤ 此句直译为:那就让您的眼睛瞧着办吧。

⑥ "芳心"(favours),或含性意味,指用花言巧语哄骗姑娘上床。

亮，——干脆说，是太阳，不是月亮，因为它闪耀光芒，始终不变，
永守轨道。如果您愿接受这样一个人，接受我；接受我，就是接受
一个军人；接受一个军人，就是接受一个国王。您对我的求爱有
什么说的？说呀，我的美人儿，好好说，我恳求您。"

这是一个击溃法国军队的英国军人，一个征服法兰西的英
格兰国王！

但这是求爱，还是胁迫，抑或掠夺？莎士比亚不告知答案。至
少，把亨利五世视为"英国人爱国主义的同义词"的英国人，有理
由继续沉浸在征服者的浪漫豪情里。因为，亨利五世的自我"颂
圣"尚未结束，他对被自己打败的法国王的女儿说："我心底足以
救赎的信仰①告诉我，您必将属于我②，——我凭一场混战得到您，
所以，您必将证明自己是孕育军人的好母亲。难道您和我，就不能
在圣丹尼斯和圣乔治③的护佑下，共同创造一个男孩儿，一半法兰
西血统，一半英格兰血统，有朝一日跑到君士坦丁堡④，去揪土耳
其人的胡子？难道不成吗？说话呀，我美丽的百合花⑤！"

---

① 指对上帝的信仰。

② 参见《新约·路加福音》7：50："耶稣对那女人说：'你的信仰救了你，平安回
去吧。'"《彼得前书》1：9："因为你们得到信仰的结果，就是你们灵魂的救赎。"《以弗
所书》2：8："你们是靠上帝的恩典，凭信仰得救；这并非出自你们自身的行为，而是
上帝所赐。"

③ "圣乔治"(Saint George)，英格兰的守护神。

④ 君士坦丁堡(Constantinople)，今土耳其伊斯坦布尔，原为东欧罗马帝国的首
都，1453年被土耳其人占领；直到1922年，一直是土耳其帝国的首都。此为羞辱说
法，意思是欲将土耳其人赶出君士坦丁堡。根据事实，土耳其人于1453年占领君士
坦丁堡之时，亨利五世已去世三十一年。显然，莎士比亚写戏并非为讲真实的历史。

⑤ "百合花"(Flower—de—luce, i.e. lily)，法国王室徽章图案，蓝底儿上绘制金色
百合花。

这是一个血脉里充盈着野性浪漫，誓言再孕育下一代征服者的国王！

最后，全剧即将落幕，国王的自我"颂圣"升至顶点。亨利五世以名誉起誓，用纯正的英语，向被征服的法兰西王国的公主说："凯特，我爱您！……虽说我貌不惊人，难以软化女人心。唉，真该诅咒我父亲的野心！在我坐胎之时，他一心想着内战①，所以我生来一副粗硬外表，脸色如铁，一开口向姑娘们求爱，吓不跑才怪。可是，说真的，凯特，等我上了岁数，会显得好看点儿。我的安慰是，把皱纹存满容颜的老年，也没办法再糟蹋我这张脸。如果您得到我，是在我最糟的时候得到了我；如果您享用②我，会觉得越用越好。——因此，告诉我，最美丽的凯瑟琳，您愿得到我吗？丢掉您处女的羞涩，以王后的神情承认您的心思，拉起我的手，说：'英格兰的哈里，我属于您！'我的耳朵一听到这句祝福，我就大声告诉您，——'英格兰属于您，爱尔兰属于您，法兰西属于您，亨利·普朗塔热内③属于您。'这个人④，当他面我也要说，即便他不是国王中最好的一个，您会发现他是好人里顶好的国王。"

---

① 此处是莎士比亚造成的又一处历史谬误，亨利五世生于1386年，其时，他的父亲亨利四世(当时的赫福德公爵)，与理查二世之间尚未产生任何冲突。

② "享用"(use)，含性意味，亨利五世暗指自己性能力强，能给凯瑟琳带来性享受。

③ 普朗塔热内(Plantagenet)，即"金雀花王朝"(House of Plantagenet)，乃亨利五世所属王朝的名号。亨利二世(Henry Ⅱ，1133—1189)是金雀花王朝的首位国王，从他1154年登基到1485年理查三世(Richard Ⅲ，1452—1485)战败身亡，王朝持续三百多年。

④ 亨利五世在此自称。

这是在自我"颂圣"的国王眼里一个"好人里顶好的国王"!

这到底是怎样一个国王呢？或许爱尔兰诗人威廉·巴特勒·叶芝(William Butler Yeats, 1865—1939)在其《善恶观》(Ideas of Good and Evil, 1903)一书中给出了答案,叶芝说:"塑造一个又一个人物,且让他们彼此关联,堪称莎剧艺术的一个特色;每一部莎剧中都有许多互为补充的人物。他笔下的亨利五世与理查二世性格截然相反。亨利五世性情粗野,蛮横果决,把朋友一脚踢开毫不留情,像某些自然力一样残酷、令人捉摸不透。剧中最引人之处,是他的老友伤心地离他而去,最后被他送上绞架。人们极易看清他的目的。他似乎成功了,实际上却失败了。他在国外的征战成果被他的妻儿化为乌有。他和凯瑟琳所生'一半法兰西血统,一半英格兰血统'的孩子,没'跑到君士坦丁堡,去揪土耳其人的胡子',却成为圣徒,最后不仅断送了手里的江山,还丢了命。事实上,莎士比亚并没把他处理成一颗空想的伟大灵魂,而是把他写成一匹英姿勃勃的骏马。莎士比亚的亨利的故事,像他笔下的其他故事一样,带有悲剧性的反讽意味。"

显然,替亨利五世唱赞歌的人会对此持有异议,因为在他们眼里,《亨利五世》堪称内容与形式的完美结合,其主题之精髓寓于文体、结构之中。不仅理想的国王自身保持一种理想的秩序,还为他的王国设计出有序、和谐的生活,恰如埃克塞特公爵在第一幕第二场所说,"因为政府,虽有上、下、次下三个阶层,各有分工,却能聚成一个整体,像音乐一样,节奏和谐,韵律天成"。他们甚至认为,战争在剧中只是作为装饰品,仅用来衬托英雄业绩,剧中既无战争喧嚣,也无实际征战,甚至毫无战争紧张感,因为人们知道上帝与国王同在,英国人一定能赢。谋杀国王的阴谋露了馅儿,亨利掌控一切。莎士比亚设计的所有剧中人,包括国王本人,只为"颂圣",即便英军中的那几个小人物,苏格兰人杰米、爱尔兰人麦克莫里斯及威尔士人弗艾伦,其作用都只在表明,一个理想基督教国王治下的国家秩序之和谐,与上帝治下的宇宙之和谐异曲同工。

或许,此处,坎特伯雷大主教在第一幕第二场回应以上埃克塞特的那段诗意描绘,是这些歌者求之不得的完美答案:"上天赋予人类不同的功能,并使之不断奋进;目标或箭靶一旦确立,便要听命行事。因为蜜蜂就这样工作,这自然界守规则的生物,把有序的行为教给人类王国。他们有一位国王(亚里士多德认为蜂王是雄性)和各类官员。有些,像治安官,维持着地方秩序;有些,像商人,到海外冒险经商;还有些,像军人,拿蜂刺做武器,劫掠夏日柔软的蓓蕾,他们欢欣鼓舞一路行进,把战利品带回国王的营帐;国王呢,忙着履行他的职责,在察看哼着歌的石匠建金屋顶;有序的公民正揉捏蜂蜜,可怜的搬运工把身上的重负堆在他门口;庄严的法官用严厉的嗡嗡声,把懒散的呵欠连天的雄蜂①交给沉着脸的刽子手。我要表明这一点——许多事,为既定的目标一起工作,方式可有不同,比如许多箭,可从多个方向,射向同一靶心;又像多条道路皆通一城;还像多条溪流汇入一条咸海;也像多条日晷线归于圆心。如此,千种行动,一经实施,目标一致,一切执行到位,万无一失。"

---

① 雄蜂的唯一功能是使蜂王受孕;交配后即死,或被逐出蜂房后死去。

总之,撇开阅读,单从舞台演出的角度来说,饰演亨利五世的演员,得是一架多么强力的记忆机器!要把那么多的自我"颂圣"背得滚瓜烂熟,并神气活现地表演出来。

《亨利五世》对莎士比亚是一次挑战,他以"戏"说的方式完成了"史诗";对饰演这个角色的演员是一个挑战,他需要以"史诗"的姿态演"戏";对今天的观众,尤其读者,恐怕是更大的挑战,他们(不算英国人)对亨利五世会有爱国主义的认同吗?不得而知!

四、史诗中的戏:搞笑、历史的尴尬及国王的名誉污点

1. 搞笑:逗趣的戏剧冲突

在剧中,亨利五世的英雄史诗由他的长篇独白构成,那每一大段独白都堪称极富感染力的演说。例如,第三幕第一场,英军士兵将攻城云梯架上哈弗勒尔城墙,亨利五世把总攻击令变成一篇鼓舞士气的战时演说。整场戏只由一篇演说构成。对此,乔纳森·贝特分析说:"哈里鼓舞士气的演说显示出一种敏锐的政治智慧在起作用。比如,'再冲一次那个突破口,亲爱的朋友们,再冲一次。'被精心调整为三部分。开头的'亲爱的朋友们',是国王的至亲密友, 他们率先垂范。随后, 注意力转向贵族和绅士——'最高贵的英国人!'他们的作用是'给那些出身低微之人做个榜样,教他们如何打仗!'然后是'自耕农'('自由民'),最后是'低贱之辈'。只要他们冲进哈弗勒尔城墙的突破口,'没一双眼睛不闪烁高贵'。这番演说颁布了贯穿全军的指挥命令,树立起军官阶层冲锋陷阵的教科书形象。甚至下级旗官巴道夫也一

时受到鼓舞。不过,尼姆、皮斯托和福斯塔夫的侍童无动于衷。他们待在掩体里,被忠诚的弗艾伦上尉一顿打着赶向突破口。在此,对国王言辞的力量要打个问号。"

然而,贝特认为,剧中对亨利五世这种智慧表现得"最透辟之处在于决战前夜乔装打扮的哈里·'勒鲁瓦'(原为法文,'国王'之意)与迈克尔·威廉姆斯之间的争论:

> 但假如这理由不光彩,那国王自己的欠债就厉害了,这次战役中所有被砍掉的胳膊腿儿和脑袋,将在末日审判那一天,合起伙儿来,高喊"我们死在这么一个地方";——有的赌咒,有的哭着喊军医,有的抛下了可怜的老婆,有的欠了一屁股债,有的甩下了年幼的子女。战场上恐怕没几个死得有人样儿,当流血成为主题,还能指望以基督徒的仁慈精神打理一切吗?

"迈克尔决战前夜这番话刺中了哈里的良知,导致他以独白的方式慨叹领导之责任,并祈祷上帝别在此时因父亲篡位之错惩罚他。打完仗,国王先以他典型的两面手段顺利地将威廉姆斯陷入尴尬,然后再犒赏他。但他始终没找到这个问题的完整答案:每个臣民的责任皆归于国王,但每个臣民的灵魂属于自己,可事实仍然是,一个人要草拟自己的灵魂账单,与上帝言归于好,从这个意义上说,血腥的战场并非'得好死'之地。"

接着,贝特意味深长地比较了《亨利四世》和《亨利五世》两剧开场之不同:"《亨利四世(上)》以苏格兰(道格拉斯)和威尔士

(欧文·格兰道尔)反叛开场,《亨利五世》则以整个英伦三岛联合征战法国启幕。亨利国王的联军由英格兰(高尔)、威尔士(弗艾伦)、苏格兰(杰米)和爱尔兰(麦克莫里斯)四方组成。但我们不能肯定地说,该剧赞美了四国合兵对法作战,因为在亨利王率军征战法国期间,军队内容并非不紧张。尤其,爱尔兰人麦克莫里斯是个怪人,与待人和善的弗艾伦都不能和睦相处:

弗艾伦	麦克莫里斯上尉,我觉得,您注意,若蒙您允准,这儿没多少您贵国的人,——
麦克莫里斯	我贵国?我贵国又当如何?恶棍、杂种、流氓、无赖。我贵国招惹谁了?谁议论我贵国?

"第五幕开场诗,赞美了埃塞克斯伯爵 (Earl of Essex),因为,当 1599 年观众在伦敦看这出戏时,伯爵正用'剑尖儿'挑着爱尔兰人的脑袋。可在第三幕戏文里,莎士比亚为爱尔兰吐露了心声。倒不如说,他在质疑,——因为威尔士人弗艾伦出于对蒙茅斯的哈里①之忠诚,为英格兰代言。——质疑英格兰是否有权利为爱尔兰代言。什么样的英格兰人,或英化的威尔士人,胆敢谈论麦克莫里斯的国家?当英国人把爱尔兰人同恶棍、杂种、流氓和无赖画等号时,爱尔兰能是何种民族?这就是伊丽莎白时代英格兰民族诗人埃德蒙·斯宾塞(Edmund Spenser)的论调成为主流的原因所在,斯宾塞在其 16 世纪 90 年代中叶的对话录《论

---

① 以前的威尔士亲王、眼下的英格兰国王。

爱尔兰目前之状况》(*A View of Present State of Ireland*,1596)
里,就以这样的论调分析爱尔兰人。但就连斯宾塞本人,也有不
同的声音。《论爱尔兰目前之状况》以对话形式写成,此书对住在
爱尔兰的'老英格兰'移民的批评,远比对爱尔兰人本身的批评
更尖锐,与此同时,斯宾塞在其《仙后》(*The Faerie Queene*)中写
了一个类似爱尔兰的野蛮国度,其中的最高贵之人居然是个野
蛮人。"

莎士比亚有意通过英军中的爱尔兰上尉麦克莫里斯之口,
对斯宾塞的"主流论调"做出回应吗?不得而知。

或许,这仅仅是莎士比亚的戏剧技巧,或曰手段,作为一名
天才编剧,他对如何掌握剧情发展节奏,在赞美国王的史诗中不
断插入喜剧甚至闹剧的搞笑轻车熟路。他深知,只有这样,才能
把观众牢牢吸在剧场里。伊丽莎白时代去剧场看戏的观众,对阅
读戏文几无兴趣。

下面,花些篇幅把《亨利五世》剧中史诗、搞笑如何轮番上演
做个较为详细的梳理:

第一幕两场都算正戏,由坎特伯雷大主教向亨利五世详述
《萨利克法典》,拉开英格兰对法开战的大幕。

第二幕第一场,便是尼姆、皮斯托、桂克丽和福斯塔夫的侍
童联袂主演的搞笑剧。第二场转入正戏,亨利五世在南安普顿议
事厅宣布处决叛臣。第三场,皮斯托、尼姆、桂克丽、巴道夫和侍
童在东市街一酒店前,再次上演闹剧。第四场,法国王宫的戏亦
庄亦谐。

第三幕第一场,亨利五世攻打哈弗勒尔,这场正戏很短,只

是亨利五世的独角戏,高喊"上帝保佑哈里、英格兰与圣乔治!"激励英军攻城。第二场,闹戏很长,分几个轮次搞笑:第一轮,由尼姆、巴道夫、皮斯托和侍童;第二轮,由高尔与弗艾伦;第三轮,由四名联军上尉,英格兰的高尔、威尔士的弗艾伦、苏格兰的杰米和爱尔兰的麦克莫里斯(杰米和麦克莫里斯英语说得磕磕绊绊,本身就是搞笑)。第三场,依然很短,哈弗勒尔城下,在亨利五世慷慨陈词,发了一大通"伸出血腥的手肆意屠戮"的威胁之后,守城的法军总督宣布投降。第四场,鲁昂的法国王宫,凯瑟琳公主让英文不灵光的侍女爱丽丝教她说英语,属于温馨谐趣的搞笑。第五场,鲁昂,法国国王、王太子、大元帅、波旁公爵等齐聚王宫,国王下令备战迎敌,誓言把亨利五世"抓他俘虏,关进囚车,押送鲁昂"。这是莎士比亚为法方设计的"正戏",但他表明的正戏只在让现场观众领受大元帅说"这才符合君王的伟大。遗憾的是,他人数很少,行军中,士兵们又病又饿,我敢说,等他一见我们的军队,勇气就会吓得掉在粪坑里,只求拿赎金换取荣誉"时的喜剧效果,拿大元帅当笑料而已。第六场,英军营地,分两个半场,上半场依然是闹戏:皮斯托找弗艾伦出面向埃克塞特公爵求情,因巴道夫抢劫教堂被判绞刑,遭弗艾伦拒绝;下半场,才又轮到亨利五世的正戏,面对前来劝交赎金的法国使臣蒙乔,英格兰国王铁骨铮铮地表示:"我军必以你们的鲜血染红你们黄褐色的土地"。第七场,阿金库尔附近法军营地,一整场是由大元帅、王太子、奥尔良公爵、朗布尔公爵联手合演的闹戏,除了国王,剧中人物表里的法方贵族全部亮相。

第四幕第一场,阿金库尔附近英军营地,属逗趣的正戏,亨利国王乔装巡营，先与皮斯托闲聊，后与三个普通士兵约翰·贝茨、亚历山大·考特、迈克尔·威廉姆斯恳谈，为鼓舞士气，激励士兵为国王而战，还与威廉姆斯互换手套，誓约打赌。第二场，法军营帐，王太子、大元帅等急等天亮，盼与英军立即决战，但这一场莎士比亚让他俩的对白都透出对英军不屑，以此凸显骄兵必败的屈辱。第三场英军营地，十足史诗式赞美亨利五世的正戏，威斯特摩兰等几位将军深感敌众我寡，但亨利国王两大段掷地有声的独白，瞬间把伟大的国王战士的英雄形象树立起来。第四场，又是纯搞笑的一场戏，皮斯托俘虏一名法军士兵，趁机勒索钱财，侍童发誓"要是这个胆敢偷什么东西，也得吊死"。第五场是全剧最短的一场戏，法军"全线崩溃"，四散奔逃；第六场也很短，由埃克塞特公爵向亨利五世通禀，约克公爵和萨福克伯爵英勇杀敌，喋血疆场，死得无比壮烈。第七场，分上中下三个半场，上半场由弗艾伦和高尔打趣，弗艾伦把亨利五世与亚历山大大帝相提并论，中半场稍短，由蒙乔前来求情，"伟大的国王，请准许我们，平安地查看战场，处理阵亡者的尸体！"下半场稍长，国王打算亲自导演一出"闹剧"，让弗艾伦替国王把威廉姆斯的手套戴在帽子上，以便引威廉姆斯前来挑战。第八场，国王营帐前，分上下半场，上半场是国王导演的"手套闹剧"：威廉姆斯见自己的手套戴在弗艾伦帽子上，果然"应约"①挑战，两人动手打起来，国王讲明实情之后，不仅丝毫未怪威廉姆斯"侮辱了本王"，还命

---

① 威廉姆斯与国王互换手套打赌时，一因天黑，二因国王身披欧平汉爵士的斗篷，威廉姆斯不知在跟国王打赌，这本身就是喜剧。

人把手套装满金币犒赏威廉姆斯。

第五幕同第一幕一样,只有两场,第一场,英军营地,弗艾伦、高尔、皮斯托三个人,你一言我一语地逗趣搞笑。皮斯托出口伤人,拿威尔士人的纪念物韭菜侮辱弗艾伦,弗艾伦大怒,一边用棍子打皮斯托,一边逼他吃下一把韭菜。纯粹一场闹戏。第二场,巴黎法国王宫,这场戏很长,当属全剧高潮之一。亨利国王此番二度赴法,只为迫使法国签署和平条约。双方谈判期间,亨利王爱上法国公主凯瑟琳。此当属正戏,但亨利王只是粗通法语,而凯瑟琳几乎不会说英语。因两种语言引起的搞笑戏份,占到整场戏的三分之二。最后,求爱成功,法王查理六世同意签约。至此,亨利五世大获全胜!

不难看出,整部《亨利五世》,史诗的正戏不算多,搞笑的闹戏真不少。莎士比亚如此费心,确如梁实秋在其《亨利五世》译序中所说:"这出戏有史诗的意味。莎士比亚自己亦可能意识到他要处理的乃是一连串的会议,行军,围城,谈判,议和,中心人物只有一个亨利五世,故事没有曲折穿插,但又需要伟大的场面,所以每幕之前加了'剧情说明人',其任务除了报告两幕之间发生的事,还用口述的方法描绘了舞台上不易表演的动作。这戏以战争为主题,但是舞台上并无打斗出现,就连两个人挥剑对打的场面也没有。我们不能不说这是一种戏剧化的处理。"

莎士比亚剧中穿插的搞笑戏到底有多闹腾?这里举三个例子,透过注释一看便知。

第一个例子,第二幕第一场,伦敦东市街,巴道夫要撮合尼姆和皮斯托讲和,因老板娘曾是尼姆的相好,后来却嫁给了皮斯

托。尼姆恨情敌抢走所爱，不再搭理他。巴道夫和尼姆正说着话，
皮斯托、桂克丽夫妇来了：

巴道夫	旗官皮斯托和他老婆来了。好下士，先在这儿忍一下。——怎么样，皮斯托老板①？
皮斯托	贱杂种，你喊我老板？现在，我以这只手起誓，我瞧不起这称呼；我的内尔②也不招房客了。
桂克丽	以我的信仰起誓，不再招了；因为我们没法子，把一打或十四个靠针线活儿本分过日子的良家妇女留下过夜，不叫人马上认为我们开了一家妓院。(尼姆和皮斯托拔剑。)啊，天哪，圣母作证，他③若这会儿还不拔家伙！我们就会看到有人蓄意通奸、谋杀④。
巴道夫	好中尉⑤，——好下士，——别在这儿惹事。
尼姆	呸！
皮斯托	呸你，冰岛狗⑥！你这竖耳朵的冰岛狗！
桂克丽	好尼姆下士，有勇气⑦，把剑收好。(二人收剑入鞘。)

---

①（店）老板(innkeeper)，巴道夫暗指皮斯托是"拉皮条"的客栈老板。

②内尔，皮斯托对妻子桂克丽的昵称。

③"他"，指皮斯托。此处带有性暗示，桂克丽希望丈夫面对尼姆的挑衅，要把"家伙"(阴茎)硬起来。

④桂克丽指，假若丈夫不拔剑保护自己，尼姆就会对她先奸后杀。

⑤皮斯托是旗官。此处称呼有误。或许，旗官的军衔相当于中尉。

⑥冰岛狗(Iceland dog)，一种冰岛哈巴狗(lap dog)，毛长而粗糙。此处或含性意味，皮斯托暗指尼姆像哈巴狗一样，喜欢钻女人裤裆(laps)。

⑦直译为：展示了你的荣誉。

尼姆　　　你愿跟我一起走吗？我想和你单独在一起①。

皮斯托　　"单挑？"狗东西！啊，卑贱的毒蛇！在你最叫人吃惊的脸上"单挑"；在你牙齿、在你喉咙里"单挑"；在你可恨的肺里，对了，在你胃里，上帝作证，更糟的，还要在你的臭嘴里，"单挑"！我要把"单挑"扔回你内脏；因为我会打火儿，皮斯托的家伙竖起来了，火光一闪就发射②。

尼姆　　　我不是巴巴逊③：你甭想叫我的魂儿④。我真想由着性子好好打你一顿。如果你对我说脏话，皮斯托，我就拿长剑当通条⑤，公正地把你清干净。你若往外挪一步，我就把你的肠子，正当地戳破⑥那么一点儿：这事儿得由着性子干。

皮斯托　　啊，卑鄙的牛皮匠，该诅咒下地狱的狂徒！坟墓裂开口⑦，宠爱你的死神临近了：拔剑吧！（二人

---

①尼姆所说"单独在一起"（solus），用的是拉丁文，与英文"alone"（单独）等同。但皮斯托不怎么识字，误以为尼姆向他挑衅，要跟他"单挑"。

②此处有强烈性暗示意味，"打火儿"暗指性行为，"家伙竖起来了"暗指阴茎勃起，而"皮斯托"（Pistol）名字的字义就是"火枪"（pistol），故有"打火儿""发射"（射精）之说。

③巴巴逊（Barbason），魔鬼的名字。

④直译为：你不能用符咒镇住我。或：你不能念咒召唤我。

⑤长剑（rapier），一种轻巧细长，适于击剑和随身佩戴的剑。通条，指清理枪膛的工具。因"皮斯托"在上句自比火枪，尼姆在此反唇相讥，表示要以剑为通条，把皮斯托"这把枪"清理干净。

⑥戳破，或具性意味。

⑦参见《旧约·以赛亚书》5：14："阴间正张开大口要吞吃他们，把在耶路撒冷作乐的显要和狂欢的人们一齐吞灭。"

再次拔剑。)

巴道夫　(拔剑)听我说,我只说一句:谁先动手,我一剑刺穿他,刺不到剑柄收手,我是军人,说话算数。

(二人收剑入鞘。)

皮斯托　一句赌咒的狠话,就叫人消了怒气。——(向尼姆。)把你手给我,把你爪子给我;你胆子大极了。

尼姆　不定什么时候,我会堂而皇之地割断你的喉咙:这事儿得由着性子干。

皮斯托　"割断喉咙!"①单凭这句话,我再向你挑战。啊,克里特猎狗②,想抢我媳妇儿?没门儿。去医院,从治可耻性病的蒸汽浴③盆里,拽出一个克瑞西达④似的患麻风病的贪婪婊子⑤,娶她,她名叫道尔·蒂尔西特⑥:我把从前的桂克丽⑦娶到手,我得守住喽,哪个女人都比不上她;——"简短截说"⑧,这就够了。去吧。

---

① 原文为法文'Couple a gorge!',皮斯托没什么文化,此处法文说错了,应为'Couper la gorge!',即英文'Cut the throat!'

② 克里特猎狗(hound of Crete),克里特盛产猎狗,长毛,善斗。

③ 当时人们认为,蒸汽浴可以治疗性病。

④ 克瑞西达(Cressida),在古典传说里,是特洛伊国王之子特洛伊罗斯(Troilus)的不忠情人;在苏格兰诗人罗伯特·亨利森(Robert Henryson, 1460—1500)的叙事诗《克瑞西达的遗嘱》(*The Testament of Cressid*)中,患有麻风病。

⑤ 贪婪婊子(kite),原指一种食肉猛禽,代指贪婪之人,此处指贪欲的妓女。

⑥ 道尔(Doll),妓女常用名;蒂尔西特(Tearsheet),有性行为之意涵。

⑦ 女性婚后随夫姓,故皮斯托在此提到已跟他结婚、随了他的姓的妻子时,为"从前的桂克丽"。

⑧ 皮斯托故意拽文,此处说的是拉丁文'pauca'(简短截说)。

剧情至此，莎士比亚还嫌给舞台添乱不够，又安排福斯塔夫的侍童上场，告知福斯塔夫"病得很厉害"。在《亨利四世》中与福斯塔夫有过旧情的桂克丽赶紧去看，一会儿又回来，跟吵闹的男人们说："你们若是女人生的，快去看一眼约翰爵士。啊，可怜的人！他得了'日发热''间日热'的疟疾①，烧得浑身发抖，瞧着太可怜了。好人们哪，去看看他吧。"

在乔纳森·贝特眼里："正是从这些散文写的场景透出的情感最吸引人：老板娘桂克丽对福斯塔夫之死滑稽而动人的讲述；女人们与奔赴战场的丈夫们话别的温情瞬间；对弗艾伦的形象刻画②；还有，决战前夜，普通士兵与乔装的国王辩论，表现出畏惧、常识和血气方刚相融合，真实可信。"

第二个例子，第二幕第三场，东市街一酒店前，皮斯托、桂克丽、尼姆、巴道夫和福斯塔夫的侍童悉数登场，联手演了一整场闹戏：

桂克丽　　求你了，亲爱的宝贝丈夫，让我陪你去斯坦斯③吧。

皮斯托　　不；因为我这颗强壮的心够悲伤的了；——巴道夫，开心点儿。——尼姆，打起精神；——孩子

----

① 疟疾发热，病理上有"日发热"（每天发热，即"日发虐"）和"间日热"（隔一或两天发热，即"间日虐"）之分，桂克丽不懂医学，把两种发病合在一起。

② 以饱蘸深情之笔描绘他的忠诚和军人素养，但同时也对他在战争历史和理论上的迂腐做了调侃。

③ 斯坦斯（Staines），通往南安普顿一城镇，位于伦敦以西十七英里。

们,鼓足勇气。——因为福斯塔夫一死,我们还

得赚钱呐。

巴道夫　甭管他在哪儿,天堂还是地狱,我愿与他相伴。

桂克丽　不,当然,他不在地狱,他在亚瑟怀里,假如真曾

有人投在亚瑟怀里①。没人死得比他更好了,像

一个还没出满月的婴儿;刚好在十二点和一点

之间咽气,正是落潮的时候②:我眼见他摸索被

单,玩儿那些花③,冲着手指尖微笑,就知道只有

那一条道儿了;因为他鼻子尖得像一支鹅毛笔④,

嘴里念叨着绿色原野⑤。"约翰爵士,这会儿怎么

样啊?"我问他,"怎么样,爷们儿,打起精神

来。"于是,他叫起来,"上帝啊,上帝啊,上帝

啊!"连叫三四遍。这时,为宽慰他,我叫他别想

---

　　①亚瑟的怀抱(Arthur's bosom),为"亚伯拉罕的怀抱"(Abraham's bosom)之误用。故此,莎研者有两种解释:1."亚伯拉罕的怀抱"即天堂之代称。2.指"亚瑟王的怀抱",即在桂克丽脑子里,福斯塔夫骑士死后,投在亚瑟王的怀抱,加入了其他圆桌骑士的行列。此处是对《圣经》的化用,参见《新约·路加福音》16:22:"后来那讨饭的(拉撒路)死了,被天使带到亚伯拉罕的怀里。"

　　②亚里士多德之后西方的迷信说法,认为病危之人将在落潮时死去。

　　③用于保持保持病房空气清新的花。

　　④鹅毛笔,以此代指临死之前的福斯塔夫的鼻子又白、又冷、又尖。

　　⑤这句话按"第一对开本"译,则为:他鼻子尖得像绿色赌桌上的一支鹅毛笔(for his nose was as sharp as a pen on a table of green fields.)。1726年,莎士比亚戏剧家编辑家西奥博尔德(Lewis Theobald,1688—1744)将其改为for hin nose was as sharp as a pen,and a' babbled of green fields.此处或化用《圣经》,参见《旧约·诗篇》23:2:"他(耶和华)使我躺在青草地上,/领我到静谧的水边。"(He makes me lie down in green pastures; he leads me beside still waters.)

上帝,不该动这念头儿。于是,他叫我在他脚上
多盖几条毯子。我把手伸进被子,一摸,两只脚
像石头一样凉。然后,摸他膝盖,再顺着往上,再
往上,整个身子都冷得像块石头。

尼姆　　　听说他还叫骂萨克酒①。

桂克丽　　唉,骂了。

巴道夫　　还骂女人。

桂克丽　　不,那倒没有。

待童　　　是的,他骂了;说女人是魔鬼的化身。

桂克丽　　他根本受不了康乃馨②;从没喜欢过那颜色。

待童　　　有一次他说,魔鬼会因为他玩女人把他抓走。

桂克丽　　聊起女人,的确,他说过这类话,可他那时候得
了风湿病③,在胡扯巴比伦妓女④。

待童　　　你不记得吗,他见巴道夫鼻子上粘了一只跳蚤,
就说那是在地狱之火中燃烧的一个黑色灵魂⑤。

巴道夫　　好啦,如今供着烧这股火儿的燃料没了。那是我

----

① 萨克酒(sack),一种西班牙白葡萄酒。

② 化身(incarnation)和康乃馨(carnation)两词发音相近,桂克丽听错弄混了。

③ 桂克丽没什么文化,原本想说福斯塔夫当时已 "精神失常,胡言乱语"(lu-natic),结果口误,说成"得了风湿病"(rheumatic)。

④ 在马丁·路德(Martin Luther,1483—1546)宗教改革以后,"巴比伦妓女"成为腐烂的罗马天主教会的流行形象。在《圣经》中,这也是新教徒对罗马天主教会的蔑称,参见《新约·启示录》17:5:"她(妓女)额上写着一个隐秘的名号——'大巴比伦——世上淫妇和一切可憎物之母!'"

⑤ 福斯塔夫讥讽巴道夫的酒糟鼻子为"地狱之火"。黑色灵魂,代指堕入地狱的罪人的灵魂。

孝敬他攒下来的全部财富①。

尼姆　　　咱们动身吧？国王要从南安普顿出发了。

皮斯托　　走，咱们开路。——我的爱，让我吻你的唇。
　　　　　（吻。）把我值钱的东西盯紧喽；遇事动脑子，机灵
　　　　　着点儿；照俗话说的"付现金，不赊账"②；谁也
　　　　　别信；因为誓言如稻草，男人的信仰就是薄脆
　　　　　饼；最好的看门狗，便是一抓在手③。因此，我的
　　　　　宝贝儿；得把"一切留神"④当顾问。去吧，擦干眼
　　　　　泪。——全副武装的伙伴们，让我们杀向法兰
　　　　　西；像大蚂蟥⑤一样，小伙子们，去吸，去吸，拼命
　　　　　吸他们的血！

侍童　　　听说，吸人血对身体有害。

皮斯托　　碰一下她柔弱的嘴，开拔了。

巴道夫　　（亲吻。）再见，老板娘。

尼姆　　　我不能亲，这事儿得由着性子干；不过，告辞。

皮斯托　　管好家。我命你，别出门⑥。

桂克丽　　再见，告辞。（众人分下。）

---

　　①供着烧这股火的燃料，指福斯塔夫生前给巴道夫喝的、让他鼻子发红的萨克
酒。"财富"，巴道夫以此调侃自己的酒糟鼻子。
　　②这句话按"第一对开本"译，则为：在这个世上，"只认现金，概不赊账"。
　　③旧时谚语："吹牛是好狗，抓牢更可靠。"（Brag is a good dog, but Hold—fast is a
better.）
　　④"一切留神"（Caveto），此为拉丁文。
　　⑤参见《旧约·箴言》30：15："蚂蟥有两个女儿，名字都叫'给我！'"
　　⑥"别出门"，皮斯托意在提醒桂克丽要遵妇道、守贞节，别出门给他戴绿帽子。

显然，这伙曾跟福斯塔夫一起鬼混过的酒肉朋友，打算随国王远征法国，像当年福斯塔夫参加什鲁斯伯里之战一样骗取军功。理由嘛，皮斯托毫不避讳，说出心里话："因为福斯塔夫一死，我们还得赚钱呐。"可是，除了没有写明皮斯托结局如何，莎士比亚让其他几个人都"没得好死"。由此联想一下第四幕第一场，士兵威廉姆斯同乔装巡营的亨利国王辩论，提及若国王对法开战的："理由不光彩，那国王自己的欠债就厉害了，这次战役中所有被砍掉的胳膊腿儿和脑袋，将在末日审判那一天，合起伙儿来，高喊'我们死在这么一个地方'；……假如这些人都没得好死，那把他们带入死路的国王就干了一件邪恶之事。"

或许，莎士比亚如此设计台词，意在让喜欢福斯塔夫及其狐朋狗友的观众得到些许心理安慰。言外之意，即便国王不对他们的灵魂负责，却要对他们的死负责，毕竟最后，是国王一声令下——"违反军令者，格杀勿论。"——要了巴道夫的命。

对此，乔纳森·贝特分析道："福斯塔夫已死，但他的精神在他那些跟随征战法国的朋友们身上复活。由《亨利四世（上、下）》和《亨利五世》构成的三部曲，有一条潜在的评注贯穿始终，削弱了哈尔王子成长为国王勇士兼爱国者的作用：一种令人困惑却富于活力的散体声音，与表现法律、秩序和军功的优美诗体形成对照。曾服侍过福斯塔夫的侍童，为这个声音做出最简明的归纳。当国王高喊战斗是赢得不朽声明的机会时，作为回应，侍童说：'真愿我在伦敦的一家啤酒馆儿！我愿拿一切声名换一壶麦芽酒和平安。'这不仅是一个脱离了亚瑟王（King Arthur）怀抱的小号儿福斯塔夫的心境，它是每一个时代的士兵发出的声音。阿金库尔一战,阵亡的英国人不到三十个,国王为这一奇迹感谢上帝。他的死者名单,没把福斯塔夫的代理人包括在内,而正是这几个代理人之死,最令观众伤感:巴道夫和尼姆,被吊死;侍童,看守行李时被杀;桂克丽或道尔因'法国病'(即性病)死于医院。他们不是为哈里,是为福斯塔夫的英格兰而死;他们不是为威斯敏斯特的王宫或议会,是为东市街的一家酒馆而战。"

从乔纳森·贝特以上所说"这不仅是一个脱离了亚瑟王(King Arthur)怀抱的小号儿福斯塔夫的心境"自然获知,贝特把剧中原文"亚瑟的怀抱"(Arthur's bosom)理解为"亚瑟王的怀抱",而不是桂克丽对"亚伯拉罕的怀抱"(Abraham's bosom)的误用。换言之,贝特认同在桂克丽脑子里,福斯塔夫骑士死后,投在了亚瑟王的怀抱,成为他圆桌骑士中的一员。

第三个例子,第五幕第一场,在法兰西英军营地,弗艾伦逼皮斯托吞吃韭菜那场戏,完全是一场打闹。圣大卫节已过,威尔士人弗艾伦依然把韭菜戴在帽子上,他对高尔说,一定要让皮斯托这个"卑鄙、低劣、下贱、好色、吹牛皮的无赖""把我的韭菜吃喽"。顺便解释一下,圣大卫(Saint Davy)是威尔士的守护圣人,韭菜是威尔士的国家象征,每年三月一日圣大卫节,威尔士人头戴韭菜,纪念圣大卫。皮斯托对这一威尔士的民俗取笑嘲弄,惹怒了弗艾伦。

高尔　　　咦,他来了,牛气哄哄,像只火鸡[1]。

---

[1] "火鸡"(Turkey—cock),转义指妄自尊大之人。

弗艾伦　　管他牛气,还是火鸡,都无所谓。——上帝保佑你,旗官皮斯托。你这个卑鄙下流的无赖,上帝保佑你!

皮斯托　　哈!你疯了?狗奴才,你想叫我像帕尔开①似的把你生命线剪断?滚开,我闻见韭菜味儿就恶心。

弗艾伦　　我衷心恳求你,卑鄙下流的无赖,按我的心愿、我的要求、我的恳请,你瞧,把这把韭菜吃下去。理由嘛,你瞧,你不喜欢它,你的癖好、你的口味、你的肠胃,也都跟它犯冲,所以我要你吃了它。

皮斯托　　哪怕把卡德瓦拉德②的所有山羊都给我,我也不吃!

弗艾伦　　我给你一山羊,(打皮斯托。)赏个脸,下贱的无赖,吃了吧?

皮斯托　　狗奴才,你非死不可。

弗艾伦　　对极了,下贱的无赖,死活全凭上帝。这会儿我要叫你活着,给我吃东西。来,添点儿佐料。(打他。)昨天你叫我"野乡绅",今天我把你变成一个贱乡绅。我请你开吃。你有本事取笑韭菜,就

---

①命运三女神之说,最早源于北欧神话。在北欧神话中,命运三女神统称"诺伦三女神"(Norns)。在希腊神话中,命运三女神统称"摩伊拉"(Moirai)。在罗马神话中,命运三女神被通称为"帕尔开"(Parcae)。希腊神话中,小妹克罗托(Clotho)专司纺织生命线,二姐拉克西丝(Lachesis)专司生命线的长度,即决定人的寿命长短,大姐阿特洛波斯(Atropos)专司剪断生命线,即以此结束人的生命。

②卡德瓦拉德(Cadwallader),公元7世纪不列颠最后一位国王,曾英勇抵抗撒克逊人的进攻。传统上,山羊常与威尔士有联系。

得把韭菜吃喽。

高尔　　　够了，上尉，你都把他吓傻了。

弗艾伦　　我说，得叫他吃点儿我的韭菜，不然，就敲他四
　　　　　天脑袋瓜儿。——请你，咬一口；这对你刚受的
　　　　　伤和血呲呼啦的脑袋都有好处。

皮斯托　　非咬不可？

弗艾伦　　是，当然，毫无疑问，不成问题，绝不含糊。

皮斯托　　以这韭菜起誓，我要下狠手报仇。我吃，我吃，我
　　　　　发誓——（吃。）

弗艾伦　　（威胁打他。）请你，吃！给你的韭菜再添点儿佐
　　　　　料？哪儿那么多韭菜叫你拿来发誓。

皮斯托　　别动棍子，你看，我在吃。（吃。）

弗艾伦　　对你大有好处，下贱的无赖，尽心吃。不，请你，
　　　　　一点儿别扔；这皮儿对你破裂的脑壳有好处。以
　　　　　后再得空见着韭菜，请你，只管嘲笑，完事儿了。

皮斯托　　很好。

弗艾伦　　对，韭菜很好。——拿着，这儿一格罗特①给你
　　　　　治脑伤。（给一枚硬币。）

皮斯托　　给我，一格罗特！

弗艾伦　　是，真的，不假，你得拿着，不然，我兜里还有韭
　　　　　菜叫你吃。

皮斯托　　拿你的格罗特当我报仇的定钱。

---

① "格罗特"（groat），一种币值仅四旧便士的小银币。

弗艾伦　　　如果我还欠你什么,就用根子罚你。你干脆当个
　　　　　　木材贩子,跟我打交道,只有棍棒。上帝与你同
　　　　　　在,保佑你,治好你的脑袋。(下。)

　　想想吧,若没有如此搞笑的闹戏,伊丽莎白时代的剧场观众
会耐着性子看国王一个人的史诗吗?

　　美国学者巴雷特·文德尔 (Barrett Wendell,1855—1921)在
其《威廉·莎士比亚,伊丽莎白时代文学研究》(*William Shake-speare,a study in Elizabethan Literature*)(1894)一书中,说过一
段值得玩味的话:"美国人推崇《亨利五世》乃因其自身的英国血
统,使我们对它有一种诚实的虚伪情感。以常人情感而论,大多
数人不得不承认,至少作为戏剧,《亨利五世》令人生厌。乏味之
余,剧中还有精彩细节……每人都看得出亨利的台词之流畅。
更值得注意的是,莎士比亚的文风在坎特伯雷大主教论述《萨
利克法典》的那段文字中清晰凸显出来。这段文字以谈论问题
的方式讲述了法律和许多历史细节,像伊丽莎白时代一位律师
的辩词……《亨利五世》中有不少值得注意的喜剧场景,那里的
喜剧角色都是在伊丽莎白时代被称作'幽默'的人,是我们今人
所说的'古怪'的喜剧人。剧中还用了具有喜剧意味的方言(这种
方法在《温莎的快乐夫人们》中用得最妙),杰米、麦克莫里斯、弗
艾伦用的都是方言。他们虽都是传统喜剧角色,却让人感到真实。"

　　不过, 比较起来, 还是英国作家兼出版商查尔斯·奈特
(Charles Knight,1791—1873) 在其《莎士比亚研究》(*Studies of Shakespeare*,1849)一书中说得更直白:"《亨利五世》给我们的

印象是:倘若我们伟大的诗人没涉及这一题材,倘若此前舞台上未曾有过旧戏《亨利五世大获全胜》就好了;《亨利四世》作为一个戏剧整体,若没有《亨利五世》这个后续已经圆满。从莎士比亚这次并不成功的尝试不难发现,他对这一几无戏剧性的题材十分担心,他很可能是为迎合观众才把故事写下去的。另外,他显然设想要靠福斯塔夫来提升本剧的趣味,却不知为何,他又把原来的打算放弃了。旧戏提供的戏剧材料和诗人在史实中搜寻到的东西,乏善可陈,差强人意。因此,我们认为,他先构思好了《亨利五世》的样貌,即四开本的样子,匆忙赶出剧本,以满足观众需求,然后再把这一题材打磨成颇具抒情风格的剧作。于是,《亨利五世》成了他整体构思的一个例外,剧中没有命运和意志搏斗之描写,没有堕入罪孽与痛悔的人性之脆弱——没有罪恶,没有固执,没有忏悔;有的是崇高的、无法战胜的国家和个人的英雄主义精神。我们不该忘掉那些浴血疆场的英雄,他们最后的声音就是荣耀昂扬的颂歌。说到家,莎士比亚应把这一素材写成一篇抒情巨制,而非戏剧。"

简言之,从人物塑造来说,亨利五世是抒情史诗中的英雄,而非戏剧人物。那个《亨利四世》中的哈尔王子,跟这个《亨利五世》中的亨利国王一比,那么鲜活!

2. 法兰西:历史的尴尬瞬间

莎士比亚懂戏,更懂舞台,深知要让这部颂扬亨利五世的英雄史诗搬上舞台,且好看卖座,仅有"本土"的喜剧角色在戏里来回折腾显然不够,还必须叫"敌国"的大人物当陪衬,以法国兵败阿金库尔签订丧权辱国的《特鲁瓦条约》这一历史的尴尬瞬间,凸显亨利五世的辉煌业绩。

剧中人物表已预先将法兰西兵败阿金库尔、签订城下之盟的历史尴尬显露无遗:国王查理六世、法军大元帅、勃艮第公爵、哈弗勒尔总督、波旁公爵、奥尔良公爵、贝里公爵、朗布尔勋爵、格兰普雷勋爵等。莎士比亚在《亨利五世》第五幕第二场,也是最后一场戏里,如此设计剧情:亨利国王本人不出面,全权委托叔叔埃克塞特公爵、弟弟克拉伦斯公爵和格罗斯特公爵等人,一同与以查理六世为首的强大法方阵容谈判,他单独留下来,老鹰捉小鸡般地向凯瑟琳求爱。最后,查理六世不得不签署条约,并同意亨利五世与女儿凯瑟琳结婚。

毋庸讳言,亨利五世一生荣耀的这一巅峰时刻,是他向法兰西开战赢来的。

由此,可以返回到与终场戏形成前后呼应的第一幕第一场,也就是开场戏里。恰如乔纳森·贝特指出的:"该剧未以一场庆典仪式和盛大的宫廷场面开场。最先,剧情说明人在光秃秃的舞台上独自亮相。观众受邀只想一件事:他们即将观看的是表演,并非事实,而且,为便于舞台转换和剧团投入战场及军队,观众一定要有想象力。该剧意在像哈里国王影响其追随者那样影响我们:超凡的言辞力量在极度有限的资源里创造出胜利。每一幕之间,剧情说明人返回舞台,提醒我们,这一切都是一种戏剧技巧:我们只是假设自己被运到法兰西,那一小群演员及临时演员组成一支伟大的军队,或行军,或在肉搏战中一决生死。恰如麦克白(Macbeth)和普洛斯彼罗(Prospero)会提醒后来的莎剧观众,演员只是一个影子。沙漏颠倒两三次之后,狂欢结束,行动消失,恍如一梦。哈里的胜利也如此这般:剧终收场白是一首巧妙的十四行诗,将作者具有想象力的作品(把伟大人物限定在小小空间)与胜利的国王在位时间之短两相比较('生命虽短,但这英格兰之星活过 / 辉煌一生')。那哈里成功之秘钥在于语言之威力,而非事业之正义,可能吗?"

贝特的疑问值得反思,他接着分析:"一开场,教会的代表确认国王已'改过自新',由《亨利四世》里的'野蛮'转为虔诚。他把自身变成一个神学、政治事务和战争理论的大师。两位主教的对话,还引出 16 世纪因历史上的改革而为人熟知的另一主题:国家扣押教会资产。这促成一笔政治交易:大主教将为国王意图入侵法兰西提供法律依据,作为回报,国王将在教会与议会的财产辩论中支持教会。在随后一场戏里,大主教以冗长的演说,详述先例、宗谱及有关《萨利克法典》适用性的争论,装置起一整套法律依据,这是在为政治目的做伪装。国王的问题只有一句话:'我可以名正言顺、凭着良心要求这一继承权吗?'他得到了他想听的答案:是的。"

贝特头脑锐敏,笔锋犀利,他认为:"莎士比亚以惯耍阴谋的主教们开场,意在暗示,战争动因更多出于政治实用主义,而非高尚原则。哈里国王对苏格兰人可能伺机入侵不无担心,意识到自己王位不稳,因此有必要处决叛国者剑桥、斯克鲁普和格雷,这场戏表明他仁慈之心与严厉执法兼而有之,把他的外柔内刚展露出来。听了那么多英国自古对法国拥有王权和把网球之辱反弹回去之类的话,人们不禁怀疑,哈里对法开战的真正动机,是受到他父王临终教诲的驱使:'因此,我的哈里,你的策略是:

叫不安分的人忙于对外作战；在外用兵打仗，可以消除他们对往日的记忆。'（《亨利四世（下）》第四幕第二场）要团结一个分裂的国家莫过于对外用兵。"

贝特归纳道："至此，对哈尔王子之所以在《亨利四世》中行为放荡，一清二楚了，那是一个精心设计的游戏，一场作秀之戏。当了国王，他继续玩游戏：第二幕中他对几个叛国者以及阿金库尔战役之后对帽子上戴手套的处理，都是事先设计好的戏剧手段，意在展示他具有近乎神奇的魔力，能看穿臣民的灵魂。一个饰演哈里国王的演员，其表演风格很大程度上取决于他把角色的表演才能演到什么程度。在这点上，向凯瑟琳求爱是一个关键：他的表演在多大程度上是魅力、睿智、稚气的尴尬和喜欢权力的合成？（'可您爱我，就是爱法兰西的朋友，因为我如此钟情法兰西，随便一个村庄，都无法割舍。'【5.2】）要么，哈里真的折服于凯特？"

由贝特所说仔细分析，不知这是否莎士比亚苦心孤诣的匠心所在：表面看，他塑造了一个英雄的国王战士，有剧中那么大篇幅的史诗颂歌为证，一点不假；但同时，更深层面上，他刻画的是一个手段高超、将所有人玩于股掌的国王政治家。一方面，他利用坎特伯雷大主教，以暂时保住教会资产作为交换，得到教会的巨额捐款，使对法开战有了钱财保障；另一方面，他确认自己拥有法国王位的继承权，只为可以名正言顺地远征法兰西，践行父王亨利四世的遗嘱，"对外用兵"，将"一个分裂的"英格兰团结起来。

这是亨利五世的光荣与梦想，抑或英国历史上的尴尬瞬间？历史本身不提供答案。

现在,再看"法方"在剧中对英雄国王的巨大反衬作用。这个不复杂,全部透过以挪揄之笔嘲弄法国王太子和大元帅来表现。这里举三个典型例子:

第一个例子,第二幕第四场,法国王宫,国王查理六世下令"立即行动,火速发兵,用精兵良将和防御物资,加强、新修我方战备城镇的防御设施;因为英格兰进攻凶猛,犹如激流吸进一个漩涡。这倒适合我们,我们要深谋远虑,因为恐惧带给我们教训:我们曾被致命低估了的英国人,在我们的战场,留下战败的先例①。"王太子不以为然,他自恃法国军力占优,根本没把年轻的英格兰国王放眼里:

王太子　　我最崇敬的父王,武装御敌,乃当务之急。因为,
　　　　　即便没有战争或值得在意的公然冲突,一个王
　　　　　国也不该身处和平,如此麻木,而应当维持防御、
　　　　　征募新兵、时刻备战,仿佛战争一触即发。所以,
　　　　　依我看,我们全部出发,巡查法国的病弱环节:我
　　　　　们万不可惊慌失色;——不,就好像我们只是听
　　　　　说,英格兰正忙着跳圣灵降临节的莫里斯舞②。因

① 此处尤其指在英法百年战争中,黑王子率英军分别于1346年、1356年两次击败法军,取得"克雷西之战"(the Battle of Crecy)和"普瓦捷之战"(the Battle of Poitiers)的胜利。

② 圣灵降临节(Whitsun),也称五旬节(Pentecost),是复活节后的第七个礼拜天。莫里斯舞(Morris—dance),古老的英格兰民间舞蹈,由男性佩戴铃铛表演,有小提琴、六角手风琴等伴奏,舞者通常代表民间传说中的角色。据说,这一舞蹈是由冈特的约翰(John of Gaunt)从曾统治西班牙的摩尔人(即当时的摩尔王国)那里传回英格兰的。

为,高贵的陛下,英格兰由一个如此不中用的国王统治,由一个虚荣、善变、浅薄、任性的年轻人如此异想天开地执掌王权,毫不足惧。

第二个例子,第三幕第七场,阿金库尔法军军营,大战在即,王太子、大元帅与奥尔良公爵优哉悠哉,以性双关语插科打诨乐此不疲。自夸癖十足的王太子,夸起自己的战马喜不自胜:

王太子　　浑身像姜一样火辣。分明就是珀尔修斯的坐骑:它是纯粹的风与火;除了静待骑手翻身上马那一刻,通身找不出半点儿水和土的呆滞①。真是一匹宝马良驹。别的破烂马只配叫牲口。

大元帅　　的确,殿下,那真是一匹绝世好马。

王太子　　它是坐骑之王。它的嘶鸣犹如君王下令,它的外观叫人顿生敬意。

奥尔良　　别再说了,老弟。

王太子　　不,谁若不能从云雀高飞到羔羊归圈入睡②,变着花样赞美我的坐骑,便是无才之人。这是个像大海一样流畅表达的主题③:把无穷的沙粒变成无数巧辩的舌头,我的马也足够做他们的谈资。

---

①古希腊哲学家认为宇宙由风(空气)、火、水、土四大元素构成。风与火清纯上扬,水与土浑浊下沉。

②以"云雀高飞"代表早晨,以"羔羊归栏"代表晚上,意思是:从早到晚一整天。

③流畅表达的主题(fluent theme),修辞学术语。梁实秋译为"像海洋一般广阔的题材"。另有译为:像海洋一般滔滔不绝的主题。

它是君王的论题，是王中王的坐骑；世间之人，——甭管我们熟悉与否，——一见之下，都会把事情放一边，对它啧啧称奇。一次，我写了首十四行诗赞美它，这样开头儿："大自然的奇迹！"——

奥尔良　　我听过一首写给情人的十四行诗也这样开头儿。

王太子　　那他们模仿了我写给骏马的那首，因为我的马是我的情人。

奥尔良　　您的情人很好骑。①

王太子　　我骑才好，这是对一位独享的好情人再合适不过的赞美。

大元帅　　不，我昨天见你的情人把您的背晃得很厉害。

王太子　　也许您的情人这么晃。

大元帅　　我的情人不配笼头。②

王太子　　啊，兴许她变得老而温顺；您骑着像个爱尔兰步兵，脱掉法国马裤，套上紧身裤。③

大元帅　　您对骑术很有一套。④

王太子　　那听从我的警告：这么骑下去，一不留神，就会掉进烂泥⑤。我情愿把我的马当情人。

---

　①奥尔良公爵此句暗含性意味。
　②言下之意：我的情人是女人，不是马。
　③法国人穿马裤(宽松的灯笼裤)，爱尔兰人穿紧身裤。因前边提及像爱尔兰步兵，故要脱了法国马裤，换上爱尔兰紧身裤(意即裸腿)。
　④此句或具双关意：您对妓女很有一套。
　⑤烂泥(foul bogs)，或暗指染上性病的阴道。

大元帅	我情愿把我的情人当一匹破烂马①。
王太子	听我说，元帅，我情人的头发是天生的②。
大元帅	倘若有头母猪当我情人，我也能这么吹牛。
王太子	"狗吐的东西，它掉头就吃；母猪洗净了，还在泥里滚。"③什么东西您都能利用。
大元帅	反正我既没把马当情人用，也没用过这类谚语。

第三个例子，第四幕第二场，阿金库尔附近法军营地，大元帅满心以为，只要吹响进军号，"让军号催促将士上马，"法军的强大阵势便足以把英格兰国王"下瘫在地、俯首称臣"：

| 大元帅 | 上马，英勇的贵族们，立刻上马！只要看一眼那边那帮饥饿的穷汉④，你们壮观的军阵便足以吸走他们的灵魂，叫他们只剩一副徒有人形的皮囊。没多少活儿，用不着我们都出马；他们病态血管里的血，还不够我们每一把出鞘的短剑沾上一滴，今天，法兰西勇士们的出鞘之剑，将因 |

---

① 此为大元帅对王太子前边所说"别的破烂马只配叫牲口"的回应。"破烂马"在此指"妓女"。

② 此处暗指大元帅的情妇因身染梅毒掉光头发，只能戴假发。

③ 此句原为法语 le chien est retourne a son propre vomissement,et la trule lavee au bourbier.即英文 The dog is returned to his own vomit,and the washed sow to the mire.此处应是化用《圣经》，参见《新约·彼得后书》2：22：The dog is turned to his own vomit a-gain; and the sow that was washed to her wallowing in the mire.【国王版《圣经》】中文为狗回头吃它吐出来的东西，或：猪洗干净了，又回到泥里打滚。

④ 法军大元帅以"那帮饥饿的穷汉"代指英军。

玩儿不尽兴而收剑入鞘。只要冲他们吹口气①，我们的豪勇之气就能把他们掀翻在地。这一切都是明摆着的，诸位大人，我们军中侍从、乡民过剩，——无事可做，把他们聚拢起来，组成方阵，——便足以将这群可鄙的敌人清出战场；我们索性驻足这山脚下作壁上观，——只是，我们为荣誉而战，不能这样做。还有什么说的？我们只要稍微卖点劲儿，一切就结束了。

第四幕第五场，阿金库尔战场，两军交手，转瞬间，法军溃败。王太子仰天长啸："永久的耻辱！——我们干脆刺死自己！"奥尔良公爵惊呼："这就是那位我们派人去要赎金的国王吗？"大元帅哀叹："混乱，毁了我们，现在成全我们吧！让我们都把命献给战场。"战役结束，法军大元帅命丧黄泉，奥尔良公爵、波旁公爵等一大批法国贵族成了俘虏，两军阵亡对比，"有一万名法国人被杀死在战场"，而英军阵亡者"不过二十五人"。

显而易见，莎士比亚置历史上真实的阿金库尔一战两军伤亡对比于不顾，在戏里写出如此悬殊的阵亡差距，只为成就亨利五世一世英名："谁见过，不用计谋，两军交锋，战场上硬碰硬，一方伤亡如此惨重，一方损失微乎其微？"当然，信神的国王不忘把这胜利的荣耀归于上帝："接受它，上帝，因为它只属

---

① 参见《旧约·以赛亚书》40：24："他们像幼小的植物，/刚抽芽长根。/上主只一吹，便都干枯；/旋风一起，他们就像麦秸被吹散了。"

于您。"【4.8】

有趣的是,细心的读者不难发现,莎士比亚自始至终从未像嘲弄王太子似的取笑过查理六世,此应恰如著名古典学者 E. M. W.蒂利亚德(E. M. W. Tillyard,1889—1965)在其《莎士比亚的历史剧》(*Shakespeare's History Plays*)一书中猜想的:"因为他是凯瑟琳的父亲,而凯瑟琳在亨利五世死后嫁给欧文·都铎(Owen Tudor,1400—1461),成为亨利七世(Henry Ⅶ,1457—1509)的先辈。法国国王讲话总十分庄重。"亨利七世是开启英国都铎王朝(House of Tudor,1485—1603)的第一任国王,是其继任国王亨利八世(Henry Ⅷ,1491—1547)的父亲,是统治莎士比亚所生活时代的女王伊丽莎白一世的祖父。

回首英法百年战争,英王爱德华三世对法国瓦卢瓦王朝首任国王腓力六世 (Philippe Ⅵ,1293—1350) 的 "克雷西之战"(1346)、"黑王子" 爱德华对瓦卢瓦王朝第二任国王约翰二世(John Ⅱ,1319—1364)的"普瓦捷之战"(1356)和亨利五世对法王查理六世的"阿金库尔之战",三次大战均以寡敌众、以弱胜强,阿金库尔是英格兰盛极到顶的胜利。在莎剧《亨利五世》第二幕第四场,莎士比亚特意透过查理六世的"庄重"之口,赞美亨利五世的祖先如何威震法兰西:"当年克雷西之战①惨败,我方所有王公贵族,都成了那个恶名叫威尔士的黑王子爱德华②的俘虏,

---

① 即 1346 年 8 月 26 日的"克雷西之战",英王爱德华三世大胜法军。

② "黑王子"爱德华的绰号源于他作战时惯穿一身黑色盔甲,并非因其皮肤黝黑。据记载,"黑王子"面色白皙,一双蓝眼睛,头发淡色。

这是永记不忘的奇耻大辱；那时，他那位体壮如山的父亲①，站在一座小山上，高居半空，金色阳光照在头顶，——看他英雄的儿子，微笑着，看他残害生灵，损毁上帝和法兰西父老历时二十年打造的典范②。"

1422 年，亨利五世去世。历史的脚印落在阿金库尔战后 20 年的 1435 年，法兰西、英格兰再次决裂，勃艮第公爵开始拒绝与英格兰联盟，拥立查理七世（Charles Ⅶ，1403—1461）为法兰西国王，他只有一个条件：国王必须惩处 1419 年杀死他父亲（即莎剧《亨利五世》中撮合英法谈判的那位勃艮第公爵）的凶手。

国王更迭，使英法两国的国力、时运发生改变，英格兰到亨利六世（Henry Ⅵ，1421—1471）统治时代的 1449 年，丢掉了在法国的最后一块领地——诺曼底。爱读古典经文、喜欢编年史的亨利六世，对治国理政、行军打仗毫无兴趣，他不仅把他英雄父亲亨利五世以武力赢得的丰硕战果丧失殆尽，还使整个王国陷入兰开斯特（House of Lancaster）和约克两大王室家族（House of York）之间血腥的内战——"玫瑰战争"（Wars of the Roses，1455—1485）！

英格兰亨利六世与法兰西查理七世的对决，成为亨利五世与查理六世对决的大反转。法国的戏剧家大可以写一部历史剧《查理七世》来回敬英国人，因为，查理七世是人类战争史上持续时间最长的百年战争的终结者。

---

① 爱德华三世身材魁梧，像一座小山。此处或暗指爱德华三世出生在多山的威尔士。

② 指历时二十年造就的法兰西一代精英。

这是历史的诡异吗？历史本身不提供答案。

然而，无论历史还是戏剧，都能在人们需要的时候为现实服务。乔纳森·贝特说："有许多现代将领在部队冲入敌阵之际，援引圣克里斯品节(Saint Crispin's day)演说(即亨利五世阿金库尔之战的战前动员)。劳伦斯·奥利弗(Laurence Olivier)将他1944年投拍的电影《亨利五世》献给正把欧洲从纳粹手里解放出来的英、美和其他盟军部队，这是由莎剧改编的军事影片中最著名的一部(据说因丘吉尔坚持，奥利弗将三个叛国者那场戏剪掉，——在如此生死攸关的历史时刻，精诚团结乃盟国间当务之急)。哪怕死硬的愤世嫉俗者，当国王向他那群兄弟发表演说时，也发现自己变得爱国了，尤其在电影中，全景镜头和令人振奋的音乐，使这番言辞的效果得到进一步加强。"

或许至少对于英国人，莎剧《亨利五世》永远不过时。

3. 杀战俘：国王的名誉污点

在乔纳森·贝特眼里，亨利国王的征服力主要源于坎特伯雷大主教称之的"美妙的清辞丽句""精于辞令是他最伟大的天赋：他善辩，会哄骗，好下令，能鼓舞人心。莎士比亚给他的台词比剧中任何其他角色都多两倍以上"。从诗剧的写作技巧上，莎士比亚让"哈里能在精湛的韵诗和散体的对话之间随意切换，这一点只有哈姆雷特堪与相比"。

由此或不难推断，让亨利国王下令杀战俘，不应是莎士比亚故意为亨利五世最荣耀之军功抹上的名誉污点：阿金库尔，大获全胜的英军在打扫战场，此时，响起"战斗警号"，亨利国王以为"新吹响的战斗警号"表示"四散的法军有了援兵"，故而传令，

"每个士兵把手里战俘统统杀掉！"这是第四幕第六场最后一句台词。

切记，切记，第四幕第七场，开场头一句是在"战场另一部分"的弗艾伦的台词："把看守行李的侍童全杀了！这完全违反交战法则。"明摆着，亨利王下令杀战俘时，法军尚未偷袭英军营帐，并杀掉看守行李的所有侍童，其中包括福斯塔夫的侍童。而且，从高尔与弗艾伦的对白可知，国王的具体命令是叫"每个士兵把俘虏的喉咙割喽"。换言之，亨利王传令杀战俘，绝非似乎占理的残忍报复。若放在今天，国王这一血腥之举乃公然违反保护"战争受难者、战俘和战时平民"的《日内瓦公约》(*Geneva convention*)之战争暴行。显然，这份于1950年10月21日生效的国际公约，对莎剧中的亨利五世不具约束力，更束缚不住1415年扬威阿金库尔的这位国王战士。

有理由为亨利五世稍感庆幸的是，莎剧《亨利五世》的剧情并未延展到阿金库尔大捷两年之后的1417年，历史上的亨利国王再次远征法国。如前所述，英军在这次征战中，很快攻克下诺曼底(Lower Normandy)，随即围困鲁昂(Rouen)。英军兵临城下，成群的妇孺被从鲁昂城强迫驱离，他们饥饿无助，只要亨利国王下令英军放行，便能保住他们的性命。但亨利五世不准放行！最后，环城壕沟成了这些饿死的可怜妇孺的坟场。

莎剧不具有现代性吗？

事实上，正是从现代视角，乔纳森·贝特认为："弗艾伦相信打仗要按常规战法，相当于一个思想自由而严守《日内瓦公约》打仗的现代军官。但正是他这种思维模式，把国王道德盔甲上的裂隙暴露出来。把蒙茅斯(Monmouth)的哈里国王比作马其顿(Macedon)的亚历山大大帝,不仅因为俩人都是伟大的战士①还因为'好比亚历山大在贪杯之下杀了他的朋友克雷塔斯,蒙茅斯的哈里也这样,在脑瓜灵活和明辨是非之下,赶走了那个腆着大肚子穿紧身夹克的胖爵士。他一肚子笑话、风凉话、鬼点子、恶作剧。'这里提醒观众,哈里之伟大是以他杀了福斯塔夫的心为代价。"

这样的国王值得赞美、传颂吗?

显然,现代英国人再也绕不开这个致命问题。恰如乔纳森·贝特所说:"不仅奥利弗的战时电影,还有肯尼斯·布莱纳(Kenneth Branagh)摄于 1989 年、更犀利描绘阿金库尔之战的电影,也引人注目地把杀法军战俘一事删去了。对于弗艾伦,法军杀死那些孩子和行李看守人,'完全违反交战法则'。高尔回答,既然法国人坏了规矩,英国人只能照着来,'所以,国王下令每个士兵把俘虏的喉咙割喽,理所当然。啊,好一个英勇的国王!'然而,戏文写得一清二楚,哈里国王下令杀死那些战俘,是在闻听随军平民遭攻击之前。即刻杀死战俘的理由是,每一个幸存的士兵都需应对法国援军的到来。这是个实用的决策,既谈不上英勇,也与正当无关。稍早在哈弗勒尔也是这样。虽说只是威胁,并未付诸行动,但强奸少女和屠戮无辜市民的想法,无法令人一下子联想起'英勇'或'理所当然'之类的字眼儿。"

诚然,作为亨利五世和莎士比亚的后代同胞,生于 1907 年

---

① 他们都生在字母带"M"的地方,两地都有一条贯穿境内的河流,"两条河里都有鲑鱼"。

的奥利弗和生于 1960 年的布莱纳,这两位现代英国人的做法是在为圣人讳! 不过,杀战俘这件事,一来不能怪活在伊丽莎白时代靠写戏挣钱的莎士比亚把它赫然写出,二来还可以拿今人的后见之明替莎士比亚做道德升华,说他这样写乃出于国际人道主义精神,是不为尊者讳! 但事实上,莎士比亚可能真没想这么多,他只想以诗剧形式为亨利五世写一部英雄史诗急就章。结果,"英雄史"削弱了"国王戏"的戏剧性。或许,莎士比亚对此心知肚明。

其实,对这一点,美国莎学家托马斯·肯尼(Thomas Kenny)早已看清楚,他在一个半世纪之前出版的《莎士比亚的生活与天才》(*Life and Genius of Shakespeare*,1864)一书中,即提出:"莎士比亚对国家和个人生活的态度在《亨利五世》中有目共睹。在莎士比亚的其他剧作中,这种情况并不存在,但我们无法把该剧同他那些天才的伟大作品剥离开。从戏剧表现生活这个角度来看,该剧在广泛性、多样性、戏剧深度和真实性等多方面及想象的力度上,肯定逊于那些著名悲剧,甚至连那几部混合剧都比不上。剧中没一段堪称技法纯熟深入刻画人物、情感的描写,这说明莎士比亚对题材的处理并不完满。这是一部英雄史,对它做史诗式或抒情性的处理才最有效。但这是一部戏剧,假如把亨利五世塑造成一个完美的、极易被理解的人物,那便失去了戏剧性。描写伟大人物、伟大业绩的史诗自应如此,但戏剧不应受这些因素影响。在剧作中,我们理应见到搅在情感冲突中的戏剧人物。我们知道人的本性中也存在这种因素,只不过这种存在既久远又潜在。史诗这类叙事文体主要为唤起我们的崇敬感,而戏剧则应以表现生活作用于我们的同情心。《亨利五世》正是这样一部戏剧：不表现伟大情感，只表现重大事件。因此，它当然获得最强的戏剧生命。"

莎剧《亨利五世》的确"只"在"表现"阿金库尔之战这一"重大事件"，且由此塑造一位理想的完美国王。但显然，它"最强的戏剧生命"似乎也只源于英国人的爱国主义。

由此，不难看出，在这一点上，倒是托马斯·肯尼的著名前辈，英国散文家、评论家威廉·赫兹里特（William Hazlitt，1778—1830）看得更为透辟，他在其《莎士比亚戏剧人物论》（*Characters of Shakespeare's Plays*，1817）中犀利地指出："亨利五世是英国人极为敬仰的民族英雄，也是莎士比亚最青睐的君王。因此，莎士比亚极力为他的行为辩护，写他性格中好的一面，称他'善良民众的国王'。可他不配享此名誉。他爱打仗，喜欢跟下流人交朋友；他粗鲁放荡，有野心；除了干坏事儿，别无所为。他的个人生活有害健康。他过着一种无人管束的浪荡生活。在公共事务上，他只懂强权，没什么是非标准。他以对宗教伪装的虔诚和对大主教的劝诫遮掩是非。他并未因环境、地位之改变，改变自己的生活信条。他在盖德山的冒险恰是他阿金库尔生涯的前奏，只不过没有流血。福斯塔夫放纵暴虐的罪恶，同教会为保住财产而以王位继承权为由替国王大肆敛财和谋杀比起来，简直不值一提。莎士比亚让坎特伯雷大主教讲出国王发动战争的背后动因。亨利因不懂如何治国理政，决定向邻国开战。他在国内尚未坐稳王座，又不知如何掌控刚刚到手的偌大权力，便向法国要求继承王位。动武是他的看家本领。"

亨利五世是怎样一个国王呢?

简言之,莎士比亚戏剧中的"哈里",并非英国历史里的"亨利"!

2019 年 1 月 6 日

Shakespeare's
World

俗世一莎翁

莎士比亚的史剧世界 下

傅光明 著

天津出版传媒集团

天津人民出版社

亨利六世:一位软弱而虔敬的国王

依我看,幸福生活莫过于做一个简朴的牧羊人,坐在一处小山上,像我现在这样,精细雕刻日晷,一度一度地刻,从而看光阴如何一分一分地流逝;——多少分钟凑整一小时,多少小时归为一天,多少天凑足一年,一个肉体凡胎可以活多少年……于是,分、时、日、月、年,消磨到上帝创造的末日,将满头白发送入一处僻静的坟墓。

——(《亨利六世》下·第二幕第五场)

HENRY.
THE VI.
PART. I

一、写作时间和剧作版本

1. 写作时间

　　《亨利六世》(Henry Ⅵ)上、中、下"三联剧"的写作时间及编剧顺序始终是未解的谜团。对此,莎学界大体有两种意见:第一,中、下篇编剧早于上篇;第二,上、中、下按时间顺序编剧。前者意见长久占据主流。但逐渐的,人们似乎更倾向于后者。理由十分简单有力,即在《亨利六世》中、下篇的"坏四开本"(Bad Quarto)里提到了对上篇的反响。除此外证,还有一个内证,即上篇在"三联剧"中的戏剧力最弱。另外,有莎学家提出,1591年出版的、可能出自戏剧家乔治·皮尔(George Peele,1556—1596)之手的《骚乱不断的英格兰国王约翰王朝》(*The Troublesome Reign of John, King of England*),其中有些场景取自《亨利六世(上)》。若果真如此,那"亨六(上)"的写作时间可确定为1590年前后。

　　然而,以 20 世纪英国著名莎学家多佛·威尔逊(Dover Wilson,1881—1969)为代表的学者认为,在伊丽莎白一世时代伦敦最显耀的剧场主兼经理亨斯洛(Philip Henslowe,1550—1616)留下的那本《亨斯洛日记》提及的 "新戏《哈利六世》"(*Harey* Ⅵ, 1592 年 3 月 3 日),指的便是莎剧 "亨六(上)"。他们认定,亨斯洛所记这部《哈利六世》由 "大学才子" 创作(前曾提及该剧可能出自皮尔之手),莎士比亚做了修改。换言之,即便这部 "哈六" 并非莎士比亚 "原编",他也是改编者。另外,有人认为,莎士比亚最初打算构思以四部连续的历史剧,即 "四联剧",全景呈现持续三十年的英格兰 "玫瑰战争"(Wars of Roses,1455—1485)。于是,1592 年,他将原戏 "亨六" 改成这部新戏 "哈六",并在剧情上与 "亨六(中)" 相连。

　　可问题是,虽说作为那个时代最重要戏剧史资料之一的《亨斯洛日记》有其不可争议的可信度,但《亨斯洛日记》只写明这部 "哈六" 由斯特兰奇勋爵剧团(Lord Strange's Men)在南华克(Southwark)玫瑰剧场(Rose Theatre)连演十五场,却并未能证明两点:

　　第一,1592 年,莎士比亚曾为该剧团写剧编戏。在此提出一个反证,即可将此驳回——作为莎剧 "亨六(上)" 中的 "塔尔伯特勋爵"(Lord Talbot)的后人,这位斯特兰奇勋爵(Lord Strange)费迪南多 (Ferdinando),1593 年才成为莎士比亚的赞助人。换言之,莎士比亚为该剧团写戏,理应在 1593 年。

　　第二,这部 "新戏" "哈六" 与莎剧 "亨六(上)" 是同一部戏。持这一看法的学者的依据是, "大学才子"(University Wits)之一的作家、诗人托马斯·纳什(Thomas Nashe,1567—1601),1592 年8

月 8 日在伦敦书业公会登记的《身无分文的皮尔斯对魔鬼的哀求》(*Pierce Penilesse*,*his Supplication to the Devil*) 中有这段话:"法国人畏惧的勇敢的塔尔伯特会多高兴地想,他在坟墓里躺了二百年之后又在舞台上凯旋, 他的骸骨重新充满了至少一万名观众的香泪。这些观众看到代表他的悲剧演员,想象着他又一次流血!"然而,这段话只能说明纳什亲临玫瑰剧场,观看了由当时斯特兰奇勋爵剧团台柱子演员爱德华·阿莱恩 (Edward Alleyn)饰演的"法国人畏惧的勇敢的塔尔伯特",却无法证明,这部"新戏"《哈利六世》就是莎士比亚的《亨利六世(上)》。

诚然,若无实证确认"哈六"即"亨六",便只能做出一个推断:亨斯洛在日记中提及的这部"新戏",失传了!

不过,坚持认为莎剧"亨六"中、下篇写作在前,上篇在后的观点始终代有后人,如英国当代学者、埃克塞特大学教授、有影响力的小册子《图画通识丛书·莎士比亚》(*A Graphic Guide*,*Introducing Shakespeare*,2010 年出版)一书的作者尼克·格鲁姆(Nick Groom)认为:"三部《亨利六世》一定写于 1592 年之前的某段时间。《亨利六世》源于莎士比亚的一部两联剧:《约克和兰开斯特两王室之争》(*The First Part of the Contention betwixt the Two Famous Houses of York and Lancaster*,第一部,1594 年出版)和《约克的理查公爵的真实悲剧与高贵的汉弗莱公爵之死》(*The True Tragedy of Richard Duke of York with the death of the Good Duke Humphrey*,1595 年出版),这两部戏是我们现称之为《亨利六世》的中篇和下篇,加上后来增补的上篇,构成完整的《亨利六世》。"

对于"亨六(中、下)"的写作时间,另一位著名的"大学才子"，牛津、剑桥两校的艺术硕士、剧作家兼小册子作者罗伯特·格林（Robert Greene, 1558—1592）曾在其《小智慧》（Groats—Worth of Witte，于格林 1592 年死后出版）一书中，未指名道姓地暗指莎士比亚是"一只自命不凡的乌鸦"："……我们的羽毛美化了一只自命不凡的乌鸦，他以'一个戏子的心包起一颗老虎的心'，自以为能像你们中的佼佼者一样，浮夸出一行无韵诗。一个在剧场里什么活儿都干的杂役，居然狂妄地把自己当成国内唯一'摇撼舞台之人'。"

什么意思呢？恰如格鲁姆一语点破：格林意在嘲讽"莎士比亚是一个恶毒的剽窃者和乡巴佬（'老虎的心'那段话出自《亨利六世(下)》第一幕第四场第 138 行）。"

格林这段攻讦莎翁的话，倒为莎剧"亨六(中、下)"应写于1590—1591 年之间，提供了有力佐证。因为，第一，格林这段犀利的挖苦，无疑写于 1592 年 9 月 3 日他去世之前；第二，他亲临剧场观看"亨六(下)"，必在 6 月 23 日伦敦各剧院关闭之前。

简言之，撇开莎剧"亨六(上、中、下)""三联剧"在写作时间上哪个先来，哪个后到，它们都应写于 1590—1591 年间。

2. 剧作版本

先看上篇。

莎剧"亨六(上)"存世最早的唯一版本，是 1623 年印行的"第一对开本"（First Folio）《莎士比亚喜剧、历史剧和悲剧集》中的《亨利六世》第一部"（The first part of Henry the Six）。

事实上，直到今天，关于莎士比亚是不是"亨六(上)"的唯一编剧，或多名编剧之一，仍无定论。简单说，大体有四种意见：一、莎士比亚一人独立编剧，而从该戏之"拙劣"，且幼稚"因袭前人"的明显痕迹可见，它是莎士比亚的早期作品；二、它可能是莎士比亚与其他诗人、剧作家如克里斯托弗·马洛（Christopher Marlowe, 1564—1593）、罗伯特·格林或乔治·皮尔，美其名曰"合作"的产物。更有可能，是莎士比亚初到伦敦以后，受雇帮这三位中的一位或两位把亨利六世的国王生涯编成戏；三、莎士比亚独自一人，把斯特兰奇勋爵剧团的一部旧戏做了修改，并为讨好此时已是他戏剧赞助人的斯特兰奇勋爵，又补写了"勇敢的塔尔伯特""在舞台上凯旋"的戏；四，这部"亨六（上）"根本不是莎士比亚的戏。

再看中篇。

"亨六（中）"在"第一对开本"之前，有三个"四开本"（"in quarto"），前两个在莎士比亚生前印行，分别为重印过两次的1594年3月的"第一四开本"和1600年的"第二四开本"。1594年3月"亨六（中）""第一四开本"的标题页印的是："约克和兰开斯特两个望族间的纷争与高贵的汉弗莱公爵之死第一部：萨福克公爵的放逐和死亡，骄傲的温切斯特主教的悲剧结局，杰克·凯德高贵的反叛，以及约克公爵第一次要求王位继承权。"

"第三四开本"是由印刷、出版商威廉·贾加德（William Jaggard, 1568—1623）所印"伪对开本"（"False Folio"）之一部的1619年的"四开本"，该本与"亨六（下）"1595年的"八开本"（in octavo）合印，标题为"约克的理查公爵的真实悲剧，与高贵的国王亨利六世之死，及兰开斯特和约克两家族之间的总纷争"。在这部"伪对开本"里，两部戏合成一组，总标题为"兰开斯特和约克两大望族之间的总纷争,与高贵的汉弗莱公爵、约克的理查公爵、国王亨利六世的悲剧结局。彭布罗克伯爵剧团多次演出。"

后看下篇。

"亨六(下)"在"第一对开本"之前,有三个版本,一个是前述1595年的"八开本",可称之"第一八开本";一个是1600年的四开本,可称之"第二四开本";一个是1619年的"伪对开本",可称之"第一伪对开本"。

总之,莎剧"亨六"的中篇和下篇,"四开本""八开本"也好,"伪对开本"也罢,虽各有可取之处,却都存在自身或讹或误的问题,否则,何以背负"坏四开本"的恶名!简单说,从戏文来看,这些本子都应是书商出于盈利目的,把演员手里的台词脚本,或演员凭记忆写下来的台词,凑在一起仓促印行。正如诗人、著名莎学家塞缪尔·约翰逊(Samuel Johnson,1709—1784)在其《威廉·莎士比亚的戏剧》(*The Plays of William Shakespeare*,1765)中所说:"《亨利六世(中、下)》和《亨利五世》这几部戏的旧版本不完整,无法确证它们是不是莎士比亚的初稿。我认为是由某位观众根据记录整理出来交给出版商印行的。"

另外,著名莎学家、《莎士比亚全集》编者埃德蒙·马龙(Edmond Malone,1741—1812)在对"亨六"三联剧做了精细文本研究之后,得出结论:这三部为原有之作,出自某位"大学才子",或罗伯特·格林(Robert Greene),抑或乔治·皮尔(George Peele)之手,莎士比亚只是参与了后来的校订工作而已。至于"亨六(上)",绝无可能是莎士比亚的手笔。为此,1787年,他写成一篇专论《论亨利六世三联剧:试证这些戏非莎士比亚原作》(*A Disserta-*

tion on the Three Parts of King Henry Ⅵ ,tending to show that these plays were not written originally by Shakespeare）不知是否跟读过这篇专论有关，几年之后，浪漫主义诗人、批评家柯勒律治(Samuel Taylor Coleridge, 1772—1834)在其任教的大学所开设的莎士比亚专题课上，明确表示，这部血腥的三联剧写得不怎么好，他只从开篇头一段诗节便下断言："假如您觉不到莎士比亚不可能写这段话，那我绝对敢挑明，您可能长了两只耳朵——因为别的动物也都如此——可您哪只耳朵也没有听觉。"柯勒律治认为这段诗节韵律粗糙，水平远在莎士比亚最早的那些戏之下。

遥想当年，估计书商们也因此心里发虚，才会特意在"标题页"大做文章，极力渲染剧情之震撼。而作为莎士比亚所属"国王剧团"的同事、演员，约翰·赫明斯(John Heminges, 1566—1630)和亨利·康德尔（Henry Condell, 1576—1627）在为莎士比亚搜集、整理、汇编"权威"的"第一对开本"时，只为将莎士比亚戏剧留存于世，毫不故弄玄虚，以标题页为例，"亨六（中）"是:《亨利六世第二部，与高贵的汉弗莱公爵之死》;"亨六（下）"为:《亨利六世第三部，与约克公爵之死》。

关于"亨六"三部"连续"剧的写作时间和整个戏文情形，当代莎学家乔纳森·贝特(Jonathan Bate)在他为所编的"皇莎版"《莎士比亚全集·亨利六世》导言中，写下一段颇具权威性的综述:"既然它《亨利六世(上)》似乎在 1592 年首演，且颇受好评，它大概写于现在称之为中篇和下篇两部写玫瑰战争的戏之后。或许，用现代电影术语可称之为'前篇'，目的在于靠一部成功的大片赚钱。

它缺乏一致性,为不同场景利用不同的素材来源,这提示它可能是一部合作的剧作。有人认为, 与马洛有过合作的托马斯·纳什(Thomas Nashe)是主要撰稿人,但也可能有三位、甚至四位经手了写作。莎士比亚不是塔尔伯特与圣女贞德那场戏的主要作者,这个可能性能解释被视为三联剧的序列里有些前后不一。其中一个事实,格罗斯特汉弗莱公爵在中篇里,是个有政治家风范的人物,是一位不逊于其亡兄亨利五世的护国公。反之,在上篇中,他是一个粗糙的形象,而且,剧情上前后有差异。在中篇里,亨利六世和安茹的玛格丽特, 凭安茹和缅因的投降这一结婚的条件,备遭怨愤,而在上篇里,婚事谈判并未遇到挑战。"

此外,贝特继而指出:"21 世纪计算机对语言风格研究的应用数据表明,几乎可把中篇全部安心地归在莎士比亚名下,对下篇之归属尚有疑问,上篇中,莎士比亚可能只写过几个场景。也许对这些结果唯一令人起疑的是,它们生成得太方便,居然将关于这三部戏相对的戏剧性品质这一共识,整齐地反映出来:中篇有辉煌的莎士比亚式活力与变化,剧场几乎总能叫座儿;下篇有一些极其强劲的修辞上的交锋,但多冗长乏味;上篇除了第二幕摘玫瑰的场景和第四幕战斗中塔尔伯特父子那段动人的对话,鲜有好评,计算机测试把这场戏归到莎士比亚头上。"

二、原型故事

莎士比亚不是一个原创的剧作家。他是一个天才的编剧。所有莎剧,都至少有一个、经常有多个素材来源(亦可称之为"原型故事")。所有这些原型故事,得以在莎剧中留存,似乎也算得上幸运。因为，若非莎士比亚被后人封圣，莎剧成为象牙塔尖上的文学经典，这些原型故事，恐怕除了专业人士，极少有人问津。同时，正因此，若非潜入莎剧对这些原型故事进行考古般挖掘、稽考，一般只读莎剧文本的读者，也恐难知晓。

不过，大体上倒可以这样说，英国历史剧的体裁由莎士比亚独创。从他的第一部历史四联剧《亨利六世（上、中、下）》三部和《理查三世》（约 1589—1593），加之随后的《约翰王》（约 1595—1596）开始，便发展出一种新的戏剧形式，以此表现持续不断的政治冲突的本性，并昭示其中复杂、交错的因果关系。莎士比亚的这些早期历史剧，与同一时期的悲剧和那些写征服者的戏相似，都是运用多重故事脉络，描绘耸人听闻的暴力。莎士比亚这些历史剧，也像那些戏一样，强调阴谋与复仇的策划和结果，在《理查三世》中表现尤甚。但透过一种动机和行为的扩散，此类连贯的剧情模式常常在历史剧中失去其塑造力，而变成更多的偶然事件。在剧情中，冲突、危机可以在任何时候发生，这揭示出剧作者是多么紧密地依赖这些明显并不连贯的历史。

在莎士比亚历史剧呈现出来的这些不连贯的历史，全都来自 16 世纪英国史学家爱德华·霍尔（Edward Hall，1496—1547）所著《兰开斯特与约克两大显族的联合》（以下简称《联合》）（*The Union of the Two Noble and Illustre Families of Lancaster and York*，1548），和史学家拉斐尔·霍林斯赫德（Raphael Holinshed，1525—1580）所著《英格兰、苏格兰和爱尔兰编年史》（以下简称《编年史》）（*Chronicles of England, Scotland and Ireland*）第二版（1587）第三卷。这两部史著，是莎士比亚所有十部历史剧的主要素材来源。换言之,霍尔与霍林斯赫德是为莎士比亚编写历史剧提供丰富原型故事的两大"债主"。其实,霍尔也是霍林斯赫德的"债主",因为霍林斯赫德《编年史》里关于玫瑰战争的大段描述,多从霍尔的《联合》中逐字逐句照搬过来。在编剧选材上,莎士比亚对这两本史著各有侧重。

然而,莎学家们似乎老有一种担心,把莎剧中的英国史拿出来与史学家的编年史进行比较总有些冒险,因为注重原始资料会使读者过于在意细节,而莎士比亚早已经有效地潜入、调和或改变了这些细节。另一个担心是,编年史所具有的一种更广泛的意义,及其激发莎剧想象的力量,将随之失去。

毋庸讳言,从《亨利六世(上)》即可看出,莎士比亚编剧的主要素材取自霍尔的《联合》与霍林斯赫德1587年版的《编年史》。莎士比亚使用的素材涵盖面非常广,从1422年亨利五世的葬礼一直到1446年亨利六世订婚,其中还包括七年后(1453年)塔尔伯特之死。在"亨六(中)",莎士比亚又往回倒一点儿写埃莉诺的忏悔,这一剧情被他强加在1442年。随后剧情又向前推进,从玛格丽特到达英国写到1455年约克家族在第一次圣奥尔本斯之战取胜。"亨六(下)"则把第一次圣奥尔本斯之战压缩进1461年的北安普敦之战,并省掉了1458年双方在威斯敏斯特缔约,不过这倒也填补上剧情的又一空白,即1471年亨利六世被杀到1475年法兰西国王路易十一付给爱德华四世赎金赎回玛格丽特王后之间的那段时间。

接下来,按"亨六(上、中、下)",依次对莎士比亚如何从两位"霍师傅"那儿"借债",列出一个账目表。

（上）

第一幕第三场，格罗斯特公爵试图接近伦敦塔，伍德维尔告诉他，已得到温切斯特主教命令，任何人不准进入。遭拒的格罗斯特反问："狂妄的温切斯特，那个傲慢的主教，连我们已故的君主亨利都不堪忍受的那位？"这一剧情源自霍尔，但对于亨利五世和温切斯特之间有什么龃龉，霍尔只留下一点儿迹象，而霍林斯赫德对这对君臣间有什么不和或冲突，则只字未提。再如，霍尔写到托马斯·加格拉夫爵士在奥尔良城中炮身亡，莎士比亚在剧中也让加格拉夫立即毙命，余后的场景焦点在老将索尔斯伯里之死(第一幕第四场)。但在霍林斯赫德笔下，加格拉夫两天后才死，这倒与实情相符。

莎士比亚在第二幕第一场写到一个半喜剧的场景：法军守将衣衫不整地逃出奥尔良城，这似乎只能来自霍尔。论及 1482 年英军夺取勒芒，霍尔写道："突袭令法国人如此惊慌失措，以至于很多人来不及下床，有的则只穿了衬衫。"再如，第三幕第一场，格罗斯特指控温切斯特试图在伦敦桥上行刺他，霍尔只提到这一刺杀企图，并解释说，为阻止格罗斯特在埃尔特姆宫(Eltham Palace)与亨利五世会合，原打算在南华克桥头下手。霍林斯赫德对此没留下只言片语。还有，第三幕第二场，莎士比亚写到圣少女琼安和法军士兵化装成农民，偷偷进入鲁昂城，可能也来自霍尔。虽说无论霍尔还是霍林斯赫德，均未记下这一并非史实的事件，但霍尔记了与此极为类似的一件事，可那发生在 1441 年，在特威德河畔的康希尔(Cornhill-on-Tweed)，康希尔城堡(Cornhill Castle)被英军占领。

　　另一方面,戏中有些场景单独源自霍林斯赫德。例如,在开场戏里,剧情进展到英格兰在法兰西的叛乱,埃克塞特对追随他的贵族们说:"诸位,记住你们向亨利立下的誓言:要么把王太子彻底击碎,要么给他套上轭叫他听话。"霍林斯赫德描述的情景是,弥留之际的亨利五世引出贝德福德、格罗斯特和埃克塞特等人向他立下誓言:永不向法兰西投降,决不许法国王太子成为国王。再一个单独取自霍林斯赫德的例子见于第一幕第二场,法国的查理王太子将圣少女琼安比作《圣经》中古希伯来的女先知底波拉。在《旧约·士师记》第四、五章中,底波拉策划巴拉克(Barak)军队出人意料地打败了由西西拉(Sisera)领军的迦南军队,迦南军队压迫以色列人已超过二十年。而在霍尔笔下,找不到这一比较的踪影。还有一处在第一幕第四场,奥尔良公国的炮兵队长提到,英军控制了奥尔良郊外一些地方。霍林斯赫德记的是,英军夺取了卢瓦尔河另一侧的几处郊区。

　　在"亨六(上)",出于剧情需要,莎士比亚常把真实的历史时间搞乱,如第一幕第一场在威斯敏斯特教堂为亨利五世送葬这场戏,历史时间在1422年11月7日,这时的亨利六世尚在襁褓,不满周岁。但在戏中的护国公格罗斯特公爵眼里,亨利六世变身为少年天子,是"一位软弱的君主,像个学童似的"。第四幕第七场,路西爵士去法军营帐面见查理王太子,要将阵亡的塔尔伯特的遗体运回英格兰。而历史上,塔尔伯特遗体的发现是在1453年7月17日。莎士比亚把相隔二十一年的事凑在一个戏里。另外,像第二幕第三场奥弗涅伯爵夫人打算把塔尔伯特诱进城堡活捉,以及第四场约克和兰开斯特两派在伦敦中殿一花园分别摘下红玫瑰和白玫瑰,这都是莎士比亚在戏说历史。

也许今天来看,"亨六(上)"里最不靠谱的戏说历史,莫过于对法国历史上的民族英雄圣女贞德(Joan of Arc)的糟改。恰如梁实秋在其《亨利六世(上篇)·序》中所说:"不忠于历史的若干情节并不足为病,因为看戏的人并不希望从戏剧里印证历史。近代观众最感觉不快的当是关于圣女贞德的歪曲描写。在这戏里,这个十八岁的一代英杰被形容为一个荡妇、一个巫婆!虽然这一切诬蔑大部分是取自何林塞(霍林斯赫德),虽然那时代的观众欢迎充满狭隘爱国精神的作品,诬蔑对于戏剧作者之未能超然的、冷静的描述史实,是不能不觉得有所遗憾的。"

(中)

如前所说,霍林斯赫德对玫瑰战争的处理多得益于霍尔,甚至大段照搬,但从莎剧中,还是能看出莎士比亚对两位前辈各有所用、各取所长。

例如,亨利六世与王后玛格丽特的明显对照,是在戏里反复出现的一个主题,它源于霍尔。霍尔把亨利描绘成一个"圣人一般的"环境的牺牲品,玛格丽特则是一个狡猾、有控制欲的自大狂。莎士比亚利用霍尔的原材料在第二幕第二场,赋予约克公爵拥有继承王位的权利,并把霍林斯赫德在其《编年史》中相应部分额外增补的约克的血统谱系,顺手拿来。但莎士比亚在第五幕第一场所写白金汉公爵与约克在圣奥尔本斯之战前的戏剧性会面,只见于霍林斯赫德。

另外,关于1381年农民起义,只在霍林斯赫德《编年史》里有所描述,莎士比亚利用它写成贯穿第四幕的凯德造反,而且,他连这样的细节也不放过：有的人因为识文断字被杀，凯德承诺要建立一个不用花钱的国家。亨利六世对起义有何反应，霍尔与霍林斯赫德有所不同。在霍尔笔下，亨利王原谅了每一个投降的人，让他们全部返乡，免于处罚。莎士比亚照此处理。相比之下，在霍林斯赫德笔下，亨利王则是召集一个法庭，将几个叛乱首领处死。史实的确如此。另有一个不同的历史对比很有趣，霍林斯赫德笔下的亨利王内心不稳、始终处于疯狂的边缘，而在霍尔笔下，亨利则是一个温和却起不了作用的国王。在这儿，莎士比亚再次仿效了霍尔。

莎士比亚对霍尔和霍林斯赫德最大的背离在于他把凯德的起义、约克从爱尔兰回国，同圣奥尔本斯之战，合并到了一个连续推进的剧情里。而在霍尔和霍林斯赫德二位笔下，对这三件事的描述与史实相符，发生在持续四年的时间里；可莎士比亚写的是戏，为让观者爱看，他必须把它们设计成头一件事对后一件事是直接的、立竿见影的引子。诚然，这样处理也并非没有出处，它源于 1512 年去世的罗伯特·费边(Robert Fabyan)《英格兰与法兰西编年新史》(*New Chronicles of England and France*, 1516)里对这些事件的描写。

在此顺便说，莎士比亚历史剧还有一个明确的素材来源，即理查·格拉夫顿(Richard Grafton, 1506—1573)所著《一部详尽的编年史》(*A Chronicle at Large*, 1569)。像霍林斯赫德一样，格拉夫顿从霍尔的《联合》取材，不经编辑，再造出大量描述，有些描述属他独有，我们自然能从中看出他也被莎士比亚利用了。比如，第二幕第一场中，辛普考克斯编造瞎子看见光明的奇迹这个细节,霍尔和霍林斯赫德都没写,只在格拉夫顿笔下出现。诚然,约翰·佛克赛 (John Foxe,1516—1587) 在其《殉道录》(*Book of Martyrs*,1563)中,对伪造奇迹也曾略提一二。不用说,莎士比亚熟悉《殉道录》。

(下)

像上、中两篇一样,从中可见出莎士比亚对两位霍老前辈的史书在取材上各有侧重。

例如,第一幕第一场,当克里福德、诺森伯兰和威斯特摩兰催促亨利王在议会大厅向约克家族发起攻击时,他很不情愿,争辩说:"你们不知道伦敦市民都偏向他们, 他们能号令大批军队吗?"而在霍尔和霍林斯赫德两人笔下,记的都是约克家族领兵侵入议会大厦,只是霍尔写明了,亨利并未选择与民众开战,因为绝大多数民众都支持约克享有王位继承权。

第一幕第三场,约克公爵的幼子拉特兰之死,莎士比亚从霍尔那儿取材多于霍林斯赫德。虽说霍尔与霍林斯赫德都把杀拉特兰的账算在克里福德头上, 但只有霍尔写明拉特兰的家庭教师当时在场, 并把拉特兰和克里福德二人关于是否该先向凶手复仇的争辩,记录在案。第三幕第二场,描写爱德华四世与格雷夫人初次会面,也是取自霍尔多于霍林斯赫德。比如,霍尔单独记载,爱德华提议格雷夫人做他的王后,仅仅出于好色的欲望;霍尔写道:爱德华"进一步断言,如果她肯屈尊跟他睡一觉,她便有幸由他的情人、情妇变成他的妻子,变成与他同床共枕的合法伴侣"之后,第四幕第一场,乔治(克拉伦斯)和理查(格罗斯特)对爱德华要娶格雷夫人的决定表达不满, 以及兄弟二人质问爱德华何以偏爱妻子轻视兄弟，这样的场景并未出现在霍林斯赫德笔下，而只在霍尔笔下才有。霍尔写了克拉伦斯向格罗斯特宣布："我们要让他知道，我们仨都是同一个男人、同一个女人的儿子，出自同一血脉，理应比他出自陌生血缘的老婆更有优先权、并得到晋升。……他会提拔、晋升他的亲戚、伙伴，丝毫不在乎他自身血统、家系的倾覆或混乱。"一个独属于霍尔的更普遍的方面，是他鲜明的复仇主题在戏里成为许多残忍行为的一个动机。不同的人物多次把复仇引为其行为背后的导向力：诺森伯兰、威斯特摩兰、克里福德、理查、爱德华（国王）和沃里克，都在戏里的某一时刻宣布过，他们之所以行动，是出于向敌人复仇的欲望。然而，复仇在霍林斯赫德那里不起什么作用，他对"复仇"这个字眼儿几乎不提，也从未让它作为战争的一个重要主题。

另一方面，戏里又有些场景独属于霍林斯赫德，而非霍尔。例如，霍尔和霍林斯赫德两人都对韦克菲尔德战役之后玛格丽特和克里福德嘲弄约克有所描述。在戏里的第一幕第四场，玛格丽特叫被俘的约克公爵站在一处鼹鼠丘上，并命人给他戴上一顶纸王冠。可是霍尔对王冠和鼹鼠丘只字未提，这两个细节霍林斯赫德虽都有提及，但在他笔下，那顶王冠是莎草做的。霍林斯赫德写道："公爵被活捉，站在一处鼹鼠丘上遭人嘲笑，他们用莎草或芦苇做成一顶花环，戴在他头上当王冠。"第三幕第三场，沃里克在法兰西加入兰开斯特派之后，路易国王派他的海军元帅波旁勋爵帮沃里克组建一支军队，这更可提供莎士比亚借用霍林斯赫德的证据。霍林斯赫德在其《编年史》里提到海军元帅的名字正是"波旁勋爵"，这与莎剧和历史都是相符的，而在霍尔的

《联合》里，这位海军元帅被误称为"勃艮第勋爵"。

还有一处只来自霍林斯赫德，他在《编年史》里写了爱德华四世在巴尼特战役之前曾向沃里克提出讲和。莎士比亚把它移植到第五幕第一场："现在，沃里克，你可愿打开城门，说上几句好话，谦恭屈膝？——叫爱德华一声国王，在他手里乞求怜悯，他将宽恕你这些暴行。"这一由爱德华国王发出的和平倡议，在霍尔的《联合》里了无痕迹，霍尔对约克家族试图与沃里克谈判只字未提。至于在整个戏里，把萨福克与玛格丽特弄成情人关系，这自然是莎士比亚为了从看戏的人兜里多挣些钱。

"亨六（下）"专注于约克家族与兰开斯特家族的传承接穗，以及玛格丽特与沃里克之间的政治关系。它略去了很多史实内容，比如由托马斯·福康布里奇的私生子托马斯·内维尔带领的反对爱德华四世的重要的伦敦起义——这次起义发生在图克斯伯里之战和亨利六世被杀之间的 1471 年。想必这一情节可以给爱德华四世一个暗杀亨利六世的政治动机，但莎士比亚没这样做。同样，巴尼特之战（第五幕第二场）紧随沃里克和爱德华四世在考文垂对峙（第五幕第一场）这段剧情之后，这会给人一个印象，好像巴尼特在沃里克郡，并不靠近伦敦。

总之，这部戏大体有五个场景（第一幕第一场，第一幕第二场，第一幕第四场，第三幕第二场，可能还有第五幕第一场）更直接受惠于霍林斯赫德，而非霍尔；另有五场（第一幕第三场，第二幕第五场，第四幕第一场，第四幕第七场和第四幕第八场）正好反之，多受惠于霍尔，而非霍林斯赫德。

在此补充一点，戏里玛格丽特王后那一长段关于国家是一艘航船的修辞手法，应是从死于 1563 年的诗人阿瑟·布鲁克 (Arthur Brooke)的叙事长诗《罗梅乌斯与朱丽叶的悲剧史》(The *Tragical History of Romeus and Juliet*, 1562)中衍生出来的。莎士比亚熟悉这首长诗,这首诗为他编《罗密欧与朱丽叶》这部戏提供了重要的原型故事。

从"亨六(下)"不难看出,莎士比亚对霍林斯赫德和霍尔写下的种种对超自然现象的解释,并不趋于赞同。虽说戏中某些情节与中世纪神秘剧中的系列情节有惊人相似之处(比如第一幕第一场中约克家族升入王位与路西法占领上帝之位相似,还有第一幕第四场中约克死前受辱同基督受冲击很像),但莎士比亚有意要将这些原型世俗化。或许为了戏剧效果,莎士比亚甚至刻意在亨利和爱德华之间形成对照,并在同一时期突出后者的投机、好色,这实在有点儿不同寻常。

尽管下篇中的事实性材料主要源自霍尔和霍林斯赫德,但出于主题和结构目的,莎士比亚也顺手把其他文本拿来一用,这也是贯穿他整个写戏生涯的独门绝技。几乎可以肯定,诗人、政治家托马斯·萨克维尔(Thomas Sackville, 1536—1608)和剧作家托马斯·诺顿(Thomas Norton, 1532—1584)合写的旧戏《高布达克》(*Gorboduc*, 1561)便是这样一个来源(《高布达克》写一个遭废黜的国王给两个儿子划分国土,它还是莎剧《李尔王》的"原型故事"之一)。从时间上看,莎士比亚在写"亨六(下)"之前一年的 1590 年,《高布达克》重印,这使莎士比亚有机会从中挖掘和表现由派系冲突导致公民社会毁灭的典型。说穿了,在一部戏里写到一个儿子无意之中杀了亲生父亲、一个父亲不知不觉杀了亲儿子的剧情,《高布达克》是已知的 17 世纪前的唯一一部剧作。莎士比亚当然不会放过这一惨景,他移花接木在第二幕第五场,让亨利六世目睹在约克郡陶顿与萨克斯顿之间的战场上,一个儿子无意之中杀了亲生父亲、一个父亲不知不觉杀了亲儿子。何以如此?约克派(白玫瑰)与兰开斯特派(红玫瑰)为打一场新的战争,各自招募军队,而这两对父与子,分别参加了两支敌对"玫瑰"的军队,彼此却不知情。

另外,莎士比亚还从作家威廉·鲍尔温(William Baldwin)所编的《官长的借镜》(*The Mirror for Magistrates*,1559;1578 年二版)那儿借了东西。《官长的借镜》是一首著名的系列长诗,由几个有争议的历史人物述说各自的生与死,并警告当代社会切莫犯下像他们一样的错误。其中三个重要的人物,是安茹的玛格丽特、爱德华四世国王和理查·普朗塔热内(三世约克公爵)。"亨六(下)"中,约克公爵的最后一场戏在第一幕第四场,他在临死之前所做演说这幕情景,常被认定为适用在一个传统的悲剧英雄身上,这个悲剧英雄败给了自己的野心,而这恰恰是约克在"镜子"(mirror)里的那个自我,他要建立一个王朝的野心使他越走越远,终于导致毁灭。当然,"亨六(下)"剧终之前不久,理查(格罗斯特)在伦敦塔里杀死亨利六世,这也可能是从鲍尔温那儿借来的。

除此之外,剧作家托马斯·基德(Thomas Kyd,1558—1594)流行一时的名作《西班牙的悲剧》(*The Spanish Tragedy*,1582—1591),可能还对"亨六(下)"起过点儿微不足道的影响,它的特殊重要性在于那块渗透了约克幼子拉特兰鲜血的手绢,被莎士比亚设计在第一幕第四场,玛格丽特拿它来折磨约克。这块手绢似应受到了《西班牙的悲剧》里那块反复出现的血手绢的影响，其实，它充其量只是一块被贯穿全剧的主人公希埃洛尼莫随身携带的浸了儿子霍拉旭鲜血的手绢。

莎士比亚为写戏，到底从多少人那里借过多少"原型故事"的债，没人说得清。也许随着时间的推移，会不断有新发现。这不，有人提出，"亨六（下）"可能还从中世纪的几个"神秘剧"（mystery cycles）里取材，因为这些人在第一幕第四场约克公爵受折磨，与《对耶稣的冲击和鞭打》（*The Buffeting and Scourging of Christ*）、《送交比拉多第二次审判》（*Second Trial Before Pilate*）和《审判耶稣》（*Judgement of Jesus*）这三部神秘剧中所描绘的耶稣受折磨之间，找到了相似性。另外，第一幕第三场中拉特兰被杀，也不无《滥杀无辜》（*Slaughter of the Innocents*）的影子。

也许，莎士比亚还从社会哲学家、作家、著名的文艺复兴人文主义者托马斯·莫尔（Thomas More，1478—1535）的《乌托邦》（*Utopia*）和《理查三世的历史》（*History of King Richard III*，1518）那里借了东西。至少，"亨六（下）"第五幕第六场，理查（格罗斯特，未来的理查三世）的一些独白，源自莫尔的《理查三世的历史》。

三、剧情梗概

（上）

第一幕

伦敦。亨利五世在威斯敏斯特教堂出殡，朝臣们前来送葬。法兰西摄政王贝德福德公爵感叹英格兰失去了一位英明的君主。护国公格罗斯特公爵深表赞同，认为亨利五世是能征服一切的真正国王。在温切斯特主教眼里，亨利五世对于法国人简直比可怕的末日审判更可怕。此时，亨利六世尚在襁褓，国王的叔叔格罗斯特和叔祖温切斯特为操控王权，展开宫廷争斗，两人你一言我一语唇枪舌剑互不相让。贝德福德唯有祈求亨利五世的在天之灵保佑王国免遭内战之乱。

一名信使从法兰西带来不幸的消息，英格兰在法兰西的领地吉耶纳、尚佩涅、鲁昂、兰斯、奥尔良、巴黎、吉索尔、普瓦捷，全部沦陷。不一会儿，又来一名信差，报告整个法兰西都背叛了英格兰。随后第三名信差带来噩耗，英勇的塔尔伯特勋爵在与法国人的鏖战中，陷入重围，成了法国人的俘虏。在这样的时刻，贝德福德表示愿亲率一万精兵赴法作战，温切斯特想的却是趁机劫走国王，自己把持朝政，掌控王国之船。

法兰西。法国王太子查理和阿朗松公爵、安茹公爵雷尼耶率法军行进到奥尔良附近，他们没把饿肚子的英军放在眼里。结果，两军交手，法军战败。这时，奥尔良的私生子带来一位全副武装的圣少女琼安(后世被封为圣女贞德)。琼安向查理宣称，圣母玛利亚向她这位牧羊女显圣，答应帮她解救国家的灾难，并保证成功。查理不仅相信琼安，还向这位非凡的少女求爱。琼安表示不接受任何求爱，等完成上天赋予的神圣事业，驱逐敌人之后，再作考虑。琼安鼓励法军士兵："胆怯的懦夫们，我做你们的护卫，战斗到最后一息！"

伦敦。格罗斯特公爵担心有人耍花招，打算进入伦敦塔巡查。但伦敦塔的守卫已接到温切斯特主教的命令，不论谁，一律不准进塔。不甘示弱的格罗斯特的仆人们，开始冲击伦敦塔大门，与塔门处的温切斯特的仆人们大打出手。在一片喧嚣骚乱中，伦敦市长赶来，命治安官宣读公告："今天凡携带武器聚集于此，扰乱上帝和国王治安者，我们以国王的名义，命令你等各回居所，以后不得佩戴、操持或使用任何刀剑、武器或匕首，违者一律处死。"械斗双方这才停止冲突。

法兰西。通过交换战俘，塔尔伯特又回到驻守奥尔良的英军。法军突然开炮，将奥尔良守将索尔斯伯里炸死。塔尔伯特誓言与法军决一死战。两军再战，英军溃败，琼安率法军进入奥尔良城。她履行了诺言，让法军战旗在奥尔良城头飘扬。查理欣喜若狂，高喊法兰西从没降临过比这更大的祝福，表示愿将法兰西王冠分她一半，要为她树立一座宏伟的金字塔，而且，在她死后，"我们不再欢呼圣丹尼斯，圣少女琼安将是法兰西的圣人"。

第二幕

法兰西。法军胜利之后，心无挂碍，痛饮狂欢一整天。塔尔伯特与从英格兰赶来的贝德福德会师，并同勃艮第公爵合兵一处，架起攻城的云梯，对奥尔良发动夜袭，一举夺回城池。查理怀疑圣少女琼安施了巫术，故意让法军先赢后输。琼安怪法军守备松懈，才遭此横祸。法军四散奔逃。

英军进城。塔尔伯特厚葬阵亡的老索尔斯伯里，他要把奥尔良上一次怎么遭洗劫、老索尔斯伯里如何中计痛心而死、生前多么令法兰西胆寒，刻在墓碑上。

奥弗涅伯爵夫人派来信差，邀请神勇的塔尔伯特去她住的城堡做客。贝德福德说此举不合礼数，担心有诈。塔尔伯特倒想试一下这位夫人的"待客之道"。

奥弗涅城堡。伯爵夫人一见塔尔伯特，直言相告此番诱他前来，只为活捉他，因为他以残暴的手段，毁我国家，杀我百姓，掳走我们的儿子、丈夫。塔尔伯特笑伯爵夫人愚蠢之极。原来他早有防备，随着一声号角，招来众士兵。伯爵夫人见阴谋败露，只得假意表示，为能在家里款待塔尔伯特这样伟大的战士深感欢喜、荣耀。

伦敦。中殿一花园内。理查·普朗塔热内与萨默赛特发生争执。最后，理查宣称，凡真正显赫、愿保持自身荣耀的贵族，若认可他所陈述的事实，便摘下一朵白玫瑰。萨默赛特针尖对麦芒，称谁若不是懦夫或谄媚之人，并敢于维护真理，就摘下一朵红玫瑰。沃里克随理查摘下一朵白玫瑰，萨福克摘下一朵红玫瑰。此时，弗农提议，双方应先达成共识，哪方摘的玫瑰少算输。理查和萨默赛特虽嘴上说接受提议，却仍唇枪舌剑，萨默赛特侮辱理查的父亲、剑桥的理查伯爵，因叛国罪被亨利五世处决，其财产、尊号被剥夺，连世袭的高贵身份也遭免除，在这些恢复之前，理查顶多算个自耕农。理查辩解，当初父亲虽被捕，财产、权利并未被剥夺，而且，父亲因叛国罪被判死刑，却不是叛徒。沃里克向理查保证，一定要在下次议会时把约克家族身上的污点清除，让他受封约克公爵。沃里克预言，今天这场由争吵生成的对峙，将把红玫瑰和白玫瑰两派共一千颗灵魂，送入死亡和死寂的黑暗。

理查·普朗塔热内来到伦敦塔，向在此囚禁多年的舅舅埃德蒙·莫蒂默了解父亲之死的真相。莫蒂默告诉理查，他是遭当今国王的祖父亨利·布林布鲁克废黜的理查二世的合法继承人。理查的父亲娶了莫蒂默的妹妹，因密谋拥莫蒂默登上王位，兵败垂成，丢了脑袋。莫蒂默无儿无女，当即宣布理查便是他的合法继承人。理查认定父亲被处死完全是血腥的暴政。莫蒂默警告外甥，兰开斯特家族树大根深，像一座大山，无法根除，说话要管住嘴，做事一定要谨慎。最后，莫蒂默祝理查顺意、吉祥，说完便断了气。

第三幕

伦敦。议会大厦。护国公格罗斯特公爵与温切斯特主教相互指控，格罗斯特指控温切斯特为害自己性命，在伦敦桥和伦敦塔设下圈套，如此下去，恐怕国王也免不了遭其毒手。温切斯特矢口否认，辩称如果自己贪婪、有野心，怎么会那么穷？除非受到挑衅，否则，没人比他更爱和平。年幼的亨利六世深知内部纷争是一条啮食联邦脏腑的毒蛇，他恳求格罗斯特叔叔与温切斯特叔祖二人同心，和睦、友爱。此时，外面传来一阵喧哗嘈杂。原来，主教和公爵的仆人们又在街头打起来了。市长严禁携带武器，两家仆人分成两拨，互相朝对方脑袋扔石头。双方打得头破血流。最后，在国王和沃里克多次劝说下，格罗斯特和温切斯特勉强答应讲和，但心底的怨恨丝毫未消。沃里克上书国王，提出让理查恢复世袭权利，并对理查父亲所受的冤屈做出补偿。国王当即慨允，答应把约克家族的所有世袭权利给予理查。理查·普朗塔热内受封为有王室血统的约克公爵，理查表示将尽心效忠国王，要叫对国王心存怨恨之人灭亡。格罗斯特建议国王眼下正适合渡海去法兰西，举行加冕典礼。见此情景，埃克塞特公爵担心亨利五世在位时，连每一个吃奶婴儿都会念叨的可怕预言就要应验：生在蒙茅斯的亨利五世赢得的一切，将被生在温莎的亨利六世输个精光。

法兰西。鲁昂城前。少女琼安和查理王太子夜袭得手，攻占鲁昂城，塔尔伯特败退。但很快，塔尔伯特联手勃艮第，英军再次收复鲁昂，法军溃逃。塔尔伯特认为，鲁昂在一天之内失而复得，这是双重的荣誉。

鲁昂附近平原。少女琼安劝法军不必为丢掉鲁昂灰心、悲痛，只要各位听她的，法军必将把塔尔伯特骄傲的尾巴上的羽毛拔下来。她心生一计，要凭好言相劝，加甜言蜜语，诱使勃艮第公爵脱离塔尔伯特。

英军行进中，勃艮第的部队殿后。见此，琼安深感命运眷顾，立即命人吹响谈判号。琼安称勇敢的勃艮第是法兰西真正的希望，她是以卑微侍女的身份前来劝说："看看你的国家，看看丰饶的法兰西，再看看那些被残忍之敌毁成废墟的城镇！"琼安慷慨陈词，既动之以情，又晓以利害："从你国家的胸口刺出一滴血，应比把外国人刺得淌血更叫你痛心！因此，回转身，以泉涌的泪水，洗掉粘在你国家身上的污点。……回头，误入歧途的大人，查理和我们所有人将把你抱入怀中。"琼安这番激烈的言辞像呼啸的炮弹击中了勃艮第，他被征服了，答应背弃塔尔伯特，回到法兰西的怀抱。

巴黎。塔尔伯特觐见亨利六世，愿将征战法兰西攻城夺地取得胜利之荣耀，首先归于上帝，再归于陛下。为奖赏塔尔伯特的卓越战功，亨利六世封塔尔伯特为什鲁斯伯里伯爵，并请他参加自己的加冕典礼。

第四幕

巴黎。宫中大殿。温切斯特主教把王冠戴在亨利六世的头上，为他加冕。格罗斯特要巴黎总督跪下，发誓效忠国王。这时，奥尔良之战中的逃兵福斯多夫，带来一封勃艮第公爵写给亨利六世的绝交信。塔尔伯特痛骂福斯多夫无耻、卑贱，把他大腿上的嘉德勋章吊袜缎带扯下来，骂他懦夫，不该戴这个骑士装饰物。勃艮第在信里明确声明："我放弃与你们破坏性的联盟，与查理，法兰西的合法国王，携手联合。"亨利六世十分气愤，称这是惊天的背叛，命塔尔伯特对这虚伪的欺诈给予惩罚。

约克公爵(理查·普朗塔热内)的随从弗农要与萨默赛特的随从巴塞特决斗，约克和萨默赛特也争吵起来。亨利六世极力劝解，恳请他俩不要因为无聊的私事闹得如此分裂对抗："一旦各国君王获知亨利王身边的同僚和贵族首脑，竟为一点儿微不足道的琐事自相毁灭，丢掉法兰西领地，那将引来怎样的骂名！啊！想一下我父亲当年的征服，想一下我年纪还小，别为一件小事便把咱们用血买来的领地断送！"说完这番肺腑之言，他戴上一朵红玫瑰，并表示他对约克和萨默赛特毫无偏心，希望他们"像忠心的臣民和你们先辈的儿子一样，欢心同往，在敌人头上消化愤怒的胆汁"。亨利六世先返回加莱，等待胜利的消息。

法兰西。波尔多城前。塔尔伯特把守军统帅召上城墙，劝他开城投降，否则将波尔多夷为平地。法军统帅严词拒绝，并直言相告："你两侧都有部队严阵以待，叫你插翅难逃；你没办法求援，只能眼睁睁面临毁灭，遭逢死一般的毁灭！"远处响起战鼓，塔尔伯特发现自己身陷重围。

法兰西。加斯科涅平原。刚被国王任命为法兰西摄政的约克公爵得知塔尔伯特"被一条铁箍围困，濒临无情的毁灭"。他打算马上派出援兵，可他征召来的骑兵全被萨默赛特扣住。无奈之下，他只有一面希望上帝救助塔尔伯特；一面悲叹塔尔伯特一死，英格兰的荣誉将丧失殆尽，而这一切全怪萨默赛特那个邪恶的叛徒。前来禀报军情的路西爵士，也不由哀叹："当内讧的秃鹫在这些伟大将领的胸膛啄食之际，那些慵懒懈怠之徒，就这样把我们刚死不久的征服者、永活在人们记忆里的亨利五世打下的江山断送了。"

法兰西。加斯科涅平原另一处。路西爵士找到萨默赛特，说被绝境所困的塔尔伯特吁求高贵的约克和萨默赛特，击退攻击他薄弱军队的死神。萨默赛特表示拒绝："约克鼓动他出战，应由约克派兵支援。"路西爵士抱怨："约克也急着怪罪殿下，骂您把他专为这次远征招募的军队扣住不发。"萨默赛特辩称："约克说谎，他可以派人来，把他的骑兵叫走。我不欠他责任，更不欠情分，犯不着自取其辱派兵讨好他。"路西爵士深感绝望："现在，是英格兰的欺诈，而不是法兰西军队使豪迈的塔尔伯特落入陷阱。"萨默赛特答应救援。

英法两军交战。塔尔伯特之子约翰被围，塔尔伯特上前营救。塔尔伯特劝儿子逃离战场，约翰却以父亲赢得的一切荣耀起誓，身为塔尔伯特之子，理应死在他脚下。父子俩为英格兰的荣耀拼死血战，最后双双殒命。法军大获全胜，查理王太子感到有些后怕："约克和萨默赛特若及时救援，今天必是个血腥之日。"

路西爵士来到法军营帐，表示希望把"战场上伟大的阿尔喀德斯，神勇的塔尔伯特勋爵，什鲁斯伯里伯爵"的尸体运回英国。奥尔良的私生子恨不得把塔尔伯特的尸骨剁碎。查理认为塔尔伯特生前是英格兰的荣耀、高卢的祸根，但不应凌辱他的尸体。他同意路西爵士把塔尔伯特的遗体运走。

第五幕

伦敦。王宫。亨利六世分别收到罗马教皇和神圣罗马帝国皇帝的来信，希望英法两个王国缔结神圣的和平。同时，法兰西一位强权人物、查理的近亲阿马尼亚克伯爵来信提议联姻，要把独生女儿嫁给亨利六世，并陪送一大笔奢华的嫁妆。出于上帝之荣耀和国家之福祉，亨利六世答应结亲，命此时已升任红衣主教的波弗特出使法国，缔结和约。

法兰西。安茹平原。查理王太子和圣少女琼安得到消息，原先分成两派的英军已合兵一处，马上要来进攻。

法兰西。昂热城前。英法两军交战。魔咒、护身符不再显灵，琼安成了约克公爵的俘虏，法军溃败。战斗中，萨福克俘虏了穷得叮当响的那不勒斯国王雷尼耶的女儿玛格丽特。他见玛格丽特貌美如花，本想趁机占有，却又不敢，便打起如意算盘：让她成为亨利六世的王后，叫她听从自己。于是，他来到雷尼耶的城堡，说要替国王操办这桩婚事。雷尼耶欣然同意，把女儿的手交给萨福克，算作订婚的标志。

法兰西。约克在安茹的营地。约克公爵把圣少女琼安视为女巫，判处火刑。一位老牧人赶到刑场，坚称自己是琼安的父亲。琼安拒不相认，声称自己有王族血统，神圣又尊贵，骂牧人是乡巴佬,叫他滚。行刑前,为保住性命,琼安称自己有孕在身:"你们这群血腥的杀人犯,直管拖我去暴死,万不可谋杀我胎宫中的果实。"约克公爵痛骂圣少女怀孩子——上天不容! 琼安说不清孩子父亲是谁,被约克和沃里克骂为娼妓,一向放荡、淫乱。约克命人把琼安押下,执行火刑。

温切斯特把国王的授权书交给约克公爵,说自己代表国王前来与法国和谈。约克十分恼怒,立刻反问:"那么多贵族,那么多将领、绅士、士兵,为国卖命,在这场纷争中倒下,最终却要达成柔弱的和平? 我们伟大祖先征服的所有城镇,难道没因谋反、欺诈,没因背叛,丧失殆尽吗?"他仿佛看到英格兰的所有法兰西领地全部沦陷。经过一番讨价还价,查理最终答应了英方的条件,同意向亨利六世发誓效忠纳贡,并担任英国国王属下法国总督一职,并可享有国王之尊荣。

伦敦。王宫。萨福克将玛格丽特的美貌描绘得奇妙罕见,虽令亨利六世惊讶,但玛格丽特的贤德,却连同她天赋的美貌一起,在国王心底扎下爱的情根。萨福克极力赞美玛格丽特还有更多天资,称其不仅神圣、卓尔不凡、无人不欢喜,而且心地谦恭、温顺,尤其愿"听从美德贞洁的指令,把亨利当主人爱戴、尊崇"。亨利六世当即同意玛格丽特做英格兰的王后。格罗斯特提醒国王,已与阿马尼亚克伯爵之女订婚在先,怎能撤掉婚约,令荣誉丢丑受损? 萨福克反驳:"一个穷伯爵的女儿不般配,所以撕毁婚约不算罪过。"然后,萨福克刻意强调:"谁是陛下婚床伴侣,不由我们所想,全凭陛下所爱。……强迫的婚姻,一辈子不和,争吵不休,不算地狱算什么? 反过来,自主的婚姻带来天赐之福,成为天堂和睦的典范。亨利是国王,除了把玛格丽特——一个国王的女儿,嫁给他,还有谁配?"一番陈词打动了亨利六世,尽管他感到胸膛里"冲突如此激烈,希望与恐惧交战如此凶猛,害得我思虑重重,如在病中"。但他终下决心,命萨福克"速去法兰西!任何条款都同意,确保那玛格丽特小姐肯屈尊前来,渡海到英格兰加冕",做亨利王的忠实王后。

格罗斯特内心惆怅。萨福克心中窃喜,他盘算的是:"玛格丽特一当上王后,管住国王;我便能支配她,操控国王,统治王国。"

(中)

第一幕

伦敦。王宫。萨福克替亨利六世将玛格丽特迎娶回英格兰,国王被玛格丽特的美貌和谈吐迷醉,喜极而泣。但格罗斯特公爵看到合约条款写明,英格兰为迎娶玛格丽特,要将安茹公爵领地和缅因伯爵领地让予玛格丽特之父,突然感到一阵恶心。国王却非常满意,当即封萨福克为第一任萨福克公爵,命其准备王后的加冕典礼。在格罗斯特眼里,这是一纸可耻的盟约,他慷慨陈词,说这桩致命的联姻将抹掉英格兰贵族留存青史的英名、荣誉,清除他们载入记录的功勋,并把英格兰征服法兰西的史册里的一切尽毁!索尔斯伯里为失去两块领地深感痛心;沃里克更为此流泪,因为安茹和缅因是他用双臂征服来的;约克公爵觉得该把萨福克闷死,因为"他使我们这勇武的岛国的荣耀变暗"。盛怒之下,格罗斯特撂下一句预言"过不多久,法兰西必丢",拂袖而去。

温切斯特一心想除掉格罗斯特,自己当护国公,趁机提出与萨福克、白金汉公爵和萨默赛特公爵联手把"汉弗莱公爵的位子弄掉"。温切斯特刚一走，萨默赛特马上提醒白金汉，这位骄狂的主教更是傲慢得难以容忍。

约克公爵、索尔斯伯里和沃里克都十分厌恶一副恶棍嘴脸的温切斯特，尤其约克公爵，早在心里把所有法兰西领地归了自己，因为他要从国王"幼小的拳头"里夺取权杖、戴上王冠，"那才是我要击中的黄金标靶"。他打算故意向格罗斯特示好，等他与贵族们陷入冲突，再"把乳白色玫瑰举在空中，让空气弥漫甜美的芳香，在我战旗上绣配约克的盾徽，与兰开斯特家族放手一搏"，用武力逼国王交出王冠。

伦敦。格罗斯特公爵府。公爵夫人埃莉诺怂恿丈夫夺取"国王亨利那镶满世间一切荣耀的王冠"。格罗斯特劝她，如真爱丈夫，便快把这野心的烂疮割除。格罗斯特告诉妻子，他梦见自己的护国公权杖被红衣主教弄断，不知预示何意。埃莉诺告诉丈夫："梦见我坐在威斯敏斯特教堂庄严的宝座上，那张历代国王、王后用来加冕的王座。亨利和玛格丽特跪在那儿，把王冠戴在我头上。"格罗斯特骂埃莉诺放肆。

埃莉诺趁丈夫奉王命去圣奥尔本斯陪同国王狩猎，招休姆修士进府。休姆告诉埃莉诺，女巫玛格丽特·乔丹和巫师罗杰·布林布鲁克答应"从地下深处唤出一个幽灵，向殿下显灵，对您的问题逐一解答"。埃莉诺怎么也想不到，红衣主教和萨福克看出她有野心，花钱雇了休姆，特来设计害她。

伦敦。王宫。几位请愿者打算把请愿书交给格罗斯特，请他主持公道，却与萨福克和玛格丽特不期而遇。请愿者甲指控红衣主教的仆人占了他的房子、土地、老婆和一切，请愿者乙指控萨福克公爵圈占公地。彼得要告自己的师傅托马斯·霍纳把约克公爵说成王位合法继承人。在玛格丽特逼问下，彼得交代，他师傅还说过当今国王是个篡位者。萨福克立刻命人把彼得押进王宫，再派人去传唤霍纳。

玛格丽特瞧不起懦弱的国王丈夫，她向萨福克抱怨："除了傲慢的护国公，还有那个专横的教士波弗特、萨默赛特、白金汉和牢骚抱怨的约克；在英格兰，这些人里最不顶事儿的那个，都能比国王更有作为。"萨福克告诫，最有能耐的是内维尔父子，索尔斯伯里和沃里克谁都不简单。不过，玛格丽特最恨在宫中招摇穿行、一副女皇架势的埃莉诺。萨福克出主意，务必跟红衣主教和贵族们联手，先让汉弗莱公爵蒙羞受辱，再拿刚才的请愿书做文章扳倒约克，"终将他们一个个铲除，您便能亲手独掌舵柄"。

为约克和萨默赛特谁更胜任法国摄政一职，约克、索尔斯伯里、沃里克与波弗特红衣主教、白金汉、萨默赛特，两派争执不下。玛格丽特表态，让萨默赛特出任是国王的意思。格罗斯特看不惯女人问政，说该让国王自己定夺。玛格丽特大怒，与红衣主教、萨默赛特、白金汉联手向格罗斯特群起攻之，列罗罪名：祸害百姓，把教会的钱袋子敲诈勒索得又瘪又瘦；豪华的公爵府和公爵老婆的衣装耗掉大笔公款；对犯人的酷刑已超过法律限度；在法兰西出卖官位和城镇。格罗斯特负气离开。玛格丽特命埃莉诺把掉在地上的扇子捡起来，骂她骚货，并打了她一耳光。亨利六世劝埃莉诺婶婶安静，说王后不是故意的。埃莉诺怒道："趁早当心，她会束缚住你，像孩子一样逗弄。"

格罗斯特回来，怒火全消。出于对国王和王国义不容辞的责任，他提议"摄政在法兰西领地，约克是最合适的人选"。萨福克反对。约克不满萨福克，恶语相向，沃里克趁机帮腔。正此时，宫廷侍卫押霍纳师徒进宫，萨福克一下将矛头对准约克，指控他犯下叛国罪。面对萨福克质问，霍纳矢口否认。约克恳请国王依法严惩诬告他的彼得。国王向格罗斯特叔叔讨主意，格罗斯特认为约克已有嫌疑，应由萨默赛特出任法国摄政。国王认同，另外，要霍纳师徒择日决斗。

伦敦。格罗斯特公爵府。休姆请来女巫乔丹和巫师索斯维尔、布林布鲁克，埃莉诺念咒招魂。雷电交加，魔鬼旦撒现身。乔丹念了三张字条，让旦撒分别说出国王、萨福克和萨默赛特的结局、命运，旦撒逐一回答：国王的结局是"公爵尚在，亨利废黜；比他长寿，暴毙而亡"（意即亨利将被公爵废黜）。萨福克将"因水而死，了却一生"。萨默赛特要"避开城堡。让他待在沙地平原，那儿比山上高耸的城堡更安全"。旦撒答完退下。突然间，约克和白金汉偕护卫闯入，以反贼的罪名将埃莉诺抓捕。

第二幕

圣奥尔本斯。在亨利六世面前，护国公格罗斯特与玛格丽特、波弗特红衣主教、萨福克发生争吵，几个人轮番攻讦格罗斯特阴毒、危险、傲慢、野心勃勃。格罗斯特对波弗特心里的算盘一清二楚，奉劝他藏好自己的恶意。随后，格罗斯特当着众臣和涌进宫的镇民面，戳穿了睁眼瞎的瘸子辛普考克斯假造的半小时内能看见东西的神迹。

白金汉带来消息：埃莉诺伙同一帮恶人勾结女巫和巫师谋划危害王权，向从地上唤起的邪魔问询国王之生死，被当场抓获。格罗斯特一面自辩清白，一面表示与埃莉诺断绝夫妻关系，把她交由法律惩处，因为她侮辱了格罗斯特家族诚实的名誉。

伦敦。约克公爵的私人花园。约克请索尔斯伯里和沃里克，对他是否拥有英格兰王权的牢靠继承权发表看法。约克从爱德华三世谈起，讲到兰开斯特公爵亨利·布林布鲁克以亨利四世之名，废黜合法国王（理查二世），加冕为王，夺取王国。布林布鲁克是爱德华三世第四个儿子冈特的约翰的长子兼继承人，而约克跟爱德华三世的第三个儿子克拉伦斯公爵莱昂内尔有血缘关系，凭这个，约克认定自己比当今国王拥有优先继承权。索尔斯伯里和沃里克父子俩，当即喊约克："我们的理查君王，英格兰的国王，万岁！"沃里克向约克保证，总有一天，定让约克成为国王。约克也马上表示，有朝一日，在英格兰，除了国王，理查必使沃里克伯爵成为最伟大的人。

伦敦。一审判庭。亨利六世宣判，埃莉诺一伙人罪恶巨大，当处死刑：把女巫烧成灰；另外三人绞死；埃莉诺出身高贵，剥夺荣誉终身，于三天公开忏悔后，流放马恩岛。格罗斯特心痛欲绝，满眼含泪，却不能为有罪的妻子申辩。格罗斯特先行告退，国王命他交出护国公的权杖。玛格丽特添油加醋："我看不出有什么理由，一个成年君王要像个孩子似的受监护。——让上帝和亨利王统治英格兰王国！——交出权杖，先生，把王国还给国王。"她为扳倒了格罗斯特、放逐了埃莉诺，深感得意。萨福克眼见格罗斯特"这棵巨松如此倒下"，大喜过望。

决斗场。霍纳与彼得师徒俩开始决斗。随着一声号响，俩人交手，彼得将霍纳打倒。霍纳临死前，承认自己犯下叛国罪。国王认定彼得忠诚、清白，叫他领赏。

伦敦。一街道。格罗斯特来看受惩罚的埃莉诺游街示众，他要以一双泪眼目睹她的苦难。赤着脚，身披悔罪者所穿的白色亚麻布片，背贴罪状的埃莉诺，手持点燃的蜡烛走到丈夫面前，她要让这位汉弗莱公爵看看，当他孤苦的公爵夫人被每一个跟在后面的愚蠢贱民看作一个奇观和一个嘲笑对象时，他却只能站立一旁。她告诫丈夫要当心玛格丽特、萨福克，还有约克和虚伪、淫邪的波弗特联手设计害他。格罗斯特坚信，只要自己不违法，便不能被定叛国罪。

第三幕

贝里圣埃德蒙兹。修道院。国王见格罗斯特没来参加议会，深感诧异。玛格丽特挑拨说，格罗斯特对她失去了往日的温和、友善、谦恭，近来变得傲慢、骄狂、专横，她提醒国王："汉弗莱在英格兰可不是小人物。先注意他的血统跟你很近，你若倒下，便轮到他上位。""他靠说恭维话赢得民心，到时候他想造反，恐怕民众都会跟着。"萨福克随声附和，说埃莉诺一定受了格罗斯特的煽动，意图推翻国王。波弗特、约克、白金汉，也分别给格罗斯特罗织罪名。但国王认定格罗斯特对王室绝无叛逆之意，说他"清白得犹如喝奶的羔羊或温柔的鸽子"。"公爵贤德、温和、一心向善，不会梦想作恶或把我弄垮。"玛格丽特挖苦格罗斯特有鸽子的羽毛，乌鸦的本性，羔羊的外表，贪婪的狼性。这时，萨默赛特带来消息，英国在法兰西所有领地上的权益全部丧失。

格罗斯特刚来到议会，萨福克便宣布以叛国罪逮捕他。格罗斯特自辩对国王忠心可鉴，绝无叛逆。约克向国王揭发，有人说格罗斯特接受法兰西贿赂，扣留兵饷，由此造成英国失去法兰西。格罗斯特否认，说自己从未剥夺士兵军饷，也没收过法兰西一分钱。约克不依不饶，指责格罗斯特在担任护国公期间，为罪轻的犯人想出古怪的酷刑，使英格兰落下暴政的恶名。格罗斯特坚称自己一向心存悲悯，只对重刑犯用过酷刑。萨福克坚决要以国王的名义逮捕格罗斯特，交红衣主教看守，择日审判。见此，国王只希望格罗斯特能洗净一切嫌疑："良心告诉我，你是清白的。"格罗斯特愤怒至极，他向国王痛斥："波弗特一双闪光的红眼透出心底的歹意；萨福克阴郁的眉头露出狂暴的憎恨；无情的白金汉凭舌头卸下压在心头嫉妒的重负；狗一样的约克，想抓月亮。我把他伸得过长的手臂拽回来，于是他拿诬告瞄准我的性命。"然后，他怒斥玛格丽特"伙同其他人，毫无缘由地把耻辱加我头上，竭尽所能把我最亲爱的君王挑唆成我的敌人"。

国王十分悲伤。他最清楚格罗斯特正直、诚实、忠诚，他不明白："到底是哪颗扫帚星对你的权位心怀歹意，非要叫这些亲王显贵和我的王后玛格丽特，想法毁灭你无辜的生命？"

国王刚离开议会，玛格丽特便对红衣主教、约克和萨福克说，该尽快除掉格罗斯特。几个人都想让格罗斯特死，却又怕民众为救他而造反。最后，红衣主教答应弄死格罗斯特的事包在他身上。

一个信差送来消息：爱尔兰叛乱。红衣主教提出，希望约克从各郡挑选精兵去爱尔兰平叛。萨福克赞同。这正中约克下怀，他暗自得意："这计策真妙，拿一支军队打发我走，只怕是温暖了一条僵冷的蛇，把它藏在怀里，它就要刺痛你们的心。"他要趁机在爱尔兰养壮一支强大的军队，然后"在英格兰激起一场黑色的暴风雨，把一万个灵魂吹进天堂或地狱"，直到戴上英格兰的王冠。他打算诱惑肯特郡一个倔小伙儿约翰·凯德，让他借约翰·莫蒂默之名激起叛乱，然后由此观察公众的想法，看他们对约克家族及其权力的要求有何反应。

贝里圣埃德蒙兹。宫中一室。两个刺客奉萨福克之命，杀死了格罗斯特汉弗莱公爵，之后，国王上朝，先恳请各位不要对格罗斯特太过严厉，要拿出真凭实据，证明他确实犯有谋反之罪，然后让萨福克去请格罗斯特。萨福克假意去请，回来告知格罗斯特已死在床上。国王当即晕倒。等国王醒来，觉得萨福克心里有鬼，命他从"眼前滚开""你两只眼球露出谋杀的残暴，冷酷威严的目光，吓死世人"。玛格丽特替萨福克说情，国王为格罗斯特之死感到痛心。随着一阵喧哗，沃里克和索尔斯伯里领着一群愤怒的民众闯进宫，谴责萨福克和红衣主教波弗特用奸计害死了格罗斯特。沃里克引国王查看格罗斯特的尸体："面色发黑，满脸瘀血，眼球外凸，比活着时还厉害，充满惊恐地死盯着，像一个被勒死的人；他头发竖起，鼻孔因挣扎撑大；两手极力外伸，好像一个求生之人死抓活拽着生命，终被强力制服。"而且，床单上粘着头发；梳理匀称的胡子，被弄得凌乱蓬松。由此判断，格罗斯特必被人害死无疑。沃里克与萨福克正要决斗，被国王制止。

又一阵骚乱。索尔斯伯里向国王转告民众的意愿："若不立刻处死虚伪的萨福克，或将其逐出美丽的英格兰国土，他们就用暴力把他从您宫里弄走，再用酷刑慢慢折磨死他。"国王下令，放逐萨福克，限期三日离境，违令处死。

萨福克向玛格丽特告别。俩人依依不舍。萨福克不断发出诅咒，玛格丽特不时温情安慰。玛格丽特吻着萨福克的手，做今生的生死别离。萨福克只愿王后活得自享其乐，说自己唯一的快乐，是知道王后活在世上："死你身边，不过在笑语中死去；离你而死，那比死亡更受罪。"最后，两人缠缠绵绵亲吻而别。

伦敦。红衣主教寝室。波弗特突发重病，躺在床上，大口喘气，眼神发死，两手抓挠，辱骂上帝，诅咒世人。有时唠叨几句，好像身边有汉弗莱的幽灵；有时呼叫国王，对枕头喃喃低语，仿佛向国王吐露不堪重负的灵魂的秘密。

国王和索尔斯伯里、沃里克父子俩前来探病。国王见波弗特陷入死亡前的惊恐，不由得说"这是个多邪恶的生命的征兆！"弥留之际的波弗特对国王说着胡话："随您挑时间，带我去受审。""给我喝点儿什么，叫药师把我从他那儿买的剧毒的药送来。"

波弗特死了。沃里克为此感到解气："如此糟糕的死法见证一个丑恶的生命。"国王却表示："切莫裁决，因为我们都是罪人。"

第四幕

肯特海岸。押送萨福克流放的船遭遇海盗，萨福克死于惠特莫尔之手。见此野蛮、血腥的景象，同行的绅士要把萨福克的尸体带给国王，让他生前爱他的玛格丽特王后替他报仇。

布莱克希思。织布匠杰克·凯德自称约翰·莫蒂默，乃莫蒂默家族的后裔，受神灵召感要撂倒国王和诸侯。他鼓动屠户、木匠等乡人起兵造反，宣称等自己当了国王，便取消钱币，"所有吃喝都记我账上，我要大家全穿一样的制服，情同手足，奉我为主人"。

义军与斯塔福德爵士和他弟弟率领的国王的军队相遇。为了身份对等，凯德自封骑士。双方交战，义军获胜。凯德把斯塔福德的铠甲穿在身上，命人将斯塔福德兄弟俩的尸体拴在他的马蹄子上。他要杀向伦敦。

伦敦。王宫。亨利六世接到杰克·凯德的请愿书，凯德发誓要把出卖了缅因公爵领地的赛伊勋爵的脑袋揪下来。但国王宁愿跟凯德谈判，也不愿让更多人流血。玛格丽特王后对着萨福克的首级，痛断肝肠："野蛮的恶棍！这张可爱的脸，曾像一颗漫游的星辰支配过我，难道不能强迫那些不配看这张脸的人心肠变软？"她不想哀悼，只求一死。

信差来报，叛军已到南华克。杰克·凯德自称莫蒂默勋爵，克拉伦斯公爵家族之后，公然称亨利六世是篡位者，誓在威斯敏斯特教堂加冕为王。叛军是一群破衣烂衫且粗鲁、凶残的乡巴佬和农民，将所有学者、律师、朝臣、绅士称为虚伪的毛毛虫，要把他们全都弄死。不一会儿，又有信差禀报，杰克·凯德夺取了伦敦桥，市民们弃家出逃，暴民们伺机掠夺，与反贼联合，共同发誓要洗劫伦敦城和王宫。白金汉让国王先退到基林沃林暂避一时，等他召集军队击退叛军。

伦敦。坎农街。叛军杀入伦敦城，凯德成了伦敦的主人。他坐在城中心的伦敦石上，下令："在我统治的头一年，这根撒尿管儿（下层人引水用的公共喷泉）只准流红葡萄酒，花销算在市府头上。从今往后，谁见了我不叫莫蒂默勋爵，一律定叛国罪。"

伦敦。史密斯菲尔德。叛军与市民和马修·高夫所率国王军队组成的联军交战,凯德获胜,马修·高夫被杀。凯德下令捣毁兰开斯特公爵府邸萨沃伊宫,把律师学院也毁掉。叛军抓住了赛伊勋爵,凯德自称陛下,审问赛伊。他认为赛伊"顶顶叛逆,建了一所文法学校,毁了王国的青年"。凯德把叫人用印刷机、建造纸厂、任命治安法官等,都算作赛伊的罪状。赛伊辩解自己没出卖缅因,没弄丢诺曼底,相反,他宁愿豁命去收复它们:"我见无知乃上帝诅咒之物,知识才是我们借以飞向天堂的翅膀,除非邪恶的精灵附体,你们必能断了杀我的念头。"凯德下令将赛伊砍头,并命人用竹竿挑着赛伊和他女婿的两颗人头游街示众。

泰晤士河北岸伦敦桥附近。白金汉和克里福德率国王的军队前来平叛,他们向凯德的暴民们宣告:"听好,凯德,我们是国王派来的使臣,在这儿向被你误导的民众宣告,凡弃你而去、和平返家者,一律赦免。"克里福德乘势晓以利害:"你们愿发善心,屈从给你们的仁慈,还是让一个暴民把你们引向死亡?"众人背弃凯德,抛帽高呼"上帝保佑国王!"凯德不甘失败,痛骂这些下贱的农民:"你们全是胆小鬼和懦夫,乐意在贵族奴役下过日子。让他们用重担压断你们脊背,夺去遮住你们头顶的房子,当你们的面强奸你们妻女。"暴民们再次奔向凯德,高喊:"我们跟着凯德!"克里福德耐心奉劝:"你们这么嚷着要跟凯德走,他是亨利五世的儿子吗?他能领着你们穿过法兰西腹地,把你们中最贫贱的人封为伯爵、公爵?⋯⋯与其向法国人的怜悯屈尊,不如让一万个出身低贱的凯德毁灭。去法兰西,去法兰西!把你们丢掉的夺回来。饶过英格兰,因为它是你们的本土。亨利有钱,你们有力量,一身汉子气;上帝在我们这边,我们必胜无疑。"众人再一次抛弃凯德,高喊:"我们愿跟随国王和克里福德!"绝望之下,凯德悲叹"可曾有羽毛像这群民众,这么轻轻一吹便来回摇摆"。他不抱怨上天,只恨追随者下贱,无耻叛变,逼得自己拔腿就跑。

肯纳尔沃斯城堡。亨利六世自问世上可有哪位享受王座的国王比他更快乐?出生九个月就当上了国王。可他多么渴望只做一个臣民。白金汉和克里福德禀告,反贼凯德逃了,叛军全部投降,听凭国王判决生死。虔信上帝的国王心怀悲悯,宽恕了所有参与叛乱的人,让他们就地解散,各自回乡。这时,信差来报,约克公爵刚从爱尔兰回来,率领一支由爱尔兰斧头兵和轻步兵组成的精锐部队,正以骄傲的队列向肯纳尔沃斯城堡行进。一路上,约克不断声明,他率军前来只为铲除卖国贼萨默赛特公爵。国王深感自己夹在凯德和约克中间遭罪,好比一艘船,刚逃过一场暴风雨,风暴平息,又眼见一个海盗上了船。为平息事态,他不得不下令将萨默赛特关进伦敦塔。

肯特郡。凯德藏身一片树林,每天靠摘生菜为生,五天没吃有到肉。他翻过一道墙,进入乡绅伊登的花园,正与伊登相遇。凯德粗言恶语侮辱伊登,伊登大怒。二人拔剑交手,伊登杀了凯德,他要砍下凯德最缺神之恩典的脑袋,以胜利的姿态把它交给国王。

第五幕

肯特郡。达特福德和布莱克希思之间的田野。约克这次从爱尔兰领兵回来,目的只有一个:把软弱的亨利头上的王冠摘下来。

作为国王的使者,白金汉要约克说清在和平年头动刀兵的理由。否则,擅自召集一支军队,逼近宫廷,便是对国王不忠,意图谋反。约克强压怒火，声称"我之所以率军至此，只为铲除国王身边骄狂的萨默赛特，他对陛下和国家心怀不轨"。白金汉以自己的荣誉起誓，国王已顺从约克的要求，将萨默赛特囚禁伦敦塔。约克就地遣散了军队。

然而，来到国王营帐，约克发现萨默赛特与王后玛格丽特在一起。约克暴怒，指责亨利六世连一个卖国贼都不敢管，这样的国王不配头戴王冠。约克逼国王让位，以上天起誓，不再服从他的统治。萨默赛特骂约克是丑恶的叛徒！要将他逮捕，称其犯下了背叛国王和王权的死罪。约克以为老克里福德会为自己说话，不料克里福德翻脸，要把他送入贝兰德疯人院。正在此时，随着一阵鼓声，索尔斯伯里和沃里克父子率军前来。索尔斯伯里告知国王，他认为最显耀的约克公爵是英格兰王座的合法继承人。国王命人叫白金汉前来应战。约克表示："把白金汉和你的朋友都叫来，我决心为死亡或荣誉而战。"

圣奥尔本斯。老克里福德率领的国王的军队与约克的军队交战，约克杀了老克里福德。见到父亲的尸体，小克里福德发誓报仇："约克没饶过我们的老人，我也不放过他们的婴儿。"他要让自己的心肠变硬，以后一遇上约克家族的婴儿，定要切成碎块儿。

两军继续交战。约克之子理查杀了萨默赛特。眼见大势已去，国王和王后逃往伦敦。

收兵号响，约克大获全胜。约克知道国王逃到伦敦，会要立刻召开议会。因此，乘胜追击才是万全之策。沃里克深表赞同，赞许著名的约克赢得了圣奥尔本斯之战，将名垂青史，并下令"击战鼓，吹号角，全军挺进伦敦，愿更多这样胜利的日子降临我们"。

（下）

第一幕

伦敦。约克公爵理查·普朗塔热内带领两个儿子爱德华和理查，以及诺福克、蒙塔古、沃里克及鼓手、士兵，帽子上遍插白玫瑰（约克家族的族徽），追击在圣奥尔本斯之战中溃逃的国王和王后，一路追进威斯敏斯特宫议会大厅。沃里克对约克说："胜利的约克亲王，我对天发誓，不眼见你坐上现在被兰开斯特家族篡夺的王座，永不瞑目。这是惊恐的国王的宫殿，这是国王的宝座；坐上去，约克，因为它归你，不归亨利王（亨利四世）的后裔。"约克率众走向王座。沃里克誓言，除非约克当国王、亨利退位，否则他要血洗议会。

亨利六世领着克里福德、诺森伯兰、威斯特摩兰、埃克塞特等，帽上均插红玫瑰（兰开斯特家族的族徽）上朝。国王见约克端坐王座之上，十分清楚约克想借沃里克之力夺取王冠。但他不想把议会变成屠宰场，便威胁约克："你这叛逆搞分裂的约克公爵，从我的王座下来，在我脚下跪求恩典、怜悯。我是你的君王。"约克不认账，回应"我是你的君主"。沃里克欲武力相向，威斯特摩兰不甘示弱，约克和兰开斯特两派僵持不下。约克向亨利六世摆明自己对王权的合法权利，亨利六世强调自己的权利比约克更合法。尽管他嘴上说祖父亨利四世凭征服得到王冠，但他深知自己的权利并不牢靠。他辩解说，理查二世当着众多朝臣将王位让给亨利四世。约克反驳，那是起兵谋反君王。沃里克逼亨利六世让位，说完他一跺脚，众士兵涌入。亨利六世向沃里克恳求："让我在有生之年当朝为王。"约克做出保证:"确认将王位传给我和我的继承人,你这辈子将安然在位。"约克将军队调走,亨利六世答应立约克为王位继承人:"条件是,你在此发誓停止这次内战,还有,只要我活着,就要尊我为王,敬我为君,不以谋反或敌意寻机废黜我,自立为王。"约克表示愿立此誓,走下王座。

爱德华亲王不满父王把自己的王位继承权,让给约克和他的继承人。王后玛格丽特更是异常愤怒,表示若儿子得不到王位继承权,她不再与亨利六世同居。她发誓要联合北方贵族,扬起战旗,把约克家族彻底毁灭。

约克公爵的桑德尔城堡。约克禁不住儿子爱德华和理查的轮番劝说,决定打破誓言,夺取王权:"我要做国王,做不成就死。"这时,信差来报,王后亲率两万人马已逼近城堡,而且,北方所有伯爵、勋爵也要来围攻。尽管兵力处于劣势,但约克信心十足:"我在法兰西打过许多胜仗,当时敌军十倍于我。今天凭什么不能照样取胜?"

在临近桑德尔城堡的战场,克里福德抓住了约克的幼子拉特兰伯爵。拉特兰说自己是个无辜的孩子,让他去向那些大人们复仇。而克里福德一见到约克家的人,便好像有位复仇女神在折磨他的灵魂。约克杀了他父亲,他便要向约克的儿子复仇。拉特兰说这样下去,将来还会有人再向克里福德的儿子复仇。克里福德不由分说,一剑刺死拉特兰。

战场另一部分。尽管爱德华和理查奋力冲杀,多次为父亲杀开血路,约克终因寡不敌众,成了玛格丽特王后的俘虏。玛格丽特与诺森伯兰和克里福德一起侮辱、戏弄约克,她先让约克用沾了儿子血迹的手绢擦干面颊，又命人把一顶纸王冠戴他头上。约克痛骂玛格丽特："法兰西的母狼，比法兰西的群狼更坏，你的舌头比蝰蛇的牙更毒！"他愿泪水化为给心爱的拉特兰的葬礼："每一滴泪都喊着要为他的死复仇，向你，凶残的克里福德；向你，奸诈的法国女人，复仇。"最后，玛格丽特和克里福德连刺数剑，杀死约克。

第二幕

赫里福德郡莫蒂默十字架附近一平原。哥哥爱德华与弟弟理查率军行进。二人看到空中同时出现了三个耀眼的太阳，每个太阳都完整，不是浮云把太阳一分为三，而是三个太阳分悬晴空。理查见他们连在一起，拥抱，像要亲吻，仿佛立誓要结成什么神圣的联盟。他感觉他们结成了一盏灯，一道光，一个太阳，这一定是上天吉祥的预兆。爱德华表示今后要在家族盾徽上加三个金灿灿的太阳。信差来报，约克公爵遇害。兄弟二人发誓要为父亲的死报仇，夺取王权。

沃里克和蒙太古侯爵率军前来，与爱德华和理查合兵一处。原来，沃里克刚在圣奥尔本斯打了一场败仗，输给了王后的精锐部队。国王投奔王后，他便和乔治勋爵、诺福克一起火速赶来会合，以图再战。理查调侃怎么连神勇的沃里克也吃败仗，沃里克当即发誓言："哪怕亨利上战场的胆量，像他温顺、和平、喜欢祈祷的名声一样出名，我这只强大的右手，也能从他怯懦的头上摘下王冠，从他拳头里夺过威严的权杖。"他建议向伦敦进军，进军途中，每经过一个村镇，即宣告爱德华是英格兰国王。此时信差来报，王后率一支大军，正向约克城挺进。

约克公爵的头颅高悬在约克城的城门上。克里福德报了杀父之仇，心下甚喜。见此惨景，亨利六世却感到灵魂痛苦不已，希望亲爱的上帝能阻止复仇。克里福德劝国王必须要把这种过分的宽大和有害的同情丢开。信差来报，支持新约克公爵爱德华的沃里克，率三万大军向约克城挺进，每经过一村镇，便宣布约克是国王。

两军对垒，爱德华质问亨利六世："背弃誓言的亨利，你愿跪求恩典，把王冠放在我头上，还是要经受战场的生死命运？"玛格丽特叫国王训斥爱德华在合法国王面前，如此大放厥词，不成体统。沃里克要国王放弃王冠，玛格丽特讥讽他刚打了败仗。理查要把满腔怒火发泄到杀了拉特兰的克里福德身上。双方大吵，国王想劝和，王后叫他闭嘴，除非挑战。国王抱怨："请你别限制我的舌头，身为国王，我有权说话。"爱德华骂玛格丽特是不要脸的荡妇，下决心与玛格丽特开战。

约克郡。陶顿与萨克斯顿之间的战场。战斗警号吹响，两军交战，爱德华、沃里克败逃，与理查相遇。理查问沃里克为何逃跑，应奋起神勇，要为死在克里福德长矛下的弟弟报仇。沃里克感到羞愧，发誓不再逃，只要死神不合上他的双眼，便奋力复仇。爱德华一同发誓，要与沃里克的灵魂连在一起，然后再把勇气植入士兵们的胸膛，因为眼下还有活命和胜利的希望。两军再战。理查杀退克里福德。

战场另一部分。被玛格丽特和克里福德一顿臭骂赶离战场的亨利六世，目睹交战双方杀得昏天黑地，他先遇到一个杀了父亲的儿子，后又遇到一个杀了儿子的父亲。内战让两对父子成为战场上的敌人。身为国王,亨利六世哀叹"可怜的景象!啊,血腥的岁月!当狮子们为了洞穴打仗争锋,可怜无辜的羔羊只能忍受它们的内战"。他发现死者染血的脸色呈现出红白两朵玫瑰,那正是约克与兰开斯特两大对抗家族的族徽。他深感双方若争斗不休,千条生命势必枯萎。

两军再度交战。这一次,狂怒的沃里克变得像一头被激怒的公牛,爱德华和理查则像一对猎狗看见一只惊慌逃命的野兔,眼里闪着暴怒的火光。见大势已去,玛格丽特叫国王赶紧逃命。克里福德负伤晕倒,随后在呻吟中死去。沃里克一见克里福德的尸体,便要把他的人头砍下来,挂到高悬老约克首级的地方。

沃里克建议爱德华马上向伦敦进军,在那儿加冕为英格兰国王,加冕典礼之后,他亲自去法兰西,恳请法兰西国王路易十一的小姨子波娜小姐做王后。英法联姻,两国结成一体,便不必担心溃散之敌兴兵再起。爱德华深表赞同。然后,他封弟弟理查为格罗斯特公爵,封乔治为克拉伦斯公爵。

第三幕

英格兰北部一猎场。在苏格兰避难的亨利六世偷偷跑回,被猎场看守人抓住,交给新王爱德华(四世)。

伦敦。王宫。爱德华国王看上了在圣奥尔本斯一战中阵亡的理查·格雷爵士的遗孀格雷夫人。格雷夫人恳请收回死去的丈夫的土地,国王非要娶她做王后,否则便得不到土地。夫人越拒绝,国王越坚决。这大大出乎克拉伦斯和格罗斯特的意料。国王得知抓住了前任国王亨利六世,命人押送伦敦塔。格罗斯特梦想着王位。但他深知,即便好色的爱德华国王死去,克拉伦斯、亨利(六世)和他儿子小爱德华,都比他更有资格继承王位。他一边怪罪命运之神把自己造得丑陋、奇形怪状,一边信誓旦旦,哪怕那顶王冠遥不可及,他也要把它摘下来。

法兰西。王宫。玛格丽特向路易国王诉苦,骄傲、有野心的约克公爵爱德华篡夺了自己丈夫的国王尊号和地位,她恳请路易伸出公正、合法的援手。路易劝她先忍受悲伤的风暴,等他想出办法。

沃里克来向路易国王提亲,希望他同意将贤惠的波娜小姐嫁给英格兰国王,凭这婚礼的纽带巩固两国的盟约。玛格丽特明白告知路易,沃里克提亲并非源于爱德华善意的真诚之爱,而是迫不得已生出的诡计。她提醒路易当心,"别叫这次结盟和联姻把你拖入危险和耻辱。因为篡位者虽能掌权一时,但上天是公正的,时间终会制止罪恶"。沃里克指责玛格丽特恶言诽谤。

路易与沃里克单独商谈之后,同意妻妹波娜嫁给爱德华国王,并嘱咐立刻草拟一份婚姻财产契约,写明给予新娘的财产,而且,财产要与她的嫁妆相当。玛格丽特痛斥沃里克:"这是你的计谋,凭这个联姻使我的恳求落空。你来之前,路易还是亨利的朋友。"

这时,一飞骑信使送来一批信,其中有英王写给法王的信。路易得知爱德华国王已娶了格雷夫人,深深感受到侮辱。玛格丽特旁敲侧击:"这足以证明爱德华的爱情和沃里克的诚实。"

沃里克也深感受辱,当即表示爱德华不再是他的国王。他向玛格丽特允诺:"我高贵的王后,让以前的怨恨过去,从今往后,我是您忠实的仆人。他冒犯了波娜女士,我要复仇,重新培植亨利,把他移回原位。"转瞬之间,爱德华国王成为波娜、玛格丽特、沃里克和路易国王共同复仇的目标。路易国王让信使火速赶回告知爱德华,法军精锐部队即将渡海向他开战。但路易对沃里克的忠心还稍有疑心。为打消路易和玛格丽特的顾虑,沃里克表示愿将心爱的长女立刻与爱德华亲王"订下神圣的婚姻"。

路易国王命海军大元帅波旁勋爵动用皇家舰队,把部队运过海峡。既然英王拿婚姻戏弄法兰西美女,他要叫爱德华在战争的灾难下覆灭。沃里克为此不由感叹:"当初我主使把他推上王位,如今我再主使把他赶下台。"

第四幕

伦敦。王宫。乔治(克拉伦斯公爵)和理查(格罗斯特公爵)兄弟二人对哥哥爱德华国王娶格雷夫人,既不屑,又不满。克拉伦斯很清楚,眼下因波娜的婚事,路易国王已变成爱德华国王的敌人。格罗斯特也明白,奉王命去法兰西招亲的沃里克,如今却被这段新婚弄得名誉受损。爱德华国王一时想不出安抚路易和沃里克的办法,可是,见已成为伊丽莎白王后的格雷夫人极力讨好克拉伦斯和格罗斯特,大为不悦。他没把两个公爵弟弟放在眼里,向自己的新王后保证:"只要爱德华是你坚定的支持者,是他们必须服从的真正的君王,能有什么伤害和悲伤落到你身上?"

飞骑信使进宫,给爱德华国王带来路易、波娜、玛格丽特和沃里克的口信。路易的原话是:"告诉虚伪的爱德华,你那假冒的国王,法兰西的路易将派一批化装舞会的表演者,去和他,还有他的新娘,一起狂欢。"波娜女士的原话是:"告诉他,我料定他很快变成鳏夫,到时我为他戴一顶柳条花环。"玛格丽特的原话是:"我已把丧服搁一旁,准备把盔甲穿在身。"沃里克的原话是:"他干的事冒犯了我,因此我很快要把他的王冠摘下来。"爱德华大怒,立即下令征召士兵。他要"前去迎战沃里克和他的外国军队"。

英格兰。沃里克郡一平原。沃里克欢迎前来投奔的克拉伦斯和萨默赛特,表示愿将小女儿嫁给克拉伦斯。

沃里克领兵突袭国王营帐,俘虏国王,摘下他的王冠,命人把这位已不是国王的爱德华公爵,交给自己的哥哥约克大主教看管。然后,他要挺进伦敦,把监禁在伦敦塔中的亨利王放出来,亲眼目送他重登国王宝座。

伦敦。王宫。格雷夫人得知自己的国王丈夫成了俘虏,痛苦万分。她有孕在身,为保住肚子里爱德华的王位继承人,她要先躲到一处教堂以求自保。因为教堂作为神圣的场所,即便罪犯躲在里面,也可享有逮捕豁免权。

格罗斯特来到约克郡米德尔城堡附近约克大主教的私人猎场,将哥哥爱德华国王救走。爱德华祈祷能早日收回王冠。

伦敦塔。亨利六世重新成为国王,他感谢伦敦塔卫队长使他的囚禁成为一种乐趣。他表示虽仍会头戴王冠,却要沃里克替他掌管王权。他还让沃里克和克拉伦斯二人同时担任护国公,自己则:"要过一种退隐生活,在祈祷中聊度余生,谴责罪恶,赞美我的造物主。"沃里克认为眼下当务之急,是立刻宣布爱德华为叛国者,将其所有土地、财物充公。

从勃艮第得到援军，爱德华国王在雷文斯堡港登陆，一路挺进到约克城。约翰·蒙哥马利爵士率军赶来，要帮爱德华国王重新执掌王权。爱德华却表示此时顾不上王权，只想先得到公爵地位。蒙哥马利立刻翻脸，表明自己前来是为一位国王效劳，不是来伺候一个公爵。他下令部队开拔。在格罗斯特和蒙哥马利劝说下，爱德华同意马上宣布："爱德华四世，蒙上帝之恩典，就任英格兰与法兰西国王，爱尔兰领主，及其他。"

伦敦。爱德华四世率军进入王宫，俘虏亨利六世，命人将他押送伦敦塔，随即下令火速发兵，进军考文垂。格罗斯特要趁沃里克不备，抓住这个实力强大的反贼。

第五幕

考文垂。爱德华四世率军杀到，向沃里克吹响谈判号。探马不知睡哪儿去了，对爱德华四世兵临城下毫无所知，沃里克深感意外。爱德华问沃里克："可愿打开城门，说上几句好话，谦恭屈膝？——叫爱德华一声国王，在他手里乞求怜悯，他将宽恕你这些暴行。"沃里克拒绝："不，我倒要问你，你可愿从这儿撤兵，——承认是谁把你扶上位，又把你拽下台？——叫沃里克一声护国公，做个忏悔，便能接着做你的约克公爵。"

沃里克的援军到了。支持兰开斯特的牛津伯爵、蒙太古、萨默赛特先后领兵进城。但沃里克没想到，刚做了他女婿的克拉伦斯率军猛冲过来，却摘下帽子上的红玫瑰，反叛岳父："我把我的耻辱丢给你。我不愿毁掉父亲的家族，投身兰开斯特，约克家族是父亲用血涂在石头上粘起来的。"随后，他将羞愧的双颊转向亲哥哥，请求爱德华宽恕，表示赎罪，并要弟弟理查别怒视自己以前的罪过，因为他从此忠诚不变。

巴尼特附近战场。两军激战，沃里克身负重伤。他感到自身的荣耀已被尘土和血玷污，自己的私家猎场、花园小径及名下的庄园，都要把他遗弃："我所有的土地，除了身子长短这点儿地，一寸也没留下。唉，什么奢华、统治、王权，不过尘与土；无论我们活成什么样儿，迟早躲不过一死。"

沃里克和蒙太古兄弟二人双双阵亡。获胜之后，爱德华四世得知玛格丽特王后已率从法兰西召集的援军在英格兰登陆，正一路杀来。格罗斯特估计王后有三万兵力，而且，萨默赛特和牛津投奔了她。

图克斯伯里附近平原。玛格丽特和儿子爱德华亲王及萨默赛特和牛津伯爵引领的军队一路行进。为鼓舞士气，玛格丽特将本方比为一艘航海的帆船："爱德华不就是一片无情的大海？克拉伦斯不就是一块骗人的流沙？理查不就是一座锯齿般要命的礁石？这些人全是我们这条可怜航船的敌人。"爱德华亲王以母亲为骄傲："我想一个女人有如此豪勇之气，哪怕一个懦夫听了她这番话，胸中应灌满伟大的精神，使他手无寸铁，也能在战斗中打败一个武装的敌人。"

两军激战。爱德华亲王及其属下溃逃。玛格丽特王后、牛津伯爵、萨默赛特被俘。收兵号响，爱德华四世大获全胜。

爱德华四世命人把牛津伯爵押往海姆斯城堡，将萨默赛特砍头，同时发公告捉拿爱德华亲王。很快，爱德华亲王被俘。爱德华亲王痛斥"淫乱的爱德华""发假誓的乔治"和"畸形的迪克"（即驼背的理查）是一群叛徒，怒骂爱德华四世篡夺了他父亲和自己的合法权利。爱德华四世、格罗斯特、克拉伦斯大怒,兄弟三人一人一剑,将爱德华亲王刺死。见此惨景,玛格丽特痛不欲生,骂他们是屠夫恶棍,是嗜血的食人族!

格罗斯特来不及向国王哥哥辞行,便急着赶往伦敦。他告诉克拉伦斯,他要去伦敦塔"把他们连根拔起"。克拉伦斯猜他势必要在伦敦塔里弄一顿血腥的晚餐。

伦敦。伦敦塔。虔诚读着祈祷书的亨利六世一见格罗斯特,便料定他来向自己下毒手:"要杀我用武器,别用言辞!比起我耳朵听那悲惨的故事,我的心窝更能忍受你的刀尖儿。"他不仅不惊恐,反而讥讽格罗斯特:"你母亲生你受的罪,超过任何一个母亲;可生了你的希望,却比随便哪个母亲都少。……你出生时嘴里已长牙,预示你一落生就能满世界咬人。"格罗斯特一剑刺向亨利六世。奄奄一息的亨利六世向格罗斯特预言:"命定此后你还有更多杀戮。啊,上帝宽恕我的罪,也赦免你!"说完便断了气。格罗斯特计划杀戮的下一个目标,是自己的哥哥克拉伦斯。格罗斯特要成为人上人,否则一文不值。

伦敦。王宫。爱德华四世用敌人的鲜血将英格兰的至尊王座买回,为能像收割秋麦一样割掉勇武的敌人,心下欢喜。他希望国内和平,兄弟友爱。克拉伦斯和格罗斯特亲吻了尚在襁褓中的尊贵侄儿(爱德华四世之子),以此表示效忠国王。

名义上的那不勒斯国王雷尼耶,把耶路撒冷和西西里抵押给法兰西国王,弄到一笔钱,打算赎回自己的女儿玛格丽特。爱德华四世同意把玛格丽特送回法兰西。一切尘埃落定,无事可做,国王要大家在胜利的庆典和宫廷娱乐中消磨时间。

四、亨利六世：一位软弱而虔敬的国王

1.《亨利六世》：莎士比亚的"学艺"之作

法国 18 世纪末文学理论家斯达尔夫人（Germaine de Stael, 1766—1817）在其名篇《论文学与社会建制的关系》（*De la littérature dans ses rapports avec les institutions sociales*,1799）中断言："他（莎士比亚）从英国历史取材的戏剧，如两部关于亨利四世的戏，一部关于亨利五世的戏，三部关于亨利六世的戏，都在英国获得很大成功。但我认为，这些戏大体上比他那些创造性的悲剧《李尔王》《麦克白》《哈姆雷特》《罗密欧与朱丽叶》差得多。"

毋庸讳言，莎士比亚在其戏剧生涯早中期写下的总共十部历史剧，艺术水准参差不齐，其中至少三分之一在人物、结构、诗性语言、戏剧冲突与艺术审美等各个层面，都难同他成熟的后期尤其四大悲剧比肩。即便拿十部历史剧自身来谈，从时间上先动笔编写的"第一四联剧"（《亨利六世（上、中、下）》三联剧和《理查三世》)明显弱于被称为"四大历史剧"的"第二四联剧"（《理查二世》《亨利四世（上、下）》两联剧和《亨利五世》)。

不过，单从莎士比亚写戏之初衷仅为在舞台上给大众呈现热闹好看的戏这一点来说，他的每一部历史剧均有可圈可点和耐人寻味之处。无论怎样，尽管它们没打算真实反映英国历史，它们却成为英国戏剧史，乃至世界戏剧史鲜活的"历史"见证。诚如欧文·里布纳（Irving Ribner）在其《莎士比亚时代的英国历史剧》（*The English History Play in the Age of Shakespeare*,1957）书中指出的："《亨利六世》继承了《抹大拉的玛利亚》（*Mary*

Magdalene)《冈比西斯》(*Cambyses*, *King of Persia*) 和《帖木儿大帝》(*Tamburlaine the Great*) 这些奇迹剧树立的戏剧传统,将冗长的悲剧系列事件做了片断式处理。《亨利六世(中、下)》两篇,与《帖木儿大帝》联系非常紧密。在马洛的剧中,有帖木儿这样以系列战斗场景的片断平稳发展的人物,《亨利六世》中也有以片断方式刻画的人物,即约克公爵理查。其最重要的一个区别是,约克尚未达到荣耀的巅峰便跌落了,帖木儿笑到了最后。莎士比亚没像马洛(克里斯托弗·马洛)那样,在剧中揭示人文主义的历史哲学。拿理查的命运来说,能力没给他带来什么好处,却反因罪恶遭了报应。《亨利六世》在文体上与《帖木儿大帝》极为相似,尤其对动词排比的大量使用,竟曾使人误以为马洛参与了《亨利六世》的创作。可以肯定,假如莎士比亚要模仿哪位作家,那只有马洛。

　　"显然,《亨利六世》三联剧的作者拿《帖木儿大帝》当范本。该剧的素体诗、修辞手法,以及片断式结构,他都加以模仿。但他并未学习《帖木儿大帝》剧中信奉的政治和哲学信条。对莎士比亚而言,历史绝非华丽庆典的演练,他从中窥探到重要意蕴。他用道德剧的方式把它揭示出来, 比编年史揭示得透彻多了……这部三联剧,加上《理查三世》,蕴藉着一个深远主题,即英国像一个道德剧中的主人公一样,给自己带来了灾难。她在玫瑰战争中衰落,失去了在法国的领地,理查三世的专制统治几乎将其完全毁灭。然而上帝同情英国,降临恩典,让她经由里士满(亨利七世)做出正确选择,统一了分裂的王国。英国得到更大护佑,在都铎王朝发扬壮大。英国得救的主题,是这部四联剧的核心。"

俗话说,无冲突不成戏。所谓戏,就是戏剧性。而戏剧性的实质,在于戏中人物剪不断理还乱的"打架",这便是术语称之的戏剧(人物)冲突。

莎士比亚从五岁起,开始在家乡观看从伦敦来巡演的剧团的戏。身为一个小戏迷,他脑瓜里对戏的好坏之判断,无疑取决于舞台人物之间的"架""打"得是否好看。当他在戏梦中长大成人,终于有一天跑到伦敦,拿起鹅毛笔开始写戏,怎么让人物在历史里"打架",把"架"写得好看,并从中"打"出一个主题来,换言之,如何制造"(人物)冲突",自然表达主题思想,便成为他最需学到的本领。其实,透过全部莎剧便可轻易发现,莎士比亚始终遵循戏之首要特质在于"冲突",这一特质从他第一部戏(历史剧《亨利六世》三联剧)始,到收官之作(传奇剧《暴风雨》)终,可谓贯穿始终,其间虽有生熟、浓淡、成败、高下之分,却从未退隐。这也是许多莎剧在今天依然有戏剧活力、并不断被改编成各种艺术样式的密钥所在。言以蔽之,一部剧作,有人物、有冲突,便有了戏。

从这个角度说,《亨利六世》作为莎士比亚的起步之作,虽免不了早期学艺亦步亦趋之稚嫩,并曾因此招致"大学才子派"的暗讽挖苦,却无疑显示出凭着设置冲突运行剧情的编剧天赋。尽管像柯勒律治那样的大批评家认为"亨六(上)"第一幕第一场那段诗节韵律粗糙,其水平远在莎士比亚最早剧作之下,并因此否定这个上篇乃莎士比亚手笔;但把原作者之争撇一边,仅看其戏剧冲突,实在是带上了莎士比亚与生俱来的编剧烙印,恰如美国诗人、批评家马克·凡·多伦(Mark Van Doren,1894—1972)在其《莎士比亚》(*Shakespeare*,1941)一书中所言:"剧中的一切都很明晰，每次行动的动机都暴露出来，每个人物都大声告诉观众他私下想干什么，他又要让人领会什么，每个人物的敌意都清楚讲明。冲突也是公开的，把行动的目的都讲明，毫不隐瞒，没有不能解释的行动。莎剧中的 15 世纪，是一段充满派系斗争的时期，贵族分裂，纷争、结党、仇恨、厮杀，随处可见，充满了戏剧性：格罗斯特对温切斯特，塔尔伯特对贞德，玛格丽特对格罗斯特公爵夫人，萨福克对格罗斯特，约克对克里福德，萨默赛特对约克，沃里克对爱德华四世，杰克·凯德对贵族，弗农对巴塞特，红玫瑰对白玫瑰，无不如此。"简言之，在多伦眼里，"亨六（上）"的"（人物）冲突"和"（角色）对比"是显而易见、活灵活现的，且不无精彩之笔。

事实上，或许不是出于为莎翁尊者讳的缘由，一般来说，现代莎学家们并不觉得"亨六（上）"有多么糟糕，而且，基本形成这样一个共识：虽说该剧艺术稚嫩，技巧远非成熟，却也展露出不俗的编剧才华。这从两个方面不难看出：首先，莎士比亚在"亨六"写作过程中刻意模仿那些玩熟了素体诗的"大学才子们"，向他们学艺，"借"他们的"羽毛""来装饰自己"，尽管尚有不如人意的地方，还有些段落显得板滞生涩，不够圆熟，但台词对白大体算得上匀整畅达。其次，莎士比亚从霍尔和霍林斯赫德那里"借"来素材，拿"英国得救的主题"把两位霍姓前辈"编年史"里众多的人物和繁杂的历史事件，按其所需拎出来，串成一条线索，并以此保持结构上的平衡。

由此，乔纳森·贝特在其为所编"皇莎版"《莎士比亚全集·亨利六世》写的导言中指出："《亨利六世》三联剧显示出莎士比亚学艺迅速。诗歌风格和舞台处理是从大学才子们那里挖过来的，素材则源于散文体的英国编年史。爱德华·霍尔所著《兰开斯特与约克两大显族的联合》(1548)被压缩，以便给出一个历史演变的模式。相对于个体角色，剧情更关心个体在国家命运这部戏里所扮演的角色。为了从属于总的格局，莎士比亚很愿意改动某些人的年龄甚至秉性，将格罗斯特的理查(即戏中的'驼背理查'，未来的理查三世——笔者注。)妖魔化便是最显著的一例。鉴于我们把成熟的莎士比亚与沉思——哈里国王(亨利五世)或陷入困惑独白中的哈姆雷特王子——联系在一起，这些早期戏的驱动力是情节。上篇在潜在结构之上部署了一组变奏曲，这其中，戏剧性的情节先于说明，而后，一个场景会以警句的再现结束；每个场景皆以这种方式呈现，即一个不同角色的观点得以强调，或一个现有角色的新面目得以发展。例如，塔尔伯特在奥弗涅伯爵夫人城堡这场戏，凸显出原先被视为英雄豪气之楷模的那个男人，还有礼貌和谨慎的一面。这也与后来萨福克和玛格丽特的敌对，形成一个鲜明对比，它可以测量出来：塔尔伯特是亨利五世和英格兰征服法兰西的一件旧日遗物，同时，萨福克是分裂和玫瑰战争的一个先兆。

"莎士比亚在中篇里，运用了一种在后期悲剧如《李尔王》和《雅典的泰门》中恢复使用的结构模式：随着歹毒的敌人法律上的阴谋逐渐凸显，剧中男主人公格罗斯特汉弗莱公爵日趋孤立。但既然主题是国家，而非个人英雄，汉弗莱在第三幕被杀，随后剧情转向起义(第四幕杰克·凯德的无产者起义)和谋朝篡位(更具危险性的约克公爵进军伦敦)的主题。下篇在胡乱中开场，前两幕每幕都以一场战事收尾(第一幕韦克菲尔德之战，第二幕陶顿之战），随后剧情在一种不安的平衡中展开，这一平衡见证了两位同时在世的国王，他们各自的主张在一系列令人迷惑的遭遇战、谈判及忠诚的改变之后才解决。

"平衡的场景结构与正式的修辞风格并行。这些戏中世界的正式性同样透过戏剧舞台造型之运用清晰可见。玫瑰战争国内冲突的缩影，莫过于下篇第二幕第五场两对父子的登场，在这场戏，一个杀父之子从舞台一侧门出场，不一会儿，一个杀子之父由舞台另一侧现身。他们的登场粗暴打断了亨利王的沉思，他只想过一种平静的生活，宁可做一个牧羊人也不愿当国王。这位软弱却虔敬的国王的愿望，在他于第三幕第一场再出场时，由舞台提示正式呈现出来：'乔装打扮的国王亨利六世手持一祈祷书上。' 他只有在退隐和乔装之中才能实现当一个圣洁之人的渴望。即使这样，他的安宁只持续片刻，因为两个猎场看守人偶然听到他自言自语，将他逮捕，并把他交到篡位的爱德华国王手里囚禁。与之相比，当格罗斯特的理查在下一部戏里变身为理查国王时，一本祈祷书不过是一种伪装的形式而已。"

2. "人物冲突"：一切戏剧结构的基础

J.P. 布罗克班克(J. P. Brockbank)在其《无序的框架：亨利六世》[*The Frame of Disorder: Henry Ⅵ*)，收入 1961 年在伦敦出版的《早期莎士比亚》(*Early Shakespeare*)]一书中说："三部《亨利六世》表现出卷入历史大变局的个人的遭际，其责任是社会性和历史性的，而非个人的和现实的。这几部戏揭示出两个重要历史人物冲突的根源，展现出人作为政治动物的最高困境——亨利和理查，一个殉道士，一个马基雅维利主义者。……莎士比亚对世界与舞台、事物形态与戏剧形态、历史进程与个人、剧作家及其塑造的人物等所有这些微妙的关系,都十分敏感。他从一开始便努力探索一种戏剧式样和编年史事件之间的结合体。编年叙事与剧本戏文不相容时,只能采用一种形式。莎士比亚在其根据英国史和罗马史创作的戏剧中,为阐明蕴含在素材里的全部潜在意义,运用了把场景、结构、对话融为一体的手法。"

诚然,戏剧就是这种"把场景、结构、对话融为一体的"艺术,且这一"手法"为所有戏剧家们共有,而在其中,"对话"是"人物冲突"最常见的一种形式,"冲突"也就成了戏剧的一个首要特质。乔纳森·贝特在论及《亨利六世》时说,这部"三联剧有一个首要特质。戏剧的基础是'(人物)冲突'(agon),这个希腊语意即'斗争'或'竞争'。按亚里士多德所说,当一个演员脱离一个合唱队,并开始与他们进入对话,这一时刻便是悲剧的起源。之后来了第二个演员,便有机会进一步对抗——以术语称之,第一个演员叫'第一演员'(protagonist),第二个演员叫'第二演员'(deuteragonist)。在历史悲剧的剧场里,对话常是一种'(人物)冲突'(agon)的形式,迅速升级为强烈的情感(agony),进而是身体暴力。莎士比亚以其超强自省的戏剧艺术,总能意识到剧场里共存的多种'人物冲突':在演员与其饰演的角色之间(尽力掌控一个角色),在演员与观众之间(尽力吸引注意力,叫一群旁观者动容,为之悲痛、惊叹),在每一个个体角色的内心深处(本场戏里相互冲突的欲望和责任)以及身处对话中的角色与舞台布置之间。"

虽说《亨利六世》是莎士比亚编剧生涯最早的"学艺"之作,

但他制造冲突的本领堪称出手不凡。纵观三联剧，所有主要冲突，无论上篇中的护国公格罗斯特公爵与主教温切斯特、约克公爵与萨默赛特、英国远征军统帅塔尔伯特与抵抗英军入侵的法兰西圣少女琼安(圣女贞德)之间的冲突；中篇里的玛格丽特王后与格罗斯特公爵夫人埃莉诺、萨福克与格罗斯特、农民起义首领杰克·凯德与贵族、约克公爵与萨默赛特之间的冲突；下篇中约克公爵与玛格丽特王后、爱德华四世与沃里克伯爵、亨利六世与理查之间的冲突，全都是一方非要置另一方于死地的致命冲突。

上篇第一幕第一场便是一场冲突大戏。英国著名莎学家蒂利亚德(E. M. W. Tillyard, 1889—1962)在其名著《莎士比亚的历史剧》(*Shakespeare's History Plays*, 1944)中指出，莎士比亚第一个历史四联剧(《亨利六世(上、中、下)》和《理查三世》)与后面第二个历史四联剧(《理查二世》《亨利四世(上、下)》和《亨利五世》)一样，都有力地表现出莎士比亚意识到秩序与等级的重要性，而人世的无常即更大更永恒的规律的一部分。同时，服从永恒法则的尘间事件被纳入天人对应关系的复杂系统内。这个问题在《亨利六世(上)》第一幕第一场，由法兰西摄政王贝德福德公爵开场第一句台词便已点明："挂起黑色天幕（此处或以舞台上的黑幕代指天空。——笔者注），白昼给黑夜让路！预示时局变化的彗星，在天上挥舞你们闪光的秀发(即彗星的尾巴——笔者注)，鞭打一脸凶相的反叛星辰，它们合谋害死了亨利！亨利五世国王，名声太大命不长(亨利五世死时年仅三十五岁——笔者注)！英格兰从未失去过如此英明的一位君王。"蒂利亚德由此强调："此处阴谋害死亨利的'反叛星辰'乃陷入内讧的英国贵族在天上的对应物。实际上，整个宇宙都是和谐一致的，人类的政治形态和人类的政治事件，在天上都会有相对应的反应。"

接下来，由蒂利亚德的"天人感应论"对护国公格罗斯特公爵与温切斯特主教这两颗"反叛星辰"如何在冲突中死命相撞稍作剖析。

开场戏是在威斯敏斯特教堂为亨利五世送葬。贝德福德对已故国王赞美有加，格罗斯特和埃克塞特两位公爵深表赞同，格罗斯特则更进一步颂圣："在他之前，英格兰没有谁是真正的国王。……他的功绩胜过所有言辞；他无需挥剑便能征服一切敌人。"随后，便是温切斯特与格罗斯特之间针尖对麦芒的唇枪舌剑：

> 温切斯特　　他是受"万王之王"[①]保佑的一位国王。对于法国人，他一露面，简直比可怕的末日审判[②]更可怕。

---

① 对耶稣基督的尊称，参见《新约·启示录》17：14："他们要跟羔羊作战，但羔羊要击败他们，因为他是万主之主，万王之王。"19：16："在他的袍子和腿上写着'万王之王，万主之主'这一名号。"《新约·提摩太前书》6：14—15："直到我们的主耶稣基督显现，……那可受颂赞、独一无二的主宰，万王之王，万主之主。"

② 《圣经》中耶稣基督教所说的末日审判。参见《新约·启示录》6：14—17："天空不见了，像书卷被卷起来；山岭和海岛从原处移开。地上的君王、统治者、将领、有钱有势者、奴隶和自由人，都去躲在山洞或岩穴里。他们向山岭和岩石呼喊：'倒在我们身上吧！把我们藏起来，好躲避坐在宝座上那位的脸和羔羊的愤怒！因为他们震怒的大日子到了；谁能站得住呢？'20：12—14："我又看见死了的人，无论尊卑贵贱，都站在宝座前。案卷都展开了，另有一本生命册也展开了。死了的人都是按照其行为，根据这些案卷的记录，接受审判。"《新约·彼得后书》2：9："主知道如何拯救虔敬之人脱离试炼，也知道如何留下坏人，尤其那些放纵肉欲、藐视上帝权威的人，好在审判日惩罚他们。"

他为天主征战①，教会的祈祷②使他如此成功。

格罗斯特　教会！它在哪儿？若非教士们祈祷，他的生命线③还不至于毁得这么快。你们没谁不喜欢一位软弱的君主，像个学童似的被吓唬住。

温切斯特　格罗斯特，甭管我们喜不喜欢，身为护国公④，你正盼着对太子和王国发号施令。你那傲慢的老婆把你唬住了，你对她比对上帝或虔诚的教士们更敬畏。

格罗斯特　别提什么宗教，因为你只爱世俗享乐⑤，一年到头，除了祈祷对抗仇敌，你从不进教堂。

　　贝德福德从两人的言辞对决嗅闻到火药味儿，随即一边劝和，一边发出祈愿："亨利五世！我祈求你在天之灵，保佑这个王国，免遭内战之乱！在天上同那些灾星⑥作战！你的灵魂将化作一颗星辰，远比尤里乌斯·恺撒⑦更荣耀。"话音刚落，信差便"从法

---

　　① 亨利五世被视为"大卫"，参见《旧约·撒母耳记（上）》25∶28："耶和华必为我主建立坚固的家，因我主为天主征战。"《旧约·诗篇》24∶10："我（上帝）要使他（大卫）永远治理我的子民和我的国；他的王朝永远存续。"

　　② 此处或有两层意思：1. 温切斯特主教曾私下祈祷亨利五世垮台；2."祈祷"（prayed）与"捕食""掠夺"（preyed）谐音双关。

　　③ 生命线（thread of life）：指希腊神话中由命运三女神克洛托（Clotho）、拉克西丝（Lachesis）、阿特洛波斯（Atropos）主司的生命线。

　　④ 护国公（Protector）：代理朝政者。亨利五世死时，亨利六世尚在襁褓中。

　　⑤ 格罗斯特暗讽温切斯特只追求性享乐。

　　⑥ 旧时认为人的命运由星宿主宰。

　　⑦ 按古罗马传说，恺撒死后，灵魂化为一颗耀眼的星辰。

兰西带来不幸的消息,都是失地、屠杀和溃败:吉耶纳、尚佩涅①、鲁昂、兰斯、奥尔良、巴黎、吉索尔、普瓦捷,全部沦陷。"

一会儿工夫,又来一信差,带来的"全是不幸的坏消息。除了几个不值一提的小城镇,整个法兰西都背叛了英格兰:王太子查理在兰斯加冕为王②,奥尔良的私生子③与他联手,安茹公爵雷尼耶支持他,阿朗松公爵也投奔了他。"紧接着,第三个信差前来禀告,英勇的塔尔伯特勋爵④在与法国人之间进行的一场惨烈鏖战⑤中,战败被俘。

由此,剧情在贵族冲突的内乱与远征法兰西的外战这两条结构主线之间,双轨并行,交替展开。但或许因为中篇写作在先,格罗斯特在中篇第三幕第二场被萨福克和温切斯特派的刺客暗杀,但上篇并没把重头戏放在格、温冲突上。上篇中的格、温冲

---

① 尚佩涅(Champagne):应为贡比涅(Compiegne)。亨利五世死于1422年,此处有七个城市在其死后陷落,分别是:贡比涅(1429)、兰斯(1429)、奥尔良(1429)、普瓦捷(似应为"帕泰"Patay,1429)、巴黎(1437)、鲁昂(1449)、吉耶纳(1451)。莎士比亚在此将历史移花接木,把不同年代的历史事件凑在一起。

② 历史上的查理王太子先于1422年在普瓦捷宣布继承法兰西王位,自称查理七世,后于1429年,在"圣女贞德"的支持下,在法国历代国王加冕的兰斯大教堂加冕,正式成为法兰西瓦卢瓦王朝第五任国王查理七世(Charles Ⅶ,1403—1461),因其最后打赢了英法百年战争,被称为"胜利者查理"。在此,莎士比亚为剧情所需,将查理王太子1429年在兰斯加冕提前了七年。

③ 即让·德·迪努瓦公爵(Jean de Dunois,1402—1468),奥尔良公爵路易的私生子,查理六世(Charles Ⅵ,1368—1422)的侄子,英法百年战争后期骁勇善战的法军将领。

④ 约翰·塔尔伯特勋爵(John Talbot,1387—1453),当时英军最著名的将领。

⑤ 此处应指历史上的"帕泰之战"(the battle of Patay),此战法军大获全胜,一举扭转了百年战争中对法国不利的战局。但在剧中,这场英法鏖战发生在接下来两场所描述的奥尔良突围之后。莎士比亚总在剧中随意改写历史。

突，除了这场，还有另外两场：第一幕第三场，在伦敦塔前，格、温相互羞辱谩骂；第三幕第一场，在议会大厅，格、温当着亨利六世的面互相指控攻讦。在议会冲突之后，剧情的天平完全向塔尔伯特与琼安的冲突倾斜。显然，上篇最大的冲突，便是塔尔伯特所代表的英格兰与圣少女琼安为象征的法兰西之间的英法战争。

事实上，这场战争的最终结局，埃克塞特公爵在第三幕第一场结尾，由对格罗斯特与温切斯特间内讧的深切忧虑，已充分预见出来："咳，我们可以在英格兰或法兰西行进，却看不清随后可能发生什么。最近贵族间生出的这场纷争，在虚伪的爱的灰烬遮掩下燃烧，终有一天会烧成一股烈焰；犹如化脓的四肢逐步溃烂，直到骨头筋肉全部脱落，这场卑贱、恶毒的争斗必将滋生同样的结果。此刻，我担心亨利五世在位之时，连每一个吃奶婴儿都会念叨的那可怕预言就要应验①：生在蒙茅斯的亨利②赢得所有，生在温莎的亨利③输掉一切。④这预言显而易见，埃克塞特唯愿在那不幸时光降临之前，一命呜呼。"

然而，在描述这场战争，尤其在刻画塔尔伯特和琼安的人物形象上，显露出莎士比亚超前的"大国沙文主义"立场，因为英法

---

① 参见《新约·马太福音》21：16：(耶稣回答)"……圣经上所说'你使婴儿和儿童发出完美的颂赞'这句话，你们没见念过吗？"

② 即亨利五世，因生在蒙茅斯(Monmouth)，故被称为"蒙茅斯的亨利"。

③ 即亨利六世，因生在温莎(Windsor)，故被称为"温莎的亨利"。

④ 据霍林斯赫德《编年史》载，亨利五世听说儿子在温莎城堡出生，感谢上帝眷顾之后，对大臣菲茨·休(Fitz Hugh)说："大人，我亨利生在蒙茅斯，治国恐不能太久，但所得甚多；而生在温莎的这个亨利，将在位很长，却要丧失一切。但上帝的意志，如之奈何。"

两国在伊丽莎白时代仍处于敌对关系。也因此，莎士比亚极力刻画塔尔伯特在法兰西神勇异常，所向披靡，令法国人心惊胆寒，"当妈的老拿他名字吓唬孩子"(第二幕第三场奥弗涅伯爵夫人语)，战功卓著，"赢回五十座堡垒，十二个城市，七处铜墙拱卫的乡镇，还抓了五百名高级战俘"(第三幕第四场)，最后是因约克与萨默赛特两人间的冲突导致的援军未到，才陷入孤军奋战，在波尔多附近战场与儿子小塔尔伯特先后阵亡。换言之，在莎士比亚眼里，塔尔伯特之死并非由于法军强大，而是败给了自己人，甚至可以说，败给了篡夺理查二世王位的布林布鲁克(亨利四世)。

又因此，莎士比亚似乎更有理由把后世尊为圣女贞德的少女琼安塑造成一个女巫、一个娼妓。塔尔伯特每与琼安交战，总是"一个女巫，凭恐怖，不凭武力"，"那巫婆，那该下地狱的女巫""法兰西的魔王，浑身歹意的女巫，你周围是一群淫荡的奸夫"之类侮辱谩骂不离嘴。即便从法兰西视角描绘琼安，莎士比亚的笔也充满反讽，如奥尔良的私生子在第一幕第二场向查理王太子引荐琼安时说："上天向她显示异象，她受上帝之命解除这悲惨的围攻，并将英国人逐出法兰西边界。她有精深的预言能力，比古罗马九位女先知①还灵验，过去如何，未来怎样，她能洞见一切。"哪怕琼安自己，也是饱含傲慢的自恋："瞧!那天我正服侍小羊，灼热的太阳烤着我的面颊，圣母屈尊向我显圣，在一种充满威严的幻象中，她要我放弃卑微的活计，去解救国家的灾难。她答应帮我，保证成功。"

----

① 九位女先知(nine sibyls)：莎士比亚在此采用了古典时代的通常说法。其实，"九位女先知"并非古罗马独有，也有"十位女先知"之说。

最后,在昂热城前的战斗中,琼安被约克公爵生擒活捉,死于火刑。正如爱尔兰作家弗兰克·哈里斯(Frank Harris,1855—1931)在其《莎士比亚的女人们》(*The Women of Shakespeare*,1912)一书中所说:"对贞德的刻画,莎士比亚遵循了霍林斯赫德的传统。一开始,像写玛格丽特那样写贞德,后来,随着塔尔伯特理想化,开始诋毁贞德。人们对此只能说作者年轻,不懂事儿。在戏里,贞德靠阴谋夺取鲁昂城,塔尔伯特凭勇敢再夺回鲁昂。贞德的胜利全得益于巫术,这是莎士比亚继承了霍林斯赫德《编年史》的看法。贞德被俘后,为能活命,谎称有孕在身,却说不出孩子的父亲是谁。莎士比亚从第一幕起,就让贞德给人留下坏印象。我对莎士比亚这样做,并不觉得奇怪。它完全符合莎士比亚的风格,这只能说明他作风势利。"

随着塔尔伯特之死和英属法兰西领地逐步沦丧,英国国内贵族之间的冲突愈发剑拔弩张,开始刺刀见红。

中篇像上篇的设计一样,第一幕第一场开场就是冲突大戏:萨福克为亨利六世将安茹公爵之女玛格丽特从法兰西迎娶回国。但当格罗斯特念到婚姻条款——"第一条[1]:法兰西国王查理与英格兰国王亨利的特使萨福克侯爵威廉·德·拉·波尔,双方同意,亨利按所说迎娶那不勒斯、西西里和耶路撒冷国王雷尼耶之女玛格丽特小姐,并于本年 5 月 30 日之前加冕其为英格兰王后。此外[2]:安茹的公爵领地和缅因的伯爵领地,理应让渡,交其

---

[1] 第一条(Imprimis):原文为拉丁文,意即英文"in the first place"。
[2] 此外(Item):原文为拉丁文,意即英文"likewise"。

父王。"——突然感到"一阵恶心击打心头"。但国王对此深表满意,下令"全速准备她的加冕典礼"。面对这一切,忠诚的格罗斯特向贵族们大声疾呼:"英格兰的贵族!这一纸可耻的盟约,这一桩致命的联姻,撤销了你们的荣誉,涂掉了你们留存青史的英名,清除了你们载入记录的功勋,损毁了征服法兰西的史册①,一切尽毁,仿佛一切从未有过!"这一疾呼起了效果,约克公爵和沃里克相继表示,与法兰西这一纸盟约太过分了。红衣主教站在萨福克一边,说这是国王的旨意。格罗斯特不想再与他争吵,拂袖而去。这时,主教使出挑拨离间的撒手锏,提醒贵族们要小心格罗斯特,因为他是"英国王权的法定继承人","一个危险的护国公"。然而,索尔斯伯里十分厌恶"不似一个教士""恶棍似的满嘴脏话"的傲慢主教,他提出与约克联手:"为了公众利益,我们携手共进,尽所能,勒住萨福克和红衣主教的骄狂,扼制萨默赛特和白金汉的野心;对于汉弗莱的行动,只要有益国家,不妨鼓励。"而约克心里盘算的是:"我要站在内维尔父子②一边,向骄傲的汉弗莱公爵故意示好,等瞅准时机,便索要王位,因为那才是我要击中的黄金标靶。……等亨利和他的新娘,英格兰高价买回的王后,耽溺云雨之欢,汉弗莱与贵族们陷入冲突,到那时,我便把乳白色玫瑰举在空中,让空气弥漫甜美的芳香,在我战旗上绣好约克的盾徽,与兰开斯特家族放手一搏。"

---

① 史册(monuments):此处解作"记录"(records,memorials)。有的解作"纪念碑"(memorial)。

② 内维尔父子(Nevilles):即索尔斯伯里与沃里克这对父子。

　　莎士比亚把这场冲突写得着实精彩，它既是中篇里最重的一场冲突大戏，也为后面的剧情发展打下基调。接下来，埃莉诺想当王后的野心落入萨福克和玛格丽特为她布下的圈套，事情败露，不仅自己被以叛国罪判处先公开悔罪、而后流放，还很快使丈夫格罗斯特失去权力。不过，对于莎士比亚来说，重要的只有两点：一是如何抻长剧情，二是定要写得热闹好看。因此，不论在戏的前半部写埃莉诺把女巫、术士招到府邸"从地下唤起邪魔，问询亨利王之生死及陛下您枢密院其他各位的结局"；写铠甲匠霍纳和他徒弟彼得师徒反目，最后竟至在决斗中徒弟杀了师傅，还是后半部写流放中的萨福克被海盗所杀；写杰克·凯德杀入伦敦城洗劫，誓言要把"所有学者、律师、朝臣、绅士"都杀光的暴民起义，都亦喜亦闹。

　　由此观之，中篇的冲突大戏其实只有两场，除了开头这一场，第二场决定剧情走势的大戏出现在第三幕第一场，萨福克与玛格丽特、红衣主教、白金汉，还有趁势落井下石的约克一起，联手做局，利用无能的国王软弱可欺，将格罗斯特以叛国罪逮捕。虽说中篇前半部的冲突，在第三幕第二场以格罗斯特被萨福克和温切斯特派的两名刺客暗杀，以及萨福克被判流放结束，但后半部的冲突，在第三幕第一场后半场已拉开大幕。起因是"粗野的爱尔兰轻装步兵挑起战火，拿英国人的血浸润土壤"。这给了约克获得率一支精兵去爱尔兰平乱的天赐良机："等我在爱尔兰养壮一支强大的军队，必将在英格兰激起一场黑色的[1]暴风雨，

---

　　① 黑色的(black)：即"邪恶的""可怕的""凶险的"。

把一万个①灵魂吹进天堂或地狱。这凶猛的暴风雨不停发怒,直到那金箍儿②落我头上,好似辉煌透明的阳光,把这场由疯狂催生的疾风暴雨平息。为找个执行我意图的人,我诱惑了肯特郡一个倔小伙儿,阿什福德③的约翰·凯德,让他借约翰·莫蒂默④之名,竭尽所能激起叛乱。"凯德是约克为自己通往国王宝座的一枚棋子。

诚然,不论从结构还是剧情上看,下半部的凯德起义都是约克夺取王冠路上的铺路石。起义的剧情持续了很久,直到第四幕第十场,起义失败、落荒而逃的凯德在绅士伊登的花园被伊登所杀才结束。随后,下半部的冲突,在篇幅很短的第五幕,以萨默赛特在两军交战中被约克之子理查所杀,"著名的约克赢得了圣奥尔本斯之战"结束。

下篇的剧情和结构设计,与上篇、中篇如出一辙,一开场便把冲突双方的底牌亮了出来:在威斯敏斯特宫议会大厅,以约克公爵为首的、帽子上均插白玫瑰的约克派(贵族集团),同以亨利六世为首的、帽子上均插红玫瑰的兰开斯特派(贵族集团),为现任国王亨利和约克谁更具有合法的王位继承权,吵翻了天。双方结下的这个梁子,缘于亨利六世的爷爷亨利四世到底是否篡夺了理查二世的王位!吵到最后,若非亨利在沃里克的武力逼迫下

---

① 一万个(ten thousand):在此为泛指,不计其数之意。

② 金箍儿(golden circuit):即金王冠。

③ 阿什福德(Ashford):肯特郡一镇,位于坎特伯雷(Canterbury)以南。

④ 约翰·莫蒂默(john Mortimer):与约克一样,源出莫蒂默家族,为爱德华三世第三子克拉伦斯公爵莱昂内尔(Lionel,Duke of Clarence)之后,亦享有王位继承权。

委曲求全，同意自己死后由约克公爵继承王位，议会险些变成血腥的屠场。

但这一"城下之盟"随即掀起更大的冲突——战争：一方面，强势的王后玛格丽特为保证儿子爱德华亲王的王位继承权，与丈夫亨利六世断绝夫妻关系，发誓联合北方的贵族，向约克家族开战；另一方面，约克的三个儿子爱德华、乔治、理查，极力怂恿父亲眼下就该打破誓言、夺取王位。理查干脆挑明："我们干吗这么拖延？不拿亨利冷淡的心头血染①红我佩戴的白玫瑰，我不得安生。"

出乎约克意料的是，还没等到他进军伦敦，王后的大军已杀到他驻守的桑德尔城堡。结果，先是他无辜的幼子拉特兰被向他报杀父之仇的克里福德所杀，而后，他本人被俘，站在一处鼹鼠丘上被玛格丽特极端羞辱，让他用沾了拉特兰血迹的手绢擦脸，并强行给他戴上一顶纸王冠。最后，克里福德两剑、玛格丽特一剑，将他刺死。为了解恨，玛格丽特命人砍下他的人头，"挂在约克城的城门上，让约克这样俯瞰约克城"。

至此，约克公爵与玛格丽特王后之间由来已久的冲突，终在下篇第一幕结尾以约克人头落地收场。玛格丽特成了大赢家！

然而，从这个时候开始，双方的冲突不再是打嘴仗。也正是从这个时候起，格罗斯特公爵"驼背理查"正式踏上问鼎王冠的血腥之路。剧情由此展开，玫瑰战争的大幕正式拉开：沃里克痛恨"傲慢无礼的王后，伙同克里福德和骄狂的诺森伯兰，及其众

---

① 染（dyed）：与"死"（died）谐音双关。

多傲慢的党羽,把容易融化的国王像蜡一样玩弄"。他表示愿支持爱德华,拥立他成为新的国王。随后,第二幕第三、四、五、六场,都戏剧性地再现发生在约克郡陶顿与萨克斯顿之间的"陶顿之战"。战斗中,克里福德阵亡,王后大败。获胜之后,沃里克建议爱德华砍下克里福德的脑袋,"把它挂在高悬你父亲首级的地方。现在向伦敦胜利进军,你在那儿加冕英格兰国王。沃里克①再从那儿渡海去法兰西,恳请波娜小姐②做你的王后。"紧接着,第三幕第一场,从苏格兰偷跑回国的亨利六世在英格兰北部一猎场,被忠于新王爱德华的猎场看守人捉获,关进伦敦塔。

　　至此,新王爱德华四世手里握着一副好牌。可惜,贪淫好色的他,把答应娶法兰西波娜小姐做王后的婚约抛到脑后,并置乔治、理查兄弟俩的意见于不顾,非要娶寡妇格雷夫人为王后,亲手燃起新一轮战争。从第三幕第三场开始,直到第五幕第二、三场的巴尼特之战,第四、五场的图克斯伯里之战,玛格丽特、萨默赛特被俘,描绘的都是玫瑰战争的进程。为使舞台上大的战争进程好看,莎士比亚煞费苦心,把一连串小的戏剧冲突穿插其间,这样,既把玫瑰战争零散的历史片段串了起来,同时,又把戏中人物各自的性格特征凸显出来:出使法兰西的沃里克因爱德华四世背弃婚约,转瞬之间与玛格丽特结盟,随后率军登陆回到英格兰,偷袭国王营帐得手,活捉国王;沃里克从伦敦塔救出亨利六世,恢复其王位;克拉伦斯公爵乔治与沃里克一起受封护国

---

①沃里克指自己。

②波娜小姐(Lady Bona):萨沃伊公爵(Duke of Savoy)路易之女,法兰西国王路易十一的小姨子。

公，宣布哥哥爱德华是叛国者；格罗斯特公爵理查救走国王哥哥，重组军队进攻伦敦，活捉亨利六世，将他再度关进伦敦塔；"惯于发假誓"的乔治临阵背叛岳父沃里克，沃里克败逃巴尼特；亨利六世和玛格丽特之子爱德华亲王被俘，国王、乔治、理查兄弟三人每人一剑，将痛斥他们的小爱德华刺死。

第五幕第七场，全剧最后一场戏，以爱德华四世坐稳江山剧终收场。但在收场前，莎士比亚为他将要写的《理查三世》预设了伏笔：

爱德华四世	克拉伦斯和格罗斯特，爱我的可爱王后。两位弟弟，吻你们尊贵的侄儿。
克拉伦斯	我把对陛下的忠心，印在这可爱婴儿的双唇上。（吻婴儿。）
伊丽莎白	多谢，高贵的克拉伦斯。可敬的弟弟，多谢。
格罗斯特	出于爱你从中所生的那棵树①，瞧我给这果实忠诚的一吻。——（旁白）说实话，当初犹大也这么吻他师傅②，嘴上喊"请安"，满心却盘算着害人。

由此，即可判断，莎士比亚在写《亨利六世》的时候，已盘算

---

① 指生出了爱德华四世、克拉伦斯和格罗斯特本人在内的约克家族这棵大树。
② 此为对《圣经》中"犹大之吻"的化用，参见《新约·马太福音》26：49："那出卖耶稣的人先给他们一个暗号，说：'我去吻谁，谁就是你们所要的人，你们就抓他。'犹大一到，立刻走到耶稣跟前，说：'老师，你好。'然后吻了他。"

好要把理查三世的统治写成一段黑暗血腥的"糟糕的历史"！

从下篇总体而论，虽说人物冲突或不如中篇精彩，但从个体角色的塑造来看，显然，亨利与理查这两个形象最鲜活、最丰满。由此，也可以说，让理查以对王冠充满野心的血腥面孔亮相，与最后被他杀死在伦敦塔里的亨利六世构成鲜明的角色对比，本就是这部戏的主题之一。

3. 角色对比：所有莎剧好看的法门

如同舞台对话是表现人物冲突最常见的一种形式，角色对比同样是凸显戏剧冲突最惯用的一种手法。随机制造"人物冲突"，巧妙设计"角色对比"，始终是莎士比亚万灵的艺术法器，是莎剧吸引观众的不二法门。在任何一部莎戏里，这两样东西又常互为表里，两相衬托，于"冲突"中见"对比"，于"对比"中现"冲突"，而有时两者难分彼此，甚至合二为一，"冲突"即"对比"，"对比"亦"冲突"。在《亨利六世》三联剧中，便有以下由三大"（人物）冲突"而来的三大"（角色）对比"如此交融在一起，形成一股内在、强劲的戏剧张力。

第一，愚忠的护国公格罗斯特公爵与各怀鬼胎的诸位王公贵族。

从剧情和结构来看，这部三联剧在许多方面都有中篇与上篇、下篇与中篇之对比，其中，角色对比尤为鲜明。换言之，莎士比亚用对比保证了冲突的精彩。

尽管上篇一开场便写了护国公格罗斯特与温切斯特主教两人互不相容，见面开撕，随后冲突不断，相互指控，但似乎，格、温冲突尚不如理查·普朗塔热内与萨默赛特的冲突激烈，因为毕竟是理查与萨默赛特在伦敦中殿一花园发生争执时，宣称凡真正显赫、愿保持自身荣耀的贵族，若认可他所陈述的事实，便摘下一朵白玫瑰；萨默赛特针锋相对，称谁若不是懦夫或谄媚之人，并敢于维护真理，就摘下一朵红玫瑰，二人可谓于此时便吹响了玫瑰战争的前奏曲。而且，当塔尔伯特所率英军在波尔多附近的加斯科涅平原与法军激战之际，恰恰由于萨默赛特扣住此时已受封约克公爵理查的援军不发，最终导致塔尔伯特兵败、父子双双阵亡。

也就是说，上篇的主题是塔尔伯特之死，故而，蒂利亚德认为上篇该叫"塔尔伯特的悲剧"。因为，剧中所有的冲突、对比皆顺应于此。更重要的是，随着塔尔伯特的死，以及萨福克把玛格丽特从法兰西接回国成为英格兰王后，剧情进入中篇以后，格罗斯特突然变成包括玛格丽特、萨福克、萨默赛特、白金汉、红衣主教和约克公爵理查在内的王后、贵族、主教的公敌。到第三幕第一场，在贝里圣埃德蒙兹的修道院，面对这些人群起围攻的多项指控，格罗斯特第一次感到自证清白是那么无助无力。

其实，在此之前不久的第二幕第四场，他对自己的忠诚和清白还那么充满自信。当他在伦敦街头目睹妻子埃莉诺公开悔罪之时，夫人奚落他："有时我会说，我是汉弗莱公爵之妻，他是一个亲王，王国统治者。但尽管他能统治王国，又是这样一个亲王，眼见他孤苦的公爵夫人被每一个跟在后面的愚蠢贱民，看作一个奇观和一个嘲笑对象时，却只能站立一旁。"并同时提醒道：

"萨福克——跟那个恨你也恨我们大家的她①联手，什么事都干得出来，——还有约克和那个虚伪的教士、淫邪的波弗特，都在灌木丛抹了鸟胶，等着诱捕你的翅膀；甭管你怎么飞，他们都能缠住你。但在双脚落套之前，你不用怕，千万别设法防护你的敌人。"他立刻阻止夫人说下去："啊，内尔，打住，你想错了！我必违法在先，才能定叛国罪。哪怕我的敌人再多二十倍，每个敌人的力量再强二十倍，只要我忠诚、正直、无罪，他们谁都甭想伤害我。"

说句玩笑的话，不听老婆言，吃亏在眼前。埃莉诺之所以生出当王后的野心，并为此把女巫、术士招到府中从地上唤出幽灵且撺测算国王的命数，最重要莫过于两点：她看穿了国王的软弱无能，看透了那些人各有图谋的野心。可惜，她的护国公丈夫却毫无野心，竟至冤死于刺客之手。

事实上，格罗斯特何尝不清楚那些人的险恶用心！因此，他才在被萨福克逮捕之前的最后一次长篇独白里，一面向懦弱的国王自证清白："啊，仁慈的陛下，时下世道凶险：美德被邪恶的野心窒息，仁爱遭仇恨之手追逐；煽动作恶大行其道，公平被放逐到陛下的国土之外。他们阴谋夺我性命；若我的死能使这岛国吉祥，能结束他们一时的暴虐，我情愿豁出一死。但我的死只给他们的戏做了开场白，因为再搭上数千条对危险浑然不觉之人的性命，也无法结束他们密谋的悲剧。"一面将那些人的魔鬼嘴脸揭开："波弗特一双闪光的红眼透出心底的歹意；萨福克阴郁的眉头露出狂暴的憎恨；无情的白金汉凭舌头卸下压在心头嫉

①她（her）：即玛格丽特王后。

炉的重负；狗一样①的约克，想抓月亮，我把他伸得过长的手臂拽回来，于是他拿诬告瞄准我的性命。——（向玛格丽特）而你，我君王的夫人，伙同其他人，毫无缘由地把耻辱加我头上，竭尽所能把我最亲爱的君王挑唆成我的敌人。——啊，你们把头挤在一起——我不止一次见你们开会密谋——只图夺走我无辜的生命。你们不缺给我定罪的伪证，也不缺加重我叛国罪的充裕材料。"在此，格罗斯特一人与群魔的冲突、对比达到高潮，地位显赫、无比愚忠的护国公格罗斯特终败下阵来，被以叛国的罪名惨遭逮捕。

不过，从塑造舞台形象来说，格罗斯特在上、中篇里也形成了自身的角色冲突和对比，即上篇和中篇里的他，仿佛是两个角色。在上篇，他似乎因个人宿怨跟温切斯特一见面，便像孩子似的打嘴仗，而在中篇，他全然是一个仁慈、崇高、心底无私的护国忠臣。上篇里的他算莎士比亚的败笔吗？中篇里的他是莎士比亚理想中的朝臣吗？一时难以解释。或许，正如德国文学家、政治历史学家乔治·格维努斯（George Gervinus，1805—1871）在其皇皇四卷本的《莎士比亚》（*Shakespeare*，1849）书中所说："格罗斯特公爵在上篇和中篇里完全不同。作者把温和、仁慈的性格与所罗门般的睿智赋予他，他没有野心，对每个人都保持布鲁托式的耿直无私，对妻子也不例外。他自我约束的伟大精神同妻子放任不拘的情感形成对照。莎士比亚突出了格罗斯特这方面的美德。中篇第一幕第三场，他遭到萨福克等人围攻，愤而离开，却又毫无

---

① 狗一样（dogged）：含双关意，指残忍、暴躁。

缘由地回来。莎士比亚有意如此设计,忠心的格罗斯特试图以这种方式息怒。他的性格太过崇高,我们不能不为他的不幸悲伤。他的悲剧完全是羊和狼的寓言的实例,狼以羊搅浑泉水为理由吃掉了羊。莎士比亚意在表明他被自己美德的花环缠绕,竟愚蠢地以为只要自身清白便无所畏惧。对他而言, 正是清白导致毁灭。他只知自己无辜,却不想政敌会蓄意加害他,等遭到不幸时才切身感到自己和国王末日临近。"

第二,格罗斯特公爵夫人埃莉诺与王后玛格丽特。

实际上,拿整个三联剧来说,格罗斯特公爵夫人埃莉诺与王后玛格丽特的冲突、对比,仅在中篇第一幕迅疾开场,随后转瞬结束,只能算一幕过场戏。两相比较,埃莉诺也只是一个过场人物。但埃莉诺过场之不可或缺,在于她是玛格丽特和萨福克再加上温切斯特主教结盟的王后集团用来扳倒她护国公丈夫格罗斯特公爵的一枚棋子。而王后集团在上篇结尾的第五幕第三场,从萨福克在法兰西昂热城前的战斗中俘获玛格丽特那一刻, 便已在萨福克对玛格丽特的情欲中形成。

当时,萨福克凝视着这个拥有"绝色之美"的战俘,柔声说:"别怕,不要逃,因我只会用虔敬的手碰你。我为永久和平吻你的手指,再轻轻松开,让它们垂在你柔嫩的身边。你是谁?说吧,好让我恭敬待你。""我叫玛格丽特,一位国王之女,那不勒斯的国王。"身份亮明,萨福克已被征服:"别生气,大自然的奇迹,你命中注定要被我抓获。天鹅便这样保护一身绒毛的小天鹅,把它们因禁在羽翼下。"他不甘心为"榆木疙瘩①"的国王赢得玛格丽特，他已打算自己占有，随即向玛格丽特开出价码："我保你成为亨利的王后，将一根金权杖交到你手里，把一顶珍贵的王冠戴在你头上，只要你肯屈尊做我的，——"

玛格丽特	什么？
萨福克	他的情人。
玛格丽特	我不配做亨利的妻子。
萨福克	不，温柔的小姐，是我不配求这么美丽的一位小姐做他妻子，那嫁妆也没我的份儿。怎么样，小姐，——满意吗？
玛格丽特	若我父亲愿意，我就满意。
萨福克	那召唤我们的将领和军旗手！——小姐，我们要到你父亲的城堡外面，恳请谈判，同他商议。

对于安茹公爵雷尼耶，答应把女儿嫁到英格兰当王后，可与英国结亲，避战火，保昂热，何乐而不为！对于萨福克，可趁此与玛格丽特结成死党，天作之合！同时，萨福克料定，回到英格兰便"把对她奇妙品质的赞美说给亨利，叫他动心。回想她卓尔不凡的美德和远胜雕饰的天姿神韵；在海上细想她的形貌，等跪到亨

---

① "榆木疙瘩"（wooden thing）：此处或有三层意思：1. 笨主意。2. 不为情所动之人（国王）。3.（萨福克）勃起的阳具。

利脚下时，你便能凭奇妙之语叫他忘乎所以①。"

　　果然，仅凭萨福克一番天花乱坠的赞美，亨利六世便不顾"已和另一位尊贵的女士②订婚"有约在先，不顾格罗斯特提出这会使国王的"荣誉受损丢丑"的异议，命萨福克出使法兰西迎娶玛格丽特。上篇在萨福克得意扬扬、踌躇满志的独白中落幕："这么一来，萨福克占了上风。他③此番前往，犹如年轻的帕里斯④当年去希腊；希望获得同样爱的结果，但日后要比那特洛伊人更成功。玛格丽特一当上王后，管住国王，我便能支配她，操控国王，统治王国。"

　　确如萨福克所说，"这么一来"，他在与格罗斯特的冲突中，在宫廷内部的权力争斗中，都"占了上风"。紧接着，剧情到了中篇开场，虽说玛格丽特如愿成为英格兰王后，但在她加冕之前，又是格罗斯特站出来，对国王签下的婚约表示反对，认为这是"一纸可耻的盟约""一桩致命的联姻"。至此，格罗斯特与王后集团形成公开对立。

　　第二场，在自家公爵府邸，埃莉诺以头天夜里做梦，梦到"亨利和玛格丽特跪在那儿，把王冠戴在我头上。"向丈夫释放野心，力图说服丈夫"伸手"去抓"国王亨利那镶满世间一切荣耀的王冠"，不想招来丈夫一番责骂："这叫我非骂你一顿不可。放肆的

---

①　"叫他忘乎所以"（bereave him of wits）：直译为"叫他失去理智"。

②　尊贵的女士：即第五幕第一场阿马尼亚克伯爵之女。

③　"他"（he）：萨福克在此以"他"自指。

④　"帕里斯"（Paris）：希腊神话中，特洛伊王子帕里斯"当年去希腊"，拐跑了希腊南部城邦斯巴达国王墨涅拉俄斯（Menelaus）绝世美貌的妻子海伦（Helen），从而诱发了希腊联军与特洛伊之间长达十年的特洛伊战争。

女人①!无礼的埃莉诺!你不是王国第二夫人,护国公心爱的妻子吗?你享有的世间欢愉,不已达到甚或超乎想象吗?难道还要执意背叛,让你丈夫和你自己,从荣誉之巅跌落耻辱的脚下？"

显然,埃莉诺的野心在萨福克和玛格丽特看来活像苍蝇眼里那颗有缝儿的蛋,通过她搞掉格罗斯特的计划涌上萨福克的心头。他建议玛格丽特"尽管红衣主教不招我们待见,但我们非跟他和那些贵族联手不可,直到汉弗莱公爵蒙羞受辱。"而在玛格丽特看来,"除了傲慢的护国公,还有那个专横的教士波弗特、萨默赛特、白金汉和牢骚抱怨的约克;在英格兰,这些人里最不顶事儿的那个,都能比国王更有作为"。但"把这些贵族全加上,他们叫我生的气,还不及护国公老婆——那个傲慢女人的一半"。王后痛恨公爵夫人的根由源于女人的嫉妒,她看不惯"她带着成群侍女在宫中招摇穿行,不像汉弗莱公爵之妻,倒更像一个女皇。对她陌生的宫里人还真以为她是王后,她把一个公爵的财富全驮在背上②,却在心里嘲笑我的寒酸。我能不在有生之年报复她吗?凭这么一个出身下贱的卑劣荡妇,那天居然在她宠爱的侍从面前夸耀,在萨福克拿两块公爵领地给我父亲换女儿之前,连她最过时的长礼服的那条拖尾,都比我父亲的全部领地值钱"。

其实,中篇只在第一幕第三场王宫这场戏的后半场,用不多的笔墨,唯一一次写到这两个女人的公开斗法:面对贵族们围攻

---

① 女人(dame):对女人的蔑称。
② 指全身衣着华丽富贵。

发难,格罗斯特拂袖而去。玛格丽特故意把扇子掉地上,叫埃莉诺捡起来,嘴里骂着"骚货",并顺手打了她一耳光,然后佯装不知地问:"请您原谅①,夫人,是您吗?"

埃莉诺	是我吗?没错,是我,骄傲的法国女人,别让我挨近你的漂亮脸蛋儿,我会用指甲在你脸上抓出十条戒律②。
亨利六世	亲爱的婶婶,安静,她不是故意的。
埃莉诺	不是故意的,好意的?国王,趁早当心,她会束缚住你,像孩子一样逗弄。虽说这地方最主事儿的不穿马裤③,可她打了埃莉诺夫人甭想不挨报复。

如何报复?埃莉诺只能求助魔法巫术。她叫人把女巫乔丹和几名术士招到家里,从地下召唤魔鬼撒旦,预测国王、萨福克和萨默赛特的最终命运。但她绝没想到,这是萨福克和温切斯特合谋设下的圈套。结果,约克和白金汉带人突然闯入,将她当场抓捕。经国王亲审,她因"犯下依据上帝之书当处死刑的罪过",被判"剥夺荣誉终身,于三天公开忏悔之后"流放马恩岛。

---

①请您原谅(I cry you mercy.):此句带有挖苦的口吻。

②指在脸上抓出十道深深的指甲印。历史上,格罗斯特公爵夫人不曾与玛格丽特王后相遇,此为莎士比亚戏中杜撰。此处是对《旧约·出埃及记》和《旧约·申命记》中记载的"摩西十诫"的借喻。

③指穿裙子的玛格丽特在宫廷里是"最大的主人"(most master, i.e. the greatest master)当时,宫廷里的男人们时兴穿(裤脚束紧长及膝部的)马裤。

埃莉诺怎是玛格丽特的对手？一个小小的回合，自己先败下阵来，随后不久，还搭上了丈夫的命。从对比的角度说，莎士比亚只赋予埃莉诺两个角色作用：一、被王后集团利用，让格罗斯特毁于一旦。这也是埃莉诺和玛格丽特的共同之处，即都亲手毁了自己的丈夫。二、从一个侧面凸显玛格丽特狡诈的权谋和巨大的野心。对于后者，中篇、下篇多有挖掘，如下篇第一幕第四场，成了玛格丽特的俘虏、并遭受她羞辱的约克公爵，对她有一番酣畅的痛骂："法兰西的母狼，比法兰西的群狼更坏，你的舌头比蝰蛇的牙更毒①！身为女人，像个亚马孙娼妓②似的，对不幸陷入苦难的人幸灾乐祸，这多不相称！……啊，裹了一层女人皮的老虎心③！……女人天性柔软、温和、悲悯、顺从，可你却严厉、顽固、死硬、粗暴、冷酷。"

然而，或许，此处暗藏着莎士比亚的一句潜台词：曾几何时，你约克公爵图谋王位的巨大野心，一点儿不比玛格丽特的小。只是，莎士比亚从不在戏里表露自己的立场。恰如乔纳森·贝特指出的："无论这部三联剧起源情形如何，统一的主题投入相互争斗的两个世界的画面。对立双方无法和谐共存，混乱由此接踵而来。在上篇里，这一对立形式表现为法兰西对英格兰、琼安对塔

① 参见《旧约·诗篇》140∶3∶"他们的舌头尖利如蛇；/ 双唇下有蝰蛇的毒液。"

② 亚马孙（Amazonian）：指神话传说中的亚马孙女战士族。

③ 正是这句台词曾引起罗伯特·格林（1558—1592）在其《小智慧》（*Groatsworth of Wit*）（于1592年格林死后出版）一书中，歪曲莎士比亚："……我们的羽毛美化了一只自命不凡的乌鸦，他以'一个戏子的心包起一颗老虎的心'，自以为能像你们中的佼佼者一样，浮夸出一行无韵诗；一个剧场里什么活儿都干的杂役，居然狂妄地把自己当成国内唯一'摇撼舞台之人'。"

尔伯特、巫术思维对理性行动、女性对男性，以及暗含的天主教徒对新教徒。历史上的塔尔伯特是个天主教徒，但在16世纪90年代早期一位观众眼里，他说话直爽的英国作风及其在欧洲大陆的英雄业绩，难免激起人们对骑士般勇士的想象，比如在1580年代西属尼德兰的宗教战争中，与莱斯特伯爵罗伯特·达德利（Robert Dudley，Earl of Leicester）并肩作战的菲利普·西德尼爵士（Sir Philip Sidney）。同时，在反天主教宣传中，琼安是一个为人熟知的形象：一个烙下妓女名号的处女（'pucelle'指少女，但'puzzel'暗含妓女之意），一个被转化成魔法师的圣徒和殉教者，一个靠暗示神奇受孕的方式与天主教的圣母马利亚崇拜联系起来的人物。

"中篇的辩证关系在于让忠诚的老格罗斯特汉弗莱公爵和虔敬的年轻国王亨利六世，与惯耍阴谋的普朗塔热内（金雀花）家族相斗。约克公爵理查的脑子，'比劳作的蜘蛛还忙'，'艰辛织罗网'（第三幕第一场），诱捕敌人；他儿子理查，未来的格罗斯特公爵和最终的理查三世，将把这种语言和他父亲的权谋并行发展到令人惊悚的效果。当不同角色在约克和兰开斯特两大家族间变换阵营之时，观众的同情也随着剧情的快速展开发生改变：中篇里渴求权力的约克公爵，在下篇被刺身亡之前的最后时刻，被迫戴上一顶纸王冠，则变成了一个令人感伤的形象。

"莎士比亚未透露自己归哪个阵营，但他清楚历史运行的方向。在这方面，一个关键事件是中篇里辛普考克斯伪造神迹：亨利王受了骗，这是一个天真信仰的标志；反之，格罗斯特汉弗莱采用的则是一个驱魔者怀疑、质问的表达。——同时代与驱魔者对等之人，理应是秘密天主教徒的搜捕者。据悉，这一场景并非源自爱德华·霍尔亲都铎王朝的编年史（即《兰开斯特与约克两大显族的联合》），而是取自约翰·佛克赛反天主的殉教史。其他一些'中世纪'，也就是暗含的天主教元素，同样受到颠覆：格罗斯特公爵夫人的仰仗巫术和让铠甲匠霍纳和他徒弟彼得决斗的判决，两者皆适得其反。"

第三，"旧王"亨利六世与未来的"新王"理查。

从整个三联剧来看，虽说亨利六世第一次出场是在上篇第三幕第一场议会大厦，最后一次露面在下篇第五幕第六场被理查连刺数剑杀死在伦敦塔，离剧终还剩最后一场戏，但毫无疑问，亨利六世是唯一一个贯穿三联剧始终的重要角色。从这点来说，该剧叫"亨利六世"名副其实。诚然，莎士比亚赋予他的角色作用就是要以其国王的身份，串起这由上、中、下三篇组成的"连续"剧，串起他在舞台上"戏说"的这段玫瑰战争的历史。

其实，这里要做的"旧"的亨利王与未来"新"的理查王之间的对比，只发生在下篇。因为首先，不要说在上篇剧作人物表里找不见理查的名字，连他父亲理查·普朗塔热内也是直到第三幕第一场，才由亨利王下令得以恢复约克家族的所有世袭权利、受封为约克公爵，并由此从心底重燃问鼎王位的野心；其次，尽管身为约克公爵的第三个儿子，理查在中篇第五幕第二场随父亲所率爱尔兰大军一路杀回国，在圣奥尔本斯之战中冲锋陷阵，手刃父亲长久以来的政敌仇人萨默赛特，立下战功，但实际上，他从下篇第二幕第六场被哥哥爱德华四世封为格罗斯特公爵那一刻起，才真正成为堪与亨利王一比的理查。

　　的确，在这之前，理查丝毫不具备像在世时的父亲约克公爵、父亲死后继任约克公爵的哥哥爱德华那样，具有角逐王位的可能性。但凡论及微乎其微的可能性，若按正规的继承权顺位排序，他二哥克拉伦斯公爵乔治都比他优先。他在第三幕第二场那段言由心生的独白，对这个暗淡的前景做了令人沮丧的深切描绘："是的，爱德华对女人会好生相待①。——愿他榨干身子②，连骨头带骨髓全部耗尽，从他腰间再萌生不出希望的树枝，阻止我所渴望的金色时光③！可是，在我灵魂的欲望和我之间——好色的爱德华一旦死去——还有克拉伦斯、亨利和他儿子小爱德华，以及所有他们的身体无意间种下的骨血，都会在我占位之前，跟我抢位子。对于我的目标，这是多令人沮丧的前景！"

　　这其实也是亨利与理查最为可比之处：亨利尚在襁褓便继承王位，亲政之后，虔敬上帝，无心治国，加之怯懦昏聩，夫人干政，逐步将王国引入内战的分裂；后者先天残疾，遭人奚落"驼背理查"，却心怀野心，意志坚定，为夺取王冠不择手段，血腥残暴，终在杀掉亨利王不久的日后，登上权力巅峰，成为一代新王。

　　因此，莎士比亚是在拿父子两代四个人的约克家族，与兰开斯特王朝的亨利六世形成一个大对比，这个对比细分为四个层次：父亲约克公爵与亨利王；长子爱德华（继任的约克公爵、后来的

---

① 此处含性意味，暗指：爱德华一定会在性事上好好对待。

② 榨干身子（wasted）：指染上侵蚀骨头的梅毒。骨髓（marrow）：亦指精液。

③ 腰间（loins）：暗指生殖器官。希望的树枝（hopeful branch）：暗指生养的后代。金色时光（golden time）：暗指王权、王冠。此处透出，格罗斯特（即未来的理查三世）已开始觊觎王位。

爱德华四世）与亨利王；次子乔治（后来的克拉伦斯公爵）与亨利王；三子理查（后来的格罗斯特公爵、未来的理查三世）与亨利王。

约克与亨利王

这个对比相对简单。第二幕第五场，理查·普朗塔热内探望因禁在伦敦塔的舅舅马奇伯爵埃德蒙·莫蒂默，莫蒂默向理查历数家族血脉，证明莫蒂默家族有合法的王位继承权："亨利五世继承其父布林布鲁克①掌权。你父亲，那时的剑桥伯爵，乃赫赫有名的约克公爵埃德蒙·兰利②之后，他娶了我姐姐，同情我的惨痛悲苦，召集一支军队，再次起兵，意图救我出去，拥我登上王位。可这位高贵的伯爵，像其他人一样，兵败垂成，丢了脑袋。就这样，留在莫蒂默家族的王位继承权，被剥夺了。"说完，无儿无女的莫蒂默指定理查为自己的继承人。随后叮嘱他"兰开斯特家族树大根深，像一座大山，无法根除③"，务必出言谨慎、小心行事。说完便咽了气。理查的国王梦由此被激活。随后不久，经沃里克提议，亨利王慨允把"出自约克家族嫡亲血统的所有世袭权利"全给了理查，封他为"有王室血统的约克公爵"。变身为约克公爵的理查貌似感恩戴德，向亨利王誓言："理查一兴旺，您的仇敌要倒下！我尽心效忠，管叫对陛下心存怨恨之人灭亡！"

很快，约克获得了把野心付诸实施的天赐良机。爱尔兰发生兵变，贵族们派他率一支精兵前去迎战。手里有了兵权，约克开

① "布林布鲁克"（Bullingbrook）：亨利四世加冕之前的名字。在莫蒂默眼里，亨利四世乃篡位之君，故不以"亨利四世"尊称，而是直呼其成为国王之前的名字。

② "埃德蒙·兰利"（Edmund Langley）：爱德华三世之第五子。

③ 参见《旧约·诗篇》125：1："信靠上主的人像锡安山，／永远屹立，坚定不拔。"

始行动："我就缺军队，你们把军队送上门；我乐意笑纳。但请放宽心，你们把锋利的兵器放在一个疯子手里。等我在爱尔兰养壮一支强大的军队，必将在英格兰激起一场黑色的暴风雨。"为实现目的，他要先找个"执行我意图的人。我诱惑了肯特郡一个倔小伙儿，阿什福德①的约翰·凯德，让他借约翰·莫蒂默②之名，竭尽所能激起叛乱。"然而，"凭这一招儿，我要察觉公众的想法，看他们对约克家族及其权利要求作何反应"。

于是，便有了中篇后半部约翰·凯德领导的洗劫伦敦城的暴民起义。尽管白金汉公爵最后平息了凯德起义，却使约克终于摊牌，向亨利王索要王位："约克此番从爱尔兰回来讨要权利，要把软弱的亨利头上的王冠摘下来。"于是，便有了索尔斯伯里和沃里克父子支持的约克的军队，与玛格丽特、萨默赛特、克里福德所率国王的军队在圣奥尔本斯激战。于是，便有了大获全胜的约克在下篇一开场，率兵闯入威斯敏斯特宫议会大厅，先逼亨利王退位，后又立下誓言，只要亨利王活着，便尊他为王，敬他为君，不以谋反或敌意寻机废黜，自立为王。于是，便有了玛格丽特联合北方的贵族，进攻桑德尔城堡，击败约克，把他的人头挂到约克城的城头。

显然，这一切的因与果，皆因约克僭越的野心，可以说是咎由自取！

---

① 阿什福德（Ashford）：肯特郡一镇，位于坎特伯雷（Canterbury）以南。
② 约翰·莫蒂默（john Mortimer）：与约克一样，源出莫蒂默家族，为爱德华三世第三子克拉伦斯公爵莱昂内尔（Lionel, Duke of Clarence）之后，亦享有王位继承权。

爱德华与亨利王

约克死后，他的三个儿子自然要向国王和王后复仇，并夺取王位。其实，约克的儿子们对父亲立下只要亨利王在世便不自立为王的誓言颇为不满。长子爱德华劝父亲："但为夺取一个王国，可以打破任何誓言。让我当朝一年，我愿打破一千个誓言。"这是爱德华的真实心声，因为一旦父亲做了国王，身为长子，他便是第一顺位继承人。三子理查更是力劝父亲："一句誓言，不在统治立誓人的、真正合法的统治者面前立下，毫无意义。亨利屁都不是，他只是篡了那个位置。因此，既然是他要您立的誓，那您的誓言，父亲，便毫无价值，毫不足取。所以，拿起武器！还有，父亲，但凭一想，头戴王冠是件何等美妙的事，那圆圈儿里便是伊利西姆①，是诗人们用魔咒唤来②的一切幸福欢乐。我们干什么这么拖延？不拿亨利冷淡的心头血染③红我佩戴的白玫瑰，我不得安生。"这是理查的真实心迹，因为，他已有了"拿亨利冷淡的心头血染红我佩戴的白玫瑰"的血腥的周密计划：即杀掉所有"跟我抢位子"的人，最终把那"美妙"的"圆圈儿"戴在头上。

爱德华虽没亨利那么幸运——生下来九个月便顺顺当当地继承了兰开斯特王朝英雄的亨利五世的王位，但毕竟，在父亲向亨利王索要王位继承权之时，身为长子，他心底升起了有朝一日能当上约克王朝国王的期盼。

---

① 伊利西姆(Elysium)：希腊神话中贤人死后的居住地，即极乐世界，乐园。

② 用魔咒唤来(feign)：也可解作"想象"(imagine)，与"高兴""欣喜"(fain)谐音双关。

③ 染(dyed)：与"死"(died)谐音双关。

下篇第二幕第一场，爱德华与理查率军行进在赫里福德郡莫蒂默十字架附近的平原上，兄弟俩尚"弄不清我们勇敢父亲的下落"。恰在此时，他们看到空中出现了三个太阳：

爱德华　　莫非眼花了，我怎么看见三个太阳①？

理查　　　三个耀眼的太阳，每个太阳都完整；不是浮云把一个太阳分成三个，而是仨太阳分悬于莹白的晴空。看，看，它们连在一起，拥抱，像要亲吻，仿佛立誓要结成什么神圣的联盟。现在它们结成一盏灯、一道光、一个太阳。这一定是上天预兆要发生什么事。

爱德华　　真是怪极了，从未听过这样的怪事。我想，弟弟，它在召唤我们上战场，——我们，勇敢的普朗塔热内的儿子，虽说每人都立过闪耀的战功，却该把我们的光辉联成一体，像这光照世界的太阳一样，照亮大地。甭管它预示什么，往后我都要在盾徽上加三个金灿灿的太阳。

理查　　　不，生仨女儿②吧。——请恕我直言，比起男人，你更爱女人。

莎士比亚为爱德华和理查精心设计的这段饱含激情诗意的

---

① 太阳(suns)：爱德华三世和理查二世的纹章装饰是冲出云层的太阳。
② 女儿(daughters)：因"太阳"(sun)和"儿子"(son)发音一样，理查在此玩文字游戏，故意将上句"太阳"(suns)曲解成"儿子"(sons)。

对话十分出彩，意蕴深远，把兄弟二人幽微的心思活脱脱地折射出来。因为太阳本身是约克家族的族徽，所以，爱德华和理查都自然把三个太阳理解为兄弟三人结成"神圣的联盟"的象征，并期盼这"三个太阳"(约克家族)"联成一体""照亮大地"。但理查最后对大哥貌似不经意的"比起男人，你更爱女人"的调侃，却表明自己另有心思，同时一语点破了这位未来的爱德华四世皆因"更爱女人"才招致两度为王的命运。而爱德华四世的两度为王，又正与亨利六世同样因"爱女人"再度为王的遭际，形成命运沉浮的生死对照。像这样一山二虎，某一时期两个国王同时在位的情形，在英国历史上绝无仅有。作为戏说历史的好手，莎士比亚怎会轻易放过。

于是，便有了爱德华继任约克公爵，并在沃里克的拥戴下替他父亲"自立为王"，成为爱德华四世；于是，便有了"更爱女人"的这位国王，前脚派沃里克出使法兰西为他与路易国王的小姨子波娜女士订婚，后脚不顾两个弟弟的不满，执意娶寡妇格雷夫人为英格兰王后。于是，便有了沃里克反叛爱德华国王，反手与玛格丽特结盟，并在法兰西支持下率军回国，活捉爱德华国王，从伦敦塔释放亨利王，恢复亨利的王位。于是，便有了理查为实现自己将来称王的野心，救出被赶下王位的大哥爱德华，领兵杀回伦敦，将亨利王再次囚禁伦敦塔，让爱德华四世再度执掌王权。

显然，这一切的因与果，皆因爱德华贪淫好色所致！

乔治与亨利王

乔治在这一约克家族与亨利王的大对比中，戏份儿最少，分量最轻。不能说，作为老约克公爵的次子，他毫无夺取王冠的野心。首先,第二幕第六场,取得陶顿战役胜利之后,在沃里克拥戴下即将成为爱德华四世的新约克公爵,封乔治为克拉伦斯公爵,这使乔治自然先于三弟理查,进入了将来可能的顺位继承人之列。其次,第四幕第一场,乔治对好色的国王哥哥与寡妇格雷夫人的婚事极为不满,担心此举会激怒为哥哥与波娜女士的婚约出使法兰西的沃里克。因而,哥哥问他的想法,他明确告知:"因路易国王把波娜女士的婚事当成你对他的嘲弄,他已变成你的敌人。"另外,他早在心里打上了沃里克小女儿的主意,正好可趁机去投奔沃里克,他旁白道:"国王哥哥,再见,坐紧您的王位,因为我要去娶沃里克的另一个女儿。虽说我缺一个王国,但在婚姻上我可以证明不比你差。你们,谁爱我和沃里克,谁跟我走。"

于是,便有了他跟从法兰西杀回国的沃里克一起,偷袭哥哥的国王营帐,将哥哥赶下王位。于是,便有了亨利六世恢复王位,他又与沃里克一起双双出任护国公。此时,他极力赞美沃里克"你配得上权力,你一落生,上天便把橄榄枝和月桂花冠①授予你,使你可能在战争与和平中得到保佑"。于是,便有了他同意"立刻宣布爱德华为叛国者,将其所有土地、财物充公。"并要沃里克把"继位人问题也要决定",直到沃里克保证"这里少不了克拉伦斯那份儿②",他才心满意足。于是,便有了他成为沃里克的乘龙快婿。于是,便有了当三弟理查救走大哥,哥俩儿率大军来到考文垂城下,欲与沃里克决战之时,他又背叛岳父,转身投奔

---

① 橄榄枝(an olive branch)和月桂花冠(laurel crown)分别是和平与胜利的象征。
② 倘若兰开斯特家族(Lancastrian)的王位继承权遭驳回,爱德华被处叛国罪,其尚未出生的孩子忽略不计,那克拉伦斯便有了相当权重要求继承王位。

自己的国王哥哥。他对沃里克绝情地说："也许你会用我神圣的誓言，骂我比拿亲生女儿做牺牲的耶弗他①更邪恶。我对曾犯下的过错痛心不已，因而，为求得哥哥的充分信任，在此宣布，我是你的死敌。"于是，便有了沃里克最后兵败，死于非命。于是，便有了他在《理查三世》第一幕第一场即身陷伦敦塔，并在第四场，作为理查眼里通向王冠之路的绊脚石，被理查派的刺客杀死在伦敦塔里。

显然，这一切的因与果，皆由他首鼠两端、善发假誓所决定！

理查与亨利王

老约克公爵死后，如果说继任了新约克公爵的长子爱德华第一次称王，成为约克王朝的首位国王爱德华四世，全仰赖"造王者"沃里克伯爵之力，那他在被沃里克赶下台、遭看管之际得以恢复王位，再度称王，则全赖三弟理查之功。尽管理查对大哥执意娶寡妇格雷夫人为王后，像二哥乔治一样，心存不满。但他城府极深，不会像乔治那样轻易背叛，转身投奔沃里克。其实，他内心的算盘很简单，只有保住大哥的王位，才有实现个人野心的可能性。

无疑，在莎士比亚笔下，理查是一个权谋十足、血腥残暴的野心家。理查从下篇一开场，便启动了有朝一日夺取王冠的血腥计划。他当然不会预见王朝历史的发展运势，但他深知要实现自

---

① 耶弗他（Jephthah）：《圣经》中的人物，是古代以色列的士师，据《旧约·士师记》第十一章，耶弗他向耶和华发誓，只要以色列人（Israelites）打败亚扪人（Ammonites），在得胜归来的路上，他将把见到的头一件东西做牺牲献给耶和华。结果他第一眼看到了自己的女儿，为践行誓言，他亲手杀了女儿。

己的野心，首先势必要与大哥爱德华一起，先劝动父亲约克打破在亨利王面前立下的誓言，立刻"自立为王"。结果，理查丝毫没料到，父亲兵马未动，为让儿子小爱德华继承王位的玛格丽特王后，率领由北方贵族组成的大军杀到桑德尔城堡。韦克菲尔德一场血战，父亲兵败，丢了脑袋。

事实上，第二幕第一场，既是剧情的一个高潮点，也是一个转折点。得知父亲死讯之前，爱德华、理查兄弟二人，心里共有一个约克家族夺取王位的大计划，即父亲称王之后，兄弟三人必须像天上出现的三个太阳那样，"结成一盏灯、一道光、一个太阳"。所不同的是，两人各有自己的小计划：理查的小计划必须深藏不露，即天下迟早只剩下"一盏灯、一道光、一个太阳"。那就是"理查的王国"。这才是他从心底期盼的"上天预兆要发生什么事"。爱德华的计划则是公开的："甭管它预示什么，往后我都要在盾徽上加三个金灿灿的太阳。"理由很简单，父亲一旦死去，作为长子，他是第一顺位继承人。

毋庸讳言，莎士比亚已在此处高妙地暗示出了爱德华与理查隐性的冲突与对比。换言之，爱德华或许并未意识到与三弟的冲突何来，但这个冲突对于理查早已天然形成，因为作为老约克的第三个儿子，继承权离他几乎遥不可及。因此，由隐性冲突下的角色对比凸显出来的兄弟二人不同的性格特征，才更富有意味。

得知父亲的死讯，爱德华的第一反应是："亲爱的约克公爵，我们的支柱，如今你这一死，我们便没了支撑、没了依靠！"理查首先想到的是复仇："哭泣用来减缓悲痛的深度，那就让婴儿去流泪，我要打击和复仇！——理查，我享有你的名字，我要为你的死复仇，或因奋力复仇光荣丧生。"然后，爱德华想的是自己可以世袭的"领地和权位"："勇敢的公爵，他把名字传给你，把公爵的领地和权位①留给我。"尽管理查并未以鄙夷的口吻说这段话："不，你若是高贵的老鹰之子，就盯着太阳凝视②，表明自己的血统。别扯什么公爵的权位、领地，要说王座和王国，那王权是你的，不然，你不配当他儿子。"但显然，理查对这位贪心的大哥心存不屑。继而，理查还必须给刚在战场上败给王后大军的沃里克鼓劲儿："该丢弃刚硬的护甲，裹上一身黑色丧服，数着念珠，念诵'万福马利亚'③？还是该以复仇的双臂敲击敌人的头盔，记着数儿，宣告虔诚④？"最后终于使沃里克下定决心："一路向前⑤，我们要进军伦敦，再次跨上唾沫四溅的战马⑥，再次向敌人高喊'冲锋！'但这次绝不掉头飞逃。"同时，沃里克向爱德华庄重承诺："你不再是马奇伯爵，而是约克公爵，下一步便是英格兰皇室王座。因为行军经过每个村镇，我们都会宣告你是英格兰国王。"

可以说，这一步、这一切，都是隐忍、坚毅的理查促成的。何况，在通向王冠的路上，理查更要向杀死小弟拉特兰，并与玛格丽特一道侮辱、杀死父亲的克里福德复仇："克里福德，哪怕你心硬如钢，——你的行为已表明你心如铁石，——我也要刺穿它，否则，我的心给你刺。"

---

① 此处的权位包括王位继承权。
② 相传雏鹰目光锐利，可盯着太阳凝视不眨眼，并以此表明自身血统纯正。
③ 万福马利亚（Hail Mary）：即《圣母经》或《圣母颂》。
④ 意即拿敌人的头盔当诵经的念珠做祷告。
⑤ 一路向前（via，i.e. onward）：原为拉丁文。
⑥ 形容战马发怒的样子。马在发怒时唾沫四溅。

于是,便有了第三幕第二场,已被大哥封为格罗斯特公爵的理查以长篇独白立下誓夺王位的血腥宣言:

……唉,若说这世上没有给理查的王国,我还能有什么别的快乐?……唉,我在娘胎里便被爱神丢弃。为使我无法染指她脆弱的法律①,她凭着什么贿赂买通易受诱惑的大自然,把我的胳膊缩得像一棵枯萎的灌木;在我背上鼓起一座怀恨的山峦,畸形端坐,在那儿嘲笑我的身体……只要我活着,便只把这人间当地狱,直到撑着我这颗脑袋的畸形身体,箍上一顶荣耀的王冠。……我要比海妖②淹死更多水手,要比蛇怪③杀死更多对视之人;我要扮演涅斯托④那样的演说家,骗人比尤利西斯⑤更狡猾,而且,要像西农⑥一样,夺取另一个特洛伊⑦。我比变色龙更会变色,变形比普罗透斯⑧更占上风,还能给凶残的马基雅

① 脆弱的法律(soft laws):此处含性意味,暗指:为使我不能干风月场里的事儿。

② 海妖(mermaid):即希腊神话中的海上女妖塞壬(Siren),以美妙歌声引诱水手驾船触礁。

③ 蛇怪(basilisk):传说中能以目光杀人的怪蛇。

④ 涅斯托(Nestor):特洛伊战争中希腊联军中最年长的英雄,口才出众,富于智慧。

⑤ 尤利西斯(Ulysses):荷马史诗《奥德赛》(Odyssey)中伊萨卡(Ithaca)的国王,以狡猾著称。

⑥ 西农(Sinon):在维吉尔(Virgil)的《埃涅阿斯纪》(Aeneid)中,西农假装背弃希腊联军,劝特洛伊国王普里阿摩斯接受木马,最终导致特洛伊陷落,遭焚毁。由此,后人常以西农的名字代称奸诈之人。

⑦ 另一个特洛伊(another Troy):指英国王冠。

⑧ 普罗透斯(Proteus):希腊神话中海神波塞冬(Poseidon)的长子,《荷马史诗》中的"海中老人"之一,为避免被捉,身体能随意变形。

维利①教点儿东西。

这些我都能，还弄不到一顶王冠？

啧！哪怕它再远，我也要摘下来。（下。）

可以说，下篇从这个地方开始直到剧终，已是莎士比亚在为他后来的历史剧《理查三世》里的理查王撰写前传，也正是在这个地方，莎士比亚笔下那个"驼背理查"的形象胚胎成形了。于是，便有了爱德华四世背弃与波娜女士的婚约娶了格雷夫人之后，他依然会留在国王大哥身边。于是，便有了沃里克与玛格丽特从法兰西领兵回国，成功偷袭国王营帐，将国王赶下台之后，他与海斯汀带着人马前往米德尔城堡附近沃里克的哥哥约克大主教的私人猎场，把国王从"囚禁中救出"。于是，便有了他与爱德华国王的军队一起冲入伦敦王宫，把刚恢复王位不久的亨利王再次囚禁伦敦塔。于是，便有了沃里克在巴尼特之战中负伤阵亡，有了玛格丽特、萨默赛特、小爱德华在图克斯伯里之战中先后被俘，有了爱德华、乔治和他三兄弟一人一剑刺死小爱德华。于是，便有了第五幕第六场，伦敦塔，他与亨利王在整个三联剧里第一次、也是最后一次正式的"对话"。

在此，这个"对话"既是冲突，更是对比。旧国王亨利，身陷伦敦塔，正读一本祈祷书，见到理查，料定他是来夺命的"迫害者"一个"刽子手"。他虔敬上帝，渴望天堂，不惧死亡。这时，他没了高居王位时的怯懦无力，反倒有了预言家的冥思。他冷峻地讥讽

---

① 马基雅维利：马基雅维利（Machevil，1469—1527），因其名著《君主论》（*The Prince*）倡导政治权谋，被后人视为权谋家。

理查："你出生时嘴里已长牙①,预示你一落生就能满世界咬人。"身中一剑,他仍呻吟着吐出最后一句预言:"命定此后你还有更多杀戮。啊,上帝宽恕我的罪,也赦免你!"随后,又是一大段莎士比亚为理查专门打造的、不可谓不精彩的血腥宣言:

格罗斯特　　　　怎么?兰开斯特上升的②血也会沉到土里?我以为它会往上爬呢。瞧我的剑为这可怜的国王之死怎样淌泪③!啊,希望我家族衰落的那些人,愿他们永远流出这样猩红的泪水。你若还残存一星生命的火花,向下,下到地狱,就说是我打发你去那儿的,我,既无悲悯、情爱,也毫不畏惧。(再刺。)没错,刚亨利说我的话是真的,因我常听母亲说,我是先伸双腿来到人世④。你们想,我没理由赶快⑤找出篡夺我们合法权利之人,毁灭他们吗?接生婆吃了一惊,女人们喊叫"啊,耶稣保佑我们,他生下来就有牙"!我是这样,那分明表示,我生来就该号叫、咬人,像狗一样。那好,既然上天把我的身体弄成这个形状,就让地狱

①中世纪英格兰民间认为初生婴儿嘴里长牙是反常的不祥之兆。
②上升的(aspiring):意即有志气的。
③指亨利六世的血顺着剑身滴落。
④婴儿出生时先露出双足,乃民间所说的"横生倒养",即"痦生"。
⑤格罗斯特暗指自己出生时因脚先呱呱坠地,故而行动迅速。

扭曲我的心灵与它对应。我没兄弟,跟哪个
兄弟都不像。"爱"这个字眼儿,胡子花白的
老者称其神圣,存于彼此相像的人中,与我
无关。我自己独来独往。——克拉伦斯,要
当心,你遮住了我的光明①,但我要给你安排
一个黑漆漆的日子,因为我要散布这样的预
兆,叫爱德华为生命担忧,然后,为清洗他的
恐惧,我会弄死你。亨利王和他的亲王儿子
都死了。克拉伦斯,下一个轮到你,然后其他
人,成不了人上人②,我便一文不值。

　　我要把这尸体弄到另一间屋子,

　　狂喜吧,亨利,在你的审判日③。(拖尸
体下。)

　　时至今日,现代史学家们越来越肯定,理查富有卓越的军事
指挥才能和非凡的政治才华, 在他统治英格兰王国的两年时间
(1483—1485)里,建立起了一套完善的法律援助体系和保释制
度。同时,作为国王,他援建大学、教堂,尤其在其曾建立北方议
会的英格兰北部地区,广受爱戴。而且,最重要的,历史上真实的
理查是一个身强体健的正常人, 他在戏里由先天身体残疾扭曲
而成的邪恶人性,是莎士比亚一手编造出来的。

---

① 意即:你妨碍我登上王位。因约克家族的族徽是太阳,故有此说。

② 成不了人上人(till I be best.):直译为直到我成为最好的人。

③ 在你的审判日(in thy day of doom.)意即:今天是你的死期。

诚然,善于从他人他处借素材编戏的莎士比亚,才不是这个驼背、邪恶、血腥、残暴的理查的始作俑者,他笔下的"驼背理查"是从托马斯·莫尔的《理查三世的历史》和亨利七世(Henry Ⅶ,1547—1509)的史官们那里借来的。试想,在博斯沃思战役击败理查、继任国王的亨利·都铎(Henry Tudor)是英格兰都铎王朝(Tudor Dynasty)的首位国王,他手下的史官能不为胜利者修史颂圣吗?试想,亨利七世是莎士比亚时代的女王伊丽莎白一世的祖父,作为女王治下的一名臣民、一个编剧,莎士比亚能不惦记,要讨得女王笑,只有马屁拍得妙吗? 因此,他只管把理查戏说成残废,完全不在乎历史是否会变得畸形。

凯德与王公贵族

在国王与国王、国王与王后、国王与贵族、王后与贵族、贵族与贵族、王子与王子等一系列"红""白"玫瑰之间的冲突、对比之外,莎士比亚还在《亨利六世》中写了另一层自有其内在逻辑的冲突与对比:受老约克公爵唆使,借约翰·莫蒂默之名挑起叛乱的暴民首领约翰·凯德与王公贵族。

莎士比亚如此写法, 此中深意恰如乔纳森·贝特所言:"新教,反对圣徒和主教等级制度,以民众的语言信奉《圣经》,与一种宗教信仰的民主化有关。三联剧只有中篇分享了大众声音这一元素(因此散文体的戏文部分占主要比例,这在上篇和下篇完全缺席,但不能说它认同一种现代民主观念)。杰克·凯德是舞台上一个颇具吸引力的人物, 因为他与观众席里的平民百姓说着同样的语言, 他的插科打诨在贵族的堂皇修辞和卑劣狡诈中提供了难得的喘息之机,比如,像'我们要做的头一件事,杀死所有律师。'(第四幕第二场)这句台词,在每一个时代都会引起一阵赞许的笑声。但莎士比亚凭他父亲所缺的读写能力谋生,很难说,他会认同这个下令绞死犯有识文断字罪的乡村教士的角色,何况凯德脑子里英格兰幻影的核心问题自相矛盾:

> 凯德　　那要勇敢,因为你们首领勇敢,并誓言改革。以后在英格兰卖七个半便士的大面包①只卖一便士,三道箍的酒杯②改成十道箍,喝淡啤酒的我要判他重罪。整个王国的土地都是公共用地,我的坐骑要牵到齐普赛街③去吃草。等我当了国王——我一定能当国王——
>
> 众人　　上帝保佑陛下!

这一'改革'是把双刃剑:廉价面包、不掺水的啤酒和土地公有听着像乌托邦,但凯德并不真想要一个代议制政府。他想自立为王。莎士比亚在二十年后的戏《暴风雨》(*The Tempest*)中,对朝臣贡萨洛的'联邦'理想主义玩了同样把戏:'没有君主——/可他想当国王。'倘若莎士比亚有一座伊甸园,它不是老歌谣'亚当耕来夏娃织,/那时何曾有绅士?'唱的、尚未有阶级界限的那

---

① 大面包(loaves):常指长方形的大面包。

② 凯德要把有三道箍、容量两品脱的木酒杯的容量增大,按十道箍计量,酒杯容量超过六品脱。换言之,凯德的改革,要使人们花同样钱买更多酒。

③ 齐普赛街(Cheapside):伊丽莎白时代伦敦的主要市场街,西起圣保罗教堂墓地,东至家禽饲养场。该街俗称"买卖街"("buying and selling"),源于古英文"ceap",意即"市场",后演变为现代英文"便宜"("cheap")。

么一个地方,而是一座英国绅士的乡间庄园,一处遭凯德侵入的和平、隐居之所——肯特郡亚历山大·伊登的花园。"

五、亨利六世:"国王戏"里的第一配角

莎士比亚的历史剧常被称为"国王戏"。他以内中涉及十几位国王的十部国王戏,串起从约翰王 1199 年继位金雀花王朝第三位国王到 1547 年都铎王朝的亨利八世死去近三个半世纪的英国历史。当然,莎剧中的历史不等于英国史,莎士比亚旨在拿每部均以国王尊号命名的"国王戏",在舞台上"戏"说历史。以《亨利六世》三联剧为例,上篇写的是玫瑰战争前内战风雨欲来的政局;中篇揭示因国王无能导致的内忧外患:内则"红白玫瑰"公开对抗,并激起农民起义,教会亦有染指王权之野心,外则失掉法兰西所有英属领地;下篇以一系列戏剧性的场景,凸显约克与兰开斯特两大家族你来我往、此消彼长的王权争夺战愈演愈烈,使英格兰陷入分裂。显然,在历史上,身为国王,亨利六世是造成王国分裂残局的唯一主角,而在戏里,这位软弱却虔敬的国王仅仅是地位至尊的一个配角,最后被理查(未来的理查三世)杀死在伦敦塔,以惨剧收场。

历史实在有其难以言说的内在诡异之处。这个出自兰开斯特家族的亨利六世的王位继承权源自他的祖父亨利四世,正如在下篇第一幕一场,亨利六世面对闯进议会大厅逼宫的约克公爵辩称的那样:"因为理查(二世),当着众多朝臣的面,将王位让给亨利四世,先父是他的继承人,我又是先父的继承人。"但在出自普朗塔热内血脉(即"金雀花王朝")的约克家族人的眼里,亨

利四世是篡位之君，恰似公然向亨利六世讨要合法王位继承权的约克公爵所言："他起兵谋反君王，以武力逼君王让位。"诚然，这段历史莎士比亚在其《理查二世》中"戏说"得一清二楚。换言之，亨利四世篡理查二世王位之时，即已将玫瑰战争的序幕撕开一条缝。或者说，斗转星移、天地玄黄，理查二世遭篡位的命运，又活生生落在了亨利六世的头上。前一个"理查(二世)"死在前一个"亨利(四世)"之手，后一个"亨利(六世)"死在后一个"理查(三世)"剑下。

由此，英国著名批评家威廉·哈兹里特 (William Hazlitt, 1778—1830)在其《莎士比亚戏剧人物论》(*Characters of Shakespeare's Plays*,1817)中指出："理查二世与亨利六世这两个人物如此相似，以至于一个平庸的诗人会把他俩写得难分你我，但在莎剧中却刻画得彼此鲜明。两人都是国王，都有不幸命运，皆因软弱无能不善当朝理政失去王位。可他们都是既无头脑、又滥用王权之人，其中一个还对王权毫无兴趣。二人忍受不幸的方式和导致不幸的原因紧密相关，一个为失去权力而悲伤，却无力夺回权力；一个悔不该当初成为国王，反倒为失去权力而高兴。面对困境，两人都没了男子气概：一个表现得穷奢极欲、傲慢自大，一心想复仇，但遇到矛盾便内心烦乱，一遭不幸便十分沮丧；一个则表现得慵懒懈怠、心存仁慈，讨厌由野心带来的烦扰和随显赫地位而来的忧虑，只惦记能在悠闲和思考中度过一生。理查哀叹王权之丧失，因为有了它，他的骄奢、傲慢便有保证；亨利只把它视为仁慈的工具，并不真心想得到它从中获益，反而怕使用不当。"

又由此，爱尔兰诗人、批评家爱德华·道登（Edward Dowden，1843—1913）在其第一部重要著作《莎士比亚：他的思想与艺术批评研究》（*Shakespeare: A Critical Study of His Mind and Art*，1875）中这样认为："他（亨利六世）本该珍视继承来的荣耀和权力，并加以弘扬，可他却对至尊的特权、责任毫无兴趣。他最在乎洁身自好，既无贪心，也没野心，只受自我主义控制。其自我主义表现为一种怯懦无力的圣洁。又因并不具备圣洁和崇高赖以发展的刚强品格，他的美德则是消极被动的。由于害怕恶势力，他不敢追求善行。即便忠贞的信徒也不应如此，而当以正直之心做出判断，为正义事业发动战争在所不惜。可是亨利，面对恶势力，一味消极，只知哭鼻子抹泪。他只图自珍自爱，怕弄脏衣服，但上帝的圣兵从不因弄脏衣服在战斗中退缩，相反，那身脏衣服更光华纯净。"

可以说，在《亨利六世》整个三联剧里，戏的主角是由红（兰开斯特）白（约克）两支玫瑰所代表的两大家族的贵族，与各自支持他们、手里有军队的领主们及染指朝政的玛格丽特王后和试图操控王权的温切斯特主教（后来升任红衣主教）等。然而，若没有贵为国王的亨利六世这位配角无力治国、却虔敬向神的既软弱又昏聩的"配合"，玫瑰战争这场历史大戏无法上演。不是吗？国王的每一次配合，都不仅没能化解矛盾，反而更进一步加深两大家族的宿仇怨恨，并使之不断演化成一场又一场新的冲突、新的战争。换言之，配戏的国王才是战争的主角。

接下来，透过上、中、下三部戏的剧情，揭开亨利六世贵为国王的配角作用。

在上篇，亨利六世共出场六次，戏份儿不多，台词很少，十足的配角。这位一开场在位高权重的护国公格罗斯特嘴里"像学童似的""软弱的君主"，直到第三幕第一场，才第一次在议会大厦正式亮相。他开口说的第一段话，是劝他的护国公格罗斯特叔叔和司职主教的温切斯特叔祖以和为贵，不要内斗："你们都是我英王国的特殊护卫，假如我的恳求管用，我愿恳求你们二人同心、和睦、友爱。啊！如此尊崇的两位贵族相互冲突，对我的王冠是何等羞辱！相信我，两位大人，我年纪尚轻①，却深知内部纷争是一条啃食联邦脏腑的毒蛇。"他的劝架，虽让格罗斯特和温切斯特这对宿敌暂时表面讲和，但他同时下令，恢复理查·普朗塔热内被剥夺的世袭权利，封他为"有王室血统的约克公爵"，开始埋下日后王国分裂的隐患。

国王第二次出场在同一幕第四场，剧情十分简单，召见塔尔伯特，凭其忠勇异常、战功卓著，封塔尔伯特为什鲁斯伯里伯爵，并邀请他参加将在巴黎举行的加冕典礼。

之后，第四幕第一场是国王第三次露面。他刚在加冕典礼上戴上王冠，便不得不给约克公爵和萨默赛特这对冤家劝架："仁慈的主啊！愚蠢之人抽什么疯，竟为这么件轻微无聊的事，闹得如此分裂对抗！——约克和萨默赛特，两位亲戚，请你们平心静

---

① 历史上，亨利六世之父亨利五世去世时还是个襁褓中的婴儿，发生这场纷争时只有五岁。

气,以和为贵。"

> 过来,你们两个想决斗的人。我命令你们,若想得到我的恩惠,从今往后,就把这场纷争连同起因忘干净。——还有你们,二位大人,记住我们身在哪里,在法兰西,一个善变、易摇摆的国家。他们若透过外表察觉我们有纷争,内部意见不合,岂不激得他们病态肠胃①存心抗命、公然反叛!此外,一旦各国君王获知亨利王身边的同僚和贵族首脑,竟为一点儿微不足道的琐事自相毁灭,丢掉法兰西领地,那将引来怎样的骂名!啊!想一下我父亲当年的征服,想一下我年纪还小,别为一件小事便把咱们用血买来的领地断送!我来做这场危险纷争的公断人:我若戴上这朵玫瑰(戴上一朵红玫瑰),我看毫无理由,会有什么人因此猜疑我在萨默赛特和约克之间更偏心谁。两位都是我亲戚,两人我都爱。

不幸的是,身为一国之君,亨利六世对内斗的双方采取了莎士比亚在这部戏里对红白玫瑰的立场:观众从戏里看不出莎士比亚支持哪一方。

国王第四次出场在第五幕第一场,伦敦王宫,他命温切斯特主教赴法兰西替他订婚,迎娶阿马尼亚克伯爵的女儿为英格兰王后。

---

① "病态肠胃"(grudging stomachs):指心里的怨恨情绪。

在随后的第五场，也是上篇最后一场戏，当他听了萨福克一番对安茹公爵、那不勒斯国王雷尼耶之女玛格丽特贤德及天赋美貌的盛赞之后，瞬间在"心底扎下爱的情根"，立刻毁掉之前的婚约，又命萨福克出使法兰西，迎娶玛格丽特为英格兰王后。但他无法料到，这一婚姻改写了英格兰历史，并最终将他毁灭。

在中篇，国王的出场次数达到十一次，戏份儿也增加了不少，可他仍不是主角。

国王第一次出场在第一幕第一场，伦敦王宫大殿，亨利六世欢迎萨福克从法兰西接回的玛格丽特。他满心欢喜，命人准备王后的加冕典礼。同时，下令封萨福克为公爵，并免去约克法兰西摄政一职。话不多，说完即退场，却为此后的约克反叛埋了雷。

国王第二次露面，在同一幕第三场，在格罗斯特和萨默赛特之间充当和事佬，而且，在王后当众侮辱格罗斯特公爵夫人埃莉诺，扇她耳光后，替王后辩解并非故意。接下来，面对铠甲匠霍纳的徒弟彼得揭发约克公爵有叛国之嫌，竟一时愣住，向格罗斯特讨主意。

国王第三次出场，在第二幕第一场，温切斯特与萨福克联手向格罗斯特发难，指责他有野心，"双眼和心思死盯着一顶王冠"，玛格丽特趁机帮腔，推波助澜。面对这一切，国王只是恳请王后"别出声了，高贵的王后，别再撺掇这两位狂怒的贵族，因为那受祝福的是使尘间和平之人。"①随后，他十分自然地钻进了玛

---

① 此处原文为"For blessed are the peacemakers on earth."参见《新约·马太福音》5：9："使人和平之人受祝福，因为他们被称作上帝的儿女。"（"Blessed are the peacemaker, for they will be called children of God."）

格丽特、白金汉和萨福克为埃莉诺设计的圈套,同意彻查埃莉诺命女巫和术士替她召唤幽灵试图谋反一案。

国王第四次露头,在同一幕第三场,亨利六世亲审埃莉诺,判埃莉诺示众三天,"公开忏悔",而后流放马恩岛,随即命格罗斯特交出护国公权杖。

国王第五次登场,在第三幕第一场,贝里圣埃德蒙兹一座修道院。这场戏,堪称中篇里的一场精彩大戏。面对玛格丽特、萨福克、已升任红衣主教的波弗特(温切斯特)、白金汉、约克等人合伙儿构陷格罗斯特,亨利六世先表示难以置信:"我的亲戚格罗斯特对王室绝无叛逆之意,他清白得犹如喝奶的羔羊或温柔的鸽子①。公爵贤德、温和、一心向善,不会梦想作恶或把我弄垮。"继而又向格罗斯特坦承无奈:"格罗斯特大人,我特别希望你能洗净一切嫌疑,良心告诉我,你是清白的。"最后,又默许以叛国罪将格罗斯特囚禁。

实际上,这位无能的软蛋国王一点儿不傻,他对那伙人的忠奸善恶心如明镜,否则,怎么会发出如此无奈的独白:"到底是哪颗扫帚星对你的权位心怀歹意,非要叫这些亲王显贵和我的王后玛格丽特,想法毁灭你无辜的生命?你从未冒犯过他们,没冒犯过任何人,可他们竟如此绝情地把他带走了,活像屠夫带走一头小牛,要捆住这可怜的东西,一挣扎就打,直到送进血腥的屠宰场。老母牛哞哞叫着跑来跑去,无可奈何,只

---

① 参见《旧约·撒母耳记上》7∶9:"撒母耳宰了一只吃奶的羊羔做全牲的烧化献给上主。"《新约·马太福音》10∶16:"你们要像蛇一样机警,像鸽子一样温柔。"

能冲着无辜小牛被带走的方向，哀号痛失自己的至亲所爱。对高贵的格罗斯特一案，我何尝不这样，除了以悲伤无助的泪水悲悼，以模糊的双眼相送，什么也指望不上。——他这些死敌太强势了。我要为他的命运哭泣，而且，在每次哽咽间隙，我都要说：'谁是卖国贼？反正格罗斯特不是。'"这是中篇里最出彩的一段国王独白。

国王第六次出场，在第三幕第二场，在他查明萨福克与温切斯特合谋，派刺客杀了蒙冤的格罗斯特之后，终于稍微硬气了一回。当然，这是被逼无奈的硬气。因为有权有兵的沃里克和索尔斯伯里领着愤怒的民众冲进宫，强烈要求"立刻处死虚伪的萨福克"。国王就坡下驴，命将萨福克流放。这似乎也是整个三联剧里亨利六世唯一一次精明，因为这个判决一举三得：一、顺应民心；二、他从心底讨厌这个跟自己的老婆成天暧昧的奸佞小人；三、也算替忠诚的格罗斯特讨回一点儿公道。

国王第七次出场，在同一幕第三场戏，戏很短，只是国王前往波弗特府邸，探望这位一病不起的红衣主教，他来给这位魔鬼一般阴险狡诈的主教送终。主教若不在病榻上一命呜呼，便要因参与谋害格罗斯特受审。

国王第八次出场，在第四幕第四场，戏短词少，闻听杰克·凯德率领的暴民起义军已逼近伦敦桥，赶紧逃往基林沃斯。

国王第九次出场，在同一幕第九场，肯纳尔沃斯城堡。亨利六世自忖："世上可有哪位享受王座的国王，不比我更快乐？我爬出摇篮没多久，刚落生九个月就成了国王。从没哪个臣民想当国王，像我想做一个臣民那么渴望。"这真道出了国王个人悲剧之所在,更透露出英格兰王国悲剧的根由。他的确是一个心存仁慈的国王,当他面对被俘的起义者,他赦免了所有人;但他又确实是一个阿斗式的国王,当他听闻约克公爵从爱尔兰率大军前来,以"清君侧"的名义逼宫,要除掉卖国贼萨默赛特,便马上下令把萨默赛特关进伦敦塔。因为他十分清楚自己的险境:"这就是我的处境①,夹在凯德和约克中间遭罪,好比一艘船,刚逃过一场暴风雨,风暴平息,又眼见一个海盗上了船。刚击退凯德,把人遣散,现在约克又起兵增援他。——白金汉,我请你前去会他,问他这次兴兵理由何在。告诉他,我要把埃德蒙公爵②送往伦敦塔——萨默赛特,我要把你关在那儿,等他撤兵再说。"这哪里是一个像样儿的国王!

　　国王第十次出场,在第五幕第一场,肯特郡达特福德和布莱克希思之间的田野,他像傀儡一般夹在玛格丽特、白金汉、老少克里福德父子一派与约克、理查父子和索尔斯伯里、沃里克父子另一派之间,唯唯诺诺,亲手点燃了圣奥尔本斯之战的引信。

　　国王第十一次出场,在同一幕第二场,中篇剧终前倒数第二场,双方在圣奥尔本斯激战。理查杀了萨默赛特,约克大获全胜。玛格丽特见大势已去,叫国王快逃,此时,国王说了在本场戏里的唯一一句台词"咱们能跑得过上天③?好心的玛格丽特,停下。"

---

①　处境(state):在此有"国家"(country)、"王权"(kingship)之意。

②　埃德蒙公爵(Duke of Edmund):即萨默赛特。

③　参见《旧约·诗篇》139:7—8:"我往哪儿跑才能躲开你呢?/我去哪儿才能逃避你呢?/我上了天,你一定在那里;/我若下到阴间,你也在那里。"

由上观之，亨利六世第四、七、八和第十次亮相这四场戏，对整个结构而言，虽都不可或缺，却均带有过场戏的性质。

从中篇整体来看，或正如英国诗人、著名莎学家塞缪尔·约翰逊在其所著《威廉·莎士比亚的戏剧》中所说："三部戏中我认为中篇最好，该篇人物刻画最鲜明，对亨利国王、玛格丽特王后、爱德华国王、格罗斯特公爵以及沃里克伯爵这些人物的刻画都很充分、明晰。"但显然，约翰逊这里提到的其他几个人物，在戏里比起亨利国王来，要更出彩一些。

下篇与中篇相比，亨利六世的出场次数有所减少，共七次，仅比在上篇里的出场次数多一次。

亨利六世第一次出场，在第一幕第一场，威斯敏斯特宫议会大厅。此时，夺取圣奥尔本斯之战胜利的约克公爵，高居王座之上。从这场戏来看，亨利六世并非一个没脑子的低能儿，他看出约克欲借沃里克之力夺取王冠，便先怂恿诺森伯兰伯爵和克里福德勋爵(阵亡的克里福德之子)向约克报杀父之仇，随即担心议会变成屠宰场。其实，他对能否打赢沃里克心里没底。因此，他选择了其特有的"以言语相威胁"的"战法"，走上前，拧着眉，貌似充满硬气地对约克说："你这叛逆搞分裂的约克公爵，从我的王座下来，在我脚下跪求恩典、怜悯。我是你的君王。"由此，兰开斯特和约克两方，围绕现任亨利国王和欲夺王冠的约克公爵谁真正拥有王位的合法继承权，剑拔弩张，各不相让。争论双方像小孩子打架，颇具喜感。这当然是为演给台下观众看的：

约克公爵　　你想让我①摆明我对王权的合法权利吗？若不
　　　　　　许，我们的剑将在战场上替它找个理由。

亨利六世　　叛徒，你对王位有什么合法权利？你父亲，像
　　　　　　你一样，是约克公爵②；你外祖父，罗杰·莫蒂
　　　　　　默，是马奇伯爵；我是亨利五世之子，他使王
　　　　　　太子③和法国人屈服，夺走他们许多城镇和
　　　　　　省份。

沃里克　　　别提法兰西，你把它都丢了。

亨利六世　　护国公大人④弄丢的，不是我；我加冕的时候，
　　　　　　才九个月大⑤。

理查　　　　你现在够大了⑥，不过，依我看，是你丢的。——
　　　　　　父亲，把王冠从篡位者的头上揪下来。

亨利六世据理力争，祖父亨利四世"凭征服得到王冠"。约克
反驳，那是因为他造了反。最后，约克逼迫"兰开斯特的亨利，放
弃王权"。沃里克更以武力相威胁："快把合法权利给这位尊贵的

---

①我（we）：约克公爵在此以君王之"我"（we）而非臣属之"我"（I）自称。

②历史上，约克继承了伯父爱德华的公爵封号。

③王太子（dauphin）：此即有权继承王位的法国国王长子的专属封号。

④护国公大人（lord Protector）：即《亨利六世》（中）被谋害的格罗斯特公爵，国王
年幼时，担任护国公代理朝政。

⑤历史上，亨利六世（1421—1471）于1431年11月将满十岁时在巴黎加冕。此
处所言，指以九个月大的襁褓之身继承王位，并非在巴黎加冕。莎士比亚在此将两者
合并。

⑥此时，亨利六世三十九岁。

约克公爵,不然,我让这间大厅布满军人,并在他安坐的王座之上,用篡位者的血^①补写他的要求。"话音刚落,沃里克的士兵涌入大厅。

见此情形,亨利六世脑子转得很快,马上恳求沃里克:"只听我说一句话。——让我在有生之年当朝为王。"约克倒爽快,满口答应:"确认将王位传给我和我的继承人,你这辈子将安然在位。"亨利六世一点儿不傻,让沃里克把军队调走,他就答应。军队一离开议会,他又让约克立誓保证:"在此,我把王冠永远遗赠^②给你和你的继承人,条件是,你在此发誓停止这次内战,还有,只要我活着,就要尊我为王,敬我为君,不以谋反或敌意寻机废黜我,自立为王。"约克发誓"一定履行"。然后,走下王座。至此,一场迫在眉睫的流血冲突暂时化解。可是,亨利只顾自己活着的时候当国王,将儿子爱德华王子的王位继承权拱手让给约克,导致王后玛格丽特怒不可遏,宣布与他断绝夫妻关系,她要联合北方的贵族,扬起战旗,"把约克家族彻底毁灭"。见王后愤而离开,亨利又吐露心声:"愿她向那个可恨的公爵复仇,他心性骄狂,欲望插了翅膀,要剥夺我的王冠,并像一只饥饿的鹰要把我和我儿子的肉吞咽!"

他到底还是个低能儿!

亨利六世第二次出场,在第二幕第二场,约克城外。欲夺取王冠的约克公爵战败,人头被挂到约克城的城头上。见此情形,

---

① 沃里克威胁,如不满足约克公爵的权利要求,就杀死亨利六世。
② 遗赠(entail):指死后赠予。

亨利连忙祷告:"亲爱的上帝,阻止复仇!这并非我的错,我也没存心违背誓言。"言下之意,是约克违背誓言,人头落地,咎由自取。的确,约克在儿子乔治和理查的撺掇下,违背了只要亨利六世活在世上,绝不谋求王冠的誓言。从这儿可以看出亨利六世自有其内心的狡黠。然而此时,支持约克的强大的沃里克,继续支持约克之子爱德华,拥立他当国王(爱德华四世),并已率大军杀到约克城下。

不难发现,亨利六世每次出场,都是玫瑰战争进行到了一个重要节点或拐点。这种意味深长的剧情设计,自然是莎士比亚的编剧策略。在这场呈现"新国王"(爱德华)与"旧王后"(玛格丽特)的两支军队即将交战的大戏里,亨利六世只有少得可怜的两句台词,一句是他请求争吵双方:"别吵了,诸位大人,听我说。"一句是对让他"向他们挑战,否则,闭上双唇"的玛格丽特说:"请你别限制我的舌头,身为国王,我有权说话。"简言之,在此处,当新旧两位国王第一次公开对峙之时,"旧王"连话语权,都被王后夺走了。

亨利六世第三次出场,在同一幕第五场。这时,红白两军发生在约克郡陶顿与萨克斯顿之间的战斗已基本结束。在此,亨利六世说出了他在整部三联剧里最长的一段独白:

这一仗活像黎明时的战争,垂死的阴云正与初露的晨曦交战,牧童往指尖儿哈着热气,分不清那会儿是大白天还是夜晚。它时而倒向一边,像浩荡的大海在潮汐的威力下向风开战;时而又倒向另一边,像同一个大海被狂风逼退。忽而大海占上风，忽而狂风抢先机。一时这边看好，一时那边占优。双方扭打争胜，胸口对胸口，却分不出到底谁征服了谁。这场激战正是这样势均力敌。我不妨坐在这儿的鼹鼠丘上。上帝让谁赢，谁就是胜利者。因为我的王后玛格丽特，还有克里福德，一顿臭骂把我赶离战场，两人都发誓说，从那时起，只要我不露面，他们便能旗开得胜。但愿我已死，假如上帝有此善意！因为世上除了悲苦还有什么？啊，上帝！依我看，幸福生活莫过于做一个简朴的牧羊人，坐在一处小山上，像我现在这样，精细雕刻日晷①，一度一度地刻，从而看光阴如何一分一分地流逝；——多少分钟凑整一小时，多少小时归为一天，多少天凑足一年，一个肉体凡胎可以活多少年。等弄清这个，再来划分时间：——这么多小时我得照管我的羊群，这么多小时我得休息，这么多小时我得沉思，这么多小时我得自我消遣，这么多天我的母羊怀了胎，这么多礼拜之后可怜的傻瓜们产崽，这么多年后我将要剪羊毛。于是，分、时、日、月、年，消磨到上帝创造的末日，将满头白发送入一处僻静的坟墓。啊，这才叫生活！多甜美！多可爱！牧羊人照看着天真的羊群，那给予他的山楂树丛的树荫，不比生怕臣民造反的国王头顶那富丽的刺绣华盖更甜美？啊，是的，真甜美，甜美一千倍！总之，——牧人家的普通凝乳，从他皮囊里倒出来的清凉淡

---

① 从这时起，亨利六世一边说话，一边用手或树枝之类在地上精细雕刻日晷，且边刻边说。

酒,他习惯在一片新鲜的树荫下安眠,他安然、甜美享受的这一切,都远胜过一个君王的奢华:亮眼的食物盛在一个金盘子里,身子卧在一张华美的床榻,而焦虑、猜忌、谋逆随时等着他。

亨利国王祖露出"幸福生活莫过于做一个简朴的牧羊人"的生活信条。在他眼里,给这个牧羊人遮阳的山楂树的树荫,"比生怕臣民造反的国王头顶那富丽的刺绣华盖"要"甜美一千倍"。这场戏,或许是莎士比亚在三联剧里最用心用力之地,也是最让后人提升《亨利六世》主题的关键之处,即莎士比亚在为亨利打造出这一番含诗性、蕴哲理的感慨之后,又让他目睹到内战导致的活生生的人间惨剧:一个人拖着一具尸体,待他发现自己亲手杀了父亲,痛不欲生。亨利六世慨叹:

> 啊,可怜的景象!啊,血腥的岁月!当狮子们为了洞穴打仗争锋, 可怜无辜的羔羊只能忍受它们的内战①。——哭吧,可怜的人,我一滴一滴陪你落泪,让我们的两颗心和两双眼,像内战一样,用泪水哭瞎,用过度的悲伤弄碎。

不一会儿,另一个人拖着另一具尸体,待他发现自己亲手杀了儿

---

① 参见《旧约·以赛亚书》11:6—9:"豺狼和绵羊和平相处;/豹子与小羊一起躺卧。/小牛和幼狮一起吃奶;/小孩子将看管它们。/母牛和母熊一起吃喝;/小牛和小熊一起躺卧。/狮子要像牛一样吃草。/婴儿跟毒蛇玩耍/也不至于受伤害。在锡安——上帝的圣山上,/没有伤害,也没有邪恶;/正如海洋充满了水。"

子,心痛欲碎。亨利又发出悲号:

> 灾祸之上是灾祸!悲苦超过常见的悲苦!啊,但愿我的
> 死能阻止这些可悲之事! ——啊,怜悯,怜悯,仁慈的上
> 天,怜悯! ——他的脸色呈现红白两朵玫瑰,这是我们对
> 抗的两大家族致命的族徽:一朵恰似他猩红的血,另一朵,
> 我想,分明是他惨白的面颊。让一朵玫瑰枯萎,另一朵盛
> 开! 你们若争斗不休,千条生命势必枯萎。

这是怎样的一个国王呢? 乔治·格维努斯在《莎士比亚》中一语点破:"莎士比亚透过刻画国王性格揭示出的意义是,软弱即犯罪,这也是几部《亨利六世》深入探讨的问题之一。格林(指罗伯特·格林——笔者注)仅仅把国王作为人物,放在背景中,莎士比亚却把他置于前台,来揭示他微不足道的存在。他是一位圣徒,他懦弱的统治毁了美好的英格兰。他更适于当教皇,而非当国王;更适于活在天国,而非人间。莎士比亚笔下的亨利六世是一位向往当臣民的国王,并非臣民们所期盼的国王。他的无能是搅乱王国所有恶行的祸根。"

亨利六世第四次出场, 在第三幕第一场, 英格兰北部一猎场。此时,英格兰已是新王爱德华四世的天下,旧王的"王后和儿子已去法兰西求援"。旧王乔装打扮从苏格兰偷偷跑回国,手拿一本祈祷书,被忠于新王的猎场看守人认出,抓去见官。

此后,直到第四幕第六场,亨利六世才第五次露面。这时,被囚禁在伦敦塔里的他,竟不期然地等来了内战的转机。原来,爱

德华四世撕毁事先订好的与法兰西路易国王的小姨子波娜女士的婚约,执意娶了格雷夫人做王后,由这一自作孽引起一连串后果:叫刚向沃里克表态支持他的法兰西路易国王蒙羞;令满心期盼成为英格兰王后的波娜女士受辱;使刚遭路易国王婉拒助战的玛格丽特喜迎转机;对他来说最要命的是,把前来法兰西替他迎亲的沃里克逼反。结果,沃里克把女儿许给玛格丽特的儿子爱德华王子,从法国率军返回英国,偷袭爱德华国王营帐得手,将其俘虏,交自己的哥哥约克大主教看管。沃里克要恢复亨利的王位。

不料,亨利对重新成为国王毫无兴趣,虽表示会头戴王冠,却委托沃里克和克拉伦斯二人替他执掌王权,他"自己要过一种退隐生活,在祈祷中聊度余生,谴责罪恶,赞美我的造物主"。在这场戏落幕之前,莎士比亚做出耐人寻味的剧情设计,他让亨利六世把手放在"小亨利"里士满(即亨利·都铎,未来结束玫瑰战争、使英格兰重新统一的亨利七世,也是莎士比亚时代伊丽莎白女王的祖先)头上,预言"小亨利"是未来"英格兰的希望"。

亨利六世第六次露面,在同一幕第八场,伦敦王宫。到这时,剧情发展到爱德华国王由理查(即未来的理查三世)接应逃走,重新组织军队,又杀回伦敦。转瞬之间,亨利六世再次沦为俘虏,重被关入伦敦塔。

亨利六世第七次、也是最后一次出场,在第五幕第六场,即剧终前倒数第二场,伦敦塔。此时,爱德华国王已连续取得巴尼特之战、图克斯伯里之战的胜利,他最强的军事劲敌沃里克阵

亡,对他王权威胁最大的政敌玛格丽特被俘。但令他绝想不到的
是,救他逃离监禁、力保他收回王冠的理查,来到伦敦塔,迈出了
夺取王冠的第一步——杀掉亨利王。

　　亨利,这位虔敬上帝的国王,见理查前来,知道他要扮演刽
子手的角色,不仅毫无惊恐之色,反而平心静气地发出预言:

亨利六世　　……虽说万千国人眼下丝毫不信我所担心的
　　　　　　事,但将有许多老人、许多寡妇叹息,许多孤
　　　　　　儿满眼泪水——老人哭儿子,妻子哭丈夫,孤
　　　　　　儿哭父母过早死去,——他们都将悔恨你落
　　　　　　生的那个时刻。生你时夜猫子①尖叫,——一
　　　　　　个邪恶的征兆,——夜鸟②呱呱叫,预示不幸
　　　　　　的时代;群狗狂吠,可怕的暴风雨摇倒大片
　　　　　　树木;乌鸦缩在烟囱顶上,唠叨的喜鹊③唱
　　　　　　出凄惨的喧闹。你母亲生你受的罪,超过任
　　　　　　何一个母亲;可生了你的希望,却比随便哪
　　　　　　个母亲都少——也就是说④,一个丑陋、不成
　　　　　　形的肉团,不像那么好的一棵树的果实⑤。你

---

　　① 夜猫子(owl):即猫头鹰。猫头鹰尖叫被视为不祥之兆。

　　② 夜鸟(night-crow):多半指乌鸦。民间把乌鸦的夜间聒噪视为凶兆。

　　③ 中世纪英格兰民间也把喜鹊的叫声视为厄运临头的征兆。

　　④ 也就是说(to wit,i.e. that is to say.):在"牛津版"中没有"也就是说"这句。

　　⑤ 参见《新约·马太福音》7∶17—18:"好树结好果子;坏树结坏果子。好树不结
坏果子;坏树也不结好果子。不结好果子的树都得砍下,扔在火里。"

出生时嘴里已长牙①，预示你一落生就能满
世界咬人。我还听到其他说法，如果属实，那
你来——

格罗斯特　　我听不下去了。预言家，嘴里说着话去死吧，因
为这是我命定要做的事情中的一件。(刺他。)

亨利六世　　对，命定此后你还有更多杀戮。啊，上帝宽恕
我的罪，也赦免你！(死。)

这预言当然是意在妖魔化"驼背理查"的莎士比亚替亨利
六世从心底发出的。按史书记载，亨利最后的确死在伦敦塔，但
理查闯进伦敦塔亲手杀死亨利，这只是民间的八卦传说，并无
史实根据。

总而言之，在《亨利六世》三联剧里，下篇的戏剧力似乎应在
中篇之上。上篇最弱，则不言自明。正如乔纳森·贝特所说："战争
是一个敌对世界合乎逻辑的高潮：《亨利六世》三联剧以战争开
篇，以战争结束。随着战争进程的升级，下篇特别描绘了社会的
彻底崩溃。该剧有希腊悲剧撕心裂肺、冷酷无情的特质，剧中人
们的生与死依照一种复仇准则，父辈有罪、子辈受罚，语言在修
辞性的、愤怒的原型歌剧咏叹调、痛苦、谩骂和急速的、一行一句
的争吵之间移动，在其中，兰开斯特家族和约克家族，男与女、老
与少，为一己私利者与寻求正义者、成功者与失败者之间的残忍
冲突，每个人的本质都裸露无遗。在这个世界里，言辞即武器，却

---

① 中世纪英格兰民间认为初生婴儿嘴里长牙是反常的不祥之兆。

也在不经意间成为希望的先兆，正如国王亨利六世把手放在年少的亨利·里士满头上时所说：

亨利六世　　　　到这儿来，英格兰的希望。——假如神秘的力
　　　　　　　　量(把手放在小亨利头上。)显示我的预见之想能
　　　　　　　　成真，这个漂亮小伙子必将证明我们国家的
　　　　　　　　天赐之福。他的神情温和中满带威严，他的头
　　　　　　　　天生要戴一顶王冠，他的手天生要执掌一柄
　　　　　　　　王杖，他可能迟早要祝福一个国王的宝座①。
　　　　　　　　　要特别重视他，诸位，因为必定是他，
　　　　　　　　　对你们的帮助将胜过我对你们的伤害。

　　"这一受膏期待着都铎王朝的建立，到那时，伊丽莎白女王的祖父里士满成为亨利七世。然而，活像在这些戏里剧情似乎总在明显停滞之时发生一样，一个信差此时冲上来送信儿，爱德华，那个对手国王逃跑了。暴力随即而来。里士满在取得博斯沃思原野(Bosworth Field)战役最后胜利之前，英格兰必须忍受'驼背理查'黑暗、血腥的统治，莎士比亚将在下一部悲剧中把注意力转到这来。"

---

①祝福一个国王的宝座(bless a regal throne)：意即他可能迟早要登上国王的宝座。

理查三世：莎剧中一个凶残嗜血的坏国王

我，尚不足月，便被送入这个有活气儿的世界，如此一瘸一拐，相貌古怪，连狗都立到我身旁冲我狂吠。——唉！我，在这柔声吹奏牧笛的和平时代，除了在阳光下看自己的身影，絮叨自己残疾的身形，找不到一丝打发时间的乐趣。因此，既然我无法见证一个情人，快乐度过这些和美的日子，那我决意见证一个恶棍，憎恨这些闲散的快活时光。

——（《理查三世》第一幕第一场）

KING.RICHARD.ᴛʜᴇ III

简言之，《理查三世》描写身为护国公的权谋家格罗斯特公爵理查，为篡夺王位不择手段，最终成为短命的英格兰国王理查三世。

《理查三世》在1623年出版的"第一对开本"中，被归入历史剧一组，一般大都如此认定。但在最早的"四开本"（Quartos）里，它被称为悲剧，如1597年出版的"第一四开本"，其标题页的剧名是《国王理查三世之悲剧》（*The Tragedy of King Richard the Third*）。事实上，若单论篇幅，在全部莎剧中，它以仅次于《哈姆雷特》的长度位居第二。而若单拿"第一对开本"来说，因收入其中的《哈姆雷特》的篇幅比"第二四开本"《哈》剧短，遂使《理查三世》夺得"第一对开本"中的剧作篇幅之冠。

一、写作时间和剧作版本

1. 写作时间

虽说名噪一时的书商安德鲁·怀斯（Andrew Wise，1589—1603）

在伦敦书业公会(Stationers Company)登记《理查三世》的时间是1597 年 10 月 20 日，印刷商瓦伦丁·西梅斯（Valentine Simmes，1585—1622）为他在次年（1598）印刷，但一般认为，《理查三世》的写作时间约在 1593 或 1592 至 1593 年之间。理由很简单：莎士比亚写《理查三世》深受与他生于同年的诗人、戏剧家克里斯托弗·马洛（Christopher Marlowe，1564—1593）的剧作《爱德华二世》(*Edward Ⅱ*)的影响，因马洛死于 1593 年，其《爱德华二世》的写作，不可能比 1592 年更晚。马洛的《爱德华二世》被视为英国最早的历史剧之一。

另外，《理查三世》是莎士比亚"第一历史四联剧"(《亨利六世(上)》《亨利六世(中)》《亨利六世(下)》《理查三世》)系列的最后一部，它与莎士比亚的一连串喜剧，或再加上《提图斯·安德洛尼克斯》(*Titus Andronicus*)，均属于早期莎剧。

《理查三世》是《亨利六世(下)》的续篇，可能写于《亨利六世》完稿后不久。想必"亨六(下)"在 1592 年 9 月之前已经问世，因为当时已离临终不远的"大学才子派"诗人、戏剧家罗伯特·格林(Robert Greenes，1558—1592)在其小册子《小智慧》(*Groatsworth of Witte*)（书名直译为《只指一格罗特的智慧》，即《只值一个钱的智慧》)中，滑稽地模仿了一句戏词，并以此歪曲莎士比亚。格林把剧中约克对玛格丽特恶语相向的"裹了一层女人皮的老虎心！"这句话，转化为对莎士比亚的攻击："……我们的羽毛美化了一只自命不凡的乌鸦，他以'一个戏子的心包起一颗老虎的心'，自以为能像你们中的佼佼者一样，浮夸出一行无韵诗。"

可能，格林在伦敦的剧院因瘟疫于 1592 年 6 月关闭之前某一时间,在伦敦看过"亨六(下)"的演出。格林之所以认定戏仿莎士比亚有效,或出于他相信许多观众可能已看过"亨六(下)",何况他选择嘲弄的这句台词令人难忘。1592 年夏,尽管伦敦一家剧团已在各省巡演过该剧,但格林在与读者分享戏剧体验时仍满怀自信,这显示出他自己的戏不断重复上演,城里人都涌入剧场来看,而非在城外瞥一眼巡回演出。言外之意,他的戏比莎剧叫座、好看。

不管"亨六(下)"成戏于 1592 年春、还是夏,两部戏之间的连续性暗示,尽管莎士比亚同一时间还写了其他戏,但《理查三世》无疑接在《亨利六世(下)》之后。《理查三世》大概完稿于 1593 年,但直到 1594 年下个戏剧演出季,可能一直没在伦敦上演。

事实上,没什么证据有助于确定《理查三世》最早的成稿时间。写完"亨六(下)",莎士比亚的戏剧家生涯顺风顺水,但这些戏究竟写于 16 世纪 90 年代早期、甚或更早,只能凭猜测。因这两部戏都取材自霍林斯赫德 16 世纪 87 年版的《编年史》,其写作不可能早于这个时间。西德尼·尚克尔(Sidney Shanker)猜想,莎士比亚要用詹姆斯·布伦特爵士这个角色去讨好斯特拉福德的布伦特家族,可直到 1588 年,这个家族仅有一人受封骑士,似乎不值得巴结。

假如这个猜测是对的,那 1588 年便是《理查三世》的最早写作时间。哈罗德·布鲁克斯(Harold Brooks)提出,克里斯托弗·马洛的《爱德华二世》(可能是马洛的倒数第二部戏),是对《理查三世》的回应。凭这一论调,《理查三世》必定问世已有时日,足以让马洛于 1593 年春去世之前,借鉴该戏、并写出《爱德华二世》和

《浮士德博士》两部戏。哈蒙德(Hammond)同意布鲁克斯的推测，认为《理查三世》写于 1591 年。但斯坦利·威尔斯(Stanley Wells)和加里·泰勒(Gary Taylor)指出，布鲁克斯发现的《爱德华二世》和《理查三世》两者间戏文相似，这一现象在当时极为常见，可能都取材于别处。马洛的《浮士德博士》也似乎回应了莎剧《理查三世》中象征"绝望与死亡"的幽灵，如果把这一回应视为采用，《浮士德博士》的写作时间则与《理查三世》1592—1953 年的写作时间相一致。

2. 剧作版本

《理查三世》在 1623 年"第一对开本"之前，印行过六个版本的"四开本"：第一四开本(1597)、第二四开本(1598)、第三四开本(1602)、第四四开本(1605)、第五四开本(1612)、第六四开本(1622)。

1597 年印行的第一四开本，标题页的剧情介绍如下：

> 国王理查三世之悲剧。内含其奸诈背叛哥哥克拉伦斯之阴谋，对其被杀死的无辜侄儿之同情，其暴虐之篡位，其令人憎恶之生命历程，及其最应遭报应之死。该戏近期已由内务大臣仆人剧团荣耀演出。

从版本来看，"第一对开本"比"四开本"篇幅长，多出约五十段新增的共计二百余行台词。然而，"四开本"中有二十七段共计约三十七行台词，为"第一对开本"所缺。出现这种情形，可能同这部戏在演出时经常删减相关。演出时，当有些次要人物被整体移除后,为建立人物之间的自然联系,需要额外虚构或依序把别的地方的诗行添加过来。诚然,删减的更深层原因也可能在于,莎士比亚假定他的观众们因对作为《理查三世》前传的《亨利六世(下)》剧情已熟,足以凭此与其他相关事件建立关联,如理查谋杀亨利六世,以及击败亨利六世的遗孀王后玛格丽特。

此外,"第一对开本"和"四开本"两个戏文版本,尚存在约百余处其他不同,包括角色独白和角色间对白用词之不同,同时,另有一些句法的变化及单词的拼写也不相同。这属于莎剧版本研究的范畴,在此不赘。

不过,有一点显而易见,莎剧版本之不同,并非由莎士比亚本人造成。《理查三世》并无例外,从戏文中的错误不难推断,"四开本"是基于演员的"记忆重建"(memorial reconstruction),即剧团(也可能是书商,或剧团与书商协作)把演员的台词收集起来,由书商编印。没人知道演员为何这么做,可能他们认为,剧团要以此替代有错误的演出台词本。

简言之,不管怎样,因"第一对开本"核校并改正了许多"四开本"中诸如讹误、句法、拼写之类的问题,最具权威性。

二、原型故事与理查三世的真历史

1. 关于原型故事与"一匹马"

《理查三世》是莎士比亚"第一历史四部曲"中的最后一部——紧跟三部描绘亨利六世统治的剧作之后。显然,莎士比亚写这四部戏之初衷,意在把玫瑰战争搬上舞台。

莎士比亚写这部戏像写"亨六"三联剧一样,均从爱德华·霍

尔和拉斐尔·霍林斯赫德二位霍姓前辈的编年史里取材。霍尔的
《兰开斯特与约克两大显族的联合》（*Union of the Two Noble and
Illustre Famelies of Lancastre and York*，1548），合并了托马斯·莫
尔爵士约写于 1513 年这一版的《理查三世的历史》（*History of
Richard III*）。因霍林斯赫德 1587 年二版的《英格兰、苏格兰和爱
尔兰编年史》（*Chronicles of England，Scotland and Ireland*），又从
霍尔那里改编了莫尔的《历史》，故应把莫尔的《历史》视为莎剧
《理查三世》的主要"史料"来源。不过，莫尔的《历史》是未完稿，
只写到理查登上王位。

追本溯源，莎士比亚更凭借的，是霍尔和霍林斯赫德对理查
之衰落及最终兵败博斯沃思原野（Bosworth Field）的描写，而他
们凭借的是都铎王朝早期史学家波利多尔·弗吉尔（Polydore
Vergil，1470—1555）。尽管如此，无论这些编年史，还是莎剧，都渗
进了莫尔对理查的反讽。换言之，莎士比亚对理查的糟改源于莫尔。

都铎王朝早期的史学家们，为赞美亨利七世（里士满）及其
继任者，明显有意诋毁理查。的确，十五六世纪的历史观，包含选
择性地利用历史事件进行政治和道德说教。现代史学家似乎反对
这么做。然而，毕竟许多关于理查之邪恶的故事源于理查自己当
朝时，或随后时代的描述，因此很难说，这些早期叙事是有意宣
传，还仅是为反映传统的文学，并以说教为目的编写中世纪历史。

时至 1934 年，人们第一次发现，原来最早为人所知、把理查
作为篡位者来描绘的记述，来自意大利牧师多米尼克·曼奇尼。曼
奇尼这份记述写于 1483 年，此时离亨利·都铎 1485 年击败理查
尚有两年之遥，他绝不可能神仙般料到两年后会出现一个都铎王

朝。但仅凭时间,不足以确保曼奇尼下笔之公允客观。实情是,甭管那些亲历过理查统治的人怎样看理查, 在莎士比亚生活的伊丽莎白(女王是亨利·都铎的孙女)时代,甚至更早,人们早已接受这样一种事实,即理查是个血腥的暴君和杀害儿童的凶犯。

作为一名天才编剧,莎士比亚写理查,除了编年史里的原型故事,当然会博采众家之长,尤其英国本土的"连环剧"(中世纪后期英国宗教剧的一种类型, 主要展示从上帝创造万物到末日审判的圣经故事)和"道德剧"。诚然,不仅从《理查三世》中的女性角色——她们向来被比作罗马悲剧家塞内(Seneca)加笔下的特洛伊妇女,而且,还从修辞变化、诸多幽灵形象及理查这一恶棍枭雄本身,其或从理查的禁欲主义,都能见出古典戏剧对该剧的影响。而且,莎士比亚还从其他秉承了塞内加式传统写作的同时代英国戏剧家, 尤其托马斯·基德和克里斯托弗·马洛那里汲取灵感。

此外, 莎士比亚应该借用过《官长的借镜》(*A Mirror for Magistrates*)这部 16 世纪关于历史人物之衰落的"悲剧"诗集,他八成读过书中引述的出自理查、克拉伦斯、海斯汀、爱德华四世、白金汉公爵,甚至简·绍尔夫人说过的话。当然,他并没节外生枝,把绍尔与海斯汀勋爵的艳情故事戏剧化。

还有一点,即便莎士比亚知道托马斯·莱格(Thomas Legge,1535—1607)约于 1579 年完稿、却未出版的拉丁文剧作《理查三世》(*Ricardus Tertius*),但他似乎并未加以利用。顺便一提,莱格的这部《理查三世》被视为写于英格兰本土最早的一部历史剧。

最值得一提的是,1594 年有一部无名作者的英国本土戏

《理查三世的真正悲剧》(*The True Tragedie of Richard the Third*)出版,也许其完稿时间在几年之前。在这部戏里,似乎有些台词,尤其理查在第十八场戏里呼唤一匹新马,"预先"使用了莎剧中的台词。

> 国王　一匹马,一匹马,一匹新马。
> 侍童　快逃,陛下,保您活命。
> 国王　逃跑的奴才,你瞧我想逃。

刚才为何说"预先"?因为要给莎士比亚脸上贴金的后人认为,这部无名作者的《理查三世的真正悲剧》可能借自莎士比亚,而不是反过来。其理由是:哪怕这部《理查三世的真正悲剧》完稿在先,其印刷文本里的这段著名独白,也极有可能经一个抄写员之手,从莎士比亚完稿于后,却更受欢迎的《理查三世》里捡过来。然而,无论如何,虽说该剧文本常被贬为一部"坏四开本",但莎剧中理查在生命最后时刻说出的那句令人称绝的独白"一匹马!一匹马!用我的王国换一匹马!"更有可能借自无名作者。理由是:莎士比亚编戏,从不在乎从谁那儿借了什么,更不在乎自己死后谁将探究莎剧中的"一匹马"和《理查三世的真正悲剧》里的"一匹马"到底谁借谁。

由此,不难推断,激活莎士比亚"一匹马"这根敏感神经的,除了《理查三世的真正悲剧》里的"一匹马",可能还有"大学才子派"诗人、戏剧家乔治·皮尔(George Peele,1558—1596)《阿尔卡扎之战》(*The Battle of Alcazar*)里的"一匹马":

> 摩尔人　　一匹马,一匹马,一匹马奴才
>
> 　　　　　　愿我能立刻过河、飞逃。
>
> 男孩　　　这是一匹马,大人。

也许,仍会有人咬定,是皮尔从莎士比亚那儿借了"一匹马",而非相反。

做一个合理推断有那么难吗? 简言之,尽管无名作者的《理查三世的真正悲剧》与莎剧《理查三世》有结构上的对应,但理查在无名作者笔下,是一个缺乏决断力的国王,而莎士比亚要写的是一个杀伐决断的血腥暴君,他只需从中借"一匹马"拿来一用。但必须承认,这"一匹马"经莎士比亚一借,似乎倏忽间就变成了理查以戏剧方式告别舞台、告别历史的象征,成了中世纪英格兰最后一位死于战场的国王的符号,成了后人眼里莎士比亚妙笔生花的天才"原创"。

2. 关于理查的真历史

理查三世(1452—1485),从 1483 年到 1485 年去世,他一直是英格兰国王兼爱尔兰总督。他是约克王朝、也是普朗塔热内(金雀花)王朝最后一位国王。他在博斯沃思之战,即玫瑰战争最后一场战斗中兵败身亡,标志着中世纪英格兰的结束。他是莎士比亚历史剧之一《理查三世》的主人公。

以上这段话,堪称今天对理查的标配版描述。但莎剧之理查,远不等于历史之理查。在论析被莎士比亚戏说的理查之前,有必要对理查的真历史稍作梳理。

理查 1452 年 10 月 2 日生于英格兰中部北安普顿郡的福瑟陵格城堡（Fotheringhay Castle），在约克公爵理查（Richard, Duke of York）和塞西莉·内维尔（Cecily Neville）夫妇所生十二个孩子中排行十一，也是活下来的最小一个。

1455 年，三岁的理查赶上约克家族和兰开斯特家族之间爆发玫瑰战争。从此，英格兰王权飘摇，为夺取王位，两大家族周期性爆发内战。约克家族支持理查的父亲，认定亨利六世与生俱来的王位理应由约克公爵继承，他们反对亨利六世及其妻子安茹的玛格丽特（Margaret of Anjou）政权。兰开斯特家族则忠于当朝执政的王室。

1459 年，约克公爵及其家族的支持者被迫逃离英格兰，理查和哥哥乔治由姑姑、白金汉公爵夫人照管，可能也得到坎特伯雷大主教的关照。1460 年，当父亲和哥哥拉特兰伯爵埃德蒙（Edmund, Earl of Rutland）在韦克菲尔德之战被杀，理查和乔治被母亲派人送往低地国家（即今荷兰、比利时、卢森堡）避难。

随着约克家族于 1461 年 3 月 29 日在陶顿之战击败兰开斯特，兄弟二人返回英格兰。6 月 28 日，哥俩儿参加了大哥爱德华四世的加冕典礼。同时，理查受封格罗斯特公爵及嘉德骑士和巴斯骑士。1464 年，理查以十一岁之年被国王哥哥任命为西部各县唯一的征兵专员（Commissioner of Array）。十七岁，理查拥有了独立指挥权。

受表兄沃里克伯爵的监护，理查在位于约克郡温斯利戴尔（Wensleydale）的米德尔赫姆城堡（Middleham Castle）度过了大部分童年时光。沃里克因其在玫瑰战争中的功绩，成为著名的"造王者"（"The Kingmaker"）。

经沃里克的调教训练，理查成了一名骑士。1465 年秋，爱德华四世赏给沃里克一千镑供其花销，用来指导弟弟。理查在米德尔赫姆的时间有两种推断：1461 年末到 1465 年初（十二岁）；1465 年到 1468 年成年（十六岁）。因此，极有可能，理查在沃里克的庄园，遇到了日后坚定支持他的弗朗西斯·洛弗尔（Francis Lovell）和未来的妻子沃里克之女安妮·内维尔（Anne Neville）。或许比这时更早，沃里克已开始考虑战略联姻，想把两个女儿伊莎贝尔（Isabel）和安妮嫁给国王的弟弟。那时候，年轻的贵族们常被送到父辈相中的未来合伙人的家里进行抚养。

然而，随着爱德华四世与沃里克之间关系变得紧张，国王反对与沃里克联姻。在沃里克有生之年，只有乔治未经国王允准，于 1469 年 7 月 12 日娶了他的长女伊莎贝尔。随后不久，乔治参加岳父的叛军，反对国王。尽管到了 1469 年 8 月，已有传言把理查的名字与安妮·内维尔连在一起，但理查始终效忠爱德华。

后来，沃里克背叛爱德华四世，转而支持前朝玛格丽特王后。1470 年 10 月，理查与爱德华被迫逃往勃艮第。因为在此两年前的 1468 年，理查的姐姐玛格丽特与勃艮第公爵"大胆查理"（Charles the Bold）结婚，落难的兄弟俩指望在这儿受到欢迎。

1471 年 4 月 14 日，沃里克死于巴尼特之战，5 月 4 日，小爱德华死于图克斯伯里之战。

随着这两场战役的胜利，爱德华四世于 1471 年春天恢复王位。在这两场鏖兵激战中，十八岁的理查起了关键作用，立下汗马功劳。图克斯伯里一战，约克家族彻底击败兰开斯特家族。

1472年7月12日，理查与沃里克的小女儿安妮·内维尔结婚。婚后次年(1473年)，理查与安妮生了一个儿子爱德华·普朗塔热内，却在十一岁那年(1484年)不幸夭折。

在此必须指出，安妮嫁给理查之前，曾于1470年底，与亨利六世之子"威斯敏斯特的爱德华"(Edward of Westminster)订婚，以此作为父亲沃里克与兰开斯特家族结盟的标志，但两人并未正式结婚。

理查因效忠国王、战功卓著，于1461年11月1日被赐予格罗斯特公爵领地，次年生日之时，被委任为英格兰海军上将、并被指派为北方总督。这一切使理查成为整个王国最富有、最有势力的贵族，也是国王的忠诚助手。而跟随岳父沃里克伯爵的叛军，一起攻打过国王的乔治(即后来第一任克拉伦斯公爵)，则在1478年因叛国罪被国王处死，其后代被剥夺继承王位的权利。

到爱德华国王去世，理查一直掌控北英格兰。在北方，尤其在约克市，理查广受民众爱戴，口碑甚佳。他施政公允，援建大学，资助教会，建立北方议会，颁布了一些保护个人权利的法律。1482年，从苏格兰人手中重新夺下特威德河畔的贝里克镇，更使其声名大振。

爱德华国王于1483年4月去世，遗命理查给爱德华之长子、十二岁的爱德华五世担任护国公，享有摄政权。

按照安排，爱德华五世应于6月22日举行加冕礼。但在加冕之前，理查的一名代表在圣保罗大教堂外宣读了一份声明，宣称基于爱德华四世与伊丽莎白·伍德维尔的婚姻不合法，故其所生之子为私生子，无权继承王位；而理查的哥哥乔治的独子爱德华,也在先王在世时以乔治叛国为由被剥夺王位继承权。因此,英国王位的真正继承人是理查。

6月25日,一场贵族和民众集会通过一项声明,宣布理查为合法的国王。7月6日,理查在威斯敏斯特教堂加冕为英格兰国王。

8月之后,再没有人见过两位年轻的王子(爱德华亲王和弟弟约克公爵理查)的身影。正是从这个时候,对理查下令谋杀了"塔中王子"的指控开始流传。

在1483—1485年理查掌权的短短两年间,理查展露出卓越的执政才能,推行一系列自由化改革措施,如制定保释法案、解除对出版印刷行业的限制。他与安妮王后向剑桥大学国王学院和王后学院捐款,资助教堂,建立了皇家纹章院。

理查统治期间,发生过两次主要反叛。1483年10月,爱德华四世的坚定盟友、理查以前的伙伴白金汉二世公爵亨利·斯塔福德起兵造反,以失败告终,被斩首。1485年8月,亨利·都铎(Henry Tudor)与叔叔加斯帕·都铎率一支法军在南威尔士登陆,行军穿过彭布罗克郡,一路招募士兵。亨利的军队在莱斯特郡博斯沃思市附近击败理查的军队。理查被杀。亨利·都铎登上王位,即亨利七世。

理查之死直接导致始于1154年、统治英格兰三百三十一年的亨利二世的金雀花王朝覆灭,英格兰王国迎来新的都铎王朝。

3. 关于莎剧与历史中的两个理查

莎士比亚像那些影响过他的都铎王朝编年史家们一样,对描绘这个新王朝就像是善良战胜邪恶一样,对于打败旧的金雀花王朝兴致颇浓。出于对新王权之忠诚,自然要把金雀花王朝末代国王理查写成一个恶棍。今天来看,莎士比亚太不厚道,他在戏里非要把理查写成暴君的艺术想象,把本已模糊不清的历史糟改得面目全非。以下详加梳理,既可透出莎士比亚编戏之天才神功,亦有利于廓清理查的真面目。

(1)在莎剧里,第一幕第二场,伦敦塔附近一街道,安妮一边跟随护送亨利六世遗体的棺椁下葬,一边诅咒"他(理查)遭受比蝰蛇、蜘蛛、癩蛤蟆,或任何有毒会爬的活物更惨的命运!"因为公公亨利六世、丈夫小爱德华都死于他手。她一见到理查,便痛骂理查是魔鬼,以"可憎的恶行"犯下"屠杀的杰作"。理查非但不恼,反而凭其护国公之威权,一面坦承"是你的美貌激我起了杀心",一面向安妮求爱,逼她嫁给自己,并把一枚戒指戴在她手上。

在历史上,虽说安妮曾和小爱德华订过婚,却并未成婚。小爱德华顶多算安妮的前男友。而且,安妮在自己家(沃里克庄园),早与理查相识,一起度过一段童年时光,属于"两小无猜"。莎士比亚却把安妮写成了被理查刺死的丈夫小爱德华的遗孀。事实上,理查对沃里克伯爵死于巴尼特之战和小爱德华死于图克斯伯里之战,毫无责任。尽管理查以十八岁之年参加了这两场战斗,但当时没有任何记录显示他与其中任何一位的死直接相关。

实际上,仅凭莎剧的素材来源,无法确定理查是否卷入了亨利六世之死。亨利六世很可能是爱德华四世下令杀的,理查却为哥哥当了好几百年的"背锅侠"。

可见,是莎士比亚的戏说之笔,让理查在《亨利六世(下)》里,对沃里克伯爵死于巴尼特之战负有间接责任;让他和哥哥爱德华和乔治一起,在图克斯伯里刺死了小爱德华;让他直接把亨利六世杀死在伦敦塔里!

（2）在莎剧里,第一幕第三场,亨利六世的遗孀王后玛格丽特在王宫出现,痛斥理查"在伦敦塔里,你杀了我丈夫,在图克斯伯里,你杀了爱德华,我可怜的儿子"。继而责骂爱德华四世的遗孀王后伊丽莎白"你们篡夺的一切欢乐,本该属于我"。然后挨个儿向里弗斯、多赛特、海斯汀勋爵等人发出诅咒。这一场轮番斗嘴的大戏煞是好看。第四幕第四场,玛格丽特再次亮相,与理查的生母老约克公爵夫人（即爱德华四世的母亲）及爱德华四世的伊丽莎白王后不期而遇,一位母后、两位遗孀王后,她们仨先各自倾诉悲怨哀苦,等一见理查,又分别向理查发出严厉的诅咒。三个女人一台戏,这台唇枪舌剑的戏堪称精彩。

在历史上,玛格丽特这位前朝王后,作为爱德华四世的囚徒,早于 1475 年回到法兰西。

可见,是莎士比亚的戏说之笔,让她在理查于 1483 年加冕国王之后,又从法兰西回到伦敦,进入王宫。

（3）在莎剧里,第一幕第四场,伦敦塔,理查密令两个刺客杀掉二哥克拉伦斯公爵乔治。二刺客告知乔治奉理查之命前来杀他,克拉伦斯不信:"啊! 不要诬陷他,因为他很仁慈。"

刺客甲直言:"没错,像收割时落雪①。——您在骗自己,正是他派我们来这儿毁掉您。"

---

① 此为化用《圣经》之比喻,参见《旧约·箴言》26：1:"蠢人得荣耀,犹如夏日落雪,收割时下雨,都不相宜。"刺客甲借此指格罗斯特毫无仁慈之心。

在历史上,乔治早于 1478 年便被大哥爱德华四世以叛国罪处死。当时,理查正在英格兰北部。何况,理查从北部返回伦敦,也是满足国王让他以护国公(Lord Protector)之职权辅佐幼主统治王国的遗命。

顺便在此一提,出于剧情需要把死于《亨利六世(下)》的拉特兰写成老约克公爵的幼子。而在历史上,理查才是老约克公爵存活下来的幼子,拉特兰是他哥哥。

可见,是莎士比亚的戏说之笔,让理查成为杀兄的幕后黑手!

(4)在莎剧里,第三幕第一场,爱德华四世死后,其长子、年轻的威尔士(爱德华)亲王,与次子小约克公爵从拉德洛(Ludlow)来到伦敦。按继承人顺位,威尔士亲王应加冕为下一任英格兰国王。理查将兄弟二人软禁在伦敦塔里的"王者居所①",使其成为"塔中王子"。第三幕第五场,理查命白金汉公爵"尽速跟市长赶往市政厅,在那儿,你选一最好时机,挑明爱德华的几个孩子全是私生子"。以此剥夺爱德华亲王的王位继承权。第四幕第二场,加冕为英格兰国王的理查,明确授意白金汉"我希望这两个杂种死掉,并希望立刻着手办妥"。不料白金汉打了退堂鼓。理查从此不再信任白金汉,他命人找来泰瑞尔爵士,为他除掉"塔中王子"。泰瑞尔收买了戴顿和福勒斯,将"塔中王子"残忍杀害。

在历史上,爱德华四世于 1483 年 4 月 9 日去世之后,其十二岁的长子便继任成为爱德华五世。理查命人将年轻的国王从

---

① 王者居所(chamber, i.e. the chamber of the king):自诺曼底公爵威廉 1066 年征服英格兰之后,伦敦即有了"王者居所"(拉丁语'camera regis')之称谓。

拉德洛接来伦敦。白金汉公爵建议将国王安置在伦敦塔内的皇王室居所。8月，"塔中国王"消失不见。爱德华五世何以消失？在他身上到底发生了什么？至今无人知晓。

可见，是莎士比亚的戏说之笔，让理查成为杀死两个亲侄儿的幕后真凶！

诚然，对理查的毁荣谤誉是从"塔中王子"消失那一刻开始的。毕竟，按常理推断，他的嫌疑最大。因此，可能，极有可能，是他下令杀了"塔中王子"。遗憾的是，历史没留下铁证。又因此，之后每个时代都有人提出疑问，试图为理查翻案。

时光进入 20 世纪，英国甚至成立了"理查三世学会"（Richard Ⅲ Society）。被誉为推理小说大师的英国女作家约瑟芬·铁伊（Josephine Tey，1896—1952）更在其成名作《时间的女儿》（*The Daughter of Time*）中，凭缜密的推理和一些来自大英图书馆的珍贵史料，为理查清洗罪名。这位铁伊女士怀疑，亨利七世才是杀死"塔中王子"的幕后真凶。在她眼里，莎剧《理查三世》是对一个好人的恶毒毁谤，是一场吵闹的政治宣传，是一部愚蠢的戏剧！

（5）在莎剧里，理查得以登上国王宝座，全赖与白金汉公爵密谋设计合演了一出天衣无缝的双簧戏。第三幕第七场，白金汉到市政厅，向市民们宣告"塔中王子"是私生子，使其失去王位继承权，随后发表演说，提议"凡钟爱国家利益之人，高呼'上帝保佑理查，英格兰的国王！'"当理查手拿祈祷书，站在两位主教牧师中间——"对一位基督徒亲王，那是两根美德的支柱，"——而这时，白金汉正好与市长及市民们一起前来，"衷心恳求阁下亲自担起您这片国土的王国统治之责，——不是凭您身为护国公、总管、代表，或为他人谋利的低级代理人，而是凭您血脉相传的继承权，凭您天生的权利，凭您的君王版图，凭您自己。"

在历史上，理查成为英格兰国王，则先由一位主教牧师于1483年6月22日在伦敦圣保罗大教堂门口宣读爱德华四世与伊丽莎白王后之婚姻属于重婚的证词，使爱德华五世的臣民们不再接受年轻国王的统治。他们拥立护国公理查为新国王。此时，理查已搬至伦敦主教门大街的克罗斯比宫（Crosby Place）。6月26日，理查接受国民吁求；7月6日，在威斯敏斯特教堂加冕；1484年1月，凭一项《国会法案》（*Act of Parliament*）使王位依法得以确认。

可见，是莎士比亚的戏说之笔，让理查与白金汉上演了一出假戏真做的双簧！

（6）在莎剧里，理查得以称王，全赖其左膀右臂表兄白金汉鼎力相助。第二幕第一场，白金汉当着爱德华四世的面向王后保证："白金汉不论何时将其仇恨转向王后，对您和您的家人不怀忠顺之爱，叫上帝凭我最希望爱我之人对我的恨，来惩罚我！"然而，白金汉早与理查结成同谋。第二幕第二场，理查甚至向白金汉表示："我，要像个孩子似的，由你引导前行①。"第三幕第一场结尾，理查向白金汉郑重承诺："我一当上国王，你就向我要求赫里福德伯爵领地的所有权，以及我国王哥哥拥有的全部动产。"

---

① 参见《旧约·撒母耳记下》16：23："在那些日子里，大家认为亚希多弗所出的主意，都像是来自上帝的神谕；大卫和押沙龙两人都听从他。"

结果，理查登上王位之后，因白金汉不肯去杀"塔中王子"，理查对他失去信任，对他的要求置若罔闻。白金汉感觉被骗受辱，遂起兵造反。兵败。第五幕第一场，理查下令将白金汉斩首。白金汉之死应验了他向伊丽莎白王后的起誓，终因"最希望爱我之人对我的恨"而送命。

在历史上，理查加冕国王之后，白金汉这位理查从前的盟友便开始与爱德华四世的支持者和整个约克派系密谋，计划废黜理查，恢复爱德华五世的王位。当"塔中王子"（年轻的爱德华国王和他的弟弟）消失之后，谣言四起，白金汉打算将流放中的亨利·都铎迎回国，夺取王位，并与"塔中王子"的姐姐约克的伊丽莎白结婚。白金汉在其位于威尔士的庄园起兵，向伦敦进军。流放布列塔尼的亨利得到布列塔尼司库皮埃尔·兰戴斯（Pierre Landais）的支持，寄望白金汉能以一场胜利使布列塔尼和英格兰订立一纸盟约。但亨利有些战船遭遇暴风雨，被迫返回布列塔尼或诺曼底，亨利本人的战船则在白金汉兵败之后一周，在普利茅斯抛锚。白金汉的军队同样受到这场暴风雨的困扰，许多士兵开了小差。白金汉试图化装逃跑，遭家臣出卖。11月2日，白金汉在索尔斯伯里"牛头客栈"（the Bull's Head Inn）附近，以叛国罪遭斩首。

可见，是莎士比亚的戏说之笔，让白金汉成了戏里那副样子，遭虎狼之君所骗，身首异处！

（7）在莎剧里，理查是一个残暴血腥的禁欲主义者，孤家寡人，无儿无女，而且，害死了妻子安妮王后。第四幕第二场，理查命心腹凯茨比"向外散布谣言，说安妮，我妻子，病得十分严重，我会下令把她关起来。……我再说一遍,叫人们知道,我的安妮王后病了,估计会死。去办吧。"

在历史上,理查与安妮王后在婚后第二年(1473 年)生下独子爱德华·普朗塔热内。他五岁时受封索尔斯伯里伯爵,1483 年 8 月 24 日受封威尔士亲王,成为王储,1484 年 3 月亡故。另外,当时关于理查谋杀妻子安妮的传言毫无根据。1485 年 3 月,安妮可能因患肺结核病亡。

可见,是莎士比亚的戏说之笔,让理查成为杀妻凶手!

(8)在莎剧中,第四幕第二场,理查前脚刚下令凯茨比去害妻子安妮,随后又心生"一宗罪恶":"我必须与我哥哥的女儿①结婚,否则,我的王国便站在易碎的玻璃上。——杀了她两个弟弟,然后娶她!不牢靠的获利手段!但迄今为止我身陷血腥,一宗罪恶将引出另一宗罪恶。我这眼里容不下同情的泪滴。"第四场,理查便当面逼迫以前的王嫂伊丽莎白将她"贤淑又美丽,尊贵又仁慈"的女儿嫁给他,因为"美丽英格兰的和平仰仗这一联姻。"

在历史上,尽管关于理查要娶自己侄女的谣言早已风传,却并无现存证据显示他打算娶她。实际上,理查当时正在协商一桩婚事,打算把伊丽莎白嫁给葡萄牙王子贝沙公爵曼努埃尔(Manuel, Duke of Beja),即后来的葡萄牙曼努埃尔一世(Manuel I of Portugal, 1469—1521)。

---

① 即爱德华四世之女约克的伊丽莎白(Elizabeth of York, 1463—1503)。理查欲娶她为妻,以蒙蔽里士满,未果。1486 年,伊丽莎白与亨利七世结婚。至此,玫瑰战争终由约克家族与兰开斯特家族的联姻结束。

可见,是莎士比亚的戏说之笔,让理查成了一个丧失天伦、非要把亲侄女娶来当王后的暴君叔叔!

(9)在莎剧里,第五幕第四场,因里士满的继父斯坦利拒绝派兵助战,理查只好孤军"演出了超乎一个凡人的奇迹,面对每一个危险,都敢于向敌人挑战。他的马被杀了,全靠步行奋战,在死神的喉咙里寻找里士满"。最终,在"一匹马! 一匹马! 用我的王国换一匹马! "的绝命呐喊中阵亡。

在历史上,博斯沃思之战不单是理查和里士满(亨利·都铎)之间的战斗,何况理查本有望获胜。理查在由法国长矛兵护卫的里士满的后卫部队发现了里士满,当即率领一队骑兵冲杀过去,却被里斯·艾普·托马斯爵士(Sir Rhys ap Thomas)从里士满身边引开。斯坦利兄弟俩——斯坦利勋爵托马斯(Thomas,Lord Stanley)和弟弟威廉·斯坦利爵士(Sir William Stanley),见里士满易受攻击,趁势率军杀入,为里士满助战。理查一见斯坦利,高喊"叛国"。理查骑的白色战马陷进一片沼泽地,人从马上摔下来。有人要给他一匹新马,被拒绝。他徒步作战,直到被砍死。

可见,是莎士比亚的戏说之笔,让理查在绝命之前成为一个恶棍枭雄!

4. 关于理查死于博斯沃思之战的传说

"理查三世的恶行惹得人神共怒,国内叛乱不断,仅在他掌权短短两年之后的 1485 年,亨利·都铎从威尔士起兵,在博斯沃思原野打败理查三世,这位暴君在这场战斗中毙命。"这段文字几乎是后世对"暴君"理查之死盖棺论定的历史描述。

1485 年 8 月 22 日发生的博斯沃思之战,距今五百多年,太过久远。相比真实的历史,传说往往更有生命力。

相传,开战之后,这位曾叱咤风云的英格兰国王纵马驰骋,异常勇猛,不仅将勇冠三军的敌将约翰·钱尼爵士打下马来,还杀了亨利·都铎的掌旗官威廉·布兰登爵士。但作战中,他胯下那匹白色战马,因马掌脱落突然跌倒,把他摔落马下。他眼看敌方将领手持长矛策马奔来,高喊"一匹马!一匹马!用我的王国换一匹马!"(A horse, a horse, my kingdom for a horse)。话音未落,敌将杀到。有的说,理查的头颅被长矛刺中,当场毙命。有的说,一个手持战斧的敌兵砍死了他。无从证实哪个说法是对的。其实,让比莎士比亚年长一百一十二岁的理查三世嘴里高喊莎剧台词,这本身便足以证实历史受了捉弄。

事实上,战斗打响之前,理查像在莎剧中表现的那样自信满满,对胜算十拿九稳:"我们既已兴兵作战,那就进军,进军。即便不向外敌开战,也要击败国内这些反贼。"【4.4】而且,在兵力上,理查以八千人对里士满五千人,明显占优势。但两军交战之后,战局未按理查的设想进行。由此,喜欢编排历史的后人巧意杜撰,使三个别有意味的传说鲜活地代代相传:

(1)参战前,当理查在莱斯特郡一市镇向一名先知求教时,先知预言:"你纵马飞奔战场,被马刺刮蹭之处,便是回程时你脑袋开花之地。"在前往博斯沃思原野的路上,过一座桥时,理查战靴上的踢马刺蹭到桥上一块石头。当理查战死之后,尸体拖在马后从战场运回时,头被那块石头撞开了花。

(2)在理查与里士满(未来的亨利七世)决战前一天清早,理查派马夫尽快给自己最喜欢的战马钉掌。马夫对铁匠说,国王希望骑着它打头阵。铁匠说，所有战马都钉了掌，没铁皮了，眼下钉不了，得等。马夫心烦气躁，叫道："我等不及！"铁匠无奈，从一根铁条上弄下四个马掌，砸平、整形，然后固定在马蹄上。钉好三个，没钉子了。铁匠说需要花点时间现砸两个。马夫急切地说："跟你说了我等不及。"铁匠说："怕钉上之后，没那么牢固。"马夫问能否挂住，铁匠回"应该能，但没把握。"马夫催促："那好，就这样，快钉，不然国王会怪我。"

两军交锋，理查策马扬鞭，激励士兵奋勇杀敌。厮杀中，那只不结实的马掌突然掉了，战马跌倒，理查落马。受了惊的马一跃而逃，士兵纷纷撤退，里士满的军队围上来。理查挥舞宝剑，高喊"一匹马！一匹马！用我的王国换一匹马！"对此，亦不难判断，这显然是后人口耳相传与莎剧的杂烩。

（3）理查临死之前连声高喊五声"叛国，叛国，叛国，叛国，叛国。"显然，这是后人把历史记载的理查见到斯坦利时只喊了一声的"叛国！"戏剧化了。不过，莎士比亚编戏时并没买这个账，他压根儿没让理查和斯坦利在博斯沃思见面。

5. 关于理查遗骨的考古发掘

理查在博斯沃思之战中阵亡，尸体用马拖到附近的莱斯特城，可能先裸身示众，最后在灰衣修士教堂（即圣方济各会教堂）下葬，墓穴很小，没有葬礼。

1509 年，亨利七世去世，儿子亨利八世（1491—1547）继承王位。

1534 年，英格兰国会通过《至尊法案》，英格兰脱离罗马教廷，正式推行宗教改革，许多天主教修道院随即被夷为平地。理查的墓穴及墓碑均被移除,遗骨不知所终。有人推断,遗骨丢进了临近的索尔河(River Soar)。

成立于 20 世纪,志在为被污名化的暴君理查昭雪的"理查三世学会",于 2012 年,委托莱斯特大学考古队对理查遗骨进行考古发掘。该学会认定理查是一位好国王,因为,所有 16 世纪 70 年代直到 16 世纪 80 年代早期的记载,都强调理查是忠心耿耿的兄弟,正直不阿的君王,骁勇善战的士兵,在地方纠纷中是公正的裁决人,深受那个时代英格兰北方人民爱戴,并凭其自身的骑士精神受到尊崇。

考古队通过地图索源法和钻地雷达技术,最终确定一个市政停车场便是当时埋葬理查的圣方济各会教堂旧址。

8 月,一具成年男性的骨架出土。考古队对这具骨架做放射性碳定年法测定,确定遗骨年代为 1455—1500 年之间,死者年龄二三十岁,之后再经过线粒体基因测序与理查的后裔进行 DNA 配对,确认这是理查三世的遗骨无疑。

根据数字扫描骨架,遗骸有十处伤口,八处在头,两处在身,均为死亡前后不久所致:上背脊骨插着一个带倒钩的金属箭头,头骨上有一连串伤痕,一致命的伤痕在头顶处,刀锋砍出凹槽。由此,可对理查生命的最后时刻做一番推演:落马时,头盔掉落,被砍杀时没戴头盔;可能先被利刃(战斧或长矛)砍掉一部分头骨,又被利器刺穿头部;后脑被打破,脑浆飞溅;肋骨的砍痕和骨盆部位的创伤明显,尸体被亨利·都铎命人用马从博斯沃思战场拖到莱斯特,以宣示胜利;一路之上,尸体遭人羞辱,骨盆处被人用利器刺穿。

最重要的,在科学检测下,理查的身体特征是:轻度脊柱侧凸,右肩比左肩稍高,双臂没萎缩,既不瘸腿,也无跛足,既不影响穿盔甲,更不影响骑马战斗。

简言之,现代科技呈现出的历史中的真理查,不是被莫尔和莎士比亚们糟改的"一瘸一拐,形貌如此畸形"【1.2】的"驼背理查"——篡位之后杀兄、杀妻、杀侄儿、杀挚友的血腥暴君!

2015年3月22日,距理查1485年8月22日战死疆场差五个月整整五百三十年,一辆灵车载着装殓理查骸骨的棺椁,驶出莱斯特城,来到博斯沃思原野——当年理查兵败之地。现场鸣放21响礼炮,以此向王室致敬。

3月26日,英格兰国王理查三世的遗骨在莱斯特大教堂重新安葬。

三、剧情梗概

第一幕

图克斯伯里一战,约克家族击败兰开斯特家族,爱德华四世重登王座,王国秩序得以恢复。但"如此一瘸一拐,相貌古怪,连狗都立到我身旁冲我狂吠"的格罗斯特公爵理查,"天生不是寻欢享乐的料①,也无法盯着一面镜子自怜自爱"。他自知"无法见证一个情人,快乐度过这些和美的日子,那我决意见证一个恶棍,憎恨这些闲散的快活时光"。他设下阴谋的第一步,便是"凭

---

① 莎士比亚的"驼背理查"源自托马斯·莫尔《理查三世的历史》。在莫尔笔下,理查身材矮小,状貌丑陋,四肢畸形,驼背,身形歪斜,左肩高,右肩低。

借醉鬼的预言、诽谤和幻梦",在他哥哥克拉伦斯和国王之间,
"相互嵌入刻骨的憎恨"。果然,爱德华四世听信了克拉伦斯谋朝
篡位的谣言,命人将其关入伦敦塔。

在街道上,见到由卫兵押解的克拉伦斯,理查假意同情,告
知要把他关进伦敦塔的不是国王,而是那位格雷夫人(伊丽莎
白王后)和她的弟弟里弗斯伯爵。理查又假意安慰哥哥,马上去
找国王,"甭管你让我做什么,只要能释放你,——哪怕管爱德
华国王的寡妇叫声嫂子,——我照叫不误"。说完,兄弟二人紧
紧拥抱。

理查从刚由伦敦塔释放出来的海斯汀勋爵嘴里,得知国王
病重。国王"长久过一种邪恶的肉欲生活,过度消耗掉他国王的
身体"。理查早已料到会有这一天,但为实现爬上国王宝座的野
心,眼下当务之急,必须在国王临死之前,弄死克拉伦斯。

伦敦塔附近一街道。小爱德华亲王的遗孀安妮夫人,为由卫
兵护送的公公亨利六世的棺椁送葬。她伤心欲绝,祈愿更可怕的
命运落在理查头上,"遭受比蝰蛇、蜘蛛、癞蛤蟆,或任何有毒会
爬的活物更惨的命运!"理查拦住送葬队伍,巧舌如簧,向安妮求
爱。安妮痛斥理查杀了她的公公亨利六世,杀了她的丈夫小爱德
华,"因为你卑劣地屠杀他人,理应以自杀惩罚自己"。"你是主使
人,是最该诅咒的凶犯。"理查辩称杀死小爱德华,是出于对安妮
的爱,意在帮她"得到一个更好的丈夫"。理查抽出剑,交给安妮,
示意她此时可以为自己的公公、丈夫复仇,"你若愿意,插入这忠
实的心窝"。理查跪在地上,裸露胸膛,见安妮举剑欲刺,动情地
说:"不,别停下,因为我杀了亨利王,——只不过,是你的美貌激

我起了杀心。不，赶快，是我刺死了年轻的爱德华。（她又举剑欲刺。）——只不过，是你圣洁的面孔唆使我下手①。"安妮丢下剑，叫理查起来："骗子，虽说我愿你死，却不愿亲手杀你。"最后，她接受了理查的戒指，并对他如此悔过表示欣喜。理查对求爱成功十分得意："这阵子我倒把自己的形貌看错了。以我的性命起誓，虽说我没能，可她却发现了，我居然是一个了不起的美男子。"但他早已打定主意，"我要占有她，却不想留太久"。

伦敦。王宫。伊丽莎白王后深知理查对自己心存歹意，担心爱德华四世死后，自己和儿子及整个亲族会遭理查所害。见到理查，她当即表示："我和我的亲戚们地位提升，你嫉妒。愿上帝允许我对你永无所求！"理查反唇相讥："愿上帝允许我有求于你。我们的兄弟②被你设法关进牢狱，我自己也丢了脸，贵族遭人蔑视。"这时，亨利六世的遗孀、玛格丽特老王后来到王宫，她先痛斥理查："在伦敦塔里，你杀了我丈夫，在图克斯伯里，你杀了爱德华，我可怜的儿子。"继而痛斥伊丽莎白及其亲族："你们篡夺的一切欢乐，本该属于我。"然后挨个儿向里弗斯、多赛特、海斯汀勋爵等人发出诅咒。格罗斯特叫她"停止诅咒，你这可恨、干瘪的巫婆！"随即她开始诅咒理查这只"有毒的驼背癞蛤蟆"，骂他是"出生时被邪灵打上印痕，怪模怪样，贪婪的、满处乱拱的野猪③！你一落生便打上烙印，人之奴隶，地狱之子！你是你受孕娘胎的耻

---

① 此句和上句"是你的美貌激我起了杀心"均含性意味，暗指：是你唤起了我的性欲望。

② 指理查的二哥克拉伦斯公爵乔治。

③ 野猪(hog)：理查的纹章上有一头白色的野猪。

辱！是你父亲腰胯①憎恶的孽种！你这荣誉的抹布！"最后，她警告白金汉公爵要他远离理查"那魔鬼"，并警告所有人，"你们每一个活人都是他憎恨的对象，他也是你们恨的对象，你们所有人都是上帝恨的对象！"

伦敦塔。头天夜里，克拉伦斯做了一连串噩梦，梦见自己和弟弟理查在海上航行，在摇晃的甲板上踱步时，被绊了一跤的理查把他撞出船外，坠入巨浪翻滚的大海；梦见海底遇难船只的残骸；梦见死于巴尼特之战的岳父沃里克厉声高喊"这黑暗王国能给发假誓的克拉伦斯什么惩罚？②"梦见死于图克斯伯里的小爱德华要"复仇女神③，押他去受苦刑！"领了理查密杀令的二名刺客，前来刺杀克拉伦斯。临死之前，克拉伦斯才明白所有这一切都是理查为他设计的。杀死克拉伦斯之后，凶手把尸体泡进装马姆齐甜酒的桶里。

第二幕

伦敦。王宫。病中的爱德华国王希望贵族朝臣和平相处，宫廷不再有纷争。他先劝里弗斯与海斯汀"相互握手，切莫心藏仇恨，发誓彼此相爱"。再劝王后及其亲族与海斯汀勋爵与白金汉公爵和好。国王颇感欣慰，向理查表示，"我做了件善事，在这些骄傲、满腔怨怒的贵族们之间，化敌意为和平，化仇恨为挚爱"。

---

① 腰胯(loins)：暗指男性生殖器官。

② 在《亨利六世（下）》，克拉伦斯先背弃哥哥爱德华四世投奔沃里克，支持兰开斯特家族，随后不久，又背弃岳父沃里克立下的誓言，再次回到爱德华四世身边，最终导致沃里克兵败，受伤而死。

③ 复仇女神(Furies)：即希腊神话中的复仇女神三姐妹。

理查当即表态，愿与所有人和解，"我不明白，我的灵魂与每一个活在世上的英国人的分歧，会比昨夜新生的婴儿还多一点儿。我因我的谦卑感谢上帝！"此时，王后向国王求情，希望赦免克拉伦斯。理查告知克拉伦斯已死。国王声言已发出撤回处死克拉伦斯的命令。理查答复，克拉伦斯"死于您的第一道命令，那命令由一位长翅膀的墨丘利①送达。哪个迟缓的瘸子送的第二道撤销令，太迟了，都没看见他下葬"。国王心有悔意，"我弟弟没杀人，——他错在心存念想，却落个惨死的惩罚"。

伦敦。王宫。国王死了，公爵夫人和伊丽莎白这对婆媳陷入悲痛之中，一个为儿子，一个为丈夫。里弗斯建议王后立刻派人把威尔士亲王"接来，让他加冕为王。您的安心日子系在他身上。把绝望的悲伤淹死在已死的爱德华的墓穴里，把您的快乐种植在活着的爱德华的王座上"。白金汉提出，为防止宫中生变，只能派少量随从去拉德洛把亲王迎回伦敦加冕。里弗斯、海斯汀均表示赞同。等所有人都退去，白金汉向理查保证"我要瞅准机会，把王后那伙儿骄傲的亲族与亲王分开"。理查高兴地把白金汉称为"我的另一个自己，替我拿主意的智囊高参②，我的神谕，我的先知！——我亲爱的老兄，我，要像个孩子似的，由你引导前行。③"

---

① 墨丘利（Mercury）：罗马神话中主神朱庇特的信使，头戴插有双翅膀的帽子，脚穿飞行鞋，行走如飞。

② "替我拿主意的智囊高参"（my counsel's consistory）：直译为"我内心想法的会议室"，意思相当于今天的"我的智囊"。梁实秋译为"我的参谋本部"。

③ 参见《旧约·撒母耳记下》16：23："在那些日子里，大家认为亚希多弗所出的主意都像是从上帝来的话；大卫和押沙龙两人都听从他。"

伦敦。一街道。有的市民对王国的未来焦虑不安:"先生们,等着瞧一个动乱的世界。"有的市民不以为然:"不,不,凭上帝之恩典,他儿子要继位了。"有的市民为此更加担心:"由孩子来管,那个国要倒霉!"①还有的市民认为"格罗斯特公爵(理查)充满危险! 王后的儿子和兄弟们傲慢骄狂,他们若能听从王命,而不操控王命,这个衰弱的国家还可以像从前一样安详"。

伦敦。王宫。约克公爵夫人满心期盼尽快见到自己的孙儿威尔士亲王,伊丽莎白王后也盼着见到儿子。说话间,信差送来消息,"两位强大的公爵,格罗斯特和白金汉"逮捕了前去迎接亲王的里弗斯勋爵和格雷勋爵,连同沃恩爵士,把他们全都送往庞弗雷特②。王后眼见灾难临头:"我的家族要毁灭。老虎现在抓住了温顺的母鹿,恐吓的暴政开始悬在天真、难以令人敬畏的王座③之上。欢迎,毁灭,血腥和残杀! 我看到了一切的终结,像画在地图上一样。"公爵夫人则慨叹"征服者之间,又要开战,兄弟跟兄弟,血亲跟血亲,自己对自己。啊! 荒谬、疯狂的暴力,停止你该受诅咒下地狱的暴怒,否则,让我死去,别再看世间惨象!"王后决定和小儿子约克一起,"去圣所④避难"。

第三幕

伦敦。一街道。理查、白金汉及伦敦市长一行人等欢迎爱德

---

① 参见《旧约·传道书》10:16:"国啊,当你的国王是个孩子,你的亲贵清早欢宴,哎呀,你要倒霉了!"

② 庞弗雷特(Pomfret):即约克郡的庞蒂弗拉克特(Pontefract)城堡。

③ 指爱德华亲王。

④ 圣所(sanctuary):专指教堂或其他神圣的场所用来避难的地方。旧时,躲在圣所的避难者可依法享有不被逮捕的豁免权。此处圣所,指威斯敏斯特教堂内的避难处。

华亲王来到伦敦。白金汉要红衣主教鲍彻把小约克公爵从圣所接来与亲王哥哥团聚。鲍彻与海斯汀勋爵一起接来小约克,理查下令让两位王子待在伦敦塔的皇室居所,等候加冕典礼。白金汉要凯茨比去见海斯汀,说服他同意理查登上王座。凯茨比认为海斯汀效忠国王,难以说服。理查告诉白金汉,如果海斯汀心怀二心,就砍下他脑袋。同时,他向白金汉许愿"我一当上国王,你就向我要求赫里福德伯爵领地的所有权①,以及我国王哥哥拥有的全部动产"。

海斯汀勋爵府。斯坦利派信差通知海斯汀,他夜里梦见野猪(理查纹章上的图案)撞掉了自己的头盔,为避免预感到的危险,建议海斯汀与他"一起火速飞奔赶往北方"。但海斯汀毫不担心。凯茨比试探海斯汀,暗示他拥戴理查戴上"王国的花冠",并给海斯汀带来好消息,"就今天,您的敌人,王后的亲族,必死于庞弗雷特"。海斯汀断然拒绝:"要我发声站在理查一边,阻止我主上②子孙的合法继承权,上帝知晓,我不会干的,死也不干!"但他心情十分愉快,出发前,跟自己的随从说:"今天我那些敌人都要被处死,我身处的境遇从没这么好过。"

约克郡。庞弗雷特城堡前。拉特克利夫率手持长戟的卫士,将王后的亲族里弗斯、格雷、沃恩押往刑场斩首。

伦敦塔内会议室。贵族们开会商议加冕典礼的日期。海斯汀深感理查对他厚爱,先替理查做主:"不妨选定时日,我来代表公

---

① 理查的这一承诺对白金汉公爵极具诱惑力。

② 主上(master):指爱德华四世。

爵投一票,相信他会欣然接受。"理查问海斯汀,若有人用邪恶的巫术谋害自己,该当何罪?海斯汀说活该受死。理查指着自己畸形的胳膊,说这是王后伙同那个娼妓婊子绍尔,凭巫术打下的标记。海斯汀刚说到"假如",理查立刻变脸:"你,这个该受诅咒下地狱的婊子的守护者,——竟敢对我说'假如?'你这个叛徒。砍掉他脑袋!"海斯汀慨叹当初玛格丽特对他"沉重的诅咒"落在了头上。

伦敦塔城墙上。理查指着海斯汀的人头告诉伦敦市长,海斯汀密谋加害自己。市长认为海斯汀理应受死,"自从他与绍尔太太有了奸情,我便料定他绝不干好事"。市长刚一离开,理查便让白金汉"尽速跟市长赶往市政厅",到那儿选好时机,向市民们挑明爱德华的几个孩子全是私生子,及其如何荒淫。

伦敦。贝纳德城堡。白金汉告诉理查,他在市政厅向公众历数爱德华四世的斑斑劣迹,包括提到不仅他的孩子都是私生子,连他本人也不是老约克公爵的亲生儿子,然后提到理查打仗时的韬略智慧,赞美理查的慷慨、美德和可敬的谦恭,最后提议凡钟爱国家利益之人,高呼"上帝保佑理查,英格兰的国王!"但市民们反应冷淡,一言不发,一个个活像哑巴塑像。两人商量对策,白金汉建议理查要摆出令人生畏的虔诚神态,除非有人迫切恳求,不要跟人交谈。"手里一定拿本祈祷书,站两位牧师中间,我高贵的大人,因为我要以这个低调为基础,唱一首高调的圣歌。"

市长、市议员和市民们赶到城堡。白金汉说理查正在虔诚祷告,谁也说服不了他接受恳求,成为英格兰的君王。市长率先发出恳求:"以圣母马利亚起誓,愿上帝不准公爵拒绝我们!"白金汉费尽唇舌，恳求"强大的理查，不要拒绝奉上的这份敬爱"。最后，手拿祈祷书、站在两位主教中间的理查接受了所有人的合法请求："既然你们不管我是否愿意，非要把命运像铠甲一样在我背部①扣紧，叫我负起这重担，我一定耐心承受负担。"白金汉带头高喊"英格兰当之无愧的国王，理查王万岁！"

第四幕

伦敦塔前。老约克公爵夫人、伊丽莎白王后和安妮夫人要见爱德华亲王和小约克两位王子，遭卫队长布雷肯伯里拒绝，说国王下令严禁探望。伊丽莎白问是哪位国王，卫队长改口说是护国公大人（理查）。斯坦利来请安妮，要她"必须立刻去威斯敏斯特，在那儿加冕为理查尊贵的王后"②。伊丽莎白听到这可怕的消息险些晕倒，她立刻要自己与前夫所生的儿子多赛特，"赶快逃离这座屠宰场，免得你白凑一个死亡数，把我变成玛格丽特诅咒的奴隶死于非命，临死之际，既不是母亲、妻子，也不是英格兰公认的王后"③！即将加冕王后的安妮丝毫不快乐，担心理查"因我父亲沃里克④而恨我，无疑，很快会将我除掉"。

伦敦。王宫。理查加冕之后，为绝后患，授意白金汉除掉伦敦

---

① 我背部（my back）：理查以此让别人注意自己的驼背。

② 1483 年 7 月 6 日国王和王后的加冕典礼在威斯敏斯特教堂举行，格罗斯特公爵理查加冕英格兰国王，成为理查三世，安妮夫人加冕为英格兰王后。

③ 在第一幕第三场，亨利六世的遗孀王后玛格丽特向伊丽莎白王后发出诅咒："临死之际，既不是母亲、妻子，也不是英格兰的王后！"

④ 即沃里克伯爵理查·内维尔（Richard Neville，Earl of Warwick），在《亨利六世（下）》中，在与约克家族交战的巴尼特之战，负伤阵亡。当时，理查（格罗斯特公爵）是约克军中的主要将领。

塔内的两位王子。见白金汉犹豫不决,理查立刻对他失去信任,随即命人找来泰瑞尔爵士,去杀掉两个亲侄儿。接着,他命凯茨比四处散布谣言,说安妮病得很重,很快会死。为巩固王权,理查决定与哥哥爱德华四世的女儿伊丽莎白结婚。另外,他要把哥哥克拉伦斯的女儿嫁给一个身份卑微之人。至于克拉伦斯的儿子,已被牢牢监禁,不足为虑。白金汉向理查讨要赫里福德的伯爵领地及爱德华四世的全部动产。理查把当初对白金汉的许愿忘到脑后。白金汉担心招致杀身之祸,跑回威尔士,起兵造反。泰瑞尔雇两名凶手去伦敦塔,闷死两位王子。

伦敦。王宫前。老约克公爵夫人和儿媳伊丽莎白王后哀悼两位王子,与玛格丽特老王后不期而遇。三个女人同病相怜,各倒苦水,互吐衷肠。公爵夫人恨不得把理查,自己的亲生儿子闷死,她对伊丽莎白说:"跟我一起去,在刺耳的话语里,让我们把我那该下地狱的儿子闷死,是他,闷死了你那两个可爱的儿子。"公爵夫人拦住行进中的理查,痛悔自己受诅咒的胎宫竟生下理查这样的坏蛋。伊丽莎白痛骂理查杀了自己的两个儿子和兄弟。理查却要伊丽莎白把女儿嫁给他。伊丽莎白不肯让女儿嫁给这个魔鬼,但理查动之以情,晓以利害,说这桩婚姻将给她带来尊荣:"您将再次成为一位国王的母亲,苦难深重时代的一切废墟将以双倍满意的财富得到修复。"而且,"美丽英格兰的和平仰仗这一联姻"。理查叫伊丽莎白转告女儿"说我会永永远远爱她"。伊丽莎白最终同意劝说女儿嫁给理查。

信差送来消息,里士满从布列塔尼率一支强大的舰队到了西部海上,等待白金汉前来接应。理查命斯坦利前去迎敌,为防止斯坦利投奔继子里士满,命人把他儿子扣作人质。不久传来消息,"因天降暴雨、突发山洪、白金汉的军队被冲散"。很快,又传来消息,白金汉被捉,但里士满的军队已在米尔福德登陆。

第五幕

索尔斯伯里。一空地。白金汉想见理查一面,遭拒。被斩首之前,他想起玛格丽特对他的诅咒:"当他(理查)用悲痛劈裂你的心窝,记住玛格丽特是一个女先知。"①

里士满的军队向博斯沃思原野行进。理查的国王军队在博斯沃思原野搭起营帐。斯坦利来到里士满的营帐,愿命运和胜利女神保佑他,要他"在清晨早做战斗准备,把你的命运交由血腥的打击,和目露死命凶光的战争来决断"。决战前夜,里士满安然入眠。国王营帐,理查在睡梦中惊醒:小爱德华、亨利六世、克拉伦斯、里弗斯、格雷、沃恩、海斯汀、爱德华亲王和小约克两位王子、安妮夫人、白金汉,所有遭他"谋杀之人的灵魂都来到"他的营帐,"每个灵魂都威胁,明天的复仇要落在理查头上"。同时,每个灵魂都祝愿里士满将迎来"成功与幸运的胜利!"睡醒之后,理查心有余悸,他对拉特克利夫坦言:"一整夜的鬼影儿向理查的灵魂袭来的恐惧,比浅薄的里士满所率手执兵器身披坚甲的一万士兵更可怕。"

里士满发表战前演说,愿士兵们以上帝的名义和所有应得的权利,高举战旗,心甘情愿拔出刀剑,"大胆、欢快地击战鼓、吹号角,/上帝和圣乔治保佑里士满胜利!"

---

① 第一幕第三场,玛格丽特对白金汉说:"记住迟早有一天,当他用悲痛劈裂你的心窝,那时你会说可怜的玛格丽特是一个女先知!"

理查发表战前演说,激励士兵们勇猛战斗,"用马刺狠踢你们俊美的战马,任浴血的战马①驰骋,凭你们折断的矛枪恐吓苍天!"

决战在即,信差禀告理查,斯坦利拒绝率军助战。两军激战,理查的马被杀。他徒步作战,在"一匹马!一匹马!用的我王国换一匹马!"的呐喊中阵亡。

博斯沃思之战,里士满大获全胜。他戴上斯坦利从理查头上摘下的王冠,宣布:"按我在领圣餐时立下的神圣誓言,将白玫瑰和红玫瑰联成一体②。……让里士满和伊丽莎白,两家王室家族的真正继承人,凭上帝的美好法令结在一起! 让他们的子孙,——上帝,倘若你愿意,——以欢心愉快的和平、以面露微笑的富足、以美好繁荣的日子,充实未来的时间!"

四、理查三世:一个嗜血的坏国王

1."驼背理查":理查"自画"的暴君符号

不妨推断,莎士比亚把《亨利六世(下)》里的格罗斯特公爵理查,当成《理查三世》中理查三世国王的前传来写。换言之,即便莎士比亚写《亨利六世(下)》时对将要写的《理查三世》未及详加构思,但要写一部以理查三世为主角,甚或要写一出"驼背理

---

① 浴血(in blood):此处指战马因骑兵们用马靴上的踢马刺狠踢马腹,使马腹浴血。

② 里士满加冕亨利七世,娶爱德华四世之女伊丽莎白为王后。至此,始于1455年,在"白玫瑰"(约克家族)和"红玫瑰"(兰开斯特家族)之间爆发的玫瑰战争,终在持续了三十年之后,于1485年结束。

查"的戏，主意已定。因为他在《亨利六世（下）》，尤其第三幕之后，便开始刻意为《理查三世》谋篇布局，让理查以巧于修辞的长篇独白给自己画像，而《理查三世》不仅以理查的长篇独白拉开剧情大幕，某种程度上可以说，更凭借理查一段又一段或长或短的独白串联起整个戏剧结构。可以说，莎士比亚在《亨利六世（下）》中，便开始精心打造"驼背理查"这一形象。

的确，从为迎合自己作为臣民的都铎王朝糟改前朝国王理查三世来看，莎剧《理查三世》比托马斯·莫尔的《理查三世的历史》走得更远。时至今日，一般读者、观众对理查三世的认知几乎全部来自这部莎剧，而知道莫尔笔下之理查者，鲜矣！不过，由后人仅从莎剧舞台上的"驼背理查"来为英国历史上真实的理查三世国王盖棺论定，已能体味到这一戏剧人物形象之成功、之深入人心，以至于人们难以想象，历史上那个真实的理查三世并不像莎剧里的这位"驼背理查"那么畸形、那么变态、那么邪恶、那么凶残、那么嗜血、那么……

由此，若要剖析莎剧中这一"驼背理查"，须把历史中的真实理查彻底抛开。因为，这个"驼背理查"是莎士比亚为舞台编造的，它只属于莎剧舞台，只属于莎剧戏文，几乎不属于历史。

莎士比亚对理查形象之刻画，主要采取人物"自画"的戏剧手段，并稍与其他戏剧人物对其"他画"交互衬托、对比。远在《亨利六世（下）》第三幕第二场，莎士比亚便以一大段长篇独白让理查为自己画了一幅未来嗜血坏君王的速写。当时，他刚被大哥爱德华四世封为格罗斯特公爵不久，遂立下誓夺王位的血腥宣言：

格罗斯特　　　……唉,若说这世上没有给理查的王国,我还能有什么别的快乐?……唉,我在娘胎里便被爱神丢弃。为使我无法染指她脆弱的法律①,她凭着什么贿赂买通易受诱惑的大自然,把我的胳膊缩得像一棵枯萎的灌木;在我背上鼓起一座怀恨的山峦,畸形端坐,在那儿嘲笑我的身体。……只要我活着,便只把这人间当地狱,直到撑着我这颗脑袋的畸形身体,箍上一顶荣耀的王冠。……我要比海妖②淹死更多水手;要比蛇怪③杀死更多对视之人;我要扮演涅斯托④那样的演说家;骗人比尤利西斯⑤更狡猾;而且,要像西农⑥一样,夺取另一个特洛伊⑦。我比变色龙更会变色,变形比普罗透斯⑧

---

① 脆弱的法律(soft laws):此处含性意味,暗指为使我不能干风月场里的事儿。

② 海妖(mermaid):即希腊神话中的海上女妖塞壬(Siren),以美妙歌声引诱水手驾船触礁。

③ 蛇怪(basilisk):传说中能以目光杀人的怪蛇。

④ 涅斯托(Nestor):特洛伊战争中希腊联军中最年长的英雄,口才出众,富于智慧。

⑤ 尤利西斯(Ulysses):荷马史诗《奥德赛》(Odyssey)中伊萨卡(Ithaca)的国王,以狡猾著称。

⑥ 西农(Sinon):在维吉尔(Virgil)的《埃涅阿斯纪》(Aeneid)中,西农假装背弃希腊联军,劝特洛伊国王普里阿摩斯接受木马,最终导致特洛伊陷落,遭焚毁。由此,后人常以西农的名字代称奸诈之人。

⑦ 另一个特洛伊(another Troy):指英国王冠。

⑧ 普罗透斯(Proteus):希腊神话中海神波塞冬(Poseidon)的长子,《荷马史诗》中的"海中老人"之一,为避免被捉,身体能随意变形。

> 更占上风，还能给凶残的马基雅维利①教点儿
> 东西。
>
> > 这些我都能，还弄不到一顶王冠？
> > 啧！哪怕它再远，我也要摘下来。(下。)

不难断定，《理查三世》中妖魔化的那个"驼背理查"形象，在此情此景已受孕成形。换言之，对《理查三世》中的理查形象之透骨剖析，须由此入手。因为，"驼背理查"的一切邪恶罪行、血腥暴行都从这儿起步。

此后，在《亨利六世(下)》落幕之前，莎士比亚又为刚在伦敦塔里用剑刺死亨利六世的理查，私人定制了第二篇血腥宣言：

| 格罗斯特 | 怎么？兰开斯特上升的②血也会沉到土里？我以为它会往上爬呢。瞧我的剑为这可怜的国王之死怎样淌泪③！……我，既无悲悯、情爱，也毫不畏惧。(再刺。)没错，刚亨利说我的话是真的，因我常听母亲说，我是先伸双腿来到人世④。你们想，我没理由赶快⑤找出篡夺我们合法权利之人，毁灭他们吗？接生婆吃了一惊， |

---

① 马基雅维利(Machevil，1469—1527)，因在其名著《君主论》(*The Prince*)中倡导政治权谋，被后人视为权谋家。

② 上升的(aspiring)：意即有志气的。

③ 指亨利六世的血顺着剑身滴落。

④ 婴儿出生时先露出双足，乃民间所说的"横生倒养"，即"瘠生"。

⑤ 格罗斯特暗指自己出生时先露出双脚，故而行动迅速。

女人们喊叫"啊,耶稣保佑我们,他生下来就有牙!"我是这样,那分明表示,我生来就该号叫、咬人,像狗一样。那好,既然上天把我的身体弄成这个形状,就让地狱扭曲我的心灵与它对应。我没兄弟,跟哪个兄弟都不像。"爱"这个字眼儿,胡子花白的老者称其神圣,存于彼此相像的人中,与我无关。我自己独来独往。——克拉伦斯,要当心,你遮住了我的光明①,但我要给你安排一个黑漆漆的日子,因为我要散布这样的预兆,叫爱德华为生命担忧,然后,为清洗他的恐惧,我会弄死你。亨利王和他的亲王儿子都死了。克拉伦斯,下一个轮到你,然后其他人,成不了人上人②,我便一文不值。

我要把这尸体弄到另一间屋子,

狂喜吧,亨利,在你的审判日③。(拖尸体下。)

这堪称理查的第二幅自画像。在此之前,身陷伦敦塔、正在读一本祈祷书的亨利六世,在见到理查的那一刻,已料定他是来夺命的"迫害者""刽子手"。这位虔敬上帝、渴望天堂、不惧死亡,在治国理政上却怯懦无力的亨利王,为未来的理查王"他画"出

---

① 意即你妨碍我登上王位。因约克家族的族徽是太阳,故有此说。

② 成不了人上人(till I be best):直译为直到我成为最好的人。

③ 在你的审判日(in thy day of doom):意即今天是你的死期。

·幅肖像:"你出生时嘴里已长牙①,预示你一落生就能满世界咬人。"话音未落,亨利王身中一剑,随后呻吟出临死前的预言:"命定此后你还有更多杀戮。啊,上帝宽恕我的罪,也赦免你!"在此之后,他便向瞄准的"下一个"目标——克拉伦斯——下手了。克拉伦斯是理查在《理查三世》中杀死的第一个至亲骨肉。

事实上,应是莎士比亚有意,或出于自觉,他不时在剧中运用"他画"为理查的"自画"进行补笔。例如,在《亨利六世(下)》中,理查虽常在"自画"中直接挑明"更多杀戮"政敌、对手的动机,即要除掉夺取王冠路上的所有绊脚石,却极少自我吹嘘、炫耀曾立过多少汗马功劳。这既是真实历史中的理查特别具备的一种能力,也是中世纪英格兰国王们必须具备的能力,即要成为"黑王子爱德华"和亨利五世那样驰骋疆场、血腥厮杀的战士。对这一笔,在《亨利六世(下)》第一幕第一场开场不久,老约克公爵便对在圣奥尔本斯之战中立下战功、手里拎着萨默赛特首级的理查赞不绝口:"在我几个儿子中,理查功劳最大②。"诚然,这只是莎士比亚糟改历史的范例之一,因为圣奥尔本斯之战发生时,理查年仅三岁。

再如,在《理查三世》里,来自克拉伦斯和白金汉的"他画"是对"驼背理查"之"邪恶"、之"罪恶"的强力补笔:克拉伦斯直到面对理查派来杀他的刺客,方醒悟要杀自己的,竟是答应把他从伦

---

① 中世纪英格兰民间认为初生婴儿嘴里长牙是反常的不祥之兆。

② 理查(Richard):出于剧情需要,莎士比亚为理查改了年龄,让他参加了发生在《亨利六世(中)》最后的圣奥尔本斯之战,并立战功。历史上,理查生于 1452 年,发生这场战事时只有三岁。

敦塔里放出来的骨肉兄弟理查。因此,他的冤魂才会在博斯沃思决战前夜,出现在理查的营帐诅咒:"我,可怜的克拉伦斯,淹死在叫人恶心的酒里,你用狡诈的背叛害死了他! 明天在交战中一想起我,你那把钝剑就会掉落。绝望吧,去死吧!"【5.3】白金汉直到拼死拼活把理查扶上王位之后,方醒悟理查真是个背信弃义的暴君,最后造反兵败,身首异处。因此,他的冤魂才会加入到所有遭理查毒手的幽灵们的行列,在博斯沃思决战前夜,来到理查的营帐诅咒:"我,头一个帮你夺取王权,最后一个遭受你的残暴。啊,在战斗中想一想白金汉,愿你在罪行的惊恐中死去!"【5.3】

又如,为恶意丑化理查,莎士比亚让《理查三世》中三个地位曾无比尊贵的女人——安妮夫人(亨利六世的儿媳)、玛格丽特(亨利六世的王后)、伊丽莎白(爱德华四世的王后)——像事先商量好了似的,分别"他画"出同一个理查:"贪婪的、满处乱拱的野猪""有毒的驼背癞蛤蟆"。

在此撇开"他画",容后另述,接着说"自画"。实际上,莎士比亚在《亨利六世(下)》第一幕第二场,已为理查精心绘制了一小幅自画像。当时,他和大哥爱德华一起,力劝犹疑不决的父亲老约克公爵主动挑起战争、夺取王冠:

约克公爵	我发过誓让他和平地统治。
爱德华	但为夺取一个王国,可以打破任何誓言。让我当朝一年,我愿打破一千个誓言。
理查	不,上帝不准您背弃誓言。

约克公爵	我若开战夺取王位，便背弃了誓言。
理查	您若听我一言，我能拿出相反的证明。
约克公爵	你证明不了，儿子。这不可能。
理查	一句誓言，不在统治立誓人的、真正合法的统治者面前立下，毫无意义。亨利什么都不是，他只是篡了那个位置。因此，既然是他要您立的誓，那您的誓言，父亲，便毫无价值，毫不足取。所以，拿起武器！还有，父亲，但凭一想，头戴王冠是件何等美妙的事，那圆圈儿里便是伊利西姆①，是诗人们用魔咒唤来②的一切幸福欢乐。我们干吗这么拖延？不拿亨利冷淡的心头血染③红我佩戴的白玫瑰，我不得安生。

在此足以见出，"自画"的理查比爱德华更富于心机韬晦、更具有马基雅维利式不择手段的政治权谋。换言之，莎士比亚让理查在脑子里浮现出未来"何等美妙"的场景：头戴王冠，"那圆圈儿里便是伊利西姆"的"幸福欢乐"。最重要的，他必须让理查以"上帝不准您背弃誓言"为由说服父亲，让父亲"拿起武器"向"红玫瑰"（兰开斯特家族）开战。在他眼里，既然亨利的王权由祖上篡位而来，"什么都不是"，那父亲在亨利面前立下的誓言

---

① 伊利西姆（Elysium）：希腊神话中贤人死后的居住地，即极乐世界、乐园。

② 用魔咒唤来（feign）：也可解作"想象"（imagine），与"高兴""欣喜"（fain）谐音双关。

③ 染（dyed）：与"死"（died）谐音双关。

也"什么都不是"。此时,他即暗下决心,要用亨利"冷淡的心头血染红我佩戴的白玫瑰"。当他在伦敦塔亲手杀死亨利王时,也是圆了这个梦。

听了理查这番话,老约克公爵横下一条心:"我要做国王,做不成就死"。这是莎士比亚为"驼背理查"设计的,通向未来王冠之路的血腥起点。然而,没等老约克发兵,玛格丽特王后的大军率先杀到约克的大本营桑德尔城堡。两军交战,老约克功败垂成,被俘受辱,最后命丧黄泉。但在激战中,理查异常勇猛:

> 约克公爵　　……理查三次为我杀出一条路,三次高喊"鼓起勇气,父亲,战斗到底!"爱德华手持猩红的弯刀,屡次杀到我身边,刀柄上沾满跟他交手的敌人的血。最英勇的战士退却之时,理查高喊"冲锋!寸土不让!"接着又喊"要一顶王冠,还是一座荣耀的坟墓!要一柄王杖,还是一座尘世的墓穴!"凭这一声喊,我们再冲锋……

这是丢命之前作为父亲的老约克"他画"出的那个血战到底、绝不言败的理查。不过,在这儿,稍做逻辑思考,便不难发现莎士比亚刻画理查的一处败笔,一处不算小的败笔,即莎剧里这个身有残疾、胳膊萎缩、瘸腿跛足的"驼背理查",怎么可能顶盔掼甲、策马疾驰,打起仗来比"最英勇的战士"更英勇。或可以说,莎士比亚把矛盾的两个理查戏剧化地硬糅合在一起:一个是历史上那个真实的脊柱侧凸、却并不影响纵马杀敌的神勇理查;一个是戏剧舞台上惯于在宫廷里耍奸使诈、谋害亲人的"驼背理查"。尤其到了 20 世纪，为凸显戏剧力，舞台上的理查干脆演变成手拄双拐的残疾人。事实上，反讽的是，读者，尤其现场观众的逻辑力，在强大的戏剧力面前变残疾了！

父亲老约克死后，为实现国王梦，理查必须拼死辅佐大哥爱德华问鼎王权，以此确保身上少得可怜的那点儿"可能性"。无须说，莎剧《理查三世》呈现出英格兰"历史"上最不可能称王的一个王者。换言之，舞台上的"驼背理查"全凭残忍之杀戮，把"不可能"变成现实。莎士比亚为他在舞台上设计的王者之路是，让他在《亨利六世（下）》直接或间接杀光所有战场上、下的敌人，将一切政敌清除；随后，从《理查三世》第一场，让他开始向自己家人下手，将所有顺位在他之前的王位继承人杀光。

诚然，莎士比亚为理查设定的戏局是，从《亨利六世（下）》第一幕第二场开始，除了理查自己，没人相信他将在不太久远的未来，合法且公正地继承王位；更没人知道他将在这一过程中"决意见证"自己是"一个恶棍"。《理查三世》中格罗斯特公爵理查的长篇开场独白，既是莎士比亚为理查在戏里绘制的第一张巨幅自画像，也是点燃戏剧冲突的引信：

> 格罗斯特　　现在，令我们不满的冬天已被这约克的太阳①
> 　　　　　　变成荣耀的夏日；怒视我们家族的一切阴云都

---

① "太阳"（sun）与"儿子"（son）谐音双关。"这约克的太阳"（this sun of York）即指"约克之子"爱德华四世。太阳是约克家族的族徽。

葬身于深深的海底。现在,我们的额头戴上胜利的花环;……他在一位夫人的寝室里,伴着一把琉特琴淫荡诱人的乐音灵巧地雀跃①。可是我,天生不是寻欢作乐的料儿②,也无法盯着一面镜子自怜自爱。我,样貌粗糙,缺少情爱的威仪,无法在一位轻佻漫步、回眸弄姿的仙女面前炫耀。我,被剪短了这俊美的比例,受了骗人的造物主修长身材的欺骗,畸形,半成品,离完全成形几乎还剩一半,尚不足月,便被送入这个有活气儿的世界,如此一瘸一拐,相貌古怪,连狗都立到我身旁冲我狂吠。——唉! 我,在这柔声吹奏牧笛③的和平时代,除了在阳光下看自己的身影,絮叨自己残疾的身形,找不到一丝打发时间的乐趣。因此,既然我无法见证一个情人,快乐度过这些和美的日子,那我决意见证一个恶棍,憎恨这些闲散的快活时光……【1.1】

这段独白话音刚落,理查便见到克拉伦斯被手持长戟的武

---

① 此句或具性意味,暗指:他(爱德华四世)正在一把琉特琴的伴奏下,与一位夫人在卧房里男欢女爱。"寝室"(chamber)即私密房间,在此暗示女性私处。

② 莎士比亚的"驼背理查"源自托马斯·莫尔《理查三世的历史》。在莫尔笔下,理查身材矮小,状貌丑陋,四肢畸形,驼背,身形歪斜,左肩高,右肩低。

③ 指以吹奏牧笛代替了行军打仗的军乐、战鼓。

装卫士押往伦敦塔。他得意于挑拨大哥爱德华四世猜忌克拉伦斯谋反的阴谋得逞了,他要让克拉伦斯成为"见证一个恶棍"的第一个倒霉鬼。同时,他还要在"自画"的表演中让克拉伦斯相信,这一切都是伊丽莎白王后的诡计。

紧接着,莎士比亚又为理查绘制了第二张巨幅自画像。第一幕第二场,理查拦住为亨利六世送葬的队伍,向悲悼公公的安妮夫人求爱。作为杀了安妮的公公(亨利六世)和丈夫(小爱德华亲王)的凶手,理查的求爱成功了!此时此刻,理查再次沉醉于得意的"自画"表演:

格罗斯特　　可有女人在这种心境下遭人求爱?可有女人在这种心境下被人赢得?我要占有她,却不想留太久。什么?我,杀了她丈夫、杀了她公公,在她内心恨我透顶之时占有她? 她满嘴诅咒,双目含泪,一旁是对我怨恨的流血的见证①。……世上没一样东西对我有利,我不也赢得了她?哈!难道她已忘却那位勇敢的王子,爱德华,她的丈夫?约三个月前②,在图克斯伯里,我盛怒之下,一剑将他刺死③。……我

---

① 流血的见证(bleeding witness):即亨利六世流血的尸体。

② 图克斯伯里之战发生在 1471 年 5 月 4 日, 亨利六世的尸体于 5 月 23 日运往切特西,在历史上此处应为"三个礼拜之后"。

③《亨利六世(下)》第五幕第五场,图克斯伯里之战结束后,爱德华四世、乔治、理查兄弟三人一人一剑,将亨利六世之子小爱德华刺死。

剪断了这位可爱王子的黄金岁月，把她变成一张悲床上的寡妇，她竟愿对我降低眼光？对我另眼相看，我的全部抵不上爱德华一半？对我另眼相看，我一瘸一拐，形貌如此畸形？我愿拿公爵领地赌叫花子手里的一枚小铜钱儿①！这阵子我倒把自己的形貌看错了。以我的性命起誓，虽说我没能，可她却发现了，我居然是一个了不起的美男子……【1.2】

　　如此精彩的"自画"，当然为了舞台表演。莎士比亚"决意"让他笔下的理查，以这样的表演"见证"伊丽莎白时代观众的记忆。他达到了目的！这个"如此一瘸一拐，相貌古怪，连狗都立到我身旁冲我狂吠"的理查，作为舞台形象，超越了时空，历经四百余年，至今不朽。

　　《理查三世》整部戏便是"驼背理查"在表演"一个恶棍"如何自我见证，最终走向毁灭的过程。从舞台（或戏剧）角度来说，观众（或读者）应能接受这样一个理查：他从十八岁（舞台上的岁数，而非历史上的真实年龄）亲身参加"玫瑰战争"那一刻起，他便"决意""见证"一幅完美的自画像——头顶王冠的"驼背理查"。正如第三幕第一场，理查在把即将加冕国王的亲侄子爱德华亲王软禁伦敦塔之前旁白所言："这一来，我就像道德剧里的

---

① 叫花子手里的一枚小铜钱儿（a beggarly denier）：直译为"叫花子手里的一德尼厄尔"。德尼厄尔（denier）：一种币值很小的法国铜币，合十分之一便士。

'罪恶',也叫'邪恶',从一个词教化出两个意思。^①【3.1】

换言之,"驼背理查"这个暴君形象完全是通过莎剧舞台来完成的,像 A.P.罗西特(A.P.Rossiter)在其演讲《带角的天使》(*Angel with Horns and Other Shakespeare Lectures*,1961)中所说:"表面看,他(理查)是恶魔、地狱里的魔鬼和畸形的癞蛤蟆等一切丑行恶态的东西。但只有通过演员的出色才能,并幽默地把喜剧丑角与魔鬼相结合,方能把虚假表现得比真实更具吸引力,这是演员的作用;他赞美'邪恶'和'罪恶',并以此打趣,这是小丑颠倒是非的把戏。"

是的,"驼背理查"是戏剧里的暴君,是舞台上"自画"表演的"小丑"!

2.理查三世:舞台上会"变色的""邪恶""罪恶""有毒的驼背癞蛤蟆"

德国学者沃尔夫冈·克莱门(Wolfgang Clemen,1909—1990)在其学术成名作《莎士比亚的意象之发展》(*The Development of Shakespeare's Imagery*,1951)中说:"主人公理查三世无处不在,是该剧的突出特点。如前所述,整个剧情全仰赖这个人物。非但如此,即便他不在场上,我们也能感到他的存在。这部分源于意象。理查的本性给别人留下的印象不断从那些人的言语中折射

---

① "罪恶"(Vice),亦称"邪恶"(Iniquity),是常在传统"道德剧"里出现的一个丑角,手持一柄木剑,寓教化于插科打诨之中,逗人一笑。格罗斯特暗指自己像旧道德剧里的小丑一样,在"文字"(characters)这个词上玩起了一词双义,即"文字"有二义:1. "文字"(characters),即此处的"文字记载"。2. "名声"(fame, i.e. good moral character)。

出来,且主要以动物意象的形式来呈现。其最基本的意象是令人憎恶的狗,这一意象可追溯到《亨利六世(下)》。玛格丽特王后在第四幕第四场悼亡一场戏中, 对这一意象做了最鲜活的阐明:'从你狗窝般的胎宫里爬出一条地狱之犬,把我们都追逐到死。那条狗,没睁眼,先长牙,要撕裂羔羊的喉咙,舔舐他们温顺的血……'【4.4】此外,他还更被说成大肚子蜘蛛、有毒的驼背癞蛤蟆、出生时被邪灵打上印痕、满处乱拱的野猪……

"我们自不必夸大这些令人憎恶的动物意象的想象作用。倘若我们没意识到这层作用, 而随着驼背理查令人讨厌的形象不断在舞台上被转换为与其本性一致的动物, 从这一视角也能说明他的凶残兽性。《理查三世》是以反复出现的象征性意象为主题,来刻画主要人物的第一部莎剧。《亨利六世》偶尔把动物意象用在交战双方的身上,从中见不出区别何在。克利福德和索尔斯伯里,还有塔尔伯特,都被比成狮子,三个人物无法以其专属意象相互区分。当莎士比亚把勇士比作熊、狼、牛、鹰等动物时,并未考虑其单独属于某个人。他力图以此创造一个战斗与战争的总氛围。而意象在《理查三世》中,开始服务于单独的人物性格。"

的确, 动物意象堪称透视理查这一舞台形象颇富妙趣的极佳维度,而且,在此也形成"自画"与"他画"之强烈对比。理查对自己一向以雄鹰自况。第一幕第三场,王宫一场戏,爱德华四世召弟弟理查进宫,打算调解日趋激烈的宫廷内斗,尤其是理查与当朝王后伊丽莎白之间由来已久的仇恨。一见理查,伊丽莎白以带有挑衅性地口吻主动示好:"格罗斯特老弟,这事儿你误会了。国王,出于自己的君王之意,不受哪个请愿者唆使,他可能从你对我的孩子们、我的兄弟们及我本人的外在行为表现，猜出你内心的仇恨，这才召你去，想查明根由。"理查貌似示弱，却反戈一击，强硬地表明心思："我说不清。世界变得如此糟糕，雄鹰不敢落足之地，鹪鹩却敢捕食。既然每个卑贱之人都变身为贵族，那好多贵族也就成了下人。"言下之意：你们王后一党"鹪鹩"们已把我这只"雄鹰"逼得难有"落足之地"。因此，爱德华四世前脚刚一断气，理查便立刻与白金汉密谋，很快将王后一党，包括她的孩子们和兄弟们一网打尽，她本人不仅瞬间变成一个怨怒的寡妇，最终面对理查的利益诱惑，还不得不答应劝说女儿嫁给理查。

接着，理查又与前朝老王后玛格丽特斗法。理查先后杀了玛格丽特之子小爱德华、之夫亨利六世，玛格丽特本人也算是理查在战场上的手下败将。这一家三口曾是他夺取王冠的血腥之路上难以逾越的障碍。此时，面对这朵曾不可一世、对他有杀父之仇的明日黄花，话一出口，自然带出居高临下的傲气："但我生来就如此之高①，我们在雪松的树梢上筑鹰巢，与风玩耍，与太阳对视②。"这恰是身有残疾、心比天高的理查"自画"：一只"与风玩耍，与太阳对视"，在雪松树梢上筑巢的雄鹰。但这话也激得玛格丽特回想起，自己也曾是一只翱翔天宇的母鹰，回想起她精心养护的"鹰巢"里的父子两代都死于理查之手——"在伦敦塔里，你杀了我丈夫，在图克斯伯里，你杀了爱德华，我可怜的

---

① 格罗斯特借上句台词中树的比喻，形容自己生来就是地位显赫的贵族。

② 据说苍鹰与太阳对视之时不眨眼睛。关于筑鹰巢参见《旧约·以西结书》17：3："有一只大老鹰翅膀大，羽毛丰满而美丽。它展开翅膀，飞到黎巴嫩山上，啄断香柏树(雪松)的幼嫩的树梢。"

儿子。"——心底便涌起难以言说的刻骨仇恨,她痛斥眼前这只残忍捕食的猛禽:"转身把太阳遮出阴影。——哎呀,哎呀!——凭我儿子作证,他现在身陷死亡阴影,你阴郁的愤怒把他明亮闪耀的光线,藏进了永恒的黑暗①。你们在我们的鹰巢(兰开斯特王朝)里筑巢(约克王朝)。"然而,对于理查,曾几何时,正是这只异常凶猛的"母鹰",杀了他"高贵的父亲……把纸做的王冠套在他好战的额头②,用你的嘲弄引他泪眼成河,然后,你又把在可爱的拉特兰无辜鲜血里浸过的一块布,给了公爵,让擦干泪水。③——那之后,他痛苦的灵魂对你发出的诅咒,全降临在你身上。是上帝,不是我们,在不停惩罚你血腥的行为。"在此,莎士比亚仿佛在不经意间为理查的"自画"添上浓浓一笔:他自以为是上帝"不停惩罚你(玛格丽特)血腥的行为"的代理人!这样,理查便代表了上帝的正义与公平。

但这样一只自以为在天飞翔的"鹰",在他的敌人和仇人眼里,却犹如一只地上"任何有毒会爬的活物"。第一幕第二场,为公公亨利六世送葬的安妮夫人,诅咒他:"那可恨的家伙以你的死害惨我们,愿更可怕的命运降临他,我希望他遭受比蝰蛇④、蜘蛛、癞蛤蟆,或任何有毒会爬的活物更惨的命运!"第一幕第三场,玛格丽特王后诅咒他:"你这头出生时被邪灵打上印痕,怪模怪

---

① 参见《旧约·约伯记》10:21—22:"我要到死荫黑暗的地方去。那边只有黑暗、死荫、迷离;在那里,连光也是黑暗"。

② 参加《新约·马太福音》27:29 描述罗马兵士为戏弄耶稣,在他被钉十字架之前,给他戴上一顶荆棘华冠,戏称"犹太人的王万岁!"

③ 这一情景详见《亨利六世(下)》第一幕第四场。

④ 蝰蛇(adders):此处"第一对开本"做"狼"(wolves)。

样,贪婪的、满处乱拱的野猪①! 你一落生便打上烙印,人之奴隶,地狱之子!你是你受孕娘胎的耻辱!是你父亲腰胯②憎恶的孽种!"接着, 玛格丽特又向伊丽莎白王后诅咒他:"可怜的冒牌儿王后,拿我的地位做没用的装饰! 你为何要把糖撒在那大肚子蜘蛛上?它已将你诱入致命的蛛网。笨蛋、傻瓜,你正在磨刀杀自己。早晚有一天,你会巴望我帮你诅咒这只有毒的驼背癞蛤蟆。"直到第四幕第四场,在理查当上国王,伊丽莎白经历了玛格丽特经历过的一切之后,向玛格丽特对理查发出撕心裂肺的诅咒:"啊,你曾预言,有朝一日,我会巴望你帮我诅咒那个大肚子蜘蛛,那只有毒的驼背癞蛤蟆。"随后,理查的生母老约克公爵夫人,拦住理查的军队,厉声痛斥他:"你这癞蛤蟆,你这癞蛤蟆,你哥哥克拉伦斯在哪儿? 他的儿子,小内德③·普朗塔热内在哪儿? "

　　然而,对理查最透入骨髓的刻画,还是他自己在《亨利六世(下)》里那一句"自画"最为精准:"我比变色龙更会变色,变形比普罗透斯更占上风,还能给凶残的马基雅维利教点儿东西。"【3.2】换言之,将"自画"与"他画"合二为一,便是理查的标准像:一个"比变色龙更会变色"、比普罗透斯更会"变形"、比"马基雅维利"更"凶残"的、"邪恶""罪恶""有毒的驼背癞蛤蟆",由此,可称理查是一个"反英雄式人物"("anti-hero"),简称"反英雄"。对"反英雄"这幅标准像,最有力的注脚则是这条"变色龙"、这只"癞蛤蟆"为篡夺王冠一路留下的血腥杀人记录:第一幕第四场,二刺

---

　　① 野猪(hog):理查的纹章上有一头白色的野猪。

　　② 腰胯(loins):暗指男性生殖器官。

　　③ 小内德(little Ned):小爱德华的昵称。

客拿着理查的手令进入伦敦塔,杀了克拉伦斯;第二幕第四场,理查与白金汉密谋设计抓捕里弗斯、格雷和沃恩,将其押往庞弗雷特①,第三幕第三场,下令处斩;第三幕第四场,伦敦塔会议室,理查下令逮捕海斯汀,立刻斩首;第四幕第三场,得理查密杀令的泰瑞尔雇凶手,为其在伦敦塔闷死了两位"塔中王子"(爱德华亲王和小约克公爵);第四幕第三场,王后安妮"也跟这尘世道过晚安②。";第五幕第一场,理查下令将起兵谋反的白金汉在索尔斯伯里砍头。当这一切流血悲剧完成之后,剧情便来到博斯沃思之战前夜,第五幕第三场,"幽灵们"——《亨利六世(下)》里被理查杀死的小爱德华亲王的幽灵、亨利六世的幽灵,在《理查三世》里被理查下令杀掉的克拉伦斯、里弗斯、格雷、沃恩、海斯汀、爱德华四世的两位王子、安妮夫人、白金汉的冤魂——依次出现在理查和里士满两军营帐之间,逐一祝福里士满次日激战旗开得胜,同时诅咒理查在绝望中死去。到了第四场,剧情十分简单,两军交战,"马被杀了,全靠步行奋战,在死神的喉咙里寻找里士满"的理查王,喊着"一匹马!一匹马!用我的王国换一匹马!"阵亡博斯沃思原野。

或因莎士比亚不想在舞台上对观众感官造成太血腥的冲击,该戏处理血腥场景与早先的悲剧《提图斯·安德洛尼克斯》不同,这部戏尽量避免直接呈现身体暴行。综观全剧,只有理查和克拉伦斯在舞台上显现出被刺身亡的场景(其实,按舞台提示,

---

① 庞弗雷特(Pomfret):即约克郡的庞蒂弗拉克特(Pontefract)城堡。

② 据霍尔《编年史》载,在理查放出安妮病重谣言之后不久的 1485 年 3 月,安妮即死于抑郁(也可能因中毒身亡)。

理查王并未死在舞台上），其他人（两位"塔中王子"、海斯汀、布雷肯伯里、格雷、沃恩、里弗斯、安妮、白金汉，以及爱德华国王）都在舞台之外走向死亡。

不过，宿命地看，理查最终命丧博斯沃思原野，由其此前的一连串杀戮导致。莎士比亚想借此表达对命运的想法吗？可能！对此，透过理查的行为与独白（演说）之下的自由意志与宿命论之间的张力，以及其他角色对他的反应，不难看出。综观全剧，理查的性格一直处在不断变化，即不断"变色"或"变形"之中，并由此引领、改变着剧情的戏剧结构。

诚然，理查凭其一开场的独白立刻与观众建立起一种联系，他向观众坦承"决意见证一个恶棍（他自己）"，但同时，他似乎也把观众当成同谋合伙人。观众在对其行为惊骇之时，可能会对他的修辞方式着迷。理查在第一幕即卖弄聪明，这能从他在第一幕第一场与哥哥克拉伦斯的对白、第一幕第二场与安妮夫人的对白中看出来。在第一幕的对话里，理查故意只事先与观众分享他的想法，让观众与他和他的"下一个"目标保持协调一致。在第一幕第一场，理查在独白里告诉观众，他计划如何登上王位——杀死哥哥克拉伦斯是必要的一步。他装作克拉伦斯的朋友，以"甭管你让我做什么，只要能释放你"这样的话假意让克拉伦斯安心，但克拉伦斯刚一退场，观众立刻从理查的独白得知，他要做的正好相反。这恰是理查之"变色"，之"变形"。换言之，从舞台这一视角，观众比克拉伦斯预先知道理查要害他，而克拉伦斯临死之前还不肯相信。学者迈克尔·穆尼（Michael Mooney）由此形容理查占据了一个"形象位置"（'figural position'），使其能在一个层面上靠与观众交谈在这样的场景时进时出，又能在另一个层面上与其他人物对话。

在这里，第一幕最为精彩，其中的每场戏都以理查与观众交流收尾。这样的设置对理查来说，不仅使他得以掌控剧情走向，还让观众知晓谁是第一主角。可以说，莎士比亚有意通过理查这一形象，把中世纪道德剧里作为戏剧角色的"罪恶"具象化。他对这个"魔鬼般顽皮幽默的"角色太熟了。因此，他要让理查像"罪恶"一样，敞开自我，直接向观众呈现丑陋与邪恶，呈现他的罪恶想法和杀人目的，同时呈现对其他所有角色的看法。不过，开头几场戏，理查的对手角色由遭约克家族唾骂的兰开斯特王朝老王后玛格丽特来填补，因为在第一幕中，除了玛格丽特，无论克拉伦斯、安妮夫人，还是伊丽莎白王后一党，谁也不知道自己是理查要铲除的对手。玛格丽特在第一幕第三场刚一亮相，便巧妙摆布理查，向他发出诅咒，而其他人则都在被理查害死之后，直到博斯沃思之战的前夜，才凭着自己的"幽灵"诅咒理查绝望而死。

然而，第一幕过后，理查向观众倾诉旁白的数量和质量都显著降低，而且，有几场作为点缀的戏根本不包括理查。不知莎士比亚是出于有意，还是有所疏忽，理查若不在舞台上剧透，观众只能自己去评估发生了什么。第四幕第四场，继两位"塔中王子"被杀，以及安妮夫人被害死之后，戏里的女人们——伊丽莎白王后、老约克公爵夫人、甚至玛格丽特——聚在一起，一面悲悼自身遭际，一面痛斥、诅咒理查，但观众很难同情她们。当理查开始与伊丽莎白王后为她女儿和自己的婚事讨价还价之时——这场戏同样在有节奏的快速对话中进行，与第一幕中安妮夫人那场和理查的对话构成呼应——他失去了身为格罗斯特公爵时的沟通活力和乐趣，显然，理查王不再是从前的格罗斯特。

到第四幕结尾，戏里其他所有人，包括理查的亲生母亲老约克公爵夫人，也挺身出来反对他。他几乎断了与观众的相互交流，他那激励人的独白（演说）衰减到仅仅用来交代事情和打探消息。当他靠近抓取王冠之时，他把自己包围在戏剧世界里，在戏内戏外不再体现轻率之举，此时他已被王冠紧紧箍住。从第四幕开始，理查开始迅速衰退成一个真正的敌手，即他自己所说的"我就像道德剧里的'罪恶'，也叫'邪恶'。"【3.1】毁灭的命运将最终落在他身上。可以想见，对这样的宿命，伊丽莎白时代的观众当然会认可。

此外，代表毁灭理查之命运的里士满这个角色，直到第五幕才入戏。他要推翻理查，从理查的血腥暴政下拯救王国。单就第五幕而言，里士满从登场那一瞬间即成为新的主角。显然，该剧结尾旨在以新的都铎王朝替代旧的约克王朝，以将给英格兰带来和平的亨利七世与理查三世的"邪恶""罪恶"形成鲜明对比。

不过，对于莎剧《理查三世》到底是否好看，向来莫衷一是。在此，引诗人、著名莎学家塞缪尔·约翰逊（Samuel Johnson, 1709—1784）在其《威廉·莎士比亚的戏剧》（*The Plays of William Shakespeare*, 1765）中一句评价，立此存照："这是莎士比亚最出名的戏之一，可我并不知自己是否会像对他的其他一些剧作那样，过高赞扬它。不可否认，剧中有多场十分壮丽的戏，给人印象极深。但拿场景来说，有些很无聊，有些很糟糕，还有些不大可能发生。"

3. 莎剧中的理查王：一个十足的"反英雄"！

撇开"理查三世"这个剧名角色天性之邪恶和剧情之冷酷，做过演员的莎士比亚深谙舞台表演之道，懂得不论上演惨烈的悲剧还是血腥的史剧，都必须把或滑稽的冷嘲，或反讽的热讽，或搞笑的插科打诨，或逗趣的双关语游戏等幽默佐料，灌输到人物行为上，才能迎合观众。在莎士比亚时代，挣满票房的戏才意味着成功。当然，不难发现，《理查三世》体现出莎士比亚探索戏剧技巧的努力，他在剧中不时穿插一些喜剧化的幽默场景，而这些场景几乎都是从理查如何"自画"与如何将"自画"付诸行动之间的夹缝里冒出来的。这也是该剧的一大特色。换言之，《理查三世》的最大戏剧技巧即在于，让理查在或"自画"或"他画"的"变色""变形"之中把自己演成一个"反英雄"。

然而，美国作家、批评家詹姆斯·洛厄尔（James Russell Lowell，1819—1891）对此并不买账，他在《对话"老诗人"》（*Conversations on the Old Poets*，1844）一书中论及该剧中的幽默时指出："我认为应期望在莎士比亚戏剧，尤其历史剧中找到诗歌措辞、幽默和修辞等三个特点。依我看，在《理查三世》中，这三个特点比在他任何一部别的类似的戏里都少。因为，虽说《理查二世》里并没有幽默式的人物，但国王在遭废黜之后的独白中多次用了讽刺性幽默。诚然，亦可在《理查三世》中不时见到幽默，……但该剧给我的总印象是，除了舞台效果，倘若把它作为莎士比亚本人或主要是其本人的作品来考虑，它缺少所有莎剧最独特、最具代表性的特质……《理查三世》给我们的第一印象是，该剧的观念、技巧都具有情节剧的特点。看过该剧舞台演出的人都知道，扮演理查的演员肯定会违反哈姆雷特为演员提出的所有审美原则（指哈姆雷特在《哈姆雷特》剧中所说关于演员的那段著名台词——笔者注）。他一定会动怒，会把买了便宜戏票的观众的耳朵震聋，他在舞台上的步伐肯定不那么自然稳重。这时，作为迎合大众胃口节目的运作人，莎士比亚或许愿意让其他人和廉价座位上的观众一起，帮他填满剧团的金库，……因此，他（莎士比亚）也许改编、甚或新写一部已被证明受大众喜爱的拙劣的戏，并非不可理解。但不可理解的是，他为何要写这么一出戏，叫我们完全难以从中或多或少推断出他的审美原则。"

显然，在洛厄尔眼里，《理查三世》运用幽默并不成功。想必持这一观点者并非洛厄尔一人。其实，细读文本，剖析剧情，不仅会发现实则不然，且更能领会到一种浓郁的反讽式幽默之运用，其妙处在对白的字里行间。简言之，莎士比亚主要以三场大戏完成了对理查这一"反英雄"的塑造。

第一场"反讽式幽默"大戏，发生在理查与亨利六世的儿媳安妮夫人之间。第一幕第一场最后，理查以独白向观众"自画"下一步即将实施的阴谋："我要把沃里克的小女儿①娶到手。我杀了她丈夫、她公公②，那又如何？那变成她丈夫、她公公，则是补偿这

---

① 即安妮·内维尔夫人（Lady Anne Neville）：莎士比亚误以为安妮是亨利六世之子小爱德华的遗孀，实则订婚未娶，只是未婚妻。在《亨利六世（下）》，沃里克伯爵因爱德华四世背弃与法兰西波娜娜女士的婚约，反戈一击，与约克家族作战，受伤阵亡。

② 在《亨利六世（下）》，理查先与大哥爱德华、二哥乔治一起，一人一剑刺死了小爱德华（此处的"她丈夫"），又在伦敦塔里杀了亨利六世（此处的"她公公"）。

少妇最现成的办法。我要这么做,不全都为了爱,我还有一个深藏不露的意图,非得靠娶她才能实现。"随之,第一幕第二场,理查便以其臭不要脸的变态方式向正在为公公送葬的安妮求爱,并获成功。要知道,前一刻,理查在安妮眼里,还是"可怕的地狱里的杂役""丑陋的魔鬼""最该诅咒的凶犯",下一刻,安妮便在理查一连串"反英雄"修辞攻势的求爱之下——"您的美貌正是那个结果的诱因。您的美貌,在睡梦里萦绕我,叫我弄死全世界的人,这样我才能在您甜美的胸怀过上一小时。""这只手,为了爱你而杀了你所爱的这只手, 定会为了爱你而杀一个更真心爱你之人。那你就成了害死他们俩的帮凶。"——成为"爱情"的俘虏。她同意理查把订婚戒指戴在她手上,对理查提出在其克劳斯比宫幽会的要求满口答应,"见你如此悔过,我也十分欣喜。"然而,安妮怎能知晓,理查早打算把她搞到手,娶她当王后,并很快弄死她。

这是多么犀利的反讽!

第二场"反讽式幽默"大戏,发生在理查与爱德华四世及所有同他作对的贵族们,尤其伊丽莎白王后一党之间。第二幕第一场,王宫,病中的爱德华四世自知来日无多,希望临死之前能将长期以来宫廷内斗的干戈化为和平之玉帛, 他将弟弟理查召进宫,托付后事:

爱德华四世　　　我们今天的确过得开心。格罗斯特,我做了
　　　　　　　　件善事,在这些骄傲、满腔怨怒的贵族们

之间，化敌意为和平，化仇恨为挚爱①。

格罗斯特   一件受祝福的苦差事，我最威严的主上。在这一贵族群中，若有谁，或因虚假信息，或因错误推断，把我当成一个敌人；假如我，或出于无意，或出于愤怒，冒犯过在场的随便哪一位，我希望与他和解，友好相处。对于我，与人结仇毋宁死。我恨它，希望得到所有好心人的爱。——首先，夫人，我愿以尽忠效劳来换取，求得您真正的和解。——我高贵的亲戚②白金汉，若我们之间曾心怀任何积怨，请和解。——还有您和您，里弗斯勋爵、多赛特，你们都曾毫无来由地对我横眉立目，请和解。——还有您，伍德维尔勋爵，——斯凯尔斯勋爵③，还有您。——各位公爵、伯爵、领主、绅士，——真心的，请大家和解。我不明白，我的灵魂与每一个活在世上的英国人的分歧，会比昨夜新生的婴儿还多一点儿。

---

    ① 参见《新约·马太福音》5：9："促进和平的人多有福啊；/ 上帝要称他们为儿女。"

    ② 历史上，白金汉公爵的祖母安妮·内维尔（Anne Neville）与理查的母亲西塞利·内维尔（Cicely Neville）是亲姐妹，都是威斯特摩兰伯爵拉尔夫·内维尔（Ralph Neville, Earl of Westmoreland）之女。

    ③ 斯凯尔斯勋爵（Lord Scales）实为里弗斯勋爵的另一爵位封号，而莎士比亚误以为另有其人。

我因我的谦卑感谢上帝!

在此,理查这位"反英雄"居然把自己描画得那么纯良,说自己"与每一个活在世上的英国人的分歧""比昨夜新生的婴儿"还少。随后,第二场,爱德华国王死后,理查,这个婴儿般的格罗斯特公爵,一面向众人表示"我希望国王已使我们所有人言归于好,这个约定是牢靠的,我忠实信守。"一面与白金汉公爵合伙密谋,很快将王后的亲族逮捕、问斩,很快将两位"塔中王子"软禁、谋害。

这是多么致命的反讽!

第三场"反讽式幽默"大戏,也是全剧的高潮戏,发生在理查和他的左膀右臂白金汉之间。如果说沃里克伯爵是《亨利六世》中的"造王者",《理查三世》里的"造王者"当属白金汉公爵。单从剧情来看,若没有白金汉鞍前马后拼死效忠,理查难以登上王座。在理查最终下令处死谋反的白金汉之前,理查杀掉所有对手,几乎都有白金汉一份功劳:他是理查逮捕、铲除伊丽莎白王后亲族的帮凶;是把小约克公爵从避难的威斯敏斯特教堂圣所关进伦敦塔的同伙;是他,命凯茨比前去试探海斯汀勋爵是否愿意效忠理查;是他,支持理查将心怀二心的海斯汀砍头;更是他,与理查合演双簧大戏,帮理查夺取王冠。难怪最后在博斯沃思决战前夜,他的幽灵向理查发出这样的诅咒:"我,头一个帮你夺取王权,最后一个遭受你的残暴。"【5.3】

莎士比亚为整个剧情设定的宿命走向是,让白金汉辅佐理查一起升到顶点,然后,他先跌落,继而理查覆灭。这也是全剧最精彩之处。换言之，白金汉在成为冤魂幽灵之时，方醒悟从他出手帮理查的那一刻起，便开始为自己掘墓。在此，观众（读者）可以假扮一下白金汉的幽灵，替他回顾一下如何精心自掘坟墓。

第一幕第三场，玛格丽特曾力劝白金汉当心理查："啊，白金汉，当心那边儿那条狗。每当他讨好你，他就咬你；一旦咬了你，他的毒牙会叫你伤口溃烂死于非命。别跟他来往，提防他。罪恶、死亡和地狱，都把印记烙在了他身上，它们的一切爪牙都听他差遣。"白金汉把这当耳旁风，玛格丽特干脆挑明："我好言相劝，你竟取笑我？我警告你远离那魔鬼，你反倒去巴结？啊！记住迟早有一天，当他用悲痛劈裂你的心窝，那时你会说可怜的玛格丽特是一个女先知！——你们每一个活人都是他憎恨的对象，他也是你们恨的对象，你们所有人都是上帝恨的对象！"

果然，理查在按照"女先知"的预言来行事。第二幕第二场最后，他"讨好"白金汉，把白金汉视为"另一个自己，替我拿主意的智囊高参[1]，我的神谕，我的先知！——我亲爱的老兄，我，要像个孩子似的，由你引导前行[2]。"第三幕第一场结尾，他更加"讨好"白金汉，郑重承诺："我一当上国王，你就向我要求赫里福德伯爵领地的所有权，以及我国王哥哥拥有的全部动产。"

正因理查如此"讨好"，白金汉才会在第三幕第七场，不遗余

---

① "替我拿主意的智囊高参"（my counsel's consistory）：直译为"我内心想法的会议室"，意思相当于今天的"我的智囊"。梁实秋译为"我的参谋本部"。

② 参见《旧约·撒母耳记下》16：23："在那些日子里，大家认为亚希多弗所出的主意都像是从上帝来的；大卫和押沙龙两人都听从他。"

力把为理查当国王的配角表演发挥到极致。他按照理查的指使，跟着伦敦市长来到市政厅，向市民们宣讲爱德华四世的斑斑劣迹，为理查振臂高呼：

> 白金汉　　……还提到他和露西夫人的婚约①；提到他派
> 　　　　　　人去法兰西订婚约之事②；提到他淫荡贪欲，
> 　　　　　　强奸市民的妻子；提到他轻罪重罚；提到他
> 　　　　　　本人是私生子，说他受孕成胎时，您父亲那会
> 　　　　　　儿正在法兰西，而且，他长得跟公爵一点都不
> 　　　　　　像。同时，我还提到您的相貌，无论外表，还是
> 　　　　　　高贵的心灵，都与您父亲一模一样。还描述了
> 　　　　　　您在苏格兰的所有胜利③，您打仗时的谋略，
> 　　　　　　和平中的智慧，您的慷慨、美德、可敬的谦恭。
> 　　　　　　真的，凡与您用心相符之事，没有一件没提及，
> 　　　　　　也没在描述时稍有疏忽漏掉一件。演说快结

---

① 伊丽莎白·露西（Elizabeth Lucy）：是爱德华四世婚前情妇之一。爱德华的母亲为阻止儿子娶格雷夫人为王后，故意说儿子曾与露西订有婚约，但露西矢口否认。然而，在爱德华四世娶格雷夫人为伊丽莎白王后之前，确曾与埃莉诺·巴特勒夫人（Lady Eleanor Butler）结过婚，故而，理查在其召开的唯一一次议会上，据此宣布爱德华的子女均属非法私生。但此事与露西无关。

② 即《亨利六世（下）》第三幕第三场所写，沃里克伯爵受命代表爱德华四世前往法兰西提亲，欲迎娶路易六世的妻妹波娜女士（Lady Bona）为妻。结果，爱德华突然变卦。恰在沃里克提亲时，传来爱德华娶了格雷夫人为王后的消息，致使沃里克与路易国王和亨利六世的遗孀联手，向爱德华发起军事进攻。

③ 1482年，理查起兵征讨苏格兰，重新夺回特威德河畔的贝里克（Berwick），赢得不小名声。

束时,我向他们提议,凡钟爱国家利益之人,

高呼:"上帝保佑理查,英格兰的国王!"【3.7】

可是,出乎他和理查意料,这番卖力的表演收效不大,"他们一言不发,一个个活像哑巴塑像,或喘气儿的石头,相互对视,面色死一般苍白。"

这是多么绝妙的反讽!

于是,白金汉煞费苦心给理查支着儿,教他如何"变色":"手里一定拿本祈祷书,站两位牧师中间,我高贵的大人,因为我要以这个低调为基础,唱一首高调的圣歌。切莫轻易答应我们的要求。要饰演少女的角色,——不停说'不',实则接受①。"【3.7】然后,理查假意"变形",去扮演一位虔敬的信徒。白金汉则趁机向伦敦市长和市民们高唱"圣歌":"这位王子跟爱德华不一样! 他没懒洋洋地躺在一张淫荡的情爱床上,而在跪着冥思;没跟一对妓女调情,而在与两位博学的教士一起默默诵经;没有呼呼大睡,给慵懒的身子养膘儿,而在祈祷,充实警醒的灵魂②。如果这位贤德的亲王,肯接受神的恩典,成为君王,那将是英格兰的幸运,但可以肯定,恐怕我们无法说服他。"伦敦市长终于表态"以圣母马利亚起誓,愿上帝不准公爵拒绝我们!"恰在此时,理查和白金汉精心创意的理查的神圣"自画"出现在高台之上,连伦敦

---

① 此处含性意味,暗指性欲强烈的少妇嘴上说不,实则身子愿意接受。

② 参见《新约·马太福音》26:40—41:"耶稣来到门徒那里,见他们睡了,便对彼得说:'你们不能跟我警醒一个钟头吗?要警醒祷告,以免陷入诱惑。你们心灵固然愿意,肉体却是软弱的。'"

市长见了都不由慨叹："看,公爵和两位牧师站在那儿。"剩下的活儿便是顺水推舟,白金汉再次拿演说当表演："对一位基督徒亲王,那是两根美德的支柱,使他免于堕入空虚①。看,他手里拿着一本祈祷书,——这是辨认一个圣人的真正装饰,——显赫的普朗塔热内②,最仁慈的王子,请借仁慈的耳朵听我们请求,宽恕我们打扰了您的祈祷和真正基督徒的虔诚。"然后,他佯装局外人,向这位"基督徒亲王"吁求:"我联合市民们,还有十分尊崇、敬爱您的朋友,并在他们热心鼓动下,以这一正当理由③,前来劝说阁下。"经过一番设计好的"不停说'不',实则接受"的假意推脱,理查和白金汉合演的双簧大戏圆满成功:

格罗斯特　　白金汉老兄,诸位圣人、贤士,既然你们不管我是否愿意,非要把命运像铠甲一样在我背部④扣紧,叫我负起这重担,我一定耐心承受负担。但假如恶毒的诽谤或面目丑恶的羞辱,伴着你们强加的结果一起来,那你们十足的逼迫,要为我由此沾染的一切污秽开脱罪恶。因为上帝知晓,你们多少也能看出,我对此多么无心渴望。

---

① 空虚(vanity):尤指尘世快乐的空虚。另,"空虚"(Vanity),即"虚妄",是中世纪道德剧中的一个角色。

② 普朗塔热内(Plantagenet):理查家族的姓氏,即"金雀花"。

③ 理由(cause):"牛津版"作"恳求"(suit)。

④ 我背部(my back):理查以此让别人注意自己的驼背。

伦敦市长	上帝保佑阁下！看得出来，我们会这样说的。
格罗斯特	这样说，你们只在据实言明。
白金汉	那我就以这王家尊号向您致敬，英格兰当之无愧的国王，理查王万岁！
全体	阿门！
白金汉	请您明日加冕如何？
格罗斯特	如果打算这样，我随你们所愿。

这是对一位"反英雄"多么刻毒的反讽！

格罗斯特公爵加冕"变色""变形"为理查三世，既是理查王与白金汉公爵共命运的巅峰时刻，也是他们最终同命运的拐点。白金汉因不肯替理查杀掉两位"塔中王子"，瞬间失宠。理查王将此前"讨好"白金汉时许下的承诺抛到云外。白金汉为求保命，逃离王宫。他试图与里士满合兵一处推翻理查，却兵败被俘。第五幕第一场，索尔斯伯里一处空地，白金汉即将受刑斩首。到了这一刻，理查王连他"说句话"都不肯听。可怜白金汉临死之际，才领悟到玛格丽特这位"女先知"的神力，原来理查对他的每一次"讨好"，都是一次恶狗的撕咬，"一旦咬了你，他的毒牙会叫你伤口溃烂死于非命。"

于是，白金汉向那些因他而"受害遭难的人"发出良心的忏悔和痛楚的自嘲："海斯汀、爱德华的孩子们、格雷和里弗斯、神圣的国王亨利，还有你俊美的儿子爱德华、沃恩，及一切在隐秘、堕落、邪恶的不公之下受害遭难的人，——倘若你们恼怒不满的灵魂能透过云层见到此情此景，哪怕为了复仇，嘲笑我的

毁灭吧！"【5.1】

从剧情一目了然，白金汉之死，为理查王敲响了丧钟。很快，第五幕第三场，莎士比亚便让自嘲毁灭的白金汉的冤魂，在博斯沃思决战前夜，加入到"幽灵们"的行列，并最后一个浮现在理查的噩梦里，用诅咒预先"嘲笑"理查的"毁灭"："在战斗中想一想白金汉，愿你在罪行的惊恐中死去！继续做梦，梦见血腥行为和死亡，/ 灰心，绝望，愿你在绝望中断气！"同时，白金汉的幽灵祈愿里士满"千万不要沮丧，/ 上帝和守护天使帮里士满打仗，/ 叫理查在他骄狂的最高点跌落。"

"幽灵们"瞬间消失，理查王从梦中惊醒。莎士比亚让惊魂未定的理查王预感到自己的"跌落"，安排他此时做了生前最后一次"自画"表演。这不再是他曾几何时誓夺王冠的血腥宣言，而是一篇"复仇要落在理查头上"的预言：

> 理查王 ……请怜悯我，耶稣！——等会儿！我只是在做梦。啊，怯懦的良心，你折磨得我好苦！……我颤抖的皮肉惊出恐惧的冷汗。怎么？我怕我自己？……我是一个恶棍。可我说谎了，我不是恶棍。……我良心里长了一千条各式各样的舌头，每条舌头分别透出一个故事，每个故事都要把我当成恶棍来定罪。发假誓，乃最大程度的伪证罪；谋杀，乃最大程度的凶杀罪；所有不同的罪恶，犯下的所有不同程度的罪恶，全都涌到法庭上，一齐高喊"有罪！有罪！"我要绝望了。世上

> 没一个造物①爱我。如果我死了，也不会有一个
> 灵魂怜悯我。不，——既然自己从自己身上都找
> 不出怜悯之处，他们为何要怜悯我？好像所有遭
> 我谋杀之人的灵魂都来到我的营帐，每个灵魂
> 都威胁，明天的复仇要落在理查头上。【5.3】

在此，从基督教救赎灵魂这一角度可以说，理查王的灵魂在博斯沃思战斗打响之前即离开了他的躯体。换言之，在大战来临之前，这个"反英雄"的灵魂已被"有罪！有罪！"的地狱呼喊打败。第五幕第四场，尽管这个"驼背的癞蛤蟆"依然勇猛，"全靠步行奋战"，还能杀死五个假扮里士满的敌人，但终究，战死一匹马，便等于输掉一整个王国。

莎士比亚以戏剧之笔，让舞台上的"驼背理查"用"邪恶"和"罪恶"杀死了自己。

理查王，一个十足的"反英雄"！

五、新视角下的理查三世

近年来，国内莎士比亚研究虽取得不少实绩，却或多或少疏于对英语世界最新研究成果的译介。在此选译"新剑桥"和"皇莎"两版中莎剧《理查三世》之导论（Introduction），以飨读者和研究者。

---

① 造物（creature）：即人。

1."新剑桥"视角下的理查三世

1999 年,剑桥大学出版社推出"新剑桥莎士比亚"(The New Cambridge Shakespeare),简称"新剑桥版",十年后的 2009 年修订,2012 年第五次印刷。其中的《理查三世》,编者佳尼斯·勒尔 (Janis Lull)在书前所写的长篇导论,堪称英语世界最新莎研成果之一。

这篇导论开篇直言,"在'第一对开本'的历史剧部分,只有《理查三世》被称为'悲剧'。它把莎士比亚早在《亨利六世》三联剧中开发的一种编年史剧形式,与一种展示一个主人公命运兴衰的悲剧结构结合起来。像克里斯托弗·马洛大约写于同一时间的《浮士德博士》一样,莎剧关注到一个冥顽不化的灵魂受诅咒下地狱,但莎士比亚也牢牢抓住了决定论这一问题。戏一开场,理查便在独白中说'那我决意见证一个恶棍'【1.1】,而且,该剧把这一模糊不清的叙事发展成一种对决定论的探索,以及面对历史和悲剧如何适当做出选择。"

这篇导论对《理查三世》中的历史与意义的论述颇具启发性:"莎士比亚的早期剧作也为他自己提供了素材资源,特别是《亨利六世(下)》,在这部戏里,理查作为一个大奸人的形象第一次浮出水面。《亨利六世(中)》里的理查还貌似一名勇士,他力图夺走亨利六世的王冠,把他献给自己的父亲约克公爵。尽管理查的敌人提到他畸形的身体,但在这部戏里,他的主要特征是对父亲的忠诚和好战的激愤:'剑啊,保住锋刃;心呀,要始终愤怒;/教士们为敌祈祷,贵族们却嗜杀成性。'【5.2】《亨利六世(下)》里的理查,在忠诚和愤怒之外又多了某种狡猾。他劝说约克公爵打破对和平的承诺，因为他并未在一位'真正合法的统治者'【1.2】立下这一誓言后，便急于投身下一轮内战。在父亲约克被玛格丽特王后处死之后，理查开始呈现出一种特征，把所有人视为对手。虽然他继续激战、为父报仇，要让哥哥爱德华坐上王位，但他也嘲笑爱德华迷恋女人，尤其迷恋伊丽莎白·格雷【3.2】。自此，他开始把自己塑造成一个他想成为的怪物：'是的，爱德华对女人会好生相待①。——愿他榨干身子，连骨头带骨髓全部耗尽②，从他腰间再萌生不出希望的树枝，阻止我所渴望的金色时光！'③【3.2】恰如菲利普·布罗克班克（Philip Brockbank）指出的，当理查'登台第一次运用从父亲那里继承的"独白特权"之时，他立刻开始以自己的出生，谈及雄心抱负。与其说出生，倒不如说重生，因为"第一次出生"令他不满'：'唉，我在娘胎里便被爱神丢弃。为使我无法染指她脆弱的法律④，她凭着什么贿赂买通易受诱惑的大自然，把我的胳膊缩得像一棵枯萎的灌木；在我背上鼓起一座怀恨的山峦，畸形端坐，在那儿嘲笑我的身体。'【3.2】

"正如理查在《理查三世》中所做，他把自己无力去爱，怪在异常分娩上，——并由此怪罪母亲，——同时，他发明了一种能让他成为国王的'自我分娩'法：'而我，——像一个迷失在荆棘

---

① 此处含性意味，暗指爱德华一定会在性事上好好对待。
② 榨干身子（wasted）：指染上侵蚀骨头的梅毒。骨髓（marrow）：亦指精液。
③ 腰间（loins）：暗指生殖器官。希望的树枝（hopeful branch）：暗指生养的后代。金色时光（golden time）：暗指王权、王冠。此处显示出，格罗斯特（即未来的理查三世）已开始觊觎王位。
④ 脆弱的法律（soft laws）：此处含性意味，暗指为使我不能干风月场里的事儿。

丛中的人,一面撕开荆棘,一面被刺所伤,想寻一条出路,却又走偏方向;不知怎样找一片透气的宽敞地儿,只能辛苦拼命去找出路,——非要自己遭罪,想夺取英国的王冠。'【3.2】

"理查在这段独白里透露或创造出的性格,与他在该剧开场独白里显出的性格十分类似,而且,饰演理查的演员们,从18世纪的科利·希伯(Colley Cibber)到20世纪的劳伦斯·奥利弗(Laurence Olivier),为制作《理查三世》,都自如地随意从《亨利六世(下)》借用台词。从《亨利六世(下)》中间开始,一个十足恶棍的理查出现了,哪怕在他假意支持约克家族的新国王爱德华四世时,也要把他耽于自我的奸诈向观众吐露。直到该剧结尾,理查在伦敦塔杀了亨利王,观众才明白,理查杀亨利,不是为哥哥,只是为自己:'我没兄弟,跟哪个兄弟都不像。"爱"这个字眼儿,胡子花白的老者称其神圣,存于彼此相像的人中,与我无关。我自己独来独往。'【5.6】"

更具启发性的是,这篇导论还从历史决定论的纬度来分析角色,无疑对国内的莎研颇多助益:

"莎士比亚历史剧'第一四部曲'描写激烈的国内冲突。剧情从1422年兰开斯特王朝亨利五世之死展开,他儿子亨利六世的统治混乱无序,后被约克家族推翻。约克王朝的爱德华四世和理查三世相继掌权。最后,1485年,里士满伯爵打败理查,成为都铎王朝第一任国王,即亨利七世。

"学者们曾一度深信,莎士比亚及其同时代人大多把兰开斯特家族(其支持者佩戴一朵红玫瑰)与约克家族(白玫瑰)之间的战争,视为因1399年非法废黜理查二世遭受的神的惩罚。照此观点,莎剧《理查三世》表达了'都铎神话',这个神话认为,由一条神的诅咒导致的玫瑰战争,最终被亨利·都铎清除。然而,后世批评家们普遍排斥这一观点,即莎士比亚仅为宣传都铎王朝而写戏;也大多反对这一观念,即都铎王朝关于上帝的意志和玫瑰战争达成了广泛共识。关于莎剧大体倾向于支持,还是意在破坏'都铎——斯图亚特'的政治秩序,这一争论仍在持续。

"女王伊丽莎白一世,作为推翻理查三世那个人的后裔,势必从人们脑子里早已形成的理查三世是一个邪恶国王的印象中获益。然而,把理查作为一个恶棍来描绘,并非适于都铎王朝。早在理查自己那个时代,这一形象特征即已发展、并逐步形成,后世批评家把它与都铎神话联系起来。拿莎士比亚来说,对理查之恶名最具影响力的传播者是托马斯·莫尔爵士——他虽不与女王伊丽莎白一世同时代,却与女王的父亲亨利八世同时代。莫尔对理查的描述,来自于15世纪的一些编年史家,也可能来自那些对理查有印象的在世者的个人回忆;莫尔的描述被16世纪编年史家霍尔和霍林斯赫德采用,且由此成为莎士比亚戏剧的一个重要来源。莫尔凭其对理查统治下生动事件之关注,以及进一步提升这个犯罪的暴君之名声,第一次使理查成为一个适于戏剧表演的角色。

"莫尔是否将理查的统治视为神的惩罚有待商榷,但毫无疑问,莎剧对此有所解释。玛格丽特王后对此有清晰描述,她宣称理查转向攻击自己的家族是正义公道的:'啊,正义、公道、公正安排一切的上帝,我该如何感谢你,这条吃人血肉的恶狗,竟捕食自己母亲的亲生骨肉。'【4.4】但照玛格丽特所说,凭借理查的谋杀进行复仇，这一罪行是借约克家族对她的家庭采取具体行动，而非替祖先的政治犯罪复仇。玛格丽特在伊丽莎白时代产生的加尔文主义鼓励下，表达出这样一种信念：个人的历史事件取决于上帝，上帝经常以（明显之）邪恶惩罚邪恶。然而，她把理查当成天赐的代理人或'上帝之鞭'的想象，既有限，又有失偏颇，它仅体现理查'那我决意见证一个恶棍'的部分含义。

"正当玛格丽特把理查视为上帝向兰开斯特家族所犯罪行复仇的工具时，理查却把玛格丽特受的痛苦归因于她自己对约克家族犯下的罪行，而且，其他人都表示认同：

格罗斯特	我高贵的父亲把诅咒加在了你身上，当时，你把纸做的王冠套在他好战的额头①，用你的嘲弄引他泪眼成河，然后，你又把在可爱的拉特兰无辜鲜血里浸过的一块布，给了公爵，让擦干泪水。② ——那之后，他痛苦的灵魂对你发出的诅咒，全降临在你身上。是上帝，不是我们，在不停惩罚你血腥的行为。
伊丽莎白	上帝如此公正，必为无辜者伸张正义。
海斯汀	啊！杀那个孩子，这是闻所未闻最邪恶、最残忍的行为。
里弗斯	它一旦传出去，暴君听了也会流泪。

---

① 参加《新约·马太福音》27：29 描述罗马兵士为戏弄耶稣，在他被钉十字架之前，给他戴上一顶荆棘华冠，戏称"犹太人的王万岁！"
② 这一情景详见《亨利六世（下）》第一幕第四场。

多赛特　　　　　无人不预言这事必遭报复。【1.3】

"在《理查三世》中体现出，莎士比亚把这类诅咒和预言作为戏剧手段，用来表现兰开斯特和约克两大家族间的长久冲突，以及理查与每一个人为敌的特殊冲突。反复祈求天意，也提出了关于历史因果关系的普遍问题，提醒观众可以把人类事件当成可见的上帝的思想，当成永恒的神圣意志的及时体现。该剧提出了历史决定论的问题——在莎士比亚时代，这一问题与宗教问题密不可分——并非作为一个主张，而只作为一个论点的一个方面。

"另一方面由理查自己表现出来，它代表一种世俗的历史理论，即在个体行为、而非神的旨意之中，找出人类事件的动因。理查是一个舞台上的'马基雅维利'（马基雅维利是不择手段之人），同时也是马基雅维利主义强权政治历史观的一个化身。理查乐于向观众吐露自己的意图，随后解释他如何能完成其中哪怕最离谱的事：'那时，我要把沃里克的小女儿娶到手。我杀了她丈夫、她公公，那又如何？那变成她丈夫、她公公，则是补偿这少妇最现成的办法。'【1.1】

"在向安妮求爱这场戏的结尾，理查再次向观众吹嘘自己的胜利：'可有女人在这种心境下遭人求爱？可有女人在这种心境下被人赢得？'【1.2】

"从该剧开场第一句话，理查便好似向安妮求爱似的，凭其睿智、凭其自信、凭其'喧嚣'的性格力量，向观众示好。他这一邪恶、却吸引人的特性，在古典和英国本土戏剧中，都早已有之。在马基雅维利色彩之外,理查与塞内加笔下的'罪犯英雄'和来自中世纪'神秘剧'或宗教连环剧里的暴君希律王,以及道德剧里的角色'罪恶'都有联系。学者们并不赞同塞内加对伊丽莎白时代的戏剧产生了直接影响,但如琼斯所说:'无论暴君以何种方式出现在莎剧中,观众似乎都能通过措辞感受到塞内加的某种存在。'《理查三世》中模式化的修辞确实如此。诚然,伊丽莎白时代的复仇悲剧与塞内加的戏多有妙合之处,正如詹姆斯·劳夫(James Ruoff)所说,包括'复仇主题,幽灵,戏中戏,哑剧,独白,雄辩和夸大其词,关注可怕的暴行,疯狂和自杀'等诸多方面。然而,A.P.罗西特却把莎剧中的理查称为'最没有塞内加之幽默感'的一个角色。理查集邪恶与滑稽于一身的暴君这一思路,可能通过英国本土戏剧进入了莎士比亚的脑子。《圣经》中的希律王作为一个愤怒的暴君(见《马太福音》第二章)为人所知,在中世纪宗教剧里,希律王这个人物深入人心,他那大喊大叫的暴力行为几乎有点可笑。但正是同一时期世俗的道德剧,尤其剧中的主角'罪恶',给英国舞台带来了一种完全成熟的喜剧邪恶的观念。按罗伯特·魏曼(Robert Weimann)所说,'罪恶'是一个寓言性人物,以诸如'邪恶'和'恶作剧'之名,将'魔法师、医生和傻瓜集于一身'。像理查一样,'罪恶'这个角色在和其他角色交互作用时操纵他们,同时又在另一层面,与观众互动。为了叫观众高兴,'罪恶'直接介绍自己和他的计划,有时还会在观众中走动,讨赏钱。'罪恶'角色因双关语、与观众的亲和力,以及一种在道德剧结尾宣布无效的破坏性能量著称,'罪恶'常在剧尾被逐进'地狱'。

    "道德剧'罪恶'之混合传统预示着悲剧和喜剧的大胆组合,

这一组合以莎剧《理查三世》为标志。当理查告诉观众他'决意见证一个恶棍'时，他是在以一句玩笑概述该剧的悲剧观念。他的初衷在于要掌控自己的命运。这一语双关还有其第二层自相矛盾之意，——他的邪恶乃天意注定，——该剧牢固的天命论最终认可了这层含义。然而，尽管有像玛格丽特这样的角色，她坚持上帝站在她们一边，但在《理查三世》这部作品里，神的决定似乎并非指人类历史上精密安排每个事件的'特殊天意'。上帝不一定设计，甚或注意到每只麻雀的死亡。例如，伊丽莎白王后抱怨神对她儿子们的死漠不关心：'啊，上帝！你竟飞离如此温顺的羔羊①，把他们投进狼的内脏？你什么时候睡的，在你安睡时出了这样的事？'玛格丽特立刻回应，以前发生过这种不公：'在神圣的哈里②和我亲爱的儿子死的时候。'【4.4】《理查三世》的天意堪称对人类救赎与诅咒的宏大设计。在这种情形下，《理查三世》中上帝的意志不由一方或另一方的胜利来显示，而只由人的灵魂来体现。在这个意义上，理查是一个悲剧英雄，要凭一己之力对抗天地万物的意志，'化全世界为乌有'。"

2. "皇莎"视角下的理查三世

当代莎学家乔纳森·贝特（Jonathan Bate）为其所编"皇家莎士比亚剧团"《莎士比亚全集》（简称"皇莎版"）之《理查三世》写的那篇学术导言，虽不长，却也堪称英语世界对理查形象的最新

---

① 参见《新约·约翰福音》10：11—13："我是好牧人；好牧人愿为羊舍命。雇工不是牧人，羊也不是他自己的。他一看见狼来，就撇下羊逃跑。狼抓住羊，赶散羊群。"耶稣把自己比为牧羊人，信徒是他的羊群，狼是魔鬼、恶人。

② 哈里（Harry）：即玛格丽特的丈夫亨利六世。

阐释之一,不无精彩之笔:

"莎士比亚的第一组历史剧以邪恶的理查王兵败博斯沃思原野结尾,和谐随之而来。胜利的里士满伯爵(属于兰开斯特家族的亨利),迎娶约克家族的伊丽莎白公主为妻,使两大贵族合而为一,终结了玫瑰战争。在《理查三世》落幕那场戏,斯坦利勋爵(即德比伯爵)将王冠戴在里士满头上,使其成为亨利七世国王,即都铎王朝的开创者。该剧以亨利的一篇演说结束,他在演说中回首往日之内乱,这不仅是该剧、同时也是《亨利六世》'三联剧'的主题:期盼黄金时代的到来;而同理查的王后同名的伊丽莎白女王乐得相信,这正是她统治下的黄金时代。听到这些台词,莎剧的观众们也会感同身受地回首过往、期盼未来:回首国家历史上一段血腥时期,为天助都铎王朝终结这段血腥松一口气;明知眼下女王年迈,难以顺势而行,前景不定。

"史学家们仍在辩论这一问题,理查三世的罪恶真相是怎样的,尤其,是否他亲自下令杀了'塔中王子'。但毫无疑问,都铎王朝为把他的对手、未来的亨利七世变成一个英雄、一个圣徒,顺手将他描绘成一个恶棍。托马斯·莫尔爵士凭其在亨利七世之子亨利八世当朝时写下的《理查三世的历史》,在这一过程中起了主要作用。莎士比亚完成了这项工作,他在亨利八世小女儿统治下的公共剧院,终使理查这一惯耍阴谋的驼背形象得以不朽。英国人有一点早已臭名远扬,他们从弥尔顿那里得神学,从莎士比亚那里得历史,而非从正统来源获取。'决意见证一个恶棍',理查这一形象的持久性足以证明,戏剧的力量比纸面的历史更令人难忘。《理查三世》是那些人人耳熟能详的莎士比亚核心戏剧之一，哪怕他们从未读过。该剧两个电影版本之成功——先是劳伦斯·奥利弗爵士一版，后是伊恩·麦克莱恩爵士（Sir Ian Mckellen）令人炫目的把剧情背景升级为20世纪30年代法西斯主义的一版——证明了它持久的生命力。

"如同在《亨利六世》中一样，语言表达能力屡次提升，且修辞技巧高超。正式的语言与事件中一种对称感之结合——行动引发反应，血腥暴力导致复仇，恰如命运车轮之转动，一次滑升之后，一场崩坍随之而来——将该剧放到了罗马悲剧家塞内加的传统中。塞内加对莎士比亚之影响或有两种：一种直接，源自16世纪80年代出版的塞内加戏剧的英译本；一种间接，源自一部名为《官长的借镜》，以历史受害者的口吻写成，讲述不幸与邪恶的塞内加式的'诉苦'诗集，这些受害者包括理查王的哥哥克拉伦斯公爵乔治，以及爱德华四世的情妇简·绍尔夫人。

"塞内加式戏剧的对称性，在表现玛格丽特王后这一角色上达到极致，她是亨利六世的遗孀，在整个贯穿玫瑰战争的几部戏里，有一种如此强大的力量。第一幕第三场，她正式向里弗斯、多赛特、海斯汀、白金汉和理查本人发出诅咒。她的所有诅咒逐一实现，而且，每个角色都在临死前意识到了这诅咒的灵验。塞内加式悲剧惯以一个来自冥界的幽灵开篇，要求向谋杀自己的凶手复仇。莎士比亚做出一种典雅的改变，他让幽灵们在戏剧高潮出现，让他们在即将导致理查王垮台的决战前夜，来到理查的营帐嘲弄他。

"在《亨利六世》三联剧中，几乎每个人都被卷入一个历史的漩涡无法自控，与之相反，理查试图掌控住自己和国家的命运。

毫无疑问,随着理查·伯比奇在戏剧圈成为莎士比亚最贴心的朋友,莎士比亚特意为他写下这个角色。《亨利六世》三联剧明显属于'合奏曲',莎士比亚要写一小组'明星戏',《理查三世》是这组戏的头一部,在这部戏里,主角演员的台词量是其他任何一个角色的三倍。这部戏造就了作者与明星,两者兼有。有一则戏剧传闻,说他俩是一个狂热莎剧戏迷之妻床头的竞争者:伯比奇是"理查三世";莎士比亚是"征服者威廉"①。这两个绰号倒不失一个好见证。

"让主角演员成为其自身脚本的表面作者,似乎是莎士比亚和伯比奇两人合玩的把戏。理查一开场独白,便把观众作为知己,与观众分享他将适用的角色,以及打算付诸行动的戏剧情节,或可称之'一个并不讨人喜爱的聪明人计划登上王位,任何人——哪怕一个无辜的孩子——也休想阻拦。'他是位使眼色、说旁白的大师,为自己能扮演旧的传统道德剧里的'邪恶'和'罪恶'角色欣喜不已。观众之所以欣赏他的表演,正因为他们知道这是一场表演。

"大师演员需要一个直肠子做帮手。对于理查,这一帮手角色由白金汉扮演,他协助理查自导自演了一场戏,将理查在市长大人和伦敦市民面前的公众形象展示出来。在这个系列剧的早期戏里,亨利六世的祈祷书是他不想当国王的一个标志,而理查的祈祷书则是他假装不想称王的一个标志,并凭此让伦敦人

---

① 传闻理查·伯比奇(Richard Burbage)在演过《理查三世》之后,与那位戏迷之妻幽会时自称"理查三世"(Richard the Third),而威廉·莎士比亚(William Shakespeare)捷足先登与这位女士幽会,并自称"征服者威廉"(William the Conqueror)。

求他出任国王。他假装不情愿地说：'你们非要逼我肩负天大的责任？'——紧接着又悄然低语'喊他们回来'，以确保这一提议重新提出后便于接受。整个过程，他都像平时一样，是个完美的演员。

"对于理查有两个关键转折点：一个，他设法除掉了得力助手白金汉，没了配角，喜剧演员开始陷入困境；另一个，出现在十分漫长的第四幕第四场，几个悲悼中的女人像古希腊戏剧中的合唱队一样，携起手来，对抗理查。理查对安妮夫人出色的引诱，曾展示出他精于言辞，可眼下，他的口舌之能遇到玛格丽特和伊丽莎白两位王后的合力挑战。假定《理查三世》的写作有个创新是，为一种巨大的戏剧化个性，把'合奏曲'的史剧变成'明星戏'，另一个创新则是，把传统的阳刚形式女性化。女人在莎士比亚早期戏，以及其他作者的那些历史剧、甚至马洛（克里斯托弗·马洛）的悲剧里，都是些无关紧要的小角色。而在这部戏里，饰演伊丽莎白、玛格丽特和安妮的男演员们，戏份儿更足。撇开剧中饰演理查、白金汉和克拉伦斯这三位主演，'她们'那丰富的变化词尾之修辞在所有成年同行之上。具有象征意义的是，假定理查声言其贪求权力之因，乃缺乏情爱艺术之果，那让他遇到女人和男孩们的挑战倒是合适的。

"正是理查戏剧化的自我意识终使这部戏高于《亨利六世》三联剧。在《亨利六世（上）》，塔尔伯特是位英雄好汉，少女琼安（圣女贞德）则是一个有趣的、半喜剧性的反面人物；在《亨利六世（中）》，有出色的戏剧活力（玛格丽特王后乱砍乱杀）及其多样性（杰克·凯德和心怀不满的民众的呼喊）；在《亨利六世（下）》，约克被刺死之前,有人给他戴上一顶纸王冠加以嘲弄,此时我们见证了充满戏剧化的一场戏。但直到格罗斯特的理查进入状态,我们才能遇见一位人物带有福斯塔夫或伊阿古那样引人注目的戏剧化风度。在《亨利六世(下)》第三幕(第二场),理查在其第一段长篇独白的高潮处,——《理查三世》中经常导入独白这一戏剧传统——宣称自己要'扮演'演说家,'比变色龙更会变色,变形比普罗透斯更占上风。'。每个形象都凭其有说服力的口才和自我转化的能力,成为演员的艺术。"

"理查补充说,他'还能给凶残的马基雅维利教点儿东西。'克里斯托弗·马洛在其黑色闹剧《马耳他的犹太人》(*The Jaw of Malta*)中,引入文艺复兴时期政治权谋家之原型马基雅维利(Machiavelli)的代表说开场白。随着剧情说明人下场,犹太人巴拉巴斯(Barabas)登场,说开场独白。如此一来,观众便把巴拉巴斯和一个马基雅维利式的阴谋家画了等号。莎士比亚在《理查三世》中运用这一手段,大胆推进一步。他省掉剧情说明人那段开场白,而以理查的精彩独白开启剧情:'现在,令我们不满的冬天。'马洛凭一种指向性的结构设计,让巴拉巴斯在剧中扮演马基雅维利的角色,莎士比亚则让理查在剧中自导自演。他宣称,既然驼背使其不能扮演一个舞台上的情人,他将自觉地去适应舞台上的恶棍。可他随后便在第二场显示出,他其实能扮演情人——安妮夫人明知他是害死自己第一任丈夫的凶手,他却能在安妮公公的尸体旁向她求爱,并大功告成。如所承诺的那样,他把演说家的能力发挥到极致。在第三幕(第七场),他像普罗透斯似的改变形象,如我们所见,以一副圣人的容颜出现在两位主教中间。凭着演说家说反话的手段，——以'我不能，而且不愿听从你们'来接受王位——他赢得了伦敦市长和市民们的支持。

"莎剧中的理查三世对马洛式的'反英雄'形象有所改进。马洛戏中的帖木儿大帝（Tamburlaine）、巴拉巴斯和浮士德博士（Dr. Faustus），都通过扮演角色——上帝之鞭、权谋家、巫师——塑造自己的身份。他们无法停下来去想，这类角色恰恰是站不住脚的戏剧模仿。假如他们停下，那整个马洛式的纸牌屋便会应声倒塌。但莎士比亚起点不一样，他自己就是演员，这是马洛打不出来的一张王牌。理查是典型的莎剧人物，在剧场里极具魅力，因为他知道自己是个角色扮演者。他陶醉于演戏，并令观众着迷。他第一次完全体现出莎剧中迷人的戏剧形象，这一形象在麦克白的'可怜的演员'和普洛斯彼罗的'我们这些演员'那里达到顶点。伊阿古在《奥赛罗》中说'我并不是真实的我。'这话理查也可以说。"

"理查只在梦中停止表演，其身份随梦之发生而倒塌。既然他通过表演假造身份，便自当否认在表演之前，先有一个本我存在的可能性。他受不了'我是''我不是'这类说辞，因为他不断回到特定的角色（'恶棍'）和行动（谋杀）上。一个人在真实自我本该认定之际，比如在临终忏悔时，却发现他已自我崩溃了。这是一个演员兼戏剧家看待人之本性的方式。在最后一战的前夜，浮现在理查梦境里的幽灵们使他意识到，行动势必带来后果：谋杀将把他带上'法庭'，他将被裁决为'有罪'。剧尾这一对罪行的强调，是实用主义的莎士比亚替亵渎宗教和道德正统的马洛纠偏。理查获得了世俗的王冠，却被里士满的亨利打败，亨利在博斯沃思原野之战的前夜,向基督教的上帝虔诚祷告:'啊,上帝,我把自己当成你的战将,请以充满恩典的目光俯视我的军队。'一个贪心不足者的垮台,就这样造就了神助天算历史之下的都铎神话,这一神话将约克和兰开斯特两个家族合二为一,建立起统一的王朝,随后带来宗教改革,带来国家的帝国荣耀之雄心。"

《亨利八世》：一部以"盛大而庄严"场景
争胜的历史剧

　　您（克兰默）弄不清您在这尘世、在这整个尘世之上的处境？您有很多敌人，没一个小人物，何况他们又有与之相称的强力手腕。并非每一件案子，都能凭其正义和实情，带来天降甘霖般的裁决。堕落的心灵买通同样堕落的无赖，发誓指证您，多么容易！

——（《亨利八世》第五幕第一场）

HENRY THE EIGHTH

一、写作时间和剧作版本

1.写作时间

《亨利八世》是莎士比亚基于英格兰国王亨利八世的生活史,与其所属"国王剧团"、比他年轻十五岁的剧作家同事约翰·弗莱彻(John Fletcher,1579—1625)合写的一部历史剧。在该剧收入"第一对开本"('The First Folio')《威廉·莎士比亚先生的喜剧、历史剧和悲剧》(简称《莎士比亚戏剧集》)(*Mr. William Shakespeares Comedies, Histories & Tragedies*),于 1623 年出版之前,它另有一个剧名《一切都是真的》(*All is tru*)。剧中不同的文体特征显示出,戏里有些场景由莎士比亚和弗莱彻分别执笔。在结构上,《亨利八世》明显具有晚期莎剧的某些浪漫特征。此外,在所有莎剧中,该剧的舞台提示最为丰富。

大多数现代学者认定《亨利八世》写于 1613 年,这一年,环

球剧场在已知《亨利八世》最早场次的一次演出中被烧毁。根据
当时留下的一份记录，发生火灾时该戏属于剧团新上演的剧目，
"在此之前，顶多演过二三次"。人们通常认为，作为伊丽莎白公主
婚姻庆典的一部分，《亨利八世》首演或在 1612—1613 年之间。

尽管有这一证据，但曾几何时，关于该剧的写作时间一度存
有不少争议。1709 年，尼古拉斯·罗写道：该剧之写作必追溯到
1603 年伊丽莎白去世之后，因为"它是献给伊丽莎白女王及其
继任者詹姆斯国王的颂词，《亨利八世》结尾便是明证，证明该剧
写于那两位加冕英格兰国王的后者即位之后。"罗这段话，写在
论及 1613 年剧场火灾的那份记录被发现之前，并由 18 世纪学
者托马斯·蒂利特(Thomas Tyrwhitt)首次发表。蒂利特似乎更证
实了这一观点。

不过，一些 18 世纪和 19 世纪的学者，包括塞缪尔·约翰逊
(Samuel Johnson)、路易斯·西奥博尔德(Lewis Theobald)、乔治·
史蒂文斯(George Steevens)、埃德蒙·马龙(Edmond Malone)、詹
姆斯·哈利威尔·菲利普斯(James Halliwell-Phillipps)，均认为该
戏写于 1603 年之前。马龙暗示，最后一场戏中赞美詹姆斯一世
的那句简短台词，可能是在詹姆斯统治期间，为了一次演出特意
插进去的，而从戏里拓展出来的对伊丽莎白女王的赞美，则意味
着该剧专为伊丽莎白时代而写。马龙提出，詹姆斯"对伊丽莎白
所存有的憎恨记忆"使他不大可能在当朝执政时，容忍该剧对伊
丽莎白大加赞美。其实，马龙错把 1604 年 12 月在伦敦书业公会
(Stationer's Register)登记的《亨利八世国王的序曲》(*The Enter-
lude of K. Henry VIII*)，即剧作家塞缪尔·罗利(Samuel Rowley)于

1605 年出版的《你我一见两相知》(*When You See Me You Know Me*)一剧，当成了莎剧，他的理由是，1613 年该剧之新奇源于这一事实，即该剧有可能由出自本·琼森(Ben Jonson)之手的一段新的开场诗和收场白扩充而来。然而，事实上，直到 1623 年 11 月 8 日，为准备"第一对开本"出版之时，《亨利八世》才与此前从未出版过的其他十五部莎剧一起，首次进行出版登记。哈利威尔·菲利普斯也持这一观点，认为 1613 年上演的《亨利八世》是完全不同的一部戏。

大多数现代学者不再为此争持。事实上，有一些戏正面呈现出都铎时代(1485—1603)主要人物形象，如《你我一见两相知》中的亨利八世和托马斯·海伍德(Thomas Heywood)喜剧《若不识我，无人可识》(1605)中的伊丽莎白女王，这些戏在整个斯图亚特时代(1603—1714)不断上演、出版、再版。既然现在把《亨利八世》作为莎士比亚与弗莱彻合写的剧作之一，那 1613 这个年份便与莎、弗二人的其他类似合作相一致。

除此之外，另有三项文献记录可为《亨利八世》写于 1613 年提供强力证据：

(1)编年史家埃德蒙·豪斯(Edmund Howes，1607—1631)在续写史学家、古文物研究者约翰·斯托(John Stow，1524—1605)所著《英格兰编年史》(*The Chronicles of England*)时写道："放炮失误……剧场里挤满了来看《亨利八世》这部戏的人。"

(2)瑞夫·托马斯·劳尔金(Rev. Thomas Lorkin)在 1613 年 6 月 30 日写给托马斯·帕克林爵士(Sir Thomas Puckering，1592—1637)的信里说："从昨天那个时候起，当博比奇(Bourbage)和他

的同伴正在环球演出《亨利八世》，演到在欢呼的路上发射礼炮，引燃了剧场顶部的茅草，火势猛烈，不到两个小时，整个剧场全部焚毁。"

（3）诗人、外交官亨利·沃顿爵士（Sir Henry Wotton，1568—1639）在 1613 年 7 月 2 日给外甥埃德蒙·培根爵士（Sir Edmund Bacon，1570—1649）的长信中写道："此刻，让王国事务安睡，我将以本周发生在（泰晤士）河岸边的事来招待您。国王剧团的演员演了一出新戏，叫《一切都是真的》，呈现了亨利八世统治时期的重要片段，有许多盛大而庄严的非凡场景，甚至在舞台铺了草垫。骑士团的骑士们，佩戴着圣乔治和嘉德勋章，卫兵们佩戴绣有图案的纹章，诸如此类。倘若不令人感到荒谬的话，在片刻之内，足以使伟大变得非常熟悉。现在，亨利王在沃尔西红衣主教的府邸戴上一个假面具，火炮在他进入府邸时鸣响，也许是纸或有其他什么东西掉落下来，引燃了茅草屋顶，一开始人们只觉得那儿飘起一股烟。而此时人们的眼睛都被演出吸引着，这股烟向内燃起，像一条裙裾四处蔓延，耗时不到一小时，整座剧场夷为平地。这是那座标志性建筑物的致命时刻，但其内部除了木头和稻草及一些丢弃的披风，也没毁什么东西。只有一个人，马裤被烧着了，幸亏他脑子快，用一瓶麦芽酒把火浇灭，否则，八成就烤焦了。"

言而总之，《亨利八世》即便不是写于 1613 年，也必在年前不久所写。

不过，当代莎学家乔纳森·贝特（Jonathan Bate）在为其所编"皇家莎士比亚剧团"《莎士比亚全集》（简称"皇莎版"）之《亨利八世》所写导言中，明确说明该剧写于 1613 年 2 月之后："莎士比亚写于伊丽莎白时代的历史剧，由战争，无论内战，抑或在法国领土上进行的战争，以及为夺取王位继承权进行的战斗，占了主导地位。它们写于战争期间，当时，国家深受伊丽莎白王位继承问题的困扰。相比之下，《亨利八世》写于数年和平之后。确实，詹姆斯国王把自己当成一个国际和平的缔造者。此外，他是一位已婚国王，尽管其长子亨利王子(Prince Henry)于1612年11月过早夭亡使国家陷入悲伤，却无须为王位继承问题焦虑。国王的女儿，伊丽莎白公主，嫁给了欧洲大陆最有名的新教统治者帕拉丁选帝侯弗雷德里克(Frederick the Elector Palatine)，为避免蒙上葬礼的阴影，婚礼一直推迟到1613年2月。《亨利八世》写于婚礼过后的几个月，故剧中有一场王室葬礼和一场王室婚礼。"

2.剧作版本

《亨利八世》不存在版本问题，1623年"第一对开本"《莎士比亚戏剧集》中，标题页题为《国王亨利八世之著名生活史》(*The Famous History of the Life of King Henry the Eight*)的该剧，便是其唯一权威版本。但该版所用底本，可能是由职业书记员记录的莎士比亚手稿誊本。

在此之后，该戏始终作为莎士比亚的剧作出版。直到1850年，由研究弗朗西斯·培根(Francis Bacon)的学者、以编辑出版《培根全集》知名的詹姆斯·斯伯丁 (James Spedding，1808—1881)，第一次提出莎士比亚与弗莱彻合作的可能性，这时，学者们才发现《亨利八世》原来存在一个"著作权"问题，即该剧乃莎士比亚与弗莱彻合作完成。

众所周知，弗莱彻是"国王剧团"取代莎士比亚的主要编剧，曾与莎士比亚合作过其他剧作,如《两位贵族亲戚》(The Two Noble Kinsmen),但当时并未留下两人合作《亨利八世》的证据。或许,戏里两种不同的诗体风格便是明证,因为剧中某些场景的诗体,更接近弗莱彻的典型风格。不过,仍无法获知,弗莱彻的参与能否被描述为合作或修订,尽管两位编剧明显的场景划分强烈暗示,弗莱彻是合作者,并非修订者。

詹姆斯·斯伯丁的论文《谁写了〈亨利八世〉?》(Who Wrote Henry Ⅷ),于 1850 年 8 月在《绅士杂志》(Gentleman's Magazine)发表。或许是诗人丁尼生(Alfred Tennyson,1809—1892)的"《亨利八世》中的许多台词极具弗莱彻之风"这句评价给了斯伯丁灵感。斯伯丁运用"韵律检测"(metrical test)法,考证莎剧诗体每一行多为十个音节,很少使用第十一个"多余的音节"(redundant syllable),亦称"弱音结尾"(feminine ending),《亨利八世》中却有许多诗行运用"多余的音节",而这恰恰是"弗莱彻的典型风格"。经仔细比对,斯伯丁在文中列出一份详表,具体说明《亨利八世》只有第一幕头两场,第二幕第三、四两场,第四幕第一场前二百零三行(国王退场),及第五幕第一场,出自莎士比亚之手,其他——开场诗,第一幕第三场,第二幕第一场、第二场,第三幕第一场、第二场第二百零四行到四百五十八行,第四幕第一场、第二场,第五幕第二场到第五场,收场诗——均由弗莱彻执笔。

诚然,塞缪尔·约翰逊早在 1765 年即怀疑该剧的"开场诗"和"收场诗"均非莎士比亚所写,乃是琼森出于友情填补上去的,因为在他眼里,这两段诗非常像琼森的手笔。不过,另有人推测,"开场诗"和"收场诗"为莎士比亚告别舞台之后修改原剧时亲手顺笔所加。

在这篇论文发表之后，学者们注意到，塞缪尔·希克森(Samuel Hickson)已做过相同研究，且结论几乎一致。

时至今日，《亨利八世》为莎士比亚与弗莱彻合写，似已成为不争的事实。但在1850年斯伯丁的论文发表之后，争议仍在持续，主要有两种与此截然相反的看法。

第一种看法，以英国诗人、戏剧家查尔斯·斯温伯恩(Charles Swinburne, 1837—1909)为代表，他在《莎士比亚研究》(*A Study of Shakespeare*, 1880)一书中指出，"韵律检测"不足为凭，他一面承认剧中很大一部分貌似弗莱彻之风，与莎士比亚的惯有风格有异，但从戏剧之精神、格局、用意等方面来看，却不像出自弗莱彻之手。斯温伯恩认定，《亨利八世》是莎士比亚独自编剧的。塞缪尔·辛格(Samuel Singer, 1783—1858)、查尔斯·奈特(Charles Knight, 1791—1873)、赫尔曼·乌尔里奇(Hermann Ulrici, 1806—1884)、卡尔·埃尔策(Karl Elze, 1821—1889)、哈利威尔·菲利普斯(Halliwell–Phillipps, 1820—1889)力挺这一学说。

第二种看法，以罗伯特·博伊尔(Robert Boyle)为代表。他在《新的莎士比亚事务》(*New Shakespeare Transactions*, 1880—1885)指出，《亨利八世》不是弗莱彻与莎士比亚合写，而是弗莱彻与菲利普·麦新哲(Phillip Massinger, 1583—1640)共同执笔，为了替代1613年在环球剧场火灾中被焚毁的莎剧手稿《一切都是真的》。达格代尔·赛克斯(H. Dugdale Sykes)和奥尔迪斯·赖特(Aldis Wright, 1831—1914)支持此说。对于这一看法，另有两种推测：第一，1613年创作该剧时，莎士比亚已告老还乡，住在斯特拉福德,弗莱彻住在伦敦,两人无法合作;第二,该剧结构松散,既缺乏核心主题,又没有戏剧高潮,如此不成熟的剧作,不可能出自莎翁之手。

二、历史上真实的亨利八世与剧中时空错乱的戏说

莎士比亚编《亨利八世》这部戏,与他编创其他历史剧的做法如出一辙,主要从拉斐尔·霍林斯赫德(Raphael Holinshed)所著、1587年第二版《英格兰、苏格兰及爱尔兰编年史》(*Chronicles of England, Scotland, and Ireland*)取材,以达到其戏剧性结局,并使其所涉材料不触犯官方的敏感神经。他不仅把发生在过去的、跨度超过二十年的事件做了压缩,并将时间顺序打乱。该剧虽未明说,但它暗示,对白金汉公爵的叛国罪指控纯属构陷、捏造,而且,对相关的敏感问题,也维持了一种类似的模糊性。剧中把对安妮·博林(Anne Boleyn)——戏里拼作"布伦"(Bullen)的羞辱、斩首一并做了谨慎回避,而且,从戏里也丝毫找不见亨利八世后来又四次娶妻的痕迹。不过,阿拉贡的凯瑟琳在教皇特使所设的法庭上向亨利王抗辩,似乎直接取自历史记录。

莎士比亚编《亨利八世》,"原型故事"之来源,除了霍林斯赫德的《编年史》,可能还有:史学家爱德华·霍尔(Edward Hall, 1496—1547)的《兰开斯特与约克两大显族的联合》(*Union of the Two Noble and Illustre Famelies of Lancastre and York*, 1548);史学家、殉教者传记作者约翰·福克斯 (John Foxe, 1516—1587)1563年初版的《殉道者之书》(*Book of Martyrs*)[1583年二版时改名为《事迹与丰碑》(*Actes and Monuments*)];约翰·斯托的《英

格兰编年史》(*The Annales of England*, 1592)；制图师、史学家约翰斯·皮德的《大不列颠帝国之戏剧》(*The Theatre of the Empire of Great Britaine*, 1611)；塞缪尔·罗利的《你我一见两相知》。

1.历史上的亨利八世

亨利八世(Henry Ⅷ, 1491—1547)乃英格兰王国亨利七世次子，于1509年4月22日继位，成为都铎王朝第二任国王。他也是爱尔兰领主，后来成为爱尔兰国王。他在位期间，将威尔士并入英格兰，使王室权力达到巅峰。

亨利八世为把安妮·博林娶到手，必先与原配夫人"阿拉贡的凯瑟琳"(Catherine of Aragon)离婚，而离婚却遭罗马教皇克莱门特七世(Pope Clement Ⅶ)拒绝，一怒之下，亨利王与教皇反目。通过《至尊法案》，开始推行宗教改革，使英国教会脱离罗马圣座，并自立为英格兰最高宗教领袖，下令解散罗马教廷在国内的修道院。虽说亨利王是英格兰宗教改革的发起人、英国国教(亦称"安立甘宗"或"圣公会")领袖，但他不仅对教义毫无创见，且一生都在提倡天主教仪式、遵循天主教教条。说穿了，亨利王只反不许他离婚的罗马教皇，并不反天主教。真正将英国国教新教化，由他儿子爱德华六世及女儿伊丽莎白一世当朝执政时逐步完成。在爱德华六世和伊丽莎白一世之间，玛丽一世曾使英格兰一度恢复天主教地位。这一切真实历史本身，充满了血腥的戏剧性。

十分有趣的是，亨利王最为后人津津乐道的，不是他治国之功、理政之能，而是先后"娶"了六位王后之奇。比这"奇"更可怕的是，这六位女性，均未得善果：第一位(即《亨利八世》中所写凯瑟琳王后)因宣布婚姻无效，被迫离婚；第二位(即《亨利八世》中加冕王后的安妮·博林)遭他下令处死，砍头；第三位因病去世；第四位(德意志的信奉新教的公主)亦因宣布婚姻无效，协议离婚；第五位(安妮·博林的表妹凯瑟琳·霍华德)又遭他下令处死，砍头；第六位若不因他去世，恐也难免一死。对亨利王这六位妻子(其中一对表姐妹)的命运，有三首意思相近的打油诗流传后世："离婚、砍头、病亡、离婚、砍头、存活。""两人砍头一病亡，两人离异一活命。""亨利八世王，婚娶六个妻，一死一活俩离婚，还有两个被砍头。"

亨利王是怎样的一个丈夫？1945年出生的英国史学家、研究都铎王朝的学者大卫·斯塔克(David Starkey)在其《亨利八世的六个妻子》(*The Six Wives of Henry Ⅷ*)一书中，这样描绘："亨利八世通常是一个非常出色的丈夫，这多么不寻常。他喜欢女人——此乃他多次结婚共娶六妻之原因所在！据悉，他对她们都很温柔，无一不以'宝贝儿'('sweetheart')相称。他是个好情人，慷慨大方：每位妻子都获赠过土地、城堡和珠宝——每人都珠宝满身。每当她们有孕在身，他也格外体贴。可他一旦失去爱心……便与她们切断联系，抽身就走，将其遗弃。她们甚至不知道他何时撇身而去。"

不过，身为至少貌似虔敬天主教徒的亨利王，显然深知被教会承认的有效婚姻的不可拆散性，因此，他老谋深算，恰如莎士比亚在《亨利八世》中描绘的那样，时常在下一次(迎娶安妮·博林)结婚之前，宣布(与凯瑟琳王后的)上一次婚姻无效。故而，严格说来，他表面上结婚六次，却只有两次婚姻获教会认可，其余四次婚姻均因宣布无效并不存在。安妮·博林和凯瑟琳·霍华德这对可怜的表姐妹，均在被砍头之前，被先行宣告，她们与亨利王的婚姻无效。

既然人们对亨利王的六次婚姻兴致颇浓，在此简述如下。

第一次婚姻

1491 年 6 月 28 日，亨利七世与王后"约克的伊丽莎白"(Elizabeth of York)的第三个孩子、次子亨利，在肯特郡格林威治的普拉森舍宫(Palace of Placentia)出生。国王夫妇共生七个兄弟姐妹，夭折三个。长子威尔士亲王，以古不列颠传奇国王"亚瑟王"的名字命名(Arthur, Price of Wales)。

1493 年，两岁的亨利被指派为多佛城堡总管(Constable of Dover Castle)和"五港同盟"的总管(Lord Warden of the Cinque Ports)；1494 年，三岁受封为英格兰纹章院院长(Earl Marshal)和爱尔兰总督(Lord Lieutenant of Ireland)；随后，很快受封巴斯骑士(Knight of Bath)；不久，又获封约克公爵(Duke of York)和苏格兰边境总管(Warden of Scottish Marches)；1495 年 5 月，获嘉德勋位(Order of the Garter)。

亨利从宫廷导师那里接受一流教育，除了能讲一口流利的拉丁文、法文，还会说一些意大利语。

1501 年 11 月，亨利参加哥哥亚瑟迎娶"阿拉贡的费迪南二世"和"卡斯提尔女王伊莎贝拉一世"(King Ferdinand Ⅱ and Queen Isabella I of Castile)之女凯瑟琳的婚礼。

亨利原本没有当国王的命，不料哥哥亚瑟在婚后第二年(1502)以十五岁之年突然病亡，这一来，十一岁的亨利得以继任威尔士亲王，成为王储。

亨利七世时代，国土面积并不大的小小岛国英格兰，已成为欧洲有影响力的一个王国。亨利七世为长治久安，推行"和亲政策"，竭力与临近的三个天主教王国苏格兰、西班牙和法兰西睦邻友好，他除了命长子亚瑟迎娶西班牙"阿拉贡的凯瑟琳"，还把两个女儿分别嫁给了苏格兰王储和法国王储。

亚瑟死时，亨利七世为在正处于不和的西班牙与法国之间保持中立，谁也不得罪，便命亨利迎娶嫂子凯瑟琳。然而，若未获教皇特许，"小叔子娶嫂"有违教规。因此，凯瑟琳声称与亚瑟虽有夫妻之名，并未圆房，无须教皇特许，宣布婚姻无效便完事大吉。后英、西两国商定，教皇特许极为必要，有了特许，婚姻才算合法。随后，伊莎贝拉一世恳请罗马教廷发布《教皇敕令》(Dictatus Papae)，允准这门亲事。1503 年 6 月 23 日两国签订婚约，"阿拉贡的凯瑟琳"在第一任丈夫亚瑟死后十四个月，又与年仅十二岁的小叔子订婚。但很快，亨利七世对英、西联盟失去兴趣，亨利继而宣布并未同意这纸婚约，两国再度就此交涉。

1506 年 2 月 9 日，亨利又获一项殊荣，由神圣罗马皇帝马克西米利安一世(Holy Roman Emperor Maximilian I)加封，成为一名"金羊毛骑士"(Knight of the Golden Fleece)。

1509 年 4 月 21 日，亨利七世去世，十七岁的亨利继任国王。5 月 10 日父王丧礼，之后不久，亨利突然宣布要跟凯瑟琳结婚。6 月 11 日，亨利与二十四岁的凯瑟琳结婚。6 月 24 日，亨利在伦敦威斯敏斯特教堂，加冕英格兰国王，即亨利八世。

第二次婚姻

凯瑟琳堪称苦命王后。婚后不久,顺利怀孕,1510 年 1 月 31 日,产下一名死婴,女孩。四个月后,再次怀孕,1511 年元旦,亨利出生。头胎夭折,国王夫妇陶醉在生了个男孩的快乐之中,为此举行多场庆典,包括一场为期两天的"威斯敏斯特骑士比武"(Westminster Tournament)。然而,七个星期后,孩子夭折。1513 年和 1515 年,凯瑟琳又连着产下两名死婴,都是儿子。直到 1516 年 2 月 18 日,才生下玛丽·都铎——未来的英格兰女王玛丽一世,即享有恶名的"血腥玛丽"。至此,亨利王与凯瑟琳之间的紧张关系,总算稍有缓解。但亨利王由此生出两个强烈担心,一来,他怕将来一旦女性继承王位,势必引发第二次"玫瑰战争";二来,《圣经》上说"若有人娶嫂或弟媳,此乃不洁之事;是对兄弟的羞辱;二人必无子女。"(《旧约·利未记》20:21)

事实上,亨利王早已婚内出轨,他与凯瑟琳的侍女玛丽·博林(Mary Boleyn)长期关系暧昧。一直有人猜测,玛丽的两个孩子亨利·凯里(Henry Carey)和凯瑟琳·凯里(Catherine Carey),都是亨利王的骨血,只是从未得到证实。1525 年,对凯瑟琳失去耐心的亨利王认定,王后的肚子给他生不出男性继承人。而此时,他又对王后的随从、玛丽·博林二十五岁的妹妹安妮·博林(Anne Boleyn)着了迷。不过最初,安妮抵制住诱惑,她不愿像姐姐那样,做亨利王的情妇。她要结婚,在戴上王后冠冕之前,绝不接受国王轻浮的求爱。当然,有人称此举为聪明女人的欲擒故纵。

麻烦来了。正如《亨利八世》剧中所写,为迎娶安妮·博林,

1527年，亨利王指派红衣主教兼大法官沃尔西（Wolsey）向教皇申请离婚，并派秘书威廉·奈特（William Knight）出使罗马，向圣座陈述凯瑟琳与亚瑟婚内确有圆房之实。这下，教皇犯了难。简言之，刚在5月6日"罗马之劫"（Sack of Rome）当了西班牙军队俘虏的克莱门特七世，根本不敢得罪强大的西班牙帝国，而西班牙国王卡洛斯一世、神圣罗马皇帝查理五世（Emperor Charles V），是凯瑟琳的外甥，更何况这一婚姻得到前任教皇特许。

教皇迟迟不批复，沃尔西无计可施，令亨利王大为恼火。1529年，他撤了沃尔西的职，将他监禁。同时，为逼迫凯瑟琳同意离婚，使其与玛丽母女分离，取消俸禄。然而，人算不如天算，沃尔西的继任者托马斯·莫尔爵士（Sir Thomas More）仍效忠罗马教会，不肯与国王合演双簧。为把安妮·博林立为新王后，亨利王煞费苦心，提拔托马斯·克兰默（Thomas Cranmer）和托马斯·克伦威尔（Thomas Cromwell），使其成为心腹之臣。克兰默既支持安妮·博林，也同情1517年之后在欧洲大陆兴起的新教改革。克兰默建议亨利王，不如曲线救国，去寻求大陆神学院的支持。

送礼行贿，果然奏效。1530年，英格兰议会向罗马教廷提交有关亨利王的婚姻报告。随后，亨利王任命克兰默为皇家法院特使，并在坎特伯雷大主教威廉·瓦哈姆（William Warham，1450—1532）死后，令其接任。见罗马教廷始终不置可否，克伦威尔大胆提议，要亨利王索性废除教皇在英格兰的地位，由国王取而代之。与此同时，亨利王向罗马发出威胁，不再向圣座上缴什一税。然而，教皇铁了心，不改初衷。

岁月如飞，到1533年1月，安妮·博林有了四个月的身孕。

为不让孩子成为私生野种，亨利王先与安妮·博林秘密结婚，随后英国议会宣布脱离罗马教廷。1533 年 5 月 23 日，新任坎特伯雷大主教克兰默宣布亨利王与凯瑟琳的婚姻无效，5 月 28 日，宣布亨利王与安妮·博林的婚姻为合法婚姻。6 月 1 日，安妮·博林加冕王后。9 月 7 日安妮诞下一名女婴。为纪念亨利王的母亲"约克的伊丽莎白"（Elizabeth of York），女婴受洗名取为伊丽莎白，即未来莎士比亚时代的女王伊丽莎白一世。

1533 年 7 月，教皇宣布对亨利王处以"绝罚"（excommunication），亦称"破门律"，以通奸的罪名将亨利王开除天主教教籍。

其实，从 1532 年开始，在克伦威尔力促之下，英格兰议会已开始通过一系列法案，其中《上诉法案》（1532）明令禁止罗马教皇干涉英国事务，禁止英国教会法庭上诉教皇，禁止教会不经国王允准发布规章，等等；《继承王权法案》（1533）宣布凯瑟琳之女玛丽为私生女，安妮的子女成为王位之顺位继承人；《至尊法案》（1534）宣布英王为英国教会最高首脑；《叛国罪法案》（1534）规定凡不承认英王为至尊权力者，按叛国罪，可判处死刑，同时规定取消"每户每年向罗马教廷缴纳的一便士税金"（Peter's Pence）。

一桩离婚案，使英国教会从此变身为新教六大宗之一的"安立甘宗"（Anglicanism），即"圣公会"，英国国教。

或许，安妮·博林是个有政治野心的王后。但不管怎样，她在极力推行新教的过程中，因态度傲慢，手段残忍，得罪了不少权贵，包括萨福克和诺福克两位公爵。这也使亨利王对她失去兴趣，另谋新欢。但她似乎心里有底，觉得只要给国王生个儿子，便可以挽回一切。然而，与凯瑟琳相同的命运落在她头上，生下伊丽莎白公主之后,她三次怀孕,两次流产,一次死产,使亨利王绝了有个儿子的念想。在此期间,亨利王又对王后的另一个侍女——满头金发、皮肤白皙的简·西摩(Jane Seymour)倾心相爱。

或由亨利王授意,或由克伦威尔密谋,一项毁灭安妮的计划开始实施。1536年4月,安妮的侍女被捕,随后与安妮交往频繁的一些朝臣、艺术家、诗人被捕。所有被捕者禁不住严刑逼供,屈打成招。最后,为安妮罗织了十八条大罪:以巫术蛊惑国王结婚;与五个男人通奸;与弟弟乔治·博林(George Boleyn)乱伦;瞒着国王睡过一百多个男人;试图与通奸者合谋暗杀国王;密谋害死国王的私生子亨利·菲茨罗伊(Henry FitzRoy);试图毒死凯瑟琳王后和玛丽公主;制造假币,等等。

庭审由安妮的舅舅托马斯·霍华德主持。1536年5月,法庭宣布判处安妮和弟弟乔治死刑。5月17日,乔治·博林与另一被指控与安妮通奸之人,被斩首。5月19日早八点,安妮·博林在伦敦塔内的"绿塔"(Tower Green)被斩首。据后人描绘,安妮·博林身着盛装,优雅赴死。临刑之前,她做了最后一次弥撒,向忏悔牧师和其他在场者坚称,自己清白无罪。

第三次婚姻

安妮·博林遭斩首次日,亨利王与简·西摩订婚,十天后,在怀特霍尔宫,由加德纳主教主持,两人正式结婚。随后,《第二部继承王权法案》宣布新王后的子女将成为顺位继任人,此前的玛丽和伊丽莎白均为私生女,剥夺继承权;国王有以遗嘱重新制定继承人之权力。1537年10月12日,简在汉普顿宫生下一个儿子——爱德华王子,即后来的爱德华六世。难产。24日,王后死于产褥热，葬在温莎堡圣乔治礼拜堂。伴随儿子降生的狂喜，瞬间变成悲伤。亨利王哀悼了很长时间。简为他生下唯一的男性继承人，他把简视为唯一"真正的"妻子。

简·西摩信仰天主教，心怀悲悯，加之与旧主凯瑟琳感情很深，婚后一直努力恢复凯瑟琳之女玛丽在宫中的地位及王位继承权，并试图缓和亨利王与玛丽间的父女关系。她还邀请安妮·博林之女、年幼的伊丽莎白参加爱德华的受洗仪式，并想使她回到宫廷。

几乎与亨利王的第三次婚礼同时，议会通过《威尔士法案》，正式将威尔士并入英格兰，指定英语为威尔士官方语言。这是亨利八世的政绩！

1537年，亨利王下令，命坎特伯雷大主教交出奥特福德宫（Otford Palace）。1540年，亨利王下令拆除天主教圣徒的一些圣地。1542年，王国境内修道院悉数解散，财产收归王室。另外，除了教会的大主教、主教，以往修道院和隐修院在上议院的席位全部取消。如此一来，神职人员在上议院中的席位首次少于世俗议员（Lords Temporal）。这是亨利八世宗教改革的成果！这些成果多半是克伦威尔的功劳，克伦威尔因此获封新创的尊号——埃塞克斯伯爵。

第四次婚姻

哀悼完简·西摩，亨利王急于再婚。早已是掌玺大臣的克伦威尔，极力推荐神圣罗马帝国克里维斯公爵（Duke of Cleves）的姐姐、二十五岁的安妮为新王后人选。亨利王把信奉新教的克里维斯公爵，视为对抗罗马教廷的潜在盟友，随委派画家小汉斯·

荷尔拜因(1497—1543)去给安妮画像。画像极美,朝臣们赞誉有加,亨利王同意结婚。安妮抵达英国后,亨利王发现自己被画像骗了,因为荷尔拜因并没把安妮脸上的疤痕画出来。亨利王私下称安妮为"佛兰德斯梦魇"(Flanders Mare)。尽管如此,有婚约在先,由克兰默大主教主持,婚礼于1540年1月6日在格林威治普拉森舍宫举行。

国王夫妇的新婚之夜并不愉快。国王向克伦威尔透露,两人没有圆房。6月24日,国王命安妮离开宫廷。7月6日,国王决定重新裁决这桩婚事。安妮同意婚姻无效。7月9日,法庭以夫妇并未圆房,且安妮曾与洛林公爵之子弗朗西斯(Duke of Lorraine's son Francis)订婚为由,正式宣布亨利王与安妮间的婚姻无效。

为感激安妮的顺从配合,亨利王赐给她丰厚的财富、地产,包括安妮·博林的府邸赫弗城堡。说来实在有趣,无效婚姻倒使亨利王与安妮成了好朋友,安妮不仅成为荣誉王室成员,宫廷的常客,更获得"国王亲爱的姐妹"(the King's Beloved Sister)之荣衔。

然而,托马斯·克伦威尔却因这桩婚姻及外交政策的失败,陷入宫廷政敌的包围之中,最后,终以叛国罪,于1540年7月28日被斩首。

第五次婚姻

亨利王的心,想必冷、且硬,抑或他总刻意让行为具有某种象征意义。1540年7月28日,克伦威尔斩首当天,亨利王与诺福克公爵的侄女、安妮·博林的表妹、也是安妮当王后时的侍女凯瑟琳·霍华德结婚。国王对新王后很满意，把克伦威尔的大量田产赏给她，外加大批珠宝。然而此时，国王已过度肥胖，四年来，腿部感染日趋严重，婚后几个星期不与凯瑟琳见面。新王后寂寞难耐，遂与侍臣托马斯·卡尔佩珀(Thomas Culpeper)婚外偷情，并把以前长期保持实质婚姻关系的旧情人弗朗西斯·迪勒姆(Francis Dereham)聘为秘书。朝中有些大臣向来对信奉天主教的霍华德家族不满，委派克兰默调查此事。1541 年 11 月 2 日，克兰默将凯瑟琳与迪勒姆通奸的证据写密信告知国王，国王起初不信。经过庭审，迪勒姆本人供认不讳。凯瑟琳也承认婚前曾与迪勒姆订婚。但凯瑟琳坚称，是迪勒姆强迫她与之通奸。迪勒姆又反过来揭发凯瑟琳与卡尔佩珀有奸情。

王后有通奸之实，国王的第五次婚姻宣告无效。11 月 22 日，凯瑟琳失去王后头衔，关押监禁。12 月 1 日，卡尔佩珀和迪勒姆受死，前者斩首，后者车裂，两人的头颅悬于伦敦桥之上。

1542 年 1 月 21 日，议会通过《剥夺公权法案》(*Bill of Attainder*)，按其中一条法案，王后通奸即为叛国。2 月 10 日，凯瑟琳被押送伦敦塔。11 日，亨利王签署，《剥夺公权法案》立刻生效。13 日早七点，伦敦塔，凯瑟琳被砍头。据说，行刑前夜，凯瑟琳不断练习如何把脑袋枕在断头的木砧之上。她的临终最后一句话是："虽以王后身份赴死，但我更愿以卡尔佩珀妻子之名而死。"

第六次婚姻

1543 年 7 月 12 日，亨利王在汉普顿宫第六次结婚，迎来最后一任妻子，又一位名叫"凯瑟琳"的富有寡妇凯瑟琳·帕尔(Catherine Parr)。凯瑟琳的父亲是英王爱德华三世的后裔托马斯·帕尔爵士(Sir Thomas Parr)，母亲莫德·格林(Maud Green)是亨利王原配妻子"阿拉贡的凯瑟琳"的侍从女官。

凯瑟琳前后结婚四次，可能是英格兰王国结婚次数最多的王后。在嫁给亨利王之前，已婚两次，初婚时十七岁，嫁给盖恩斯伯勒的男爵二世爱德华·博罗 (Edward Borough, 2nd Baron Borough of Gainsborough)，婚后三年丧夫。1534 年，二婚嫁给北约克郡斯内普的拉提默男爵三世约翰·内维尔(John Nevill, 3rd Baron Latymer)，1543 年，内维尔去世。后与苏德利的男爵一世、前王后简·西摩的兄弟托马斯·西摩相恋。不久，在亨利八世的女儿玛丽的家中与亨利王相遇，引起好感，后改嫁国王，加冕王后。亨利王去世六个月之后，得新国王爱德华六世许可，再与旧爱托马斯·西摩结婚。

凯瑟琳是个明事理的王后。经过她的努力，亨利王与两任前妻的两个女儿玛丽(未来的玛丽一世)和伊丽莎白(未来的伊丽莎白一世)缓和了关系，同时，她本人还与威尔士亲王(未来的爱德华六世)建立起良好感情。1544 年，议会通过《第三部继承王权法案》，玛丽和伊丽莎白，虽仍被视为私生女，却回到了顺位继承人行列。最为重要的是，在宗教问题上，她偏向新教，态度较为激进，国王丈夫更心存旧教，相对保守，当两口子拌嘴争执时，她懂得适时让步。否则，亦难免性命之忧。

凯瑟琳是个有政治能力的王后。1544 年 7 月到 9 月，亨利王最后一次远征法国失败，凯瑟琳被任命为摄政。在此期间，她有效地行使了摄政权力，稳妥地处理好亨利王征战法国期间的战时供给、财政等问题；签署了五份王室公告；同北部与苏格兰接壤的边境地区军官保持稳定的联络。

普遍认为，凯瑟琳王后在感情上的用心、摄政期间的能力作为，以及较为激进的宗教态度，都对继女、未来的伊丽莎白女王产生了深刻影响。

遗产与影响

1547年1月28日，亨利八世在怀特霍尔宫病逝。这一天正值他父亲亨利七世九十岁冥诞。亨利王与第三任妻子简·西摩合葬于温莎堡圣乔治礼拜堂。

亨利王死后，按《第三部继承王权法案》，他与简·西摩所生唯一合法的儿子、九岁的爱德华继位，成为英格兰王国史上第一位新教君主，即爱德华六世。新王年幼，无法亲政，十八岁之前，由十六位顾命大臣代王议政。简·西摩的哥哥、新王的大舅、第一代萨默赛特公爵爱德华·西摩（Edward Seymour, 1500—1552）出任护国公。按照"法案"，爱德华之后的顺位继承人依次为："阿拉贡的凯瑟琳"之女玛丽及其后代；若玛丽无后，待其死后，王位由安妮·博林之女伊丽莎白及其后代继承；因亨利八世的姐姐玛格丽特·都铎（Margaret Tudor, 1489—1541）嫁给苏格兰国王詹姆斯四世，成为苏格兰王后，其后代被剥夺英格兰王位继承权，若伊丽莎白无后，待其死后，王位则由亨利八世的妹妹、法兰西国王路易十二的第三任王后，后嫁给第一代萨福克公爵查尔斯·布兰登的玛丽·都铎（Mary Tudor, 1496—1533）的后代继承。

亨利八世无论生前，还是身后，历史都演绎出令后人既感匪夷所思、又百思不得其解的过程和结局！

第一，亨利王生前娶了六任王后，只生下一儿（爱德华）两女

(玛丽和伊丽莎白),且均无后。

第二,1553 年,十六岁的爱德华六世临死之前,担心国家再度成为天主教的王国,任命表姐、亨利七世的外曾孙女、多赛特侯爵亨利·格雷的长女简·格雷(Lady Jane Grey,1537—1554)为王位继承人,将同父异母的两个姐姐玛丽和伊丽莎白排除在外。简言之,7 月 6 日,爱德华六世病亡。简·格雷宣布,根据爱德华六世颁布的诏书,她继任英格兰女王。随后,新教、旧教两股势力对决,兵戎相见。在此期间,原来表示支持新任女王的枢密院,于 9 月 19 日宣布玛丽公主为王位继承人。简·格雷被囚禁伦敦塔,1554 年 4 月 12 日被秘密处死,年仅十六岁。从爱德华六世之死到简·格雷王位遭废黜,历时十三天;从她正式宣布继任女王到失去王位,只有九天,故在英格兰历史上,她被称为"十三日女王"或"九日女王"。这是英格兰第一任女王的命运。

第三,1553 年 10 月 1 日,虔诚的天主教徒玛丽加冕,成为英格兰女王玛丽一世(Mary Ⅰ,1516—1558),罗马天主教在英格兰复辟,亨利八世改革不久的英国新教遭废弃。

第四,1558 年 11 月 17 日,被迫皈依天主教、内心却信奉新教的伊丽莎白加冕,成为英格兰女王伊丽莎白一世(Elizabeth Ⅰ,1533—1603),英格兰恢复新教。

第五,1603 年 3 月 24 日,享有"童贞女王""荣光女王""英明女王"之美誉的伊丽莎白去世,享年七十岁。死后,按其遗嘱,王位由其表侄女、苏格兰玛丽一世女王玛丽·斯图亚特(Mary Stuart,1542—1587)之子、苏格兰国王詹姆斯六世继承,成为英格兰詹姆斯一世。至此,英格兰王国之王位最终落入苏格兰王室继承人詹姆斯·斯图亚特(James Stuart, 1566—1625)之手, 英格兰都铎王朝结束, 英格兰与苏格兰联合, 成为共主联邦, 詹姆斯一世称之"大不列颠王国"(Kingdom of Great Britain)。

亨利八世对后世最大的影响, 莫过于新教改革。虽说这一改革, 有其身为一国之君, 出于婚姻和继承人问题, 与罗马教廷赌气之嫌, 何况他本人并未真正放弃天主教信仰、完全求"新", 但这一改革与之前的历代国王相比, 乃最为激进、并具有决定性。一方面, 英格兰成为脱离教皇神权管束的新教王国, 教权归属罗马的修道院被解散, 教会土地充公, 使英国经济和权力重心由教会转向贵族; 另一方面, 爱德华六世继位后, 代王议政的新教朝臣们使新教改革得以持续进行。尽管稍后有"血腥玛丽"的短期复辟, 但英格兰从此成为一个新教国度。

诚然, 亨利王脱离罗马之举, 给整个王国带来一些麻烦, 如陷入外交困境, 曾先后引起两大天主教强邻法国和西班牙的大规模入侵。但这使他得以强化海防, 在与法国隔海对望的多佛(Dover)修筑城堡、壕沟、壁垒, 沿东英格兰到康沃尔的南部海岸线, 广为布防棱堡、炮台。同时, 命人研制大型船用前装炮, 因此, 亨利王被称为英格兰第一位能建造海战舰船的国王。或许, 这也算得上他为女儿伊丽莎白女王于 1588 年战胜西班牙"无敌舰队"打下的家底。

身为一国之君, 亨利八世格外在乎仪式感。他是第一位使用"Majesty"(陛下)称呼的英格兰国王, 并不时换用"Highness"或"Grace"。他改革了一些皇室礼仪, 如他最初为自己设定的尊号是"亨利八世, 蒙上帝之恩典, 英格兰、法兰西国王, 爱尔兰领主"

("Henry the Eight, by the Grace of God, King of England, France and Ireland")。1521 年,尚未陷入离婚困局的亨利王,为维护罗马圣座,撰文攻击马丁·路德,因此荣获教皇利奥十世(Pope Leo X,1513—1521 在位)赐封"信仰之护卫者"(Defender of the Faith)。亨利王欣然受之,并将此殊荣加入名衔之中。虽说在英国脱离罗马之后,教皇保罗三世(Pope Paul Ⅲ,1534—1549 在位)撤回这一称号,英国议会却仍视为有效。

亨利王似乎对冠以荣衔有瘾,《至尊法案》通过之后的 1535 年,他自封"英格兰教会在尘间之至尊首脑"(of the Church of England in Earth Supreme Head)。1536 年,升格为"英格兰和爱尔兰教会至尊首脑"。1541 年,他敦促爱尔兰议会将其"爱尔兰领主"的头衔改为"爱尔兰国王"。直到去世,他的尊号头衔一直是"亨利八世,蒙上帝之恩典,英格兰、法兰西和爱尔兰国王,信仰的护卫者,英格兰及爱尔兰教会在尘间之至尊首脑"(Henry the Eight, by the Grace of God, King of England, France and Ireland, Defender of the Faith and of the Church of England and also of Ireland in Earth Supreme Head)。

除了政治,亨利王算得上一个喜欢文艺、饶有情趣、博学多才、又富于创新的作家国王,能作曲、会写诗,年轻时好运动,喜欢摔跤、打猎和室内网球,还超级喜欢赌博、玩骰子。他作曲的《与好伙伴一起消磨时光》(*Pastime with Good Company*)最为有名,流传后世,被称为《国王的歌谣》。另外,他还有一大爱好,乐于参与新建一些重要建筑,如"无双宫"(Nonsuch Palace)、剑桥大学国王学院礼拜堂(King's College Chapel)和威斯敏斯特教堂。同时,他下令改建的建筑,主要是查抄的沃尔西红衣主教的房产,如牛津大学的基督教堂学院(原名红衣主教学院)、汉普顿宫、怀特霍尔宫和剑桥大学三一学院。

亨利八世留存世间的唯一遗物是一顶冠冕。1536年,他把这顶冠冕连同一把佩剑,赏赐给沃特福德市长。目前,这顶冠冕藏于沃特福德珍宝博物馆(Waterford Museum of Treasures)。

2.舞台上时空错乱的戏说

莎士比亚为舞台演出编戏,对他来说,只要出于剧情需要,能把场景弄得紧凑、热闹,富于戏剧性,能以便宜的票价把中下层平民吸进剧场看戏,哪怕冠名"历史剧"的"国王戏",是否尊重事实,已无关紧要。只要别把历史篡改得惹恼当朝君王,便万事大吉。怎么会?讨好还来不及呐!某种程度上可以说,《亨利八世》是唱给亨利八世的颂歌,并顺便在剧终落幕之前,那么自然天成地讨好了伊丽莎白女王和当朝的詹姆斯一世。

莎士比亚凭怎样的戏剧技巧,把在霍林斯赫德《编年史》里篇幅占百页以上、时间跨度长达二十四年的历史叙事,浓缩进打乱时空的《亨利八世》五幕十七场之中。恰如梁实秋在其《亨利八世》译序中所言:"选择若干情节,编排起来,使戏里的动作集中在六七天之内的一段时间。因此时代的紊乱,次序的颠倒,乃成为不可避免之事。同时历史上二十四年的时间变化,在戏剧里也只好不加理会,例如戏剧开始时是在1520年,国王只有二十九岁,年富力强,耽于逸乐,到了戏剧末尾时的1544年他是年老多病,雄心万丈的一位霸主。但是在戏里他从始至终是一个样子,没有任何变化。"

的确,把二十四年的历史压在六七天里,本身就是变戏法。由此,倒可以解释何为戏剧,何为历史。没错,"六七天"是戏,"二十四年"是史。接下来,看看莎士比亚和他的合作者弗莱彻如何戏说亨利八世。

(1)在莎剧里,第一幕第一场,伦敦,王宫前厅,诺福克公爵和白金汉公爵谈起英、法两位国王在安德烈斯河谷会面的情形。白金汉"被一场疟疾关在屋里","错过了尘间荣耀之胜景"。剧中此番"胜景"全由诺福克一人说出:"当时我在场,见两位国王骑着马行礼致敬,又见他们下了马,如何紧紧拥抱,好像要长在一起,……"随后对"光彩不差分毫"的两位国王,对两个王国相互攀比的假面舞会、骑士比武盛况做了长篇生动描绘:"一切尽显王家气派。事无巨细,一切安排妥帖。"说这一切,只为要把即将登场亮相的"约克红衣主教"沃尔西引出来。戏剧台词不负责详述历史,只管预设戏剧冲突。

在历史上,1520年6月7日至24日,英王亨利八世与法兰西瓦卢瓦王朝第九位国王弗朗索瓦一世(Francis I,1494—1547)在安德烈斯河谷会面。河谷位于法国北部临近加莱(Calais)的两座城镇圭内斯(Guines)和安德烈斯(Ardres)之间。当时,圭内斯属英国,安德烈斯属法国。弗朗索瓦一世又称"大鼻子弗朗索瓦""骑士国王",因其开明、多情,庇护文艺,被誉为法国历史上最著名、且最受爱戴的国王之一。两位国王此次会面,仪仗繁盛,场面堂皇,布置奢华,故将安德烈斯河谷称为"金衣之地"(Field of Cloth of Gold)。

要说明的是,历史上这次"双王会"期间,白金汉公爵不仅未患疟疾，还曾列席多场仪式。倒是诺福克公爵留在国内，错过了剧中的诺福克公爵所说的"荣耀之胜景"。可见，为剧情之需，莎士比亚轻摇鹅毛笔，让诺福克公爵渡海参会，把白金汉公爵"关在屋里"。

（2）在莎剧里，阿伯加文尼抱怨英格兰与法国订立和平条约，所付代价太大，不值！白金汉公爵接话说，会谈之前"那场可怕的风暴""弄湿了这次和平的外衣，预示和平将突遭破裂"。诺福克公爵答话："裂痕有了，因为法兰西破坏盟约，在波尔多，已把我方商人的货物没收。"

在历史上，据霍林斯赫德《编年史》载，两位国王于 1520 年 6 月 7 日开始会谈，6 月 18 日一场可怕的风暴袭来，许多人认为这是发生冲突的不祥之兆。然而，法国国王下令查没英国商人在波尔多的货物，发生在 1522 年 3 月。白金汉公爵则于 1521 年 5 月 17 日被斩首。

由此可见，这是莎士比亚只管剧情，不顾史实的戏说。

（3）在莎剧里，布兰登要执法官履行职责，逮捕白金汉。执法官对白金汉说："白金汉公爵兼赫特福德、斯塔福德及北安普顿伯爵大人，凭我们至尊国王之名义，我以叛国罪逮捕你。"此处表明白金汉在公爵封号之外，兼有赫特福德、斯塔福德和北安普顿三个伯爵封号。

在历史上，白金汉兼有赫里福德（Hereford）伯爵封号，并非此处的赫特福德（Hertford）。另据霍林斯赫德《编年史》载，白金汉公爵于 1521 年 4 月 16 日被国王卫队长亨利·马尼爵士（Sir Henry Marney）逮捕。布兰登只是国王马厩的总管。

显然,莎士比亚没按史实出牌,他不仅为白金汉随意更换了一个伯爵封号,还在戏里给了历史中的国王马厩总管很大权力,让他带着执法官逮捕白金汉。

(4)在莎剧里,白金汉在被捕之前,慨叹"我的管家背叛我。大权在握的红衣主教用金子收买他。"

在历史上,白金汉公爵的亲戚查理·克尼维(Charles Knyvet)替他管理田产,因与佃农结怨,遭解雇,遂寻机诬告他密谋弑君造反。

无疑,是莎士比亚的戏说之笔,为凸显红衣主教陷害白金汉手段之毒,将真实生活中因私怨诬陷公爵谋反的公爵的亲戚,改为管家被红衣主教重金贿赂出卖主人。

(5)在莎剧里,第一幕第三场,宫务大臣与桑兹勋爵同时出场,第一次亮相。剧中并未注明宫务大臣姓甚名谁。

在历史上, 当时的宫务大臣是伍斯特伯爵查理·萨默赛特(Charles Somerset, Earl of Worcester)。

事实上,这样的细微处并非不重要。或许莎士比亚在此犯懒了,不妨给宫务大臣安个名字嘛。

(6)在莎剧里,第一幕第四场,沃尔西在其约克大主教官邸接见厅设晚宴。此处官邸是沃尔西担任约克大主教时的住处,后改为怀特霍尔宫 (Whitehall Palace), 是当时欧洲最大的宫殿,1698 年 1 月 4 日毁于一场火灾。"怀特霍尔"(Whitehall)亦为今日"白厅"(White Hall)之由来。

事实上,这场晚宴于 1527 年 1 月 3 日举行。

换言之,出于剧情需要,莎士比亚在戏里模糊掉了举办晚宴的具体时间。

(7)亨利八世领了一群大臣，戴着面具，不请自来，出席晚宴。沃尔西起初不明就里，叮嘱宫务大臣："贵客临门，令寒舍增光。我为此一千次拜谢，请他们尽享欢乐。"随后，贵宾们戴着面具选女宾跳舞，亨利王选中安妮·博林。

在历史上，亨利八世与安妮·博林第一次相遇、跳舞，并非发生在约克大主教府邸的晚宴上。

足见，国王与安妮·博林第一次浪漫相遇，是按剧情之需的编排。丢开历史，省却不少麻烦。

(8)在莎剧里，第二幕第一场，庭审之后，对白金汉立刻执行死刑。白金汉恳请所有好心人为他祈祷："我现在必须抛下你们。我这漫长疲惫生命的最后时刻已经来临。永别了！当你们想说些痛心之事，说说我如何被砍倒。"

在历史上，白金汉公爵的死刑在审判后第四天执行。

显然，深谙舞台之道的莎士比亚绝不许节外生枝，白金汉之死必须服从剧情，而不是历史。

(9)在莎剧里，白金汉公爵被押走行刑之后，绅士乙对绅士甲提起关于凯瑟琳王后早与亚瑟亲王订婚的"那个谣传"，说这一定是红衣主教，或国王身边的人，"出于对好心王后的怨恨，已把一个疑问灌进国王的脑子，一定要毁掉她。也是为巩固这一婚姻，坎佩尤斯红衣主教来了，刚来，大家都知道，专为此事而来。"

在历史上，据霍林斯赫德《编年史》载，当罗马教皇使节坎佩尤斯红衣主教(Cardinal Campeius)于 1528 年 10 月来伦敦时，白金汉公爵已死七年。

明摆着,在戏说历史的舞台上,不论白金汉晚死七年,还是教皇使节早几年驾临伦敦,多有悖事实,却合乎剧情。

(10)在莎剧里,第二幕第三场,安妮·博林向老妇人表示,"哪怕把天下的财富都给我",也不想当王后。老妇人随口调侃:"真奇怪,一枚弯曲的三便士就能雇我,甭看我老了,也能当王后。"在此,"弯曲的"(bowed)一词表明,这是一枚作废的、不能用的三便士硬币。另,"王后"(queen)与"妓女"(quean)谐音双关。老妇人言下之意是:一枚作废的三便士硬币就能雇我去当妓女。

在历史上,币值三便士的硬币于1552年开始铸造发行,此时,岁月已进入爱德华六世时代,亨利八世死了五年。

莎士比亚戏说历史连钱币也不放过。

(11)在莎剧里,安妮·博林正与老妇人聊天,宫务大臣前来,向安妮·博林宣布:"凭国王之尊严,他向您表明好感,打算把彭布罗克女侯爵的荣誉授予您,丝毫不过分。"

在历史上,安妮·博林于1532年获得彭布罗克女侯爵这一封号。

既然戏说可以打乱、拆分史实,一个女侯爵封号算得了什么。

(12)在莎剧中,第三幕第二场,红衣主教沃尔西错把送教皇的密信,送到国王手里,导致计划败露,自身陷入死局。宫务大臣对萨里伯爵、萨福克和诺福克两位公爵说:"国王在这封信里,看出他如何为了一己私利,兜圈子,不走正道。但在这一点上,他的计谋全败露了,何况,病人死了,他才来送药。国王已经娶了那位漂亮小姐。"因亨利八世与安妮·博林属秘密结婚,确切婚期难考。依据霍林斯赫德《编年史》,婚期为1532年11月14日。

在历史上，沃尔西阴谋败露于 1529 年，因而失宠，并迅速倒台。次年去世。

不用说，因剧情急需，莎士比亚把亨利八世与安妮·博林的婚期提前了。

(13)在莎剧里，同一场戏，沃尔西候见国王。他觉察送错了信，深感大事不妙。他把克伦威尔打发走，独自旁白："该是法兰西国王的妹妹，阿朗松女公爵，他应当娶她。——安妮·博林！不，我不想让他娶安妮·博林。在她美丽的面孔里，藏着更多东西！——博林！不，我们不要博林家的人。"

在历史上，阿朗松女公爵玛格丽特（Duchess of Alencon, Margaret）早于 1527 年，便嫁给了纳瓦拉的国王亨利·德·阿尔贝特（Henry d'Albert, King of Navarre）。顺便一提，中世纪时期，纳瓦拉王国位于今西班牙东北部和法国西南部。

在此，出于剧情之需，莎士比亚让阿朗松女公爵在亨利王已秘密迎娶安妮·博林之时，依然待字闺中。

(14)在莎剧里，同一场戏，沃尔西失势，萨里、萨福克、诺福克命其交出国玺，并逐一历数他所犯罪行。萨福克说："纯粹出于野心，您命人把您的圣帽印在国王的钱币上。"

在历史上，彼一时期，红衣主教的确有权铸造辅助钱币，如半格罗特（half-groats）或半便士（half-pennies）。然而，沃尔西僭越王权，擅自铸造币值一格罗特（groat）的银币，并铸印上其名姓的简写字母和圣帽（holy hat）。

此处，要为莎士比亚鼓掌，他并没不顾史实，为沃尔西捏造擅自造币的罪名。可见，莎士比亚的戏说，也是讲原则的。

(15)在莎剧里,第四幕第一场,伦敦,威斯敏斯特一街道,二绅士街头相遇。两人等着看参加安妮·博林加冕王后的人流在仪式结束后从威斯敏斯特教堂走出来。

在历史上,安妮·博林的王后加冕典礼于 1533 年 6 月 1 日在威斯敏斯特教堂举行。

对莎士比亚来说,戏台上根本不存在历史时间这一概念,只要剧情需要,谁晚死几年、谁早婚几年,都无足轻重。

(16)在莎剧里,第四幕第二场,失去王后之位、身患重病的凯瑟琳,对侍女格里菲斯抱怨:"烦死了!我的双腿像不堪重负的树枝,弯到地上,真想丢弃这负担。拿把椅子来——就这样——现在,我想,我觉着舒服些了。你搀我的时候,格里菲斯,不是跟我说,那个,伟大的荣耀之子,沃尔西红衣主教,死了?"

在历史上,沃尔西死于 1530 年 11 月 29 日,五年之后,凯瑟琳去世。

在此,莎士比亚编排剧情,让红衣主教沃尔西和凯瑟琳王妃一前一后死去,几乎同时。

(17)在莎剧里,同一场戏,格里菲斯回复凯瑟琳刚才的问话:"听人说,死得还算平安,夫人。因为勇敢的诺森伯兰伯爵在约克将他逮捕之后,要把他当一名丢尽脸面的囚犯,押送去受审,他突然病倒,病得特别厉害,连骡子都骑不了。"

在历史上,沃尔西于 1530 年 11 月 4 日在卡伍德(Cawood),而非约克 (York),被第六代诺森伯兰伯爵亨利·珀西(Henry Percy)逮捕,准备 6 日启程押送伦敦受审。途中,22 日生病。26 日抵莱斯特修道院(Leicester Abbey)入住,三天后病逝。

（18）在莎剧里，第五幕第二场，伊丽莎白受洗之前，克兰默在枢密院会议室受辱，萨福克、加德纳、克伦威尔等大臣轮流向克兰默发难，指斥其为"异教分子"。最后由大法官拍板，枢密院全体同意："立刻把您押往伦敦塔，当一名囚犯。"若非克兰默按国王事先授意，拿出国王戒指，并由国王亲自裁决，此劫难逃。

在历史上，克兰默受辱事件发生在 1540 年。

毋庸置疑，莎士比亚用编戏的神奇巧手，把所有剧情所需、前后相距遥远的史实捏咕在一块儿，使其戏剧化为一个整体。当然，最重要的，戏里凡此种种的史实错误，对剧情毫无影响。

不难发现，聪明绝顶的莎士比亚从写历史剧那一刻开始便算准了，没有谁吃饱了撑的，专给戏说的历史挑错。

三、剧情梗概

第一幕

伦敦。王宫前厅。诺福克公爵、白金汉公爵和阿伯加文尼勋爵，谈论英、法两位国王在安德烈斯河谷相会的情形。这次"双王会"堪称"尘间荣耀之胜景""一切尽显王家气派。事无巨细，一切安排妥帖"。而这一切，都由红衣主教沃尔西操持。白金汉和女婿阿伯加文尼对沃尔西如此"愚蠢的挥霍"极为不满："为这次重大旅程，许多人变卖家产，置办盛装，压断了脊梁。""法国与我们之间订立和平，不值花那么大代价。""双王会"期间袭来一场风暴，白金汉断言这预示着"和平将突遭破裂"。说话间，沃尔西由此路过，他用眼盯视白金汉，白金汉与之对视，二人眼神里均透出轻蔑。诺福克劝白金汉一定要压住心中怒火，"以免烧焦自己"。白金汉痛斥沃尔西权倾朝野,恣意妄为,为了一己私利,"随意拿国王的荣誉做买卖"。他要向国王揭露沃尔西。执法官奉王命前来,宣布以叛国罪将白金汉和阿伯加文尼逮捕。

伦敦。枢密院会议厅。国王要亲耳听白金汉的管家指控白金汉。凯瑟琳王后来到枢密院,向国王转达诉求:"您的臣民身陷巨大苦痛之中。下发到他们手里的'征税法令',使所有人的效忠之心破裂。"国王对此并不知情,王后详加说明,"强征每人财产的六分之一,立刻征缴,不得延误,对外宣称的理由,以您在法兰西作战为名。"征税令是沃尔西擅自所为,见大事不妙,他赶紧解释,这件事"若非博学的法官们一致同意",他也不会批准。国王下令废除征税令,同时,"凡拒绝强征纳税者一律赦免"。沃尔西指使秘书放出风,国王"这纸废除和赦免的指令",是他求情换来的。

白金汉的管家向国王告发,如果国王死了,没后代,白金汉"要设法把王杖弄到手",并立誓:"要向红衣主教复仇。"王后出面为白金汉辩白,说管家为公爵打理田产,因佃农抱怨遭公爵免职,故挟私报复,陷害公爵。管家进而诬告公爵曾亲口说,"将扮演我父亲(因起兵谋反被理查三世下令砍头的第二代白金汉公爵亨利·斯塔福德)打算对篡位者理查(即篡夺亲侄子爱德华五世王位的理查三世)采取行动时扮演的角色,在假装行礼之时,刺杀国王。"国王大怒,命将"坏透顶的反贼"白金汉逮捕。

伦敦。王宫中一室。托马斯·洛弗尔爵士给桑兹勋爵和宫务大臣带来两个消息:一、王宫门口贴出告示,要那些贵族公子哥丢弃由"双王会"从法国学来的一切时髦、虚荣的东西;二、今晚,沃尔西在其红衣主教官邸设晚宴，许多贵族和贵夫人到场。

约克(大主教)官邸接见厅。受邀参加晚宴的女士们入座。沃尔西举杯感谢光临，祝大家身体健康。不一会儿，国王与众侍从戴假面具，扮作牧羊人的模样，由宫务大臣引领前来。沃尔西请贵宾们尽享欢乐。贵宾们邀女宾跳舞，国王选中了安妮·博林。此时，沃尔西认出国王。国王称安妮·博林"真是娇嫩的美人儿"，对她一见倾心，跳完舞，以吻致礼。

第二幕

伦敦。威斯敏斯特一街道。参加完在威斯敏斯特大厅对白金汉的审判，绅士甲向绅士乙介绍庭审经过。庭审中，公爵拒绝所有指控，最后却被判处死刑。这是沃尔西"精心恶毒的政治计谋"。白金汉由手持长戟的卫士押往刑场，他向托马斯·洛弗尔表示："恰如我希望被人宽恕，我完全宽恕你。我宽恕所有人。"但他慨叹，自己竟与父亲同命，"都是被仆人、被最受我们宠信的人陷害。这是最反常、最不忠诚的效忠！"

伦敦。王宫一前厅。诺福克、萨福克和宫务大臣一起谈论沃尔西，认为他有意毁掉国王与凯瑟琳的婚姻，沃尔西提议国王迎娶法国国王的妹妹阿朗松女公爵为第二任王后，意在破坏英国与神圣罗马帝国的联盟，因为神圣罗马帝国皇帝是王后的外甥。在沃尔西鼓动下，国王对与哥哥亚瑟亲王的遗孀凯瑟琳之间的婚姻合法性产生怀疑，为此，他特意从罗马请来教皇特使坎佩尤斯红衣主教，审理他与王后的离婚案。

伦敦。王宫。王后寓所前厅。安妮·博林与老妇人聊天，说自己真心不想当王后。宫务大臣前来告知，国王下令将彭布罗克女公爵的荣衔授予安妮,凭此每年可得一千镑生活费。身为王后侍女,安妮恳求宫务大臣:"向陛下表达感激和恭顺,我为陛下的健康和王权祈祷。"

伦敦。黑衣修士修道院大厅成为法庭,国王出席庭审。凯瑟琳向国王苦诉衷肠:"我一直是您的妻子,如此恭顺,二十多年来,一直蒙受祝福,为您生过好几个孩子。"更何况,曾几何时,她的西班牙父王与各王国请来的人一起会商,确认这桩婚姻合法。凯瑟琳提出庭审延期,遭沃尔西和坎佩尤斯拒绝。凯瑟琳直言,沃尔西是自己"最歹毒的仇敌",拒绝他出任审判官。沃尔西辩称这并非他个人意愿,而是遵照"罗马的整个红衣主教团"的指令。凯瑟琳再次拒绝,提出要向教皇上诉,把此案交圣座裁决。说完,愤然退庭。

国王对凯瑟琳卓越、虔诚的高贵品性大加赞誉,称她是"人世间王后中的王后"。同时,他希望法庭做出裁决:"我与这位遗孀、我亡兄之妻结婚,我们的女儿算不算合法。"随后,国王向坎特伯雷大主教表明心迹,"若能证明我们的婚姻合法,以我之生命和国王之尊严起誓,在人间生出最顶尖的理想造物(意即"这人世间最年轻、鲜嫩的理想美人儿")之前,我情愿连同我尘间的王权和她,我的凯瑟琳王后一起,共度余生。"然而,坎佩尤斯以凯瑟琳缺席为由,宣布休庭,择日再审。国王感觉受了要弄,大为恼火,宣布解散法庭。

第三幕

伦敦。王宫王后居室。凯瑟琳与众侍女做着针线活儿,沃尔西和坎佩尤斯满怀诚意前来,为离婚案"呈上公正的看法和安慰",劝王后接受国王的保护,放弃庭审,以免蒙羞受辱。王后痛骂其可耻,白披了一身教士衣装,慨叹自己"是活着的最不幸的女人"。两位主教力劝凯瑟琳"彻底断了与国王的亲密之根",凯瑟琳表示绝不放弃王后的尊荣。

伦敦。王宫国王居室前厅。诺福克公爵、萨福克公爵、萨里伯爵和宫务大臣谈论沃尔西的阴谋已被戳穿。原来,沃尔西最怕国王娶安妮·博林为新王后,给教皇写信,恳求推迟审判离婚案,不想忙中出错,把信投送到国王手里。信里有一份沃尔西"积聚大量财富的全部清单",那是他为赢得教皇职位,供他在罗马的朋友花费之用。国王由此获知沃尔西以节俭之名,搜刮钱财为己所用,花钱如流水,"他的金银器皿、他的财宝、贵重衣料和各式家具,这些东西价值巨大,远不该为一个臣民所拥有。"沃尔西十分懊悔,深感大势已去:"我已到达我一切尊荣的最高点,此刻却要从那荣耀的极顶急速下降。我即将陨落,像一颗傍晚闪亮的流星,没人再看见我。"

诺福克奉国王口谕,令沃尔西交出国玺,听候发落。萨福克依国王指令,宣布剥夺沃尔西"一切财物、土地、住宅、城堡,及其他的一切,脱离国王的保护。"

沃尔西瞬间倒台,他向克伦威尔道出心声:"现在我认识了自己,心底感到一种超乎一切世俗尊荣的平和以及一颗静默、安详的良心。"这时,克伦威尔告诉沃尔西,托马斯·莫尔爵士被选为大法官;克兰默就任坎特伯雷大主教;国王早与安妮·博林秘密结婚,安妮今天以王后身份公开露面,去了礼拜堂。沃尔西认定是安妮·博林使他"永远失去一切尊荣"。他要克伦威尔离开他，去为国王效命，"做正直之人，无所畏惧，让你瞄准的一切目标，全都是你的国家、你的上帝、你的真理。到时候哪怕你落败，啊，克伦威尔，你也是身为一个受祝福的殉道者而失败！"

第四幕

伦敦。威斯敏斯特一街道。绅士甲、乙在上次白金汉公爵受审之后，再次相遇。这次，他们来看参加安妮·博林加冕典礼的仪仗队列。甲告诉乙，加冕礼之前，由新任坎特伯雷大主教克兰默召集的法庭，一致裁定凯瑟琳与国王的婚姻无效。加冕礼的仪仗队列依序走过。绅士丙向甲、乙描绘刚在威斯敏斯特教堂举行加冕礼的情形：王后祭拜、祈祷；坎特伯雷大主教"把一个王后应有的一切皇家标徽授予她，比如圣油、忏悔者爱德华的王冠、权杖、和平鸽，所有这些标志物都庄重地集于一身。行完这套仪礼，由整个王国最顶尖音乐家组成的唱诗班，齐唱'感恩赞美颂'"。

剑桥郡。金博尔顿。凯瑟琳深受病痛之苦。格里菲斯把她搀到椅子上，告诉她沃尔西在莱斯特修道院病故："他充满悔恨，充满不间断的冥思、泪水和悲伤，把荣耀再还给尘世，把受祝福的躯体归于上天，在平静中安眠。"凯瑟琳难以宽恕沃尔西，认为"他以自身肉欲之淫荡，给神职人员立下一个邪恶的榜样"。格里菲斯却向凯瑟琳讲述，出身卑微的沃尔西做了许多荣耀之事："让他在伊普斯威奇和牛津建（即牛津大学基督教堂学院）的两所学院，永远为他作证！"何况临死之前，他"找到了谦卑做人的恩惠"，在敬畏上帝中死去。凯瑟琳平生最恨沃尔西，听完这些，她表示要向他的遗骸致敬。

凯瑟琳在乐声中进入梦乡，睡眠中出现幻梦，有六个身穿白袍的天使，两个一对儿，头戴月桂花冠，脸遮金色面具，手持月桂枝，依次向她鞠躬行礼，然后在翩翩起舞的间歇为她献上花冠。梦醒之后，凯瑟琳的外甥、神圣罗马皇帝的特使前来问候。凯瑟琳请特使把她事先写好的一封信，"呈送我的国王陛下"，"愿上天的甘霖在祝福中浓密地降在"她女儿的身上。最后，她叮嘱格里菲斯，等她死后，"在我身上撒满贞洁的鲜花，好让一切世人知晓，我是一个忠贞的妻子，把忠贞带进了坟墓。为我涂香膏，然后把我安葬。尽管我没了王后的身份，但要像对一个王后，对一个国王的女儿那样，把我埋葬。"

第五幕

伦敦。王宫中一走廊。温彻斯特主教加德纳和托马斯·洛弗尔爵士相遇，他们对克伦威尔和克兰默深得国王宠信极为不满。克伦威尔除了主管王冠珍藏室，还受命担任大法官法院的案卷主事官、兼国王秘书，而坎特伯雷大主教克兰默"等于国王的手和舌头，谁也不敢对他吐露半个不字"。加德纳煽风点火，鼓动次日召开枢密院会议，讯问克兰默，欲将这颗毒草连根除掉。

克兰默来见国王。国王请他一起散步，要他到枢密院接受讯问，并在庭审中解答指控。克兰默感觉自己如同一个"站在更多诽谤的舌头下面"的可怜人，表示愿抓住这一良机，"最彻底地受一番簸扬，使我的糠皮脱离谷物飞散。"洗清自己。国王对克兰默十分信任，但也深知他树敌颇多。国王交给克兰默一枚戒指，吩咐他先在庭审中极力抗辩，若抗辩无果，再凭这枚戒指，当面诉请由国王裁决。克兰默走后，老妇人来报信，安妮·博林王后生下一个女孩儿。

伦敦。枢密院前厅和会议室。克兰默应招前来受审,却发现枢密院的门全上了锁,只好"混在侍童、仆役、侍从中间,等在门外。"他感觉这是恨他之人刻意而为,目的是羞辱他。这一切,都被国王看在眼里。

庭审开始,大法官指控克兰默四处散布"异端邪说,如不改正,可能会见证毁灭"。加德纳火上浇油,提出"倘若我们——出于对某人之荣耀的纵容和幼稚同情——容忍了这一能传染瘟疫的病害,那永别了,一切良药!那接下来会怎样?叛乱、骚动,整个国家随之败坏。"克兰默极力辩白,力陈自己对国王有一颗谁也比不过的"忠诚之心",却依然被判押送伦敦塔,听候发落。克兰默拿出国王的戒指,提出请国王亲自裁决。国王到场,先怒斥加德纳"有一种残忍、嗜血的本性。"继而痛责枢密院权贵们竟把克兰默当奴仆,公然羞辱。国王叫所有人拥抱克兰默,对他以礼相待。最后,国王请克兰默给刚出生的小公主当教父。克兰默对国王感激涕零。

伦敦。王宫。坎特伯雷大主教、公主的教父克兰默,给受洗的公主取名伊丽莎白。嘉德纹章官祈祷,"愿上天,从你那无尽的仁慈里,把吉祥、长久、永远幸福的一生,赐予英格兰高贵而伟大的公主,伊丽莎白!"克兰默预言:"这位皇室的婴儿,……将给这片国土带来万千祝福。她将成为……与她同代、及后世所有君王中的典范。……但她终将以处女之身,像一朵最清白无瑕的百合花,归于地下,全世界都将哀悼她。"听罢这番预言,国王异常高兴,倍感荣耀,祈愿自己升入天堂之后,"看到这个孩子有何作为,也好赞美我的造物主。"

四、英国宫廷的"纸牌屋"

《亨利八世》何尝不是一部演绎亨利八世国王当朝时朝臣们（政治家）的权力游戏，并揭示宫廷（政坛）黑幕的"纸牌屋"！而且，那么鲜活！确如正剧开始之前，站在台口的剧情说明人在"开场诗"中所言："您设想一下这高贵故事里的人物，/ 一个个鲜活如生。设想眼前所见，/ 他们位高权重，追随者蜂拥而至，/ 朋友成千，甘愿流汗。可一眨眼，/ 但见这威权如何那么快遭灾遇难。"

不是吗？想想看，"位高权重"者，曾几何时，"甘愿流汗"为其效命之蜂拥追随的马屁精们，何止"成千"！然而，"一眨眼"的工夫，那炙手的"威权"便"那么快遭灾遇难"。这不正是"纸牌屋"的游戏规则嘛。

虽说该剧由莎士比亚与弗莱彻合写，戏剧表现力却也算可圈可点！不过，单就戏剧性而言，主要由莎士比亚执笔的前三幕写沃尔西的戏堪称重头戏，某种程度上，可称之"沃尔西的纸牌屋"。如此一来，不妨把莎士比亚执笔的第一幕头两场写白金汉倒台的戏，看作"白金汉的纸牌屋"。比较而言，尽管弗莱彻在第四幕第二场写出了被约翰逊赞美到无以复加的"凯瑟琳之死"那场戏，他对该剧的最大贡献在于写出了所有莎剧中从未有过的"盛大而庄严"的场景。因为毕竟，若勉强把弗莱彻执笔的第五幕第二场戏称为"克兰默的纸牌屋"，多少会显出几分尴尬，一来，第五幕第一场替"克兰默的纸牌屋"搭好架子的重头前戏，由莎士比亚执笔；二来，"克兰默的纸牌屋"与之前的剧情几无关联，况且，第五幕的核心主题是借赢得当朝国王宠信的克兰默之口，为未来的两位国王（伊丽莎白女王及其继任者詹姆斯一世)颂圣,即乔纳森·贝特所说的"剧情达到高潮"。

1. "白金汉的纸牌屋"

第一幕头两场"白金汉的纸牌屋"是典型莎戏,节奏很快,表面写"位高权重"的白金汉公爵与国王宠臣沃尔西红衣主教斗法,最终完败,瞬间"遭灾遇难",实则写国王正欲借沃尔西之手,除掉权倾朝野的白金汉这个心腹之患。换言之,"白金汉的纸牌屋"即揭示出,国王才是"纸牌屋"的最大玩家和最后赢家。

红衣主教沃尔西一手精心安排了英、法两国在安德烈斯河谷举行"耗资巨大的谈判"。谈判结束之后,白金汉和女婿阿伯加文尼在王宫前厅遇见诺福克公爵,向他抱怨这"尘间荣耀之胜景"纯属"愚蠢的挥霍",弄得许多人为此"变卖家产,置办盛装,压断了脊梁",花如此代价买来的和平,太不值得。尽管诺福克对沃尔西心存不满,他还是力劝白金汉强压怒火:"枢密院①已注意到您与红衣主教之间的私人争执。我劝您——出于一颗对您荣誉和充分安全的希望之心,您把红衣主教的歹意及其实力一并考虑……您了解他的天性,睚眦必报。而且,我知道,他那把剑,锋刃锐利,剑身又长,可以说,多远都够得着,即便够不着,他的剑也能刺到那儿。"

显然,诺福克不仅把沃尔西看得很透,而且比白金汉更懂权谋。白金汉自认清正,并无把柄落在沃尔西手里,何所惧哉!但他岂能料到,此时"大权在握的红衣主教用金子收买"了他的田产

---

① 枢密院(state, i.e. Privy Council):也可能指国王。

管家,指控他犯下谋逆叛国罪。

诺福克再度好言相劝:"您若能凭理智的汁液浇灭、哪怕至少减缓情感的烈焰, 便没有哪个英国人的灵魂比您更有力量引导自己。"白金汉一面感谢诺福克,一面继续正义感爆棚:"这个傲慢透顶的家伙——我提及此人并非源于胆汁横流①,而出自诚挚的动机——据密报, 以及像七月泉水中每颗砂砾清晰可见的证据——我深知他贪腐、叛国。"然而,尽管他嘴里能说出沃尔西"仅凭一己之愿草拟合约条款""随意拿国王的荣誉做买卖",却拿不出真凭实据。可见在"纸牌屋"的权谋博弈中,正义感不一定获胜。果不其然,话音刚落,白金汉便被执法官宣布与女婿阿伯加文尼一起以"叛国罪"遭逮捕。

至此,白金汉方才醒悟:"我的管家②背叛我。……我的命数只剩一拃之限③。我现在只是从前那个白金汉可怜的影子④,他的人形转眼被阴云遮蔽,那明亮的阳光变得昏暗。"随即,在第二场,或曰"白金汉的纸牌屋"下集,国王亲临枢密院会议室,他要亲耳聆听管家的"口供作证","把他主人的叛国罪再叙述一遍"。

这时,凯瑟琳王后出庭。这是莎士比亚写戏高妙之处,即他总在一个戏剧冲突行将爆发之际,为后面的冲突埋设伏笔。

凯瑟琳先向沃尔西发难,称其瞒着国王,以国王"在法兰西

①胆汁横流(the flow of gall):旧时认为人的胆汁为愤怒之源。意即无比愤怒,可意译为"一时之怒"。

②历史上,白金汉公爵的亲戚查理·克尼维(Charles Knyvet)替他管理田产,因与佃农结怨,遭公爵解雇,遂寻机诬告公爵密谋弑君造反。

③一拃之限(spanned):意指由从到死的生命时限只剩一拃之距。

④参见《旧约·诗篇》39∶6:"每人像个影子四处走动,一切操劳皆虚空。"

作战为名"下发"征税法令",强征"苛捐杂税",敲诈勒索,搞得臣民对国王心生怨恨。沃尔西一通辩解,自我开脱,国王听后,只是下令立即取消征税令,对"拒绝强征纳税者一律赦免",却并未追究沃尔西有欺君之罪。显然,国王要把沃尔西这张牌留在手里,好替他打掉另一张牌——白金汉。在管家正式向他指控白金汉之前,他已凭貌似心怀痛惜的溢美之词,向前来求情的王后宣判白金汉有罪:"此人博学,是最稀有的演说家,如此品性无人能及。……可你看,当这如此高贵之天资证明不能妥为利用,心灵一旦长出堕落,他们就变得面目邪恶,比之前的美更丑十倍。这个人有如此造诣,可列入人间奇迹,一听他讲话,我几乎入迷,听一小时,觉得顶多一分钟。"足见在这间"纸牌屋"里,国王牌技高超,无人能及。

在沃尔西怂恿下,管家捏造证据,编排出白金汉的告解神父、"夏特尔教派的一个修士"如此这般说了什么,指控白金汉的"危险图谋"意在国王死后篡取王位,并打算寻机刺杀国王。凯瑟琳替白金汉辩白,说一切都因管家遭白金汉解雇,心怀"怨怒",自我糟蹋灵魂,构陷旧主,但国王认定白金汉"心机险恶","是坏透顶的反贼",下令将其逮捕。

在由弗莱彻执笔的第二幕第一场戏里,法庭经过一番事先设计好的审讯,宣判白金汉死刑,立即押往刑场砍头。弗莱彻把绅士甲、乙设计成民众的代言人,他们痛恨沃尔西,敬爱白金汉,称呼他"慷慨的白金汉,所有礼仪的镜子"。由此观之,百姓深知白金汉遭沃尔西"精心恶毒的政治计谋"所害,却爱莫能助,只能眼睁睁看他"落得一个叛国者的罪名,非得在那个名义下受死"。

"纸牌屋"里的黑幕在此昭然若揭。

白金汉向送行的朋友、伙伴说："像善良的天使与我同行，为我送终，当斧头落下，把我身体和灵魂分离之际，请你们用祈祷做一份甜美的祭品，让我的灵魂升入天堂。"①受死之前，他表示将宽恕所有人，随即发表了一大篇"充满悲悯"的演说："所有好心人，请为我祈祷！我现在必须抛下你们。我这漫长疲惫生命的最后时刻已经来临②。永别了！当你们想说些痛心之事，说说我如何被砍倒。"

在此，不难发现，白金汉没说出口的潜台词是：国王不希望白金汉一家独大，他有意借莫须有的指控，把我"砍倒"了。不是沃尔西扳倒了白金汉，是国王除掉了公爵。

2."沃尔西的纸牌屋"

> 沃尔西红衣主教上。——身前一人手捧内装国玺之玺囊——若干卫士与身携文件的二位秘书随上。主教经过时，用眼盯视白金汉，白金汉与之对视，二人眼神里均透出轻蔑。

第一幕第一场沃尔西登场亮相前的舞台提示，为"沃尔西的纸牌屋"开局。这一提示极为重要，它明确透出两点：一、这位红衣主教是国王的掌玺大臣，乃一人之下万人之上的朝中重臣，出

---

① 参见《旧约·诗篇》141：2："愿我的祷告如烧香的烟升到你面前，/愿我高举的双手成为晚祭。"

② 历史上，白金汉公爵的死刑在审判后第四天执行，并未立即执行。

行有若干卫士和两位秘书随行;二、与朝中另一权贵白金汉公爵势不两立,二人相见,以轻蔑的眼神彼此对视。

莎士比亚真会写戏,他以"多点聚焦"(不同人物的视角)的白描叙述写活了一个立体的沃尔西。透过上述"白金汉的纸牌屋"所提及的白金汉与女婿阿伯加文尼二人眼里白描出的沃尔西,沃尔西人尚未登场,其丑行恶态却已昭然于世。随后,幸有国王徇私护短,对他擅自颁布"征税法令"不予追究,他才躲过一劫。从沃尔西此后的行为可以判断,这时,他并未意识到国王有意放他一马。因此,当国王说出"挑战这一法令的每个郡下发我的指令,凡拒绝强征纳税者一律赦免"并吩咐由他的秘书操办,话音刚落地,他立刻向秘书交待一句"让人写好国王恩典和宽恕的指令,下发各郡。"但他心底明白,此事不能光讨好国王,还得讨好百姓。他随即私下叮嘱秘书"痛心的百姓对我很反感。放出风,经本尊①求情才换来这纸废除和赦免的指令。"注意! 沃尔西竟敢背着国王擅用"本尊"(our intercession)这一皇家自称,纯属犯上之举。

除此之外,莎士比亚继续把多视角的散点聚焦在沃尔西身上,其用意再明显不过,即沃尔西倒台之前,早亲手为自己掘了墓。第二幕第一场,代表民间角色的绅士甲说他如何嫉贤妒能:"甭管谁得国王恩宠,红衣主教一定立刻给他找差事,还要离宫廷足够远。"说他如何故意撺掇国王离婚,只是为了要公报私仇,要报复王后的外甥神圣罗马皇帝:"因为皇帝没把他要求的托莱

---

① 本尊(our intercession):沃尔西在此使用了皇家自称。

多大主教之职①授给他。"朝中另一重臣诺福克公爵说他如何随意主宰他人命运："一副国王做派的红衣主教，睁眼瞎的修士，活像命运女神的长子，随意转动人们的命运之轮②。总有一天国王会认清他。……这个霸道家伙将把我们全都从贵族变成侍童。一切人的荣誉都像摆在他面前的一块黏土，地位高低，由他一手捏咕。③"在第二幕第二场，连收了他贿赂的教皇特使坎佩尤斯，都在话锋里对他透出微词："外面流传一种恶意谣言，……他们不带犹豫地说您嫉妒他（即圣保罗大教堂主持牧师佩斯博士），怕他上升，他如此贤能，所以总派他出使国外，这叫他如此愤懑，以至于发疯而死。"

等他一旦失势，那几位从不敢像白金汉一样与其公然对抗的贵族，开始联手怒挥。莎士比亚于此处，再度将散点白描聚焦一处，揭露沃尔西的劣迹、罪行。先是白金汉的女婿萨里伯爵对他放言怒斥："你这该遭瘟疫的伎俩！您派我去爱尔兰做总督，使我对他④远不能相帮，远离国王，远离一切因你强加之罪、有可能对他心生悲悯之人。就在那时，您以巨大的善意，出于神圣的怜

---

①托莱多大主教之职（archbishopric of Toledo）：在当时欧洲的基督教王国，托莱多大主教是地位仅次于罗马教皇的圣职，沃尔西红衣主教有觊觎教皇圣座之野心，向教皇提出担任托莱多大主教的要求，教皇未准。此处的皇帝，即神圣罗马皇帝查理五世，凯瑟琳王后的外甥。

②传说瞎眼的命运女神身处高山之巅，靠转动主宰人类命运的巨大转轮，支配人的命运。

③参见《新约·罗马书》9：21："陶匠毕竟有权拿泥土来造他所要造的；他可以用一块泥土造两个器皿，一个高贵，一个卑贱。"

④他：即萨里伯爵的岳父白金汉公爵。

悯,凭一把斧头赦免①了他。"随后,萨里伯爵和诺福克和萨福克两位公爵轮番上阵,将其劣迹罪行一一罗列:

萨里伯爵	……首先,未经国王同意或知晓,您做了教皇使节,凭这一权力,您侵害了所有主教的管辖权。
诺福克	再有,您给罗马或其他外国君王写信,所有信里都有'我和我的君王'②字样,凭这个,让国王成了您的仆人。
萨福克	再有,既未经国王、也未经枢密院知晓,您在出使去见皇帝之时③,竟敢把国玺带到佛兰德斯④。
萨里伯爵	"接着"⑤,未奉国王之命、未获王权批准,您派了一个大代表团,去见格雷戈里·德·卡萨多⑥,在陛下与费拉拉⑦公爵之间缔结联盟。
萨福克	纯粹出于野心,您命人把您的圣帽印在国王

---

① 赦免(absolved):萨里伯爵以反话痛骂红衣主教用斧头要了白金汉公爵的命。

② "我和我的君王"(Ego et Rex meus):原文为拉丁文。虽在表述上拉丁文如此,但沃尔西把自己与国王并提,实为罪过。

③ 意即:擅自做主作为亨利国王的大使觐见神圣罗马皇帝查理五世。

④ 佛兰德斯(Flanders):中世纪欧洲一伯爵领地,位于今比利时与法国交界处一片区域。

⑤ "接着"(item):此处为拉丁文,即"然后""接下来"(next)之意。

⑥ 格雷戈里·德·卡萨多(Gregory de Cassado):当时英国驻罗马教廷大使。

⑦ 费拉拉(Ferrara):中世纪欧洲的费拉拉公国,位于意大利北部。

的钱币上①。

萨里伯爵　　还有，您运出无数财宝——凭什么手段搜刮
　　　　　　来的，您得自问良心。贿赂罗马，准备为您的
　　　　　　尊荣铺路，却彻底毁了整个王国。这儿还有更
　　　　　　多罪状，因为这都是您犯下的，令人憎恶，我
　　　　　　不愿拿这些弄脏我的嘴。【3.2】

　　很明显，这些贵族放的全是马后炮。何以如此？与其说他们
畏惧沃尔西，不如说他们更怕国王，他们都怕自己成为下一个白
金汉。明摆着，国王对沃尔西瞒着国王、私立名目、擅自强征"苛
捐杂税"之犯上作乱之举，既不降职，又不处罚，足见宠信之深。
而且，第一幕第四场，当沃尔西在其约克（大主教）官邸接待厅设
宴，招待朝中贵族和贵夫人，国王竟突发奇想，率随众戴假面具，
扮作牧羊人模样，前来助兴，并邀女宾跳舞。君对臣的恩宠，莫过
于此。然而，莎士比亚安排国王在晚宴舞会上对托马斯·博林爵
士的女儿、王后的一个侍女安妮·博林一见倾心，却为沃尔西倒
台预设下伏笔。

　　其实，国王此时并没想到，沃尔西竟会、竟敢在他与王后的
离婚案上耍心眼儿。第二幕第一场，当沃尔西引领教皇特使坎佩
尤斯面见国王时，国王对他的宠信依然如故："啊，我的沃尔西，
使我受伤的良心得安宁，你是医治国王的一剂良药。"同时，国王

---

①　当时，红衣主教有权铸造辅助钱币，如半格罗特（half-groats）或半便士
（half-pennies），但沃尔西却僭越王权，擅自铸造币值一格罗特（groat）的银币，并铸印
上其名姓的简写字母和圣帽（holy hat）。

对专程来英国审理离婚案的坎佩尤斯也十分敬重，坎佩尤斯表示会遵罗马教廷之命，"对这件事做出公正裁决"。即便到了第二幕第四场，在黑衣修士修道院设立的法庭审理离婚案，凯瑟琳拒绝沃尔西当审判官，怒而退庭之后，国王仍丝毫未怪罪沃尔西："红衣主教大人，我确认您无罪。是的，以我的名誉起誓，我宣告您无罪。"紧接着，国王把话挑明："不说您也明白，您仇人很多，搞不清他们为何如此，但只是像村里的一群狗，听见有狗叫，便跟着狂吠。这些人把王后推入愤怒。我确认您无罪，莫非您还要更多证明？您一直想让这件事休眠，从不想搅动它，还经常阻止，针对它的诉讼，经常。"这等于在敲打沃尔西，言下之意是：你小子仇人太多，全仗由我护着你；别以为我不知道，你经常阻止对离婚案的诉讼，居心何在？

然后，国王话里有话，说他要离婚的理由源于"良心最先领会到一点敏感、疑问和刺激"：一、法国大使巴约讷主教前来商议奥尔良公爵与国王女儿的婚事时，对国王与王后的婚姻合法性提出质疑，即"我与这位遗孀①、我亡兄之妻结婚，我们的女儿算不算合法"；二、王后"所怀男婴，要么胎死腹中，要么在这尘世一露面便很快夭亡"。他担心这是上天对他"小叔娶嫂"的惩罚。随即，国王向坎佩尤斯袒露心声："因为这世上没谁对仁慈的王后本人有何不满，只是我所申述的像荆棘尖儿一样尖利的理由，促成这次庭审进行。若能证明我们的婚姻合法，以我之生命和国王

---

① 凯瑟琳嫁给亨利八世之前，是亨利王的哥哥亚瑟亲王之遗孀。

之尊严起誓，在人间生出最顶尖的理想造物①之前，我情愿连同我尘间的王权和她——我的凯瑟琳王后一起，共度余生。"不料坎佩尤斯并不买账，以"王后缺席"为由，宣布"休庭，择日再审。同时必须向王后发一份强烈请求，撤回她打算呈送圣座②的上诉"。说完，众主教起身离席。这下惹怒了国王，国王觉得被耍："这些红衣主教在耍我。我憎恶罗马这种拖拖拉拉的懒惰和把戏。"他一面盼望"我博学而敬爱的仆人，克兰默③"赶紧回来，一面大声宣布："解散法庭！"

难以想象，沃尔西对自己犯下大忌毫无察觉。他错在不该联手罗马主教团耍弄国王，他恨新教教派的人，试图以拖延审理离婚案阻止国王娶新教的安妮·博林为新王后。他的错更在于，他居然替国王选好了王后人选——法国国王的妹妹阿朗松女公爵，且竟要以此"撕破"英国与神圣罗马帝国之间联盟，"潜入""国王的灵魂，在那儿播撒危险、怀疑、良心的绞痛、恐惧和绝望。"【2.1】

沃尔西自以为与罗马主教团暗箱操作得天衣无缝。可他怎么也没想到，竟会百密一疏，忙中出错。在他进宫面见国王之前，萨福克公爵已获知："红衣主教写给教皇的信送错了，到了国王眼前，从信里得知那个红衣主教，如何恳请圣座推迟对这件离婚

---

① 最顶尖的理想造物(the primest creature that's paragoned o'th'world.)：意即这人世间最年轻、鲜嫩的理想美人儿。

② 圣座(holiness)：即罗马教皇。

③ 托马斯·克兰默牧师此时正在欧洲大陆，争取各方支持亨利八世与凯瑟琳离婚。因帮助亨利八世离婚有功，1532 年，英格兰第一任圣公会大主教威廉·瓦哈姆(William Warham，1450—1532)死后，继任坎特伯雷大主教。

案的审判。"【3.2】

然而此时,沃尔西并不知国王已掌握他的十足证据。而且,在国王已与安妮·博林秘密结婚之后,他依然固执己见"该是法兰西国王的妹妹、阿朗松女公爵①,他应当娶她。——安妮·博林!不,我不想让他娶安妮·博林。在她美丽的面孔里,藏着更多东西!——博林!不,我们不要博林家的人——希望尽快听到罗马的消息——彭布罗克女侯爵?②"他无法容忍安妮:"是一个热心的路德派教徒③,让她躺在我们的难以驾驭的国王怀里④,对我们的事业没好处。现在又蹦出来一个异教徒,一个头号异教徒⑤,克兰默。他爬到了国王的恩宠里,成了他的亲信顾问。"

国王得到了沃尔西的真凭实据:"他积聚了成堆的财富归自己享用!大笔花销每小时像水一样从他那儿流走!他如何,以节俭之名,搜刮来这么多钱财。""一张清单,上面详列着各种各样——他的金银器皿、他的财宝、贵重衣料和各式家具,这些东西价值巨大,远不该为一个臣民所拥有。"

---

① 历史上,阿朗松女公爵玛格丽特(Duchess of Alencon,Margaret)早于1527年嫁给了纳瓦拉的国王亨利·德·阿尔贝特(Henry d'Albert,King of Navarre)。中世纪时期,纳瓦拉王国位于今西班牙东北部和法国西南部。莎士比亚在此出于剧情需要戏说历史。

② 意即:她(安妮·博林)已被封为彭布罗克女侯爵了吗?

③ 意即:她是一个信仰路德宗的新教徒。

④ 此句含有两重性意味:1."躺……怀里",指既可性爱,又可分享秘密;2."难以驾驭",暗指国王一旦性勃起,便控制不住。参见《旧约·列王纪上》1：2：大卫晚年,大臣对他说:"陛下,让我去找一个少女来侍候你,照顾你,让她睡在你身旁,使你暖和。"

⑤ 头号异教徒(arch-one):卓越的、首要的异教徒之意。在此或暗含"大主教"(archbishop)之意味。

　　终于见到国王，沃尔西试图蒙混过关，自我辩解说："陛下，我花一定时间履行神圣之责，花一定时间思考我承担的那部分国务。大自然造物，要他们花时间维持生存①，我，她的脆弱之子②，同样是肉体凡胎，所以非得在这上留心不可。"此一时彼一时，这一刻，国王不再祖护他，因为他算计了国王本人，难怪国王对他失望透顶："从我有了王位，一直拿您当贴心人，把能捞回巨大利益的官职派给您，我还削减自己的现有财产，慷慨赐给您。"说完，国王命他读一份文件，他长叹一声："这份文件毁了我！——这是我为了个人目的积聚的大量财富的全部清单。说实话，这是我为赢得教皇之位，给我在罗马的朋友的花费。啊，粗心，活该落在一个傻瓜头上！哪个邪恶的魔鬼叫我把这头等秘密，放入呈送国王的信袋？"聪明一世的沃尔西糊涂一时，错把写给教皇的信投给了国王，瞬间"遭灾遇难"："我已到达我一切尊荣的最高点，此刻却要从那荣耀的极顶急速下降。我即将陨落，像一颗傍晚闪亮的流星，没人再看见我。"

　　很快，萨福克公爵向沃尔西宣布国王指令："因您近来，在这王国之内，凭教皇代表之权，犯下所有那些罪行，落入擅自行使教皇司法权的范围③——因此，对您下了这样一道法令：

---

　　①指吃饭、睡觉等人类最基本的生存活动。参见《旧约·传道书》3：1—8："天下万事皆有定期，/ 都有上帝特定的时间。/ 生有时，死有时，/ ……爱有时，恨有时，/ 战争有时，和平有时。"

　　②她的脆弱之子（Her frail son）：旧时把造物的大自然视为女性。意即"脆弱的自然之子"。

　　③落入擅自行使教皇司法权的范围（fall into th'compass of a praemunire）：意即在英格兰王国内擅自行使罗马教皇的司法权，侵犯了国王的权力。

剥夺您一切财物、土地、住宅、城堡,及其他一切,脱离国王的保护。"【3.2】

失去国王的保护,沃尔西顷刻倒台。倒台之后,沃尔西瞬间清醒,独自忏悔:"我那过度膨胀的狂傲,终于在身下破裂,眼下只有把我这疲惫、衰老之躯,交给一股粗暴的水流,听凭摆布,势必永远藏身。这世间的骄奢浮华和荣耀,我恨你们!①感觉我的心已重新打开。啊,那个把自己悬在君王恩宠之上的可怜人,多么悲惨!②我们渴望君王仁慈的容颜,而在君王们的微笑和毁灭之间,藏有比战争所能造成、或女人心有所感更多的痛楚和恐惧。他一旦倒下,像路西弗③一样倒下,永不再有希望。"然后,他向克伦威尔感叹:"我从未有过如此真实的命运。现在我认识了自己,心底感到一种超乎一切世俗尊荣的平和,一颗静默、安详的良心。国王治愈了我,我谦卑地感谢陛下。"并忠告克伦威尔:"永远以右手传递温柔的和平④,叫嫉妒的舌头沉默。做正直之人,无所畏惧,让你瞄准的一切目标,全都是你的国家、你的上帝、你的真

───────────

① 参见《新约·约翰一书》2∶15—17∶"一切世间的事物,好比肉体的欲望、眼目的欲望,和人的一切虚荣,都不是从天父来的,而是从世界来的。这世界和一切尘世的欲望都正在消逝。但执行上帝意志的人永存。"

② 参见《旧约·诗篇》146∶3∶"你们别信任君王,别信任世人,他们帮不了你们。"

③ 路西弗(Lucifer):这是魔鬼撒旦因高傲被上帝从天堂赶出之前的名字,意思是"早晨之子""晓星"或"晨星"。故而,并不应将此名解作"撒旦"。因为此处,沃尔西意在把即将倒下的自己,比作将被上帝逐出天堂之前的"路西弗"。参见《旧约·以赛亚书》14∶12∶"巴比伦王啊,你这明亮的晨星!你已经从天上坠下来了。"《新约·路加福音》10∶18∶(耶稣说)"我看见撒旦像闪电一样从天上坠下来。"《启示录》12∶9∶"那条大戾龙被摔下来。它就是那条古蛇名叫魔鬼或撒旦,是迷惑全人类的。"

④ 参见《旧约·诗篇》34∶14∶"要弃恶从善;/要竭力追求和平。"

理。"【3.2】

第三幕是沃尔西的"纸牌屋"大戏,出自莎士比亚之手。它继"白金汉的纸牌屋"之后,再次典型再现剧情说明人所说的"位高权重"者"那么快遭灾遇难"!

弗莱彻在第四幕第二场写"凯瑟琳之死"时,为沃尔西续了一个尾声,由凯瑟琳的礼仪官格里菲斯为刚在莱斯特修道院死去不久的"伟大的荣耀之子,沃尔西红衣主教"唱了一曲挽歌和赞美诗:"他充满悔恨,充满不间断的冥思、泪水和悲伤,把荣耀再还给尘世,把受祝福的躯体①归于上天,在平静中安眠。"耐人寻味的是,格里菲斯历数起沃尔西的诸多美德:"他是位学者,一个成熟、出众的学者,异常聪慧,善于辞令,有说服力。对于不喜欢他的人,他傲慢、乖僻。但对于那些求助之人,他像夏天一样亲切。尽管他贪心不足——那是一宗罪——但在赠予方面,夫人,他最能与君王相比。让他在伊普斯威奇和牛津建的两所学院,永远为他作证②!"一番美德颂歌,使凯瑟琳这个将死之人宽恕了已死的沃尔西:"那个人③活在世上,我最恨他,但你凭出自良心的事实与亲和,使我现在要向他的遗骸表示恭敬。愿他平安!"

弗莱彻这样写,自然是为了凸显凯瑟琳的贤德善良,因为她刚向格里菲斯描绘出一幅沃尔西丑恶嘴脸的真实画像,可谓惟

---

① 受祝福的躯体(blessed part):指死后灵魂从躯体里飞出归于上天。

② 现牛津基督教堂学院(Christ Church)为沃尔西所创建,原名"红衣主教学院"(Cardinal College),其校徽上端之红衣主教帽,即为对沃尔西的纪念。

③ 指沃尔西红衣主教。

妙惟肖:"他这个人,有一副没边儿的胃口①,地位上一向自以为可与亲王们并列。他凭借挑唆捆住整个王国。拿买卖圣职当公平交易。②把自己的意见当法律。在国王面前,不说一句真话,话里话外两层意思,永远透出奸诈。在蓄意毁灭别人之外,他从无悲悯之心。他的诺言,像他从前那时候一样,威力无比。但他的表现,却像他现在这样,空无一物。他以自身肉欲之淫荡,给神职人员立下一个邪恶的榜样。"

让一个邪恶的红衣主教"浪子回头",于倒台之后幡然悔悟,弥留之际灵魂归于静默、安详,这是弗莱彻的刻意用心吗?也许。

3.国王:"纸牌屋"的主人

德国史学家、文学批评家格奥尔格·吉尔维努斯(Georg G. Gervinus,1805—1871)在其四卷本《莎士比亚》(*Shakespeare*,1849—1852)中论及《亨利八世》时说:"在《亨利八世》剧中,诗人不得不描画一幅既有吹捧之嫌,又酷似本人的肖像。他不得不忠于史实,因此塑造了一位令人厌恶的专制暴君。莎士比亚绝不掩盖亨利的残忍、好色、反复无常和粗野的天性,却只在背景中反映这些性格特征。这个人物从最初由洛文(John Lowin,1576—1653)饰演起,即成为英国演员最中意的角色。他喜欢阿谀奉承,又乾纲独断;一旦得知受骗,恼羞成怒,遂同样以欺骗手段予以报复;变化无常,行事鲁莽;形体笨拙,……缺乏感情,性情孤僻;天性

---

① 一副没边儿的胃口(an unbounded stomach):指有无限的傲慢和野心。

② 参见《新约·使徒行传》8:18—20:"西门见使徒所按手之手都领受了圣灵,便拿钱给使徒,说:'也请把这能力给我,使我谁的手,谁就领受圣灵。'彼得却对我说:'你跟你的金钱一起灭亡吧!你竟妄想拿钱买上帝的恩赐!'"

好色,却又披着宗教和良心的外衣;举止粗野。所有这些都为演员诠释这个人物提供了良机。"

在此,不妨透过吉尔维努斯为亨利八世特制的这幅"肖像",对这位国王做一番剖析。第一幕第三场,国王借沃尔西之手"残忍"地除掉白金汉;第四场,在沃尔西官邸的假面舞会上,"好色"的国王见异思迁,爱上王后的侍女安妮·博林。第二幕第一场,坊间谈论沃尔西为报复王后的外甥神圣罗马皇帝没按他提的要求,把托莱多大主教(地位仅次于教皇的圣职)之职授给他,"出于对好心王后的怨恨",故意撺掇国王离婚。而这恰好迎合了国王在性欲驱动下离婚,娶安妮·博林为新王后的打算。第二幕第三场,在正式审理离婚案之前,国王下令授予安妮·博林彭布罗克女侯爵的荣衔,每年可得一千镑生活费。在随后庭审中,国王又"披着宗教和良心的外衣"真情告白自己与王后多么恩爱,他之所以请教皇特使坎佩尤斯前来审案,只为再次确认"我与这位遗孀①、我亡兄之妻结婚,我们的女儿算不算合法。"同时,他又强烈暗示,"我想我不受上天眷顾,它早已命令自然②,如果我的王后为我怀下男婴,那她的子宫之于生命,应不会比坟墓之于死人,更有责任。因为她所怀男婴,要么胎死腹中,要么在这尘世一露面便很快夭亡。因此,我冒出一个想法,这是一次对我的判决,我的王国,本来很值得世上最好的继承人来继承,不该因我之故错失快乐。然后,随之考虑到王国因我没有后代③而承受的危险,

---

① 凯瑟琳嫁给亨利八世之前,是亨利王的哥哥亚瑟亲王之遗孀。

② 命令自然(Commanded nature):传说人类乃上天命令自然所生的儿子。

③ 没有后代(issue's fail):此处尤指没有男继承人。

那带给我许多呻吟的苦痛。就这样,我的良心在荒海中飘荡,把我引向这救助之地,于是我们此时在这儿相聚。也就是说,我打算矫正良心,把这颗良心——患了重病、至今未愈——交给国内所有可敬的牧师和博学之士。"国王要表达的是,他冒着良心不安提出离婚的想法,皆因害怕自己与王后的"叔嫂联姻"并不合法,而且,更怕这一违反伦理的婚姻遭天谴,使王国断绝王位继承人,绝非受了性欲的刺激。最后,他甚至向坎佩尤斯承诺,只要能证明他与王后的婚姻合法,他"情愿连同我尘间的王权和她,我的凯瑟琳王后一起,共度余生"。当他看透坎佩尤斯故意要他,"得知受骗,恼羞成怒",当即下令"解散法庭"。更有甚者,当他一旦得到沃尔西与罗马主教团暗通款曲的铁证,立即罢免沃尔西。"专制暴君"貌相立刻显现。诚然,弗莱彻以同情之笔对凯瑟琳进行刻画,更反衬出亨利八世的"残忍"和"缺乏感情"。第四幕第一场,失去王后之位、身患重病的凯瑟琳,不得不搬到剑桥郡金博尔顿城堡静养,此时,加冕安妮·博林为英格兰新王后的盛典在威斯敏斯特教堂隆重举行。

毋庸讳言,由莎士比亚执笔的第五幕第一场和由弗莱彻执笔的第二场到第五场,可称之为"克兰默的纸牌屋"。而从国王向坎佩尤斯宣布"解散法庭"之前,心里念叨着:"我博学而敬爱的仆人,克兰默①,请你回来。"不难看出,"克兰默的纸牌屋"与"沃尔西的纸牌屋"并非毫无关联,恰如乔纳森·贝特所言:"沃尔西

---

① 托马斯·克兰默牧师此时正在欧洲大陆,争取各方支持亨利八世与凯瑟琳离婚。因帮助亨利八世离婚有功,1532年,英格兰第一任圣公会大主教威廉·瓦哈姆(William Warham,1450—1532)死后,继任坎特伯雷大主教。

倒台,克兰默荣升。此外,沃尔西下沉,克兰默随之上浮:安妮·博林是压在这一命运滑轮上的'砝码'。"

事实上,"克兰默的纸牌屋"最精妙之处在于写出了国王非同一般的精明。朝中一些贵族见克兰默荣升坎特伯雷大主教,深得国王宠信,心生嫉恨,欲除之而后快,联手指控克兰默有罪。第五幕第一场,莎士比亚写下君臣之间如此精彩的一段对白:

> 克兰默　　我最敬畏的主上,忠贞与诚实是我坚守的美德。倘若它们失败了,我,连同我的敌人,都将因击败我狂喜不已,那些美德一旦空虚,我的忠贞与诚实便毫无分量。任凭谁说出反对我的话,我丝毫不怕。
>
> 亨利八世　您弄不清您在这尘世、在这整个尘世之上的处境?您有很多敌人,没一个小人物,何况他们又有与之相称的强力手腕。并非每一件案子,都能凭其正义和实情,带来天降甘霖般的裁决。堕落的心灵买通同样堕落的无赖,发誓指证您,多么容易!【5.1】

显而易见,国王看透了"纸牌屋"凶恶权谋的实质,同时,他深知自己是"纸牌屋"的主人,只要他愿意,可以随意出"牌"。即便他没料到克兰默会在枢密院会议室门外遭羞辱,但他能料定朝臣们必会在枢密院对他群起攻之,能料定克兰默百口莫辩,难逃将被押入伦敦塔的厄运,故而,他特意吩咐他"要反过来极力抗辩,不落下风,看当时情形,言辞激烈但说无妨。假如恳请仍无法救您,把这枚戒指①交给他们(交给戒指),当面诉请由我裁决。"国王为什么要救克兰默？理由十分简单,用国王自己的话说就是:"以我的荣耀起誓,他是忠诚的。最受上帝祝福的圣母！我敢发誓,他是真心之人,在我的王国,找不见一个比他更好的灵魂。"国王为什么不救沃尔西,理由也很简单,沃尔西骗了他！

这真是一枚救命的戒指！第五幕第二场,枢密院会议室,面对大法官、加德纳、萨福克等朝臣的指控陷入绝境。当宫务大臣命卫兵将他羁押伦敦塔时,他拿出国王的戒指:"看这儿,诸位,凭这枚戒指的力量,我把我的案子,从残忍之人的掌握中抽出,把它交给一位最高贵的法官、我的主上国王。"随后,国王亲临枢密院,先训斥温切斯特主教加德纳"有一种残忍、嗜血的本性",继而敞明态度:"现在,让我瞧瞧,哪个最骄狂、最大胆之人,敢对你(克兰默),哪怕只摇一下手指头。以一切神圣之物起誓,谁若再动哪怕一次念头,认为你和他官位不相称,谁最好去死。"这一口吻明摆着表明:我,国王,才是"纸牌屋"老大！

最后,老大下令"别再给我添乱,大家都来拥抱他。"一场"纸牌屋"的凶险阴谋,以政敌间的拥抱得以化解。随即,老大向朝臣们显示,他要更加宠信克兰默:"坎特伯雷主教大人,我有一个请求,不准拒绝,那是,有个漂亮的小姑娘还没受洗,您一定要做教父,对她负责。"足见如此"纸牌屋",谁主沉浮？国王！

纵观全剧,结构上的散漫导致亨利八世似乎只是一个重要

---

① 国王的戒指,上刻国王的纹章,拥有国王的戒指,可享特权,免遭逮捕。

的串场角色,毕竟有国王出场的戏会给人留下戏剧片段的感觉。为此,英国文学批评家弗兰克·柯默德爵士(Sir Frank Kermode,1919—2010)1947—1949 年在达拉谟大学担任讲师时,曾在《达拉谟大学学报》(1948 年第 9 期)发文论及《亨利八世》,刻意强调:"我们要谨防把该剧视为戏剧片段。它叫《亨利八世》,是关于亨利八世的戏。人们知道,国王不仅是上帝的代理人,也是活生生的人。亨利八世是位爱听奉承话的国王,生性好色,脾气暴躁,骄奢淫逸。他抛弃凯瑟琳,实乃因这些人性弱点使然。此外,他对国家利益的考虑,也不能忽略。……沃尔西深知自己的悲剧意味着什么,并以此为镜忠告克伦威尔'抛掉野心'。直到这时,他才感到一点欣慰。野心总使他心里难以平静。沃尔西因野心触犯国王遭受惩罚,克兰默却因美德得到提升,显然,他们分别代表着天主教与英国国教,代表着极恶与极善。当克兰默面临灭顶之灾,他得到国王的恩典。在这件事上,国王的是非功过可凭其结果来判断,即伟大女王之诞生与国教之确立。不妨把该剧视为晚期道德剧,它再现了国之重臣的没落,里面有善良的王后,既有利欲熏心的高级教士,也有品德高尚的高级教士。他们的没落或因善行,或因恶德,在这里,国王起了作用,他既是普通人,也是上帝的代理人,也是上帝之惩罚与悲悯的代理人。"

4. 两位王后:"纸牌屋"的玩偶

20 世纪英国著名莎学家威尔逊·奈特 (Wilson Knight,1897—1985)在其《生命的王冠:莎士比亚后期戏剧论集》(*The Crown of Life: Essays in Interpretation of Shakespeare's Final Plays*,1947)一书中指出:"白金汉、沃尔西和凯瑟琳王后的失势,

在莎士比亚戏剧中最为引人注目,对前两位的描写属于莎士比亚悲剧主题的两个主要类型,即背叛和追逐权力,而关于王后的戏,则概括出莎士比亚对女性之同情。这类悲剧以男性为同情对象,如《雅典的泰蒙》《暴风雨》《安东尼与克里奥佩特拉》,及其最后几部悲剧为高峰,将莎士比亚的人道主义思想推向极致。我们所见的,是纯洁的人文主义境界。"同时,他认为,"亨利八世是莎剧中唯一一位无法把人与职位分开的人物。亨利六世、理查二世、理查三世、约翰王和哈尔王子等形象;人与职位均可分开。亨利五世是位国王,表现了理想的国家英雄形象;同时作为一个人,他性格坦率,而国家英雄形象与性情坦率并不十分吻合。克劳迪斯则是一个以犯罪为生、杀伐决断的国王的代表。理查二世身为君王之显赫,有明确的同情之心。亨利八世有些男子气概,有些王室贵族的优点,有些'狮心王的私生子'的性格特征,他是莎士比亚笔下一个复合的国王形象,是人格化了的国王。这一国王身份的世俗化,并非毫无闪失,好在这一闪失不十分严重。他更接近我们的脾性,而非宗教上所说的灵性。像在座的诸位一样,他信仰宗教,却有其个性,对宗教并不依从。"

奈特所说可概括为两点:

第一,写"白金汉、沃尔西和凯瑟琳王后的失势"的戏,在莎剧中"最为引人注目",刻画凯瑟琳透出"莎士比亚对女性之同情"。对于后者自不待言,莎士比亚和弗莱彻对凯瑟琳之同情溢于言表;至于前者是否为莎剧之"最",则有待商榷,因为毕竟可位列莎剧之"最"者,多矣。

第二,剧中的亨利八世是一位"复合的""人格化了的"国王形象。正是他身上那"更接近我们的脾性"、并不依从宗教的个性,既使其造成了引人同情的"凯瑟琳之死",更使其成为吉尔维努斯笔下"一位令人厌恶的专制暴君"。

凯瑟琳王后首次亮相在第一幕第二场,枢密院会议厅——此处的舞台提示是"幕内一声喊'给王后让路!'凯瑟琳王后,由诺福克和萨福克二位公爵引上。王后跪下。国王从王座起身,扶起,吻她,让她在身旁落座。"这一提示显出,国王对王后至少有着礼节性的夫妻情分。

王后的开场第一句台词是"不,我必须多跪会儿,我是来求情的"。从剧情设计看,凯瑟琳对宫廷"纸牌屋"之内幕一清二楚。所以,她嘴上说"来求情",开口却先揭露沃尔西擅自强征苛捐杂税的欺君之罪。随后,当白金汉的管家指控白金汉,她又仗义执言管家挟私报复,诬陷主人。显然,她盘算的是,只要扳倒沃尔西,为白金汉求情便水到渠成。从此亦可看出,她是一位富于正义感、且颇有谋略的王后。可惜,国王——"纸牌屋"的主人——自有套路,国王就是要借沃尔西之力除掉白金汉。王后白费心机。

由剧情分析,第一幕第四场,国王领着一众随从戴着面具,扮作牧羊人模样去沃尔西官邸参加晚宴,成为凯瑟琳命运的转折点。跳舞时,国王对她的侍女安妮·博林一见钟情。很快,第二幕第一场,"国王要和凯瑟琳分开"的深宫内幕变成街谈巷议。在宫中,朝臣们议论纷纷,宫务大臣以为"叔嫂联姻"把国王弄得良心不安。萨福克则看出，国王的"良心①已快钻进另一个女人。"原来，这一切都是沃尔西捣的鬼。诺福克随即慨叹"她（王后）像一颗宝石，在他（国王）脖子上挂了二十年，却从未失去光泽。她以非凡之美德爱他，犹如天使爱善良的人。哪怕当命运的最大打击降临，她也要祝福国王。这种做法还不虔诚吗②？"

换言之，在朝臣们眼里，王后具有"圣经"女人的贤良美德，即便王后的敌人沃尔西也对她称誉有加："我知道您有一种温柔、高贵的性情，一颗灵魂，宁静得像风平浪静的大海。"【3.1】

哪怕国王作为丈夫，在凯瑟琳愤怒离开审理离婚案的法庭之后，望着她的背影，还不禁赞美："你是，唯一的，——如果罕有的性情，甜美的温存，圣人一般的柔顺，妻子一般的节制，听从丈夫指令③，及其他卓越、虔诚的品性，都能用在你身上，你就是人世间王后中的王后——她出身高贵，而且，她自己也像真正的贵族那样对待我。"【2.4】不过，这明显是国王虚与委蛇的敷衍应对，如若不然，他怎么会在庭审之前，便先授予安妮·博林彭布罗克女侯爵的荣誉和每年千镑的生活费。

全剧写凯瑟琳王后，共有四场大戏。

第一场大戏即上述第一幕第二场，可称之"揭露沃尔西，为白金汉求情"。

---

① 此句含性意味，萨福克由宫务大臣上一句所说"良心"在此将"良心"转义为"性勃起"之意。

② 此句反讽红衣主教之所作所为毫无虔诚可言。

③ 听从丈夫的指令（obeying in commanding）：似也可做另一种解释——发号施令时节制有度。

第二场大戏，即第二幕第四场，可称之"向国王诉衷曲，拒绝沃尔西"。这场出自莎士比亚手笔的戏，自然显露出十足的莎剧味道。凯瑟琳在设于黑衣修士修道院大厅的法庭上，先向国王倾诉真情："我恳求您以公道和正义对待我，并把怜悯馈赠给我，因为我是顶可怜的一个女人……唉，陛下，我什么地方冒犯您了？我有过什么令您不快的行为，竟使您这么想丢弃我，把对我的恩典拿走？上天作证，我一直都是您忠实、恭顺的妻子……二十多年来，一直蒙受祝福①，为您生过好几个孩子。……"随后，她直接表态，拒绝沃尔西担任审判官："强有力的细节说服我确信，您是我的敌人，而且，我对您将要做我的审判官提出异议。因为正是您，在我夫君和我之间，吹燃了这块煤②——愿上帝的甘露扑灭它！"沃尔西矢口否认，辩称自己无辜，并未在国王和王后之间煽风点火，而只是受命于罗马主教团，须秉公审案。凯瑟琳立刻予以揭穿："大人，大人，我是一个头脑简单的女人，太软弱，对付不了您的狡猾。您性情温顺，满嘴谦恭。您显示地位、头衔时，整个表情，都透出柔和、谦卑③，但您的心里却填满了专横、歹毒与傲慢。……我再次拒绝您做我的审判官。在这儿，当着所有人的面，我向教皇上诉，把整个案件提交圣座，由他裁决。"

---

① 一直蒙受祝福（have been blessed）：指得到上帝祝福生儿育女。凯瑟琳与亨利王共生过六个孩子，只有一个女儿长大成人，即后来的英格兰女王玛丽一世"血腥玛丽"。

② 吹燃这块煤（blown this coal）：转义指煽风点火挑起事端。

③ 参见《新约·以弗所书》4：2："你们要谦逊、温柔、忍耐，以爱心相互宽容。"《歌罗西书》3：12："你们要有怜悯、慈爱、谦逊、温柔和忍耐的心。"

以上这段独白,堪称全剧对沃尔西最活灵活现、最刻入骨髓的灵魂画像。说完,王后不失礼节,向国王行完屈膝礼,怒而退庭。

第三场大戏,即第三幕第一场,可称为"二主教说项,王后怒掸"。在王后居室,王后和侍女做着手工活儿,沃尔西和坎佩尤斯前来候见,试图劝说凯瑟琳自愿放弃王后之位,以免在法庭蒙羞受辱。王后断然拒绝,连声痛斥,决不妥协:"你们对我说了你们二人想要的东西——我的毁灭。这就是你们基督徒的忠告?给我滚开! 一切之上还有上天,那儿坐着一位审判官,哪个国王也休想收买。①""你们把我变得空无一物②! 你们要遭殃了,一切虚伪的自称基督徒的人要遭殃了! ③倘若您有半点儿公正、半点儿悲悯,倘若你们没白披了一身教士衣装,怎么能把我这令人生厌的案子交到一个恨我之人的手里?""大人,我可不敢犯这样的罪④,自愿放弃您主上在婚礼上给我的那一高贵名分。除了死,再没什么能把我的尊荣分离。"

这场戏在描绘凯瑟琳溢满巾帼的豪情之下, 又对她溢满同情。当她回顾当初离开故土阿拉贡, 远嫁英格兰, 不由发出悲叹,

---

① 参见《旧约·历代志下》19:7:"要敬畏上主,办事谨慎;因为上主——我们的上帝不许欺诈、偏私,或被收买。"《诗篇》50:6:"诸天宣布上帝是公义的,/上帝自己是审判者。"

② 空无一物(nothing):此处或含性以为,暗指女阴,意即:你们把我变成了一个徒有女阴的女人,其他一无所有。

③ 参见《新约·马太福音》23:13—33:"你们这帮伪善的经学教士和法利赛人要遭殃了!……你们尽管做下去,去完成你们祖宗的暴行吧! 毒蛇和毒蛇的子孙呐,你们怎么逃脱地狱的刑罚呢?"

④ 犯这样的罪(make myself so guilty):指同意离婚。

并讥讽沃尔西:"但愿我从未踏上这片英国土地,或从未曾领受过它滋长出来的阿谀奉承[①]!你们有天使的面孔,但上天才懂你们的心[②]。如今我会有什么后果,悲惨的女人! 我是活着的最不幸的女人。……在一个王国沉了船,那儿没有悲悯、没有朋友、没有希望,没有家人为我哭泣。几乎不容我有葬身之地——我好像一株百合[③],曾是田野里的女主人,绽放一时,现在却要低头、枯萎。"

然而,今天来看,或会以为,此处在对凯瑟琳同情之外,还写出了哀其不幸。不是吗? 她从心底对执意要跟她离婚、废黜她王后之位、给她造成如此灵肉痛楚的国王毫无怨言、毫无怨恨,她叫沃尔西给国王代话:"请代我向陛下致敬,我的心仍归他所有,有生之年,我会一直为他祈祷。"诚然,对于她何以如此非常好解释,这实在因为她当时是信奉天主教的"旧教"王后,要把自己塑造成"圣经"女人,从嫁给丈夫那天起,丈夫便永是自己的主人。可她在这位"对宗教并不依从"的国王丈夫主人眼里,不过是"纸牌屋"的一具玩偶。国王一旦另有新欢,便以怀疑"叔嫂联姻"不合法为由以新欢取而代之,何况这位新欢,又只不过是下一具玩偶,可以成为一位信奉英格兰国教的"新教"王后。就这样,凯

---

① 阿谀奉承(flatteries):也可解作"粉饰欺骗"。

② 参见《旧约·历代志上》28:9:大卫对所罗门说:"他(上帝)知道我们一切的心思和愿望。"《新约·使徒行传》1:24:"他们祷告说:'主啊,你知道每一个人的心。'"

③ 参见《新约·马太福音》6:28—30:"看看野地的百合花怎么生长吧! ……即便像所罗门王那样荣华显赫,他的衣饰也比不上一朵野花那样的美丽。野地的花草今朝出现,明天枯萎,便扔进火炉里焚烧,……你们的信心太小了! "

瑟琳(未来玛丽一世女王的母亲)和她的侍女(未来伊丽莎白一世女王的母亲)安妮·博林,一主一仆,先后成为国王"纸牌屋"的玩偶。

第四场大戏,即第四幕第二场,约翰逊眼里莎剧中所有悲情戏之最的"凯瑟琳之死"。

国王对凯瑟琳真可谓寡情残忍。凯瑟琳身患重病,移居剑桥郡的金博尔顿养病,恰在她养病之时,她昔日的侍女安妮·博林加冕英格兰王后。无疑,这一刺激加速了她的死亡。此处虽未写她处于何种心境,但从她在听了格里菲斯赞许沃尔西诸多美德之后,表示向沃尔西的骸骨致敬,则表明她临死之前像她所恨的沃尔西一样,"心底感到一种超乎一切世俗尊荣的平和,一颗静默、安详的良心。"

因此,她才能在进入梦乡之后,脑子里出现神圣的幻梦:

幻梦。

六个人物,身穿白袍,头戴月桂花冠,脸遮金色面具,手持月桂枝或棕榈枝①,庄严、轻快地逐一而上。他们先向她行鞠躬礼,然后跳舞。

在某一舞蹈片段,头两名舞者将一多余花冠举在她头顶,另四名舞者行屈膝礼致敬。随后,举花冠的两人将花冠交与另两人,按同样次序舞到某一片段,再将花冠举

①参见《新约·启示录》7:9:"后来,我一看,见一大群人,不计其数。他们来自各个国家、各个部落、各个民族、各种语言,都站在宝座和羔羊面前,身穿白袍,手拿棕榈枝。"

在她头顶。做完动作，花冠交最后两名舞者，又依序起舞。这时，仿佛对神的默示有了灵感——安睡中，她显出欢快的神情，双手举向上天。随即，六舞者在舞中消失，将花冠带走。音乐继续。

在弗莱彻笔下，凯瑟琳具有一种神圣超凡的美德，死神将近，却心挂那个伤害她的国王："当我与蛆虫居于一处①，我可怜的名字已被王国放逐之时，愿他永远健康、永远昌盛！"这真是：无论你对我多么薄情寡义，我对你始终不离不弃。除此，凯瑟琳还具有一种圣洁的大爱，她把事先写好的一封信交给国王特使卡布休斯："在信里，我把我们忠贞爱情的形象②，他年幼的女儿③，交给他的仁慈——愿上天的甘霖在祝福中浓密地降在她身上！④——恳求他给她贤德的教养。……把一些悲悯落在我那些可怜的侍女们身上"临终之际，她还不忘对侍女佩申思交待："我死的时候，好姑娘，对我以荣耀相待：在我身上撒满贞洁的鲜花⑤，好让一切世人知晓，我是一个忠贞的妻子，把忠贞带进了坟墓。为我涂香膏，然后把我安葬。尽管我没了王后的身份，但

---

① 参见《旧约·约伯记》21：26："但两种人都一样死，葬在尘土里，/ 一样被蛆虫掩盖。"24：20："他们的母亲也不再记得他们；/ 他们将像枯朽的树木被虫子吃掉。"《以赛亚书》51：8："他们会像破烂的衣服被虫吃掉。"

② 形象（model）：有"象征""缩影"等意思。

③ 即玛丽·都铎，后来的女王玛丽一世。

④ 参见《旧约·创世记》27：28："愿上帝从天上赐你甘霖，使你土地肥沃。愿他赐你丰富的五谷、美酒！"《申命记》33：28："他们（雅各的子孙）安居在遍地五谷新酒的土地上，/ 天上的甘霖滋润那片土地。"

⑤ 指那些与贞洁品行相称的鲜花。

要像对一个王后、对一个国王的女儿那样，把我埋葬。"

若把约翰逊对"凯瑟琳之死"这场大戏的无上赞誉当真，那唯一令人感到遗憾之处则是：出自弗莱彻手笔的这场戏，其精彩程度胜过莎士比亚所写的任何一场戏。不过，就"纸牌屋"主仆两位王后玩偶在剧中的角色刻画与戏剧作用，凯瑟琳远在安妮·博林之上。安妮在剧中戏份极少，除了第一幕第四场在沃尔西官邸的晚宴舞会上只说了几句台词，便被国王一眼相中，又仅仅出现在第四幕第一场"加冕典礼行列次序"之下"华盖下为安妮王后，身着礼服，头发披散，发间装饰珍珠，头戴金冠。伦敦主教和温彻斯特主教，左右分立。"这样一条舞台提示里；由莎士比亚执笔的第二幕第三场安妮与老妇人在王后寓所的前厅对话，是安妮的唯一一场戏。在这场戏里，安妮向老妇人真心表示"以我的信仰和童贞起誓，我不愿当王后。"老妇人不信这套，她觉得安妮在故意掩饰，竟讥讽起女人拿手的鬼把戏："这一切都透出您伪善的气息。您，作为女人，生得如此美貌，也一定有颗女人心。既是女人，便免不了爱慕荣誉、财富、王权。这些，说实话，都是上帝的恩惠。这样的礼物——尽管您扭捏作态，您那柔韧的良心，只要乐意伸展，便有能力得到。"不想安妮再次发誓："哪怕给我全世界，我也不愿当王后。"

话音刚落，宫务大臣前来宣布，国王授予安妮彭布罗克女侯爵荣誉和每年一千镑生活费。面对如此殊荣与宠幸，安妮表现得非常谦卑得体："我恳求大人慨允，代一个羞涩的侍女向陛下表达感激和恭顺，我为陛下的健康和王权祈祷。"

在此，莎士比亚的用心再明显不过，原来，他要借宫务大臣之口(旁白的形式)赞誉"这位小姐"及其将来生下的"一颗宝石"(即自己作为臣民必须效忠的女王)："我好好观察过她，美貌与贞洁在她身上如此交融,难怪能迷住国王。谁知道,哪天这位小姐不会生出一颗宝石①,照亮这整个海岛(英格兰王国)？"

无疑,透过剧情足可见出,此时的安妮只是一个单纯得毫无心机的侍女,因为她一面向老妇人表示,倘若当王后这件事"引起我一星半点的激情②,我宁愿没活在人世。一想后边的事,我就犯晕。"一面担心王后会因为她们"出来那么久""心里郁闷",并叮嘱老妇人："别把在这儿听到的话告诉她。"这是一个多么能为他人着想、具有仁慈之心的侍女！

这不仅是莎士比亚的用心，也是弗莱彻用意所在。从这点看,莎士比亚与弗莱彻的合作可算珠联璧合。在由弗莱彻执笔的第三幕第二场中,萨福克公爵先向朝臣们透露,国王"已下令为她举行加冕典礼"。继而无上赞美："她真是一个美好的造物,心灵、相貌都完美。我说服自己③,从她身上将有一些神恩降临这片国土,并使人永远铭记这片国土。④"

尽管安妮·博林在剧中戏份极少,却在全剧结束之后的"收场诗"里,又赢得了赞美："因为这时候上演这出戏,只为 / 盼好

①宝石(gem)：即王位继承人,指伊丽莎白女王。伊丽莎白女王为亨利八世与安妮·博林所生。此处彰显莎士比亚意在向女王示好。

②激情(blood,i. e. passions)：或其性渴望之意味。

③我说服自己(I persuade me)：意即我相信。

④这句话被视为莎士比亚对伊丽莎白女王母亲安妮·博林的赞美,也是唱给女王的颂歌。

心女士以仁慈之心来领会，/ 因为我们在戏里演了这么一位①。"

"这么一位"，正是拥有仁慈之心的安妮·博林——女王伊丽莎白一世的母亲。

五、皇家威权，谁与争锋

1.来自塞缪尔·约翰逊的评说

《亨利八世》是莎士比亚与弗莱彻合写的一部戏，其中只有第一幕头两场，第二幕第三、四两场，第四幕第一场前二百零三行(国王退场)，及第五幕第一场，出自莎士比亚之手，其他——开场诗，第一幕第三场，第二幕第一场、第二场，第三幕第一场、第二场第二百零四行到四百五十八行，第四幕第一场、第二场，第五幕第二场到第五场，收场诗——均由弗莱彻执笔。显然，这里生出两个问题：首先，《亨利八世》是纯正的莎士比亚戏剧吗？其次，这一完全打散了的分工合作，能使剧情、结构保持一致吗？

事实上，两个问题都不难回答。先说前者，在严格意义上，它不算一部百分之百的莎剧。再说后者，英国著名批评家、《莎士比亚全集》编者塞缪尔·约翰逊(Samuel Johnson，1709—1784)在其所写那篇里程碑式的宏论《莎士比亚全集·序言》(1765)中，对此早有说明："莎士比亚的历史剧，既非悲剧，也非喜剧，因此不受悲、喜剧任何法规的约束。这些历史剧想受到读者赞许，除了下述条件，无需任何其他条件：情节转变只要有充分准备，能令读者了解，便足矣；事件只要有多样性，且还动人，亦可；人物只要

---

① 这么一位(such a one)：或指安妮·博林，也可能指伊丽莎白。

前后一致，自然，性格鲜明，就够了。除此之外，莎士比亚并不想要任何其他的一致性，由此，我们也不必非在这里寻求任何其他的一致性。"换言之，即便在百分之百纯由莎士比亚编剧的其他历史剧里，也从不存在"一致性"。稍一细想即可明白，莎士比亚每一部历史剧里的英格兰王国史，都是打散了的。想从莎士比亚历史剧里寻觅真实历史的蛛丝马迹，无异于天方夜谭。反之，倒可以透过英国历史去搜罗莎士比亚戏说编排的铁证。

不过，活在近两个半世纪之前的约翰逊并不这样认为，他心存善意地替莎士比亚辩解说："在他别的剧作里，情节的一致性保存得相当好。……他的计划总具有亚里士多德所要的东西：开场、中段和结尾；一个事件与另一事件好像靠链条连了起来，……正如在其他一些诗人的作品里有些话只为消磨舞台时间而说，或许有些事件可以免掉，但总的剧情却在逐步发展，剧本结尾也正是读者期待的那样一个结尾。"显然，约翰逊这里说的是莎士比亚的戏剧技巧，即他"好像靠链条"把"打散了的"剧情、结构"连了起来"。

由此可见，莎士比亚历史剧的实质终究在于，它是戏，他要把戏写得好看；它不是历史，他无需对历史负责！

因此，这倒确如约翰逊所说："他并不看重时间和地点的一致性；或许对时间和地点的一致性所依据的那些原则，做更细微的考查，便能缩减这些一致性的价值，便能免除掉这些一致性从高乃依以来所受到的崇敬。倘若能说明这些一致性带给诗人的麻烦，要大于其给观众带来的乐趣，这样的结果势必会发生。需要遵守时间和地点的一致性，那是因为，人们认为必须能使读者相信剧本。批评家们认为这样的事，是不可能的，即：一个在数月或几年内发生的事件，得令人相信它在三小时之内发生；观众难以设想，在他们坐在剧场里那会儿工夫，相距遥远的两位国王会互派使臣，而且，使臣们会如此之快完成使命，回到本国；难以设想能那么快招募起几支军队，围攻好几座城市；难以设想一个亡命者会那么快结束流放生涯，回到祖国；也难以设想开场时还在向一个女子求爱的青年男子，没过多久又哀悼他早逝的儿子。人们的头脑实难接受如此明显的荒诞事，当艺术创作与现实太不相似，便会失去感动人的力量。"

　　套用约翰逊的话，也就是说，莎士比亚凭借戏剧技巧这根无形"链条"，将"打散了的"历史事件浓缩到舞台上，使其在戏剧化"时间和地点的一致性"之下，带给观众乐趣，令其深信自己仿佛亲眼见到了历史上活生生的真事儿。恰如约翰逊所说："莎士比亚的剧情，无论按历史编写，亦或凭想象虚构，都永远塞满了事件。比起思想感情或议论，事件更易于抓住一个文化程度不高的民族的注意力。……莎士比亚把其劳动成果陈列在这样一些人面前，他们对于华丽场面或仪仗游行，比对诗的语言更为擅长，因此，他们可能需要一些眼睛看得见与易于识别的事件，作为对剧中对白的注释和说明。莎士比亚懂得如何能给人带来最大快感。不论其做法是否更合乎自然，也不论其榜样是否对国家有害，我们仍然觉得，在我国舞台上必须既有言论，也有行动。我们还觉得，任何演说，不论它如何悦耳动听、温文尔雅，或如何热情洋溢、雄壮崇高，倘若缺少动作，观众对其抱有的态度势必十分冷淡。"

在此,约翰逊特别提及《亨利八世》之"给人带来最大快感"之处,在于"动作",如其所说:"《亨利八世》仍以其宏大场面占据着舞台,大约四十年前加冕礼把民众聚到一起。但宏大壮观之场景并非该剧唯一优点。温淑贤良的凯瑟琳的叹息、忧伤,使一些桥段具有一种悲剧力量。"①

2.来自梁实秋的启示

在约翰逊看来,《亨利八世》在"宏大壮观之场景"之外,最可取之处在于剧中有那些表现"凯瑟琳的叹息、忧伤"的戏剧桥段。

然而,梁实秋对约翰逊老前辈表现出的这份厚道并不领情,以他对莎剧的品鉴眼光,至少在结构上,《亨利八世》是莎士比亚所有历史剧中最散漫的。他在《亨利八世》译序②中说:"《亨利八世》里面有几个很出色的场面,例如第四幕第二场描述凯瑟琳之死,约翰逊博士便誉为'优于莎士比亚其他悲剧之任何部分,并且也优于任何其他诗人之任何一景。'但是就全剧而论,我们无法承认其为精心杰构。其最大之缺陷为缺乏'动作的单一性',全剧像是一连串的情节拼凑在一起的,没有中心的情节,没有高潮。起初是动作与人物均集中于沃尔西,但是他随着第三幕而告结束,他的突然消失对于以后两幕的情节不发生任何影响。第四幕大事渲染安妮·博林的加冕礼,但是安妮·博林在全剧之中一

---

① [英]塞缪尔·约翰逊著:《〈莎士比亚戏剧集〉序言》,李赋宁、潘家洵译,中国社会科学院外国文学研究所、中国文学研究资料丛刊编辑委员会编:《莎士比亚评论汇编》,中国社会科学出版社,1985年。

② 梁实秋著:《亨利八世·序》,《莎士比亚全集》(第六集),梁实秋译,中国广播电视出版社,1992年,第274—276页。

直是个不重要的人物。第五幕的主要人物是克兰默,其受审对于全剧毫无关涉。像这样结构散漫的作品,在莎士比亚集中是没有第二部的。更严重的缺陷是全剧的用意不明,观众的同情显然是投给受屈的凯瑟琳,而剧情的发展显然的是要观众分享安妮·博林加冕及生女受洗之欢腾的气氛,我们很难说明作者在处理剧情的时候究竟有怎样的用心。

"虽然如此,这出戏在舞台上还是很受欢迎的,因为剧中含有好几个辉煌的伟大场面,也有几个能使优秀演员发挥演技的角色,都足以吸引观众。伯比奇(Burbage)亲自参加演出,沃顿(Wotton)还特别强调其中服装之灿烂。佩皮斯(Pepys)在 1664年看到此剧之伟大的演出,由贝特顿(Thomas Betterton,1635—1710)饰国王,贝特顿夫人(Mrs. Betterton)饰凯瑟琳,哈里斯(Harris)饰沃尔西,史密斯(Smith)饰白金汉。他的批评是不利的,他说:

> 我妻子与我假装有事,离席起立,到公爵剧院(即林肯律师学院广场 Lincoln's Inn Fields),这是我根据最近的誓约六个月以来第一次观剧,看了颇负盛名的《亨利八世》。
>
> 去的时候带着欣赏此剧的决心,但此剧竟如此简单,由许多零碎情节拼凑而成,除了其中的场面和游行之外,可以说一无是处。

"但四年后,他不重点挑剔了:

　　饭后偕妻赴公爵剧院，看《亨利八世》。对于这历史剧及其中场面都十分满意，比我所预计者为佳。

　　"在十八世纪至少有十二次重演。1727 年，英王乔治二世行加冕礼那一年，此剧盛大上演，由巴顿·布斯（Barton Booth，1681—1733）饰国王，在皇家居瑞巷剧院（Drury Lane）演出，据说加冕礼那一景即斥资达一千镑之多。后来在该剧院 1762 年演出的一场，第四幕第一景的大游行达一百三十人以上。《威斯敏斯特杂志》提到 1773 年在考文特花园剧场（Covent Garden）的演出时说：'从许多莎士比亚戏剧中选出这部戏，因为它有最多的热闹场面。'

　　"到了 18 世纪末，沃尔西与凯瑟琳已好像成了公认的剧中主角。肯布尔（Kemble）与麦克格雷迪（Macready）都是扮演沃尔西的名角，凯瑟琳成了西登斯夫人（Mrs. Siddons）的拿手角色之一。因为这两个角色之被特别强调，第五幕便受了冷淡，有时也被大量删减。1855 年基恩（Kean）演出此剧时便声称'恢复近年来完全被删的第五幕。'基恩的演出建立了新的写实的时尚，他使用了'活动换景'来表演伦敦景色，在舞台上引进了一艘真船载白金汉而去。为了写实的布景和效果，换景时使用了垂幕。

　　"1892 年亨利·欧文爵士（Sir Henry Irving）以饰演沃尔西得到一项极大的成功，当时兰心剧院（Lyceum Theatre）舞台场面之豪华可谓空前，比基恩更为迈进一步，为了加冕一场把旧日的伦敦一丝不苟地在舞台上复制出来，为了最后一景把格林威治的灰僧修道院也复制了一遍。这一次虽然盛况空前，实际是大亏成本,此后没有人再敢踵事增华,不过20世纪的演出此剧,几无不在服装及其他细节上力求忠于历史。

"1916年莎士比亚忌辰三百周年纪念, 比尔博姆·特里(Beerbohm Tree)上演此剧于纽约,着重的也是场面布景而不是演技,有人说在这样的机缘演出这样的戏,恐怕九泉之下莎士比亚不得安枕。较近的重要的演出可推蒂龙·古斯雷(Tyrone Guthrie)1933年在萨德勒·威尔斯(Sadler's Wells)的一场,1949年在斯特拉福德的一场,1953年在老维克剧院 (Old Vic) 的一场,三场之中可能以第二场为佳。目前《亨利八世》不是很受欢迎的戏,一直遭受讥评,但是对于演员及演出者仍然是富有诱惑力的。"

以上梁实秋所言,对今天理解该剧至少有三点重要启示:

第一,该剧结构散漫,剧情乃为演戏拼凑而成。这自不待言,无需多说。

第二,在18世纪之后的舞台演出中,不仅沃尔西和凯瑟琳王后成了剧中两位主角,且多由名角扮演。此容后叙。

第三,该戏之所以受欢迎,在于"剧中含有好几个辉煌的伟大场面"。其中最伟大的场面,自然是安妮·博林的加冕礼。

该剧呈现皇家"盛大而庄严""舞台场面之豪华"的场景有三处:

第一处,在第二幕第四场。伦敦,黑衣修士修道院大厅,在此设立法庭,审理国王与王后离婚案。此处的舞台提示是:

喇叭、号角、短号齐奏。教堂侍者二人持短银杖上,身

穿博士服的书记员二人(与一法庭传呼员)随后；坎特伯雷
大主教独自一人随后；林肯主教、伊利主教、罗切斯特主教
与圣阿萨夫主教随后；相隔不远，一绅士，手捧宝囊、国玺
及红衣主教帽子随后；二教士各手持一银十字架随后；一
绅士引座员，不戴帽子，由一手持银质权杖的法庭执行官
陪行随后；二绅士手持两根巨大银柱随后；二红衣主教(沃
尔西与坎佩尤斯)随后并肩而行；二贵族持剑与权杖随后；
国王、王后及侍从等随后。国王(亨利八世)在御帐下入座，
二红衣主教以审判官身份坐在国王下手，王后(凯瑟琳)在
距国王稍远处就座，格里菲斯陪侍。按宗教法庭庭规，主教
们分坐两边，书记员在其下。贵族们坐在众主教旁边。其他
侍从按适当次序站在舞台上。

第二处，在第四幕第一场。威斯敏斯特一街道，安妮·博林在
威斯敏斯特教堂加冕英格兰王后之后，典礼行列依次而行。此处
的舞台提示是：

加冕典礼行列次序
1.欢快的喇叭花腔。
2.二法官。
3.大法官，国印宝囊和(国王)权杖在前引领。
4.唱诗班歌手，演唱，(乐师们演奏音乐)。
5.伦敦市长，持(市长)权杖。皇家嘉德纹章官，佩戴纹
章，头戴镀金铜冠。

6.多赛特侯爵,手持金杖,头戴小金冠。萨里伯爵,手持顶部有鸽子雕像之银杖,头戴伯爵冠,与其相伴。二人均佩戴连环 S 型金项链①。

7.萨福克公爵,以加冕礼总管大臣身份,身穿公爵礼服,头戴小冠,持一长、白权杖。诺福克公爵,持典礼大臣权杖,头戴小冠,与其相伴。二人均佩戴连环 S 型金项链。

8.四位五港男爵②举一顶华盖。华盖下为安妮王后,身着礼服,头发披散,发间装饰珍珠,头戴金冠。伦敦主教和温彻斯特主教,左右分立。

9.老诺福克公爵夫人,戴一顶小金冠,上有花饰,手提王后裙裾。

10.数名贵妇人或伯爵夫人,头戴素朴金箍,上无花饰。

典礼行列按次序庄严走过舞台,随后高奏喇叭花腔。下。

第三处,在第五幕第四场。伦敦。王宫。小公主伊丽莎白(莎士比亚时代的女王)受洗仪式之后,典礼队列行进。此处的舞台提示是:

号手吹号角上;随后,两名伦敦市议员,伦敦市长,皇家嘉德纹章官,克兰默,诺福克公爵手持典礼官权杖,萨福

---

① 此型金项链为爵士勋章的一部分。
② 五港男爵(Barons of Cinque Ports):指守卫英格兰南部、与法兰西隔海相对的五个港口的五位男爵。五港口是:多佛(Dover)、海斯汀斯(Hastings)、罗姆尼(Romney)、海斯(Hythe)、桑威奇(Sandwich)。按加冕礼之常规,五位男爵只能出四位代表。

克公爵，二贵族手捧内盛洗礼仪式赠礼的高脚盆，上；随后，
四贵族擎华盖，华盖之下，教母诺福克公爵夫人，怀抱身裹
华丽头蓬的婴儿，一贵妇手托公爵夫人的裙裾，上；随后，
另一教母多赛特侯爵夫人及贵妇等，上。队列在舞台巡行
一周，嘉德纹章官致辞。

在莎士比亚所有历史剧当中，以如此大篇幅的舞台提示交
代场面布景，《亨利八世》是唯一一部。不过，从莎士比亚与弗莱
彻两人分工来看，这三处"辉煌的伟大场面"皆出自弗莱彻之手。
然而，被约翰逊誉为全剧中最出色、"优于莎士比亚其他悲剧之
任何部分"的那场戏，即描述凯瑟琳之死的第四幕第二场，也出
自弗莱彻之手。由此观之，把《亨利八世》算在莎士比亚名下，显
得过于勉强。

诚然，如此一来，该剧结构散漫，剧情拼凑，前后脱节，在所
难免，正如美国当代学者厄尔文·里布纳（Irvin Ribner）在其所著
《莎士比亚时代英国历史剧》（*The English History Play in the
Age of Shakespeare*, 1957）中所评述的那样："《亨利八世》与早期
兰开斯特剧有所区别。创作该剧时，历史剧开始衰落，历史剧时
代已然结束。《亨利八世》没能像莎士比亚其他历史剧那样，蕴含
一个连贯一致的主题。《亨利八世》中有多处描写到极具爱国主
义情调的庆典。'对开本'里的舞台提示告知我们演出程度之豪
华。前四幕戏，莎士比亚盲目遵循霍林斯赫德的素材，最后一幕
则取材自福克斯。由此，他难免不把这些不一致的地方转到剧
中，因而，对沃尔西的塑造，几乎令人难以理解。"

是的,弗莱彻懒得在沃尔西身上多花心思,他的全部心思在于,要把詹姆斯一世塑造成从"童贞的凤凰"伊丽莎白"涅槃"的"神圣的荣耀灰烬中"造成的"新鸟",是一棵枝叶茂盛、泽被四方的"高山雪松"!

3."皇莎版"视域下的《亨利八世》

当代莎学家乔纳森·贝特(Jonathan Bate)为其所编"皇家莎士比亚剧团"《莎士比亚全集》(简称"皇莎版")之《亨利八世》所写那篇学术导言,恰是从"童贞的凤凰"视角开篇切入,阐发对《亨利八世》的诠释。这也是近年来新的莎研成果,值得关注。

乔纳森·贝特认为:"该剧写于对女王伊丽莎白时代怀旧之际,当把一个象征新生的未来女王的玩偶搬上舞台时,剧情达到高潮,在此预言她在位之时犹如一只'童贞的凤凰',而且,她选中的继承人詹姆斯一世,将受到颂扬。在稍后的描述中,这位'所有君王中的典范''要把今天变成喜庆日':这种语言表明,英国新教徒对童贞女王的崇拜,是如何从改造罗马天主教对圣母马利亚的崇拜方式中获得了某种力量。"乔纳森·贝特所说"把一个象征新生的未来女王的玩偶搬上舞台",指《亨利八世》演出时婴儿玩偶的舞台道具,以此代表受洗的小公主伊丽莎白。请注意,在贝特眼里,这是剧情的高潮。

何以如此?贝特解释:"上述所言出自公主的教父托马斯·克兰默之口,克兰默因作为英国宗教改革的缔造者和'血腥的玛丽女王'(bloody Queen Mary)统治时期被烧死的一名殉道者而著名:剧情将婴儿伊丽莎白与新教思想意识连接起来,再没有比这更强有力的表达。虽说最后一场戏由弗莱彻执笔,但克兰默随后凭一棵'雪松'形象,以王室血脉传承之象征,把莎剧《辛白林》中主神朱庇特所说的一个预言重复一遍。不过,《亨利八世》并未遵循莎士比亚早期历史剧的套路,里面的事件似乎一直未受那种命运感驱使,那种命运感乃出于神对建立一个新王朝的设计。该剧更注重描写宫廷生活之变迁。该剧之结构建立在一种明显随意的宦海沉浮的模式之上:白金汉沉落,安妮·博林上升;沃尔西崛起,凯瑟琳失宠;沃尔西倒台,克兰默荣升。此外,沃尔西下沉,克兰默随之上浮——安妮·博林是压在这一命运滑轮上的'砝码'。出于戏剧效果之故,剧情对历史做了些技巧性压缩:剧中把红衣主教沃尔西之倒台,与托马斯·莫尔、托马斯·克伦威尔和安妮·博林三人之擢升,有效地处理成一起单一事件,而在现实中,这是分别发生于 1529 年、1532 年和 1533 年的三起事件。沃尔西实际死于 1530 年,三年之后,才是亨利第二任王后安妮的加冕典礼。

"虽说植根于历史,但剧情起落模式却与那种传奇剧类似,自有其高峰与低谷、也有其远航与欢聚,以及事物的失与得。该戏最初以剧名《一切都是真的》(*All is True*)在舞台上演,将一种机智的反讽指向剧中一些奇异瞬间,比如凯瑟琳王后那几乎不可能真实存在的幻梦。或许莎士比亚和弗莱彻有意选择把传奇剧之灵性注入戏中,使其远离理查王和其他亨利王系列剧的艰辛世界,以便为该戏创建一片必要的安全区,毕竟《亨利八世》戏剧化的情节,诸如与罗马教廷决裂、凯瑟琳王后被安妮·博林取而代之,仍存争议。剧情之关键在于沃尔西的倒台,他是国王和教皇之间的调停者。它变成这样一个场合,不去评判宗教改革之对错，而只对变化无常的命运和系'君王恩宠'于一身之无效，做出一种广义的折射。《亨利八世》在 18—19 世纪的舞台上深受喜爱，其部分原因在于该剧提供了上演加冕典礼的奇观，及其他队列行进和宫廷事务的场景。但还有一个原因在于，凭沃尔西之大手笔，为演员们提供了契机：'别了，向我一切的尊荣，做长久告别……'"【3.2】

贝特在此点明"剧情之关键在于沃尔西的倒台"，这是《亨利八世》戏剧冲突的导火索，随着沃尔西倒台，亨利王先与罗马教廷决裂，继而迎娶安妮·博林。但莎士比亚和弗莱彻为避免触碰王室异常敏感而脆弱的神经得罪国王，他们将错综复杂的真实历史尽力压缩，把因离婚引起的英国宗教改革极度简化，并以"加冕典礼的奇观"稀释掉可能惹来麻烦的"争议"。

诚然，对于莎士比亚和弗莱彻这对儿詹姆斯国王治下的臣民，冠以国王之名的"国王剧团"里的合作者，他们一方面要彰显前任国王的皇家威仪，另一方面要捧颂当朝君主的皇家政绩，如贝特所说："莎士比亚写于伊丽莎白时代的历史剧，战争占了支配地位，其中有内战，有在法国领土上进行的战争，还有王位继承权引发的战斗。它们写于战争期间，当时，国家深受伊丽莎白王位继承问题的困扰。相比之下，《亨利八世》写于数年和平之后。确实，詹姆斯国王把自己当成一个国际和平的缔造者。此外，他是一位已婚国王，尽管其长子亨利王子（Prince Henry）于 1612 年 11 月过早夭亡使国家陷入悲伤，却无需为王位继承问题焦虑。国王的女儿，伊丽莎白公主，嫁给了欧洲大陆最有名的新教统治者帕拉丁选帝侯弗雷德里克（Frederick the Elector Palatine)。为避免蒙上葬礼的阴影，婚礼一直推迟到 1613 年 2 月。《亨利八世》写于婚礼过后的几个月，故剧中有一场王室葬礼和一场王室婚礼。

"尽管新教徒与公主婚配，但人们仍担心罗马天主教有复兴的可能：詹姆斯的王后忠于哪种信仰是公众感兴趣的话题，与此相关的谣言四处传播。而且，随着不同教派对权力的争夺，宫廷宠臣相当引人关注。从詹姆斯国王开启他的统治时代，以盛大的仪仗队列进入伦敦那一刻起，新的宫廷便以辉煌盛典来展示权力。在这上，剧场扮演了一个关键角色。国王、其家庭成员和朝臣们都积极参加假面舞会，此外，莎士比亚和他的同事们，以新的'国王剧团'的身份，常奉诏进宫演出。所有这些都编织融入《亨利八世》之中，使其成为一部独具詹姆斯时代特色的戏剧。

"皇家威权不仅凭仪仗彰显，还凭其把贪求一己私利的枢密官员无情剔除掉。白金汉说约克'他那野心的手指头，/ 没谁的馅饼能幸免。'【1.1】，这一看法，对剧中任何一个争夺权力桌面上的高位之时拼命钻营的朝臣，同样适用。第三幕第二场有条舞台提示：'亨利八世下，对红衣主教拧眉怒视；众贵族蜂拥随后，边微笑，边低语。'这无论对于戏剧世界，还是对于莎士比亚率剧团同事进宫演出时体验到的环境，均颇具代表性。"

顺着这一耐人寻味的探究，贝特进而分析莎士比亚和弗莱彻甚至在剧中极具技巧性的对亨利八世的"良心"提出批评："该剧提出一个不可避免的话题，即君王是否拥有绝对个人威权。为讨宫廷观众满意，莎士比亚和弗莱彻必然要遵循广泛的 '亲亨利'路线，但确乎在某些时候，又将一种对国王良心的批评融入剧情。具体说来,诸如'戳穿'和'难以驾驭'等一连串双关语,无一不在暗示,他的政策像其渴望为国效力和决定国家之未来一样,要凭性的冲动来决定。在与安妮的关系处理上,国王显然'节欲'失败,而'节欲'是新教的一项主要美德。在最基本的结构层面上,剧中在表现两位王后和新教国家意识形态之间,存在一种张力。阿拉贡的凯瑟琳是一位天主教王后,她几乎变成一名圣徒,剧中赋予她一种神圣的幻觉,而同时,作为宗教改革之诱因的安妮,不仅戏份占得很少,且主要充当一个性欲的对象。同样,尽管剧中对大法官托马斯·莫尔爵士只略有提及,但对他随后因虔信天主教而殉道做了明显暗示:'但他是个博学之人,愿他长久得到陛下恩宠,并看在真理和他良心的分上,恪守公正。当他走完人生之路,在祝福中安眠,愿他的骸骨葬入一座坟墓,有孤儿们为之哭泣洒泪①!'"【3.2】其实,只看这样两个史实,便会接受乔纳森·贝特的分析:亨利八世统治时期,王室权力达到巅峰;亨利八世是结婚次数最多、婚史最复杂的英格兰国王。

除此之外,贝特还极具深意地探析剧中如何运用诗意语言,表现人物在其命运处于升降浮沉之时的心境:"莎士比亚后期戏剧对诗意语言可能引出截然不同的指向十分着迷,精致的修辞,蜜甜的言语,揭示出嘴上功夫如何成为晋升谋权的工具。言语既是进阶升迁之诱饵,又是脱钩解困之手段:'最崇敬的君王,如蒙允许,让我的舌头为大家辩解。'【5.2】另一方面,剧中在表现从宫廷角逐中抽身、退隐时,带有一种哀婉的诗性。一个人在这政

---

① 按英国法律,大法官为所有二十一岁以下失去双亲的孤儿的法定监护人。

治动乱的世界如何达到内心的平静？朝臣们试图学习(古罗马悲剧家)塞内加式的忍耐艺术，把独白和自省当作向政治命运之打击妥协让步的方法，他们在这上都取得不同程度的成功。至于凯瑟琳王后，尤为独特，她甚至有超然存在和神圣幻梦的时刻。但它只在一瞬之间，便以精灵们消散而结束，这与《暴风雨》中普洛斯彼罗(Prospero)那场假面舞会相似：'和平的精灵们，你们在哪儿？你们都走了，把我独自丢在这儿，在苦难里？'"

　　同时，贝特注意到："平民的声音在《亨利四世》和《亨利五世》中如此有力，却在《亨利八世》剧中缺席了，他们以朴实的散文体语言戳破了故弄玄虚的宫廷语言的气泡。像在《冬天的故事》里一样，绅士们被带上舞台扮演证人的角色，但这里并没有与《冬天的故事》里牧羊人和小丑相对应的草根阶层的人物。唯一一段散文体对白在最后一幕，出自守门官之口，听到毛头小伙子们在枢密院会议室紧闭的门外吵闹，他说：'这些都是在剧场里吼声如雷，为一口咬剩的苹果打架的学徒。'【5.3】他这话，或许意味着莎士比亚和弗莱彻正在为这三类观众写戏——宫廷人士，精选出来的'黑僧室内剧院'的同伴，还有花上一便士站在环球剧场院子里看戏的平民大众——如今他们对前两类人更感兴趣。就该剧来说，当克伦威尔这样的平民，尤其沃尔西——一个乡下屠户之子摇身一变成为'大人物'，激起生来显赫的公爵、伯爵们的敌意时，确实对出身卑微者的意识做了探究。在某种程度上，莎士比亚——一个乡下的、与屠户生意有密切联系的手套制造商的儿子正在反思他自己非凡的攀升。两相对比，弗莱彻出身于更高社会阶层，虽说他和博蒙特(Francis Beaumont, 1584—

1616)都给公众舞台写戏,但他们总对宫廷观众特别关注。"

最后,贝特套用亨利·沃顿爵士1613年7月2日写给外甥埃德蒙·培根爵士(Sir Edmund Bacon),描述环球剧场火灾的那封长信中的话,说:"国王剧团在舞台上表现'盛大而庄严'多么尽力:从舞台地板上的草垫,到服饰上的嘉德勋章和圣乔治十字架,一切只为'使伟大变得非常熟悉'。不过,有趣的是,把行进经过怀特霍尔宫(Whitehall)和威斯敏斯特教宫(Westminster)的皇家队列,转到位于南华克边缘一家茅草剧场铺了草垫的戏台上,这样的演出似乎也使伟大显出几分可笑。这一对国家权力内在的戏剧性表现暗示出它的脆弱,犹如戏剧表演之于那些剧场,国家权力同样依赖于演出机制。"沃顿的见解不仅可以充当《亨利八世》的收场诗,还可以为莎士比亚整个英国历史系列剧收尾:"在他的舞台上,英格兰人民第一次对其伟大人物的故事非常熟悉,与此同时,他们还学会了——经由笑声和辩论——对伟大之结构的尊重,不妨少一点儿。在环球剧场的舞台上见过诸多贵族、甚至君主垮台之后,他们已准备好,四十多年后,在怀特霍尔宫搭起一个断头台,亲眼目睹一把利斧落在一位活生生的国王查理一世(Charles Ⅰ)头上。"

2020 年 10 月 25 日于凯旋城

参考文献

1. Jonathan Bate、Eric Rasmussen 编:《莎士比亚全集》(英文版),外语教学与研究出版社,2008 年。

2. [英]莎士比亚:《莎士比亚全集》,朱生豪译,人民文学出版社,1988 年。

3. [英]莎士比亚:《莎士比亚全集》,梁实秋译,中国广播电视出版社,2002 年。

4. 刘炳善编纂:《英汉双解莎士比亚大词典》,河南人民出版社,2002 年。

5. 张泗洋主编:《莎士比亚大辞典》,北京商务印书馆,2001 年。

6. 梁工主编:《莎士比亚与圣经》,北京商务印书馆,2006 年。

7. 中国社会科学院外国文学研究所外国文学研究资料丛刊编辑委员会编:《莎士比亚评论汇编(上、下)》,中国社会科学出版社,1981 年。

8. [罗马尼亚]科尔奈留·杜米丘主编:《莎士比亚戏剧辞典》,宫宝荣等译,上海书店出版社,2011 年。

9. ［美］Stephen Greenblatt：《俗世威尔——莎士比亚新传》，辜正坤、邵雪萍、刘昊合译，北京大学出版社，2007 年。

10. ［美］David Scott Kastan：《莎士比亚与书》，郝田虎、冯伟合译，北京商务印书馆，2012 年。

11. ［美］Williston Walker：《基督教会史》，孙善玲、段琦、朱代强译，中国社会科学出版社，1991 年。

12. ［英］菲利普·康福特编：《圣经的来源》，李洪昌译，孙毅校，上海人民出版社，2011 年。

13. ［美］阿兰·布鲁姆、哈瑞·雅法：《莎士比亚的政治》，潘望译，江苏人民出版社，2009 年。

14. ［美］阿兰·布鲁姆：《莎士比亚笔下的爱与友谊》，马涛红译，华夏出版社，2012 年。

15. ［美］阿鲁里斯、苏利文编：《莎士比亚的政治盛典》，赵蓉译，华夏出版社，2011 年。

16. ［英］J.G.弗雷泽：《金枝》，汪培基、徐育新、张泽石译，汪培基校，北京商务印书馆，2013 年。

17. ［加］诺斯洛普·弗莱：《伟大的代码——圣经与文学》，郝振益、范振帼、何成洲译，北京大学出版社，1998 年。

18. 贺祥麟等：《莎士比亚研究论文集》，陕西人民出版社，1982 年。

19.《圣经》，中国基督徒三自爱国运动委员会、中国基督教协会，2002 年。

20.《牧灵圣经——天主教圣经新旧约全译本》，西班牙圣保罗国际出版公司，2007 年。

21.《圣经》(现代中文译本),香港圣经公会,1985 年。

22.《圣经·新约全书》,中国天主教主教团教务委员会,2008 年。

23. [英]丹·琼斯:《金雀花王朝》,陆大鹏译,社会科学文献出版社,2015 年。

24. [英]艾莉森·威尔:《伊丽莎白女王》,董晏延译,社会科学文献出版社,2014 年。

25. 李艳梅:《莎士比亚历史剧研究》,中国社会科学出版社,2009 年。

26. [英]蒂利亚德:《莎士比亚的历史剧》,牟芳芳译,华夏出版社,2016 年。

27. *The New Cambridge Shakespeare*, Cambridge University Press, Updated edition, 2003.

28. David Bevington, *The Complete Works of Shakespeare*, The University of Chicago, Seventh edition, 2014.

29. *The Complete Works of William Shakespeare*, The Edition of The Shakespeare Head Press Oxford, Barnes & Noble, Inc. New York, 1994.

30. Richard Proudfoot, Ann Thompson, David Scott Kastan (eds.), *The Arden Shakespeare Complete Works*, Revised Edition, 2011.

31. Michael Dobson, Stanley Wells(eds.), *The Oxford Companion to Shakespeare*, Oxford University Press, 2011.

32. A. A. Mendilow, Alice Shalvi(eds.), *The World & Art of Sha-*

kespeare, Israel Universities Press, 1967.

33. David Crystal, Ben Crystal (eds.), *Shakespeare's Words*, Penguin Books, 2004.

34. Frank Kermode, *The Age of Shakespeare*, Phoenix, 2005.

35. Stephen Marche, *How Shakespeare Changed Everything*, Harper Collins Publishers, 2011.

36. Ken Ludwig, *How to Teach Your Children Shakespeare*, Crown Publishers, New York, 2013.

37. Neil MacGregor, *Shakespeare's Restless World*, Published in Penguin Books, 2014.

38. *The Holy Bible*, In The King James Version, Thomas Nelson, Inc. New York, 1984.

39. *Good News Bible*, United Bible Societies, London, 1978.

40. *Holy Bible*, New International Version, Zondervan Bible Publishers, Michigan, 1984.

41. *The Jerusalem Bible*, Doubleday & Company, Inc. Garden City, New York, 1968.